御製

佛光恩照　三千大千　隨緣徧滿
恒沙法界　普度衆生　悉證菩提
身心安泰　年時豐稔　風雨調順
日月升恒　乾坤清寧　百昌蕃熾
上下樂利　中外協和　庶物咸亨
萬善圓成　情與無情　同登正覺
大清雍正十三年四月初八日

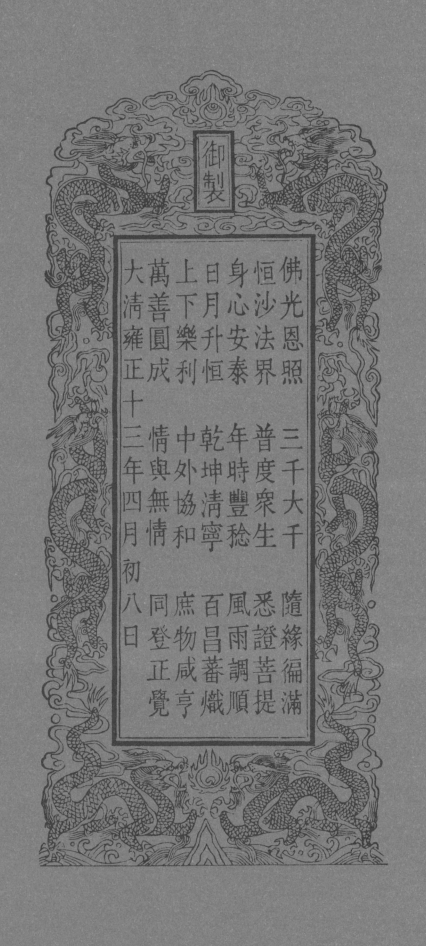

第九册　大乘經　般若部（九）

大般若波羅蜜多經

唐三藏法師玄奘奉詔譯

清刻龍藏佛說法變相圖

大般若波羅蜜多經卷第三百七十一

唐三藏法師玄奘奉　詔譯

初分遍學道品第六十四之六

世尊云何菩薩摩訶薩修遣無明亦遣此修是修般若波羅蜜多修遣行識名色六處觸受愛取有生老死愁歎苦憂惱亦遣此修是修般若波羅蜜多善現菩薩摩訶薩行深般若波羅蜜多時若念有無明有遣此修非修般若波羅蜜多若念有行乃至老死愁歎苦憂惱有遣此修非修般若波羅蜜多何以故善現非有想者能修般若波羅蜜多是故善現若菩薩摩訶薩修遣無明亦遣此修是修般若波羅蜜多修遣行乃至老死愁歎苦憂惱亦遣此修是修般若波羅蜜多世尊云何菩薩摩訶薩修遣阿喻訶涅喻訶亦遣此修

是修般若波羅蜜多修遣不淨觀亦遣此修是修般若波羅蜜多善現菩薩摩訶薩行深般若波羅蜜多時若念有阿喻訶涅喻訶有遣此修非修般若波羅蜜多若念有不淨觀有遣此修非修般若波羅蜜多何以故善現非有想者能修般若波羅蜜多是故善現若菩薩摩訶薩修遣阿喻訶涅喻訶亦遣此修是修般若波羅蜜多修遣不淨觀亦遣此修是修般若波羅蜜多世尊云何菩薩摩訶薩修遣初靜慮亦遣此修是修般若波羅蜜多修遣第二第三第四靜慮亦遣此修是修般若波羅蜜多善現菩薩摩訶薩行深般若波羅蜜多時若念有初靜慮有遣此修非修般若波羅蜜多若念有第二第三第四靜慮有遣此修非修般若波羅蜜多何以故善現非有想者能修般若波羅蜜多是故善現若菩薩摩訶薩修遣初靜慮亦遣此修是修般若波羅蜜多修遣第二第三第四靜慮亦遣此修是修般若波羅蜜多世尊云何菩薩摩訶薩修遣慈無量亦遣此修是修般若波羅蜜多修遣悲喜捨無量亦遣此修是修般若波羅蜜多善現菩薩摩訶薩行深般若波羅蜜多時若念有慈無量有遣此修非修般若波羅蜜多若念有悲喜捨無量有遣此修非修般若波羅蜜多何以故善現非有想者能修般若波羅蜜多是故善現若菩薩摩訶薩修遣慈無量亦遣此修是修般若波羅蜜多修遣悲喜捨無量亦遣此修是修般若波羅蜜多世尊云何菩薩摩訶薩修遣空無邊處定亦遣此修是修般若波羅蜜多修遣識無邊

處無所有處非想非非想處定亦遣此修是修般若波羅蜜多善現菩薩摩訶薩行深般若波羅蜜多時若念有空無邊處定有遣此修非修般若波羅蜜多若念有識無邊處無所有處非想非非想處定有遣此修非修般若波羅蜜多何以故善現非有想者能修般若波羅蜜多是故善現若菩薩摩訶薩修遣空無邊處定亦遣此修是修般若波羅蜜多修遣識無邊處無所有處非想非非想處定亦遣此修是修般若波羅蜜多世尊云何菩薩摩訶薩修遣佛隨念亦遣此修是修般若波羅蜜多修遣法隨念僧隨念戒隨念捨隨念天隨念有方便隨念無方便隨念寂靜隨念持入出息隨念亦遣此修是修般若波羅蜜多善現菩薩摩訶薩行深般若波羅蜜多時若念有佛隨念有遣此修非修般若波羅蜜多若念有法隨念乃至持入出息隨念有遣此修非修般若波羅蜜多何以故善現非有想者能修般若波羅蜜多是故善現若菩薩摩訶薩修遣佛隨念亦遣此修是修般若波羅蜜多修遣法隨念乃至持入出息隨念亦遣此修是修般若波羅蜜多世尊云何菩薩摩訶薩修遣無常想亦遣此修是修般若波羅蜜多修遣無常苦想苦無我想不淨想厭食想一切世間不可樂想死想斷想離想滅想亦遣此修是修般若波羅蜜多善現菩薩摩訶薩行深般若波羅蜜多時若念有無常想有遣此修非修般若波羅蜜多若念有無常苦想乃至滅想有遣此修非修般若波羅蜜多何以故善現非有想者能修般若波

羅蜜多是故善現若菩薩摩訶薩修遣無常想亦遣此修是修般若波羅蜜多修遣無常苦想乃至滅想亦遣此修是修般若波羅蜜多世尊云何菩薩摩訶薩修遣我想亦遣此修是修般若波羅蜜多修遣有情想命者想生者想養者想士夫想補特伽羅想意生想儒童想作者想受者想使受者想知者想使知者想見者想使見者想亦遣此修是修般若波羅蜜多善現菩薩摩訶薩行深般若波羅蜜多時若念有我想有遣此修非修般若波羅蜜多若念有有情想乃至使見者想有遣此修非修般若波羅蜜多何以故善現非有想者能修般若波羅蜜多是故善現若菩薩摩訶薩修遣我想亦遣此修是修般若波羅蜜多修遣有情想乃至使見者想亦遣此

修是修般若波羅蜜多世尊云何菩薩摩訶薩修遣常非常想亦遣此修是修般若波羅蜜多修遣樂非樂想我非我想淨非淨想遠離非遠離想寂靜非寂靜想亦遣此修是修般若波羅蜜多善現菩薩摩訶薩行深般若波羅蜜多時若念有常非常想有遣此修非修般若波羅蜜多若念有樂非樂想乃至寂靜非寂靜想有遣此修非修般若波羅蜜多何以故善現非有想者能修般若波羅蜜多是故善現若菩薩摩訶薩修遣常非常想亦遣此修是修般若波羅蜜多修遣樂非樂想乃至寂靜非寂靜想亦遣此修是修般若波羅蜜多世尊云何菩薩摩訶薩修遣四念住亦遣此修是修般若波羅蜜多修遣四正斷四神足五根五力七等覺支八聖道支亦遣

此修是修般若波羅蜜多善現菩薩摩訶薩行深般若波羅蜜多時若念有四念住有遣此修非修般若波羅蜜多若念有四正斷乃至八聖道支有遣此修非修般若波羅蜜多何以故善現非有想者能修般若波羅蜜多是故善現若菩薩摩訶薩修遣四念住亦遣此修是修般若波羅蜜多修遣四正斷乃至八聖道支亦遣此修是修般若波羅蜜多世尊云何菩薩摩訶薩修遣空解脫門亦遣此修是修般若波羅蜜多修遣無相無願解脫門亦遣此修是修般若波羅蜜多善現菩薩摩訶薩行深般若波羅蜜多時若念有空解脫門有遣此修非修般若波羅蜜多若念有無相無願解脫門有遣此修非修般若波羅蜜多何以故善現非有想者能修般若波羅蜜多是故善現若菩薩摩訶薩修遣空解脫門亦遣此修是修般若波羅蜜多修遣無相無願解脫門亦遣此修是修般若波羅蜜多世尊云何菩薩摩訶薩修遣八解脫亦遣此修是修般若波羅蜜多修遣八勝處九次第定十遍處亦遣此修是修般若波羅蜜多善現菩薩摩訶薩行深般若波羅蜜多時若念有八解脫有遣此修非修般若波羅蜜多若念有八勝處九次第定十遍處有遣此修非修般若波羅蜜多何以故善現非有想者能修般若波羅蜜多是故善現若菩薩摩訶薩修遣八解脫亦遣此修是修般若波羅蜜多修遣八勝處九次第定十遍處亦遣此修是修般若波羅蜜多世尊云何菩薩摩訶薩修遣有尋有伺三摩地亦遣此修是修般若波

羅蜜多修遣無尋唯伺三摩地無尋無伺三摩地亦遣此修是修般若波羅蜜多善現菩薩摩訶薩行深般若波羅蜜多時若念有有尋有伺三摩地有遣此修非修般若波羅蜜多若念有無尋唯伺三摩地無尋無伺三摩地有遣此修非修般若波羅蜜多何以故善現非有想者能修般若波羅蜜多是故善現若菩薩摩訶薩修遣有尋有伺三摩地亦遣此修是修般若波羅蜜多修遣無尋唯伺三摩地無尋無伺三摩地亦遣此修是修般若波羅蜜多世尊云何菩薩摩訶薩修遣苦聖諦亦遣此修是修般若波羅蜜多修遣集滅道聖諦亦遣此修是修般若波羅蜜多善現菩薩摩訶薩行深般若波羅蜜多時若念有苦聖諦有遣此修非修般若波羅蜜多若念有集滅道聖諦有遣此修非修般若波羅蜜多何以故善現非有想者能修般若波羅蜜多是故善現若菩薩摩訶薩修遣苦聖諦亦遣此修是修般若波羅蜜多修遣集滅道聖諦亦遣此修是修般若波羅蜜多世尊云何菩薩摩訶薩修遣苦智亦遣此修是修般若波羅蜜多修遣集智滅智道智盡智無生智法智類智世俗智他心智如實智亦遣此修是修般若波羅蜜多善現菩薩摩訶薩行深般若波羅蜜多時若念有苦智有遣此修非修般若波羅蜜多若念有集智乃至如實智有遣此修非修般若波羅蜜多何以故善現非有想者能修般若波羅蜜多是故善現若菩薩摩訶薩修遣苦智亦遣此修是修般若波羅蜜多修遣集智乃至如實智亦遣此修

是修般若波羅蜜多世尊云何菩薩摩訶薩修遣布施波羅蜜多亦遣此修是修般若波羅蜜多修遣淨戒安忍精進靜慮般若波羅蜜多亦遣此修是修般若波羅蜜多善現菩薩摩訶薩行深般若波羅蜜多時若念有布施波羅蜜多有遣此修非修般若波羅蜜多若念有淨戒乃至般若波羅蜜多有遣此修非修般若波羅蜜多何以故善現非有想者能修般若波羅蜜多是故善現若菩薩摩訶薩修遣布施波羅蜜多亦遣此修是修般若波羅蜜多修遣淨戒乃至般若波羅蜜多亦遣此修是修般若波羅蜜多世尊云何菩薩摩訶薩修遣內空亦遣此修是修般若波羅蜜多修遣外空內外空空空大空勝義空有爲空無爲空畢竟空無際空散空無變異空本性空自相空共相空一切法空不可得空無性空自性空無性自性空亦遣此修是修般若波羅蜜多善現菩薩摩訶薩行深般若波羅蜜多時若念有內空有遣此修非修般若波羅蜜多若念有外空乃至無性自性空有遣此修非修般若波羅蜜多何以故善現非有想者能修般若波羅蜜多是故善現若菩薩摩訶薩修遣內空亦遣此修是修般若波羅蜜多修遣外空乃至無性自性空亦遣此修是修般若波羅蜜多世尊云何菩薩摩訶薩修遣極喜地亦遣此修是修般若波羅蜜多修遣離垢地發光地焰慧地極難勝地現前地遠行地不動地善慧地法雲地亦遣此修是修般若波羅蜜多善現菩薩摩訶薩行深般若波羅蜜多時若念有極喜地有遣

此修非修般若波羅蜜多若念有離垢地乃至法雲地有遺此修非修般若波羅蜜多何以故善現非有想者能修般若波羅蜜多是故善現若菩薩摩訶薩修遺極喜地亦遺此修是修般若波羅蜜多修遺離垢地乃至法雲地亦遺此修是修般若波羅蜜多世尊云何菩薩摩訶薩修遺五眼亦遺此修是修般若波羅蜜多修遺六神通亦遺此修是修般若波羅蜜多善現菩薩摩訶薩行深般若波羅蜜多時若念有五眼有遺此修非修般若波羅蜜多若念有六神通有遺此修非修般若波羅蜜多何以故善現非有想者能修般若波羅蜜多是故善現若菩薩摩訶薩修遺五眼亦遺此修是修般若波羅蜜多修遺六神通亦遺此修是修般若波羅蜜多世尊云何菩薩摩訶薩修遺佛十力亦遺此修是修般若波羅蜜多修遺四無所畏四無礙解十八佛不共法亦遺此修是修般若波羅蜜多善現菩薩摩訶薩行深般若波羅蜜多時若念有佛十力有遺此修非修般若波羅蜜多若念有四無所畏四無礙解十八佛不共法有遺此修非修般若波羅蜜多何以故善現非有想者能修般若波羅蜜多是故善現若菩薩摩訶薩修遺佛十力亦遺此修是修般若波羅蜜多修遺四無所畏四無礙解十八佛不共法亦遺此修是修般若波羅蜜多世尊云何菩薩摩訶薩修遺大慈亦遺此修是修般若波羅蜜多修遺大悲大喜大捨亦遺此修是修般若波羅蜜多善現菩薩摩訶薩行深般若波羅蜜多時若念有大慈有遺此

修非修般若波羅蜜多若念有大悲大喜大捨有遣此修非修般若波羅蜜多何以故善現非有想者能修般若波羅蜜多是故善現若菩薩摩訶薩修遣大慈亦遣此修是修般若波羅蜜多修遣大悲大喜大捨亦遣此修是修般若波羅蜜多世尊云何菩薩摩訶薩修遣無忘失法亦遣此修是修般若波羅蜜多修遣恒住捨性亦遣此修是修般若波羅蜜多善現菩薩摩訶薩行深般若波羅蜜多時若念有無忘失法有遣此修非修般若波羅蜜多若念有恒住捨性有遣此修非修般若波羅蜜多何以故善現非有想者能修般若波羅蜜多是故善現若菩薩摩訶薩修遣無忘失法亦遣此修是修般若波羅蜜多修遣恒住捨性亦遣此修是修般若波羅蜜多

世尊云何菩薩摩訶薩修遣一切三摩地門亦遣此修是修般若波羅蜜多修遣一切陀羅尼門亦遣此修是修般若波羅蜜多善現菩薩摩訶薩行深般若波羅蜜多時若念有一切三摩地門有遣此修非修般若波羅蜜多若念有一切陀羅尼門有遣此修非修般若波羅蜜多何以故善現非有想者能修般若波羅蜜多是故善現若菩薩摩訶薩修遣一切三摩地門亦遣此修是修般若波羅蜜多修遣一切陀羅尼門亦遣此修是修般若波羅蜜多世尊云何菩薩摩訶薩修遣一切智亦遣此修是修般若波羅蜜多修遣道相智一切相智亦遣此修是修般若波羅蜜多善現菩薩摩訶薩行深般若波羅蜜多時若念有一切智有遣此修非修般若波羅蜜多

若念有道相智一切相智有遺此修非修般若波羅蜜多何以故善現非有想者能修般若波羅蜜多是故善現若菩薩摩訶薩修遺一切智亦遺此修是修般若波羅蜜多修遺道相智一切相智亦遺此修是修般若波羅蜜多世尊云何菩薩摩訶薩修遺預流果亦遺此修是修般若波羅蜜多修遺一來不還阿羅漢果獨覺菩提亦遺此修是修般若波羅蜜多善現菩薩摩訶薩行深般若波羅蜜多時若念有預流果有遺此修非修般若波羅蜜多若念有一來不還阿羅漢果獨覺菩提有遺此修非修般若波羅蜜多何以故善現非有想者能修般若波羅蜜多是故善現若菩薩摩訶薩修遺預流果亦遺此修是修般若波羅蜜多修遺一來不還阿羅漢果獨覺菩提亦遺此修是修般若波羅蜜多世尊云何菩薩摩訶薩修遺一切菩薩摩訶薩行亦遺此修是修般若波羅蜜多修遺諸佛無上正等菩提亦遺此修是修般若波羅蜜多善現菩薩摩訶薩行深般若波羅蜜多時若念有一切菩薩摩訶薩行有遺此修非修般若波羅蜜多若念有諸佛無上正等菩提有遺此修非修般若波羅蜜多何以故善現非有想者能修般若波羅蜜多是故善現若菩薩摩訶薩修遺一切菩薩摩訶薩行亦遺此修是修般若波羅蜜多修遺諸佛無上正等菩提亦遺此修是修般若波羅蜜多世尊云何菩薩摩訶薩修遺一切智智亦遺此修是修般若波羅蜜多修遺永斷一切煩惱習氣相續亦遺此修是修般若波羅蜜多善現菩

薩摩訶薩行深般若波羅蜜多時若念有一切智智有遣此修非修般若波羅蜜多若念有一切煩惱習氣相續及念有永斷一切煩惱習氣相續有遣此修非修般若波羅蜜多何以故善現非有想者能修般若波羅蜜多是故善現若菩薩摩訶薩修遣一切智智亦遣此修是修般若波羅蜜多修遣永斷一切煩惱習氣相續亦遣此修是修般若波羅蜜多世尊云何菩薩摩訶薩修遣有爲界亦遣此修是修般若波羅蜜多修遣無爲界亦遣此修是修般若波羅蜜多善現菩薩摩訶薩行深般若波羅蜜多時若念有有爲界有遣此修非修般若波羅蜜多若念有無爲界有遣此修非修般若波羅蜜多何以故善現非有想者能修般若波羅蜜多是故善現若菩薩摩訶薩修遣有爲界亦遣此修是修般若波羅蜜多修遣無爲界亦遣此修是修般若波羅蜜多復次善現住有想者定不能修布施淨戒安忍精進靜慮般若波羅蜜多何以故善現住有想者若修布施乃至般若必當執有我及我所由此執故便著二邊著二邊故不解脫生死無道無涅槃云何如實能修布施乃至般若波羅蜜多善現住有想者定不能修四念住四正斷四神足五根五力七等覺支八聖道支何以故善現住有想者若修四念住乃至八聖道支必當執有我及我所由此執故便著二邊著二邊故不解脫生死無道無涅槃云何如實能修四念住乃至八聖道支善現住有想者定不能住內空外空內外空空空大空勝義空有爲空無爲空

畢竟空無際空散空無變異空本性空自相空共相空一切法空不可得空無性空自性空無性自性空何以故善現住有想者若住内空乃至無性自性空必當執有我及我所由此執故便著二邊著二邊故不解脱生死無道無涅槃云何如實能住内空乃至無性自性空善現住有想者定不能住眞如法界法性不虚妄性不變異性平等性離生性法定法住實際虚空界不思議界何以故善現住有想者若住眞如乃至不思議界必當執有我及我所由此執故便著二邊著二邊故不解脱生死無道無涅槃云何如實能住眞如乃至不思議界善現住有想者定不能住苦聖諦集滅道聖諦何以故善現住有想者必當執有我及我所由此執故便著二邊著二邊故不解脱生死無道無涅槃云何如實能住苦聖諦集滅道聖諦善現住有想者定不能修空解脱門無相無願解脱門何以故善現住有想者必當執有我及我所由此執故便著二邊著二邊故不解脱生死無道無涅槃云何如實能修空解脱門無相無願解脱門善現住有想者定不能修殊勝四靜慮四無量四無色定何以故善現住有想者必當執有我及我所由此執故便著二邊著二邊故不解脱生死無道無涅槃云何如實能修殊勝四靜慮四無量四無色定善現住有想者定不能修八解脱八勝處九次第定十遍處何以故善現住有想者必當執有我及我所由此執故便著二邊著二邊故不解脱生死無道無涅槃云何如實能修八解脱八

勝處九次第定十遍處善現住有想者定不能修一切三摩地門一切陀羅尼門何以故善現住有想者必當執有我及我所由此執故便著二邊著二邊故不解脫生死無道無涅槃云何如實能修一切三摩地門一切陀羅尼門善現住有想者定不能修極喜地離垢地發光地焰慧地極難勝地現前地遠行地不動地善慧地法雲地何以故善現住有想者必當執有我及我所由此執故便著二邊著二邊故不解脫生死無道無涅槃云何如實能修極喜地乃至法雲地善現住有想者定不能修五眼六神通何以故善現住有想者必當執有我及我所由此執故便著二邊著二邊故不解脫生死無道無涅槃云何如實能修五眼六神通善現住有想者定不能修佛十力四無所畏四無礙解十八佛不共法何以故善現住有想者必當執有我及我所由此執故便著二邊著二邊故不解脫生死無道無涅槃云何如實能修佛十力四無所畏四無礙解十八佛不共法善現住有想者定不能修大慈大悲大喜大捨何以故善現住有想者必當執有我及我所由此執故便著二邊著二邊故不解脫生死無道無涅槃云何如實能修大慈大悲大喜大捨善現住有想者定不能修無忘失法恒住捨性何以故善現住有想者必當執有我及我所由此執故便著二邊著二邊故不解脫生死無道無涅槃云何如實能修無忘失法恒住捨性善現住有想者定不能修一切智道相智一切相智何以故善現住有想者必當執

有我及我所由此執故便著二邊著二邊故不解脱生死無道無涅槃云何如實能修一切智道相智一切相智爾時具壽善現白佛言世尊何等是有何等是非有佛言善現二是有不二是非有世尊云何爲二云何爲不二善現色想爲二色想空爲不二受想行識想爲二受想行識想空爲不二善現眼處想爲二眼處想空爲不二耳鼻舌身意處想爲二耳鼻舌身意處想空爲不二善現色處想爲二色處想空爲不二聲香味觸法處想爲二聲香味觸法處想空爲不二善現眼界想爲二眼界想空爲不二耳鼻舌身意界想爲二耳鼻舌身意界想空爲不二善現色界想爲二色界想空爲不二聲香味觸法界想爲二聲香味觸法界想空爲不二善現眼識界想爲二眼識界想空爲不二耳鼻舌身意識界想爲二耳鼻舌身意識界想空爲不二善現眼觸想爲二眼觸想空爲不二耳鼻舌身意觸想爲二耳鼻舌身意觸想空爲不二善現眼觸爲緣所生諸受想爲二眼觸爲緣所生諸受想空爲不二耳鼻舌身意觸爲緣所生諸受想爲二耳鼻舌身意觸爲緣所生諸受想空爲不二善現地界想爲二地界想空爲不二水火風空識界想爲二水火風空識界想空爲不二善現因緣想爲二因緣想空爲不二等無間緣所緣緣增上緣想爲二等無間緣所緣緣增上緣想空爲不二善現無明想爲二無明想空爲不二行識名色六處觸受愛取有生老死愁歎苦憂惱想爲二行乃至老死愁歎苦憂惱想空爲不二善現布

施波羅蜜多想爲二布施波羅蜜多想空爲不二淨戒安忍精進靜慮般若波羅蜜多想爲二淨戒乃至般若波羅蜜多想空爲不二善現内空想爲二内空想空爲不二外空内外空空空大空勝義空有爲空無爲空畢竟空無際空散空無變異空本性空自相空共相空一切法空不可得空無性空自性空無性自性空想爲二外空乃至無性自性空想空爲不二善現四念住想爲二四念住想空爲不二四正斷四神足五根五力七等覺支八聖道支想爲二四正斷乃至八聖道支想空爲不二善現苦聖諦想爲二苦聖諦想空爲不二集滅道聖諦想爲二集滅道聖諦想空爲不二善現四靜慮想爲二四靜慮想空爲不二四無量四無色定想爲二四無量四無色定想空爲不二善現八解脫想爲二八解脫想空爲不二八勝處九次第定十遍處想爲二八勝處九次第定十遍處想空爲不二善現一切三摩地門想爲二一切三摩地門想空爲不二一切陀羅尼門想爲二一切陀羅尼門想空爲不二善現空解脫門想爲二空解脫門想空爲不二無相無願解脫門想爲二無相無願解脫門想空爲不二善現極喜地想爲二極喜地想空爲不二離垢地發光地焰慧地極難勝地現前地遠行地不動地善慧地法雲地想爲二離垢地乃至法雲地想空爲不二善現五眼想爲二五眼想空爲不二六神通想爲二六神通想空爲不二善現佛十力想爲二佛十力想空爲不二四無所畏四無礙解十八佛不共法想爲二

四無所畏四無礙解十八佛不共法想空爲不二善現大慈想爲二大慈想空爲不二大悲大喜大捨想爲二大悲大喜大捨想空爲不二善現無忘失法想爲二無忘失法想空爲不二恒住捨性想爲二恒住捨性想空爲不二善現一切智想爲二一切智想空爲不二道相智一切相智想爲二道相智一切相智想空爲不二善現預流想爲二預流想空爲不二一來不還阿羅漢獨覺想爲二一來不還阿羅漢獨覺想空爲不二善現預流果想爲二預流果想空爲不二一來不還阿羅漢果獨覺菩提想爲二一來不還阿羅漢果獨覺菩提想空爲不二善現菩薩摩訶薩想爲二菩薩摩訶薩想空爲不二如來應正等覺想爲二如來應正等覺想空爲不二善現菩薩摩訶薩行想爲二菩薩摩訶薩行想空爲不二無上正等菩提想爲二無上正等菩提想空爲不二善現有爲界想爲二有爲界想空爲不二無爲界想爲二無爲界想空爲不二善現乃至一切想皆爲二乃至一切二皆是有乃至一切有皆有生死有生死者不能解脫生老病死愁歎苦憂惱善現諸想空者皆爲無二諸無二者皆是非有諸非有者皆無生死無生死者則能解脫生老病死愁歎苦憂惱

大般若波羅蜜多經卷第三百七十一

大般若波羅蜜多經卷第三百七十二

唐三藏法師玄奘奉詔譯

初分遍學道品第六十四之七

善現由此因緣當知一切有二想者定無布施波羅蜜多亦無淨戒波羅蜜多亦無安忍波羅蜜多亦無精進波羅蜜多亦無靜慮波羅蜜多亦無般若波羅蜜多無道無果亦無現觀下至順忍彼尚非有況有色遍知況有受想行識遍知況有眼處遍知況有耳鼻舌身意處遍知況有色處遍知況有聲香味觸法處遍知況有眼界遍知況有耳鼻舌身意界遍知況有色界遍知況有聲香味觸法界遍知況有眼識界遍知況有耳鼻舌身意識界遍知況有眼觸遍知況有耳鼻舌身意觸遍知況有眼觸爲緣所生諸受遍知況有耳鼻舌身意觸爲緣所生諸受遍知況有地界遍知況有水火風空識界遍知況有因緣遍知況有等無間緣所緣緣增上緣遍知況有無明遍知況有行識名色六處觸受愛取有生老死愁歎苦憂惱遍知況有布施波羅蜜多遍知況有淨戒安忍精進靜慮般若波羅蜜多遍知況有內空遍知況有外空內外空空空大空勝義空有爲空無爲空畢竟空無際空散空無變異空本性空自相空共相空一切法空不可得空無性空自性空無性自性空遍知況有四念住遍知況有四正斷四神足五根五力七等覺支八聖道支遍知況有苦聖諦遍知況有集滅道聖諦遍知況有四靜慮遍知況有四無量四無色定遍知況有八解脫遍知況有八勝處九次第定十遍

處遍知况有一切三摩地門遍知况有一切陀羅尼門遍知况有空解脱門遍知况有無相無願解脱門遍知况有極喜地遍知况有離垢地發光地焰慧地極難勝地現前地遠行地不動地善慧地法雲地遍知况有五眼遍知况有六神通遍知况有佛十力遍知况有四無所畏四無礙解十八佛不共法遍知况有大慈遍知况有大悲大喜大捨遍知况有無忘失法遍知况有恒住捨性遍知况有一切智遍知况有道相智一切相智遍知况有預流果遍知况有一來不還阿羅漢果獨覺菩提遍知况有一切菩薩摩訶薩行遍知况有諸佛無上正等菩提遍知彼尚不能修諸聖道况得預流一來不還阿羅漢果獨覺菩提况復能得一切智智及能永斷一切煩惱習氣相續

初分三漸次品第六十五之一

爾時具壽善現白佛言世尊住有想者若無順忍無道無果亦無現觀住無想者豈有順忍若淨觀地若種性地若第八地若見地若薄地若離欲地若已辦地若獨覺地若菩薩地若如來地若修聖道因修聖道斷諸煩惱或聲聞相應或獨覺相應由斯煩惱所覆障故諸菩薩摩訶薩豈能入菩薩正性離生若不能入菩薩正性離生豈能證得一切相智若不能證得一切相智豈能永斷一切煩惱習氣相續世尊若一切法都無所有無生無滅無染無淨如是諸法既都不生豈能證得一切智智佛言善現如是如是如汝所說住無想者亦無順忍無淨觀地無種性地無第

八地無見地無薄地無離欲地無已辦地無獨覺地無菩薩地無如來地無修聖道因修聖道斷諸煩惱或聲聞相應或獨覺相應由斯煩惱所覆障故諸菩薩摩訶薩應不能入菩薩正性離生若不能入菩薩正性離生應不能證得一切相智若不能證得一切相智應不能永斷一切煩惱習氣相續善現若一切法都無所有無生無滅無染無淨如是諸法既都不生何能證得一切智智具壽善現白佛言世尊菩薩摩訶薩行深般若波羅蜜多時爲有有想有無想不爲有色想有受想行識想不爲有眼處想有耳鼻舌身意處想不爲有色處想有聲香味觸法處想不爲有眼界想有耳鼻舌身意界想不爲有色界想有聲香味觸法界想不爲有眼識界想有耳鼻舌身意識界想不爲有眼觸想有耳鼻舌身意觸想不爲有眼觸爲緣所生諸受想有耳鼻舌身意觸爲緣所生諸受想不爲有地界想有水火風空識界想不爲有因緣想有等無間緣所緣緣增上緣想不爲有貪想有瞋癡想不爲有無明想有行識名色六處觸受愛取有生老死愁歎苦憂惱想不爲有布施波羅蜜多想有淨戒安忍精進靜慮般若波羅蜜多想不爲有内空想有外空内外空空空大空勝義空有爲空無爲空畢竟空無際空散空無變異空本性空自相空共相空一切法空不可得空無性空自性空無性自性空想不爲有四念住想有四正斷四神足五根五力七等覺支八聖道支想不爲有苦聖諦想有集滅道聖諦想不爲有四靜慮想

有四無量四無色定想不爲有八解脱想有八勝處九次第定十遍處想不爲有三摩地門想有陀羅尼門想不爲有空解脱門想有無相無願解脱門想不爲有極喜地想有離垢地發光地焰慧地極難勝地現前地遠行地不動地善慧地法雲地想不爲有五眼想有六神通想不爲有佛十力想有四無所畏四無礙解十八佛不共法想不爲有大慈想有大悲大喜大捨想不爲有無忘失法想有恒住捨性想不爲有一切智想有道相智一切相智想不爲有預流果想有一來不還阿羅漢果獨覺菩提想不爲有菩薩摩訶薩行想有諸佛無上正等菩提想不爲有一切智智想不爲有永斷一切煩惱習氣相續想不爲有色想有色斷想不爲有受想行識想有受想行識斷想不爲有眼處想有眼處斷想不爲有耳鼻舌身意處想有耳鼻舌身意處斷想不爲有色處想有色處斷想不爲有聲香味觸法處想有聲香味觸法處斷想不爲有眼界想有眼界斷想不爲有耳鼻舌身意界想有耳鼻舌身意界斷想不爲有色界想有色界斷想不爲有聲香味觸法界想有聲香味觸法界斷想不爲有眼識界想有眼識界斷想不爲有耳鼻舌身意識界想有耳鼻舌身意識界斷想不爲有眼觸想有眼觸斷想不爲有耳鼻舌身意觸想有耳鼻舌身意觸斷想不爲有眼觸爲緣所生諸受想有眼觸爲緣所生諸受斷想不爲有耳鼻舌身意觸爲緣所生諸受想有耳鼻舌身意觸爲緣所生諸受斷想不爲有地界想有地界斷想

不爲有水火風空識界想有水火風空識界斷想不爲有因緣想有因緣斷想不爲有等無間緣所緣緣增上緣想有等無間緣所緣緣增上緣斷想不爲有貪想有貪斷想不爲有瞋癡想有瞋癡斷想不爲有無明想有無明斷想不爲有行識名色六處觸受愛取有生老死愁歎苦憂惱想有行乃至老死愁歎苦憂惱斷想不爲有布施波羅蜜多想有布施波羅蜜多斷想不爲有淨戒安忍精進靜慮般若波羅蜜多想有淨戒乃至般若波羅蜜多斷想不爲有內空想有內空斷想不爲有外空內外空空空大空勝義空有爲空無爲空畢竟空無際空散空無變異空本性空自相空共相空一切法空不可得空無性空自性空無性自性空想有外空乃至無性自性空斷想不爲有四念住想有四念住斷想不爲有四正斷四神足五根五力七等覺支八聖道支想有四正斷乃至八聖道支斷想不爲有苦聖諦想有苦聖諦斷想不爲有集滅道聖諦想有集滅道聖諦斷想不爲有四靜慮想有四靜慮斷想不爲有四無量四無色定想有四無量四無色定斷想不爲有八解脫想有八解脫斷想不爲有八勝處九次第定十遍處想有八勝處九次第定十遍處斷想不爲有三摩地門想有三摩地門斷想不爲有陀羅尼門想有陀羅尼門斷想不爲有空解脫門想有空解脫門斷想不爲有無相無願解脫門想有無相無願解脫門斷想不爲有極喜地想有極喜地斷想不爲有離垢地發光地焰慧地極難勝地現前地遠行

地不動地善慧地法雲地想有離垢地乃至法雲地斷想不爲有五眼想有五眼斷想不爲有六神通想有六神通斷想不爲有佛十力想有佛十力斷想不爲有四無所畏四無礙解十八佛不共法想有四無所畏四無礙解十八佛不共法斷想不爲有大慈想有大慈斷想不爲有大悲大喜大捨想有大悲大喜大捨斷想不爲有無忘失法想有無忘失法斷想不爲有恒住捨性想有恒住捨性斷想不爲有一切智想有一切智斷想不爲有道相智一切相智想有道相智一切相智斷想不爲有預流果想有預流果斷想不爲有一來不還阿羅漢果獨覺菩提想有一來不還阿羅漢果獨覺菩提斷想不爲有菩薩摩訶薩行想有菩薩摩訶薩行斷想不爲有諸佛無上正等菩提想有諸佛無上正等菩提斷想不爲有一切智智想有一切智智斷想不爲有所斷一切煩惱習氣相續想有所斷一切煩惱習氣相續斷想不佛言善現菩薩摩訶薩行深般若波羅蜜多時於一切法皆無有想亦無無想善現若無有想亦無無想當知即是菩薩順忍若無有想亦無無想即是修道若無有想亦無無想即是得果善現當知無性即是菩薩摩訶薩道無性即是菩薩摩訶薩現觀善現由此因緣應知一切法皆以無性爲其自性具壽善現白佛言世尊若一切法皆以無性爲自性者云何如來於一切法無性爲性現等正覺現等覺已於一切法及諸境界皆得自在佛言善現如是如是一切法皆以無性爲自性我本修學菩薩

道時無倒修行布施淨戒安忍精進靜慮般若波羅蜜多離欲惡不善法有尋有伺離生喜樂入初靜慮具足住尋伺寂靜內等淨心一趣性無尋無伺定生喜樂入第二靜慮具足住離喜住捨正念正知身受樂聖說應捨入第三靜慮具足住斷樂斷苦先喜憂沒不苦不樂捨念清淨入第四靜慮具足住我於爾時於諸靜慮及靜慮支雖善取相而無所執於諸靜慮及靜慮支都無味著於諸靜慮及靜慮支都無所得我於爾時於諸靜慮以清淨行相無所分別具足安住我於爾時於諸靜慮及靜慮支善淳熟已令心發起神境智證通亦令心發起天耳智證通亦令心發起他心智證通亦令心發起宿住隨念智證通亦令心發起天眼智證通我於爾時於所發起諸智證通雖善取相而無所執於所發起諸智證通都無味著於所發起諸智證通都無所得我於爾時於所發起諸智證通以如虛空見無所分別具足安住善現我於爾時以一刹那相應妙慧證得無上正等菩提謂現等覺是苦聖諦是集聖諦是滅聖諦是道聖諦都無所有成就十力四無所畏四無礙解大慈大悲大喜大捨十八佛不共法等無邊功德安立三聚有情差別隨其所應方便教導令獲殊勝利益安樂具壽善現白佛言世尊云何如來應正等覺能起無性爲自性四靜慮能發無性爲自性五神通能證無性爲自性無上正等菩提能立無性爲自性有情作三聚已隨其所應方便教導令獲殊勝利益安樂佛言善現若諸欲惡不善法等

有少自性或復他性爲自性者我本修行菩薩行時不應通達一切欲惡不善法等皆以無性爲自性已能入初靜慮具足住能入第二第三第四靜慮具足住以諸欲惡不善法等無自他性但以無性爲自性故我本修行菩薩行時通達欲惡不善法等皆以無性爲自性已能離欲惡不善法有尋有伺離生喜樂入初靜慮具足住尋伺寂靜內等淨心一趣性無尋無伺定生喜樂入第二靜慮具足住離喜住捨正念正知身受樂聖說應捨入第三靜慮具足住斷樂斷苦先喜憂没不苦不樂捨念清淨入第四靜慮具足住善現若諸神通有少自性或復他性爲自性者我本修行菩薩行時不應通達一切神通皆以無性爲自性已發起種種自在神通以諸神通無自他性但以無性爲自性故我本修行菩薩行時通達神通皆以無性爲自性已能令心發起神境智證通亦令心發起天耳他心宿住隨念天眼智證通於諸境界自在無礙善現若佛無上正等菩提有少自性或復他性爲自性者我本修行菩薩行時不應通達諸佛無上正等菩提皆以無性爲自性已證得無上正等菩提以佛無上正等菩提無自他性但以無性爲自性故我本修行菩薩行時通達無上正等菩提皆以無性爲自性已能用一念相應妙慧證得無上正等菩提如實覺知苦集滅道聖諦都無所有成就十力四無所畏四無礙解大慈大悲大喜大捨十八佛不共法等無邊功德善現若諸有情有少自性或復他性爲自性者我成佛已不應

通達一切有情皆以無性爲自性已安立三聚有情差別以諸有情無自他性但以無性爲自性故我成佛已通達有情皆以無性爲自性已能立三聚有情差別隨其所應方便教導令獲殊勝利益安樂爾時具壽善現白佛言世尊若菩薩摩訶薩依無性爲自性法起四靜慮發五神通證得無上正等菩提安立三聚有情差別隨其所應方便教導令獲殊勝利樂事者云何菩薩摩訶薩於無性爲自性法中有漸次業漸次學漸次行由此漸次業漸次學漸次行故證得無上正等菩提佛言善現諸菩薩摩訶薩最初從佛世尊所聞若從已多供養諸佛菩薩摩訶薩所聞若從獨覺所聞若從阿羅漢所聞若從不還一來預流所聞諸佛世尊以無性爲自性究竟證得以無性爲自性法故名佛世尊諸菩薩摩訶薩亦以無性爲自性漸次證得以無性爲自性法故名菩薩摩訶薩一切獨覺亦以無性爲自性漸次證得以無性爲自性法故名爲獨覺諸阿羅漢亦以無性爲自性漸次證得以無性爲自性法故名阿羅漢一切不還一來預流亦以無性爲自性漸次證得以無性爲自性法故名爲不還一來預流諸賢善士亦以無性爲自性決定信解以無性爲自性法故名賢善士諸餘有情一切行一切法皆以無性爲自性乃至無有如毛端量若行若法實有自性而可得者是菩薩摩訶薩聞此事已作是思惟若一切有情一切行一切法皆以無性爲自性證得信解以無性爲自性法故名佛菩薩獨覺聲聞賢善士者我

於無上正等菩提若當證得若不證得一切有情一切行一切法常以無性爲自性故我定應發趣無上正等菩提得菩提已若諸有情行有想者方便安立令住無想善現是菩薩摩訶薩既思惟已發趣無上正等菩提爲普救度諸有情故作漸次業修漸次學行漸次行如過去世諸菩薩摩訶薩發趣無上正等菩提先修漸次業學行故證得無上正等菩提是菩薩摩訶薩亦復如是先應修行布施波羅蜜多次應修行淨戒波羅蜜多次應修行安忍波羅蜜多次應修行精進波羅蜜多次應修行靜慮波羅蜜多後應修行般若波羅蜜多善現是菩薩摩訶薩從初發心修行布施波羅蜜多時應自行布施波羅蜜多亦勸他行布施波羅蜜多稱揚顯示布施波羅蜜多功德歡喜讚歎行布施波羅蜜多者由此因緣布施圓滿生天人中得大財位常行布施離慳悋心隨諸有情須食施食須飲施飲須衣施衣須乘施乘須香華施香華須瓔珞施瓔珞須房舍施房舍須卧具施卧具須燈明施燈明須財寶施財寶須僮僕施僮僕隨餘所須種種資具皆悉施與是菩薩摩訶薩由布施故受持戒蘊生天人中得大尊貴由施戒故復得定蘊由施戒定故復得慧蘊由施戒定慧故復得解脱蘊由施戒定慧解脱故復得解脱知見蘊由施戒定慧解脱解脱知見蘊圓滿故超諸聲聞及獨覺地趣入菩薩正性離生入菩薩正性離生位已便能嚴淨佛土成熟有情嚴淨佛土成熟有情得圓滿已便能證得無上正等菩提證得無

上正等菩提已便能轉正法輪由轉正法輪故安立有情於三乘法有情安住三乘法已解脱生死證得涅槃善現是菩薩摩訶薩由布施故雖能如是作漸次業修漸次學行漸次行而觀一切都不可得何以故以一切法自性無故復次善現是菩薩摩訶薩從初發心修行淨戒波羅蜜多時應自行淨戒波羅蜜多亦勸他行淨戒波羅蜜多稱揚顯示淨戒波羅蜜多功德歡喜讚歎行淨戒波羅蜜多者是菩薩摩訶薩由此因緣戒蘊清淨生天人中得大尊貴施貧窮者種種財物既行施已安住戒蘊定蘊慧蘊解脱蘊解脱知見蘊由戒定慧解脱解脱知見蘊清淨故超諸聲聞及獨覺地趣入菩薩正性離生入菩薩正性離生位已便能嚴淨佛土成熟有情嚴淨佛土成熟有情得圓滿已便能證得無上正等菩提證得無上正等菩提已便能轉正法輪由轉正法輪故安立有情於三乘法有情安住三乘法已解脱生死證得涅槃善現是菩薩摩訶薩由淨戒故雖能如是作漸次業修漸次學行漸次行而觀一切都不可得何以故以一切法自性無故復次善現是菩薩摩訶薩從初發心修行安忍波羅蜜多時應自行安忍波羅蜜多亦勸他行安忍波羅蜜多稱揚顯示安忍波羅蜜多功德歡喜讚歎行安忍波羅蜜多者是菩薩摩訶薩行安忍時能以財物施諸有情皆令滿足既行施已安住戒蘊安住安忍安住定蘊慧蘊解脱蘊解脱知見蘊由戒定慧解脱解脱知見蘊清淨故超諸聲聞及獨覺地趣入菩薩正性

離生入菩薩正性離生位已便能嚴淨佛土成熟有情嚴淨佛土成熟有情得圓滿已便能證得無上正等菩提證得無上正等菩提已便能轉正法輪由轉正法輪故安立有情於三乘法有情安住三乘法已解脫生死證得涅槃善現是菩薩摩訶薩由安忍故雖能如是作漸次業修漸次學行漸次行而觀一切都不可得何以故以一切法自性無故復次善現是菩薩摩訶薩從初發心修行精進波羅蜜多時應自於諸善法發勤精進波羅蜜多亦勸他於諸善法發勤精進波羅蜜多稱揚顯示於諸善法發勤精進波羅蜜多功德歡喜讚歎於諸善法發勤精進波羅蜜多者是菩薩摩訶薩行精進時能以財物施諸有情皆令滿足既行施已安住戒蘊安住安忍安住精進安住定蘊慧蘊解脫蘊解脫知見蘊由戒定慧解脫解脫知見蘊清淨故超諸聲聞及獨覺地趣入菩薩正性離生入菩薩正性離生位已便能嚴淨佛土成熟有情嚴淨佛土成熟有情得圓滿已便能證得無上正等菩提證得無上正等菩提已便能轉正法輪由轉正法輪故安立有情於三乘法有情安住三乘法已解脫生死證得涅槃善現是菩薩摩訶薩由精進故雖能如是作漸次業修漸次學行漸次行而觀一切都不可得何以故以一切法自性無故復次善現是菩薩摩訶薩從初發心修行靜慮波羅蜜多時應自入四靜慮四無量四無色定亦勸他入四靜慮四無量四無色定稱揚顯示入四靜慮四無量四無色定功德歡喜讚歎入四

靜慮四無量四無色定者是菩薩摩訶薩安住四靜慮四無量四無色定能以財物施諸有情皆令滿足旣行施已安住戒蘊安住安忍安住精進安住定蘊慧蘊解脫蘊解脫知見蘊由戒定慧解脫解脫知見蘊清淨故超諸聲聞及獨覺地趣入菩薩正性離生入菩薩正性離生位已便能嚴淨佛土成熟有情嚴淨佛土成熟有情得圓滿已便能證得無上正等菩提證得無上正等菩提已便能轉正法輪由轉正法輪故安立有情於三乘法有情安住三乘法已解脫生死證得涅槃善現是菩薩摩訶薩由靜慮故雖能如是作漸次業修漸次學行漸次行而觀一切都不可得何以故以一切法自性無故復次善現是菩薩摩訶薩從初發心修行般若波羅蜜多時施諸有情種種財物安住戒蘊安住安忍安住精進安住定蘊慧蘊解脫蘊解脫智見蘊自行布施淨戒安忍精進靜慮般若波羅蜜多亦勸他行布施淨戒安忍精進靜慮般若波羅蜜多稱揚顯示布施淨戒安忍精進靜慮般若波羅蜜多功德歡喜讚歎行布施淨戒安忍精進靜慮般若波羅蜜多者是菩薩摩訶薩由布施淨戒安忍精進靜慮般若波羅蜜多方便善巧力故超諸聲聞及獨覺地趣入菩薩正性離生入菩薩正性離生位已便能嚴淨佛土成熟有情嚴淨佛土成熟有情得圓滿已便能證得無上正等菩提證得無上正等菩提已便能轉正法輪由轉正法輪故安立有情於三乘法有情安住三乘法已解脫生死證得涅槃善現是菩薩摩訶

薩由般若故雖能如是作漸次業修漸次學行漸次行而觀一切都不可得何以故以一切法自性無故善現是爲菩薩摩訶薩依行六種波羅蜜多作漸次業修漸次學行漸次行復次善現菩薩摩訶薩作漸次業修漸次學行漸次行時從初發心以一切智智相應作意信解諸法皆以無性爲其自性先應修佛隨念次應修法隨念次應修僧隨念次應修戒隨念次應修捨隨念後應修天隨念善現云何菩薩摩訶薩修佛隨念善現是菩薩摩訶薩修行般若波羅蜜多時不應以色思惟如來應正等覺不應以受想行識思惟如來應正等覺何以故善現色無自性受想行識無自性若法無自性則無所有若無所有則不可念所以者何善現若無念無思惟是爲佛隨念復次善現菩薩摩訶薩不應以三十二大士相思惟如來應正等覺不應以真金色身思惟如來應正等覺不應以身有常光面各一尋思惟如來應正等覺不應以八十隨好思惟如來應正等覺何以故善現如是相好金光色身都無自性若法無自性則無所有若無所有則不可念所以者何善現若無念無思惟是爲佛隨念復次善現菩薩摩訶薩不應以戒蘊思惟如來應正等覺不應以定蘊慧蘊解脫蘊解脫知見蘊思惟如來應正等覺何以故善現如是諸蘊皆無自性若法無自性則無所有若無所有則不可念所以者何善現若無念無思惟是爲佛隨念復次善現菩薩摩訶薩不應以五眼六神通思惟如來應正等覺不應以佛十力四無

所畏四無礙解十八佛不共法思惟如來應正等覺不應以大慈大悲大喜大捨思惟如來應正等覺不應以無忘失法恒住捨性思惟如來應正等覺不應以一切智道相智一切相智思惟如來應正等覺何以故善現如是諸法皆無自性若法無自性則無所有若無所有則不可念所以者何善現若無念無思惟是爲佛隨念復次善現菩薩摩訶薩不應以緣起之法思惟如來應正等覺何以故善現緣起之法都無自性若法無自性則無所有若無所有則不可念所以者何善現若無念無思惟是爲佛隨念善現菩薩摩訶薩修行般若波羅蜜多時應如是修佛隨念若如是修佛隨念是爲菩薩摩訶薩作漸次業修漸次學行漸次行善現是菩薩摩訶薩如是作漸次業修漸次學行漸次行時則能圓滿四念住亦能圓滿四正斷四神足五根五力七等覺支八聖道支則能圓滿空解脫門亦能圓滿無相無願解脫門則能圓滿初靜慮亦能圓滿第二第三第四靜慮則能圓滿慈無量亦能圓滿悲喜捨無量則能圓滿空無邊處定亦能圓滿識無邊處無所有處非想非非想處定則能圓滿八解脫亦能圓滿八勝處九次第定十遍處則能圓滿一切三摩地門亦能圓滿一切陁羅尼門則能圓滿布施波羅蜜多亦能圓滿淨戒安忍精進靜慮般若波羅蜜多則能圓滿内空亦能圓滿外空内外空空空大空勝義空有爲空無爲空畢竟空無際空散空無變異空本性空自相空共相空一切法空不可得空無性空自

性空無性自性空則能圓滿眞如亦能圓滿法界法性不虚妄性不變異性平等性離生性法定法住實際虚空界不思議界則能圓滿五眼亦能圓滿六神通則能圓滿佛十力亦能圓滿四無所畏四無礙解十八佛不共法則能圓滿大慈亦能圓滿大悲大喜大捨則能圓滿無忘失法亦能圓滿恒住捨性則能圓滿一切智亦能圓滿道相智一切相智由此證得一切智智善現是菩薩摩訶薩以無性爲自性方便力故覺一切法皆無自性其中無有想亦復無無想善現菩薩摩訶薩應如是修佛隨念謂於其中尚無少念況有念佛

大般若波羅蜜多經卷第三百七十二

大般若波羅蜜多經卷第三百七十三

唐三藏法師玄奘奉　詔譯

初分三漸次品第六十五之二

善現云何菩薩摩訶薩修法隨念善現是菩薩摩訶薩修行般若波羅蜜多時不應思惟善法不應思惟不善法不應思惟無記法不應思惟世間法不應思惟出世間法不應思惟有愛染法不應思惟無愛染法不應思惟有諍法不應思惟無諍法不應思惟聖法不應思惟非聖法不應思惟有漏法不應思惟無漏法不應思惟欲界繫法不應思惟色界繫法不應思惟無色界繫法不應思惟有墮法不應思惟無墮法不應思惟有爲法不應思惟無爲法何以故善現如是諸法皆無自性若法無自性則無所有若無所有則不可念所以者何善現若無念無思惟是爲法隨念善現菩薩摩訶薩修行般若波羅蜜多時應如是修法隨念若如是修法隨念是爲菩薩摩訶薩作漸次業修漸次學行漸次行善現是菩薩摩訶薩如是作漸次業修漸次學行漸次行時則能圓滿四念住亦能圓滿四正斷四神足五根五力七等覺支八聖道支則能圓滿空解脫門亦能圓滿無相無願解脫門則能圓滿四靜慮亦能圓滿四無量四無色定則能圓滿八解脫亦能圓滿八勝處九次第定十遍處則能圓滿一切三摩地門亦能圓滿一切陀羅尼門則能圓滿布施波羅蜜多亦能圓滿淨戒安忍精進靜慮般若波羅蜜多則能圓滿內空亦能圓滿外空內外空空空大空勝義空有爲空無爲空畢竟

空無際空散空無變異空本性空自相空共相空一切法空不可得空無性空自性空無性自性空則能圓滿眞如亦能圓滿法界法性不虚妄性不變異性平等性離生性法定法住實際虚空界不思議界則能圓滿五眼亦能圓滿六神通則能圓滿佛十力亦能圓滿四無所畏四無礙解十八佛不共法則能圓滿大慈亦能圓滿大悲大喜大捨則能圓滿無忘失法亦能圓滿恒住捨性則能圓滿一切智亦能圓滿道相智一切相智由此證得一切智智善現是菩薩摩訶薩以無性爲自性方便力故覺一切法皆無自性其中無有想亦復無無想善現菩薩摩訶薩應如是修法隨念謂於其中尚無少念況有念法善現云何菩薩摩訶薩修僧隨念善現是菩薩摩訶薩修行般若波羅蜜多時應作是念佛弟子衆具淨戒蘊定蘊慧蘊解脱蘊解脱知見蘊四雙八隻補特伽羅一切皆是無性所顯皆以無性爲其自性由是因緣不應思惟何以故善現佛弟子衆皆無自性若法無自性則無所有若無所有則不可念所以者何善現若無念無思惟是爲僧隨念善現菩薩摩訶薩修行般若波羅蜜多時應如是修僧隨念若如是修僧隨念是爲菩薩摩訶薩作漸次業修漸次學行漸次行善現是菩薩摩訶薩如是作漸次業修漸次學行漸次行時則能圓滿四念住亦能圓滿四正斷四神足五根五力七等覺支八聖道支則能圓滿空解脱門亦能圓滿無相無願解脱門則能圓滿四靜慮亦能圓滿四無量四無色定則能

圓滿八解脫亦能圓滿八勝處九次第定十遍處則能圓滿一切三摩地門亦能圓滿一切陀羅尼門則能圓滿布施波羅蜜多亦能圓滿淨戒安忍精進靜慮般若波羅蜜多則能圓滿內空亦能圓滿外空內外空空空大空勝義空有爲空無爲空畢竟空無際空散空無變異空本性空自相空共相空一切法空不可得空無性空自性空無性自性空則能圓滿眞如亦能圓滿法界法性不虛妄性不變異性平等性離生性法定法住實際虛空界不思議界則能圓滿五眼亦能圓滿六神通則能圓滿佛十力亦能圓滿四無所畏四無礙解十八佛不共法則能圓滿大慈亦能圓滿大悲大喜大捨則能圓滿無忘失法亦能圓滿恒住捨性則能圓滿一切智亦能圓滿道相智一切相智由此證得一切智智善現是菩薩摩訶薩以無性爲自性方便力故覺一切法皆無自性其中無有想亦復無無想善現菩薩摩訶薩應如是修僧隨念謂於其中尚無少念況有念僧善現云何菩薩摩訶薩修戒隨念善現是菩薩摩訶薩修行般若波羅蜜多時從初發心乃至安坐妙菩提座恒住淨戒無缺無隙無瑕無穢無所取著應受供養智者所讚妙善受持妙善究竟隨順勝定思惟此戒以無性爲自性由是因緣不應思惟何以故善現如是淨戒都無自性若法無自性則無所有若無所有則不可念所以者何善現若無念無思惟是爲戒隨念善現菩薩摩訶薩修行般若波羅蜜多時應如是修戒隨念若如是修戒隨念是爲菩

薩摩訶薩作漸次業修漸次學行漸次行善現是菩薩摩訶薩如是作漸次業修漸次學行漸次行時則能圓滿四念住亦能圓滿四正斷四神足五根五力七等覺支八聖道支則能圓滿空解脫門亦能圓滿無相無願解脫門則能圓滿四靜慮亦能圓滿四無量四無色定則能圓滿八解脫亦能圓滿八勝處九次第定十遍處則能圓滿一切三摩地門亦能圓滿一切陀羅尼門則能圓滿布施波羅蜜多亦能圓滿淨戒安忍精進靜慮般若波羅蜜多則能圓滿內空亦能圓滿外空內外空空空大空勝義空有爲空無爲空畢竟空無際空散空無變異空本性空自相空共相空一切法空不可得空無性空自性空無性自性空則能圓滿眞如亦能圓滿法界法性不虛妄性不變異性平等性離生性法定法住實際虛空界不思議界則能圓滿五眼亦能圓滿六神通則能圓滿佛十力亦能圓滿四無所畏四無礙解十八佛不共法則能圓滿大慈亦能圓滿大悲大喜大捨則能圓滿無忘失法亦能圓滿恒住捨性則能圓滿一切智亦能圓滿道相智一切相智由此證得一切智智善現是菩薩摩訶薩以無性爲自性方便力故覺一切法皆無自性其中無有想亦復無無想善現菩薩摩訶薩應如是修戒隨念謂於其中尚無少念況有念戒善現云何菩薩摩訶薩修捨隨念善現是菩薩摩訶薩修行般若波羅蜜多時以無性爲自性方便力故修捨隨念若捨財若捨法俱不起心我施我不施我捨我不捨若捨所有身

分支節亦不起心我施我不施我捨我不捨亦不思惟所捨所與及捨施福何以故善現如是諸法皆無自性若法無自性則無所有若無所有則不可念所以者何善現若無念無思惟是爲捨隨念善現菩薩摩訶薩修行般若波羅蜜多時應如是修捨隨念若如是修捨隨念是爲菩薩摩訶薩作漸次業修漸次學行漸次行善現是菩薩摩訶薩如是作漸次業修漸次學行漸次行時則能圓滿四念住亦能圓滿四正斷四神足五根五力七等覺支八聖道支則能圓滿空解脫門亦能圓滿無相無願解脫門則能圓滿四靜慮亦能圓滿四無量四無色定則能圓滿八解脫亦能圓滿八勝處九次第定十遍處則能圓滿一切三摩地門亦能圓滿一切陀羅尼門則能圓滿布施波羅蜜多亦能圓滿淨戒安忍精進靜慮般若波羅蜜多則能圓滿內空亦能圓滿外空內外空空空大空勝義空有爲空無爲空畢竟空無際空散空無變異空本性空自相空共相空一切法空不可得空無性空自性空無性自性空則能圓滿眞如亦能圓滿法界法性不虛妄性不變異性平等性離生性法定法住實際虛空界不思議界則能圓滿五眼亦能圓滿六神通則能圓滿佛十力亦能圓滿四無所畏四無礙解十八佛不共法則能圓滿大慈亦能圓滿大悲大喜大捨則能圓滿無忘失法亦能圓滿恒住捨性則能圓滿一切智亦能圓滿道相智一切相智由此證得一切智智善現是菩薩摩訶薩以無性爲自性方便力故覺一切法

皆無自性其中無有想亦復無無想善現菩薩摩訶薩應如是修捨隨念謂於其中尚無少念況有念捨善現云何菩薩摩訶薩修天隨念善現是菩薩摩訶薩修行般若波羅蜜多時以無性爲自性方便力故修天隨念觀預流等雖生四大王衆天或三十三天或夜摩天或覩史多天或樂變化天或他化自在天而不可得不應思惟觀不還等雖生色界天或無色界天而不可得不應思惟何以故善現如是諸天皆無自性若法無自性則無所有若無所有則不可念所以者何善現若無念無思惟是爲天隨念善現菩薩摩訶薩修行般若波羅蜜多時應如是修天隨念若如是修天隨念是爲菩薩摩訶薩作漸次業修漸次學行漸次行善現是菩薩摩訶薩如是作漸次業修漸次學行漸次行時則能圓滿四念住亦能圓滿四正斷四神足五根五力七等覺支八聖道支則能圓滿空解脫門亦能圓滿無相無願解脫門則能圓滿四靜慮亦能圓滿四無量四無色定則能圓滿八解脫亦能圓滿八勝處九次第定十遍處則能圓滿一切三摩地門亦能圓滿一切陀羅尼門則能圓滿布施波羅蜜多亦能圓滿淨戒安忍精進靜慮般若波羅蜜多則能圓滿內空亦能圓滿外空內外空空空大空勝義空有爲空無爲空畢竟空無際空散空無變異空本性空自相空共相空一切法空不可得空無性空自性空無性自性空則能圓滿真如亦能圓滿法界法性不虛妄性不變異性平等性離生性法定法住實際虛空界不

思議界則能圓滿五眼亦能圓滿六神通則能圓滿佛十力亦能圓滿四無所畏四無礙解十八佛不共法則能圓滿大慈亦能圓滿大悲大喜大捨則能圓滿無忘失法亦能圓滿恒住捨性則能圓滿一切智亦能圓滿道相智一切相智由此證得一切智智善現是菩薩摩訶薩以無性爲自性方便力故覺一切法皆無自性其中無有想亦復無無想善現菩薩摩訶薩應如是修天隨念謂於其中尚無少念況有念天善現是爲菩薩摩訶薩依修天隨念作漸次業修漸次學行漸次行

復次善現菩薩摩訶薩修行般若波羅蜜多時爲欲圓滿作漸次業修漸次學行漸次行以無性爲自性方便力故應學內空應學外空內外空空空大空勝義空有爲空無爲空畢竟空無際空散空無變異空本性空自相空共相空一切法空不可得空無性空自性空無性自性空以無性爲自性方便力故應學真如應學法界法性不虛妄性不變異性平等性離生性法定法住實際虛空界不思議界以無性爲自性方便力故應學四念住應學四正斷四神足五根五力七等覺支八聖道支以無性爲自性方便力故應學苦聖諦應學集滅道聖諦以無性爲自性方便力故應學四靜慮應學四無量四無色定以無性爲自性方便力故應學八解脫應學八勝處九次第定十遍處以無性爲自性方便力故應學空解脫門應學無相無願解脫門以無性爲自性方便力故應學布施波羅蜜多應學淨戒安忍精進靜慮般若方便善巧願

力智波羅蜜多以無性爲自性方便力故應
學極喜地應學離垢地發光地焰慧地極難
勝地現前地遠行地不動地善慧地法雲地
以無性爲自性方便力故應學五眼應學六
神通以無性爲自性方便力故應學佛十力
應學四無所畏四無礙解十八佛不共法以
無性爲自性方便力故應學大慈應學大悲
大喜大捨以無性爲自性方便力故應學無
忘失法應學恒住捨性以無性爲自性方便
力故應學一切智應學道相智一切相智以
無性爲自性方便力故應學一切三摩地門
應學一切陀羅尼門善現是善薩摩訶薩如
是修學菩薩道時學一切法皆以無性爲其
自性於中尚無少念可得況有念色念受想
行識況有念眼處念耳鼻舌身意處況有念
色處念聲香味觸法處況有念眼界念耳鼻
舌身意界況有念色界念聲香味觸法界況
有念眼識界念耳鼻舌身意識界況有念眼
觸念耳鼻舌身意觸況有念眼觸爲緣所生
諸受念耳鼻舌身意觸爲緣所生諸受況有
念地界念水火風空識界況有念因緣念等
無間緣所緣緣增上緣況有念無明念行識
名色六處觸受愛取有生老死愁歎苦憂惱
況有念布施波羅蜜多念淨戒安忍精進靜
慮般若波羅蜜多況有念內空念外空內外
空空空大空勝義空有爲空無爲空畢竟空
無際空散空無變異空本性空自相空共相
空一切法空不可得空無性空自性空無性
自性空況有念四念住念四正斷四神足五
根五力七等覺支八聖道支況有念苦聖諦

念集滅道聖諦況有念四靜慮念四無量四無色定況有念八解脫念八勝處九次第定十遍處況有念一切三摩地門念一切陀羅尼門況有念空解脫門念無相無願解脫門況有念極喜地念離垢地發光地焰慧地極難勝地現前地遠行地不動地善慧地法雲地況有念五眼念六神通況有念佛十力念四無所畏四無礙解十八佛不共法況有念大慈念大悲大喜大捨況有念無忘失法念恒住捨性況有念一切智念道相智一切相智況有念預流果念一來不還阿羅漢果獨覺菩提況有念一切菩薩摩訶薩行念諸佛無上正等菩提如是諸念及所念法若少有實無有是處善現如是菩薩摩訶薩修行般若波羅蜜多時雖作漸次業修漸次學行漸次行而於其中所有一切心所行業心所行學心所行行皆悉不轉以一切法皆以無性爲自性故爾時具壽善現白佛言世尊若一切法皆以無性爲自性者則應無色亦無受想行識應無眼處亦無耳鼻舌身意處應無色處亦無聲香味觸法處應無眼界亦無耳鼻舌身意界應無色界亦無聲香味觸法界應無眼識界亦無耳鼻舌身意識界應無眼觸亦無耳鼻舌身意觸應無眼觸爲緣所生諸受亦無耳鼻舌身意觸爲緣所生諸受應無地界亦無水火風空識界應無因緣亦無等無間緣所緣緣增上緣應無無明亦無行識名色六處觸受愛取有生老死愁歎苦憂惱應無布施波羅蜜多亦無淨戒安忍精進靜慮般若波羅蜜多應無內空亦無外空內

外空空空大空勝義空有爲空無爲空畢竟空無際空散空無變異空本性空自相空共相空一切法空不可得空無性空自性空無性自性空應無四念住亦無四正斷四神足五根五力七等覺支八聖道支應無苦聖諦亦無集滅道聖諦應無四靜慮亦無四無量四無色定應無八解脫亦無八勝處九次第定十遍處應無一切三摩地門亦無一切陀羅尼門應無空解脫門亦無無相無願解脫門應無極喜地亦無離垢地發光地焰慧地極難勝地現前地遠行地不動地善慧地法雲地應無五眼亦無六神通應無佛十力亦無四無所畏四無礙解十八佛不共法應無大慈亦無大悲大喜大捨應無無忘失法亦無恒住捨性應無一切智亦無道相智一切相智應無預流果亦無一來不還阿羅漢果獨覺菩提應無一切菩薩摩訶薩行亦無諸佛無上正等菩提應無佛亦無法僧應無道亦無果應無雜染亦無清淨應無行亦無得無現觀乃至一切法皆應是無佛言善現於汝意云何於一切法皆以無性爲自性中有性無性爲可得不善現荅言不也世尊不也善逝於一切法皆以無性爲自性中有性無性俱不可得佛言善現若一切法皆以無性爲自性中有性無性俱不可得云何汝今可爲是問若一切法皆以無性爲自性者則應無色亦無受想行識應無眼處亦無耳鼻舌身意處應無色處亦無聲香味觸法處應無眼界亦無耳鼻舌身意界應無色界亦無聲香味觸法界應無眼識界亦無耳鼻舌身意

識界應無眼觸亦無耳鼻舌身意觸應無眼
觸爲緣所生諸受亦無耳鼻舌身意觸爲緣
所生諸受應無地界亦無水火風空識界應
無因緣亦無等無間緣所緣緣增上緣應無
無明亦無行識名色六處觸受愛取有生老
死愁歎苦憂惱應無布施波羅蜜多亦無淨
戒安忍精進靜慮般若波羅蜜多應無内空
亦無外空内外空空空大空勝義空有爲空
無爲空畢竟空無際空散空無變異空本性
空自相空共相空一切法空不可得空無性
空自性空無性自性空應無四念住亦無四
正斷四神足五根五力七等覺支八聖道支
應無苦聖諦亦無集滅道聖諦應無四靜慮
亦無四無量四無色定應無八解脫亦無八
勝處九次第定十遍處應無一切三摩地門
亦無一切陀羅尼門應無空解脫門亦無無
相無願解脫門應無極喜地亦無離垢地發
光地焰慧地極難勝地現前地遠行地不動
地善慧地法雲地應無五眼亦無六神通應
無佛十力亦無四無所畏四無礙解十八佛
不共法應無大慈亦無大悲大喜大捨應無
無忘失法亦無恒住捨性應無一切智亦無
道相智一切相智應無預流果亦無一來不
還阿羅漢果獨覺菩提應無一切菩薩摩訶
薩行亦無諸佛無上正等菩提應無佛亦無
法僧應無道亦無果應無雜染亦無清淨應
無行亦無得無現觀乃至一切法皆應是無
時具壽善現白佛言世尊我於是法無惑無
疑然當來世有苾芻等或求聲聞乘或求獨
覺乘或求菩薩摩訶薩乘彼作是說佛說一

切法皆以無性爲其自性若一切法皆以無性爲自性者誰染誰淨誰縛誰解彼於染淨及於縛解不了知故破戒破見破威儀破淨命由破戒見威儀淨命當墮地獄傍生鬼界受諸劇苦輪迴生死難得解脱我觀未來當有如是可怖畏事故問如來應正等覺如是深義然我於此無惑無疑佛言善現善哉善哉如是如是如汝所說於一切法皆以無性爲自性中有性無性俱不可得不應於此執有無性

初分無相無得品第六十六之一

爾時具壽善現白佛言世尊若一切法皆以無性爲自性者菩薩摩訶薩見何等義爲欲利樂諸有情故求趣無上正等菩提佛言善現以一切法皆以無性爲自性故菩薩摩訶薩爲欲利樂諸有情故求趣無上正等菩提何以故善現諸有情類具斷常見住有所得難可調伏愚癡顛倒難可解脱善現住有所得者由有所得想無得無現觀亦無無上正等菩提具壽善現白佛言世尊無所得者爲有得有現觀有無上正等菩提不佛言善現若無所得即是得即是現觀即是無上正等菩提以不壞法界故善現若有於是無所得中欲有所得欲得現觀欲得無上正等菩提當知彼爲欲壞法界具壽善現復白佛言世尊若無所得即是得即是現觀即是無上正等菩提無所得中無得無現觀亦無無上正等菩提者云何得有菩薩摩訶薩極喜地離垢地發光地焰慧地極難勝地現前地遠行地不動地善慧地法雲地云何得有菩薩摩

訶薩無生法忍云何得有異熟生神通云何得有異熟生布施淨戒安忍精進靜慮般若波羅蜜多云何得有菩薩摩訶薩安住如是異熟生法成熟有情嚴淨佛土於諸佛所恭敬供養上妙飲食衣服華鬘塗散等香車乘瓔珞寶幢幡蓋房舍卧具妓樂燈明及餘種種人天資具所獲善根乃至無上正等菩提與果無盡展轉乃至般涅槃後自設利羅及諸弟子猶得種種供養恭敬善根勢力仍未滅盡佛言善現以一切法無所得故得有菩薩摩訶薩極喜地離垢地發光地焰慧地極難勝地現前地遠行地不動地善慧地法雲地即由此故得有菩薩摩訶薩無生法忍即由此故得有異熟生神通即由此故得有異熟生布施淨戒安忍精進靜慮般若波羅蜜多即由此故得有菩薩摩訶薩安住如是異熟生法成熟有情嚴淨佛土於諸佛所恭敬供養上妙飲食衣服華鬘塗散等香車乘瓔珞寶幢幡蓋房舍卧具妓樂燈明及餘種種人天資具乃至無上正等菩提所獲善根與果無盡展轉乃至般涅槃後自設利羅及諸弟子猶得種種供養恭敬善根勢力仍未滅盡爾時具壽善現白佛言世尊若一切法皆無所得布施淨戒安忍精進靜慮般若波羅蜜多及諸神通有何差別佛言善現無所得者布施淨戒安忍精進靜慮般若波羅蜜多及諸神通皆無差別為欲令彼有所得者離染著故方便宣說布施淨戒安忍精進靜慮般若波羅蜜多及諸神通有差別相具壽善現復白佛言世尊何因緣故無所得者布施

淨戒安忍精進靜慮般若波羅蜜多及諸神通皆無差别佛言善現菩薩摩訶薩修行般若波羅蜜多時不得布施不得施者不得受者不得所施而行布施不得淨戒而護淨戒不得安忍而修安忍不得精進而修精進不得靜慮而修靜慮不得般若而修般若不得神通而修神通不得四念住而修四念住不得四正斷四神足五根五力七等覺支八聖道支而修四正斷四神足五根五力七等覺支八聖道支不得空解脱門而修空解脱門不得無相無願解脱門而修無相無願解脱門不得四靜慮而修四靜慮不得四無量四無色定而修四無量四無色定不得八解脱而修八解脱不得八勝處九次第定十遍處而修八勝處九次第定十遍處不得一切三摩地門而修一切三摩地門不得一切陀羅尼門而修一切陀羅尼門不得菩薩十地而修菩薩十地不得五眼而修五眼不得佛十力而修佛十力不得四無所畏四無礙解十八佛不共法而修四無所畏四無礙解十八佛不共法不得大慈而修大慈不得大悲大喜大捨而修大悲大喜大捨不得無忘失法而修無忘失法不得恒住捨性而修恒住捨性不得一切智而修一切智不得道相智一切相智而修道相智一切相智不得有情而成熟有情不得佛土而嚴淨佛土不得一切佛法而證無上正等菩提善現菩薩摩訶薩應行如是無所得般若波羅蜜多善現若菩薩摩訶薩能行如是無所得般若波羅蜜多一切惡魔及彼眷屬皆不能壞爾時具壽善

現白佛言世尊云何菩薩摩訶薩修行般若波羅蜜多時一心具攝布施淨戒安忍精進靜慮般若波羅蜜多亦能具攝四靜慮四無量四無色定亦能具攝四念住四正斷四神足五根五力七等覺支八聖道支亦能具攝空無相無願解脫門亦能具攝苦集滅道聖諦亦能具攝八解脫八勝處九次第定十遍處亦能具攝一切三摩地門一切陀羅尼門亦能具攝內空外空內外空空空大空勝義空有為空無為空畢竟空無際空散空無變異空本性空自相空共相空一切法空不可得空無性空自性空無性自性空亦能具攝真如法界法性不虛妄性不變異性平等性離生性法定法住實際虛空界不思議界亦能具攝五眼六神通亦能具攝佛十力四無所畏四無礙解十八佛不共法亦能具攝大慈大悲大喜大捨亦能具攝無忘失法恒住捨性亦能具攝一切智道相智一切相智亦能具攝三十二大士相八十隨好佛告善現若菩薩摩訶薩修行般若波羅蜜多時所行布施波羅蜜多不離般若波羅蜜多皆為般若波羅蜜多之所攝受所行淨戒安忍精進靜慮般若波羅蜜多不離般若波羅蜜多皆為般若波羅蜜多之所攝受所修四靜慮不離般若波羅蜜多皆為般若波羅蜜多之所攝受所修四無量四無色定不離般若波羅蜜多皆為般若波羅蜜多之所攝受所修四念住不離般若波羅蜜多皆為般若波羅蜜多之所攝受所修四正斷四神足五根五力七等覺支八聖道支不離般若波羅蜜多皆

爲般若波羅蜜多之所攝受所修空解脱門不離般若波羅蜜多皆爲般若波羅蜜多之所攝受所修無相無願解脱門不離般若波羅蜜多皆爲般若波羅蜜多之所攝受所住苦聖諦不離般若波羅蜜多皆爲般若波羅蜜多之所攝受所住集滅道聖諦不離般若波羅蜜多皆爲般若波羅蜜多之所攝受所修八解脱不離般若波羅蜜多皆爲般若波羅蜜多之所攝受所修八勝處九次第定十遍處不離般若波羅蜜多皆爲般若波羅蜜多之所攝受所修一切三摩地門不離般若波羅蜜多皆爲般若波羅蜜多之所攝受所修一切陀羅尼門不離般若波羅蜜多皆爲般若波羅蜜多之所攝受

大般若波羅蜜多經卷第三百七十三

音釋

補特伽羅 梵語也或云福伽羅或富特伽羅此云數取趣謂數數往來諸趣也
隙 乞逆切璺也
瑕 音遐玷也又過也
苾芻 苾薄蜜切芻楚俱切草名含五義一體性柔輭二引蔓旁布三馨香遠聞四能療疼痛五不背日光以比丘之德似之故名比丘爲苾芻
華鬘 鬘莫班切

大般若波羅蜜多經卷第三百七十四

唐三藏法師玄奘奉　詔譯

初分無相無得品第六十六之二

所住內空不離般若波羅蜜多皆爲般若波羅蜜多之所攝受所住外空內外空空空大空勝義空有爲空無爲空畢竟空無際空散空無變異空本性空自相空共相空一切法空不可得空無性空自性空無性自性空不離般若波羅蜜多皆爲般若波羅蜜多之所攝受所住眞如不離般若波羅蜜多皆爲般若波羅蜜多之所攝受所住法界法性不虛妄性不變異性平等性離生性法定法住實際虛空界不思議界不離般若波羅蜜多皆爲般若波羅蜜多之所攝受所修五眼不離般若波羅蜜多皆爲般若波羅蜜多之所攝受所修六神通不離般若波羅蜜多皆爲般若波羅蜜多之所攝受所修佛十力不離般若波羅蜜多皆爲般若波羅蜜多之所攝受所修四無所畏四無礙解十八佛不共法不離般若波羅蜜多皆爲般若波羅蜜多之所攝受所修大慈不離般若波羅蜜多皆爲般若波羅蜜多之所攝受所修大悲大喜大捨不離般若波羅蜜多皆爲般若波羅蜜多之所攝受所修無忘失法不離般若波羅蜜多皆爲般若波羅蜜多之所攝受所修恒住捨性不離般若波羅蜜多皆爲般若波羅蜜多之所攝受所修一切智不離般若波羅蜜多皆爲般若波羅蜜多之所攝受所修道相智一切相智不離般若波羅蜜多皆爲般若波羅蜜多之所攝受所修三十二大士相不離

般若波羅蜜多皆爲般若波羅蜜多之所攝受所修八十隨好不離般若波羅蜜多皆爲般若波羅蜜多之所攝受善現如是菩薩摩訶薩修行般若波羅蜜多時一刹那心則能具攝布施淨戒安忍精進靜慮般若波羅蜜多亦能具攝四靜慮四無量四無色定亦能具攝四念住四正斷四神足五根五力七等覺支八聖道支亦能具攝空無相無願解脱門亦能具攝苦集滅道聖諦亦能具攝八解脱八勝處九次第定十遍處亦能具攝一切三摩地門一切陀羅尼門亦能具攝内空外空内外空空空大空勝義空有爲空無爲空畢竟空無際空散空無變異空本性空自相空共相空一切法空不可得空無性空自性空無性自性空亦能具攝眞如法界法性不虚妄性不變異性平等性離生性法定法住實際虚空界不思議界亦能具攝五眼六神通亦能具攝佛十力四無所畏四無礙解十八佛不共法亦能具攝大慈大悲大喜大捨亦能具攝無忘失法恒住捨性亦能具攝一切智道相智一切相智亦能具攝三十二大士相八十隨好具壽善現白佛言世尊云何菩薩摩訶薩修行般若波羅蜜多時諸有所作不離般若波羅蜜多常爲般若波羅蜜多所攝受故一刹那心則能具攝布施淨戒安忍精進靜慮般若波羅蜜多亦能具攝四靜慮四無量四無色定亦能具攝四念住四正斷四神足五根五力七等覺支八聖道支亦能具攝空無相無願解脱門亦能具攝苦集滅道聖諦亦能具攝八解脱八勝處九次第

定十遍處亦能具攝一切三摩地門一切陀羅尼門亦能具攝內空外空內外空空空大空勝義空有爲空無爲空畢竟空無際空散空無變異空本性空自相空共相空一切法空不可得空無性空自性空無性自性空亦能具攝眞如法界法性不虛妄性不變異性平等性離生性法定法住實際虛空界不思議界亦能具攝五眼六神通亦能具攝佛十力四無所畏四無礙解十八佛不共法亦能具攝大慈大悲大喜大捨亦能具攝無忘失法恒住捨性亦能具攝一切智道相智一切相智亦能具攝三十二大士相八十隨好佛告善現諸菩薩摩訶薩修行般若波羅蜜多時所行布施波羅蜜多皆爲般若波羅蜜多所攝受故遠離二想所行淨戒安忍精進靜慮般若波羅蜜多皆爲般若波羅蜜多所攝受故遠離二想所修四靜慮皆爲般若波羅蜜多所攝受故遠離二想所修四無量四無色定皆爲般若波羅蜜多所攝受故遠離二想所修四念住皆爲般若波羅蜜多所攝受故遠離二想所修四正斷四神足五根五力七等覺支八聖道支皆爲般若波羅蜜多所攝受故遠離二想所修空解脫門皆爲般若波羅蜜多所攝受故遠離二想所修無相無願解脫門皆爲般若波羅蜜多所攝受故遠離二想所住苦聖諦皆爲般若波羅蜜多所攝受故遠離二想所住集滅道聖諦皆爲般若波羅蜜多所攝受故遠離二想所修八解脫皆爲般若波羅蜜多所攝受故遠離二想所修八勝處九次第定十遍處皆爲般若波

羅蜜多所攝受故遠離二想所修一切三摩地門皆爲般若波羅蜜多所攝受故遠離二想所修一切陀羅尼門皆爲般若波羅蜜多所攝受故遠離二想所住内空皆爲般若波羅蜜多所攝受故遠離二想所住外空内外空空空大空勝義空有爲空無爲空畢竟空無際空散空無變異空本性空自相空共相空一切法空不可得空無性空自性空無性自性空皆爲般若波羅蜜多所攝受故遠離二想所住眞如皆爲般若波羅蜜多所攝受故遠離二想所住法界法性不虚妄性不變異性平等性離生性法定法住實際虚空界不思議界皆爲般若波羅蜜多所攝受故遠離二想所修五眼皆爲般若波羅蜜多所攝受故遠離二想所修六神通皆爲般若波羅蜜多所攝受故遠離二想所修佛十力皆爲般若波羅蜜多所攝受故遠離二想所修四無所畏四無礙解十八佛不共法皆爲般若波羅蜜多所攝受故遠離二想所修大慈皆爲般若波羅蜜多所攝受故遠離二想所修大悲大喜大捨皆爲般若波羅蜜多所攝受故遠離二想所修無忘失法皆爲般若波羅蜜多所攝受故遠離二想所修恒住捨性皆爲般若波羅蜜多所攝受故遠離二想所修一切智皆爲般若波羅蜜多所攝受故遠離二想所修道相智一切相智皆爲般若波羅蜜多所攝受故遠離二想所引三十二大士相皆爲般若波羅蜜多所攝受故遠離二想所引八十隨好皆爲般若波羅蜜多所攝受故遠離二想具壽善現白佛言世尊云何菩

薩摩訶薩修行般若波羅蜜多時雖行布施波羅蜜多而無二想雖行淨戒安忍精進靜慮般若波羅蜜多而無二想雖修四靜慮而無二想雖修四無量四無色定而無二想雖修四念住而無二想雖修四正斷四神足五根五力七等覺支八聖道支而無二想雖修空解脫門而無二想雖修無相無願解脫門而無二想雖住苦聖諦而無二想雖住集滅道聖諦而無二想雖修八解脫而無二想雖修八勝處九次第定十遍處而無二想雖修一切三摩地門而無二想雖修一切陀羅尼門而無二想雖住內空而無二想雖住外空內外空空空大空勝義空有爲空無爲空畢竟空無際空散空無變異空本性空自相空共相空一切法空不可得空無性空自性空無性自性空而無二想雖住眞如而無二想雖住法界法性不虛妄性不變異性平等性離生性法定法住實際虛空界不思議界而無二想雖修五眼而無二想雖修六神通而無二想雖修佛十力而無二想雖修四無所畏四無礙解十八佛不共法而無二想雖修大慈而無二想雖修大悲大喜大捨而無二想雖修無忘失法而無二想雖修恒住捨性而無二想雖修一切智而無二想雖修道相智一切相智而無二想雖引三十二大士相而無二想雖引八十隨好而無二想佛告善現菩薩摩訶薩修行般若波羅蜜多時爲欲圓滿布施波羅蜜多故即於布施波羅蜜多中攝受一切布施淨戒安忍精進靜慮般若波羅蜜多而行布施攝受一切四靜慮四無

量四無色定而行布施攝受一切四念住四正斷四神足五根五力七等覺支八聖道支而行布施攝受一切空無相無願解脫門而行布施攝受一切苦集滅道聖諦而行布施攝受一切八解脫八勝處九次第定十遍處而行布施攝受一切三摩地門陀羅尼門而行布施攝受一切內空外空內外空空空大空勝義空有爲空無爲空畢竟空無際空散空無變異空本性空自相空共相空一切法空不可得空無性空自性空無性自性空而行布施攝受一切真如法界法性不虛妄性不變異性平等性離生性法定法住實際虛空界不思議界而行布施攝受一切五眼六神通而行布施攝受一切佛十力四無所畏四無礙解十八佛不共法而行布施攝受一切大慈大悲大喜大捨而行布施攝受一切無忘失法恒住捨性而行布施攝受一切一切智道相智一切相智而行布施攝受一切三十二大士相八十隨好而行布施由是因緣而無二想善現菩薩摩訶薩修行般若波羅蜜多時爲欲圓滿淨戒安忍精進靜慮般若波羅蜜多故即於淨戒乃至般若波羅蜜多中攝受一切布施乃至般若波羅蜜多而行淨戒乃至般若波羅蜜多攝受一切四靜慮四無量四無色定而行淨戒乃至般若波羅蜜多攝受一切四念住四正斷四神足五根五力七等覺支八聖道支而行淨戒乃至般若波羅蜜多攝受一切空無相無願解脫門而行淨戒乃至般若波羅蜜多攝受一切苦集滅道聖諦而行淨戒乃至般若波羅蜜

多攝受一切八解脫八勝處九次第定十遍處而行淨戒乃至般若波羅蜜多攝受一切三摩地門陀羅尼門而行淨戒乃至般若波羅蜜多攝受一切內空外空內外空空空大空勝義空有為空無為空畢竟空無際空散空無變異空本性空自相空共相空一切法空不可得空無性空自性空無性自性空而行淨戒乃至般若波羅蜜多攝受一切眞如法界法性不虛妄性不變異性平等性離生性法定法住實際虛空界不思議界而行淨戒乃至般若波羅蜜多攝受一切五眼六神通而行淨戒乃至般若波羅蜜多攝受一切佛十力四無所畏四無礙解十八佛不共法而行淨戒乃至般若波羅蜜多攝受一切大慈大悲大喜大捨而行淨戒乃至般若波羅蜜多攝受一切無忘失法恒住捨性而行淨戒乃至般若波羅蜜多攝受一切一切智道相智一切相智而行淨戒乃至般若波羅蜜多攝受一切三十二大士相八十隨好而行淨戒乃至般若波羅蜜多由是因緣而無二想善現菩薩摩訶薩修行般若波羅蜜多時為欲圓滿四靜慮故即於四靜慮中攝受一切布施淨戒安忍精進靜慮般若波羅蜜多而修四靜慮攝受一切四靜慮四無量四無色定而修四靜慮攝受一切四念住四正斷四神足五根五力七等覺支八聖道支而修四靜慮攝受一切空無相無願解脫門而修四靜慮攝受一切苦集滅道聖諦而修四靜慮攝受一切八解脫八勝處九次第定十遍處而修四靜慮攝受一切三摩地門陀羅尼

門而修四靜慮攝受一切内空外空内外空空空大空勝義空有爲空無爲空畢竟空無際空散空無變異空本性空自相空共相空一切法空不可得空無性空自性空無性自性空而修四靜慮攝受一切眞如法界法性不虛妄性不變異性平等性離生性法定法住實際虛空界不思議界而修四靜慮攝受一切五眼六神通而修四靜慮攝受一切佛十力四無所畏四無礙解十八佛不共法而修四靜慮攝受一切大慈大悲大喜大捨而修四靜慮攝受一切無忘失法恒住捨性而修四靜慮攝受一切一切智道相智一切相智而修四靜慮攝受一切三十二大士相八十隨好而修四靜慮由是因緣而無二想善現菩薩摩訶薩修行般若波羅蜜多時爲欲圓滿四無量四無色定故即於四無量四無色定中攝受一切布施淨戒安忍精進靜慮般若波羅蜜多而修四無量四無色定攝受一切四靜慮四無量四無色定而修四無量四無色定攝受一切四念住四正斷四神足五根五力七等覺支八聖道支而修四無量四無色定攝受一切空無相無願解脫門而修四無量四無色定攝受一切苦集滅道聖諦而修四無量四無色定攝受一切八解脫八勝處九次第定十遍處而修四無量四無色定攝受一切三摩地門陀羅尼門而修四無量四無色定攝受一切内空外空内外空空空大空勝義空有爲空無爲空畢竟空無際空散空無變異空本性空自相空共相空一切法空不可得空無性空自性空無性自

性空而修四無量四無色定攝受一切真如法界法性不虛妄性不變異性平等性離生性法定法住實際虛空界不思議界而修四無量四無色定攝受一切五眼六神通而修四無量四無色定攝受一切佛十力四無所畏四無礙解十八佛不共法而修四無量四無色定攝受一切大慈大悲大喜大捨而修四無量四無色定攝受一切無忘失法恒住捨性而修四無量四無色定攝受一切一切智道相智一切相智而修四無量四無色定攝受一切三十二大士相八十隨好而修四無量四無色定由是因緣而無二想善現菩薩摩訶薩修行般若波羅蜜多時為欲圓滿四念住故即於四念住中攝受一切布施淨戒安忍精進靜慮般若波羅蜜多而修四念住攝受一切四靜慮四無量四無色定而修四念住攝受一切四念住四正斷四神足五根五力七等覺支八聖道支而修四念住攝受一切空無相無願解脫門而修四念住攝受一切苦集滅道聖諦而修四念住攝受一切八解脫八勝處九次第定十遍處而修四念住攝受一切三摩地門陀羅尼門而修四念住攝受一切內空外空內外空空空大空勝義空有為空無為空畢竟空無際空散空無變異空本性空自相空共相空一切法空不可得空無性空自性空無性自性空而修四念住攝受一切真如法界法性不虛妄性不變異性平等性離生性法定法住實際虛空界不思議界而修四念住攝受一切五眼六神通而修四念住攝受一切佛十力四無

所畏四無礙解十八佛不共法而修四念住攝受一切大慈大悲大喜大捨而修四念住攝受一切無忘失法恒住捨性而修四念住攝受一切一切智道相智一切相智而修四念住攝受一切三十二大士相八十隨好而修四念住由是因緣而無二想善現菩薩摩訶薩修行般若波羅蜜多時爲欲圓滿四正斷四神足五根五力七等覺支八聖道支故即於四正斷乃至八聖道支中攝受一切布施淨戒安忍精進靜慮般若波羅蜜多而修四正斷乃至八聖道支攝受一切四靜慮四無量四無色定而修四正斷乃至八聖道支攝受一切四念住四正斷四神足五根五力七等覺支八聖道支而修四正斷乃至八聖道支攝受一切空無相無願解脫門而修四正斷乃至八聖道支攝受一切苦集滅道聖諦而修四正斷乃至八聖道支攝受一切八解脫八勝處九次第定十遍處而修四正斷乃至八聖道支攝受一切三摩地門陀羅尼門而修四正斷乃至八聖道支攝受一切內空外空內外空空空大空勝義空有爲空無爲空畢竟空無際空散空無變異空本性空自相空共相空一切法空不可得空無性空自性空無性自性空而修四正斷乃至八聖道支攝受一切真如法界法性不虛妄性不變異性平等性離生性法定法住實際虛空界不思議界而修四正斷乃至八聖道支攝受一切五眼六神通而修四正斷乃至八聖道支攝受一切佛十力四無所畏四無礙解十八佛不共法而修四正斷乃至八聖道支

攝受一切大慈大悲大喜大捨而修四正斷乃至八聖道支攝受一切一切智道相智一切相智而修四正斷乃至八聖道支攝受一切三十二大士相八十隨好而修四正斷乃至八聖道支由是因緣而無二想善現菩薩摩訶薩修行般若波羅蜜多時爲欲圓滿空解脱門故即於空解脱門中攝受一切布施淨戒安忍精進靜慮般若波羅蜜多而修空解脱門攝受一切四靜慮四無量四無色定而修空解脱門攝受一切四念住四正斷四神足五根五力七等覺支八聖道支而修空解脱門攝受一切空無相無願解脱門而修空解脱門攝受一切苦集滅道聖諦而修空解脱門攝受一切八解脱八勝處九次第定十遍處而修空解脱門攝受一切三摩地門陀羅尼門而修空解脱門攝受一切内空外空内外空空空大空勝義空有爲空無爲空畢竟空無際空散空無變異空本性空自相空共相空一切法空不可得空無性空自性空無性自性空而修空解脱門攝受一切眞如法界法性不虛妄性不變異性平等性離生性法定法住實際虛空界不思議界而修空解脱門攝受一切五眼六神通而修空解脱門攝受一切佛十力四無所畏四無礙解十八佛不共法而修空解脱門攝受一切大慈大悲大喜大捨而修空解脱門攝受一切無忘失法恒住捨性而修空解脱門攝受一切一切智道相智一切相智而修空解脱門攝受一切三十二大士相八十隨好而修空解脱門由是因緣而無二想善現菩薩摩訶

薩修行般若波羅蜜多時爲欲圓滿無相無願解脫門故即於無相無願解脫門中攝受一切布施淨戒安忍精進靜慮般若波羅蜜多而修無相無願解脫門攝受一切四靜慮四無量四無色定而修無相無願解脫門攝受一切四念住四正斷四神足五根五力七等覺支八聖道支而修無相無願解脫門攝受一切空無相無願解脫門而修無相無願解脫門攝受一切苦集滅道聖諦而修無相無願解脫門攝受一切八解脫八勝處九次第定十遍處而修無相無願解脫門攝受一切三摩地門陀羅尼門而修無相無願解脫門攝受一切內空外空內外空空空大空勝義空有爲空無爲空畢竟空無際空散空無變異空本性空自相空共相空一切法空不可得空無性空自性空無性自性空而修無相無願解脫門攝受一切真如法界法性不虛妄性不變異性平等性離生性法定法住實際虛空界不思議界而修無相無願解脫門攝受一切五眼六神通而修無相無願解脫門攝受一切佛十力四無所畏四無礙解十八佛不共法而修無相無願解脫門攝受一切大慈大悲大喜大捨而修無相無願解脫門攝受一切無忘失法恒住捨性而修無相無願解脫門攝受一切一切智道相智一切相智而修無相無願解脫門攝受一切三十二大士相八十隨好而修無相無願解脫門由是因緣而無二想善現菩薩摩訶薩修行般若波羅蜜多時爲欲圓滿苦聖諦故即於苦聖諦中攝受一切布施淨戒安忍精進

靜慮般若波羅蜜多而住苦聖諦攝受一切四靜慮四無量四無色定而住苦聖諦攝受一切四念住四正斷四神足五根五力七等覺支八聖道支而住苦聖諦攝受一切空無相無願解脫門而住苦聖諦攝受一切苦集滅道聖諦而住苦聖諦攝受一切八解脫八勝處九次第定十遍處而住苦聖諦攝受一切三摩地門陀羅尼門而住苦聖諦攝受一切內空外空內外空空空大空勝義空有為空無為空畢竟空無際空散空無變異空本性空自相空共相空一切法空不可得空無性空自性空無性自性空而住苦聖諦攝受一切真如法界法性不虛妄性不變異性平等性離生性法定法住實際虛空界不思議界而住苦聖諦攝受一切五眼六神通而住苦聖諦攝受一切佛十力四無所畏四無礙解十八佛不共法而住苦聖諦攝受一切大慈大悲大喜大捨而住苦聖諦攝受一切無忘失法恒住捨性而住苦聖諦攝受一切一切智道相智一切相智而住苦聖諦攝受一切三十二大士相八十隨好而住苦聖諦由是因緣而無二想善現菩薩摩訶薩修行般若波羅蜜多時為欲圓滿集滅道聖諦故即於集滅道聖諦中攝受一切布施淨戒安忍精進靜慮般若波羅蜜多而住集滅道聖諦攝受一切四靜慮四無量四無色定而住集滅道聖諦攝受一切四念住四正斷四神足五根五力七等覺支八聖道支而住集滅道聖諦攝受一切空無相無願解脫門而住集滅道聖諦攝受一切苦集滅道聖諦而住集

滅道聖諦攝受一切八解脱八勝處九次第定十遍處而住集滅道聖諦攝受一切三摩地門陀羅尼門而住集滅道聖諦攝受一切内空外空内外空空空大空勝義空有爲空無爲空畢竟空無際空散空無變異空本性空自相空共相空一切法空不可得空無性空自性空無性自性空而住集滅道聖諦攝受一切真如法界法性不虚妄性不變異性平等性離生性法定法住實際虚空界不思議界而住集滅道聖諦攝受一切五眼六神通而住集滅道聖諦攝受一切佛十力四無所畏四無礙解十八佛不共法而住集滅道聖諦攝受一切大慈大悲大喜大捨而住集滅道聖諦攝受一切無忘失法恒住捨性而住集滅道聖諦攝受一切一切智道相智一切相智而住集滅道聖諦攝受一切三十二大士相八十隨好而住集滅道聖諦由是因緣而無二想善現菩薩摩訶薩修行般若波羅蜜多時爲欲圓滿八解脱故即於八解脱中攝受一切布施淨戒安忍精進静慮般若波羅蜜多而修八解脱攝受一切四静慮四無量四無色定而修八解脱攝受一切四念住四正斷四神足五根五力七等覺支八聖道支而修八解脱攝受一切空無相無願解脱門而修八解脱攝受一切苦集滅道聖諦而修八解脱攝受一切八解脱八勝處九次第定十遍處而修八解脱攝受一切三摩地門陀羅尼門而修八解脱攝受一切内空外空内外空空空大空勝義空有爲空無爲空畢竟空無際空散空無變異空本性空自相

空共相空一切法空不可得空無性空自性空無性自性空而修八解脫攝受一切真如法界法性不虚妄性不變異性平等性離生性法定法住實際虚空界不思議界而修八解脫攝受一切五眼六神通而修八解脫攝受一切佛十力四無所畏四無礙解十八佛不共法而修八解脫攝受一切大慈大悲大喜大捨而修八解脫攝受一切無忘失法恒住捨性而修八解脫攝受一切一切智道相智一切相智而修八解脫攝受一切三十二大士相八十隨好而修八解脫由是因緣而無二想善現菩薩摩訶薩修行般若波羅蜜多時爲欲圓滿八勝處九次第定十遍處故即於八勝處九次第定十遍處中攝受一切布施淨戒安忍精進靜慮般若波羅蜜多而修八勝處九次第定十遍處攝受一切四靜慮四無量四無色定而修八勝處九次第定十遍處攝受一切四念住四正斷四神足五根五力七等覺支八聖道支而修八勝處九次第定十遍處攝受一切空無相無願解脫門而修八勝處九次第定十遍處攝受一切苦集滅道聖諦而修八勝處九次第定十遍處攝受一切八解脫八勝處九次第定十遍處而修八勝處九次第定十遍處攝受一切三摩地門陀羅尼門而修八勝處九次第定十遍處攝受一切内空外空内外空空空大空勝義空有爲空無爲空畢竟空無際空散空無變異空本性空自相空共相空一切法空不可得空無性空自性空無性自性空而修八勝處九次第定十遍處攝受一切真如

法界法性不虚妄性不變異性平等性離生性法定法住實際虚空界不思議界而修八勝處九次第定十遍處攝受一切五眼六神通而修八勝處九次第定十遍處攝受一切佛十力四無所畏四無礙解十八佛不共法而修八勝處九次第定十遍處攝受一切大慈大悲大喜大捨而修八勝處九次第定十遍處攝受一切無忘失法恒住捨性而修八勝處九次第定十遍處攝受一切一切智道相智一切相智而修八勝處九次第定十遍處攝受一切三十二大士相八十隨好而修八勝處九次第定十遍處由是因緣而無二想善現菩薩摩訶薩修行般若波羅蜜多時爲欲圓滿一切三摩地門故即於一切三摩地門中攝受一切布施淨戒安忍精進靜慮般若波羅蜜多而修一切三摩地門攝受一切四靜慮四無量四無色定而修一切三摩地門攝受一切四念住四正斷四神足五根五力七等覺支八聖道支而修一切三摩地門攝受一切空無相無願解脫門而修一切三摩地門攝受一切苦集滅道聖諦而修一切三摩地門攝受一切八解脫八勝處九次第定十遍處而修一切三摩地門攝受一切三摩地門陀羅尼門而修一切三摩地門攝受一切内空外空内外空空空大空勝義空有爲空無爲空畢竟空無際空散空無變異空本性空自相空共相空一切法空不可得空無性空自性空無性自性空而修一切三摩地門攝受一切真如法界法性不虚妄性不變異性平等性離生性法定法住實際虚

空界不思議界而修一切三摩地門攝受一切五眼六神通而修一切三摩地門攝受一切佛十力四無所畏四無礙解十八佛不共法而修一切三摩地門攝受一切大慈大悲大喜大捨而修一切三摩地門攝受一切無忘失法恒住捨性而修一切三摩地門攝受一切一切智道相智一切相智而修一切三摩地門攝受一切三十二大士相八十隨好而修一切三摩地門由是因緣而無二想

大般若波羅蜜多經卷第三百七十四

大般若波羅蜜多經卷第三百七十五

唐三藏法師玄奘奉　詔譯

初分無相無得品第六十六之三

善現菩薩摩訶薩修行般若波羅蜜多時爲欲圓滿一切陀羅尼門故即於一切陀羅尼門中攝受一切布施淨戒安忍精進靜慮般若波羅蜜多而修一切陀羅尼門攝受一切四靜慮四無量四無色定而修一切陀羅尼門攝受一切四念住四正斷四神足五根五力七等覺支八聖道支而修一切陀羅尼門攝受一切空無相無願解脱門而修一切陀羅尼門攝受一切苦集滅道聖諦而修一切陀羅尼門攝受一切八解脱八勝處九次第定十遍處而修一切陀羅尼門攝受一切三摩地門陀羅尼門而修一切陀羅尼門攝受一切内空外空内外空空空大空勝義空有爲空無爲空畢竟空無際空散空無變異空本性空自相空共相空一切法空不可得空無性空自性空無性自性空而修一切陀羅尼門攝受一切真如法界法性不虚妄性不變異性平等性離生性法定法住實際虚空界不思議界而修一切陀羅尼門攝受一切五眼六神通而修一切陀羅尼門攝受一切佛十力四無所畏四無礙解十八佛不共法而修一切陀羅尼門攝受一切大慈大悲大喜大捨而修一切陀羅尼門攝受一切無忘失法恒住捨性而修一切陀羅尼門攝受一切一切智道相智一切相智而修一切陀羅尼門攝受一切三十二大士相八十隨好而修一切陀羅尼門由是因緣而無二想善現

菩薩摩訶薩修行般若波羅蜜多時爲欲圓滿内空故即於内空中攝受一切布施淨戒安忍精進靜慮般若波羅蜜多而住内空攝受一切四靜慮四無量四無色定而住内空攝受一切四念住四正斷四神足五根五力七等覺支八聖道支而住内空攝受一切空無相無願解脱門而住内空攝受一切苦集滅道聖諦而住内空攝受一切八解脱八勝處九次第定十遍處而住内空攝受一切三摩地門陀羅尼門而住内空攝受一切内空外空内外空空空大空勝義空有爲空無爲空畢竟空無際空散空無變異空本性空自相空共相空一切法空不可得空無性空自性空無性自性空而住内空攝受一切眞如法界法性不虛妄性不變異性平等性離生性法定法住實際虛空界不思議界而住内空攝受一切五眼六神通而住内空攝受一切佛十力四無所畏四無礙解十八佛不共法而住内空攝受一切大慈大悲大喜大捨而住内空攝受一切無忘失法恒住捨性而住内空攝受一切一切智道相智一切相智而住内空攝受一切三十二大士相八十隨好而住内空由是因緣而無二想善現菩薩摩訶薩修行般若波羅蜜多時爲欲圓滿外空内外空空空大空勝義空有爲空無爲空畢竟空無際空散空無變異空本性空自相空共相空一切法空不可得空無性空自性空無性自性空故即於外空乃至無性自性空中攝受一切布施淨戒安忍精進靜慮般若波羅蜜多而住外空乃至無性自性空攝

受一切四靜慮四無量四無色定而住外空乃至無性自性空攝受一切四念住四正斷四神足五根五力七等覺支八聖道支而住外空乃至無性自性空攝受一切空無相無願解脫門而住外空乃至無性自性空攝受一切苦集滅道聖諦而住外空乃至無性自性空攝受一切八解脫八勝處九次第定十遍處而住外空乃至無性自性空攝受一切三摩地門陀羅尼門而住外空乃至無性自性空攝受一切內空外空內外空空空大空勝義空有爲空無爲空畢竟空無際空散空無變異空本性空自相空共相空一切法空不可得空無性空自性空無性自性空而住外空乃至無性自性空攝受一切真如法界法性不虛妄性不變異性平等性離生性法定法住實際虛空界不思議界而住外空乃至無性自性空攝受一切五眼六神通而住外空乃至無性自性空攝受一切佛十力四無所畏四無礙解十八佛不共法而住外空乃至無性自性空攝受一切大慈大悲大喜大捨而住外空乃至無性自性空攝受一切無忘失法恒住捨性而住外空乃至無性自性空攝受一切一切智道相智一切相智而住外空乃至無性自性空攝受一切三十二大士相八十隨好而住外空乃至無性自性空由是因緣而無二想善現菩薩摩訶薩修行般若波羅蜜多時爲欲圓滿真如故即於真如中攝受一切布施淨戒安忍精進靜慮般若波羅蜜多而住真如攝受一切四靜慮四無量四無色定而住真如攝受一切四念

住四正斷四神足五根五力七等覺支八聖道支而住眞如攝受一切空無相無願解脫門而住眞如攝受一切苦集滅道聖諦而住眞如攝受一切八解脫八勝處九次第定十遍處而住眞如攝受一切三摩地門陀羅尼門而住眞如攝受一切内空外空内外空空空大空勝義空有爲空無爲空畢竟空無際空散空無變異空本性空自相空共相空一切法空不可得空無性空自性空無性自性空而住眞如攝受一切眞如法界法性不虛妄性不變異性平等性離生性法定法住實際虛空界不思議界而住眞如攝受一切五眼六神通而住眞如攝受一切佛十力四無所畏四無礙解十八佛不共法而住眞如攝受一切大慈大悲大喜大捨而住眞如攝受一切無忘失法恒住捨性而住眞如攝受一切一切智道相智一切相智而住眞如攝受一切三十二大士相八十隨好而住眞如由是因緣而無二想善現菩薩摩訶薩修行般若波羅蜜多時爲欲圓滿法界法性不虛妄性不變異性平等性離生性法定法住實際虛空界不思議界故即於法界乃至不思議界中攝受一切布施淨戒安忍精進靜慮般若波羅蜜多而住法界乃至不思議界攝受一切四靜慮四無量四無色定而住法界乃至不思議界攝受一切四念住四正斷四神足五根五力七等覺支八聖道支而住法界乃至不思議界攝受一切空無相無願解脫門而住法界乃至不思議界攝受一切苦集滅道聖諦而住法界乃至不思議界攝受一

切八解脱八勝處九次第定十遍處而住法界乃至不思議界攝受一切三摩地門陀羅尼門而住法界乃至不思議界攝受一切内空外空内外空空空大空勝義空有爲空無爲空畢竟空無際空散空無變異空本性空自相空共相空一切法空不可得空無性空自性空無性自性空而住法界乃至不思議界攝受一切真如法界法性不虚妄性不變異性平等性離生性法定法住實際虚空界不思議界而住法界乃至不思議界攝受一切五眼六神通而住法界乃至不思議界攝受一切佛十力四無所畏四無礙解十八佛不共法而住法界乃至不思議界攝受一切大慈大悲大喜大捨而住法界乃至不思議界攝受一切無忘失法恒住捨性而住法界乃至不思議界攝受一切一切智道相智一切相智而住法界乃至不思議界攝受一切三十二大士相八十隨好而住法界乃至不思議界由是因緣而無二想善現菩薩摩訶薩修行般若波羅蜜多時爲欲圓滿五眼故即於五眼中攝受一切布施淨戒安忍精進靜慮般若波羅蜜多而修五眼攝受一切四靜慮四無量四無色定而修五眼攝受一切四念住四正斷四神足五根五力七等覺支八聖道支而修五眼攝受一切空無相無願解脱門而修五眼攝受一切苦集滅道聖諦而修五眼攝受一切八解脱八勝處九次第定十遍處而修五眼攝受一切三摩地門陀羅尼門而修五眼攝受一切内空外空内外空空空大空勝義空有爲空無爲空畢竟空

無際空散空無變異空本性空自相空共相空一切法空不可得空無性空自性空無性自性空而修五眼攝受一切眞如法界法性不虛妄性不變異性平等性離生性法定法住實際虛空界不思議界而修五眼攝受一切五眼六神通而修五眼攝受一切佛十力四無所畏四無礙解十八佛不共法而修五眼攝受一切大慈大悲大喜大捨而修五眼攝受一切無忘失法恒住捨性而修五眼攝受一切一切智道相智一切相智而修五眼攝受一切三十二大士相八十隨好而修五眼由是因緣而無二想善現菩薩摩訶薩修行般若波羅蜜多時爲欲圓滿六神通故即於六神通中攝受一切布施淨戒安忍精進靜慮般若波羅蜜多而修六神通攝受一切四靜慮四無量四無色定而修六神通攝受一切四念住四正斷四神足五根五力七等覺支八聖道支而修六神通攝受一切空無相無願解脫門而修六神通攝受一切苦集滅道聖諦而修六神通攝受一切八解脫八勝處九次第定十遍處而修六神通攝受一切三摩地門陀羅尼門而修六神通攝受一切內空外空內外空空空大空勝義空有爲空無爲空畢竟空無際空散空無變異空本性空自相空共相空一切法空不可得空無性空自性空無性自性空而修六神通攝受一切眞如法界法性不虛妄性不變異性平等性離生性法定法住實際虛空界不思議界而修六神通攝受一切五眼六神通而修六神通攝受一切佛十力四無所畏四無礙

解十八佛不共法而修六神通攝受一切大慈大悲大喜大捨而修六神通攝受一切無忘失法恒住捨性而修六神通攝受一切一切智道相智一切相智而修六神通攝受一切三十二大士相八十隨好而修六神通由是因緣而無二想善現菩薩摩訶薩修行般若波羅蜜多時爲欲圓滿佛十力故即於佛十力中攝受一切布施淨戒安忍精進靜慮般若波羅蜜多而修佛十力攝受一切四靜慮四無量四無色定而修佛十力攝受一切四念住四正斷四神足五根五力七等覺支八聖道支而修佛十力攝受一切空無相無願解脱門而修佛十力攝受一切苦集滅道聖諦而修佛十力攝受一切八解脱八勝處九次第定十遍處而修佛十力攝受一切三摩地門陀羅尼門而修佛十力攝受一切内空外空内外空空空大空勝義空有爲空無爲空畢竟空無際空散空無變異空本性空自相空共相空一切法空不可得空無性空自性空無性自性空而修佛十力攝受一切眞如法界法性不虚妄性不變異性平等性離生性法定法住實際虚空界不思議界而修佛十力攝受一切五眼六神通而修佛十力攝受一切佛十力四無所畏四無礙解十八佛不共法而修佛十力攝受一切大慈大悲大喜大捨而修佛十力攝受一切無忘失法恒住捨性而修佛十力攝受一切一切智道相智一切相智而修佛十力攝受一切三十二大士相八十隨好而修佛十力由是因緣而無二想善現菩薩摩訶薩修行般若波

羅蜜多時爲欲圓滿四無所畏四無礙解十八佛不共法故即於四無所畏四無礙解十八佛不共法中攝受一切布施淨戒安忍精進靜慮般若波羅蜜多而修四無所畏四無礙解十八佛不共法攝受一切四靜慮四無量四無色定而修四無所畏四無礙解十八佛不共法攝受一切四念住四正斷四神足五根五力七等覺支八聖道支而修四無所畏四無礙解十八佛不共法攝受一切空無相無願解脫門而修四無所畏四無礙解十八佛不共法攝受一切苦集滅道聖諦而修四無所畏四無礙解十八佛不共法攝受一切八解脫八勝處九次第定十遍處而修四無所畏四無礙解十八佛不共法攝受一切三摩地門陀羅尼門而修四無所畏四無礙解十八佛不共法攝受一切內空外空內外空空空大空勝義空有爲空無爲空畢竟空無際空散空無變異空本性空自相空共相空一切法空不可得空無性空自性空無性自性空而修四無所畏四無礙解十八佛不共法攝受一切眞如法界法性不虛妄性不變異性平等性離生性法定法住實際虛空界不思議界而修四無所畏四無礙解十八佛不共法攝受一切五眼六神通而修四無所畏四無礙解十八佛不共法攝受一切佛十力四無所畏四無礙解十八佛不共法而修四無所畏四無礙解十八佛不共法攝受一切大慈大悲大喜大捨而修四無所畏四無礙解十八佛不共法攝受一切無忘失法恒住捨性而修四無所畏四無礙解十八佛

不共法攝受一切一切智道相智一切相智而修四無所畏四無礙解十八佛不共法攝受一切三十二大士相八十隨好而修四無所畏四無礙解十八佛不共法由是因緣而無二想善現菩薩摩訶薩修行般若波羅蜜多時爲欲圓滿大慈故即於大慈中攝受一切布施淨戒安忍精進靜慮般若波羅蜜多而修大慈攝受一切四靜慮四無量四無色定而修大慈攝受一切四念住四正斷四神足五根五力七等覺支八聖道支而修大慈攝受一切空無相無願解脫門而修大慈攝受一切苦集滅道聖諦而修大慈攝受一切八解脫八勝處九次第定十遍處而修大慈攝受一切三摩地門陀羅尼門而修大慈攝受一切內空外空內外空空空大空勝義空有爲空無爲空畢竟空無際空散空無變異空本性空自相空共相空一切法空不可得空無性空自性空無性自性空而修大慈攝受一切真如法界法性不虛妄性不變異性平等性離生性法定法住實際虛空界不思議界而修大慈攝受一切五眼六神通而修大慈攝受一切佛十力四無所畏四無礙解十八佛不共法而修大慈攝受一切大慈大悲大喜大捨而修大慈攝受一切無忘失法恒住捨性而修大慈攝受一切一切智道相智一切相智而修大慈攝受一切三十二大士相八十隨好而修大慈由是因緣而無二想善現菩薩摩訶薩修行般若波羅蜜多時爲欲圓滿大悲大喜大捨故即於大悲大喜大捨中攝受一切布施淨戒安忍精進靜慮

般若波羅蜜多而修大悲大喜大捨攝受一切四靜慮四無量四無色定而修大悲大喜大捨攝受一切四念住四正斷四神足五根五力七等覺支八聖道支而修大悲大喜大捨攝受一切空無相無願解脫門而修大悲大喜大捨攝受一切苦集滅道聖諦而修大悲大喜大捨攝受一切八解脫八勝處九次第定十遍處而修大悲大喜大捨攝受一切三摩地門陀羅尼門而修大悲大喜大捨攝受一切內空外空內外空空空大空勝義空有為空無為空畢竟空無際空散空無變異空本性空自相空共相空一切法空不可得空無性空自性空無性自性空而修大悲大喜大捨攝受一切真如法界法性不虛妄性不變異性平等性離生性法定法住實際虛空界不思議界而修大悲大喜大捨攝受一切五眼六神通而修大悲大喜大捨攝受一切佛十力四無所畏四無礙解十八佛不共法而修大悲大喜大捨攝受一切大慈大悲大喜大捨而修大悲大喜大捨攝受一切無忘失法恒住捨性而修大悲大喜大捨攝受一切一切智道相智一切相智而修大悲大喜大捨攝受一切三十二大士相八十隨好而修大悲大喜大捨由是因緣而無二想善現菩薩摩訶薩修行般若波羅蜜多時為欲圓滿無忘失法故即於無忘失法中攝受一切布施淨戒安忍精進靜慮般若波羅蜜多而修無忘失法攝受一切四靜慮四無量四無色定而修無忘失法攝受一切四念住四正斷四神足五根五力七等覺支八聖道支

而修無忘失法攝受一切空無相無願解脱門而修無忘失法攝受一切苦集滅道聖諦而修無忘失法攝受一切八解脱八勝處九次第定十遍處而修無忘失法攝受一切三摩地門陀羅尼門而修無忘失法攝受一切内空外空内外空空空大空勝義空有爲空無爲空畢竟空無際空散空無變異空本性空自相空共相空一切法空不可得空無性空自性空無性自性空而修無忘失法攝受一切眞如法界法性不虚妄性不變異性平等性離生性法定法住實際虚空界不思議界而修無忘失法攝受一切五眼六神通而修無忘失法攝受一切佛十力四無所畏四無礙解十八佛不共法而修無忘失法攝受一切大慈大悲大喜大捨而修無忘失法攝受一切無忘失法恒住捨性而修無忘失法攝受一切一切智道相智一切相智而修無忘失法攝受一切三十二大士相八十隨好而修無忘失法由是因緣而無二想善現菩薩摩訶薩修行般若波羅蜜多時爲欲圓滿恒住捨性故即於恒住捨性中攝受一切布施淨戒安忍精進靜慮般若波羅蜜多而修恒住捨性攝受一切四靜慮四無量四無色定而修恒住捨性攝受一切四念住四正斷四神足五根五力七等覺支八聖道支而修恒住捨性攝受一切空無相無願解脱門而修恒住捨性攝受一切苦集滅道聖諦而修恒住捨性攝受一切八解脱八勝處九次第定十遍處而修恒住捨性攝受一切三摩地門陀羅尼門而修恒住捨性攝受一切内空

外空內外空空空大空勝義空有爲空無爲空畢竟空無際空散空無變異空本性空自相空共相空一切法空不可得空無性空自性空無性自性空而修恒住捨性攝受一切眞如法界法性不虛妄性不變異性平等性離生性法定法住實際虛空界不思議界而修恒住捨性攝受一切五眼六神通而修恒住捨性攝受一切佛十力四無所畏四無礙解十八佛不共法而修恒住捨性攝受一切大慈大悲大喜大捨而修恒住捨性攝受一切無忘失法恒住捨性而修恒住捨性攝受一切一切智道相智一切相智而修恒住捨性攝受一切三十二大士相八十隨好而修恒住捨性由是因緣而無二想善現菩薩摩訶薩修行般若波羅蜜多時爲欲圓滿一切智故即於一切智中攝受一切布施淨戒安忍精進靜慮般若波羅蜜多而修一切智攝受一切四靜慮四無量四無色定而修一切智攝受一切四念住四正斷四神足五根五力七等覺支八聖道支而修一切智攝受一切空無相無願解脫門而修一切智攝受一切苦集滅道聖諦而修一切智攝受一切八解脫八勝處九次第定十遍處而修一切智攝受一切三摩地門陀羅尼門而修一切智攝受一切內空外空內外空空空大空勝義空有爲空無爲空畢竟空無際空散空無變異空本性空自相空共相空一切法空不可得空無性空自性空無性自性空而修一切智攝受一切眞如法界法性不虛妄性不變異性平等性離生性法定法住實際虛空界

不思議界而修一切智攝受一切五眼六神通而修一切智攝受一切佛十力四無所畏四無礙解十八佛不共法而修一切智攝受一切大慈大悲大喜大捨而修一切智攝受一切無忘失法恒住捨性而修一切智攝受一切一切智道相智一切相智而修一切智攝受一切三十二大士相八十隨好而修一切智由是因緣而無二想善現菩薩摩訶薩修行般若波羅蜜多時為欲圓滿道相智一切相智故即於道相智一切相智中攝受一切布施淨戒安忍精進靜慮般若波羅蜜多而修道相智一切相智攝受一切四靜慮四無量四無色定而修道相智一切相智攝受一切四念住四正斷四神足五根五力七等覺支八聖道支而修道相智一切相智攝受一切空無相無願解脫門而修道相智一切相智攝受一切苦集滅道聖諦而修道相智一切相智攝受一切八解脫八勝處九次第定十遍處而修道相智一切相智攝受一切三摩地門陀羅尼門而修道相智一切相智攝受一切內空外空內外空空空大空勝義空有為空無為空畢竟空無際空散空無變異空本性空自相空共相空一切法空不可得空無性空自性空無性自性空而修道相智一切相智攝受一切真如法界法性不虛妄性不變異性平等性離生性法定法住實際虛空界不思議界而修道相智一切相智攝受一切五眼六神通而修道相智一切相智攝受一切佛十力四無所畏四無礙解十八佛不共法而修道相智一切相智攝受一

切大慈大悲大喜大捨而修道相智一切相智攝受一切無忘失法恒住捨性而修道相智一切相智攝受一切一切智道相智一切相智而修道相智一切相智攝受一切三十二大士相八十隨好而修道相智一切相智由是因緣而無二想善現菩薩摩訶薩修行般若波羅蜜多時為欲圓滿三十二大士相故即於三十二大士相中攝受一切布施淨戒安忍精進靜慮般若波羅蜜多而引三十二大士相攝受一切四靜慮四無量四無色定而引三十二大士相攝受一切四念住四正斷四神足五根五力七等覺支八聖道支而引三十二大士相攝受一切空無相無願解脫門而引三十二大士相攝受一切苦集滅道聖諦而引三十二大士相攝受一切八解脫八勝處九次第定十遍處而引三十二大士相攝受一切三摩地門陀羅尼門而引三十二大士相攝受一切內空外空內外空空空大空勝義空有為空無為空畢竟空無際空散空無變異空本性空自相空共相空一切法空不可得空無性空自性空無性自性空而引三十二大士相攝受一切真如法界法性不虛妄性不變異性平等性離生性法定法住實際虛空界不思議界而引三十二大士相攝受一切五眼六神通而引三十二大士相攝受一切佛十力四無所畏四無礙解十八佛不共法而引三十二大士相攝受一切大慈大悲大喜大捨而引三十二大士相攝受一切無忘失法恒住捨性而引三十二大士相攝受一切一切智道相智一切

相智而引三十二大士相攝受一切三十二大士相八十隨好而引三十二大士相由是因緣而無二想善現菩薩摩訶薩修行般若波羅蜜多時爲欲圓滿八十隨好故即於八十隨好中攝受一切布施淨戒安忍精進靜慮般若波羅蜜多而引八十隨好攝受一切四靜慮四無量四無色定而引八十隨好攝受一切四念住四正斷四神足五根五力七等覺支八聖道支而引八十隨好攝受一切空無相無願解脱門而引八十隨好攝受一切苦集滅道聖諦而引八十隨好攝受一切八解脱八勝處九次第定十遍處而引八十隨好攝受一切三摩地門陀羅尼門而引八十隨好攝受一切内空外空内外空空空大空勝義空有爲空無爲空畢竟空無際空散空無變異空本性空自相空共相空一切法空不可得空無性空自性空無性自性空而引八十隨好攝受一切真如法界法性不虚妄性不變異性平等性離生性法定法住實際虚空界不思議界而引八十隨好攝受一切五眼六神通而引八十隨好攝受一切佛十力四無所畏四無礙解十八佛不共法而引八十隨好攝受一切大慈大悲大喜大捨而引八十隨好攝受一切無忘失法恒住捨性而引八十隨好攝受一切一切智道相智一切相智而引八十隨好攝受一切三十二大士相八十隨好而引八十隨好由是因緣而無二想復次善現是菩薩摩訶薩修行般若波羅蜜多故若行布施波羅蜜多時住無漏心而行布施波羅蜜多若行淨戒安忍精

進靜慮般若波羅蜜多時住無漏心而行淨戒乃至般若波羅蜜多是故雖行布施乃至般若波羅蜜多而無二想善現是菩薩摩訶薩修行般若波羅蜜多故若修四靜慮時住無漏心而修四靜慮若修四無量四無色定時住無漏心而修四無量四無色定是故雖修四靜慮四無量四無色定而無二想善現是菩薩摩訶薩修行般若波羅蜜多故若修四念住時住無漏心而修四念住若修四正斷四神足五根五力七等覺支八聖道支時住無漏心而修四正斷乃至八聖道支是故雖修四念住乃至八聖道支而無二想善現是菩薩摩訶薩修行般若波羅蜜多故若修空解脫門時住無漏心而修空解脫門若修無相無願解脫門時住無漏心而修無相無願解脫門是故雖修空無相無願解脫門而無二想善現是菩薩摩訶薩修行般若波羅蜜多故若住苦聖諦時住無漏心而住苦聖諦若住集滅道聖諦時住無漏心而住集滅道聖諦是故雖住苦集滅道聖諦而無二想善現是菩薩摩訶薩修行般若波羅蜜多故若修八解脫時住無漏心而修八解脫若修八勝處九次第定十遍處時住無漏心而修八勝處九次第定十遍處是故雖修八解脫八勝處九次第定十遍處而無二想善現是菩薩摩訶薩修行般若波羅蜜多故若修一切三摩地門時住無漏心而修一切三摩地門若修一切陀羅尼門時住無漏心而修一切陀羅尼門是故雖修一切三摩地門陀羅尼門而無二想

大般若波羅蜜多經卷第三百七十五

大般若波羅蜜多經卷第三百七十六

唐三藏法師玄奘奉　詔譯

初分無相無得品第六十六之四

善現是菩薩摩訶薩修行般若波羅蜜多故若住內空時住無漏心而住內空若住外空內外空空空大空勝義空有爲空無爲空畢竟空無際空散空無變異空本性空自相空共相空一切法空不可得空無性空自性空無性自性空時住無漏心而住外空乃至無性自性空是故雖住內空乃至無性自性空而無二想善現是菩薩摩訶薩修行般若波羅蜜多故若住眞如時住無漏心而住眞如若住法界法性不虛妄性不變異性平等性離生性法定法住實際虛空界不思議界時住無漏心而住法界乃至不思議界是故雖住眞如乃至不思議界而無二想善現是菩薩摩訶薩修行般若波羅蜜多故若修五眼時住無漏心而修五眼若修六神通時住無漏心而修六神通是故雖修五眼六神通而無二想善現是菩薩摩訶薩修行般若波羅蜜多故若修佛十力時住無漏心而修佛十力若修四無所畏四無礙解十八佛不共法時住無漏心而修四無所畏四無礙解十八佛不共法是故雖修佛十力四無所畏四無礙解十八佛不共法而無二想善現是菩薩摩訶薩修行般若波羅蜜多故若修大慈時住無漏心而修大慈若修大悲大喜大捨時住無漏心而修大悲大喜大捨是故雖修大慈大悲大喜大捨而無二想善現是菩薩摩訶薩修行般若波羅蜜多故若修無忘失法

時住無漏心而修無忘失法若修恒住捨性
時住無漏心而修恒住捨性是故雖修無忘
失法恒住捨性而無二想善現是菩薩摩訶
薩修行般若波羅蜜多故若修一切智時住
無漏心而修一切智若修道相智一切相智
時住無漏心而修道相智一切相智是故雖
修一切智道相智一切相智而無二想善現
是菩薩摩訶薩修行般若波羅蜜多故若引
三十二大士相時住無漏心而引三十二大
士相若引八十隨好時住無漏心而引八十
隨好是故雖引三十二大士相八十隨好而
無二想具壽善現白佛言世尊云何菩薩摩
訶薩修行般若波羅蜜多故行布施波羅蜜
多時住無漏心而行布施波羅蜜多行淨戒
安忍精進靜慮般若波羅蜜多時住無漏心

而行淨戒乃至般若波羅蜜多世尊云何菩
薩摩訶薩修行般若波羅蜜多故修四靜慮
時住無漏心而修四靜慮修四無量四無色
定時住無漏心而修四無量四無色定世尊
云何菩薩摩訶薩修行般若波羅蜜多故修
四念住時住無漏心而修四念住修四正斷
四神足五根五力七等覺支八聖道支時住
無漏心而修四正斷乃至八聖道支世尊云
何菩薩摩訶薩修行般若波羅蜜多故修空
解脫門時住無漏心而修空解脫門修無相
無願解脫門時住無漏心而修無相無願解
脫門世尊云何菩薩摩訶薩修行般若波羅
蜜多故住苦聖諦時住無漏心而住苦聖諦
住集滅道聖諦時住無漏心而住集滅道聖
諦世尊云何菩薩摩訶薩修行般若波羅蜜

多故修八解脫時住無漏心而修八解脫修八勝處九次第定十遍處時住無漏心而修八勝處九次第定十遍處世尊云何菩薩摩訶薩修行般若波羅蜜多故修一切三摩地門時住無漏心而修一切三摩地門修一切陀羅尼門時住無漏心而修一切陀羅尼門世尊云何菩薩摩訶薩修行般若波羅蜜多故住內空時住無漏心而住內空住外空內外空空空大空勝義空有爲空無爲空畢竟空無際空散空無變異空本性空自相空共相空一切法空不可得空無性空自性空無性自性空時住無漏心而住外空乃至無性自性空世尊云何菩薩摩訶薩修行般若波羅蜜多故住真如時住無漏心而住真如住法界法性不虛妄性不變異性平等性離生性法定法住實際虛空界不思議界時住無漏心而住法界乃至不思議界世尊云何菩薩摩訶薩修行般若波羅蜜多故修五眼時住無漏心而修五眼修六神通時住無漏心而修六神通世尊云何菩薩摩訶薩修行般若波羅蜜多故修佛十力時住無漏心而修佛十力修四無所畏四無礙解十八佛不共法時住無漏心而修四無所畏四無礙解十八佛不共法世尊云何菩薩摩訶薩修行般若波羅蜜多故修大慈時住無漏心而修大慈修大悲大喜大捨時住無漏心而修大悲大喜大捨世尊云何菩薩摩訶薩修行般若波羅蜜多故修無忘失法時住無漏心而修無忘失法修恒住捨性時住無漏心而修恒住捨性世尊云何菩薩摩訶薩修行般若波

羅蜜多故修一切智時住無漏心而修一切智修道相智一切相智時住無漏心而修道相智一切相智世尊云何菩薩摩訶薩修行般若波羅蜜多故引三十二大士相時住無漏心而引三十二大士相引八十隨好時住無漏心而引八十隨好佛告善現若菩薩摩訶薩修行般若波羅蜜多時以離相心修行布施波羅蜜多所謂不見我能行施我能捨此於此行施由此故施爲此故施如是行施住是離相無漏心中離愛離慳而行布施波羅蜜多爾時不見所行布施亦復不見此無漏心乃至不見一切佛法如是菩薩摩訶薩住無漏心而行布施波羅蜜多善現若菩薩摩訶薩修行般若波羅蜜多時以離相心修行淨戒波羅蜜多所謂不見我能持戒我能捨此於此持戒由此持戒爲此持戒如是持戒住是離相無漏心中無染無著而行淨戒波羅蜜多爾時不見所行淨戒亦復不見此無漏心乃至不見一切佛法如是菩薩摩訶薩住無漏心而行淨戒波羅蜜多善現若菩薩摩訶薩修行般若波羅蜜多時以離相心修行安忍波羅蜜多所謂不見我能修忍我能捨此於此修忍由此修忍爲此修忍如是修忍住是離相無漏心中無染無著而行安忍波羅蜜多爾時不見所行安忍亦復不見此無漏心乃至不見一切佛法如是菩薩摩訶薩住無漏心而行安忍波羅蜜多善現若菩薩摩訶薩修行般若波羅蜜多時以離相心修行精進波羅蜜多所謂不見我能精進我能捨此於此精進由此精進爲此精進如

是精進住是離相無漏心中無染無著而行精進波羅蜜多爾時不見所行精進亦復不見此無漏心乃至不見一切佛法如是菩薩摩訶薩住無漏心而行精進波羅蜜多善現若菩薩摩訶薩修行般若波羅蜜多時以離相心修行靜慮波羅蜜多所謂不見我能修定我能捨此於此修定由此修定爲此修定如是修定住是離相無漏心中無染無著而行靜慮波羅蜜多爾時不見所行靜慮亦復不見此無漏心乃至不見一切佛法如是菩薩摩訶薩住無漏心而行靜慮波羅蜜多善現若菩薩摩訶薩修行般若波羅蜜多時以離相心修行般若波羅蜜多所謂不見我能修慧我能捨此於此修慧由此修慧爲此修慧如是修慧住是離相無漏心中無染無著而行般若波羅蜜多爾時不見所行般若亦復不見此無漏心乃至不見一切佛法如是菩薩摩訶薩住無漏心而行般若波羅蜜多善現若菩薩摩訶薩修行般若波羅蜜多時以離相心修行四靜慮四無量四無色定所謂不見我能修四靜慮四無量四無色定我能捨此於此由此爲此如是修四靜慮四無量四無色定住是離相無漏心中無染無著而修四靜慮四無量四無色定爾時不見所修四靜慮四無量四無色定亦復不見此無漏心乃至不見一切佛法如是菩薩摩訶薩住無漏心而修四靜慮四無量四無色定善現若菩薩摩訶薩修行般若波羅蜜多時以離相心修行四念住四正斷四神足五根五力七等覺支八聖道支所謂不見我能修四

念住乃至八聖道支我能捨此於此由此爲此如是修四念住乃至八聖道支住是離相無漏心中無染無著而修四念住乃至八聖道支爾時不見所修四念住乃至八聖道支亦復不見此無漏心乃至不見一切佛法如是菩薩摩訶薩住無漏心而修四念住乃至八聖道支善現若菩薩摩訶薩修行般若波羅蜜多時以離相心修行空無相無願解脱門所謂不見我能修空無相無願解脱門我能捨此於此由此爲此如是修空無相無願解脱門住是離相無漏心中無染無著而修空無相無願解脱門爾時不見所修空無相無願解脱門亦復不見此無漏心乃至不見一切佛法如是菩薩摩訶薩住無漏心而修空無相無願解脱門善現若菩薩摩訶薩修行般若波羅蜜多時以離相心住苦集滅道聖諦所謂不見我能住苦集滅道聖諦我能捨此於此由此爲此如是住苦集滅道聖諦住是離相無漏心中無染無著而住苦集滅道聖諦爾時不見所住苦集滅道聖諦亦復不見此無漏心乃至不見一切佛法如是菩薩摩訶薩住無漏心而住苦集滅道聖諦善現若菩薩摩訶薩修行般若波羅蜜多時以離相心修八解脱八勝處九次第定十遍處所謂不見我能修八解脱八勝處九次第定十遍處我能捨此於此由此爲此如是修八解脱八勝處九次第定十遍處住是離相無漏心中無染無著而修八解脱八勝處九次第定十遍處爾時不見所修八解脱八勝處九次第定十遍處亦復不見此無漏心乃至

不見一切佛法如是菩薩摩訶薩住無漏心而修八解脫八勝處九次第定十遍處善現若菩薩摩訶薩修行般若波羅蜜多時以離相心修一切三摩地門陀羅尼門所謂不見我能修一切三摩地門陀羅尼門我能捨此於此由此爲此如是修一切三摩地門陀羅尼門住是離相無漏心中無染無著而修一切三摩地門陀羅尼門爾時不見所修一切三摩地門陀羅尼門亦復不見此無漏心乃至不見一切佛法如是菩薩摩訶薩住無漏心而修一切三摩地門陀羅尼門善現若菩薩摩訶薩修行般若波羅蜜多時以離相心住内空外空内外空空空大空勝義空有爲空無爲空畢竟空無際空散空無變異空本性空自相空共相空一切法空不可得空無性空自性空無性自性空所謂不見我能住内空乃至無性自性空我能捨此於此由此爲此如是住内空乃至無性自性空住是離相無漏心中無染無著而住内空乃至無性自性空爾時不見所住内空乃至無性自性空亦復不見此無漏心乃至不見一切佛法如是菩薩摩訶薩住無漏心而住内空乃至無性自性空善現若菩薩摩訶薩修行般若波羅蜜多時以離相心住真如法界法性不虚妄性不變異性平等性離生性法定法住實際虚空界不思議界所謂不見我能住真如乃至不思議界我能捨此於此由此爲此如是住真如乃至不思議界住是離相無漏心中無染無著而住真如乃至不思議界爾時不見所住真如乃至不思議界亦復不見

此無漏心乃至不見一切佛法如是菩薩摩訶薩住無漏心而住眞如乃至不思議界善現若菩薩摩訶薩修行般若波羅蜜多時以離相心修五眼六神通所謂不見我能修五眼六神通我能捨此於此由此爲此如是修五眼六神通住是離相無漏心中無染無著而修五眼六神通爾時不見所修五眼六神通亦復不見此無漏心乃至不見一切佛法如是菩薩摩訶薩住無漏心而修五眼六神通善現若菩薩摩訶薩修行般若波羅蜜多時以離相心修佛十力四無所畏四無礙解十八佛不共法所謂不見我能修佛十力四無所畏四無礙解十八佛不共法我能捨此於此由此爲此如是修佛十力四無所畏四無礙解十八佛不共法住是離相無漏心中無染無著而修佛十力四無所畏四無礙解十八佛不共法爾時不見所修佛十力四無所畏四無礙解十八佛不共法亦復不見此無漏心乃至不見一切佛法如是菩薩摩訶薩住無漏心而修佛十力四無所畏四無礙解十八佛不共法善現若菩薩摩訶薩修行般若波羅蜜多時以離相心修大慈大悲大喜大捨所謂不見我能修大慈大悲大喜大捨我能捨此於此由此爲此如是修大慈大悲大喜大捨住是離相無漏心中無染無著而修大慈大悲大喜大捨爾時不見所修大慈大悲大喜大捨亦復不見此無漏心乃至不見一切佛法如是菩薩摩訶薩住無漏心而修大慈大悲大喜大捨善現若菩薩摩訶薩修行般若波羅蜜多時以離相心修無忘

失法恒住捨性所謂不見我能修無忘失法恒住捨性我能捨此於此由此爲此如是修無忘失法恒住捨性住是離相無漏心中無染無著而修無忘失法恒住捨性爾時不見所修無忘失法恒住捨性亦復不見此無漏心乃至不見一切佛法如是菩薩摩訶薩住無漏心而修無忘失法恒住捨性善現若菩薩摩訶薩修行般若波羅蜜多時以離相心修一切智道相智一切相智所謂不見我能修一切智道相智一切相智我能捨此於此由此爲此如是修一切智道相智一切相智住是離相無漏心中無染無著而修一切智道相智一切相智爾時不見所修一切智道相智一切相智亦復不見此無漏心乃至不見一切佛法如是菩薩摩訶薩住無漏心而

修一切智道相智一切相智善現若菩薩摩訶薩修行般若波羅蜜多時以離相心引三十二大士相八十隨好所謂不見我能引三十二大士相八十隨好我能捨此於此由此爲此如是引三十二大士相八十隨好住是離相無漏心中無染無著而引三十二大士相八十隨好爾時不見所引三十二大士相八十隨好亦復不見此無漏心乃至不見一切佛法如是菩薩摩訶薩住無漏心而引三十二大士相八十隨好爾時具壽善現白佛言世尊菩薩摩訶薩行深般若波羅蜜多時於一切無相無覺無得無影無作法中云何能圓滿布施淨戒安忍精進靜慮般若波羅蜜多云何能圓滿四念住四正斷四神足五根五力七等覺支八聖道支云何能圓滿空

無相無願解脱門云何能圓滿内空外空内
外空空空大空勝義空有爲空無爲空畢竟
空無際空散空無變異空本性空自相空共
相空一切法空不可得空無性空自性空無
性自性空云何能圓滿眞如法界法性不虚
妄性不變異性平等性離生性法定法住實
際虚空界不思議界云何能圓滿苦集滅道
聖諦云何能圓滿四靜慮四無量四無色定
云何能圓滿八解脱八勝處九次第定十遍
處云何能圓滿一切三摩地門陀羅尼門云
何能圓滿五眼六神通云何能圓滿佛十力
四無所畏四無礙解十八佛不共法云何能
圓滿大慈大悲大喜大捨云何能圓滿無忘
失法恒住捨性云何能圓滿一切智道相智
一切相智云何能圓滿三十二大士相八十

隨好佛告善現菩薩摩訶薩行深般若波羅
蜜多時能以離相無漏之心而行布施若諸
有情須食與食須飲與飲須衣服與衣服須
卧具與卧具須車乘與車乘須僮僕與僮僕
須珍寶與珍寶須財穀與財穀須香華與香
華須舍宅與舍宅須莊嚴具與莊嚴具乃至
隨彼所須資具悉皆施與若有須内頭目髓
腦皮肉支節筋骨身命亦皆施與若有須外
國城妻子所愛親屬種種莊嚴歡喜施與如
是施時設有人來現前訶毁咄哉大士何用
行此無益施爲如是施者今世後世多諸苦
惱是菩薩摩訶薩行深般若波羅蜜多故雖
聞其言而不退屈但作是念彼人雖來訶毁
於我而我不應心生憂悔我當勇猛施諸有
情所須財物身心無倦是菩薩摩訶薩時此

施福與諸有情平等共有迴向無上正等菩提如是布施及迴向時不見其相所謂不見誰施誰受所施何物於何而施由何而施爲何故施云何行施亦復不見誰能迴向何所迴向於何迴向由何迴向爲何迴向云何迴向於如是等一切事物皆悉不見何以故如是諸法或由內空故空或由外空故空或由內外空故空或由空空故空或由大空故空或由勝義空故空或由有爲空故空或由無爲空故空或由畢竟空故空或由無際空故空或由散空故空或由無變異空故空或由本性空故空或由自相空故空或由共相空故空或由一切法空故空或由不可得空故空或由無性空故空或由自性空故空或由無性自性空故空是菩薩摩訶薩觀一切法無不空已復作是念誰能迴向何所迴向於何迴向由何迴向爲何迴向云何迴向如是等法皆不可得是菩薩摩訶薩由如是觀及如是念所作迴向名善迴向離毒迴向亦名悟入法界迴向由此復能嚴淨佛土成熟有情亦能圓滿布施淨戒安忍精進靜慮般若波羅蜜多亦能圓滿四念住四正斷四神足五根五力七等覺支八聖道支亦能圓滿空無相無願解脫門亦能圓滿內空外空內外空空空大空勝義空有爲空無爲空畢竟空無際空散空無變異空本性空自相空共相空一切法空不可得空無性空自性空無性自性空亦能圓滿真如法界法性不虛妄性不變異性平等性離生性法定法住實際虛空界不思議界亦能圓滿苦集滅道聖諦亦

能圓滿四靜慮四無量四無色定亦能圓滿八解脱八勝處九次第定十遍處亦能圓滿一切三摩地門陀羅尼門亦能圓滿五眼六神通亦能圓滿佛十力四無所畏四無礙解十八佛不共法亦能圓滿大慈大悲大喜大捨亦能圓滿無忘失法恒住捨性亦能圓滿一切智道相智一切相智亦能圓滿三十二大士相八十隨好是菩薩摩訶薩雖能如是圓滿布施波羅蜜多而不攝受施異熟果雖不攝受施異熟果而由布施波羅蜜多善清淨故隨意能辦一切財物譬如他化自在諸天一切所須隨意皆現是菩薩摩訶薩亦復如是諸有所須隨意能辦由此布施增上勢力能以種種上妙供具供養恭敬尊重讚歎諸佛世尊亦能充足世間天人阿素洛等所欲資具是菩薩摩訶薩由此布施波羅蜜多攝諸有情方便善巧以三乘法而安立之令隨所宜各得利樂如是善現菩薩摩訶薩行深般若波羅蜜多時由離諸相無漏心力能於一切無相無覺無得無影無作法中圓滿布施波羅蜜多亦能圓滿諸餘功德復次善現云何菩薩摩訶薩行深般若波羅蜜多時能於一切無相無覺無得無影無作法中圓滿淨戒波羅蜜多善現菩薩摩訶薩行深般若波羅蜜多時能以離相無漏之心受持淨戒謂聖無漏道支所攝法爾時得善清淨戒如是淨戒無缺無隙無瑕無穢無所取著應受供養智者所讚妙善受持妙善究竟隨順勝定不可屈伏由此淨戒於一切法無所取著謂不取著色亦不取著受想行識不取著

眼處亦不取著耳鼻舌身意處不取著色處亦不取著聲香味觸法處不取著眼界亦不取著耳鼻舌身意界不取著色界亦不取著聲香味觸法界不取著眼識界亦不取著耳鼻舌身意識界不取著三十二大士相亦不取著八十隨好不取著剎帝利大族亦不取著婆羅門大族長者大族居士大族不取著四大王衆天亦不取著三十三天夜摩天覩史多天樂變化天他化自在天不取著梵衆天亦不取著梵輔天梵會天大梵天不取著光天亦不取著少光天無量光天極光淨天不取著淨天亦不取著少淨天無量淨天遍淨天不取著廣天亦不取著少廣天無量廣天廣果天及無想天不取著無煩天亦不取著無熱天善現天善見天色究竟天不取著空無邊處天亦不取著識無邊處天無所有處天非想非非想處天不取著預流果亦不取著一來不還阿羅漢果獨覺菩提不取著轉輪王位亦不取著諸餘王位及諸宰官富貴自在但以如是所護淨戒與諸有情平等共有迴向無上正等菩提以無相無得無二爲方便而有迴向非有相有得有二爲方便以世俗故而有迴向非勝義故由此因緣一切佛法無不圓滿是菩薩摩訶薩由此淨戒波羅蜜多圓滿清淨方便善巧起四靜慮勝進分無味著爲方便故發諸神通是菩薩摩訶薩用異熟生清淨天眼恒見十方無邊世界現在諸佛安隱住持爲諸有情宣說正法見已乃至證得無上正等菩提能不忘失是菩薩摩訶薩用超過人清淨天耳恒聞十方

諸佛說法聞已乃至證得無上正等菩提能不忘失隨所聞法能作自他諸利樂事無空過者是菩薩摩訶薩用他心差別智知十方佛及諸有情心心所法知已能起一切有情諸利樂事是菩薩摩訶薩用宿住隨念智知諸有情先所造業由所造業不失壞故生彼彼處受諸苦樂知已爲說本業因緣令其憶知作饒益事是菩薩摩訶薩用漏盡智安立有情或令住預流果或令住一來果或令住不還果或令住阿羅漢果或令住獨覺菩提或令住菩薩摩訶薩位或令住阿耨多羅三藐三菩提以要言之是菩薩摩訶薩在在處處隨諸有情堪能差別方便善巧令其安住諸善法中如是善現菩薩摩訶薩行深般若波羅蜜多時由離諸相無漏心力能於一切無相無覺無得無影無作法中圓滿淨戒波羅蜜多亦能圓滿諸餘功德復次善現云何菩薩摩訶薩行深般若波羅蜜多時能於一切無相無覺無得無影無作法中圓滿安忍波羅蜜多善現菩薩摩訶薩行深般若波羅蜜多時能以離相無漏之心而修安忍是菩薩摩訶薩從初發心乃至安坐妙菩提座其中假使一切有情各以種種瓦石刀仗競來加害是菩薩摩訶薩不起一念忿恨之心爾時菩薩應修二忍何等爲二一者應受一切有情罵辱加害不生忿恨伏瞋恚忍二者應起無生法忍是菩薩摩訶薩若被種種惡言罵辱或被種種刀仗加害應審思惟籌量觀察誰能罵辱誰能加害誰受罵辱誰受加害誰起忿恨誰應忍受復應觀察一切法性皆

畢竟空法尚不可得況當有法性尚無法性況有有情如是觀時若能罵辱若所罵辱若能加害若所加害皆不見有乃至分分割截身支其心安忍都無異念於諸法性如實觀察復能證得無生法忍云何名爲無生法忍謂令煩惱畢竟不生及觀諸法畢竟不起微妙智慧常無間斷是故名爲無生法忍是菩薩摩訶薩安住如是二種忍中速能圓滿布施淨戒安忍精進靜慮般若波羅蜜多亦能圓滿四念住四正斷四神足五根五力七等覺支八聖道支亦能圓滿空無相無願解脫門亦能圓滿內空外空內外空空空大空勝義空有爲空無爲空畢竟空無際空散空無變異空本性空自相空共相空一切法空不可得空無性空自性空無性自性空亦能圓滿眞如法界法性不虛妄性不變異性平等性離生性法定法住實際虛空界不思議界亦能圓滿苦集滅道聖諦亦能圓滿四靜慮四無量四無色定亦能圓滿八解脫八勝處九次第定十遍處亦能圓滿一切三摩地門陀羅尼門亦能圓滿五眼六神通亦能圓滿佛十力四無所畏四無礙解十八佛不共法亦能圓滿大慈大悲大喜大捨亦能圓滿無忘失法恒住捨性亦能圓滿一切智道相智一切相智亦能圓滿三十二大士相八十隨好是菩薩摩訶薩安住如是諸佛法已於聖無漏出世不共一切聲聞獨覺神通皆得自在安住如是勝神通已是菩薩摩訶薩以淨天眼恒見十方無邊世界現在諸佛安隱住持爲諸有情宣說正法見已乃至證得無上

正等菩提起佛隨念常無間斷是菩薩摩訶薩以淨天耳恒聞十方諸佛說法聞已受持常不忘失爲諸有情如實宣說是菩薩摩訶薩以清淨他心智能正測量十方諸佛心心所法亦能正知一切菩薩獨覺聲聞心心所法亦能正知一切有情心心所法隨其所應爲說正法是菩薩摩訶薩以宿住隨念智知諸有情宿種善根種種差別知已方便示現勸導讚勵慶喜令獲殊勝利益安樂是菩薩摩訶薩以漏盡智隨其所宜安立有情於三乘法是菩薩摩訶薩修行般若波羅蜜多善巧方便成熟有情嚴淨佛土速能具足一切相智證得無上正等菩提轉妙法輪度無量衆如是善現菩薩摩訶薩行深般若波羅蜜多時由離諸相無漏心力能於一切無相無覺無得無影無作法中圓滿安忍波羅蜜多亦能圓滿諸餘功德

大般若波羅蜜多經卷第三百七十六

音釋

髓息委切骨中脂也　筋音斤　咄當没切呵也又咨嗟也　籌量籌呵流切量呂張切籌計量度也　讚勵勵音例勉也

大般若波羅蜜多經卷第三百七十七

唐三藏法師玄奘奉　詔譯

初分無相無得品第六十六之五

復次善現云何菩薩摩訶薩行深般若波羅蜜多時能於一切無相無覺無得無影無作法中圓滿精進波羅蜜多善現菩薩摩訶薩行深般若波羅蜜多時能以離相無漏之心而修精進是菩薩摩訶薩成就勇猛身心精進由此能入初靜慮具足住能入第二第三第四靜慮具足住依第四靜慮起無量種神通變現乃至以手摩捫日月自在迴轉不以爲難成就勇猛身精進故以神通力經須臾頃能至他方無量百千諸佛世界復以種種上妙飲食衣服卧具醫藥香花旛蓋燈明珍寶妓樂恭敬供養尊重讚歎諸佛世尊由此善根果報無盡乃至漸次證得無上正等菩提由此善根得菩提已復爲無量世間天人阿素洛等以無量種上妙飲食衣服卧具醫藥香花旛蓋燈明珍財妓樂恭敬供養尊重讚歎由此善根般涅槃後自設利羅及諸弟子猶爲無量世間天人阿素洛等供養恭敬尊重讚歎是菩薩摩訶薩復以神力能至他方無量百千諸佛世界於諸佛所聽聞正法聞已受持終不忘失乃至無上正等菩提是菩薩摩訶薩復以神力成熟有情嚴淨佛土精勤修學一切相智一切相智得圓滿已證得無上正等菩提轉妙法輪度無量衆如是善現是菩薩摩訶薩修行般若波羅蜜多成就勇猛身精進故能令精進波羅蜜多速得圓滿善現云何菩薩摩訶薩修行般若波羅

蜜多成就勇猛心精進故能令精進波羅蜜多速得圓滿善現是菩薩摩訶薩修行般若波羅蜜多成就勇猛心精進故速能圓滿諸聖無漏道及道支所攝精進波羅蜜多由此能令一切不善身語意業無容得起是菩薩摩訶薩終不取著色若常若無常若樂若苦若我若無我若淨若不淨若寂靜若不寂靜若遠離若不遠離亦不取著受想行識若常若無常若樂若苦若我若無我若淨若不淨若寂靜若不寂靜若遠離若不遠離終不取著眼處若常若無常若樂若苦若我若無我若淨若不淨若寂靜若不寂靜若遠離若不遠離亦不取著耳鼻舌身意處若常若無常若樂若苦若我若無我若淨若不淨若寂靜若不寂靜若遠離若不遠離終不取著色處若常若無常若樂若苦若我若無我若淨若不淨若寂靜若不寂靜若遠離若不遠離亦不取著聲香味觸法處若常若無常若樂若苦若我若無我若淨若不淨若寂靜若不寂靜若遠離若不遠離終不取著眼界若常若無常若樂若苦若我若無我若淨若不淨若寂靜若不寂靜若遠離若不遠離亦不取著耳鼻舌身意界若常若無常若樂若苦若我若無我若淨若不淨若寂靜若不寂靜若遠離若不遠離終不取著色界若常若無常若樂若苦若我若無我若淨若不淨若寂靜若不寂靜若遠離若不遠離亦不取著聲香味觸法界若常若無常若樂若苦若我若無我若淨若不淨若寂靜若不寂靜若遠離若不遠離終不取著眼識界若常若無常若樂若

苦若我若無我若淨若不淨若寂靜若不寂靜若遠離若不遠離亦不取著耳鼻舌身意識界若常若無常若樂若苦若我若無我若淨若不淨若寂靜若不寂靜若遠離若不遠離終不取著眼觸若常若無常若樂若苦若我若無我若淨若不淨若寂靜若不寂靜若遠離若不遠離亦不取著耳鼻舌身意觸若常若無常若樂若苦若我若無我若淨若不淨若寂靜若不寂靜若遠離若不遠離終不取著眼觸爲緣所生諸受若常若無常若樂若苦若我若無我若淨若不淨若寂靜若不寂靜若遠離若不遠離亦不取著耳鼻舌身意觸爲緣所生諸受若常若無常若樂若苦若我若無我若淨若不淨若寂靜若不寂靜若遠離若不遠離終不取著地界若常若無常若樂若苦若我若無我若淨若不淨若寂靜若不寂靜若遠離若不遠離亦不取著水火風空識界若常若無常若樂若苦若我若無我若淨若不淨若寂靜若不寂靜若遠離若不遠離終不取著因緣若常若無常若樂若苦若我若無我若淨若不淨若寂靜若不寂靜若遠離若不遠離亦不取著等無間緣所緣緣增上緣若常若無常若樂若苦若我若無我若淨若不淨若寂靜若不寂靜若遠離若不遠離終不取著無明若常若無常若樂若苦若我若無我若淨若不淨若寂靜若不寂靜若遠離若不遠離亦不取著行識名色六處觸受愛取有生老死愁歎苦憂惱若常若無常若樂若苦若我若無我若淨若不淨若寂靜若不寂靜若遠離若不遠離終不

取著有爲界若常若無常若樂若苦若我若無我若淨若不淨若寂靜若不寂靜若遠離若不遠離亦不取著無爲界若常若無常若樂若苦若我若無我若淨若不淨若寂靜若不寂靜若遠離若不遠離終不取著欲界若常若無常若樂若苦若我若無我若淨若不淨若寂靜若不寂靜若遠離若不遠離亦不取著色無色界若常若無常若樂若苦若我若無我若淨若不淨若寂靜若不寂靜若遠離若不遠離終不取著有漏界若常若無常若樂若苦若我若無我若淨若不淨若寂靜若不寂靜若遠離若不遠離亦不取著無漏界若常若無常若樂若苦若我若無我若淨若不淨若寂靜若不寂靜若遠離若不遠離終不取著初靜慮若常若無常若樂若苦若我若無我若淨若不淨若寂靜若不寂靜若遠離若不遠離亦不取著第二第三第四靜慮若常若無常若樂若苦若我若無我若淨若不淨若寂靜若不寂靜若遠離若不遠離終不取著慈無我若常若無常若樂若苦若我若無我若淨若不淨若寂靜若不寂靜若遠離若不遠離亦不取著悲喜捨無量若常若無常若樂若苦若我若無我若淨若不淨若寂靜若不寂靜若遠離若不遠離終不取著空無邊處定若常若無常若樂若苦若我若無我若淨若不淨若寂靜若不寂靜若遠離若不遠離亦不取著識無邊處無所有處非想非非想處定若常若無常若樂若苦若我若無我若淨若不淨若寂靜若不寂靜若遠離若不遠離終不取著四念住若常若無

常若樂若苦若我若無我若淨若不淨若寂靜若不寂靜若遠離若不遠離亦不取著四正斷四神足五根五力七等覺支八聖道支若常若無常若樂若苦若我若無我若淨若不淨若寂靜若不寂靜若遠離若不遠離終不取著空解脫門若常若無常若樂若苦若我若無我若淨若不淨若寂靜若不寂靜若遠離若不遠離亦不取著無相無願解脫門若常若無常若樂若苦若我若無我若淨若不淨若寂靜若不寂靜若遠離若不遠離終不取著布施波羅蜜多若常若無常若樂若苦若我若無我若淨若不淨若寂靜若不寂靜若遠離若不遠離亦不取著淨戒安忍精進靜慮般若波羅蜜多若常若無常若樂若苦若我若無我若淨若不淨若寂靜若不寂靜若遠離若不遠離終不取著內空若常若無常若樂若苦若我若無我若淨若不淨若寂靜若不寂靜若遠離若不遠離亦不取著外空內外空空空大空勝義空有爲空無爲空畢竟空無際空散空無變異空本性空自相空共相空一切法空不可得空無性空自性空無性自性空若常若無常若樂若苦若我若無我若淨若不淨若寂靜若不寂靜若遠離若不遠離終不取著眞如若常若無常若樂若苦若我若無我若淨若不淨若寂靜若不寂靜若遠離若不遠離亦不取著法界法性不虛妄性不變異性平等性離生性法定法住實際虛空界不思議界若常若無常若樂若苦若我若無我若淨若不淨若寂靜若不寂靜若遠離若不遠離終不取著苦聖

諦若常若無常若樂若苦若我若無我若淨若不淨若寂靜若不寂靜若遠離若不遠離亦不取著集滅道聖諦若常若無常若樂若苦若我若無我若淨若不淨若寂靜若不寂靜若遠離若不遠離終不取著八解脫若常若無常若樂若苦若我若無我若淨若不淨若寂靜若不寂靜若遠離若不遠離亦不取著八勝處九次第定十遍處若常若無常若樂若苦若我若無我若淨若不淨若寂靜若不寂靜若遠離若不遠離終不取著一切三摩地門若常若無常若樂若苦若我若無我若淨若不淨若寂靜若不寂靜若遠離若不遠離亦不取著一切陀羅尼門若常若無常若樂若苦若我若無我若淨若不淨若寂靜若不寂靜若遠離若不遠離終不取著五眼若常若無常若樂若苦若我若無我若淨若不淨若寂靜若不寂靜若遠離若不遠離亦不取著六神通若常若無常若樂若苦若我若無我若淨若不淨若寂靜若不寂靜若遠離若不遠離終不取著佛十力若常若無常若樂若苦若我若無我若淨若不淨若寂靜若不寂靜若遠離若不遠離亦不取著四無所畏四無礙解十八佛不共法若常若無常若樂若苦若我若無我若淨若不淨若寂靜若不寂靜若遠離若不遠離終不取著大慈若常若無常若樂若苦若我若無我若淨若不淨若寂靜若不寂靜若遠離若不遠離亦不取著大悲大喜大捨若常若無常若樂若苦若我若無我若淨若不淨若寂靜若不寂靜若遠離若不遠離終不取著無忘失法若

常若無常若樂若苦若我若無我若淨若不淨若寂靜若不寂靜若遠離若不遠離亦不取著恒住捨性若常若無常若樂若苦若我若無我若淨若不淨若寂靜若不寂靜若遠離若不遠離終不取著一切智若常若無常若樂若苦若我若無我若淨若不淨若寂靜若不寂靜若遠離若不遠離亦不取著道相智一切相智若常若無常若樂若苦若我若無我若淨若不淨若寂靜若不寂靜若遠離若不遠離終不取著預流果若常若無常若樂若苦若我若無我若淨若不淨若寂靜若不寂靜若遠離若不遠離亦不取著一來不還阿羅漢果獨覺菩提若常若無常若樂若苦若我若無我若淨若不淨若寂靜若不寂靜若遠離若不遠離終不取著一切菩薩摩訶薩行若常若無常若樂若苦若我若無我若淨若不淨若寂靜若不寂靜若遠離若不遠離亦不取著諸佛無上正等菩提若常若無常若樂若苦若我若無我若淨若不淨若寂靜若不寂靜若遠離若不遠離是菩薩摩訶薩終不取著是預流者是一來者是不還者是阿羅漢是獨覺是菩薩是如來亦不取著如是有情見具足故名預流者如是有情下結薄故名一來者如是有情下結盡故名不還者如是有情上結盡故名阿羅漢如是有情得獨覺道故名爲獨覺如是有情得道相智故名爲菩薩如是有情得一切相智故名爲如來何以故所取著法及諸有情皆無自性可取著故是菩薩摩訶薩成就勇猛心精進故雖作饒益諸有情事不顧身命而於

有情都無所得雖能圓滿所修精進波羅蜜多而於精進波羅蜜多都無所得雖能圓滿一切佛法而於佛法都無所得雖能嚴淨一切佛土而於佛土都無所得是菩薩摩訶薩成就如是身心精進雖能遠離一切惡法亦能攝受一切善法而無取著無取著故從一佛土至一佛土從一世界至一世界爲欲饒益諸有情故所欲示現諸神通事皆能自在示現無礙謂或示現雨衆妙花或復示現散衆名香或復示現作諸伎樂或復示現震動大地或復示現衆妙七寶莊嚴世界或復示現身放光明盲冥衆生悉蒙開曉或復示現身出妙香諸臭穢者皆令香潔或復示現設大祠祀於中不惱諸有情類因斯化導無邊有情令入正道離斷生命離不與取離欲邪行離虛誑語離離間語離麤惡語離雜穢語離貪欲離瞋恚離邪見或以布施攝諸有情或以淨戒攝諸有情或以安忍攝諸有情或以精進攝諸有情或以靜慮攝諸有情或以般若攝諸有情爲欲饒益諸有情故或捨財寶或捨妻子或捨王位或捨支節或捨身命隨諸有情應以如是如是方便而得饒益即以如是如是方便而饒益之如是善現菩薩摩訶薩行深般若波羅蜜多時由離諸相無漏心力能於一切無相無覺無得無影無作法中圓滿精進波羅蜜多亦能圓滿諸餘功德復次善現云何菩薩摩訶薩行深般若波羅蜜多時能於一切無相無覺無得無影無作法中圓滿靜慮波羅蜜多善現菩薩摩訶薩行深般若波羅蜜多時能以離相無漏之

心而修靜慮是菩薩摩訶薩除如來定於諸餘定皆能圓滿是菩薩摩訶薩能離欲惡不善法有尋有伺離生喜樂入初靜慮具足而住尋伺寂靜內等淨心一趣性無尋無伺定生喜樂入第二靜慮具足而住離喜住捨正念正知身受樂聖說應捨入第三靜慮具足而住斷樂斷苦先喜憂沒不苦不樂捨念清淨入第四靜慮具足而住是菩薩摩訶薩以慈俱心普緣一方乃至十方一切世間具足而住以悲俱心普緣一方乃至十方一切世間具足而住以喜俱心普緣一方乃至十方一切世間具足而住以捨俱心普緣一方乃至十方一切世間具足而住是菩薩摩訶薩超諸色想滅有對想不思惟種種想入無邊空空無邊處具足而住超一切種空無邊處入無邊識識無邊處具足而住超一切種識無邊處入無所有無所有處具足而住超一切種無所有處入非想非非想處具足而住是菩薩摩訶薩安住靜慮波羅蜜多於八解脫能順逆入具足而住於八勝處能順逆入具足而住於九次第定能順逆入具足而住於十遍處能順逆入具足而住是菩薩摩訶薩能入空三摩地具足而住入無相三摩地具足而住入無願三摩地具足而住入無間三摩地具足而住入如電三摩地具足而住入聖正三摩地具足而住入金剛喻三摩地具足而住是菩薩摩訶薩安住靜慮波羅蜜多修三十七菩提分法及道相智皆令圓滿用道相智攝受一切三摩地已漸次修超淨觀地種性地第八地見地薄地離欲地已辦

地獨覺地證入菩薩正性離生既入菩薩正性離生位已修諸地行圓滿佛地是菩薩摩訶薩雖於諸地漸次修超而於中間不取果證乃至未得一切相智是菩薩摩訶薩安住靜慮波羅蜜多從一佛土至一佛土供養恭敬尊重讃歎諸佛世尊於諸佛所植衆善本成熟有情嚴淨佛土從一世界趣一世界饒益有情身心無倦或以布施攝諸有情或以淨戒攝諸有情或以安忍攝諸有情或以精進攝諸有情或以靜慮攝諸有情或以般若攝諸有情或以解脱攝諸有情或以解脱知見攝諸有情或教有情住預流果或教有情住一來果或教有情住不還果或教有情住阿羅漢果或教有情住獨覺菩提或教有情安住菩薩摩訶薩位或教有情安住無上正等菩提隨諸有情善根勢力善法增長種種方便令其安住是菩薩摩訶薩安住靜慮波羅蜜多能引一切三摩地門能引一切陀羅尼門能得殊勝四無礙解能得殊勝異熟神通是菩薩摩訶薩由得殊勝異熟神通決定不復入於母胎決定不復受婬欲樂決定不復攝受生業亦復不為生過所染何以故是菩薩摩訶薩善見善達一切法性皆如幻化雖知諸行皆如幻化而乗悲願饒益有情雖乗悲願饒益有情而達有情及彼施設皆不可得雖達有情及彼施設皆不可得而能安立一切有情令其安住不可得法依世俗理不依勝義是菩薩摩訶薩安住靜慮波羅蜜多修行一切靜慮解脱等持等至乃至圓滿所求無上正等菩提常不捨離所修淨慮波

羅蜜多是菩薩摩訶薩行道相智方便引發一切相智安住其中永斷一切習氣相續是菩薩摩訶薩能永斷一切習氣相續故能正自利亦正利他是菩薩摩訶薩能正自利正利他故便與一切世間天人阿素洛等作淨福田堪受一切世間天人阿素洛等供養恭敬如是善現菩薩摩訶薩行深般若波羅蜜多時由離諸相無漏心力能於一切無相無覺無得無影無作法中圓滿靜慮波羅蜜多亦能圓滿諸餘功德復次善現云何菩薩摩訶薩行深般若波羅蜜多時能於一切無相無覺無得無影無作法中圓滿般若波羅蜜多善現菩薩摩訶薩行深般若波羅蜜多時能以離相無漏之心而修般若是菩薩摩訶薩不見少法實有成就謂不見色實有成就

不見受想行識實有成就不見色生不見受想行識生不見色滅不見受想行識滅不見色是增益門不見受想行識是增益門不見色是損減門不見受想行識是損減門不見色有積集不見受想行識有積集不見色有離散不見受想行識有離散如實觀色是虛妄不堅實無自在如實觀受想行識是虛妄不堅實無自在不見眼處實有成就不見耳鼻舌身意處實有成就不見眼處生不見耳鼻舌身意處生不見眼處滅不見耳鼻舌身意處滅不見眼處是增益門不見耳鼻舌身意處是增益門不見眼處是損減門不見耳鼻舌身意處是損減門不見眼處有積集不見耳鼻舌身意處有積集不見眼處有離散不見耳鼻舌身意處有離散如實觀眼處是

虛妄不堅實無自在如實觀耳鼻舌身意處是虛妄不堅實無自在不見色處實有成就不見聲香味觸法處實有成就不見色處生不見聲香味觸法處生不見色處滅不見聲香味觸法處滅不見色處是增益門不見聲香味觸法處是增益門不見色處是損減門不見聲香味觸法處是損減門不見色處有積集不見聲香味觸法處有積集不見色處有離散不見聲香味觸法處有離散如實觀色處是虛妄不堅實無自在如實觀聲香味觸法處是虛妄不堅實無自在不見眼界實有成就不見耳鼻舌身意界實有成就不見眼界生不見耳鼻舌身意界生不見眼界滅不見耳鼻舌身意界滅不見眼界是增益門不見耳鼻舌身意界是增益門不見眼界是損減門不見耳鼻舌身意界是損減門不見眼界有積集不見耳鼻舌身意界有積集不見眼界有離散不見耳鼻舌身意界有離散如實觀眼界是虛妄不堅實無自在如實觀耳鼻舌身意界是虛妄不堅實無自在不見色界實有成就不見聲香味觸法界實有成就不見色界生不見聲香味觸法界生不見色界滅不見聲香味觸法界滅不見色界是增益門不見聲香味觸法界是增益門不見色界是損減門不見聲香味觸法界是損減門不見色界有積集不見聲香味觸法界有積集不見色界有離散不見聲香味觸法界有離散如實觀色界是虛妄不堅實無自在如實觀聲香味觸法界是虛妄不堅實無自在不見眼識界實有成就不見耳鼻舌身意

識界實有成就不見眼識界生不見耳鼻舌身意識界生不見眼識界滅不見耳鼻舌身意識界滅不見眼識界是增益門不見耳鼻舌身意識界是增益門不見眼識界是損減門不見耳鼻舌身意識界是損減門不見眼識界有積集不見耳鼻舌身意識界有積集不見眼識界有離散不見耳鼻舌身意識界有離散如實觀眼識界是虛妄不堅實無自在如實觀耳鼻舌身意識界是虛妄不堅實無自在不見眼觸實有成就不見耳鼻舌身意觸實有成就不見眼觸生不見耳鼻舌身意觸生不見眼觸滅不見耳鼻舌身意觸滅不見眼觸是增益門不見耳鼻舌身意觸是增益門不見眼觸是損減門不見耳鼻舌身意觸是損減門不見眼觸有積集不見耳鼻舌身意觸有積集不見眼觸有離散不見耳鼻舌身意觸有離散如實觀眼觸是虛妄不堅實無自在如實觀耳鼻舌身意觸是虛妄不堅實無自在不見眼觸爲緣所生諸受實有成就不見耳鼻舌身意觸爲緣所生諸受實有成就不見眼觸爲緣所生諸受生不見耳鼻舌身意觸爲緣所生諸受生不見眼觸爲緣所生諸受滅不見耳鼻舌身意觸爲緣所生諸受滅不見眼觸爲緣所生諸受是增益門不見耳鼻舌身意觸爲緣所生諸受是增益門不見眼觸爲緣所生諸受是損減門不見耳鼻舌身意觸爲緣所生諸受是損減門不見眼觸爲緣所生諸受有積集不見耳鼻舌身意觸爲緣所生諸受有積集不見眼觸爲緣所生諸受有離散不見耳鼻舌身意

觸爲緣所生諸受有離散如實觀眼觸爲緣所生諸受是虛妄不堅實無自在如實觀耳鼻舌身意觸爲緣所生諸受是虛妄不堅實無自在不見一切有漏法實有成就不見一切無漏法實有成就不見一切有漏法生不見一切無漏法生不見一切有漏法滅不見一切無漏法滅不見一切有漏法是增益門不見一切無漏法是增益門不見一切有漏法是損減門不見一切無漏法是損減門不見一切有漏法有積集不見一切無漏法有積集不見一切有漏法有離散不見一切無漏法有離散如實觀一切有漏法是虛妄不堅實無自在如實觀一切無漏法是虛妄不堅實無自在是菩薩摩訶薩如是觀時不得色自性不得受想行識自性不得眼處自性不得耳鼻舌身意處自性不得色處自性不得聲香味觸法處自性不得眼界自性不得耳鼻舌身意界自性不得色界自性不得聲香味觸法界自性不得眼識界自性不得耳鼻舌身意識界自性不得眼觸自性不得耳鼻舌身意觸自性不得眼觸爲緣所生諸受自性不得耳鼻舌身意觸爲緣所生諸受自性不得一切有漏法自性不得一切無漏法自性是菩薩摩訶薩修行般若波羅蜜多於一切法皆以無性而爲自性深生信解是菩薩摩訶薩於如是事生信解已能行內空外空內外空空空大空勝義空有爲空無爲空畢竟空無際空散空無變異空本性空自相空共相空一切法空不可得空無性空自性空無性自性空是菩薩摩訶薩如是行時於

一切法都不執著謂不執著色不執著受想行識不執著眼處不執著耳鼻舌身意處不執著色處不執著聲香味觸法處不執著眼界不執著耳鼻舌身意界不執著色界不執著聲香味觸法界不執著眼識界不執著耳鼻舌身意識界不執著眼觸不執著耳鼻舌身意觸不執著眼觸爲緣所生諸受不執著耳鼻舌身意觸爲緣所生諸受不執著地界不執著水火風空識界不執著因緣不執著等無間緣所緣緣增上緣不執著無明不執著行識名色六處觸受愛取有生老死愁歎苦憂惱不執著布施波羅蜜多不執著淨戒安忍精進靜慮般若波羅蜜多不執著內空不執著外空內外空空空大空勝義空有爲空無爲空畢竟空無際空散空無變異空本性空自相空共相空一切法空不可得空無性空自性空無性自性空不執著眞如不執著法界法性不虛妄性不變異性平等性離生性法定法住實際虛空界不思議界不執著四念住不執著四正斷四神足五根五力七等覺支八聖道支不執著苦聖諦不執著集滅道聖諦不執著四靜慮不執著四無量四無色定不執著八解脫不執著八勝處九次第定十遍處不執著一切三摩地門不執著一切陀羅尼門不執著空解脫門不執著無相無願解脫門不執著五眼不執著六神通不執著佛十力不執著四無所畏四無礙解十八佛不共法不執著大慈不執著大悲大喜大捨

大般若波羅蜜多經卷第三百七十七

音釋

摩捫　捫音門摩捫謂摩抄捫撫也

須臾　臾羊朱切須臾不久貌

大般若波羅蜜多經卷第三百七十八

唐三藏法師玄奘奉　詔譯

初分無相無得品第六十六之六

不執著無忘失法不執著恒住捨性不執著一切智不執著道相智一切相智不執著預流果不執著一來不還阿羅漢果獨覺菩提不執著一切菩薩摩訶薩行不執著諸佛無上正等菩提是菩薩摩訶薩行無性爲自性甚深般若波羅蜜多時能圓滿菩薩道謂能圓滿布施淨戒安忍精進靜慮般若波羅蜜多亦能圓滿内空外空内外空空空大空勝義空有爲空無爲空畢竟空無際空散空無變異空本性空自相空共相空一切法空不可得空無性空自性空無性自性空亦能圓滿眞如法界法性不虛妄性不變異性平等性離生性法定法住實際虛空界不思議界亦能圓滿四念住四正斷四神足五根五力七等覺支八聖道支亦能圓滿苦集滅道聖諦亦能圓滿四靜慮四無量四無色定亦能圓滿八解脱八勝處九次第定十遍處亦能圓滿一切三摩地門陀羅尼門亦能圓滿空無相無願解脱門亦能圓滿五眼六神通亦能圓滿佛十力四無所畏四無礙解十八佛不共法亦能圓滿大慈大悲大喜大捨亦能圓滿無忘失法恒住捨性亦能圓滿一切智道相智一切相智亦能圓滿三十二大士相八十隨好是菩薩摩訶薩住異熟法菩提道中亦能圓滿布施淨戒安忍精進靜慮般若波羅蜜多亦能圓滿内空外空内外空空空大空勝義空有爲空無爲空畢竟空無際空

散空無變異空本性空自相空共相空一切法空不可得空無性空自性空無性自性空亦能圓滿眞如法界法性不虚妄性不變異性平等性離生性法定法住實際虚空界不思議界亦能圓滿四念住四正斷四神足五根五力七等覺支八聖道支亦能圓滿苦集滅道聖諦亦能圓滿四靜慮四無量四無色定亦能圓滿八解脫八勝處九次第定十遍處亦能圓滿一切三摩地門陀羅尼門亦能圓滿空無相無願解脫門亦能圓滿五眼六神通等無量功德是菩薩摩訶薩圓滿如是菩提道已離諸闇障住佛道中由異熟生勝神通力方便饒益諸有情類應以布施而攝受者即以布施而攝受之應以淨戒而攝受者即以淨戒而攝受之應以安忍而攝受者

即以安忍而攝受之應以精進而攝受者即以精進而攝受之應以靜慮而攝受者即以靜慮而攝受之應以般若而攝受者即以般若而攝受之應以解脫而攝受者即以解脫而攝受之應以解脫知見而攝受者即以解脫智見而攝受之應令安住預流果者方便令住預流果應令安住一來果者方便令住一來果應令安住不還果者方便令住不還果應令安住阿羅漢果者方便令住阿羅漢果應令安住獨覺菩提者方便令住獨覺菩提應令安住阿耨多羅三藐三菩提者方便令住阿耨多羅三藐三菩提是菩薩摩訶薩能作種種神通變現欲往殑伽沙等世界隨意能往欲現所往諸世界中種種珍寶隨意能現欲令所往諸世界中有情受用衆妙珍

寶隨其所樂皆令滿足是菩薩摩訶薩從一世界至一世界利益安樂無量有情見諸世界嚴淨之相能自攝受隨意所樂嚴淨佛土譬如他化自在諸天諸有所須衆妙樂具隨心而現如是菩薩隨意攝受種種嚴淨無量佛土是菩薩摩訶薩由異熟生布施淨戒安忍精進靜慮般若波羅蜜多及異熟生諸妙神通并異熟生菩薩道故行道相智由道相智得成熟故復能證得一切相智由得此智於一切法無所攝受謂不攝受色不攝受受想行識不攝受眼處不攝受耳鼻舌身意處不攝受色處不攝受聲香味觸法處不攝受眼界不攝受耳鼻舌身意界不攝受色界不攝受聲香味觸法界不攝受眼識界不攝受耳鼻舌身意識界不攝受眼觸不攝受耳鼻舌身意觸不攝受眼觸爲緣所生諸受不攝受耳鼻舌身意觸爲緣所生諸受不攝受一切善法非善法世間法出世間法有漏法無漏法有爲法無爲法有罪法無罪法亦不攝受所證無上正等菩提亦不攝受一切佛土所受用物其中有情亦無攝受何以故是菩薩摩訶薩先不攝受一切法故於一切法無所得故爲諸有情無倒宣說一切法性無攝受故如是善現菩薩摩訶薩行深般若波羅蜜多時由離諸相無漏心力能於一切無相無覺無得無願無作法中圓滿般若波羅蜜多亦能圓滿諸餘功德

初分無雜法義品第六十七之一

爾時具壽善現白佛言世尊云何於一切無雜無相自相空法中能圓滿修布施淨戒安

忍精進靜慮般若波羅蜜多云何於一切無漏無差別法中施設如是諸法差別及可了知云何於般若波羅蜜多中攝受一切布施淨戒安忍精進靜慮般若波羅蜜多攝受一切内空外空内外空空空大空勝義空有爲空無爲空畢竟空無際空散空無變異空本性空自相空共相空一切法空不可得空無性空自性空無性自性空攝受一切眞如法界法性不虚妄性不變異性平等性離生性法定法住實際虚空界不思議界攝受一切四念住四正斷四神足五根五力七等覺支八聖道支攝受一切空無相無願解脱門攝受一切苦集滅道聖諦攝受一切四靜慮四無量四無色定攝受一切八解脱八勝處九次第定十遍處攝受一切三摩地門陀羅尼門攝受一切五眼六神通攝受一切佛十力四無所畏四無礙解大慈大悲大喜大捨十八佛不共法攝受一切無忘失法恒住捨性攝受一切一切智道相智一切相智攝受一切世出世法云何於一切異相法中施設一相所謂無相及於一相無相法中施設種種差別法相佛言善現菩薩摩訶薩行深般若波羅蜜多時安住如夢如響如像如光影如陽焰如幻事如尋香城如變化事五取蘊中修行布施淨戒安忍精進靜慮般若波羅蜜多如實了知如夢如響如像如光影如陽焰如幻事如尋香城如變化事五取蘊皆無相所以者何諸夢響像光影陽焰幻事尋香城變化事皆無自性若法無自性是法則無相若法無相是法一相所謂無相善現由此因

緣當知一切布施無相施者無相受者無相施物無相若如是知而行布施則能圓滿修行布施波羅蜜多若能圓滿修行布施波羅蜜多則不遠離淨戒安忍精進靜慮般若波羅蜜多安住如是布施淨戒安忍精進靜慮般若波羅蜜多則能圓滿四靜慮四無量四無色定亦能圓滿四念住四正斷四神足五根五力七等覺支八聖道支亦能圓滿空無相無願解脫門亦能圓滿內空外空內外空空空大空勝義空有爲空無爲空畢竟空無際空散空無變異空本性空自相空共相空一切法空不可得空無性空自性空無性自性空亦能圓滿眞如法界法性不虛妄性不變異性平等性離生性法定法住實際虛空界不思議界亦能圓滿苦集滅道聖諦亦能

圓滿八解脫八勝處九次第定十遍處亦能圓滿五百三摩地門五百陀羅尼門亦能圓滿五眼六神通亦能圓滿佛十力四無所畏四無礙解大慈大悲大喜大捨十八佛不共法亦能圓滿無忘失法恒住捨性亦能圓滿一切智道相智一切相智是菩薩摩訶薩安住如是異熟生聖無漏諸法中以神通力往到十方殑伽沙等諸佛世界復以種種上妙衣服飲食臥具湯藥香花寶幢旛蓋燈明妓樂及餘所須供養恭敬尊重讚歎諸佛世尊作諸有情利益安樂應以布施而攝益者即以布施而攝益之應以淨戒而攝益者即以淨戒而攝益之應以安忍而攝益者即以安忍而攝益之應以精進而攝益者即以精進而攝益之應以靜慮而攝益者即以靜慮而

攝益之應以般若而攝益者即以般若而攝益之應以諸餘種種善法而攝益者即以諸餘種種善法而攝益之應以一切殊勝善法而攝益者即以一切殊勝善法而攝益之是菩薩摩訶薩成就如是無量善法雖受生死不爲生死過失所染爲欲利樂諸有情故攝受人天富貴自在由此富貴自在威力能作有情諸利樂事以四攝事而攝受之是菩薩摩訶薩知一切法皆無相故雖知預流果而不住預流果雖知一來果而不住一來果雖知不還果而不住不還果雖知阿羅漢果而不住阿羅漢果雖知獨覺菩提而不住獨覺菩提所以者何是菩薩摩訶薩如實了知一切法已爲欲證得一切相智不共一切聲聞獨覺如是善現菩薩摩訶薩知一切法皆無相故如實了知布施淨戒安忍精進靜慮般若波羅蜜多亦皆無相如實了知諸餘佛法亦皆無相由是因緣普能圓滿一切佛法復次善現菩薩摩訶薩行深般若波羅蜜多時安住如夢如響如像如光影如陽焰如幻事如尋香城如變化事五取藴中圓滿淨戒波羅蜜多是菩薩摩訶薩如實了知是五取藴如夢如響如像如光影如陽焰如幻事如尋香城如變化事已便能圓滿無相淨戒波羅蜜多如是淨戒無缺無隙無瑕無穢無所取著應受供養智者所讚妙善受持妙善究竟是聖無漏是出世間道支所攝安住此戒能善受持受施設戒法爾得戒律儀戒有表戒無表戒現行戒不現行戒威儀戒非威儀戒是菩薩摩訶薩雖具成就如是諸戒而無取

著不作是念我由此戒當生剎帝利大族富貴自在或生婆羅門大族富貴自在或生長者大族富貴自在或生居士大族富貴自在不作是念我由此戒當爲小王或爲大王或爲輪王富貴自在不作是念我由此戒當生四大王衆天或生三十三天或生夜摩天或生覩史多天或生樂變化天或生他化自在天富貴自在不作是念我由此戒當生梵衆天或生梵輔天或生梵會天或生大梵天富貴自在不作是念我由此戒當生光天或生少光天或生無量光天或生極光淨天富貴自在不作是念我由此戒當生淨天或生少淨天或生無量淨天或生遍淨天富貴自在不作是念我由此戒當生廣天或生少廣天或生無量廣天或生廣果天富貴自在不作是念我由此戒當生無煩天或生無熱天或生善現天或生善見天或生色究竟天富貴自在不作是念我由此戒當生空無邊處或生識無邊處或生無所有處或生非想非非想處富貴自在不作是念我由此戒當得預流果或得一來果或得不還果或得阿羅漢果或得獨覺菩提或入菩薩正性離生或得菩薩無生法忍或得無上正等菩提所以者何是諸法皆無相咸同一相所謂無相無相之法不得無相有相之法不得有相無相之法不得有相有相之法不得無相由是因緣都不可得如是善現菩薩摩訶薩修行般若波羅蜜多速能圓滿無相淨戒波羅蜜多證入菩薩正性離生既入菩薩正性離生復得菩薩無生法忍既得菩薩無生法忍修行道

相智趣一切相智得異熟五神通復得五百三摩地門亦得五百陀羅尼門安住此中復能證得四無礙解從一佛土至一佛土供養恭敬尊重讚歎諸佛世尊成熟有情嚴淨佛土是菩薩摩訶薩爲化有情雖現流轉諸趣生死而不爲彼煩惱業報諸障所染譬如化人雖現行住坐卧等事而無眞實往來等業雖現種種饒益有情而於有情及彼施設都無所得如有如來應正等覺名蘇扇多證得無上正等菩提轉妙法輪度無量衆令脱生死證得涅槃而無有情堪受次得無上正等菩提記者時彼如來化作化佛令久住世自捨壽行入無餘依般涅槃界彼化佛身住一劫已授一菩薩無上正等菩提記已方入涅槃彼佛化身雖作種種益有情事而無所得

謂不得色不得受想行識不得眼處不得耳鼻舌身意處不得色處不得聲香味觸法處不得眼界不得耳鼻舌身意界不得色界不得聲香味觸法界不得眼識界不得耳鼻舌身意識界不得眼觸不得耳鼻舌身意觸不得眼觸爲緣所生諸受不得耳鼻舌身意觸爲緣所生諸受不得一切有漏無漏法及有情是菩薩摩訶薩亦復如是雖有所作而無所得如是善現菩薩摩訶薩修行般若波羅蜜多圓滿淨戒波羅蜜多由此淨戒波羅蜜多得圓滿故便能攝受一切佛法復次善現菩薩摩訶薩行深般若波羅蜜多時安住如夢如響如像如光影如陽焰如幻事如尋香城如變化事五取蘊中圓滿安忍波羅蜜多是菩薩摩訶薩如實了知是五取蘊如夢如

響如像如光影如陽焰如幻事如尋香城如變化事已便能圓滿無相安忍波羅蜜多善現云何菩薩摩訶薩修行般若波羅蜜多如實了知是五取蘊如夢如響如像如光影如陽焰如幻事如尋香城如變化事已便能圓滿無相安忍波羅蜜多善現是菩薩摩訶薩如實了知是五取蘊無實相故修二種忍便能圓滿無相安忍波羅蜜多何等爲二一安受忍二觀察忍安受忍者謂諸菩薩摩訶薩從初發心乃至安坐妙菩提座於其中間假使一切有情之類競來呵毀以麤惡言罵詈凌辱復以瓦石刀杖加害是菩薩摩訶薩爲滿安忍波羅蜜多乃至不生一念瞋恨亦復不起加報之心但作是念彼諸有情深可憐愍增上煩惱撞擊其心不得自在於我發起如是惡業我今不應瞋恨於彼復作是念由我攝受怨家諸蘊令彼有情於我發起如是惡業但應自責不應瞋彼菩薩如是審觀察時於彼有情深生慈愍如是等類名安受忍觀察忍者謂諸菩薩摩訶薩作是思惟諸行如幻虛妄不實不得自在亦如虛空無我有情命者生者養者士夫補特伽羅意生儒童作者受者知者見者皆不可得唯是虛妄分別所起誰呵毀我誰罵詈我誰凌辱我誰以種種瓦石刀杖加害於我誰復受彼毀辱加害皆是自心虛妄分別我今不應橫起執著如是諸法由自性空勝義空故都無所有菩薩如是審觀察時如實了知諸行空寂於一切法不生異想如是等類名觀察忍是菩薩摩訶薩修習如是二種忍故便能圓滿無相

安忍波羅蜜多由能圓滿無相安忍波羅蜜多即便獲得無生法忍時具壽善現白佛言世尊云何名爲無生法忍此何所斷復是何智佛言善現由此勢力乃至少分惡不善法亦不得生是故說名無生法忍此令一切我及我所慢等煩惱究竟寂滅如實忍受諸法如夢如響如像如光影如陽焰如幻事如尋香城如變化事此忍名智得此智故說名獲得無生法忍具壽善現復白佛言世尊聲聞獨覺無生法忍與菩薩摩訶薩無生法忍有何差別佛言善現諸預流者若智若斷亦名菩薩摩訶薩忍諸一來者若智若斷亦名菩薩摩訶薩忍諸不還者若智若斷亦名菩薩摩訶薩忍諸阿羅漢若智若斷亦名菩薩摩訶薩忍一切獨覺若智若斷亦名菩薩摩訶薩忍復有菩薩摩訶薩忍謂忍諸法畢竟不生是爲差別善現諸菩薩摩訶薩成就如是殊勝忍故超勝一切聲聞獨覺善現是菩薩摩訶薩安住如是殊勝異熟無生忍中行菩薩道能圓滿道相智由能圓滿道相智故常不遠離四念住四正斷四神足五根五力七等覺支八聖道支亦不遠離空無相無願解脫門亦不遠離異熟神通是菩薩摩訶薩由不遠離異熟神通從一佛土至一佛土供養恭敬諸佛世尊成熟有情嚴淨佛土是菩薩摩訶薩由成熟有情嚴淨佛土得圓滿故以一刹那相應妙慧證得無上正等菩提如是善現菩薩摩訶薩修行般若波羅蜜多速能圓滿無相安忍波羅蜜多無相安忍波羅蜜多得圓滿故便能證得一切智智一切佛法

無不圓滿復次善現菩薩摩訶薩行深般若波羅蜜多時安住如夢如響如像如光影如陽焰如幻事如尋香城如變化事五取蘊中如實了知是五取蘊如夢如響如像如光影如陽焰如幻事如尋香城如變化事無實相已發起勇猛身心精進是菩薩摩訶薩發起勇猛身精進故引發殊勝迅速神通由此神通往十方界供養恭敬尊重讚歎諸佛世尊於諸佛所植衆德本利益安樂無量有情亦能嚴淨種種佛土是菩薩摩訶薩由身精進成熟有情隨其所宜方便安立於三乘法各令究竟如是善現菩薩摩訶薩修行般若波羅蜜多由身精進能速圓滿無相精進波羅蜜多善現是菩薩摩訶薩發起勇猛心精進故引發諸聖無漏道支所攝精進圓滿精進波羅蜜多於中具能攝諸善法謂四念住四正斷四神足五根五力七等覺支八聖道支空無相無願解脫門四靜慮四無量四無色定八解脫八勝處九次第定十遍處苦集滅道聖諦布施淨戒安忍精進靜慮般若波羅蜜多五眼六神通三摩地門陀羅尼門極喜地離垢地發光地焰慧地極難勝地現前地遠行地不動地善慧地法雲地內空外空內外空空空大空勝義空有爲空無爲空畢竟空無際空散空無變異空本性空自相空共相空一切法空不可得空無性空自性空無性自性空眞如法界法性不虛妄性不變異性平等性離生性法定法住實際虛空界不思議界佛十力四無所畏四無礙解大慈大悲大喜大捨十八佛不共法無忘失法恒住

捨性一切智道相智一切相智是菩薩摩訶
薩安住此中能圓滿一切相智由一切相智
得圓滿故永斷一切習氣相續由永斷一切
習氣相續故諸相隨好成就圓滿由諸相隨
好成就圓滿證得無上正等菩提放大光明
遍照三千大千世界令諸世界六種變動轉
正法輪具三十二相由此三千大千世界諸
有情類蒙光照觸覩斯變動聞正法音皆於
三乘得不退轉如是善現菩薩摩訶薩修行
般若波羅蜜多圓滿精進波羅蜜多是菩薩
摩訶薩安住精進波羅蜜多能辦自他多饒
益事速能圓滿一切佛法證得無上正等菩
提復次善現菩薩摩訶薩行深般若波羅蜜
多時安住如夢如響如像如光影如陽焰如
幻事如尋香城如變化事五取蘊中圓滿靜
慮波羅蜜多善現云何菩薩摩訶薩行深般
若波羅蜜多時安住如夢如響如像如光影
如陽焰如幻事如尋香城如變化事五取蘊
中圓滿靜慮波羅蜜多善現菩薩摩訶薩修
行般若波羅蜜多時如實了知是五取蘊如
夢如響如像如光影如陽焰如幻事如尋香
城如變化事無實相已入初靜慮具足住入
第二第三第四靜慮具足住入慈無量具足
住入悲喜捨無量具足住入空無邊處定具
足住入識無邊處無所有處非想非非想處
定具足住修空三摩地修無相無願三摩地
修如電三摩地修聖正三摩地金剛喻三摩
地住金剛喻三摩地中除如來三摩地諸餘
一切三摩地若共聲聞三摩地若共獨覺三
摩地若餘無量三摩地如是一切皆能身證

具足而住然於如是靜慮無量無色定等諸三摩地不生味著亦不躭著彼所得果何以故是菩薩摩訶薩如實了知靜慮無量無色定等諸三摩地及一切法皆無實相皆以無性而爲自性不應以無相法味著無相法亦不應以無性爲自性法味著無性爲自性法由不味著三摩地故是菩薩摩訶薩終不隨順靜慮無量無色定等諸三摩地勢力而生色無色界何以故是菩薩摩訶薩於一切界都無所得於入定者及所入定由此入定亦無所得是菩薩摩訶薩於一切法無所得故速能圓滿無相靜慮波羅蜜多由此靜慮波羅蜜多超諸聲聞及獨覺地時具壽善現白佛言世尊是菩薩摩訶薩云何圓滿無相靜慮波羅蜜多超諸聲聞及獨覺地佛言善現是菩薩摩訶薩善學內空故善學外空內外空空空大空勝義空有爲空無爲空畢竟空無際空散空無變異空本性空自相空共相空一切法空不可得空無性空自性空無性自性空故是菩薩摩訶薩於是諸空中不得一切法安住此中不得預流果不得一來不還阿羅漢果獨覺菩提不得一切菩薩摩訶薩行不得諸佛無上正等菩提何以故是諸空性亦皆空故是菩薩摩訶薩由住此空超諸聲聞及獨覺地證入菩薩正性離生具壽善現復白佛言世尊菩薩摩訶薩以何爲生以何爲離生佛言善現菩薩摩訶薩以一切有所得爲生以一切無所得爲離生具壽善現白佛言世尊菩薩摩訶薩以何爲有所得以何爲無所得佛言善現菩薩摩訶薩以一

切法爲有所得謂菩薩摩訶薩以色爲有所得以受想行識爲有所得菩薩摩訶薩以眼處爲有所得以耳鼻舌身意處爲有所得菩薩摩訶薩以色處爲有所得以聲香味觸法處爲有所得菩薩摩訶薩以眼界爲有所得以耳鼻舌身意界爲有所得菩薩摩訶薩以色界爲有所得以聲香味觸法界爲有所得菩薩摩訶薩以眼識界爲有所得以耳鼻舌身意識界爲有所得菩薩摩訶薩以眼觸爲有所得以耳鼻舌身意觸爲有所得菩薩摩訶薩以眼觸爲緣所生諸受爲有所得以耳鼻舌身意觸爲緣所生諸受爲有所得菩薩摩訶薩以地界爲有所得以水火風空識界爲有所得菩薩摩訶薩以因緣爲有所得以等無間緣所緣緣增上緣爲有所得菩薩摩訶薩以無明爲有所得以行識名色六處觸受愛取有生老死愁歎苦憂惱爲有所得菩薩摩訶薩以布施波羅蜜多爲有所得以淨戒安忍精進靜慮般若波羅蜜多爲有所得菩薩摩訶薩以內空爲有所得以外空內外空空空大空勝義空有爲空無爲空畢竟空無際空散空無變異空本性空自相空共相空一切法空不可得空無性空自性空無性自性空爲有所得菩薩摩訶薩以四念住爲有所得以四正斷四神足五根五力七等覺支八聖道支爲有所得菩薩摩訶薩以空解脫門爲有所得以無相無願解脫門爲有所得菩薩摩訶薩以苦聖諦爲有所得以集滅道聖諦爲有所得菩薩摩訶薩以四靜慮爲有所得以四無量四無色定爲有所得菩薩

摩訶薩以八解脱爲有所得以八勝處九次第定十遍處爲有所得菩薩摩訶薩以一切三摩地門爲有所得以一切陀羅尼門爲有所得菩薩摩訶薩以極喜地爲有所得以離垢地發光地焰慧地極難勝地現前地遠行地不動地善慧地法雲地爲有所得菩薩摩訶薩以五眼爲有所得以六神通爲有所得菩薩摩訶薩以佛十力爲有所得以四無所畏四無礙解大慈大悲大喜大捨十八佛不共法爲有所得菩薩摩訶薩以無忘失法爲有所得以恒住捨性爲有所得菩薩摩訶薩以一切智爲有所得以道相智一切相智爲有所得菩薩摩訶薩以預流果爲有所得以一來不還阿羅漢果獨覺菩提爲有所得菩薩摩訶薩以一切菩薩摩訶薩行爲有所得以諸佛無上正等菩提爲有所得菩薩摩訶薩以如是等有所得爲生善現無所得者謂菩薩摩訶薩於如是一切法無行無得無説無示謂菩薩摩訶薩於色無行無得無説無示於受想行識無行無得無説無示何以故色自性乃至識自性皆不可行得説示故菩薩摩訶薩於眼處無行無得無説無示於耳鼻舌身意處無行無得無説無示何以故眼處自性乃至意處自性皆不可行得説示故菩薩摩訶薩於色處無行無得無説無示於聲香味觸法處無行無得無説無示何以故色處自性乃至法處自性皆不可行得説示故菩薩摩訶薩於眼界無行無得無説無示於耳鼻舌身意界無行無得無説無示何以故眼界自性乃至意界自性皆不可行得説

示故菩薩摩訶薩於色界無行無得無說無示於聲香味觸法界無行無得無說無示何以故色界自性乃至法界自性皆不可行得說示故菩薩摩訶薩於眼識界無行無得無說無示於耳鼻舌身意識界無行無得無說無示何以故眼識界自性乃至意識界自性皆不可行得說示故菩薩摩訶薩於眼觸無行無得無說無示於耳鼻舌身意觸無行無得無說無示何以故眼觸自性乃至意觸自性皆不可行得說示故

大般若波羅蜜多經卷第三百七十八

音釋

殑伽 梵語也此云天堂來河名也以從高處來故殑其拯其陵二切伽具牙切

罵詈 詈力智切正斥曰罵旁及曰詈

撞擊 撞直降直江二切

躭 丁含切貪也

大般若波羅蜜多經卷第三百七十九

唐三藏法師玄奘奉　詔譯

初分無雜法義品第六十七之二

菩薩摩訶薩於眼觸爲緣所生諸受無行無得無說無示於耳鼻舌身意觸爲緣所生諸受無行無得無說無示何以故眼觸爲緣所生諸受自性乃至意觸爲緣所生諸受自性皆不可行得說示故菩薩摩訶薩於地界無行無得無說無示於水火風空識界無行無得無說無示何以故地界自性乃至識界自性皆不可行得說示故菩薩摩訶薩於因緣無行無得無說無示於等無間緣所緣緣增上緣無行無得無說無示何以故因緣自性乃至增上緣自性皆不可行得說示故菩薩摩訶薩於無明無行無得無說無示於行識名色六處觸受愛取有生老死愁歎苦憂惱無行無得無說無示何以故無明自性乃至老死愁歎苦憂惱自性皆不可行得說示故菩薩摩訶薩以布施波羅蜜多無行無得無說無示於淨戒安忍精進靜慮般若波羅蜜多無行無得無說無示何以故布施波羅蜜多自性乃至般若波羅蜜多自性皆不可行得說示故菩薩摩訶薩於內空無行無得無說無示於外空內外空空空大空勝義空有爲空無爲空畢竟空無際空散空無變異空本性空自相空共相空一切法空不可得空無性空自性空無性自性空無行無得無說無示何以故內空自性乃至無性自性空自性皆不可行得說示故菩薩摩訶薩於四念住無行無得無說無示於四正斷四神足五

根五力七等覺支八聖道支無行無得無說無示何以故四念住自性乃至八聖道支自性皆不可行得說示故菩薩摩訶薩於空解脫門無行無得無說無示於無相無願解脫門無行無得無說無示何以故空解脫門自性乃至無願解脫門自性皆不可行得說示故菩薩摩訶薩於苦聖諦無行無得無說無示於集滅道聖諦無行無得無說無示何以故苦聖諦自性乃至道聖諦自性皆不可行得說示故菩薩摩訶薩於四靜慮無行無得無說無示於四無量四無色定無行無得無說無示何以故四靜慮自性乃至四無色定自性皆不可行得說示故菩薩摩訶薩於八解脫無行無得無說無示於八勝處九次第定十遍處無行無得無說無示何以故八解脫自性乃至十遍處自性皆不可行得說示故菩薩摩訶薩於一切三摩地門無行無得無說無示於一切陀羅尼門無行無得無說無示何以故一切三摩地門自性一切陀羅尼門自性皆不可行得說示故菩薩摩訶薩於極喜地無行無得無說無示於離垢地發光地焰慧地極難勝地現前地遠行地不動地善慧地法雲地無行無得無說無示何以故極喜地自性乃至法雲地自性皆不可行得說示故菩薩摩訶薩於五眼無行無得無說無示於六神通無行無得無說無示何以故五眼自性六神通自性皆不可行得說示故菩薩摩訶薩於佛十力無行無得無說無示於四無所畏四無礙解大慈大悲大喜大捨十八佛不共法無行無得無說無示何以

故佛十力自性乃至十八佛不共法自性皆不可行得說示故菩薩摩訶薩於無忘失法無行無得無說無示於恒住捨性無行無得無說無示何以故無忘失法自性恒住捨性自性皆不可行得說示故菩薩摩訶薩於一切智無行無得無說無示於道相智一切相智無行無得無說無示何以故一切智自性乃至一切相智自性皆不可行得說示故菩薩摩訶薩於預流果無行無得無說無示於一來不還阿羅漢果獨覺菩提無行無得無說無示何以故預流果自性乃至獨覺菩提自性皆不可行得說示故菩薩摩訶薩於一切菩薩摩訶薩行無行無得無說無示於諸佛無上正等菩提無行無得無說無示何以故一切菩薩摩訶薩行自性諸佛無上正等菩提自性皆不可行得說示故菩薩摩訶薩以如是等無行無得無說無示爲無所得即無所得說名離生善現是爲菩薩摩訶薩生及離生諸菩薩摩訶薩證入正性離生位已圓滿一切靜慮解脫等持等至是菩薩摩訶薩尚不隨定勢力而生況隨貪等煩惱勢力是菩薩摩訶薩若住此中造作諸業由業勢力生四靜慮諸趣流轉無有是處是菩薩摩訶薩雖住如幻諸行聚中作諸有情如實饒益而不得幻及諸有情是菩薩摩訶薩於如是事無所得時成熟有情嚴淨佛土疾證無上正等菩提轉妙法輪度無量衆如是善現菩薩摩訶薩修行般若波羅蜜多速能圓滿無相靜慮波羅蜜多由此靜慮波羅蜜多速圓滿故疾證無上正等菩提轉妙法輪度無

量衆如是法輪名無所得亦名爲空無相無願能作有情無上饒益復次善現菩薩摩訶薩行深般若波羅蜜多時安住如夢如響如像如光影如陽焰如幻事如尋香城如變化事五取蘊中圓滿般若波羅蜜多是菩薩摩訶薩如實了知一切法皆如夢如響如像如光影如陽焰如幻事如尋香城如變化事已便能圓滿無相般若波羅蜜多時具壽善現白佛言世尊云何菩薩摩訶薩如實了知一切法皆如夢如響如像如光影如陽焰如幻事如尋香城如變化事佛言善現菩薩摩訶薩修行般若波羅蜜多時不見夢不見見夢者不聞響不見聞響者不見像不見見像者不見光影不見見光影者不見陽焰不見見陽焰者不見幻事不見見幻事者不見尋香城不見見尋香城者不見變化事不見見變化事者何以故夢見夢者響聞響者像見像者光影見光影者陽焰見陽焰者幻事見幻事者尋香城見尋香城者變化事見變化事者皆是愚夫異生顛倒所執著故諸阿羅漢獨覺菩薩及諸如來應正等覺皆不見夢亦不見見夢者皆不聞響亦不見聞響者皆不見像亦不見見像者皆不見光影亦不見見光影者皆不見陽焰亦不見見陽焰者皆不見幻事亦不見見幻事者皆不見尋香城亦不見見尋香城者皆不見變化事亦不見見變化事者何以故一切法皆以無性而爲自性非成非實無相無爲非實有性與涅槃等若一切法皆以無性而爲自性非成非實無相無爲非實有性與涅槃等云何菩薩摩訶

薩修行般若波羅蜜多時於一切法起有性想成想實想有相有爲實有性想非寂滅想若起是想無有是處何以故若一切法有少自性有成有實有相有爲有實性非寂滅而可得者則所修行甚深般若波羅蜜多應非般若波羅蜜多如是菩薩摩訶薩行深般若波羅蜜多時不著色不著受想行識不著眼處不著耳鼻舌身意處不著色處不著聲香味觸法處不著眼界不著耳鼻舌身意界不著色界不著聲香味觸法界不著眼識界不著耳鼻舌身意識界不著眼觸不著耳鼻舌身意觸不著眼觸爲緣所生諸受不著耳鼻舌身意觸爲緣所生諸受不著地界不著水火風空識界不著因緣不著等無間緣所緣緣增上緣不著從緣所生諸法不著無明不著行識名色六處觸受愛取有生老死愁歎苦憂惱不著欲界不著色無色界不著四靜慮不著四無量四無色定不著四念住不著四正斷四神足五根五力七等覺支八聖道支不著空解脫門不著無相無願解脫門不著苦聖諦不著集滅道聖諦不著布施波羅蜜多不著淨戒安忍精進靜慮般若波羅蜜多不著內空不著外空內外空空空大空勝義空有爲空無爲空畢竟空無際空散空無變異空本性空自相空共相空一切法空不可得空無性空自性空無性自性空不著眞如不著法界法性不虛妄性不變異性平等性離生性法定法住實際虛空界不思議界不著八解脫不著八勝處九次第定十遍處不著一切三摩地門不著一切陀羅尼門不

著極喜地不著離垢地發光地焰慧地極難勝地現前地遠行地不動地善慧地法雲地不著五眼不著六神通不著佛十力不著四無所畏四無礙解大慈大悲大喜大捨十八佛不共法不著無忘失法不著恒住捨性不著一切智不著道相智一切相智不著預流果不著一來不還阿羅漢果獨覺菩提不著一切菩薩摩訶薩行不著諸佛無上正等菩提是菩薩摩訶薩修行般若波羅蜜多時由不著故能圓滿初地而於其中不生貪著何以故是菩薩摩訶薩不得初地云何於中而起貪著由不著故能圓滿第二第三第四第五第六第七第八第九第十地而於其中不生貪著何以故是菩薩摩訶薩不得第二地乃至第十地云何於中而起貪著是菩薩摩訶薩雖修行般若波羅蜜多而不得般若波羅蜜多由不得般若波羅蜜多故亦不得一切法雖觀般若波羅蜜多攝一切法而於是法都無所得何以故如是諸法與此般若波羅蜜多無二無別所以者何一切法性不可分別說爲眞如說爲法界法性不虛妄性不變異性平等性離生性法定法住實際虛空界不思議界諸法無雜無差別故時具壽善現白佛言世尊若一切法性皆無雜無差別者云何可說是善是非善是有漏是無漏是世間是出世間是有爲是無爲諸如是等無量法門佛告善現於汝意云何一切法實性中有法可說是善是非善是有漏是無漏是世間是出世間是有爲是無爲如是乃至是預流果是一來果是不還果是阿羅漢果是

獨覺菩提是諸菩薩摩訶薩行是佛無上正等菩提不善現荅言不也世尊不也善逝佛言善現由此因緣當知一切法無雜無差別無相無生無滅無礙無説無示善現當知我本修行菩薩道時於法自性都無所得謂若色若受想行識若眼處若耳鼻舌身意處若色處若聲香味觸法處若眼界若耳鼻舌身意界若色界若聲香味觸法界若眼識界若耳鼻舌身意識界若眼觸若耳鼻舌身意觸若眼觸爲緣所生諸受若耳鼻舌身意觸爲緣所生諸受若地界若水火風空識界若因緣若等無間緣所緣緣增上緣若從緣所生法若無明若行識名色六處觸受愛取有生老死愁歎苦憂惱若欲界若色無色界若善若非善若有漏若無漏若世間若出世間若有爲若無爲如是乃至若預流果若一來不還阿羅漢果獨覺菩提若諸菩薩摩訶薩行若佛無上正等菩提於如是等諸法自性皆無所得如是善現菩薩摩訶薩修行般若波羅蜜多從初發心乃至安坐妙菩提座將證無上正等菩提常應善知諸法自性若能善知諸法自性則能善淨大菩提道亦能圓滿諸菩薩行成熟有情嚴淨佛土安住是法疾證無上正等菩提轉妙法輪以三乘法方便調伏諸有情類令於三有速得解脫如是善現菩薩摩訶薩以無所得而爲方便應學般若波羅蜜多速能圓滿一切佛法

初分諸功德相品第六十八之一

爾時具壽善現白佛言世尊云何如夢如響如像如光影如陽焰如幻事如尋香城如變

化事諸法都無實事皆以無性而為自性自相皆空而可安立是善是非善是有漏是無漏是世間是出世間是有為是無為如是乃至是預流果是能證預流果是一來果是能證一來果是不還果是能證不還果是阿羅漢果是能證阿羅漢果是獨覺菩提是能證獨覺菩提是諸佛無上正等菩提是能證諸佛無上正等菩提耶佛告善現世間愚夫無聞異生得夢得見夢者得響得聞響者得像得見像者得光影得見光影者得陽焰得見陽焰者得幻事得見幻事者得尋香城得見尋香城者得變化事得見變化事者是諸愚夫無聞異生得夢得見夢者已得響得聞響者已得像得見像者已得光影得見光影者已得陽焰得見陽焰者已得幻事得見幻事者已得尋香城得見尋香城者已得變化事得見變化事者已顛倒執著造身語意善行不善行或造身語意福行非福行不動行由諸行故往來生死流轉無窮諸菩薩摩訶薩行深般若波羅蜜多觀察畢竟無際二空安住畢竟無際二空為彼有情宣說正法謂作是言汝等當知色是空無我我所受想行識是空無我我所眼處是空無我我所耳鼻舌身意處是空無我我所色處是空無我我所聲香味觸法處是空無我我所眼界是空無我我所耳鼻舌身意界是空無我我所色界是空無我我所聲香味觸法界是空無我我所眼識界是空無我我所耳鼻舌身意識界是空無我我所眼觸是空無我我所耳鼻舌身意觸是空無我我所眼觸為緣所生諸受

是空無我我所耳鼻舌身意觸爲緣所生諸
受是空無我我所地界是空無我我所水火
風空識界是空無我我所因緣是空無我我
所等無間緣所緣緣增上緣是空無我我所
從此諸緣所生諸法是空無我我所無明是
空無我我所行識名色六處觸受愛取有生
老死愁歎苦憂惱是空無我我所有漏法是
空無我我所無漏法是空無我我所有爲法
是空無我我所無爲法是空無我我所又作
是言汝等當知色如夢都無自性受想行識
如夢都無自性色如響如像如光影如陽焰
如幻事如尋香城如變化事都無自性受想
行識如響乃至如變化事都無自性眼處如
夢都無自性耳鼻舌身意處如夢都無自性
眼處如響如像如光影如陽焰如幻事如尋
香城如變化事都無自性耳鼻舌身意處如
響乃至如變化事都無自性色處如夢都無
自性聲香味觸法處如夢都無自性色處如
響如像如光影如陽焰如幻事如尋香城如
變化事都無自性聲香味觸法處如響乃至
如變化事都無自性眼界如夢都無自性耳
鼻舌身意界如夢都無自性眼界如響如像
如光影如陽焰如幻事如尋香城如變化事
都無自性耳鼻舌身意界如響乃至如變化
事都無自性色界如夢都無自性聲香味觸
法界如夢都無自性色界如響如像如光影
如陽焰如幻事如尋香城如變化事都無自
性聲香味觸法界如響乃至如變化事都無
自性眼識界如夢都無自性耳鼻舌身意識
界如夢都無自性眼識界如響如像如光影

如陽焰如幻事如尋香城如變化事都無自性耳鼻舌身意識界如響乃至如變化事都無自性眼觸如夢都無自性耳鼻舌身意觸如夢都無自性眼觸如響如像如光影如陽焰如幻事如尋香城如變化事都無自性耳鼻舌身意觸如響乃至如變化事都無自性眼觸爲緣所生諸受如夢都無自性耳鼻舌身意觸爲緣所生諸受如夢都無自性眼觸爲緣所生諸受如響如像如光影如陽焰如幻事如尋香城如變化事都無自性耳鼻舌身意觸爲緣所生諸受如響乃至如變化事都無自性地界如夢都無自性水火風空識界如夢都無自性地界如響如像如光影如陽焰如幻事如尋香城如變化事都無自性水火風空識界如響乃至如變化事都無自性因緣如夢都無自性等無間緣所緣緣增上緣如夢都無自性因緣如響如像如光影如陽焰如幻事如尋香城如變化事都無自性等無間緣所緣緣增上緣如響乃至如變化事都無自性從緣生法如夢都無自性如響如像如光影如陽焰如幻事如尋香城如變化事都無自性無明如夢都無自性行識名色六處觸受愛取有生老死愁歎苦憂惱如夢都無自性無明如響如像如光影如陽焰如幻事如尋香城如變化事都無自性行乃至老死愁歎苦憂惱如響乃至如變化事都無自性有漏法如夢都無自性無漏法如夢都無自性有漏法如響如像如光影如陽焰如幻事如尋香城如變化事都無自性無漏法如響乃至如變化事都無自性有爲法

如夢都無自性無為法如夢都無自性有為法如響如像如光影如陽焰如幻事如尋香城如變化事都無自性無為法如響乃至如變化事都無自性又作是言汝等當知此中無色亦無受想行識無眼處亦無耳鼻舌身意處無色處亦無聲香味觸法處無眼界亦無耳鼻舌身意界無色界亦無聲香味觸法界無眼識界亦無耳鼻舌身意識界無眼觸亦無耳鼻舌身意觸無眼觸為緣所生諸受亦無耳鼻舌身意觸為緣所生諸受無地界亦無水火風空識界無因緣亦無等無間緣所緣緣增上緣無從諸緣所生諸法無無明亦無行識名色六處觸受愛取有生老死愁歎苦憂惱無有漏法亦無無漏法無有為法亦無無為法無夢亦無見夢者無響亦無聞響者無像亦無見像者無光影亦無見光影者無陽焰亦無見陽焰者無幻事亦無見幻事者無尋香城亦無見尋香城者無變化事亦無見變化事者又作是言汝等當知是一切法皆無實事皆以無性而為自性汝等虛妄分別力故無色中見有色無受想行識中見有受想行識無眼處中見有眼處無耳鼻舌身意處中見有耳鼻舌身意處無色處中見有色處無聲香味觸法處中見有聲香味觸法處無眼界中見有眼界無耳鼻舌身意界中見有耳鼻舌身意界無色界中見有色界無聲香味觸法界中見有聲香味觸法界無眼識界中見有眼識界無耳鼻舌身意識界中見有耳鼻舌身意識界無眼觸中見有眼觸無耳鼻舌身意觸中見有耳鼻舌身意

觸無眼觸爲緣所生諸受中見有眼觸爲緣所生諸受無耳鼻舌身意觸爲緣所生諸受中見有耳鼻舌身意觸爲緣所生諸受無地界中見有地界無水火風空識界中見有水火風空識界無因緣中見有因緣無等無間緣所緣緣增上緣中見有等無間緣所緣緣增上緣無從緣所生諸法中見有從緣所生諸法無無明中見有無明無行識名色六處觸受愛取有生老死愁歎苦憂惱中見有行乃至老死愁歎苦憂惱無有漏法中見有有漏法無無漏法中見有無漏法無有爲法中見有有爲法無無爲法中見有無爲法又作是言汝等當知蘊界處等一切法性皆從衆緣和合建立顛倒所起諸業異熟之所攝受汝等何爲於是虛妄無實事法起實事想是

時菩薩摩訶薩修行般若波羅蜜多方便善巧若諸有情有慳貪者方便拔濟令離慳貪是諸有情離慳貪已教修布施波羅蜜多是諸有情由布施故得大財位富貴自在復從是處方便拔濟教修淨戒波羅蜜多是諸有情由淨戒故得生善趣尊貴自在復從是處方便拔濟教修安忍波羅蜜多是諸有情由安忍故速能獲得無生法忍復從是處方便拔濟教修精進波羅蜜多是諸有情由精進故乃至無上正等菩提於諸善法不復退轉復從是處方便拔濟教修靜慮波羅蜜多是諸有情由靜慮故得生梵世於初靜慮安住自在從初靜慮方便拔濟復令安住第二靜慮從第二靜慮方便拔濟復令安住第三靜慮從第三靜慮方便拔濟復令安住第四靜

慮從第四靜慮方便拔濟復令安住空無邊處定從空無邊處定方便拔濟復令安住識無邊處定從識無邊處定方便拔濟復令安住無所有處定從無所有處定方便拔濟復令安住非想非非想處定復從是處方便拔濟令住三乘或令住四念住四正斷四神足五根五力七等覺支八聖道支或令住空無相無願解脫門或令住八解脫八勝處九次第定十遍處或令住陀羅尼門三摩地門或令住善集滅道聖諦或令住布施淨戒安忍精進靜慮般若波羅蜜多或令住內空外空內外空空空大空勝義空有爲空無爲空畢竟空無際空散空無變異空本性空自相空共相空一切法空不可得空無性空自性空無性自性空或令住眞如法界法性不虛妄性不變異性平等性離生性法定法住實際虛空界不思議界或令住極喜地離垢地發光地焰慧地極難勝地現前地遠行地不動地善慧地法雲地或令住五眼六神通或令住佛十力四無所畏四無礙解大慈大悲大喜大捨十八佛不共法或令住無忘失法恒住捨性或令住一切智道相智一切相智是菩薩摩訶薩修行般若波羅蜜多方便善巧若諸有情躭著有爲布施及果以諸方便安慰拔濟令住無餘般涅槃界若諸有情躭著有爲淨戒及果以諸方便安慰濟拔令住無餘般涅槃界若諸有情躭著有爲安忍及果以諸方便安慰濟拔令住無餘般涅槃界若諸有情躭著有爲精進及果以諸方便安慰濟拔令住無餘般涅槃界若諸有情躭著有

爲靜慮及果以諸方便安慰濟拔令住無餘般涅槃界若諸有情躭著有爲般若及果以諸方便安慰濟拔令住無餘般涅槃界若諸有情躭著有爲四念住四正斷四神足五根五力七等覺支八聖道支以諸方便安慰濟拔令住無餘般涅槃界若諸有情躭著有爲空無相無願解脱門以諸方便安慰濟拔令住無餘般涅槃界若諸有情躭著有爲八解脱八勝處九次第定十遍處以諸方便安慰濟拔令住無餘般涅槃界若諸有情躭著有爲陀羅尼門三摩地門以諸方便安慰濟拔令住無餘般涅槃界若諸有情躭著有爲四聖諦空等觀以諸方便安慰濟拔令住無餘般涅槃界若諸有情躭著有爲四靜慮四無量四無色定以諸方便安慰濟拔令住無餘般涅槃界若諸有情躭著有爲菩薩十地以諸方便安慰濟拔令住無餘般涅槃界若諸有情躭著有爲五眼六神通以諸方便安慰濟拔令住無餘般涅槃界若諸有情躭著有爲佛十力四無所畏四無礙解大慈大悲大喜大捨十八佛不共法以諸方便安慰濟拔令住無餘般涅槃界若諸有情躭著有爲無忘失法恒住捨性以諸方便安慰濟拔令住無餘般涅槃界若諸有情躭著有爲一切智道相智一切相智以諸方便安慰濟拔令住無餘般涅槃界是菩薩摩訶薩修行般若波羅蜜多方便善巧成就無色無見無對眞無漏法安住其中若諸有情應得預流果者方便濟拔令住預流果若諸有情應得一來果者方便濟拔令住一來果若諸有情應得不

還果者方便濟拔令住不還果若諸有情應得阿羅漢果者方便濟拔令住阿羅漢果若諸有情應得獨覺菩提者方便濟拔令住獨覺菩提若諸有情應得無上正等菩提者方便濟拔爲說種種大菩提道示現勸導讚勵慶喜令住無上正等菩提如是善現諸菩薩摩訶薩行深般若波羅蜜多觀察畢竟無際二空安住畢竟無際二空雖知諸法如夢如響如像如光影如陽焰如幻事如尋香城如變化事都非實有皆以無性而爲自性自相皆空而能安立是善是非善是有漏是無漏是世間是出世間是有爲是無爲是預流果是能證預流果是一來果是能證一來果是不還果是能證不還果是阿羅漢果是能證阿羅漢果是獨覺菩提是能證獨覺菩提是諸佛無上正等菩提是能證諸佛無上正等菩提皆無雜亂爾時具壽善現白佛言世尊諸菩薩摩訶薩甚奇希有行深般若波羅蜜多觀察畢竟無際二空安住畢竟無際二空雖知諸法如夢如響如像如光影如陽焰如幻事如尋香城如變化事都非實有皆以無性而爲自性自相皆空而能安立是善是非善是有漏是無漏是世間是出世間是有爲是無爲等皆無雜亂佛言善現如是如是如汝所說諸菩薩摩訶薩甚奇希有行深般若波羅蜜多雖知諸法皆是畢竟無際空性而能安立善非善等不相雜亂善現汝等若知諸菩薩摩訶薩行深般若波羅蜜多時所有甚奇希有之法聲聞獨覺皆所非有不能測量汝等一切聲聞獨覺於諸菩薩摩訶薩辯

尚不能報況餘有情而能酬對

大般若波羅蜜多經卷第三百七十九

大般若波羅蜜多經卷第三百八十

唐三藏法師玄奘奉　詔譯

初分諸功德相品第六十八之二

時具壽善現白佛言世尊何等名爲菩薩摩訶薩行深般若波羅蜜多時所有甚奇希有之法聲聞獨覺皆所非有佛告善現諦聽諦聽善思念之吾當爲汝分別解說菩薩摩訶薩行深般若波羅蜜多時所有甚奇希有之法善現菩薩摩訶薩行深般若波羅蜜多時住異熟生布施淨戒安忍精進靜慮般若波羅蜜多五妙神通三十七種菩提分法陀羅尼門三摩地門四靜慮四無量四無色定四無礙解八解脫八勝處九次第定十遍處空無相無願三摩地等無量功德往十方界若諸有情應以布施而攝益者則以布施而攝益之應以淨戒而攝益者則以淨戒而攝益之應以安忍而攝益者則以安忍而攝益之應以精進而攝益者則以精進而攝益之應以靜慮而攝益者則以靜慮而攝益之應以般若而攝益者則以般若而攝益之應以初靜慮而攝益者則以初靜慮而攝益之應以第二第三第四靜慮而攝益者則以第二第三第四靜慮而攝益之應以空無邊處定而攝益者則以空無邊處定而攝益之應以識無邊處無所有處非想非非想處定而攝益者則以識無邊處無所有處非想非非想處定而攝益之應以慈無量而攝益者則以慈無量而攝益之應以悲喜捨無量而攝益者則以悲喜捨無量而攝益之應以四念住而攝益者則以四念住而攝益之應以四正斷

四神足五根五力七等覺支八聖道支而攝益者則以四正斷乃至八聖道支而攝益之應以空三摩地而攝益者則以空三摩地而攝益之應以無相無願三摩地而攝益者則以無相無願三摩地而攝益之應以諸餘種種善法而攝益者則以諸餘種種善法而攝益之具壽善現白佛言世尊云何菩薩摩訶薩行深般若波羅蜜多時住異熟生布施淨戒安忍精進靜慮般若波羅蜜多五妙神通三十七種菩提分法陀羅尼門三摩地門四靜慮四無量四無色定四無礙解八解脫八勝處九次第定十遍處空無相無願三摩地等無量功德以布施等攝益有情佛言善現菩薩摩訶薩行深般若波羅蜜多時施諸有情所須之物須食與食須飲與飲須衣服與衣服須車乘與車乘須香花與香花須幢旛蓋與幢旛蓋須坐卧具與坐卧具須瓔珞等諸莊嚴具與瓔珞等諸莊嚴具須舍宅與舍宅須燈明與燈明須妓樂與妓樂須醫藥與醫藥隨諸所須種種資具悉皆施與令無匱乏如施如來應正等覺諸供養具施諸獨覺亦復如是如施獨覺諸供養具施阿羅漢亦復如是如施阿羅漢諸供養具施諸不還亦復如是如施不還諸供養具施諸一來亦復如是如施一來諸供養具施諸預流亦復如是如施預流諸供養具施諸正至正行亦復如是如施正至正行諸供養具施持戒者亦復如是如施持戒者諸供養具施犯戒者亦復如是如施犯戒者諸供養具施諸外道亦復如是如施外道諸供養具施餘人趣亦復

如是如施人趣諸供養具施諸非人亦復如是如施非人諸供養具施諸傍生亦復如是於諸有情其心平等無差別想而行布施上從諸佛下至傍生平等平等無所分別何以故諸菩薩摩訶薩了達諸法及諸有情自相皆空都無差別故無異想無所分別而行布施是菩薩摩訶薩由無異想無所分別行布施故當得無異無分別果謂得圓滿一切相智及餘無量諸佛功德善現若菩薩摩訶薩見乞丐者便起是心若是如來應正等覺是福田故我應施與供養恭敬若傍生等非福田故不應施與所須資具是菩薩摩訶薩起如是心非菩薩法所以者何善現諸菩薩摩訶薩發菩提心求趣無上正等菩提要淨自心福田方淨見諸乞者不應念言如是有情我應布施爲作饒益如是有情我不應施不作饒益違本所發菩提心故謂諸菩薩發菩提心我爲有情當作依怙洲渚舍宅救護之處見諸乞者應作念言今此有情貧窮孤露我當以施而攝益之彼由此緣亦能轉施少欲喜足離斷生命離不與取離欲邪行離虛誑語離離間語離麤惡語離雜穢語亦離貪欲瞋恚邪見由此因緣生剎帝利大族或婆羅門大族或長者大族或居士大族或餘隨一富貴處生豐饒財寶修諸善業或由此施攝益因緣漸依三乘而得度脫謂令趣入聲聞獨覺及無上乘三無餘依般涅槃界復次善現若菩薩摩訶薩有餘怨敵或諸有情來至其所爲損害故或匱乏故有所求索是菩薩摩訶薩終不發起分別異心此應施與此

不應施但常發起平等之心隨所求索悉皆施與所以者何是菩薩摩訶薩普爲利樂諸有情故求趣無上正等菩提若當發起分別異心此應施與此不應施便爲如來應正等覺及諸菩薩獨覺聲聞世間天人阿素洛等共所呵責誰要請汝發菩提心誓普利樂諸有情類無歸依者爲作歸依無救護者爲作救護無室宅者爲作室宅無洲渚者爲作洲渚而今簡別有施不施復次善現若菩薩摩訶薩行深般若波羅蜜多時有人非人來至其所求索身分手足支節是菩薩摩訶薩不起二心爲施不施唯作是念隨所求索皆當施之何以故是菩薩摩訶薩恒作是念我爲利樂諸有情故而受此身諸有來求定當施與不應不施故見乞者便起是心吾今此身本爲他受彼不來取尚應自送況來求索而當不與作是念已歡喜踊躍自解支節而授與之復自慶言今獲大利善現菩薩摩訶薩行深般若波羅蜜多應如是學復次善現若菩薩摩訶薩見有乞者便作是念今於此中誰施誰受所施何物由何而施爲何而施云何而施諸法自性皆不可得所以者何如是諸法皆畢竟空非空法中有與有奪善現菩薩摩訶薩行深般若波羅蜜多時應如是學諸法皆空謂或由內空故空或由外空故空或由內外空故空或由空空故空或由大空故空或由勝義空故空或由有爲空故空或由無爲空故空或由畢竟空故空或由無際空故空或由散空故空或由無變異空故空或由本性空故空或由自相空故空或由共

相空故空或由一切法空故空或由不可得空故空或由無性空故空或由自性空故空或由無性自性空故空是菩薩摩訶薩住此空中而行布施恒時無間圓滿布施波羅蜜多由布施波羅蜜多得圓滿故爲他割截內外物時其心都無瞋恨分別但作是念有情及法一切皆空誰割截我誰受割截誰復觀空復次善現我以佛眼遍觀十方無量殑伽沙等世界諸菩薩摩訶薩爲欲利樂諸有情類以故思願入大地獄入已發起三種示導何等爲三一者神變示導二者記說示導三者教誡示導是菩薩摩訶薩以神變示導滅除地獄湯火刀等種種苦具以記說示導記彼有情心之所念而爲說法以教誡示導於彼發起大慈大悲大喜大捨而爲說法令彼

地獄諸有情類於菩薩所生淨信心由此因緣從地獄出得生天上或生人中漸依三乘作苦邊際復次善現我以佛眼遍觀十方無量殑伽沙等世界諸菩薩摩訶薩承事供養諸佛世尊是菩薩摩訶薩承事供養佛世尊時深心歡喜非不歡喜深心愛樂非不愛樂深心恭敬非不恭敬是菩薩摩訶薩於諸如來應正等覺所說正法恭敬聽聞受持讀誦乃至無上正等菩提終不忘失隨所聞法能爲有情無倒解說令獲殊勝利益安樂乃至無上正等菩提常無懈廢復次善現我以佛眼遍觀十方無量殑伽沙等世界諸菩薩摩訶薩爲欲饒益傍生趣中諸有情故自捨身命是菩薩摩訶薩見諸傍生饑火所逼欲相殘害起慈愍心自割身分斷諸支節散擲十

方恣令食噉諸傍生類得此菩薩身肉食者皆於菩薩深起愛敬慚愧之心由此因緣脫傍生趣得生天上或生人中值遇如來應正等覺聞說正法如理修行漸依三乘而得度脫謂隨證入聲聞獨覺及無上乘三無餘依般涅槃界如是善現諸菩薩摩訶薩能爲世間作難作事多所饒益謂爲利樂諸有情故自發無上正等覺心亦令他發厭離生死求菩提心自行種種如實正行亦令他行漸入三乘般涅槃界復次善現我以佛眼遍觀十方無量殑伽沙等世界諸菩薩摩訶薩爲欲饒益餓鬼界中諸有情類以故思願往彼界中方便息除饑渴等苦彼諸餓鬼衆苦既息於此菩薩深起愛敬慚愧之心乘此善根脫餓鬼趣得生天上或生人中常遇如來應正等覺恭敬供養聞正法音漸次修行三乘正行乃至得入三無餘依般涅槃界如是善現諸菩薩摩訶薩於有情類安住大悲發起無邊方便善巧拔濟令入三乘涅槃畢竟安樂復次善現我以佛眼遍觀十方無量殑伽沙等世界諸菩薩摩訶薩或爲四大王衆天宣說正法或爲三十三天宣說正法或爲夜摩天宣說正法或爲覩史多天宣說正法或爲樂變化天宣說正法或爲他化自在天宣說正法是諸天衆於菩薩所聞正法已漸依三乘勤修正行隨應趣入三無餘依般涅槃界善現彼天衆中有諸天子躭著天上五妙欲樂及所居止衆寶宫殿是菩薩摩訶薩示現火起燒其宫殿令生厭怖因爲說法作是言諸天子應審觀察諸行無常苦空非我不可

保信誰有智者於斯樂著時諸天子聞此法音皆於五欲深生厭離自觀身命虛僞無常猶如芭蕉電光陽焰觀諸宮殿譬如牢獄作是觀已漸依三乘勤修正行而取滅度復次善現我以無障清淨佛眼遍觀十方無量殑伽沙等世界諸菩薩摩訶薩見諸梵天著諸見趣方便化導令其遠離告言天仙汝等云何於空無相虛妄不實一切法中發起如是諸惡見趣當疾捨之信受正法令汝獲得無上甘露如是善現諸菩薩摩訶薩安住大悲爲諸有情宣說正法善現是爲菩薩摩訶薩所有甚奇希有之法復次善現我以佛眼遍觀十方無量殑伽沙等世界諸菩薩摩訶薩以四攝事攝諸有情何等爲四一者布施二者愛語三者利行四者同事善現云何菩薩摩訶薩能以布施攝諸有情善現菩薩摩訶薩以二種施攝諸有情何等爲二一者財施二者法施善現云何菩薩摩訶薩能以財施攝諸有情善現菩薩摩訶薩行深般若波羅蜜多時能以種種金銀真珠末尼珊瑚吠瑠璃寶頗胝迦寶珂貝璧玉帝青大青石藏杵藏紅蓮寶等生色可染施諸有情或以種種衣服飲食殿閣樓臺房舍卧具車乘香花燈明妓樂寶幢旛蓋及瓔珞等施諸有情或以象馬牛羊驢等諸傍生類施諸有情或以種種妻妾男女僮僕及侍衞者施諸有情或以財物庫藏城邑聚落及王位等施諸有情或以身分手足支節頭目髓腦施諸有情是菩薩摩訶薩以種種物置四衢道昇高臺上唱如是言一切有情有所須者恣意來取勿生

疑難如取已物莫作異想是菩薩摩訶薩施諸有情所須物已復勸歸依佛法僧寶或勸受持近事五戒或勸受持近住八戒或勸受持十善業道或勸修行初靜慮或勸修行第二第三第四靜慮或勸修行慈無量或勸修行悲喜捨無量或勸修行空無邊處定或勸修行識無邊處無所有處非想非非想處定或勸修行佛隨念或勸修行法隨念僧隨念戒隨念捨隨念天隨念或勸修行不淨觀或勸修行持息念或勸修行無常想或勸修行無常苦想苦無我想不淨想厭食想一切世間不可樂想死想斷想離想滅想或勸修行四念住或勸修行四正斷四神足五根五力七等覺支八聖道支或勸修行空三摩地或勸修行無相無願三摩地或勸修行空解脫門或勸修行無相無願解脫門或勸修行八解脫或勸修行八勝處九次第定十遍處或勸修行布施波羅蜜多或勸修行淨戒安忍精進靜慮般若方便善巧願力智波羅蜜多或勸安住苦聖諦或勸安住集滅道聖諦或勸安住内空或勸安住外空内外空空空大空勝義空有爲空無爲空畢竟空無際空散空無變異空本性空自相空共相空一切法空不可得空無性空自性空無性自性空或勸安住眞如或勸安住法界法性不虛妄性不變異性平等性離生性法定法住實際虛空界不思議界或勸修行一切陀羅尼門或勸修行一切三摩地門或勸修行極喜地或勸修行離垢地發光地焰慧地極難勝地現前地遠行地不動地善慧地法雲地或勸修

行五眼或勸修行六神通或勸修行如來十力或勸修行四無所畏四無礙解十八佛不共法或勸修行大慈或勸修行大悲大喜大捨或勸修行無忘失法或勸修行恒住捨性或勸修行一切智或勸修行道相智一切相智或勸修行三十二大士相或勸修行八十隨好或勸修行預流果或勸修行一來不還阿羅漢果獨覺菩提或勸修行一切菩薩摩訶薩行或勸修行諸佛無上正等菩提如是善現諸菩薩摩訶薩行深般若波羅蜜多方便善巧於諸有情行財施已復善安立諸有情類令住無上安隱法中乃至令得一切智智善現是爲菩薩摩訶薩行深般若波羅蜜多所有甚奇希有之法善現云何菩薩摩訶薩行深般若波羅蜜多時能以法施攝諸有情善現菩薩摩訶薩法施有二種何等爲二一者世間法施二者出世法施善現云何名爲菩薩摩訶薩世間法施善現菩薩摩訶薩行深般若波羅蜜多時爲諸有情宣說開示分别顯了世間諸法謂不淨觀若持息念若四靜慮若四梵住若四無色定若餘世間共異生法如是名爲世間法施善現是菩薩摩訶薩行世間法施已種種方便化導有情令其遠離世間諸法種種方便化導有情令住聖法及聖法果善現云何聖法及聖法果善現聖法者謂四念住四正斷四神足五根五力七等覺支八聖道支空無相無願解脫門布施淨戒安忍精進靜慮般若波羅蜜多八解脫九次第定陀羅尼門三摩地門菩薩十地五眼六神通如來十力四無所畏四無礙

解大慈大悲大喜大捨十八佛不共法無忘失法恒住捨性一切智道相智一切相智等諸無漏法善現聖法果者謂預流果一來果不還果阿羅漢果獨覺菩提諸佛無上正等菩提復次善現菩薩摩訶薩聖法者謂預流果智一來果智不還果智阿羅漢果智獨覺菩提智諸佛無上正等菩提智四念住智四正斷四神足五根五力七等覺支八聖道支智空解脫門智無相無願解脫門智四靜慮智四無量四無色定智八解脫智八勝處九次第定十遍處智布施波羅蜜多智淨戒安忍精進靜慮般若波羅蜜多智一切陀羅尼門智一切三摩地門智苦聖諦智集滅道聖諦智內空智外空內外空空空大空勝義空有為空無為空畢竟空無際空散空無變異空本性空自相空共相空一切法空不可得空無性空自性空無性自性空智真如智法界法性不虛妄性不變異性平等性離生性法定法住實際虛空界不思議界智菩薩十地智五眼六神通智如來十力智四無所畏四無礙解大慈大悲大喜大捨十八佛不共法智無忘失法智恒住捨性智一切智智道相智一切相智智及餘一切世間出世間法智有漏無漏法智有為無為法智是名聖法聖法果者謂永斷一切煩惱習氣相續是名聖法果時具壽善現白佛言世尊菩薩摩訶薩亦能得一切相智耶佛言善現如是如是菩薩摩訶薩亦能得一切相智善現白佛言世尊若菩薩摩訶薩亦能得一切相智者與諸如來應正等覺有何差別佛言善現菩薩

摩訶薩名爲隨得一切相智一切如來應正等覺名爲已得一切相智所以者何非諸菩薩摩訶薩心與諸如來應正等覺條然有異謂諸菩薩摩訶薩衆與諸如來應正等覺俱住諸法無差別性於諸法相求正遍知說爲菩薩摩訶薩衆若至究竟即名如來應正等覺於一切法自相共相照了無闇清淨具足住因位時名爲菩薩摩訶薩衆若至果位即名如來應正等覺是故菩薩摩訶薩與諸如來應正等覺雖俱名得一切相智而有差別善現是名菩薩摩訶薩世間法施諸菩薩摩訶薩因依如是世間法施復能修行出世法施謂諸菩薩摩訶薩行深般若波羅蜜多方便善巧先教有情世間善法後令遠離世間善法安住出世無漏聖法乃至令得一切智智善現何等名爲出世聖法諸菩薩摩訶薩爲諸有情宣說開示分別顯了說名法施善現一切不共異生善法若正修習令諸有情超出世間安隱而住故名出世謂四念住四正斷四神足五根五力七等覺支八聖道支三解脫門八解脫九次第定四聖諦智波羅蜜多諸空等智菩薩十地五眼六神通如來十力四無所畏四無礙解十八佛不共法大慈大悲大喜大捨三十二大士相八十隨好一切陀羅尼門一切三摩地門諸如是等無漏善法一切皆名出世聖法善現云何名四念住善現謂於內身住循身觀於外身住循身觀於內外身住循身觀具足正勤正知正念除世貪愛住身集觀住身滅觀由彼於身住循身觀住身集觀住身滅觀無所依止於

諸世間無所執受是爲第一於内受住循受觀於外受住循受觀於內外受住循受觀具足正勤正知正念除世貪愛住受集觀住受滅觀由彼於受住循受觀住受集觀住受滅觀無所依止於諸世間無所執受是爲第二於內心住循心觀於外心住循心觀於內外心住循心觀具足正勤正知正念除世貪愛住心集觀住心滅觀由彼於心住循心觀住心集觀住心滅觀無所依止於諸世間無所執受是爲第三於內法住循法觀於外法住循法觀於內外法住循法觀具足正勤正知正念除世貪愛住法集觀住法滅觀由彼於法住循法觀住法集觀住法滅觀無所依止於諸世間無所執受是爲第四善現是名四念住善現云何名四正斷善現爲令未生惡不善法不生故起欲發勤精進策心持心是爲第一爲令已生惡不善法斷故起欲發勤精進策心持心是爲第二爲令未生善法生故起欲發勤精進策心持心是爲第三爲令已生善法堅住不忘修滿倍增廣大智作證故起欲發勤精進策心持心是爲第四善現是名四正斷善現云何名四神足善現欲三摩地斷行成就修習神足依止厭依止離依止滅迴向於捨是爲第一勤三摩地斷行成就修習神足依止厭依止離依止滅迴向於捨是爲第二心三摩地斷行成就修習神足依止厭依止離依止滅迴向於捨是爲第三觀三摩地斷行成就修習神足依止厭依止離依止滅迴向於捨是爲第四善現是名四神足善現云何名五根善現信根精進根念

根定根慧根善現是名五根善現云何名五力善現信力精進力念力定力慧力善現是名五力善現云何名七等覺支善現念等覺支擇法等覺支精進等覺支喜等覺支輕安等覺支定等覺支捨等覺支善現是名七等覺支善現云何名八聖道支善現正見正思惟正語正業正命正精進正念正定善現是名八聖道支善現云何名三解脫門善現空解脫門無相解脫門無願解脫門善現是名三解脫門善現云何名空解脫門善現若空行相無我行相虛僞行相無自性行相心一境性善現是名空解脫門善現云何名無相解脫門善現若滅行相寂靜行相遠離行相心一境性善現是名無相解脫門善現云何名無願解脫門善現若苦行相無常行相顛倒行相心一境性善現是名無願解脫門善現云何名八解脫善現有色觀諸色是爲第一解脫內無色想觀外諸色是爲第二解脫淨勝解身作證是爲第三解脫超一切色想滅有對想不思惟種種想入無邊空空無邊處定具足住是爲第四解脫超一切空無邊處入無邊識識無邊處定具足住是爲第五解脫超一切識無邊處入無少所有無所有處定具足住是爲第六解脫超一切無所有處入非想非非想處定具足住是爲第七解脫超一切非想非非想處入想受滅定具足住是爲第八解脫善現是名八解脫善現云何名爲九次第定善現謂有一類離欲惡不善法有尋有伺離生喜樂初靜慮具足住是爲第一復有一類尋伺寂靜內等淨心一趣

性無尋無伺定生喜樂第二靜慮具足住是爲第二復有一類離喜住捨正念正知身受樂唯諸聖者能說應捨具念樂住第三靜慮具足住是爲第三復有一類斷樂斷苦先喜憂沒不苦不樂捨念清淨第四靜慮具足住是爲第四復有一類超一切色想滅有對想不思惟種種想入無邊空空無邊處定具足住是爲第五復有一類超一切空無邊處入無邊識識無邊處定具足住是爲第六復有一類超一切識無邊處入無少所有無所有處定具足住是爲第七復有一類超一切無所有處入非想非非想處定具足住是爲第八復有一類超一切非想非非想處入想受滅定具足住是爲第九善現是名九次第定善現云何名爲四聖諦智善現苦智集智滅智道智善現是名四聖諦智善現云何名爲波羅蜜多善現布施淨戒安忍精進靜慮般若方便善巧妙願力智波羅蜜多善現是名波羅蜜多善現云何名爲諸空等智善現內空智外空智內外空智空空智大空智勝義空智有爲空智無爲空智畢竟空智無際空智散空智無變異空智本性空智自相空智共相空智一切法空智不可得空智無性空智自性空智無性自性空智若眞如智法界智法性智不虛妄性智不變異性智平等性智離生性智法定智法住智實際智虛空界智不思議界智善現是名諸空等智善現云何名爲菩薩十地善現極喜地離垢地發光地焰慧地極難勝地現前地遠行地不動地善慧地法雲地善現是名菩薩十地善現云

何名五眼善現肉眼天眼聖慧眼法眼佛眼善現是名五眼善現云何名六神通善現神境智證通天眼智證通天耳智證通他心智證通宿住隨念智證通漏盡智證通善現是名六神通善現云何名爲如來十力善現一切如來應正等覺是處如實知是處非處如實知非處是爲第一一切如來應正等覺於諸有情過去未來現在諸業及諸法受處因異熟皆如實知是爲第二一切如來應正等覺於諸世間非一界種種界皆如實知是爲第三一切如來應正等覺於諸世間非一勝解種種勝解皆如實知是爲第四一切如來應正等覺於諸有情補特伽羅諸根勝劣皆如實知是爲第五一切如來應正等覺於一切遍趣行皆如實知是爲第六一切如來應正等覺於諸根力覺支道支靜慮解脫等持等至雜染清淨皆如實知是爲第七一切如來應正等覺以淨天眼超過於人見諸有情死時生時諸善惡事如是有情因身語意三種惡行因諸邪見因謗賢聖墮諸惡趣如是有情因身語意三種妙行因諸正見因讚賢聖昇諸善趣生諸天中復以天眼清淨過人見諸有情死時生時好色惡色從此復生善趣惡趣於諸有情隨業勢力生善惡趣皆如實知是爲第八一切如來應正等覺於諸有情過去無量諸宿住事或一生或百生或千生或百千生或一俱胝生或百俱胝生或千俱胝生或百千俱胝那庾多生或一劫或百劫或千劫或百千劫或一俱胝劫或百俱胝劫或百千俱胝劫或百千俱胝那庾多劫乃

至前際所有諸行諸說諸相皆如實知是爲第九一切如來應正等覺於諸漏盡無漏心解脫無漏慧解脫皆如實知於自漏盡眞解脫法自證通慧具足而住如實覺受我生巳盡梵行巳立所作巳辦不受後有是爲第十善現是名如來十力

大般若波羅蜜多經卷第三百八十

音釋

匱乏（匱具位切乏貧乏也）乞丐（丐音蓋）怙（音戶恃也）吠瑠璃（梵語也此云青色寶吠符廢切）頻胝迦（梵語具云塞頗胝迦亦云頗黎此云水精頗普禾切胝張尼切）珂貝（珂口何切石次玉貝邦妹切螺也）循身觀（循音旬遍也觀所觀也循身觀觀音貫謂遍觀此身皆不淨也）俱胝（梵語也此云百億胝張尼切）那庾多（梵語也此云萬億庾弋渚切）

大般若波羅蜜多經卷第三百八十一

唐三藏法師玄奘奉　詔譯

初分諸功德相品第六十八之三

善現云何名爲四無所畏善現一切如來應正等覺自稱我是正等覺者設有沙門若婆羅門若天魔梵若餘世間依法立難或令憶念佛於是法非正等覺我於彼難正見無緣以於彼難正見無緣得安隱住無怖無畏自稱我處大仙尊位於大衆中正師子吼轉大梵輪一切沙門若婆羅門若天魔梵若餘世間決定無能如法轉者是爲第一一切如來應正等覺自稱我已永盡諸漏設有沙門若婆羅門若天魔梵若餘世間依法立難或令憶念佛於是漏未得永盡我於彼難正見無緣以於彼難正見無緣得安隱住無怖無畏自稱我處大仙尊位於大衆中正師子吼轉大梵輪一切沙門若婆羅門若天魔梵若餘世間決定無能如法轉者是爲第二一切如來應正等覺自稱我爲諸弟子衆說能障法染必爲障設有沙門若婆羅門若天魔梵若餘世間依法立難或令憶念有染此法不能爲障我於彼難正見無緣以於彼難正見無緣得安隱住無怖無畏自稱我處大仙尊位於大衆中正師子吼轉大梵輪一切沙門若婆羅門若天魔梵若餘世間決定無能如法轉者是爲第三一切如來應正等覺自稱我爲諸弟子衆說出離道諸聖修習決定出離決定通達正盡衆苦作苦邊際設有沙門若婆羅門若天魔梵若餘世間依法立難或令憶念有修此道非正出離非正通達非正盡

苦非作苦邊我於彼難正見無緣以於彼難正見無緣得安隱住無怖無畏自稱我處大仙尊位於大衆中正師子吼轉大梵輪一切沙門若婆羅門若天魔梵若餘世間決定無能如法轉者是為第四善現是名四無所畏善現云何名為四無礙解善現義無礙解法無礙解詞無礙解辯無礙解善現是名四無礙解善現云何義無礙解謂緣義無礙智善現云何法無礙解謂緣法無礙智善現云何詞無礙解謂緣詞無礙智善現云何辯無礙解謂緣辯無礙智善現云何名為十八佛不共法善現一切如来應正等覺終無誤失是為第一佛不共法一切如来應正等覺無卒暴音是為第二佛不共法一切如来應正等覺無忘失念是為第三佛不共法一切如来應正等覺無不定心是為第四佛不共法一切如来應正等覺無種種想是為第五佛不共法一切如来應正等覺無不擇捨是為第六佛不共法一切如来應正等覺志欲無退是為第七佛不共法一切如来應正等覺精進無退是為第八佛不共法一切如来應正等覺憶念無退是爲第九佛不共法一切如來應正等覺般若無退是爲第十佛不共法一切如來應正等覺解脫無退是第十一佛不共法一切如來應正等覺解脫智見無退是第十二佛不共法一切如來應正等覺若智若見於過去世無著無礙是第十三佛不共法一切如來應正等覺若智若見於現在世無著無礙是第十四佛不共法一切如來應正等覺若智若見於未來世無著無礙是

第十五佛不共法一切如來應正等覺一切身業智爲前導隨智而轉是第十六佛不共法一切如來應正等覺一切語業智爲前導隨智而轉是第十七佛不共法一切如來應正等覺一切意業智爲前導隨智而轉是第十八佛不共法善現是名十八佛不共法善現云何如來應正等覺三十二大士相善現世尊足下有平滿相妙善安住猶如奩底地雖高下隨足所蹈皆悉坦然無不等觸是爲第一世尊足下千輻輪文輞轂衆相無不圓滿是爲第二世尊手足皆悉柔軟如覩羅綿勝過一切是爲第三世尊手足一一指間猶如鴈王咸有鞔網金色交絡文同綺畫是爲第四世尊手足所有諸指圓滿纖長甚可愛樂是爲第五世尊足跟廣長圓滿與趺相稱勝餘有情是爲第六世尊足趺脩高充滿柔軟妙好與跟相稱是爲第七世尊雙腨漸次纖圓如瑿泥耶仙鹿王腨是爲第八世尊雙臂脩直𦟛圓如象王鼻平立摩膝是爲第九世尊陰相勢峯藏密其猶龍馬亦如象王是爲第十世尊毛孔各一毛生柔潤紺青右旋宛轉是第十一世尊髮毛端皆上靡右旋宛轉柔潤紺青嚴金色身甚可愛樂是第十二世尊身皮細薄潤滑塵垢水等皆所不住是第十三世尊身皮皆真金色光潔晃曜如妙金臺衆寶莊嚴衆所樂見是第十四世尊兩足二手掌中頸及雙肩七處充滿是第十五世尊肩項圓滿殊妙是第十六世尊髆腋悉皆充實是第十七世尊容儀圓滿端直是第十八世尊身相脩廣端嚴是第十九世尊體

相縱廣量等周帀圓滿如諸瞿陀是第二十世尊領臆并身上半威容廣大如師子王是二十一世尊常光面各一尋是二十二世尊齒相四十齊平淨密根深白踰珂雪是二十三世尊四牙鮮白鋒利是二十四世尊常得味中上味喉脉直故能引身中諸支節脉所有上味風熱痰病不能爲雜由彼不雜脉離沉浮延縮壞損癰曲等過能正吞咽津液通流故身心適悅常得上味是二十五世尊舌相薄淨廣長能覆面輪至耳髮際是二十六世尊梵音詞韻弘雅隨衆多少無不等聞其聲洪震猶如天鼓發言婉約如頻迦音是二十七世尊眼睫猶若牛王紺青齊整不相雜亂是二十八世尊眼睛紺青鮮白紅環間飾皎潔分明是二十九世尊面輪其猶滿月眉相皎淨如天帝弓是第三十世尊眉間有白毫相右旋柔軟如覩羅綿鮮白光淨踰珂雪等是三十一世尊頂上烏瑟膩沙高顯周圓猶如天蓋是三十二善現是名三十二大士相善現云何如來應正等覺八十隨好善現世尊指爪狹長薄潤光潔鮮淨如花赤銅是爲第一世尊手足指圓纖長脯直柔軟節骨不現是爲第二世尊手足各等無差於諸指間悉皆充密是爲第三世尊手足圓滿如意軟淨光澤色如蓮花是爲第四世尊筋脉盤結堅固深隱不現是爲第五世尊兩踝俱隱不現是爲第六世尊行步直進庠審如龍象王是爲第七世尊行步威容齊肅如師子王是爲第八世尊行步安平庠序不過不減猶如牛王是爲第九世尊行步進止儀雅猶如

鵝王是爲第十世尊迴顧必皆右旋如龍象王舉身隨轉是第十一世尊支節漸次臑圓妙善安布是第十二世尊骨節交結無隙猶若龍槃是第十三世尊膝輪妙善安布堅固圓滿是第十四世尊隱處其文妙好威勢具足圓滿清淨是第十五世尊身支潤滑柔軟光悅鮮淨塵垢不著是第十六世尊身容敦肅無畏常不怯弱是第十七世尊身支堅固稠密善相屬著是第十八世尊身支安定敦重曾不掉動圓滿無壞是第十九世尊身相猶如仙王周帀端嚴光淨離翳是第二十世尊身有周帀圓光於行等時恒自照曜是二十一世尊腹形方正無欠柔軟不現衆相莊嚴是二十二世尊齊深右旋圓妙清淨光澤是二十三世尊齊厚不窊不凸周帀妙好是二十四世尊皮膚遠離疥癬亦無黶黙疣贅等過是二十五世尊手掌充滿柔軟足下安平是二十六世尊手文深長明直潤澤不斷是二十七世尊脣色光潤丹暉如頻婆菓上下相稱是二十八世尊面門不長不短不大不小如量端嚴是二十九世尊舌相軟薄廣長如赤銅色是第三十世尊發聲威震深遠如象王吼明朗清徹是三十一世尊音韻美妙具足如深谷響是三十二世尊鼻高脩而且直其孔不現是三十三世尊諸齒方整鮮白是三十四世尊諸牙圓白光潔漸次鋒利是三十五世尊眼淨青白分明是三十六世尊眼相脩廣譬如青蓮華葉甚可愛樂是三十七世尊眼睫上下齊整稠密不白是三十八世尊雙眉長而不白緻而細軟是三十九

世尊雙眉綺靡順次紺琉璃色是第四十世尊雙眉高顯光潤形如初月是四十一世尊耳厚廣大脩長輪埵成就是四十二世尊兩耳綺麗齊平離衆過失是四十三世尊容儀能令見者無損無減皆生愛敬是四十四世尊額廣圓滿平正形相殊妙是四十五世尊身分上半圓滿如師子王威嚴無對是四十六世尊首髮脩長紺青稠密不白是四十七世尊首髮香潔細軟潤澤旋轉是四十八世尊首髮齊整無亂亦不交雜是四十九世尊首髮堅固不斷永無褫落是第五十世尊首髮光滑殊妙塵垢不著是五十一世尊身分堅固充實踰那羅延是五十二世尊身體長大端直是五十三世尊諸竅清淨圓好是五十四世尊身支勢力殊勝無與等者是五十五世尊身相衆所樂觀常無厭足是五十六世尊面輪脩廣得所皎潔光淨如秋滿月是五十七世尊顏貌舒泰光顯含笑先言唯向不背是五十八世尊面貌光澤熙怡遠離顰蹙青赤等過是五十九世尊身皮清淨無垢常無臭穢是第六十世尊所有諸毛孔中常出如意微妙之香是六十一世尊面門常出最上殊勝之香是六十二世尊首相周圓妙好如末達那亦猶天蓋是六十三世尊身毛紺青光淨如孔雀項紅暉綺飾色類赤銅是六十四世尊法音隨衆大小不增不減應理無差是六十五世尊項相無能見者是六十六世尊手足指網分明莊嚴妙好如赤銅色是六十七世尊行時其足去地如四指量而現印文是六十八世尊自持不待他衛身無

傾動亦不透迤是六十九世尊威德遠震一切惡心見喜恐怖見安是第七十世尊音聲不高不下隨衆生意和悅與言是七十一世尊能隨諸有情類言音意樂而爲說法是七十二世尊一音演說正法隨有情類各令得解是七十三世尊說法咸依次第必有因緣言無不善是七十四世尊等觀諸有情類讃善毀惡而無愛憎是七十五世尊所爲先觀後作軌範具足令識善淨是七十六世尊相好一切有情無能觀盡是七十七世尊項冒堅實圓滿是七十八世尊顏容常少不老好巡舊處是七十九世尊手足及胷臆前俱有吉祥喜旋德相文同綺畫色類朱丹是第八十善現是名八十隨好善現如來應正等覺成就如是諸相好故身光任運能照三千大千世界無不遍滿若作意時即能普照無量無邊無數世界然爲憐愍諸有情故攝光常照面各一尋若縱身光即日月等所有光明皆常不現諸有情類便不能知晝夜半月日時歲數所作事業有不得成佛聲任運能遍三千大千世界若作意時即能遍滿無量無邊無數世界然爲利樂諸有情故聲隨衆量不減不增善現如是功德勝利我先菩薩位修行般若波羅蜜多時巳能成辦故今相好圓滿莊嚴一切有情見者歡喜皆獲殊勝利益安樂如是善現菩薩摩訶薩行深般若波羅蜜多時能以財法二種布施攝諸有情是爲甚奇希有之法善現云何菩薩摩訶薩能以愛語攝諸有情善現菩薩摩訶薩行深般若波羅蜜多時以柔軟音爲有情類先說布

施波羅蜜多方便攝受次說淨戒波羅蜜多方便攝受次說安忍波羅蜜多方便攝受次說精進波羅蜜多方便攝受次說靜慮波羅蜜多方便攝受後說般若波羅蜜多方便攝受善現菩薩摩訶薩行深般若波羅蜜多時以柔軟音多說此六波羅蜜多攝有情類何以故由此六種波羅蜜多普能攝受諸善法故善現云何菩薩摩訶薩能以利行攝諸有情善現菩薩摩訶薩行深般若波羅蜜多時於長夜中種種方便勸諸有情精勤修習布施淨戒安忍精進靜慮般若波羅蜜多及餘種種殊勝善法常無懈廢善現云何菩薩摩訶薩能以同事攝諸有情善現菩薩摩訶薩行深般若波羅蜜多時以勝神通及大願力現處地獄傍生鬼界人天等中同彼事業方便攝受令獲殊勝利益安樂善現菩薩摩訶薩能以如是布施愛語利行同事攝諸有情是為甚奇希有之法復次善現我以佛眼遍觀十方無量殑伽沙等世界諸菩薩摩訶薩行深般若波羅蜜多教授教誡諸餘菩薩作是言善男子汝應善學引發諸字陀羅尼門謂應善學一字二字三字四字五字六字七字八字九字十字如是乃至二十三十四十五十六十七十八十九十若百若千乃至無數引發自在又應善學一切語言皆入一字或入二字或入三字或入四字或入五字或入六字或入七字或入八字或入九字或入十字如是乃至或入二十三十四十五十六十七十八十九十百千乃至無數引發自在又應善學於一字中攝一切字一切字中攝

於一字引發自在又應善學一字能攝四十二字四十二字能攝一字善現是菩薩摩訶薩應如是善學四十二字入於一字一字亦入四十二字如是學已於諸字中引發善巧於引發字得善巧已復於無字引發善巧如諸如來應正等覺於法善巧於字善巧以於諸法諸字善巧於無字中亦得善巧由善巧故能爲有情說有字法說無字法爲無字法說有字法所以者何善現離字無字無異佛法過一切字名真佛法何以故善現以一切法一切有情皆畢竟空無際空故爾時具壽善現白佛言世尊若一切法一切有情皆畢竟空無際空故超諸字者則一切法一切有情自性畢竟皆不可得云何菩薩摩訶薩修行般若波羅蜜多修行靜慮精進安忍淨戒布施波羅蜜多云何菩薩摩訶薩修行四靜慮修行四無量四無色定云何菩薩摩訶薩修行四念住修行四正斷四神足五根五力七等覺支八聖道支云何菩薩摩訶薩修行空解脫門修行無相無願解脫門云何菩薩摩訶薩安住內空安住外空內外空空空大空勝義空有爲空無爲空畢竟空無際空散空無變異空本性空自相空共相空一切法空不可得空無性空自性空無性自性空云何菩薩摩訶薩安住真如安住法界法性不虛妄性不變異性平等性離生性法定法住實際虛空界不思議界云何菩薩摩訶薩安住苦聖諦安住集滅道聖諦云何菩薩摩訶薩修行八解脫修行八勝處九次第定十徧處云何菩薩摩訶薩修行一切陀羅尼門修

行一切三摩地門云何菩薩摩訶薩修行極喜地修行離垢地發光地焰慧地極難勝地現前地遠行地不動地善慧地法雲地云何菩薩摩訶薩修行五眼修行六神通云何菩薩摩訶薩修行佛十力修行四無所畏四無礙解十八佛不共法云何菩薩摩訶薩修行大慈修行大悲大喜大捨云何菩薩摩訶薩修行無忘失法修行恒住捨性云何菩薩摩訶薩修行一切智修行道相智一切相智云何菩薩摩訶薩修行三十二大士相修行八十隨好云何菩薩摩訶薩住異熟生六神通已爲諸有情宣說正法世尊一切有情皆不可得有情施設亦不可得一切有情不可得故色不可得受想行識亦不可得一切有情不可得故眼處不可得耳鼻舌身意處亦不可得一切有情不可得故色處不可得聲香味觸法處亦不可得一切有情不可得故眼界不可得耳鼻舌身意界亦不可得一切有情不可得故色界不可得聲香味觸法界亦不可得一切有情不可得故眼識界不可得耳鼻舌身意識界亦不可得一切有情不可得故眼觸不可得耳鼻舌身意觸亦不可得一切有情不可得故眼觸爲緣所生諸受不可得耳鼻舌身意觸爲緣所生諸受亦不可得一切有情不可得故地界不可得水火風空識界亦不可得一切有情不可得故因緣不可得等無間緣所緣緣增上緣亦不可得一切有情不可得故一切從緣所生之法皆不可得一切有情不可得故無明不可得行識名色六處觸受愛取有生老死愁歎苦憂

惱亦不可得一切有情不可得故布施波羅蜜多不可得淨戒安忍精進靜慮般若波羅蜜多亦不可得一切有情不可得故四靜慮不可得四無量四無色定亦不可得一切有情不可得故四念住不可得四正斷四神足五根五力七等覺支八聖道支亦不可得一切有情不可得故空解脫門不可得無相無願解脫門亦不可得一切有情不可得故內空不可得外空內外空空空大空勝義空有為空無為空畢竟空無際空散空無變異空本性空自相空共相空一切法空不可得空無性空自性空無性自性空亦不可得一切有情不可得故眞如不可得法界法性不虛妄性不變異性平等性離生性法定法住實際虛空界不思議界亦不可得一切有情不可得故苦聖諦不可得集滅道聖諦亦不可得一切有情不可得故八解脫不可得八勝處九次第定十遍處亦不可得一切有情不可得故一切陀羅尼門不可得一切三摩地門亦不可得一切有情不可得故極喜地不可得離垢地發光地焰慧地極難勝地現前地遠行地不動地善慧地法雲地亦不可得一切有情不可得故五眼不可得六神通亦不可得一切有情不可得故佛十力不可得四無所畏四無礙解十八佛不共法亦不可得一切有情不可得故大慈不可得大悲大喜大捨亦不可得一切有情不可得故無忘失法不可得恒住捨性亦不可得一切有情不可得故一切智不可得道相智一切相智亦不可得一切有情不可得故預流果不可

得一來不還阿羅漢果獨覺菩提亦不可得一切有情不可得故一切菩薩摩訶薩行不可得諸佛無上正等菩提亦不可得一切有情不可得故三十二大士相不可得八十隨好亦不可得世尊不可得中無有情無有情施設無色無色施設無受想行識無受想行識施設無眼處無眼處施設無耳鼻舌身意處無耳鼻舌身意處施設無色處無色處施設無聲香味觸法處無聲香味觸法處施設無眼界無眼界施設無耳鼻舌身意界無耳鼻舌身意界施設無色界無色界施設無聲香味觸法界無聲香味觸法界施設無眼識界無眼識界施設無耳鼻舌身意識界無耳鼻舌身意識界施設無眼觸無眼觸施設無耳鼻舌身意觸無耳鼻舌身意觸施設無眼觸爲緣所生諸受無眼觸爲緣所生諸受施設無耳鼻舌身意觸爲緣所生諸受無耳鼻舌身意觸爲緣所生諸受施設無地界無地界施設無水火風空識界無水火風空識界施設無因緣無因緣施設無等無間緣所緣緣增上緣無等無間緣所緣緣增上緣施設無從諸緣所生諸法無從諸緣所生諸法施設無無明無無明施設無行識名色六處觸受愛取有生老死愁歎苦憂惱無行乃至老死愁歎苦憂惱施設無布施波羅蜜多無布施波羅蜜多施設無淨戒安忍精進靜慮般若波羅蜜多無淨戒乃至般若波羅蜜多施設無四靜慮無四靜慮施設無四無量四無色定無四無量四無色定施設無四念住無四念住施設無四正斷四神足五根五力七

等覺支八聖道支無四正斷乃至八聖道支施設無空解脱門無空解脱門施設無無相無願解脱門無無相無願解脱門施設無内空無内空施設無外空内外空空空大空勝義空有為空無為空畢竟空無際空散空無變異空本性空自相空共相空一切法空不可得空無性空自性空無性自性空無外空乃至無性自性空施設無眞如無眞如施設無法界法性不虚妄性不變異性平等性離生性法定法住實際虚空界不思議界無法界乃至不思議界施設無苦聖諦無苦聖諦施設無集滅道聖諦無集滅道聖諦施設無八解脱無八解脱施設無八勝處九次第定十遍處無八勝處九次第定十遍處施設無陀羅尼門無陀羅尼門施設無三摩地門無三摩地門施設無極喜地無極喜地施設無離垢地發光地焰慧地極難勝地現前地遠行地不動地善慧地法雲地無離垢地乃至法雲地施設無五眼無五眼施設無六神通無六神通施設無佛十力無佛十力施設無四無所畏四無礙解十八佛不共法無四無所畏四無礙解十八佛不共法施設無大慈無大慈施設無大悲大喜大捨無大悲大喜大捨施設無無忘失法無無忘失法施設無恒住捨性無恒住捨性施設無一切智無一切智施設無道相智一切相智無道相智一切相智施設無預流果無預流果施設無一來不還阿羅漢果獨覺菩提無一來果乃至獨覺菩提施設無一切菩薩摩訶薩行無一切菩薩摩訶薩行施設無諸佛無上正等菩

提無諸佛無上正等菩提施設無三十二大士相無三十二大士相施設無八十隨好無八十隨好施設世尊一切有情法及施設既不可得都無所有云何菩薩摩訶薩行深般若波羅蜜多時爲諸有情宣說諸法世尊勿謂菩薩摩訶薩自安住不正法爲諸有情說不正法勸諸有情住不正法以顛倒法安立有情何以故世尊菩薩摩訶薩行深般若波羅蜜多時尚不得菩提況有菩提分法而可得者尚不得菩薩摩訶薩況有菩薩摩訶薩法而可得者佛告善現如是如是如汝所說一切有情皆不可得一切有情施設亦不可得一切法皆不可得一切法施設亦不可得由不可得都無所有無所有故當知內空當知外空內外空空空大空勝義空有爲空無爲空畢竟空無際空散空無變異空本性空自相空共相空一切法空不可得空無性空自性空無性自性空當知眞如空當知法界法性不虛妄性不變異性平等性離生性法定法住實際虛空界不思議界空當知苦聖諦空當知集滅道聖諦空當知色空當知受想行識空當知眼處空當知耳鼻舌身意處空當知色處空當知聲香味觸法處空當知眼界空當知耳鼻舌身意界空當知色界空當知聲香味觸法界空當知眼識界空當知耳鼻舌身意識界空當知眼觸空當知耳鼻舌身意觸空當知眼觸爲緣所生諸受空當知耳鼻舌身意觸爲緣所生諸受空當知地界空當知水火風空識界空當知因緣空當知等無間緣所緣緣增上緣空當知從緣所

生諸法空當知無明空當知行識名色六處觸受愛取有生老死愁歎苦憂惱空當知我空當知有情命者生者養者士夫補特伽羅意生儒童作者使作者起者使起者受者使受者知者見者空當知布施波羅蜜多空當知淨戒安忍精進靜慮般若波羅蜜多空當知四靜慮空當知四無量四無色定空當知四念住空當知四正斷四神足五根五力七等覺支八聖道支空當知空解脫門空當知無相無願解脫門空當知八解脫空當知八勝處九次第定十徧處空當知一切陀羅尼門空當知一切三摩地門空當知極喜地空當知離垢地發光地焰慧地極難勝地現前地遠行地不動地善慧地法雲地空當知五眼空當知六神通空當知佛十力空當知四無所畏四無礙解十八佛不共法空當知大慈空當知大悲大喜大捨空當知無忘失法空當知恒住捨性空當知一切智空當知道相智一切相智空當知預流果空當知一來不還阿羅漢果獨覺菩提空當知菩薩摩訶薩正性離生空當知一切菩薩摩訶薩行空當知諸佛無上正等菩提空當知一切佛土空當知成熟有情空當知三十二大士相空當知八十隨好空善現菩薩摩訶薩行深般若波羅蜜多時見一切法皆悉空已為諸有情宣說諸法令離顛倒雖為有情宣說諸法而於有情都無所得於一切法亦無所得於諸空相不增不減無取無捨由是因緣雖說諸法而無所說善現是菩薩摩訶薩於一切法如是觀時於一切法得無障智由此智故

不壞諸法無二分別爲諸有情如實宣說令離妄想顛倒執著隨其所應趣三乘果

大般若波羅蜜多經卷第三百八十一

音釋

奩底 奩音廉匣也又鏡奩也 蹈 徒到切踐也 輻輪 輻音福輪輮也謂輪中木之直指者輪龍春切車輪也 輞轂 輞音罔車輞也轂音穀輻所湊也 鞔網 鞔謨官切鞔網謂佛指間相連如鵝鴈掌也 雙腨 腨市兖切腓腸也 傭圓 傭丑容切均也圓直也 紺青 紺古暗切舍也謂青而舍赤色也 頸 古郢切頭莖也 髆腋 髆補各切肩髆也腋羊益切左右肘脇之間曰腋 頷臆 頷胡感切口下曰頷臆於力切胷臆也 延縮 縮所六切蹴也歛也 癰 委勇切與壅同塞也障也 津液 津資辛切液也液夷益切口涎也 眼睫 睫千涉切目旁毛也 烏瑟膩沙 梵語也此云佛頂膩女利切 兩踝 踝戶瓦切足骨也又腿兩旁曰內外踝 隙 綺戟切閒也罅也

臍 前西切肚臍也 窊 烏瓜切不滿貌 凸 徒結切高起也 疥癬 疥古隘切瘡疥也癬息淺切乾瘍也 黶點 黶於琰切面有黑子也黙多黍切小黑也 疣贅 疣羽求切丘也出皮上聚高如地之有丘也贅株衛切亦疣也 緻 直利切密也 褫落 褫尺氏切解也 竅 苦吊切穴也空也 顰蹙 顰毗賓切蹙子六切顰蹙愁貌也 逶迤 逶邕危切迤余支徒何二切逶迤委曲貌

大般若波羅蜜多經卷第三百八十二

唐三藏法師玄奘奉　詔譯

初分諸功德相品第六十八之四

復次善現如有如來應正等覺化作一佛是佛復能化作無量百千俱胝那庾多衆時彼化佛教所化衆或令修行布施波羅蜜多或令修行淨戒波羅蜜多或令修行安忍波羅蜜多或令修行精進波羅蜜多或令修行靜慮波羅蜜多或令修行般若波羅蜜多或令修行四靜慮或令修行四無量四無色定或令修行四念住或令修行四正斷四神足五根五力七等覺支八聖道支或令修行空解脫門或令修行無相無願解脫門或令安住內空或令安住外空內外空空空大空勝義空有爲空無爲空畢竟空無際空散空無變異空本性空自相空共相空一切法空不可得空無性空自性空無性自性空或令安住眞如或令安住法界法性不虛妄性不變異性平等性離生性法定法住實際虛空界不思議界或令安住苦聖諦或令安住集滅道聖諦或令修行八解脫或令修行八勝處九次第定十徧處或令修行一切陀羅尼門或令修行一切三摩地門或令修行極喜地或令修行離垢地發光地焰慧地極難勝地現前地遠行地不動地善慧地法雲地或令修行五眼或令修行六神通或令修行佛十力或令修行四無所畏四無礙解十八佛不共法或令修行大慈或令修行大悲大喜大捨或令修行無忘失法或令修行恒住捨性或令修行一切智或令修行道相智一切相智

或令修行三十二大士相或令修行八十隨好或令證得預流果或令證得一來不還阿羅漢果獨覺菩提或令證得菩薩勝位或令證得諸佛無上正等菩提善現於汝意云何是時化佛及所化衆頗於諸法有所分别有破壞不善現荅言不也世尊不也善逝諸所變化無分别故佛言善現由此因緣當知菩薩摩訶薩亦復如是行深般若波羅蜜多爲諸有情如應説法雖不分别破壞法相而能如實安立有情令其安住所應住地雖於有情及一切法都無所得而令有情解脱妄想顛倒執著無縛無脱爲方便故所以者何善現色本性無縛無脱受想行識本性亦無縛無脱色本性無縛無脱則非色受想行識本性亦無縛無脱則非受想行識何以故色乃至識畢竟淨故善現眼處本性無縛無脱耳鼻舌身意處本性亦無縛無脱眼處本性無縛無脱則非眼處耳鼻舌身意處本性亦無縛無脱則非耳鼻舌身意處何以故眼處乃至意處畢竟淨故善現色處本性無縛無脱聲香味觸法處本性亦無縛無脱色處本性無縛無脱則非色處聲香味觸法處本性亦無縛無脱則非聲香味觸法處何以故色處乃至法處畢竟淨故善現眼界本性無縛無脱耳鼻舌身意界本性亦無縛無脱眼界本性無縛無脱則非眼界耳鼻舌身意界本性亦無縛無脱則非耳鼻舌身意界何以故眼界乃至意界畢竟淨故善現色界本性無縛無脱聲香味觸法界本性亦無縛無脱色界本性無縛無脱則非色界聲香味觸法界本

性亦無縛無脫則非聲香味觸法界何以故色界乃至法界畢竟淨故善現眼識界本性無縛無脫耳鼻舌身意識界本性亦無縛無脫眼識界本性無縛無脫則非眼識界耳鼻舌身意識界亦無縛無脫則非耳鼻舌身意識界何以故眼識界乃至意識界畢竟淨故善現眼觸本性無縛無脫耳鼻舌身意觸本性亦無縛無脫眼觸本性無縛無脫則非眼觸耳鼻舌身意觸本性亦無縛無脫則非耳鼻舌身意觸何以故眼觸乃至意觸畢竟淨故善現眼觸為緣所生諸受本性無縛無脫耳鼻舌身意觸為緣所生諸受本性亦無縛無脫眼觸為緣所生諸受本性無縛無脫則非眼觸為緣所生諸受耳鼻舌身意觸為緣所生諸受本性亦無縛無脫則非耳鼻舌身意觸為緣所生諸受何以故眼觸為緣所生諸受乃至意觸為緣所生諸受畢竟淨故善現地界本性無縛無脫水火風空識界本性亦無縛無脫地界本性無縛無脫則非地界水火風空識界本性亦無縛無脫則非水火風空識界何以故地水火風空識界畢竟淨故善現因緣本性無縛無脫等無間緣所緣緣增上緣本性亦無縛無脫因緣本性無縛無脫則非因緣等無間緣所緣緣增上緣本性亦無縛無脫則非等無間緣所緣緣增上緣何以故因緣乃至增上緣畢竟淨故善現從諸緣所生法本性無縛無脫從諸緣所生法本性無縛無脫則非從諸緣所生法何以故從諸緣所生法畢竟淨故善現無明本性無縛無脫行識名色六處觸受愛取有生老

死愁歎苦憂惱本性亦無縛無脫無明本性無縛無脫則非無明行乃至老死愁歎苦憂惱本性亦無縛無脫則非行乃至老死愁歎苦憂惱何以故無明乃至老死愁歎苦憂惱畢竟淨故善現布施波羅蜜多本性無縛無脫淨戒安忍精進靜慮般若波羅蜜多本性亦無縛無脫布施波羅蜜多本性無縛無脫則非布施波羅蜜多淨戒安忍精進靜慮般若波羅蜜多本性亦無縛無脫則非淨戒安忍精進靜慮般若波羅蜜多何以故布施乃至般若波羅蜜多畢竟淨故善現四靜慮本性無縛無脫四無量四無色定本性亦無縛無脫四靜慮本性無縛無脫則非四靜慮四無量四無色定本性亦無縛無脫則非四無量四無色定何以故四靜慮四無量四無色定畢竟淨故善現四念住本性無縛無脫四正斷四神足五根五力七等覺支八聖道支本性亦無縛無脫四念住本性無縛無脫則非四念住四正斷乃至八聖道支本性亦無縛無脫則非四正斷乃至八聖道支何以故四念住乃至八聖道支畢竟淨故善現空解脫門本性無縛無脫無相無願解脫門本性亦無縛無脫空解脫門本性無縛無脫則非空解脫門無相無願解脫門本性亦無縛無脫則非無相無願解脫門何以故空無相無願解脫門畢竟淨故善現內空本性無縛無脫外空內外空空空大空勝義空有為空無為空畢竟空無際空散空無變異空本性空自相空共相空一切法空不可得空無性空自性空無性自性空本性無縛無脫內空本

性無縛無脫則非内空外空乃至無性自性空本性亦無縛無脫則非外空乃至無性自性空何以故内空乃至無性自性空畢竟淨故善現苦聖諦本性無縛無脫集滅道聖諦本性亦無縛無脫苦聖諦本性無縛無脫則非苦聖諦集滅道聖諦本性亦無縛無脫則非集滅道聖諦何以故苦集滅道聖諦畢竟淨故善現八解脫本性無縛無脫八勝處九次第定十徧處本性亦無縛無脫八解脫本性無縛無脫則非八解脫八勝處九次第定十徧處本性亦無縛無脫則非八勝處九次第定十徧處何以故八解脫乃至十徧處畢竟淨故善現一切陀羅尼門本性無縛無脫一切三摩地門本性亦無縛無脫一切陀羅尼門本性無縛無脫則非一切陀羅尼門一切三摩地門本性亦無縛無脫則非一切三摩地門何以故一切陀羅尼門一切三摩地門畢竟淨故善現極喜地本性無縛無脫離垢地發光地焰慧地極難勝地現前地遠行地不動地善慧地法雲地本性亦無縛無脫極喜地本性無縛無脫則非極喜地離垢地乃至法雲地本性亦無縛無脫則非離垢地乃至法雲地何以故極喜地乃至法雲地畢竟淨故善現五眼本性無縛無脫六神通本性亦無縛無脫五眼本性無縛無脫則非五眼六神通本性亦無縛無脫則非六神通何以故五眼六神通畢竟淨故善現佛十力本性無縛無脫四無所畏四無礙解十八佛不共法本性亦無縛無脫佛十力本性無縛無脫則非佛十力四無所畏乃至十八佛不共

法本性亦無縛無脫則非四無所畏乃至十八佛不共法何以故佛十力乃至十八佛不共法畢竟淨故善現大慈本性無縛無脫大悲大喜大捨本性亦無縛無脫大慈本性無縛無脫則非大慈大悲大喜大捨本性亦無縛無脫則非大悲大喜大捨何以故大慈乃至大捨畢竟淨故善現無忘失法本性無縛無脫恒住捨性本性亦無縛無脫無忘失法本性無縛無脫則非無忘失法恒住捨性本性亦無縛無脫則非恒住捨性何以故無忘失法恒住捨性畢竟淨故善現一切智本性無縛無脫道相智一切相智本性亦無縛無脫一切智本性無縛無脫則非一切智道相智一切相智本性亦無縛無脫則非道相智一切相智何以故一切智道相智一切相智

畢竟淨故善現三十二大士相本性無縛無脫八十隨好本性亦無縛無脫三十二大士相本性無縛無脫則非三十二大士相八十隨好本性亦無縛無脫則非八十隨好何以故三十二大士相八十隨好畢竟淨故善現預流果本性無縛無脫一來不還阿羅漢果獨覺菩提本性亦無縛無脫預流果本性無縛無脫則非預流果一來不還阿羅漢果獨覺菩提本性亦無縛無脫則非一來不還阿羅漢果獨覺菩提何以故預流果乃至獨覺菩提畢竟淨故善現一切菩薩摩訶薩行本性無縛無脫諸佛無上正等菩提本性亦無縛無脫一切菩薩摩訶薩行本性無縛無脫則非一切菩薩摩訶薩行諸佛無上正等菩提本性亦無縛無脫則非諸佛無上正等菩

提何以故一切菩薩摩訶薩行諸佛無上正等菩提畢竟淨故善現世間法本性無縛無脫出世間法本性亦無縛無脫世間法本性無縛無脫則非世間法出世間法本性亦無縛無脫則非出世間法何以故世間出世間法畢竟淨故善現有漏法本性無縛無脫無漏法本性亦無縛無脫有漏法本性無縛無脫則非有漏法無漏法本性亦無縛無脫則非無漏法何以故有漏無漏法畢竟淨故善現有爲法本性無縛無脫無爲法本性亦無縛無脫有爲法本性無縛無脫則非有爲法無爲法本性亦無縛無脫則非無爲法何以故有爲法無爲法畢竟淨故如是善現菩薩摩訶薩行深般若波羅蜜多時雖爲有情宣說諸法而於有情及諸法性都無所得何以故以諸有情及一切法不可得故復次善現菩薩摩訶薩行深般若波羅蜜多時以無所住爲方便故住一切法無所得中謂以無所住爲方便故住色空以無所住爲方便故住受想行識空以無所住爲方便故住眼處空以無所住爲方便故住耳鼻舌身意處空以無所住爲方便故住色處空以無所住爲方便故住聲香味觸法處空以無所住爲方便故住眼界空以無所住爲方便故住耳鼻舌身意界空以無所住爲方便故住色界空以無所住爲方便故住聲香味觸法界空以無所住爲方便故住眼識界空以無所住爲方便故住耳鼻舌身意識界空以無所住爲方便故住眼觸空以無所住爲方便故住耳鼻舌身意觸空以無所住爲方便故住眼觸爲

緣所生諸受空以無所住爲方便故住耳鼻舌身意觸爲緣所生諸受空以無所住爲方便故住地界空以無所住爲方便故住水火風空識界空以無所住爲方便故住因緣空以無所住爲方便故住等無間緣所緣緣增上緣空以無所住爲方便故住從諸緣所生法空以無所住爲方便故住無明空以無所住爲方便故住行識名色六處觸受愛取有生老死愁歎苦憂惱空以無所住爲方便故住布施波羅蜜多空以無所住爲方便故住淨戒安忍精進靜慮般若波羅蜜多空以無所住爲方便故住四靜慮空以無所住爲方便故住四無量四無色定空以無所住爲方便故住四念住空以無所住爲方便故住四正斷四神足五根五力七等覺支八聖道支

空以無所住爲方便故住空解脱門空以無所住爲方便故住無相無願解脱門空以無所住爲方便故住內空空以無所住爲方便故住外空內外空空空大空勝義空有爲空無爲空畢竟空無際空散空無變異空本性空自相空共相空一切法空不可得空無性空自性空無性自性空空以無所住爲方便故住苦聖諦空以無所住爲方便故住集滅道聖諦空以無所住爲方便故住八解脱空以無所住爲方便故住八勝處九次第定十徧處空以無所住爲方便故住一切陀羅尼門空以無所住爲方便故住一切三摩地門空以無所住爲方便故住極喜地空以無所住爲方便故住離垢地發光地焰慧地極難勝地現前地遠行地不動地善慧地法雲地

空以無所住爲方便故住五眼空以無所住爲方便故住六神通空以無所住爲方便故住佛十力空以無所住爲方便故住四無所畏四無礙解十八佛不共法空以無所住爲方便故住大慈空以無所住爲方便故住大悲大喜大捨空以無所住爲方便故住無忘失法空以無所住爲方便故住恒住捨性空以無所住爲方便故住一切智空以無所住爲方便故住道相智一切相智空以無所住爲方便故住三十二大士相空以無所住爲方便故住八十隨好空以無所住爲方便故住預流果空以無所住爲方便故住一來不還阿羅漢果獨覺菩提空以無所住爲方便故住一切菩薩摩訶薩行空以無所住爲方便故住諸佛無上正等菩提空以無所住爲方便故住世間法空以無所住爲方便故住出世間法空以無所住爲方便故住有漏法空以無所住爲方便故住無漏法空以無所住爲方便故住有爲法空以無所住爲方便故住無爲法空以無所住爲方便故善現色無所住受想行識亦無所住色空無所住受想行識空亦無所住何以故善現色無自性不可得受想行識亦無自性不可得色空無自性不可得受想行識空亦無自性不可得非無自性不可得法有所住故善現眼處無所住耳鼻舌身意處亦無所住眼處空無所住耳鼻舌身意處空亦無所住何以故善現眼處無自性不可得耳鼻舌身意處亦無自性不可得眼處空無自性不可得耳鼻舌身意處空亦無自性不可得非無自性不可得

法有所住故善現色處無所住聲香味觸法處亦無所住色處空無所住聲香味觸法處空亦無所住何以故善現色處無自性不可得聲香味觸法處亦無自性不可得色處空無自性不可得聲香味觸法處空亦無自性不可得非無自性不可得法有所住故善現眼界無所住耳鼻舌身意界亦無所住眼界空無所住耳鼻舌身意界空亦無所住何以故善現眼界無自性不可得耳鼻舌身意界亦無自性不可得眼界空無自性不可得耳鼻舌身意界空亦無自性不可得非無自性不可得法有所住故善現色界無所住聲香味觸法界亦無所住色界空無所住聲香味觸法界空亦無所住何以故善現色界無自性不可得聲香味觸法界亦無自性不可得

色界空無自性不可得聲香味觸法界空亦無自性不可得非無自性不可得法有所住故善現眼識界無所住耳鼻舌身意識界亦無所住眼識界空無所住耳鼻舌身意識界空亦無所住何以故善現眼識界無自性不可得耳鼻舌身意識界亦無自性不可得眼識界空無自性不可得耳鼻舌身意識界空亦無自性不可得非無自性不可得法有所住故善現眼觸無所住耳鼻舌身意觸亦無所住眼觸空無所住耳鼻舌身意觸空亦無所住何以故善現眼觸無自性不可得耳鼻舌身意觸亦無自性不可得眼觸空無自性不可得耳鼻舌身意觸空亦無自性不可得非無自性不可得法有所住故善現眼觸爲緣所生諸受無所住耳鼻舌身意觸爲緣所

生諸受亦無所住眼觸爲緣所生諸受空無所住耳鼻舌身意觸爲緣所生諸受空亦無所住何以故善現眼觸爲緣所生諸受無自性不可得耳鼻舌身意觸爲緣所生諸受亦無自性不可得眼觸爲緣所生諸受空無自性不可得耳鼻舌身意觸爲緣所生諸受空亦無自性不可得非無自性不可得法有所住故善現地界無所住水火風空識界亦無所住地界空無所住水火風空識界空亦無所住何以故善現地界無自性不可得水火風空識界亦無自性不可得地界空無自性不可得水火風空識界空亦無自性不可得非無自性不可得法有所住故善現因緣無所住等無間緣所緣緣增上緣亦無所住因緣空無所住等無間緣所緣緣增上緣空亦無所住何以故善現因緣無自性不可得等無間緣所緣緣增上緣亦無自性不可得因緣空無自性不可得等無間緣所緣緣增上緣空亦無自性不可得非無自性不可得法有所住故善現從諸緣所生法無所住從諸緣所生法空亦無所住何以故善現從諸緣所生法無自性不可得從諸緣所生法空亦無自性不可得非無自性不可得法有所住故善現無明無所住行識名色六處觸受愛取有生老死愁歎苦憂惱亦無所住無明空無所住行乃至老死愁歎苦憂惱空亦無所住何以故善現無明無自性不可得行乃至老死愁歎苦憂惱亦無自性不可得無明空無自性不可得行乃至老死愁歎苦憂惱空亦無自性不可得非無自性不可得法有所

住故善現布施波羅蜜多無所住淨戒安忍精進靜慮般若波羅蜜多亦無所住布施波羅蜜多空無所住淨戒安忍精進靜慮般若波羅蜜多空亦無所住何以故善現布施波羅蜜多無自性不可得淨戒安忍精進靜慮般若波羅蜜多亦無自性不可得布施波羅蜜多空無自性不可得淨戒安忍精進靜慮般若波羅蜜多空亦無自性不可得非無自性不可得法有所住故善現四靜慮無所住四無量四無色定亦無所住四靜慮空無所住四無量四無色定空亦無所住何以故善現四靜慮無自性不可得四無量四無色定亦無自性不可得四靜慮空無自性不可得四無量四無色定空亦無自性不可得非無自性不可得法有所住故善現四念住無所住四正斷四神足五根五力七等覺支八聖道支亦無所住四念住空無所住四正斷乃至八聖道支空亦無所住何以故善現四念住無自性不可得四正斷乃至八聖道支亦無自性不可得四念住空無自性不可得四正斷乃至八聖道支空亦無自性不可得非無自性不可得法有所住故善現空解脫門無所住無相無願解脫門亦無所住空解脫門空無所住無相無願解脫門空亦無所住何以故善現空解脫門無自性不可得無相無願解脫門亦無自性不可得空解脫門空無自性不可得無相無願解脫門空亦無自性不可得非無自性不可得法有所住故善現內空無所住外空內外空空空大空勝義空有為空無為空畢竟空無際空散空無變

異空本性空自相空共相空一切法空不可得空無性空自性空無性自性空亦無所住內空空無所住外空乃至無性自性空空亦無所住何以故善現內空無自性不可得外空乃至無性自性空亦無自性不可得內空空無自性不可得外空乃至無性自性空空亦無自性不可得非無自性不可得法有所住故善現苦聖諦無所住集滅道聖諦亦無所住苦聖諦空無所住集滅道聖諦空亦無所住何以故善現苦聖諦無自性不可得集滅道聖諦亦無自性不可得苦聖諦空無自性不可得集滅道聖諦空亦無自性不可得非無自性不可得法有所住故善現八解脫無所住八勝處九次第定十徧處亦無所住八解脫空無所住八勝處九次第定十徧處空亦無所住何以故善現八解脫無自性不可得八勝處九次第定十徧處亦無自性不可得八解脫空無自性不可得八勝處九次第定十徧處空亦無自性不可得非無自性不可得法有所住故善現一切陀羅尼門無所住一切三摩地門亦無所住一切陀羅尼門空無所住一切三摩地門空亦無所住何以故善現一切陀羅尼門無自性不可得一切三摩地門亦無自性不可得一切陀羅尼門空無自性不可得一切三摩地門空亦無自性不可得非無自性不可得法有所住故善現極喜地無所住離垢地發光地焰慧地極難勝地現前地遠行地不動地善慧地法雲地亦無所住極喜地空無所住離垢地乃至法雲地空亦無所住何以故善現極喜地

無自性不可得離垢地乃至法雲地亦無自性不可得極喜地空無自性不可得離垢地乃至法雲地空亦無自性不可得非無自性不可得法有所住故善現五眼無所住六神通亦無所住五眼空無所住六神通空亦無所住何以故善現五眼無自性不可得六神通亦無自性不可得五眼空無自性不可得六神通空亦無自性不可得非無自性不可得法有所住故善現佛十力無所住四無所畏四無礙解十八佛不共法亦無所住佛十力空無所住四無所畏四無礙解十八佛不共法空亦無所住何以故善現佛十力無自性不可得四無所畏四無礙解十八佛不共法亦無自性不可得佛十力空無自性不可得四無所畏四無礙解十八佛不共法空亦

無自性不可得非無自性不可得法有所住故善現大慈無所住大悲大喜大捨亦無所住大慈空無所住大悲大喜大捨空亦無所住何以故善現大慈無自性不可得大悲大喜大捨亦無自性不可得大慈空無自性不可得大悲大喜大捨空亦無自性不可得非無自性不可得法有所住故善現無忘失法無所住恒住捨性亦無所住無忘失法空無所住恒住捨性空亦無所住何以故善現無忘失法無自性不可得恒住捨性亦無自性不可得無忘失法空無自性不可得恒住捨性空亦無自性不可得非無自性不可得法有所住故善現一切智無所住道相智一切相智亦無所住一切智空無所住道相智一切相智空亦無所住何以故善現一切智無

自性不可得道相智一切相智亦無自性不可得一切智空無自性不可得道相智一切相智空亦無自性不可得非無自性不可得法有所住故善現三十二大士相無所住八十隨好亦無所住三十二大士相空無所住八十隨好空亦無所住何以故善現三十二大士相無自性不可得八十隨好亦無自性不可得三十二大士相空無自性不可得八十隨好空亦無自性不可得非無自性不可得法有所住故善現預流果無所住一來不還阿羅漢果獨覺菩提亦無所住預流果空無所住一來不還阿羅漢果獨覺菩提空亦無所住何以故善現預流果無自性不可得一來不還阿羅漢果獨覺菩提亦無自性不可得預流果空無自性不可得一來不還阿羅漢果獨覺菩提空亦無自性不可得非無自性不可得法有所住故善現一切菩薩摩訶薩行無所住諸佛無上正等菩提亦無所住一切菩薩摩訶薩行空無所住諸佛無上正等菩提空亦無所住何以故善現一切菩薩摩訶薩行無自性不可得諸佛無上正等菩提亦無自性不可得一切菩薩摩訶薩行空無自性不可得諸佛無上正等菩提空亦無自性不可得非無自性不可得法有所住故善現世間法無所住出世間法亦無所住世間法空無所住出世間法空亦無所住何以故善現世間法無自性不可得出世間法亦無自性不可得世間法空無自性不可得出世間法空亦無自性不可得非無自性不可得法有所住故善現有漏法無所住無漏

法亦無所住有漏法空無所住無漏法空亦無所住何以故善現有漏法無自性不可得無漏法亦無自性不可得有漏法空無自性不可得無漏法空亦無自性不可得非無自性不可得法有所住故善現有為法無所住無為法亦無所住有為法空無所住無為法空亦無所住何以故善現有為法無自性不可得無為法亦無自性不可得有為法空無自性不可得無為法空亦無自性不可得非無自性不可得法有所住故善現非無性法住無性法非有性法住有性法非無性法住有性法非有性法住無性法非自性法住自性法非他性法住他性法非自性法住他性法非他性法住自性法何以故是一切法皆不可得不可得法當何所住如是善現善薩摩訶薩行深般若波羅蜜多時以是諸空修遣諸法亦能如實說示有情善現若菩薩摩訶薩能如是行甚深般若波羅蜜多於佛菩薩獨覺聲聞一切聖衆皆無過失何以故諸佛菩薩獨覺聲聞一切聖衆於是法性皆能隨覺既隨覺已為諸有情無倒宣說雖為有情宣說諸法而於法性無轉無越何以故善現諸法實性即是法界真如實際如是法界真如實際皆不可轉不可越故所以者何如是法界真如實際皆無自性而可轉越

大般若波羅蜜多經卷第三百八十二

大般若波羅蜜多經卷第三百八十三

唐三藏法師玄奘奉　詔譯

初分諸功德相品第六十八之五

爾時具壽善現白佛言世尊若眞法界眞如實際無轉越者色與法界眞如實際爲有異不受想行識與法界眞如實際爲有異不世尊眼處與法界眞如實際爲有異不耳鼻舌身意處與法界眞如實際爲有異不世尊色處與法界眞如實際爲有異不聲香味觸法處與法界眞如實際爲有異不世尊眼界與法界眞如實際爲有異不耳鼻舌身意界與法界眞如實際爲有異不世尊色界與法界眞如實際爲有異不聲香味觸法界與法界眞如實際爲有異不世尊眼識界與法界眞如實際爲有異不耳鼻舌身意識界與法界眞如實際爲有異不世尊眼觸與法界眞如實際爲有異不耳鼻舌身意觸與法界眞如實際爲有異不世尊眼觸爲緣所生諸受與法界眞如實際爲有異不耳鼻舌身意觸爲緣所生諸受與法界眞如實際爲有異不世尊地界與法界眞如實際爲有異不水火風空識界與法界眞如實際爲有異不世尊因緣與法界眞如實際爲有異不等無間緣所緣緣增上緣與法界眞如實際爲有異不世尊從諸緣所生法與法界眞如實際爲有異不世尊無明與法界眞如實際爲有異不行識名色六處觸受愛取有生老死愁歎苦憂惱與法界眞如實際爲有異不世尊布施波羅蜜多與法界眞如實際爲有異不淨戒安忍精進靜慮般若波羅蜜多與法界眞如實

際爲有異不世尊四靜慮與法界眞如實際爲有異不四無量四無色定與法界眞如實際爲有異不世尊四念住與法界眞如實際爲有異不四正斷四神足五根五力七等覺支八聖道支與法界眞如實際爲有異不世尊空解脫門與法界眞如實際爲有異不無相無願解脫門與法界眞如實際爲有異不世尊內空與法界眞如實際爲有異不外空內外空空空大空勝義空有爲空無爲空畢竟空無際空散空無變異空本性空自相空共相空一切法空不可得空無性空自性空無性自性空與法界眞如實際爲有異不世尊苦聖諦與法界眞如實際爲有異不集滅道聖諦與法界眞如實際爲有異不世尊八解脫與法界眞如實際爲有異不八勝處九次第定十徧處與法界眞如實際爲有異不世尊一切陀羅尼門與法界眞如實際爲有異不一切三摩地門與法界眞如實際爲有異不世尊極喜地與法界眞如實際爲有異不離垢地發光地焰慧地極難勝地現前地遠行地不動地善慧地法雲地與法界眞如實際爲有異不世尊五眼與法界眞如實際爲有異不六神通與法界眞如實際爲有異不世尊佛十力與法界眞如實際爲有異不四無所畏四無礙解十八佛不共法與法界眞如實際爲有異不世尊大慈與法界眞如實際爲有異不大悲大喜大捨與法界眞如實際爲有異不世尊無忘失法與法界眞如實際爲有異不恒住捨性與法界眞如實際爲有異不世尊一切智與法界眞如實際爲

有異不道相智一切相智與法界真如實際爲有異不世尊三十二大士相與法界真如實際爲有異不八十隨好與法界真如實際爲有異不世尊預流果與法界真如實際爲有異不一來不還阿羅漢果獨覺菩提與法界真如實際爲有異不世尊一切菩薩摩訶薩行與法界真如實際爲有異不諸佛無上正等菩提與法界真如實際爲有異不世尊世間法與法界真如實際爲有異不出世間法與法界真如實際爲有異不世尊有漏法與法界真如實際爲有異不無漏法與法界真如實際爲有異不世尊有爲法與法界真如實際爲有異不無爲法與法界真如實際爲有異不佛言不也善現色不異法界真如實際受想行識亦不異法界真如實際善現眼處不異法界真如實際耳鼻舌身意處亦不異法界真如實際善現色處不異法界真如實際聲香味觸法處亦不異法界真如實際善現眼界不異法界真如實際耳鼻舌身意界亦不異法界真如實際善現色界不異法界真如實際聲香味觸法界亦不異法界真如實際善現眼識界不異法界真如實際耳鼻舌身意識界亦不異法界真如實際善現眼觸不異法界真如實際耳鼻舌身意觸亦不異法界真如實際善現眼觸爲緣所生諸受不異法界真如實際耳鼻舌身意觸爲緣所生諸受亦不異法界真如實際善現地界不異法界真如實際水火風空識界亦不異法界真如實際善現因緣不異法界真如實際等無間緣所緣緣增上緣亦不異法界

眞如實際善現從諸緣所生法不異法界眞如實際善現無明不異法界眞如實際行識名色六處觸受愛取有生老死愁歎苦憂惱亦不異法界眞如實際善現布施波羅蜜多不異法界眞如實際淨戒安忍精進靜慮般若波羅蜜多亦不異法界眞如實際善現四靜慮不異法界眞如實際四無量四無色定亦不異法界眞如實際善現四念住不異法界眞如實際四正斷四神足五根五力七等覺支八聖道支亦不異法界眞如實際善現空解脫門不異法界眞如實際無相無願解脫門亦不異法界眞如實際善現內空不異法界眞如實際外空內外空空空大空勝義空有爲空無爲空畢竟空無際空散空無變異空本性空自相空共相空一切法空不可得空無性空自性空無性自性空亦不異法界眞如實際善現苦聖諦不異法界眞如實際集滅道聖諦亦不異法界眞如實際善現八解脫不異法界眞如實際八勝處九次第定十徧處亦不異法界眞如實際善現一切陀羅尼門不異法界眞如實際一切三摩地門亦不異法界眞如實際善現極喜地不異法界眞如實際離垢地發光地焰慧地極難勝地現前地遠行地不動地善慧地法雲地亦不異法界眞如實際善現五眼不異法界眞如實際六神通亦不異法界眞如實際善現佛十力不異法界眞如實際四無所畏四無礙解十八佛不共法亦不異法界眞如實際善現大慈不異法界眞如實際大悲大喜大捨亦不異法界眞如實際善現無忘失法

不異法界真如實際恒住捨性亦不異法界真如實際善現一切智不異法界真如實際道相智一切相智亦不異法界真如實際善現三十二大士相不異法界真如實際八十隨好亦不異法界真如實際善現預流果不異法界真如實際一來不還阿羅漢果獨覺善提亦不異法界真如實際善現一切菩薩摩訶薩行不異法界真如實際諸佛無上正等菩提亦不異法界真如實際善現世間法不異法界真如實際出世間法亦不異法界真如實際善現有漏法不異法界真如實際無漏法亦不異法界真如實際善現有為法不異法界真如實際無為法亦不異法界真如實際時具壽善現復白佛言世尊若色不異法界真如實際受想行識亦不異法界真

如實際世尊若眼處不異法界真如實際耳鼻舌身意處亦不異法界真如實際世尊若色處不異法界真如實際聲香味觸法處亦不異法界真如實際世尊若眼界不異法界真如實際耳鼻舌身意界亦不異法界真如實際世尊若色界不異法界真如實際聲香味觸法界亦不異法界真如實際世尊若眼識界不異法界真如實際耳鼻舌身意識界亦不異法界真如實際世尊若眼觸不異法界真如實際耳鼻舌身意觸亦不異法界真如實際世尊若眼觸為緣所生諸受不異法界真如實際耳鼻舌身意觸為緣所生諸受亦不異法界真如實際世尊若地界不異法界真如實際水火風空識界亦不異法界真如實際世尊若因緣不異法界真如實際等

無間緣所緣緣增上緣亦不異法界眞如實際世尊若從諸緣所生法不異法界眞如實際世尊若無明不異法界眞如實際行識名色六處觸受愛取有生老死愁歎苦憂惱亦不異法界眞如實際世尊若布施波羅蜜多不異法界眞如實際淨戒安忍精進靜慮般若波羅蜜多亦不異法界眞如實際世尊若四靜慮不異法界眞如實際四無量四無色定亦不異法界眞如實際世尊若四念住不異法界眞如實際四正斷四神足五根五力七等覺支八聖道支亦不異法界眞如實際世尊若空解脫門不異法界眞如實際無相無願解脫門亦不異法界眞如實際世尊若内空不異法界眞如實際外空内外空空空大空勝義空有爲空無爲空畢竟空無際空散空無變異空本性空自相空共相空一切法空不可得空無性空自性空無性自性空亦不異法界眞如實際世尊若苦聖諦不異法界眞如實際集滅道聖諦亦不異法界眞如實際世尊若八解脫不異法界眞如實際八勝處九次第定十徧處亦不異法界眞如實際世尊若一切陀羅尼門不異法界眞如實際一切三摩地門亦不異法界眞如實際世尊若極喜地不異法界眞如實際離垢地發光地焰慧地極難勝地現前地遠行地不動地善慧地法雲地亦不異法界眞如實際世尊若五眼不異法界眞如實際六神通亦不異法界眞如實際世尊若佛十力不異法界眞如實際四無所畏四無礙解十八佛不共法亦不異法界眞如實際世尊若大慈不

異法界真如實際大悲大喜大捨亦不異法界真如實際世尊若無忘失法不異法界真如實際恒住捨性亦不異法界真如實際世尊若一切智不異法界真如實際道相智一切相智亦不異法界真如實際世尊若三十二大士相不異法界真如實際八十隨好亦不異法界真如實際世尊若預流果不異法界真如實際一來不還阿羅漢果獨覺菩提亦不異法界真如實際世尊若一切菩薩摩訶薩行不異法界真如實際諸佛無上正等菩提亦不異法界真如實際世尊若世間法不異法界真如實際出世間法亦不異法界真如實際世尊若有漏法不異法界真如實際無漏法亦不異法界真如實際世尊若有為法不異法界真如實際無為法亦不異法

界真如實際者云何世尊安立黑法感黑異熟所謂地獄傍生鬼界安立白法感白異熟所謂人天安立黑白法感黑白異熟所謂一分傍生鬼界及一分人天安立非黑非白法感非黑非白異熟所謂預流果或一來果或不還果或阿羅漢果或獨覺菩提或復無上正等菩提佛言善現依世俗諦安立如是因果差别不依勝義勝義諦中不可說有因果差别所以者何善現勝義諦中一切法性不可分别無說無示云何當有因果差别善現勝義諦中色無生無滅無染無淨受想行識亦無生無滅無染無淨以畢竟空無際空故善現勝義諦中眼處無生無滅無染無淨耳鼻舌身意處亦無生無滅無染無淨以畢竟空無際空故善現勝義諦中色處無生無滅

無染無淨聲香味觸法處亦無生無滅無染無淨以畢竟空無際空故善現勝義諦中眼界無生無滅無染無淨耳鼻舌身意界亦無生無滅無染無淨以畢竟空無際空故善現勝義諦中色界無生無滅無染無淨聲香味觸法界亦無生無滅無染無淨以畢竟空無際空故善現勝義諦中眼識界無生無滅無染無淨耳鼻舌身意識界亦無生無滅無染無淨以畢竟空無際空故善現勝義諦中眼觸無生無滅無染無淨耳鼻舌身意觸亦無生無滅無染無淨以畢竟空無際空故善現勝義諦中眼觸爲緣所生諸受無生無滅無染無淨耳鼻舌身意觸爲緣所生諸受亦無生無滅無染無淨以畢竟空無際空故善現勝義諦中地界無生無滅無染無淨水火風空識界亦無生無滅無染無淨以畢竟空無際空故善現勝義諦中因緣無生無滅無染無淨等無間緣所緣緣增上緣亦無生無滅無染無淨以畢竟空無際空故善現勝義諦中從諸緣所生法無生無滅無染無淨以畢竟空無際空故善現勝義諦中無明無生無滅無染無淨行識名色六處觸受愛取有生老死愁歎苦憂惱亦無生無滅無染無淨以畢竟空無際空故善現勝義諦中布施波羅蜜多無生無滅無染無淨淨戒安忍精進靜慮般若波羅蜜多亦無生無滅無染無淨以畢竟空無際空故善現勝義諦中四靜慮無生無滅無染無淨四無量四無色定亦無生無滅無染無淨以畢竟空無際空故善現勝義諦中四念住無生無滅無染無淨四正斷

四神足五根五力七等覺支八聖道支亦無生無滅無染無淨以畢竟空無際空故善現勝義諦中空解脫門無生無滅無染無淨無相無願解脫門亦無生無滅無染無淨以畢竟空無際空故善現勝義諦中內空無生無滅無染無淨外空內外空空空大空勝義空有為空無為空畢竟空無際空散空無變異空本性空自相空共相空一切法空不可得空無性空自性空無性自性空亦無生無滅無染無淨以畢竟空無際空故善現勝義諦中苦聖諦無生無滅無染無淨集滅道聖諦亦無生無滅無染無淨以畢竟空無際空故善現勝義諦中八解脫無生無滅無染無淨八勝處九次第定十徧處亦無生無滅無染無淨以畢竟空無際空故善現勝義諦中一切陀羅尼門無生無滅無染無淨一切三摩地門亦無生無滅無染無淨以畢竟空無際空故善現勝義諦中極喜地無生無滅無染無淨離垢地發光地焰慧地極難勝地現前地遠行地不動地善慧地法雲地亦無生無滅無染無淨以畢竟空無際空故善現勝義諦中五眼無生無滅無染無淨六神通亦無生無滅無染無淨以畢竟空無際空故善現勝義諦中佛十力無生無滅無染無淨四無所畏四無礙解十八佛不共法亦無生無滅無染無淨以畢竟空無際空故善現勝義諦中大慈無生無滅無染無淨大悲大喜大捨亦無生無滅無染無淨以畢竟空無際空故善現勝義諦中無忘失法無生無滅無染無淨恒住捨性亦無生無滅無染無淨以畢竟

空無際空故善現勝義諦中一切智無生無滅無染無淨道相智一切相智亦無生無滅無染無淨以畢竟空無際空故善現勝義諦中三十二大士相無生無滅無染無淨八十隨好亦無生無滅無染無淨以畢竟空無際空故善現勝義諦中預流果無生無滅無染無淨一來不還阿羅漢果獨覺菩提亦無生無滅無染無淨以畢竟空無際空故善現勝義諦中一切菩薩摩訶薩行無生無滅無染無淨諸佛無上正等菩提亦無生無滅無染無淨以畢竟空無際空故善現勝義諦中世間法無生無滅無染無淨出世間法亦無生無滅無染無淨以畢竟空無際空故善現勝義諦中有漏法無生無滅無染無淨無漏法亦無生無滅無染無淨以畢竟空無際空故善現勝義諦中有爲法無生無滅無染無淨無爲法亦無生無滅無染無淨以畢竟空無際空故時具壽善現復白佛言世尊若依世俗諦故安立因果差別不依勝義諦者則一切愚夫異生皆應有預流果或應有一來果或應有不還果或應有阿羅漢果或應有獨覺菩提或應有阿耨多羅三藐三菩提佛告善現於汝意云何一切愚夫異生爲如實知世俗諦及勝義諦不若如實知彼應有預流果或應有一來果或應有不還果或應有阿羅漢果或應有獨覺菩提或應有阿耨多羅三藐三菩提然諸愚夫異生不如實知世俗諦及勝義諦無聖道無修聖道彼云何有聖果差別唯諸聖者能如實知世俗諦及勝義諦有聖道有修聖道是故得有聖果差別具

壽善現白佛言世尊若修聖道得聖果不佛言不也善現非修聖道能得聖果亦非不修聖道能得聖果非離聖道能得聖果亦非住聖道中能得聖果何以故善現勝義諦中道及道果不可得故如是善現菩薩摩訶薩行深般若波羅蜜多時雖爲有情安立聖果種種差別而不分別如是聖果在有爲界或無爲界安立差別爾時具壽善現白佛言世尊若不分別如是聖果在有爲界或無爲界安立差別云何世尊說斷三結名預流果薄欲貪瞋名一來果斷順下分五結永盡名不還果斷順上分五結永盡名阿羅漢果令所有集法皆成滅法名獨覺菩提永斷一切習氣相續名爲無上正等菩提世尊我云何知佛所說義謂不分別如是聖果在有爲界或無爲界安立差別佛告善現汝意云何所說預流一來不還阿羅漢果獨覺菩提諸佛無上正等菩提如是聖果爲是有爲爲是無爲善現荅言如是聖果皆是無爲非是有爲佛告善現無爲法中有分別不善現荅言不也世尊不也善逝佛告善現汝意云何若善男子善女人等通達一切有爲無爲皆同一相所謂無相是善男子善女人等當於爾時頗於諸法有所分別此是有爲或無爲不善現荅言不也世尊不也善逝佛告善現菩薩摩訶薩亦復如是行深般若波羅蜜多時雖爲有情宣說諸法而不分別所說法相謂內空故或外空故或內外空故或空空故或大空故或勝義空故或有爲空故或無爲空故或畢竟空故或無際空故或散空故或無變異空

故或本性空故或自相空故或共相空故或一切法空故或不可得空故或無性空故或自性空故或無性自性空故善現是菩薩摩訶薩自於諸法無所執著亦能教他於諸法中無所執著謂於布施淨戒安忍精進靜慮般若波羅蜜多若於四靜慮四無量四無色定若於四念住四正斷四神足五根五力七等覺支八聖道支若於内空外空内外空空空大空勝義空有爲空無爲空畢竟空無際空散空無變異空本性空自相空共相空一切法空不可得空無性空自性空無性自性空若於眞如乃至不思議界若於苦集滅道聖諦若於空無相無願解脫門若於八解脫八勝處九次第定十徧處若於一切陀羅尼門三摩地門若於菩薩十地若於五眼六神通若於佛十力四無所畏四無礙解大慈大悲大喜大捨十八佛不共法若於無忘失法恒住捨性若於一切智道相智一切相智等皆無執著無執著故於一切處皆得無礙如諸如來應正等覺所變化者雖行布施淨戒安忍精進靜慮般若波羅蜜多而於彼果不受不著唯爲有情般涅槃故雖行四靜慮四無量四無色定而於彼果不受不著唯爲有情般涅槃故雖行四念住四正斷四神足五根五力七等覺支八聖道支而於彼果不受不著唯爲有情般涅槃故雖行内空外空内外空空空大空勝義空有爲空無爲空畢竟空無際空散空無變異空本性空自相空共相空一切法空不可得空無性空自性空無性自性空而於彼果不受不著唯爲有情般

涅槃故雖行真如乃至不思議界而於彼果不受不著唯爲有情般涅槃故雖行苦集滅道聖諦而於彼果不受不著唯爲有情般涅槃故雖行空無相無願解脫門而於彼果不受不著唯爲有情般涅槃故雖行八解脫八勝處九次第定十徧處而於彼果不受不著唯爲有情般涅槃故雖行一切陁羅尼門一切三摩地門而於彼果不受不著唯爲有情般涅槃故雖行菩薩十地而於彼果不受不著唯爲有情般涅槃故雖行五眼六神通而於彼果不受不著唯爲有情般涅槃故雖行佛十力四無所畏四無礙解大慈大悲大喜大捨十八佛不共法而於彼果不受不著唯爲有情般涅槃故雖行無忘失法恒住捨性而於彼果不受不著唯爲有情般涅槃故雖行一切智道相智一切相智等而於彼果不受不著唯爲有情般涅槃故善現菩薩摩訶薩亦復如是行深般若波羅蜜多時於一切法若世間若出世間若有漏若無漏若有爲若無爲皆無所住亦無所礙何以故善達諸法如實相故

初分諸法平等品第六十九之一

爾時具壽善現白佛言世尊云何菩薩摩訶薩行深般若波羅蜜多時於一切法善達實相佛言善現如諸如來應正等覺所變化者不行於貪不行於瞋不行於癡不行於色亦不行於受想行識不行於眼處亦不行於耳鼻舌身意處不行於色處亦不行於聲香味觸法處不行於眼界亦不行於耳鼻舌身意界不行於眼識界亦不行於耳鼻舌身意識

界不行於眼觸亦不行於耳鼻舌身意觸不行於眼觸爲緣所生諸受亦不行於耳鼻舌身意觸爲緣所生諸受不行於地界亦不行於水火風空識界不行於因緣亦不行於等無間緣所緣緣增上緣不行於從諸緣所生法不行於無明亦不行於行識名色六處觸受愛取有生老死愁歎苦憂惱不行於布施波羅蜜多亦不行於淨戒安忍精進靜慮般若波羅蜜多不行於四靜慮亦不行於四無量四無色定不行於四念住亦不行於四正斷四神足五根五力七等覺支八聖道支不行於空解脫門亦不行於無相無願解脫門不行於內空亦不行於外空內外空空空大空勝義空有爲空無爲空畢竟空無際空散空無變異空本性空自相空共相空一切法空不可得空無性空自性空無性自性空不行眞如乃至不思議界不行於苦聖諦亦不行於集滅道聖諦不行於八解脫亦不行於八勝處九次第定十徧處不行於一切陀羅尼門亦不行於一切三摩地門不行於極喜地亦不行於離垢地發光地焰慧地極難勝地現前地遠行地不動地善慧地法雲地不行於五眼亦不行於六神通不行於佛十力亦不行於四無所畏四無礙解十八佛不共法不行於大慈亦不行於大悲大喜大捨不行於無忘失法亦不行於恒住捨性不行於一切智亦不行於道相智一切相智不行於三十二大士相亦不行於八十隨好不行於預流果亦不行於一來不還阿羅漢果獨覺菩提不行於一切菩薩摩訶薩行亦不行於

諸佛無上正等菩提不行於内法亦不行於外法不行於隨眠亦不行於纏不行於世間法亦不行於出世間法不行於有漏法亦不行於無漏法不行於有爲法亦不行於無爲法不行於道亦不行於道果善現菩薩摩訶薩行深般若波羅蜜多時亦復如是於一切法都無所行是爲善達諸法實相謂於法性無所分別時具壽善現復白佛言世尊云何如來應正等覺所變化者現修聖道佛告善現彼諸如來應正等覺所變化者依修聖道不染不淨亦不輪迴五趣生死具壽善現復白佛言世尊云何菩薩摩訶薩行深般若波羅蜜多時通達諸法皆無實事佛告善現於意云何彼諸如來應正等覺所變化者爲有實事依斯實事有染有淨及有輪迴五趣事不善現答言不也世尊不也善逝非諸如來應正等覺所變化者有少實事非依彼事有染有淨亦無輪迴五趣生死佛言善現菩薩摩訶薩行深般若波羅蜜多時於一切法善達實相亦復如是通達諸法都無實事爾時具壽善現白佛言世尊爲一切色皆如化不一切受想行識亦如化不一切眼處皆如化不一切耳鼻舌身意處亦如化不一切色處皆如化不一切聲香味觸法處亦如化不一切眼界皆如化不一切耳鼻舌身意界亦如化不一切色界皆如化不一切聲香味觸法界亦如化不一切眼識界皆如化不一切耳鼻舌身意識界亦如化不一切眼觸皆如化不一切耳鼻舌身意觸亦如化不一切眼觸爲緣所生諸受皆如化不一切耳鼻舌身意

觸爲緣所生諸受亦如化不一切地界皆如
化不一切水火風空識界亦如化不一切因
緣皆如化不一切等無間緣所緣緣增上緣
亦如化不一切從緣所生諸法皆如化不一
切無明皆如化不一切行識名色六處觸受
愛取有生老死愁歎苦憂惱亦如化不如是
乃至一切世間法皆如化不一切出世間法
亦如化不一切有漏法皆如化不一切無漏
法亦如化不一切有爲法皆如化不一切無
爲法亦如化不佛告善現如是如是如汝所
說一切法皆如化

大般若波羅蜜多經卷第三百八十三

大般若波羅蜜多經卷第三百八十四

唐三藏法師玄奘奉　詔譯

初分諸法平等品第六十九之二

時具壽善現白佛言世尊若一切法皆如化者諸所變化皆無實色亦無實受想行識諸所變化皆無實眼處亦無實耳鼻舌身意處諸所變化皆無實色處亦無實聲香味觸法處諸所變化皆無實眼界亦無實耳鼻舌身意界諸所變化皆無實色界亦無實聲香味觸法界諸所變化皆無實眼識界亦無實耳鼻舌身意識界諸所變化皆無實眼觸亦無實耳鼻舌身意觸諸所變化皆無實眼觸為緣所生諸受亦無實耳鼻舌身意觸為緣所生諸受諸所變化皆無實地界亦無實水火風空識界諸所變化皆無實因緣亦無實等無間緣所緣緣增上緣諸所變化皆無實從緣所生諸法諸所變化皆無實無明亦無實行識名色六處觸受愛取有生老死愁歎苦憂惱諸所變化皆無實世間法亦無實出世間法諸所變化皆無實有漏法亦無實無漏法諸所變化皆無實有為法亦無實無為法諸所變化皆無實雜染法亦無實清淨法諸所變化皆無實輪迴五趣生死亦無實解脫五趣生死云何菩薩摩訶薩於諸有情有勝士用佛告善現於意云何諸菩薩摩訶薩本行菩薩道時頗見有情可脫地獄傍生鬼界人天趣不善現荅言不也世尊不也善逝佛告善現如是如是諸菩薩摩訶薩本行菩薩道時不見有情可脫三界何以故善現諸菩薩摩訶薩於一切法知見通達皆如幻化都

非實有具壽善現復白佛言世尊若菩薩摩訶薩於一切法知見通達皆如幻化都非實有菩薩摩訶薩爲何事故修行布施淨戒安忍精進靜慮般若波羅蜜多爲何事故修行四靜慮四無量四無色定爲何事故修行四念住四正斷四神足五根五力七等覺支八聖道支爲何事故修行空無相無願解脱門爲何事故修行八解脱八勝處九次第定十徧處爲何事故修行一切陀羅尼門一切三摩地門爲何事故修行極喜地離垢地發光地焰慧地極難勝地現前地遠行地不動地善慧地法雲地爲何事故修行五眼六神通爲何事故修行佛十力四無所畏四無礙解大慈大悲大喜大捨十八佛不共法爲何事故修行無忘失法恒住捨性爲何事故修行一切智道相智一切相智爲何事故修行一切菩薩摩訶薩行爲何事故修行諸佛無上正等菩提爲何事故嚴淨佛土爲何事故成熟有情佛告善現若諸有情於一切法能自了知皆如幻化都非實有則菩薩摩訶薩不應無數劫爲諸有情行菩薩道以諸有情於一切法自不能知皆如幻化都非實有是故菩薩摩訶薩於無數劫爲諸有情行菩薩道復次善現若菩薩摩訶薩於一切法不如實知皆如幻化都非實有則不應無數劫爲諸有情修菩薩行嚴淨佛土成熟有情以菩薩摩訶薩於一切法如實了知皆如幻化都非實有故無數劫爲諸有情修菩薩行嚴淨佛土成熟有情爾時具壽善現白佛言世尊若一切法如夢如幻如響如像如光影如陽焰

如變化事如尋香城所化有情住在何處諸菩薩摩訶薩行深般若波羅蜜多拔濟令出佛告善現所化有情住在名相虛妄分別諸菩薩摩訶薩行深般若波羅蜜多從彼名相虛妄分別拔濟令出具壽善現復白佛言世尊何謂爲名何謂爲相佛言善現名皆是客皆是假立皆屬施設謂此名色此名受想行識此名眼處此名耳鼻舌身意處此名色處此名聲香味觸法處此名眼界此名耳鼻舌身意界此名色界此名聲香味觸法界此名眼識界此名耳鼻舌身意識界此名男此名女此名小此名大此名地獄此名傍生此名鬼界此名人此名天此名世間法此名出世法此名有漏法此名無漏法此名有爲法此名無爲法此名預流果此名一來果此名不還果此名阿羅漢果此名獨覺菩提此名一切菩薩摩訶薩行此名諸佛無上正等菩提此名異生此名聲聞此名獨覺此名菩薩此名如來善現如是等一切名皆是假立爲表諸義施設諸名故一切名皆非實有諸有爲法亦但有名由此無爲亦非實有愚夫異生於中妄執菩薩摩訶薩行深般若波羅蜜多時方便善巧教令遠離作如是言名是分別妄想所起亦是衆緣和合假立汝等不應於中執著名無實事自性皆空非有智者執著空法如是善現菩薩摩訶薩行深般若波羅蜜多時方便善巧爲諸有情說離名法善現是謂爲名云何爲相善現相有二種愚夫異生於中執著何等爲二一者色相二者無色相何謂色相善現諸所有色若過去若未來

若現在若内若外若麤若細若劣若勝若遠若近於此剎那諸空法中愚夫異生分別執著是名色相何謂無色相善現謂諸所有無色法中愚夫異生取相分別生諸煩惱是名無色相菩薩摩訶薩行深般若波羅蜜多時方便善巧教諸有情遠離二相復教安住無相界中雖教安住無相界中而不令其墮二邊執謂此是相此是無相如是善現菩薩摩訶薩行深般若波羅蜜多時方便善巧令諸有情遠離衆相住無相界而不執著爾時具壽善現白佛言世尊若一切法但有名相所有名相皆是假立分別所起非實有性云何菩薩摩訶薩行深般若波羅蜜多時於諸善法能自增進亦能令他增進善法由自善法得增進故能令諸地漸次圓滿亦能安立諸有情類隨其所應得三乘果佛告善現若諸法中少有實事非但假立有名相者則菩薩摩訶薩行深般若波羅蜜多時應於善法不自增進亦不令他增進善法善現以諸法中無少實事但有假立諸名及相是故菩薩摩訶薩行深般若波羅蜜多時以無相爲方便能圓滿般若波羅蜜多以無相爲方便能圓滿靜慮波羅蜜多以無相爲方便能圓滿精進波羅蜜多以無相爲方便能圓滿安忍波羅蜜多以無相爲方便能圓滿淨戒波羅蜜多以無相爲方便能圓滿布施波羅蜜多以無相爲方便能圓滿四靜慮四無量四無色定以無相爲方便能圓滿四念住四正斷四神足五根五力七等覺支八聖道支以無相爲方便能圓滿空無相無願解脫門以無相

爲方便能圓滿內空外空內外空空空大空勝義空有爲空無爲空畢竟空無際空散空無變異空本性空自相空共相空一切法空不可得空無性空自性空無性自性空以無相爲方便能圓滿眞如法界法性不虛妄性不變異性平等性離生性法定法住實際虛空界不思議界以無相爲方便能圓滿苦集滅道聖諦以無相爲方便能圓滿八解脫八勝處九次第定十徧處以無相爲方便能圓滿一切陀羅尼門一切三摩地門以無相爲方便能圓滿極喜地離垢地發光地焰慧地極難勝地現前地遠行地不動地善慧地法雲地以無相爲方便能圓滿五眼六神通以無相爲方便能圓滿佛十力四無所畏四無礙解大慈大悲大喜大捨十八佛不共法以無相爲方便能圓滿無忘失法恒住捨性以無相爲方便能圓滿一切智道相智一切相智以無相爲方便於諸善法自圓滿已亦能令他圓滿善法如是善現以一切法無少實事但有假立諸名及相諸菩薩摩訶薩於中不起顚倒執著於諸善法能自增進亦能令他增進善法復次善現若諸法中有毛端量實法相者則菩薩摩訶薩行深般若波羅蜜多時於一切法不應覺知無相無念亦無作意無漏性已證得無上正等菩提安立有情於無漏法何以故善現諸無漏法皆無相無念無作意故如是善現菩薩摩訶薩行深般若波羅蜜多時安立有情於無漏法乃名眞實饒益他事時具壽善現白佛言世尊若一切法眞無漏性無相無念亦無作意何緣世

尊當如是數此是世間法此是出世法此是有漏法此是無漏法此是有爲法此是無爲法此是有罪法此是無罪法此是有諍法此是無諍法此是流轉法此是還滅法此是共法此是不共法此是聲聞法此是獨覺法此是菩薩法此是如來法耶佛告善現於意云何世間等法與無相等無漏法性爲有異不善現荅言不也世尊不也善逝佛告善現於意云何聲聞等法與無相等無漏法性爲有異不善現荅言不也世尊不也善逝佛告善現世間等法豈不即是無相念等無漏法性善現荅言如是世尊如是善逝佛告善現若預流果若一來果若不還果若阿羅漢果若獨覺菩提若諸菩薩摩訶薩法若佛無上正等菩提豈不即是無相念等無漏法性善現荅言如是世尊如是善逝佛言善現由此因緣當知一切法皆是無相等善現菩薩摩訶薩學一切法皆是無相無念無作意時常能增益所行善法所謂布施淨戒安忍精進靜慮般若波羅蜜多若四靜慮四無量四無色定若四念住四正斷四神足五根五力七等覺支八聖道支若內空外空內外空空空大空勝義空有爲空無爲空畢竟空無際空散空無變異空本性空自相空共相空一切法空不可得空無性空自性空無性自性空若真如法界法性不虛妄性不變異性平等性離生性法定法住實際虛空界不思議界若苦集滅道聖諦若空無相無願解脫門若八解脫八勝處九次第定十徧處若一切陀羅尼門一切三摩地門若極喜地離垢地發光

地焰慧地極難勝地現前地遠行地不動地善慧地法雲地若五眼六神通若佛十力四無所畏四無礙解十八佛不共法若大慈大悲大喜大捨若無忘失法恒住捨性若一切智道相智一切相智諸如是等一切佛法皆由學無相無念無作意而得增益所以者何善現菩薩摩訶薩除空無相無願解脫門更無餘要所應學法何以故善現三解脫門能攝一切妙善法故所以者何善現空解脫門觀一切法自相皆空無相解脫門觀一切法遠離諸相無願解脫門觀一切法遠離所願由此三門能攝一切殊勝善法離此三門所應修習殊勝善法不生長故復次善現若菩薩摩訶薩能學如是三解脫門則能學五蘊亦能學十二處亦能學十八界亦能學六界亦能學四聖諦亦能學四緣亦能學從緣所生諸法亦能學十二緣起亦能學內空外空內外空空空大空勝義空有爲空無爲空畢竟空無際空散空無變異空本性空自相空共相空一切法空不可得空無性空自性空無性自性空亦能學真如法界法性不虛妄性不變異性平等性離生性法定法住實際虛空界不思議界亦能學布施淨戒安忍精進靜慮般若方便善巧妙願力智波羅蜜多亦能學極喜地離垢地發光地焰慧地極難勝地現前地遠行地不動地善慧地法雲地亦能學四念住四正斷四神足五根五力七等覺支八聖道支亦能學四靜慮四無量四無色定亦能學八解脫八勝處九次第定十徧處亦能學一切陀羅尼門一切三摩地門

亦能學五眼六神通亦能學如來十力四無所畏四無礙解十八佛不共法亦能學大慈大悲大喜大捨亦能學無忘失法恒住捨性亦能學一切智道相智一切相智亦能學嚴淨佛土成熟有情亦能學諸餘無量無邊佛法爾時具壽善現白佛言世尊云何菩薩摩訶薩修行般若波羅蜜多時能學五蘊佛告善現若菩薩摩訶薩修行般若波羅蜜多時如實知色受想行識是爲能學五蘊善現云何菩薩摩訶薩修行般若波羅蜜多時如實知色善現若菩薩摩訶薩修行般若波羅蜜多時如實知色相如實知色生如實知色滅如實知色眞如是爲如實知色善現云何菩薩摩訶薩修行般若波羅蜜多時如實知色相善現若菩薩摩訶薩修行般若波羅蜜多時如實知色畢竟有孔畢竟有隙猶如聚沫性不堅固善現是名如實知色相善現云何菩薩摩訶薩修行般若波羅蜜多時如實知色生善現若菩薩摩訶薩修行般若波羅蜜多時如實知色來無所從去無所趣雖無來無去而生法相應善現是名如實知色生善現云何菩薩摩訶薩修行般若波羅蜜多時如實知色滅善現若菩薩摩訶薩修行般若波羅蜜多時如實知色來無所從去無所趣雖無來無去而滅法相應善現是名如實知色滅善現云何菩薩摩訶薩修行般若波羅蜜多時如實知色眞如善現若菩薩摩訶薩修行般若波羅蜜多時如實知色眞如無生無滅無來無去無染無淨無增無減常如其性不虛妄不變易故名眞如善現是名如實

知色真如善現云何菩薩摩訶薩修行般若波羅蜜多時如實知受善現若菩薩摩訶薩修行般若波羅蜜多時如實知受相如實知受生如實知受滅如實知受真如是爲如實知受善現云何菩薩摩訶薩修行般若波羅蜜多時如實知受相善現若菩薩摩訶薩修行般若波羅蜜多時如實知受畢竟如癰畢竟如箭猶若浮泡虛僞不住速起速滅善現是名如實知受相善現云何菩薩摩訶薩修行般若波羅蜜多時如實知受生善現若菩薩摩訶薩修行般若波羅蜜多時如實知受來無所從去無所趣雖無來無去而生法相應善現是名如實知受生善現云何菩薩摩訶薩修行般若波羅蜜多時如實知受滅善現若菩薩摩訶薩修行般若波羅蜜多時如實知受來無所從去無所趣雖無來無去而滅法相應善現是名如實知受滅善現云何菩薩摩訶薩修行般若波羅蜜多時如實知受真如善現若菩薩摩訶薩修行般若波羅蜜多時如實知受真如無生無滅無來無去無染無淨無增無減常如其性不虛妄不變易故名真如善現是名如實知受真如善現云何菩薩摩訶薩修行般若波羅蜜多時如實知想善現若菩薩摩訶薩修行般若波羅蜜多時如實知想相如實知想生如實知想滅如實知想真如是爲如實知想善現云何菩薩摩訶薩修行般若波羅蜜多時如實知想相善現若菩薩摩訶薩修行般若波羅蜜多時如實知想猶如陽焰水不可得虛妄渴愛而起是想假施設有發假言說善現是名

如實知想相善現云何菩薩摩訶薩修行般若波羅蜜多時如實知想生善現若菩薩摩訶薩修行般若波羅蜜多時如實知想來無所從去無所趣雖無來無去而生法相應善現是名如實知想生善現云何菩薩摩訶薩修行般若波羅蜜多時如實知想滅善現若菩薩摩訶薩修行般若波羅蜜多時如實知想來無所從去無所趣雖無來無去而滅法相應善現是名如實知想滅善現云何菩薩摩訶薩修行般若波羅蜜多時如實知想真如善現若菩薩摩訶薩修行般若波羅蜜多時如實知想真如無生無滅無來無去無染無淨無增無減常如其性不虛妄不變易故名真如善現是名如實知想真如善現云何菩薩摩訶薩修行般若波羅蜜多時如實知行善現若菩薩摩訶薩修行般若波羅蜜多時如實知行相如實知行生如實知行滅如實知行真如是為如實知行善現云何菩薩摩訶薩修行般若波羅蜜多時如實知行相善現若菩薩摩訶薩修行般若波羅蜜多時如實知行猶若芭蕉葉葉析除實不可得明無明等衆緣所成業煩惱等和合假立善現是名如實知行相善現云何菩薩摩訶薩修行般若波羅蜜多時如實知行生善現若菩薩摩訶薩修行般若波羅蜜多時如實知行來無所從去無所趣雖無來無去而生法相應善現是名如實知行生善現云何菩薩摩訶薩修行般若波羅蜜多時如實知行滅善現若菩薩摩訶薩修行般若波羅蜜多時如實知行來無所從去無所趣雖無來無去而

滅法相應善現是名如實知行滅善現云何菩薩摩訶薩修行般若波羅蜜多時如實知行眞如善現若菩薩摩訶薩修行般若波羅蜜多時如實知行眞如無生無滅無來無去無染無淨無增無減常如其性不虚妄不變易故名眞如善現是名如實知行眞如善現云何菩薩摩訶薩修行般若波羅蜜多時如實知識善現若菩薩摩訶薩修行般若波羅蜜多時如實知識相如實知識生如實知識滅如實知識眞如是爲如實知識善現云何菩薩摩訶薩修行般若波羅蜜多時如實知識相善現若菩薩摩訶薩修行般若波羅蜜多時如實知識猶如幻事衆緣和合假施設有實不可得謂如幻師或彼弟子於四衢道幻作四軍所謂象軍馬軍車軍步軍或復幻作諸餘色類相雖似有而無其實識亦如是實不可得善現是名如實知識相善現云何菩薩摩訶薩修行般若波羅蜜多時如實知識生善現若菩薩摩訶薩修行般若波羅蜜多時如實知識來無所從去無所趣雖無來無去而生法相應善現是名如實知識生善現云何菩薩摩訶薩修行般若波羅蜜多時如實知識滅善現若菩薩摩訶薩修行般若波羅蜜多時如實知識來無所從去無所趣雖無來無去而滅法相應善現是名如實知識滅善現云何菩薩摩訶薩修行般若波羅蜜多時如實知識眞如善現若菩薩摩訶薩修行般若波羅蜜多時如實知識眞如無生無滅無來無去無染無淨無增無減常如其性不虚妄不變易故名眞如善現是名如實

知識眞如復次善現若菩薩摩訶薩修行般若波羅蜜多時如實知色色自性空如實知受受自性空如實知想想自性空如實知行行自性空如實知識識自性空善現是爲菩薩摩訶薩修行般若波羅蜜多時能學五蘊具壽善現白佛言世尊云何菩薩摩訶薩修行般若波羅蜜多時能學十二處佛告善現若菩薩摩訶薩修行般若波羅蜜多時如實知眼處眼處自性空如實知耳鼻舌身意處耳鼻舌身意處自性空如實知色處色處自性空如實知聲香味觸法處聲香味觸法處自性空如實知內處內處自性空如實知外處外處自性空善現是爲菩薩摩訶薩修行般若波羅蜜多時能學十二處具壽善現白佛言世尊云何菩薩摩訶薩修行般若波羅蜜多時能學十八界佛告善現若菩薩摩訶薩修行般若波羅蜜多時如實知眼界眼界自性空如實知色界眼識界及眼觸眼觸爲緣所生諸受色界乃至眼觸爲緣所生諸受自性空如實知耳界耳界自性空如實知聲界耳識界及耳觸耳觸爲緣所生諸受聲界乃至耳觸爲緣所生諸受自性空如實知鼻界鼻界自性空如實知香界鼻識界及鼻觸鼻觸爲緣所生諸受香界乃至鼻觸爲緣所生諸受自性空如實知舌界舌界自性空如實知味界舌識界及舌觸舌觸爲緣所生諸受味界乃至舌觸爲緣所生諸受自性空如實知身界身界自性空如實知觸界身識界及身觸身觸爲緣所生諸受觸界乃至身觸爲緣所生諸受自性空如實知意界意界自

性空如實知法界意識界及意觸意觸爲緣所生諸受法界乃至意觸爲緣所生諸受自性空善現是爲菩薩摩訶薩修行般若波羅蜜多時能學十八界具壽善現白佛言世尊云何菩薩摩訶薩修行般若波羅蜜多時能學六界佛告善現若菩薩摩訶薩修行般若波羅蜜多時如實知地界地界自性空如實知水火風空識界水火風空識界自性空善現是爲菩薩摩訶薩修行般若波羅蜜多時能學六界具壽善現白佛言世尊云何菩薩摩訶薩修行般若波羅蜜多時能學四聖諦佛告善現若菩薩摩訶薩修行般若波羅蜜多時如實知苦聖諦如實知集聖諦如實知滅聖諦如實知道聖諦是爲能學四聖諦善現云何菩薩摩訶薩修行般若波羅蜜多時如實知苦聖諦善現若菩薩摩訶薩修行般若波羅蜜多時如實知苦是逼迫相自性本空遠離二法是聖者諦苦即眞如眞如即苦無二無別唯眞聖者能如實知善現是名如實知苦聖諦善現云何菩薩摩訶薩修行般若波羅蜜多時如實知集聖諦善現若菩薩摩訶薩修行般若波羅蜜多時如實知集是生起相自性本空遠離二法是聖者諦集即眞如眞如即集無二無別唯眞聖者能如實知善現是名如實知集聖諦善現云何菩薩摩訶薩修行般若波羅蜜多時如實知滅聖諦善現若菩薩摩訶薩修行般若波羅蜜多時如實知滅是寂靜相自性本空遠離二法是聖者諦滅即眞如眞如即滅無二無別唯眞聖者能如實知善現是名如實知滅聖諦

善現云何菩薩摩訶薩修行般若波羅蜜多時如實知道聖諦善現若菩薩摩訶薩修行般若波羅蜜多時如實知道是出離相自性本空遠離二法是聖者諦道即眞如眞如即道無二無別唯眞聖者能如實知善現是名如實知道聖諦善現是爲菩薩摩訶薩修行般若波羅蜜多時能學四聖諦具壽善現白佛言世尊云何菩薩摩訶薩修行般若波羅蜜多時能學四緣佛告善現若菩薩摩訶薩修行般若波羅蜜多時如實知因緣如實知等無間緣如實知所緣緣如實知增上緣是爲能學四緣善現云何菩薩摩訶薩修行般若波羅蜜多時如實知因緣善現若菩薩摩訶薩修行般若波羅蜜多時如實知因緣是種子相自性本空遠離二法善現是名如實知因緣善現云何菩薩摩訶薩修行般若波羅蜜多時如實知等無間緣善現若菩薩摩訶薩修行般若波羅蜜多時如實知等無間緣是開發相自性本空遠離二法善現是名如實知等無間緣善現云何菩薩摩訶薩修行般若波羅蜜多時如實知所緣緣善現若菩薩摩訶薩修行般若波羅蜜多時如實知所緣緣是住持相自性本空遠離二法善現是名如實知所緣緣善現云何菩薩摩訶薩修行般若波羅蜜多時如實知增上緣善現若菩薩摩訶薩修行般若波羅蜜多時如實知增上緣是不礙相自性本空遠離二法善現是名如實知增上緣善現是爲菩薩摩訶薩修行般若波羅蜜多時能學四緣具壽善現白佛言世尊云何菩薩摩訶薩修行般若

波羅蜜多時能學從緣所生諸法佛告善現若菩薩摩訶薩修行般若波羅蜜多時如實知一切從緣所生法不生不滅不斷不常不一不異不來不去絶諸戲論本性澹泊善現是爲菩薩摩訶薩修行般若波羅蜜多時能學從緣所生諸法具壽善現白佛言世尊云何菩薩摩訶薩修行般若波羅蜜多時能學十二緣起佛告善現若菩薩摩訶薩修行般若波羅蜜多時如實知無明無生無滅無染無淨自性本空遠離二法如實知行識名色六處觸受愛取有生老死愁歎苦憂惱無生無滅無染無淨自性本空遠離二法善現是爲菩薩摩訶薩修行般若波羅蜜多時能學十二緣起具壽善現白佛言世尊云何菩薩摩訶薩修行般若波羅蜜多時能學內空外空內外空空空大空勝義空有爲空無爲空畢竟空無際空散空無變異空本性空自相空共相空一切法空不可得空無性空自性空無性自性空佛告善現若菩薩摩訶薩修行般若波羅蜜多時如實知內空無自性不可得而能安住如實知外空乃至無性自性空無自性不可得而能安住善現是爲菩薩摩訶薩修行般若波羅蜜多時能學內空乃至無性自性空具壽善現白佛言世尊云何菩薩摩訶薩修行般若波羅蜜多時能學眞如法界法性不虚妄性不變異性平等性離生性法定法住實際虚空界不思議界佛告善現若菩薩摩訶薩修行般若波羅蜜多時如實知眞如無戲論無分別而能安住如實知法界乃至不思議界無戲論無分別而能

安住善現是爲菩薩摩訶薩修行般若波羅蜜多時能學眞如乃至不思議界

大般若波羅蜜多經卷第三百八十四

音釋

癰於容切膗也 浮泡泡音抛水漚也 析星的切分也 邊

癰又癰疽也 迫逼筆力切迫音伯逼迫謂驅逼窘迫也 澹泊澹杜覽切泊白各切澹泊謂恬靜無爲貌

大般若波羅蜜多經卷第三百八十五

唐三藏法師玄奘奉　詔譯

初分諸法平等品第六十九之三

具壽善現白佛言世尊云何菩薩摩訶薩修行般若波羅蜜多時能學布施淨戒安忍精進靜慮般若方便善巧妙願力智波羅蜜多佛告善現若菩薩摩訶薩修行般若波羅蜜多時如實知布施波羅蜜多無增無減無染無淨無自性不可得而能修習如實知淨戒乃至智波羅蜜多無增無減無染無淨無自性不可得而能修習善現是為菩薩摩訶薩修行般若波羅蜜多時能學布施乃至智波羅蜜多具壽善現白佛言世尊云何菩薩摩訶薩修行般若波羅蜜多時能學極喜地離垢地發光地焰慧地極難勝地現前地遠行地不動地善慧地法雲地佛告善現若菩薩摩訶薩修行般若波羅蜜多時如實知極喜地無增無減無染無淨無自性不可得而能修習如實知離垢地乃至法雲地無增無減無染無淨無自性不可得而能修習善現是為菩薩摩訶薩修行般若波羅蜜多時能學極喜地乃至法雲地具壽善現白佛言世尊云何菩薩摩訶薩修行般若波羅蜜多時能學四念住四正斷四神足五根五力七等覺支八聖道支佛告善現若菩薩摩訶薩修行般若波羅蜜多時如實知四念住無增無減無染無淨無自性不可得而能修習如實知四正斷乃至八聖道支無增無減無染無淨無自性不可得而能修習善現是為菩薩摩訶薩修行般若波羅蜜多時能學四念住乃

至八聖道支具壽善現白佛言世尊云何菩薩摩訶薩修行般若波羅蜜多時能學四靜慮四無量四無色定佛告善現若菩薩摩訶薩修行般若波羅蜜多時如實知四靜慮無增無減無染無淨無自性不可得而能修習如實知四無量四無色定無增無減無染無淨無自性不可得而能修習善現是爲菩薩摩訶薩修行般若波羅蜜多時能學四靜慮四無量四無色定具壽善現白佛言世尊云何菩薩摩訶薩修行般若波羅蜜多時能學八解脱八勝處九次第定十徧處佛告善現若菩薩摩訶薩修行般若波羅蜜多時如實知八解脱無增無減無染無淨無自性不可得而能修習如實知八勝處九次第定十徧處無增無減無染無淨無自性不可得而能修習善現是爲菩薩摩訶薩修行般若波羅蜜多時能學八解脱八勝處九次第定十徧處具壽善現白佛言世尊云何菩薩摩訶薩修行般若波羅蜜多時能學一切陀羅尼門一切三摩地門佛告善現若菩薩摩訶薩修行般若波羅蜜多時如實知一切陀羅尼門無增無減無染無淨無自性不可得而能修習如實知一切三摩地門無增無減無染無淨無自性不可得而能修習善現是爲菩薩摩訶薩修行般若波羅蜜多時能學一切陀羅尼門一切三摩地門具壽善現白佛言世尊云何菩薩摩訶薩修行般若波羅蜜多時能學五眼六神通佛告善現若菩薩摩訶薩修行般若波羅蜜多時如實知五眼無增無減無染無淨無自性不可得而能修習如實

知六神通無增無減無染無淨無自性不可得而能修習善現是爲菩薩摩訶薩修行般若波羅蜜多時能學五眼六神通具壽善現白佛言世尊云何菩薩摩訶薩修行般若波羅蜜多時能學如來十力四無所畏四無礙解十八佛不共法佛告善現若菩薩摩訶薩修行般若波羅蜜多時如實知如來十力無增無減無染無淨無自性不可得而能修習如實知四無所畏四無礙解十八佛不共法無增無減無染無淨無自性不可得而能修習善現是爲菩薩摩訶薩修行般若波羅蜜多時能學如來十力四無所畏四無礙解十八佛不共法具壽善現白佛言世尊云何菩薩摩訶薩修行般若波羅蜜多時能學大慈大悲大喜大捨佛告善現若菩薩摩訶薩修行般若波羅蜜多時如實知大慈無增無減無染無淨無自性不可得而能修習如實知大悲大喜大捨無增無減無染無淨無自性不可得而能修習善現是爲菩薩摩訶薩修行般若波羅蜜多時能學大慈大悲大喜大捨具壽善現白佛言世尊云何菩薩摩訶薩修行般若波羅蜜多時能學無忘失法恒住捨性佛告善現若菩薩摩訶薩修行般若波羅蜜多時如實知無忘失法無增無減無染無淨無自性不可得而能修習如實知恒住捨性無增無減無染無淨無自性不可得而能修習善現是爲菩薩摩訶薩修行般若波羅蜜多時能學無忘失法恒住捨性具壽善現白佛言世尊云何菩薩摩訶薩修行般若波羅蜜多時能學一切智道相智一切相智

佛告善現若菩薩摩訶薩修行般若波羅蜜多時如實知一切智無增無減無染無淨無自性不可得而能修習如實知道相智一切相智無增無減無染無淨無自性不可得而能修習善現是爲菩薩摩訶薩修行般若波羅蜜多時能學一切智道相智一切相智具壽善現白佛言世尊云何菩薩摩訶薩修行般若波羅蜜多時能學嚴淨佛土成熟有情佛告善現若菩薩摩訶薩修行般若波羅蜜多時如實知嚴淨佛土無增無減無染無淨無自性不可得而能修習如實知成熟有情無增無減無染無淨無自性不可得而能修習善現是爲菩薩摩訶薩修行般若波羅蜜多時能學嚴淨佛土成熟有情具壽善現白佛言世尊云何菩薩摩訶薩修行般若波羅蜜多時能學諸餘無量無邊佛法佛告善現若菩薩摩訶薩修行般若波羅蜜多時如實知諸餘無量無邊佛法無增無減無染無淨無自性不可得而能修習善現是爲菩薩摩訶薩修行般若波羅蜜多時能學諸餘無量無邊佛法爾時具壽善現白佛言世尊若菩薩摩訶薩修行般若波羅蜜多時如實了知五蘊等法展轉差別豈不以色蘊壞法界亦以受想行識蘊壞法界耶何以故法界無二無差別故豈不以眼處壞法界亦以耳鼻舌身意處壞法界耶何以故法界無二無差別故豈不以色處壞法界亦以聲香味觸法處壞法界耶何以故法界無二無差別故豈不以眼界壞法界亦以色界眼識界及眼觸眼觸爲緣所生諸受壞法界耶何以故法界無

二無差別故豈不以耳界壞法界亦以聲界耳識界及耳觸耳觸為緣所生諸受壞法界耶何以故法界無二無差別故豈不以鼻界壞法界亦以香界鼻識界及鼻觸鼻觸為緣所生諸受壞法界耶何以故法界無二無差別故豈不以舌界壞法界亦以味界舌識界及舌觸舌觸為緣所生諸受壞法界耶何以故法界無二無差別故豈不以身界壞法界亦以觸界身識界及身觸身觸為緣所生諸受壞法界耶何以故法界無二無差別故豈不以意界壞法界亦以法界意識界及意觸意觸為緣所生諸受壞法界耶何以故法界無二無差別故豈不以地界壞法界亦以水火風空識界壞法界耶何以故法界無二無差別故豈不以苦聖諦壞法界亦以集滅道聖諦壞法界耶何以故法界無二無差別故豈不以因緣壞法界亦以等無間緣所緣緣增上緣壞法界耶何以故法界無二無差別故豈不以從諸緣所生種種法壞法界耶何以故法界無二無差別故豈不以無明壞法界亦以行識名色六處觸受愛取有生老死愁歎苦憂惱壞法界耶何以故法界無二無差別故豈不以內空壞法界亦以外空內外空空空大空勝義空有為空無為空畢竟空無際空散空無變異空本性空自相空共相空一切法空不可得空無性空自性空無性自性空壞法界耶何以故法界無二無差別故豈不以真如壞法界亦以法界法性不虛妄性不變異性平等性離生性法定法住實際虛空界不思議界壞法界耶何以故法界

無二無差別故豈不以布施波羅蜜多壞法界亦以淨戒安忍精進靜慮般若方便善巧妙願力智波羅蜜多壞法界耶何以故法界無二無差別故豈不以極喜地壞法界亦以離垢地發光地焰慧地極難勝地現前地遠行地不動地善慧地法雲地壞法界耶何以故法界無二無差別故豈不以四念住壞法界亦以四正斷四神足五根五力七等覺支八聖道支壞法界耶何以故法界無二無差別故豈不以四靜慮壞法界亦以四無量四無色定壞法界耶何以故法界無二無差別故豈不以八解脫壞法界亦以八勝處九次第定十徧處壞法界耶何以故法界無二無差別故豈不以一切陀羅尼門壞法界亦以一切三摩地門壞法界耶何以故法界無二無差別故豈不以空解脫門壞法界亦以無相無願解脫門壞法界耶何以故法界無二無差別故豈不以五眼壞法界亦以六神通壞法界耶何以故法界無二無差別故豈不以如來十力壞法界亦以四無所畏四無礙解十八佛不共法壞法界耶何以故法界無二無差別故豈不以大慈壞法界亦以大悲大喜大捨壞法界耶何以故法界無二無差別故豈不以無忘失法壞法界亦以恒住捨性壞法界耶何以故法界無二無差別故豈不以一切智壞法界亦以道相智一切相智壞法界耶何以故法界無二無差別故豈不以嚴淨佛土壞法界亦以成熟有情壞法界耶何以故法界無二無差別故豈不以諸餘無量無邊佛法壞法界耶何以故法界無二

無差別故佛告善現若離法界餘法可得可言彼法能壞法界然離法界無法可得故無餘法能壞法界何以故善現一切如來應正等覺及諸菩薩獨覺聲聞知離法界無法可得既知無法離法界故亦不為他施設宣說是故法界無能壞者如是善現菩薩摩訶薩修行般若波羅蜜多時應學法界無二無別不可壞相時具壽善現白佛言世尊若菩薩摩訶薩欲學法界當於何學佛言善現若菩薩摩訶薩欲學法界當於一切法學何以故善現以一切法皆入法界故具壽善現復白佛言世尊何因緣故説一切法皆入法界佛言善現如來出世若不出世諸法法爾皆入法界無差別相不由佛説所以者何善現一切善法若非善法若有記法若無記法若有漏法若無漏法若世間法若出世間法若有為法若無為法無不皆入無相無為性空法界是故善現菩薩摩訶薩修行般若波羅蜜多時欲學法界當學一切法若學一切法即學法界爾時具壽善現白佛言世尊若一切法皆入法界無二無別云何菩薩摩訶薩當學般若波羅蜜多亦學靜慮精進安忍淨戒布施波羅蜜多云何菩薩摩訶薩當學初靜慮亦學第二第三第四靜慮云何菩薩摩訶薩當學慈無量亦學悲喜捨無量云何菩薩摩訶薩當學空無邊處定亦學識無邊處無所有處非想非非想處定云何菩薩摩訶薩當學四念住亦學四正斷四神足五根五力七等覺支八聖道支云何菩薩摩訶薩當學空解脱門亦學無相無願解脱門云何菩薩

摩訶薩當學八解脫亦學八勝處九次第定十徧處云何菩薩摩訶薩當學一切陀羅尼門亦學一切三摩地門云何菩薩摩訶薩當學內空亦學外空內外空空空大空勝義空有爲空無爲空畢竟空無際空散空無變異空本性空自相空共相空一切法空不可得空無性空自性空無性自性空云何菩薩摩訶薩當學眞如亦學法界法性不虛妄性不變異性平等性離生性法定法住實際虛空界不思議界云何菩薩摩訶薩當學苦聖諦亦學集滅道聖諦云何菩薩摩訶薩當學五眼亦學六神通云何菩薩摩訶薩當學佛十力亦學四無所畏四無礙解十八佛不共法云何菩薩摩訶薩當學大慈亦學大悲大喜大捨云何菩薩摩訶薩當學無忘失法亦學恒住捨性云何菩薩摩訶薩當學一切智亦學道相智一切相智云何菩薩摩訶薩當學圓滿三十二大士相亦學圓滿八十隨好云何菩薩摩訶薩當學生刹帝利大族婆羅門大族長者大族居士大族云何菩薩摩訶薩當學生四大王衆天三十三天夜摩天覩史多天樂變化天他化自在天云何菩薩摩訶薩當學生梵衆天梵輔天梵會天大梵天云何菩薩摩訶薩當學生光天少光天無量光天極光淨天云何菩薩摩訶薩當學生淨天少淨天無量淨天徧淨天云何菩薩摩訶薩當學生廣天少廣天無量廣天廣果天云何菩薩摩訶薩當學生無想有情天法而不樂生彼云何菩薩摩訶薩當學生無煩天無熱天善現天善見天色究竟天法而不樂生彼

云何菩薩摩訶薩當學生空無邊處天識無邊處天無所有處天非想非非想處天法而不樂生彼云何菩薩摩訶薩當學初發菩提心亦當學第二第三第四第五第六第七第八第九第十發菩提心云何菩薩摩訶薩當學初菩薩地亦學第二第三第四第五第六第七第八第九第十菩薩地云何菩薩摩訶薩當學聲聞地而不作證亦當學獨覺地而不作證云何菩薩摩訶薩當學菩薩正性離生亦當學成熟有情嚴淨佛土云何菩薩摩訶薩當學陀羅尼無礙辯亦學菩薩摩訶薩道諸佛無上正等菩提如是學已得一切智智知一切法一切種相世尊非法界中有如是等種種分別世尊將無菩薩由此分別行於顛倒無戲論中起諸戲論何以故世尊真法界中都無分別戲論事故世尊法界非色亦不離色法界非受想行識亦不離受想行識法界即色色即法界法界即受想行識受想行識即法界世尊法界非眼處亦不離眼處法界非耳鼻舌身意處亦不離耳鼻舌身意處法界即眼處眼處即法界法界即耳鼻舌身意處耳鼻舌身意處即法界世尊法界非色處亦不離色處法界非聲香味觸法處亦不離聲香味觸法處法界即色處色處即法界法界即聲香味觸法處聲香味觸法處即法界世尊法界非眼界亦不離眼界法界非耳鼻舌身意界亦不離耳鼻舌身意界法界即眼界眼界即法界法界即耳鼻舌身意界耳鼻舌身意界即法界世尊法界非色界亦不離色界法界非聲香味觸法界亦不離

聲香味觸法界法界即色界色界即法界法
界即聲香味觸法界聲香味觸法界即法界
世尊法界非眼識界亦不離眼識界法界非
耳鼻舌身意識界亦不離耳鼻舌身意識界
法界即眼識界眼識界即法界法界即耳鼻
舌身意識界耳鼻舌身意識界即法界世尊
法界非眼觸亦不離眼觸法界非耳鼻舌身
意觸亦不離耳鼻舌身意觸法界即眼觸眼
觸即法界法界即耳鼻舌身意觸耳鼻舌身
意觸即法界世尊法界非眼觸爲緣所生諸
受亦不離眼觸爲緣所生諸受法界非耳鼻
舌身意觸爲緣所生諸受亦不離耳鼻舌身
意觸爲緣所生諸受法界即眼觸爲緣所生
諸受眼觸爲緣所生諸受即法界法界即耳
鼻舌身意觸爲緣所生諸受耳鼻舌身意觸
爲緣所生諸受即法界世尊法界非地界亦
不離地界法界非水火風空識界亦不離水
火風空識界法界即地界地界即法界法界
即水火風空識界水火風空識界即法界世
尊法界非因緣亦不離因緣法界非等無間
緣所緣緣增上緣亦不離等無間緣所緣緣
增上緣法界即因緣因緣即法界法界即等
無間緣所緣緣增上緣等無間緣所緣緣增
上緣即法界世尊法界非從緣所生諸法亦
不離從緣所生諸法法界即從緣所生諸法
從緣所生諸法即法界世尊法界非無明亦
不離無明法界非行識名色六處觸受愛取
有生老死愁歎苦憂惱亦不離行乃至老死
愁歎苦憂惱法界即無明無明即法界法界
即行乃至老死愁歎苦憂惱行乃至老死愁

歎苦憂惱即法界世尊法界非布施波羅蜜多亦不離布施波羅蜜多法界非淨戒安忍精進靜慮般若波羅蜜多亦不離淨戒安忍精進靜慮般若波羅蜜多法界即布施波羅蜜多布施波羅蜜多即法界法界即淨戒安忍精進靜慮般若波羅蜜多淨戒安忍精進靜慮般若波羅蜜多即法界世尊法界非四靜慮亦不離四靜慮法界非四無量四無色定亦不離四無量四無色定法界即四靜慮四靜慮即法界法界即四無量四無色定四無量四無色定即法界世尊法界非四念住亦不離四念住法界非四正斷四神足五根五力七等覺支八聖道支亦不離四正斷乃至八聖道支法界即四念住四念住即法界法界即四正斷乃至八聖道支四正斷乃至八聖道支即法界世尊法界非空解脫門亦不離空解脫門法界非無相無願解脫門亦不離無相無願解脫門法界即空解脫門空解脫門即法界法界即無相無願解脫門無相無願解脫門即法界世尊法界非內空亦不離內空法界非外空內外空空空大空勝義空有為空無為空畢竟空無際空散空無變異空本性空自相空共相空一切法空不可得空無性空自性空無性自性空亦不離外空乃至無性自性空法界即內空內空即法界法界即外空乃至無性自性空外空乃至無性自性空即法界世尊法界非苦聖諦亦不離苦聖諦法界非集滅道聖諦亦不離集滅道聖諦法界即苦聖諦苦聖諦即法界法界即集滅道聖諦集滅道聖諦即法界世

尊法界非八解脫亦不離八解脫法界非八勝處九次第定十徧處亦不離八勝處九次第定十徧處法界即八解脫八解脫即法界法界即八勝處九次第定十徧處八勝處九次第定十徧處即法界世尊法界非一切陀羅尼門亦不離一切陀羅尼門法界非一切三摩地門亦不離一切三摩地門法界即一切陀羅尼門一切陀羅尼門即法界法界即一切三摩地門一切三摩地門即法界世尊法界非極喜地亦不離極喜地法界非離垢地發光地焰慧地極難勝地現前地遠行地不動地善慧地法雲地亦不離離垢地乃至法雲地法界即極喜地極喜地即法界法界即離垢地乃至法雲地離垢地乃至法雲地即法界世尊法界非五眼亦不離五眼法界非六神通亦不離六神通法界即五眼五眼即法界法界即六神通六神通即法界世尊法界非佛十力亦不離佛十力法界非四無所畏四無礙解十八佛不共法亦不離四無所畏四無礙解十八佛不共法法界即佛十力佛十力即法界法界即四無所畏四無礙解十八佛不共法四無所畏四無礙解十八佛不共法即法界世尊法界非大慈亦不離大慈法界非大悲大喜大捨亦不離大悲大喜大捨法界即大慈大慈即法界法界即大悲大喜大捨大悲大喜大捨即法界世尊法界非無忘失法亦不離無忘失法法界非恒住捨性亦不離恒住捨性法界即無忘失法無忘失法即法界法界即恒住捨性恒住捨性即法界世尊法界非一切智亦不離一切

智法界非道相智一切相智亦不離道相智一切相智法界即一切智一切智即法界法界即道相智一切相智道相智一切相智即法界世尊法界非三十二大士相亦不離三十二大士相法界非八十隨好亦不離八十隨好法界即三十二大士相三十二大士相即法界法界即八十隨好八十隨好即法界世尊法界非預流果亦不離預流果法界非一來不還阿羅漢果獨覺菩提亦不離一來不還阿羅漢果獨覺菩提法界即預流果預流果即法界法界即一來不還阿羅漢果獨覺菩提一來不還阿羅漢果獨覺菩提即法界世尊法界非一切菩薩摩訶薩行亦不離一切菩薩摩訶薩行法界非諸佛無上正等菩提亦不離諸佛無上正等菩提法界即一切菩薩摩訶薩行一切菩薩摩訶薩行即法界法界即諸佛無上正等菩提諸佛無上正等菩提即法界世尊法界非世間法亦不離世間法法界非出世法亦不離出世法法界即世間法世間法即法界法界即出世法出世法即法界世尊法界非有漏法亦不離有漏法法界非無漏法亦不離無漏法法界即有漏法有漏法即法界法界即無漏法無漏法即法界世尊法界非有爲法亦不離有爲法法界非無爲法亦不離無爲法法界即有爲法有爲法即法界法界即無爲法無爲法即法界佛告善現如是如是如汝所說真法界中無一切種種分別戲論善現色非法界亦不離色別有法界受想行識非法界亦不離受想行識別有法界色即法界法界即色

受想行識即法界法界即受想行識善現眼處非法界亦不離眼處別有法界耳鼻舌身意處非法界亦不離耳鼻舌身意處別有法界眼處即法界法界即眼處耳鼻舌身意處即法界法界即耳鼻舌身意處善現色處非法界亦不離色處別有法界聲香味觸法處非法界亦不離聲香味觸法處別有法界色處即法界法界即色處聲香味觸法處即法界法界即聲香味觸法處善現眼界非法界亦不離眼界別有法界耳鼻舌身意界非法界亦不離耳鼻舌身意界別有法界眼界即法界法界即眼界耳鼻舌身意界即法界法界即耳鼻舌身意界善現色界非法界亦不離色界別有法界聲香味觸法界非法界亦不離聲香味觸法界別有法界色界即法界

法界即色界聲香味觸法界即法界法界即聲香味觸法界善現眼識界非法界亦不離眼識界別有法界耳鼻舌身意識界非法界亦不離耳鼻舌身意識界別有法界眼識界即法界法界即眼識界耳鼻舌身意識界即法界法界即耳鼻舌身意識界善現眼觸非法界亦不離眼觸別有法界耳鼻舌身意觸非法界亦不離耳鼻舌身意觸別有法界眼觸即法界法界即眼觸耳鼻舌身意觸即法界法界即耳鼻舌身意觸善現眼觸爲緣所生諸受非法界亦不離眼觸爲緣所生諸受別有法界尊鼻舌身意觸爲緣所生諸受非法界亦不離耳鼻舌身意觸爲緣所生諸受別有法界眼觸爲緣所生諸受即法界法界即眼觸爲緣所生諸受耳鼻舌身意觸爲緣

所生諸受即法界法界即耳鼻舌身意觸爲緣所生諸受善現地界非法界亦不離地界別有法界水火風空識界非法界亦不離水火風空識界別有法界地界即法界法界即地界水火風空識界即法界法界即水火風空識界善現因緣非法界亦不離因緣別有法界等無間緣所緣緣增上緣非法界亦不離等無間緣所緣緣增上緣別有法界因緣即法界法界即因緣等無間緣所緣緣增上緣即法界法界即等無間緣所緣緣增上緣善現從緣所生諸法非法界亦不離從緣所生諸法別有法界從緣所生諸法即法界法界即從緣所生諸法善現無明非法界亦不離無明別有法界行識名色六處觸受愛取有生老死愁歎苦憂惱非法界亦不離行乃至老死愁歎苦憂惱別有法界無明即法界法界即無明行乃至老死愁歎苦憂惱即法界法界即行乃至老死愁歎苦憂惱善現布施波羅蜜多非法界亦不離布施波羅蜜多別有法界淨戒安忍精進靜慮般若波羅蜜多非法界亦不離淨戒安忍精進靜慮般若波羅蜜多別有法界布施波羅蜜多即法界法界即布施波羅蜜多淨戒安忍精進靜慮般若波羅蜜多即法界法界即淨戒安忍精進靜慮般若波羅蜜多善現四靜慮非法界亦不離四靜慮別有法界四無量四無色定非法界亦不離四無量四無色定別有法界四靜慮即法界法界即四靜慮四無量四無色定即法界法界即四無量四無色定

大般若波羅蜜多經卷第三百八十五

大般若波羅蜜多經卷第三百八十六

唐三藏法師玄奘奉詔譯

初分諸法平等品第六十九之四

善現四念住非法界亦不離四念住別有法界四正斷四神足五根五力七等覺支八聖道支非法界亦不離四正斷乃至八聖道支別有法界四念住即法界法界即四念住四正斷乃至八聖道支即法界法界即四正斷乃至八聖道支善現空解脱門非法界亦不離空解脱門別有法界無相無願解脱門非法界亦不離無相無願解脱門別有法界空解脱門即法界法界即空解脱門無相無願解脱門即法界法界即無相無願解脱門善現內空非法界亦不離內空別有法界外空內外空空空大空勝義空有爲空無爲空畢竟空無際空散空無變異空本性空自相空共相空一切法空不可得空無性空自性空無性自性空非法界亦不離外空乃至無性自性空別有法界內空即法界法界即內空外空乃至無性自性空即法界法界即外空乃至無性自性空善現苦聖諦非法界亦不離苦聖諦別有法界集滅道聖諦非法界亦不離集滅道聖諦別有法界苦聖諦即法界法界即苦聖諦集滅道聖諦即法界法界即集滅道聖諦善現八解脱非法界亦不離八解脱別有法界八勝處九次第定十徧處非法界亦不離八勝處九次第定十徧處別有法界八解脱即法界法界即八解脱八勝處九次第定十徧處即法界法界即八勝處九次第定十徧處善現一切陀羅尼門非法界

亦不離一切陀羅尼門別有法界一切三摩地門非法界亦不離一切三摩地門別有法界一切陀羅尼門即法界法界即一切陀羅尼門一切三摩地門即法界法界即一切三摩地門善現極喜地非法界亦不離極喜地別有法界離垢地發光地焰慧地極難勝地現前地遠行地不動地善慧地法雲地非法界亦不離離垢地乃至法雲地別有法界極喜地即法界法界即極喜地離垢地乃至法雲地即法界法界即離垢地乃至法雲地善現五眼非法界亦不離五眼別有法界六神通非法界亦不離六神通別有法界五眼即法界法界即五眼六神通即法界法界即六神通善現佛十力非法界亦不離佛十力別有法界四無所畏四無礙解十八佛不共法非法界亦不離四無所畏四無礙解十八佛不共法別有法界佛十力即法界法界即佛十力四無所畏四無礙解十八佛不共法即法界法界即四無所畏四無礙解十八佛不共法善現大慈非法界亦不離大慈別有法界大悲大喜大捨非法界亦不離大悲大喜大捨別有法界大慈即法界法界即大慈大悲大喜大捨即法界法界即大悲大喜大捨善現無忘失法非法界亦不離無忘失法別有法界恒住捨性非法界亦不離恒住捨性別有法界無忘失法即法界法界即無忘失法恒住捨性即法界法界即恒住捨性善現一切智非法界亦不離一切智別有法界道相智一切相智非法界亦不離道相智一切相智別有法界一切智即法界法界即一切

智道相智一切相智即法界法界即道相智一切相智善現三十二大士相非法界亦不離三十二大士相别有法界八十隨好非法界亦不離八十隨好别有法界三十二大士相即法界法界即三十二大士相八十隨好即法界法界即八十隨好善現預流果非法界亦不離預流果别有法界一來不還阿羅漢果獨覺菩提非法界亦不離一來不還阿羅漢果獨覺菩提别有法界預流果即法界法界即預流果一來不還阿羅漢果獨覺菩提即法界法界即一來不還阿羅漢果獨覺菩提善現一切菩薩摩訶薩行非法界亦不離一切菩薩摩訶薩行别有法界諸佛無上正等菩提非法界亦不離諸佛無上正等菩提别有法界一切菩薩摩訶薩行即法界法界即一切菩薩摩訶薩行諸佛無上正等菩提即法界法界即諸佛無上正等菩提善現世間法非法界亦不離世間法别有法界出世法非法界亦不離出世法别有法界世間法即法界法界即世間法出世法即法界法界即出世法善現有漏法非法界亦不離有漏法别有法界無漏法非法界亦不離無漏法别有法界有漏法即法界法界即有漏法無漏法即法界法界即無漏法善現有爲法非法界亦不離有爲法别有法界無爲法非法界亦不離無爲法别有法界有爲法即法界法界即有爲法無爲法即法界法界即無爲法善現菩薩摩訶薩修行般若波羅蜜多時若見有法離法界者便非正趣所求無上正等菩提善現菩薩摩訶薩修行般若波羅

蜜多時知一切法不離法界善現菩薩摩訶薩修行般若波羅蜜多時知一切法即法界以方便善巧無名相法爲諸有情寄名相說謂此是色此是受想行識此是眼處此是耳鼻舌身意處此是色處此是聲香味觸法處此是眼界此是耳鼻舌身意界此是色界此是聲香味觸法界此是眼識界此是耳鼻舌身意識界此是眼觸此是耳鼻舌身意觸此是眼觸爲緣所生諸受此是耳鼻舌身意觸爲緣所生諸受此是地界此是水火風空識界此是因緣此是等無間緣所緣緣增上緣此是從緣所生諸法此是無明此是行識名色六處觸受愛取有生老死愁歎苦憂惱此是世間法此是出世法此是色法此是非色法此是有見法此是無見法此是有漏法此是無漏法此是有爲法此是無爲法此是布施波羅蜜多此是淨戒安忍精進靜慮般若波羅蜜多此是四靜慮此是四無量四無色定此是四念住此是四正斷四神足五根五力七等覺支八聖道支此是空解脫門此是無相無願解脫門此是內空此是外空內外空空空大空勝義空有爲空無爲空畢竟空無際空散空無變異空本性空自相空共相空一切法空不可得空無性空自性空無性自性空此是真如此是法界法性不虛妄性不變異性平等性離生性法定法住實際虛空界不思議界此是苦聖諦此是集滅道聖諦此是八解脫此是八勝處九次第定十徧處此是一切陀羅尼門此是一切三摩地門此是極喜地此是離垢地發光地焰慧地極

難勝地現前地遠行地不動地善慧地法雲地此是五眼此是六神通此是佛十力此是四無所畏四無礙解十八佛不共法此是大慈此是大悲大喜大捨此是無忘失法此是恒住捨性此是一切智此是道相智一切相智此是三十二大士相此是八十隨好此是預流果此是一來不還阿羅漢果獨覺菩提此是一切菩薩摩訶薩行此是諸佛無上正等菩提善現如巧幻師或彼弟子執持少物於衆人前幻作種種異類色相謂或幻作男女大小象馬牛羊駞驢雞等種種禽獸或復幻作城邑聚落園林池沼種種莊嚴甚可愛樂或復幻作衣服飲食房舍卧具香花瓔珞種種珍寶或復幻作無量種類伎樂俳優令無量人歡娛受樂或復幻作種種形相令行布施或令持戒或令修忍或令精進或令修定或令修慧或復現生刹帝利大族或復現生婆羅門大族或復現生長者大族或復現生居士大族或復幻作諸山大海妙高山王輪圍山等或復現生四大王衆天三十三天夜摩天覩史多天樂變化天他化自在天或復現生梵衆天梵輔天梵會天大梵天或復現生光天少光天無量光天極光淨天或復現生淨天少淨天無量淨天徧淨天或復現生廣天少廣天無量廣天廣果天或復現生無想天或生無煩天無熱天善現天善見天色究竟天或復現生空無邊處天識無邊處天無所有處天非想非非想處天或復現作預流一來不還阿羅漢獨覺或復現作菩薩摩訶薩從初發心修行布施淨戒安忍精進

靜慮般若波羅蜜多修行四靜慮四無量四無色定修行四念住四正斷四神足五根五力七等覺支八聖道支修行空無相無願解脫門學住內空外空內外空空空大空勝義空有為空無為空畢竟空無際空散空無變異空本性空自相空共相空一切法空不可得空無性空自性空無性自性空學住真如法界法性不虛妄性不變異性平等性離生性法定法住實際虛空界不思議界學住苦集滅道聖諦趣入菩薩正性離生修行極喜地離垢地發光地焰慧地極難勝地現前地遠行地不動地善慧地法雲地遊戲八解脫八勝處九次第定十徧處遊戲一切陀羅尼門一切三摩地門引發種種殊勝神通放大光明照諸世界嚴淨佛土成熟有情修行種種諸佛功德或復幻作如來應正等覺具三十二大丈夫相八十隨好圓滿莊嚴成就十力四無所畏四無礙解十八佛不共法大慈大悲大喜大捨無忘失法恒住捨性一切智道相智一切相智等無量無邊不可思議希有功德善現如是幻師或彼弟子為惑他故於眾人前幻作此等諸幻化事其中無智男女大小見是事已咸驚嘆言奇哉此人妙解眾伎能作種種甚希有事乃至能作如來之身相好莊嚴具諸功德令眾歡樂自顯伎能其中有智見此事已作是思惟甚為奇異云何此人能現是事此中無有實事可得而令眾人迷謬歡樂於無實物起實物想善現菩薩摩訶薩亦復如是修行般若波羅蜜多時雖不見有法離真法界亦不見法界離諸法

亦不見有情及彼施設實事可得而能種種善巧方便自行布施波羅蜜多亦勸他行布施波羅蜜多無倒稱揚行布施波羅蜜多法歡喜讚歎行布施波羅蜜多者自行淨戒波羅蜜多亦勸他行淨戒波羅蜜多無倒稱揚行淨戒波羅蜜多法歡喜讚歎行淨戒波羅蜜多者自行安忍波羅蜜多亦勸他行安忍波羅蜜多無倒稱揚行安忍波羅蜜多法歡喜讚歎行安忍波羅蜜多者自行精進波羅蜜多亦勸他行精進波羅蜜多無倒稱揚行精進波羅蜜多法歡喜讚歎行精進波羅蜜多者自行靜慮波羅蜜多亦勸他行靜慮波羅蜜多無倒稱揚行靜慮波羅蜜多法歡喜讚歎行靜慮波羅蜜多者自行般若波羅蜜多亦勸他行般若波羅蜜多無倒稱揚行般若波羅蜜多法歡喜讚歎行般若波羅蜜多者自受持十善業道亦勸他受持十善業道無倒稱揚受持十善業道法歡喜讚歎受持十善業道者自受持五戒亦勸他受持五戒無倒稱揚受持五戒法歡喜讚歎受持五戒者自受持八戒亦勸他受持八戒無倒稱揚受持八戒法歡喜讚歎受持八戒者自受持出家戒亦勸他受持出家戒無倒稱揚受持出家戒法歡喜讚歎受持出家戒者自修四靜慮四無量四無色定亦勸他修四靜慮四無量四無色定無倒稱揚修四靜慮四無量四無色定法歡喜讚歎修四靜慮四無量四無色定者自修四念住四正斷四神足五根五力七等覺支八聖道支亦勸他修四念住乃至八聖道支無倒稱揚修四念住乃至八

聖道支法歡喜讚歎修四念住乃至八聖道支者自修空無相無願解脫門亦勸他修空無相無願解脫門無倒稱揚修空無相無願解脫門法歡喜讚歎修空無相無願解脫門者自住內空外空內外空空空大空勝義空有為空無為空畢竟空無際空散空無變異空本性空自相空共相空一切法空不可得空無性空自性空無性自性空亦勸他住內空乃至無性自性空無倒稱揚住內空乃至無性自性空法歡喜讚歎住內空乃至無性自性空者自住真如法界法性不虛妄性不變異性平等性離生性法定法住實際虛空界不思議界亦勸他住真如乃至不思議界無倒稱揚住真如乃至不思議界法歡喜讚歎住真如乃至不思議界者自住苦集滅道聖諦亦勸他住苦集滅道聖諦無倒稱揚住苦集滅道聖諦法歡喜讚歎住苦集滅道聖諦者自修八解脫八勝處九次第定十徧處亦勸他修八解脫乃至十徧處無倒稱揚修八解脫乃至十徧處法歡喜讚歎修八解脫乃至十徧處者自修一切陀羅尼門三摩地門亦勸他修一切陀羅尼門三摩地門無倒稱揚修一切陀羅尼門三摩地門法歡喜讚歎修一切陀羅尼門三摩地門者自修菩薩十地亦勸他修菩薩十地無倒稱揚修菩薩十地法歡喜讚歎修菩薩十地者自修五眼六神通亦勸他修五眼六神通無倒稱揚修五眼六神通法歡喜讚歎修五眼六神通者自修佛十力四無所畏四無礙解大慈大悲大喜大捨十八佛不共法亦勸他修佛十力

乃至十八佛不共法無倒稱揚修佛十力乃至十八佛不共法法歡喜讚歎修佛十力乃至十八佛不共法者自圓滿三十二大士相八十隨好亦勸他圓滿三十二大士相八十隨好無倒稱揚圓滿三十二大士相八十隨好法歡喜讚歎圓滿三十二大士相八十隨好者自修無忘失法恒住捨性亦勸他修無忘失法恒住捨性無倒稱揚修無忘失法恒住捨性法歡喜讚歎修無忘失法恒住捨性者自修一切智道相智一切相智亦勸他修一切智道相智一切相智無倒稱揚修一切智道相智一切相智法歡喜讚歎修一切智道相智一切相智者善現若眞法界初中後位有差別者則諸菩薩摩訶薩修行般若波羅蜜多時不能方便善巧說眞法界成熟有情嚴淨佛土修諸菩薩摩訶薩行證得無上正等菩提以眞法界初中後位常無差別是故菩薩摩訶薩修行般若波羅蜜多時能方便善巧說眞法界成熟有情嚴淨佛土修諸菩薩摩訶薩行證得無上正等菩提

初分不可動品第七十之一

爾時具壽善現白佛言世尊若諸有情及有情施設皆畢竟不可得者諸菩薩摩訶薩爲誰故修行般若波羅蜜多佛告善現諸菩薩摩訶薩以實際爲量故修行般若波羅蜜多善現若有情際與實際異者諸菩薩摩訶薩則不應修行般若波羅蜜多以有情際不異實際是故菩薩摩訶薩爲諸有情修行般若波羅蜜多復次善現諸菩薩摩訶薩修行般若波羅蜜多時以不壞實際法安立有情於

實際中時具壽善現白佛言世尊若有情際即是實際云何菩薩摩訶薩修行般若波羅蜜多時以不壞實際法安立有情於實際中世尊若菩薩摩訶薩修行般若波羅蜜多時安立有情於實際中者則爲安立實際於實際世尊若菩薩摩訶薩修行般若波羅蜜多時安立實際於實際者則爲安立自性於自性然不應安立自性於自性世尊云何可說菩薩摩訶薩修行般若波羅蜜多時以不壞實際法安立有情於實際中佛告善現不可安立實際於實際亦不可安立自性於自性然諸菩薩摩訶薩修行般若波羅蜜多時方便善巧能安立有情於實際中而有情際不異實際如是善現有情際與實際無二無二分具壽善現白佛言世尊何等名爲諸菩薩摩訶薩方便善巧諸菩薩摩訶薩修行般若波羅蜜多時由此方便善巧力故安立有情於實際中而能不壞實際之相佛告善現諸菩薩摩訶薩修行般若波羅蜜多時從初發心成就如是方便善巧由此方便善巧力故安立有情於布施中既安立已爲說布施前後中際無差別相作是言善男子如是布施前後中際一切皆空施者受者施所得果亦復皆空如是一切於實際中都無所有皆不可得汝等勿執布施有異施者受者施果實際亦各有異汝等若能不執布施施者受者施果實際各有異者所修施福則趣甘露得甘露果必以甘露而作後邊復作是言諸善男子汝等以此所修布施勿取色勿取受想行識勿取眼處勿取耳鼻舌身意處勿取色

處勿取耳香味觸法處勿取眼界勿取耳鼻舌身意界勿取色界勿取聲香味觸法界勿取眼識界勿取耳鼻舌身意識界勿取眼觸勿取耳鼻舌身意觸勿取眼觸爲緣所生諸受勿取耳鼻舌身意觸爲緣所生諸受勿取地界勿取水火風空識界勿取因緣勿取等無閒緣所緣緣增上緣勿取從緣所生諸法勿取無明勿取行識名色六處觸受愛取有生老死愁歎苦憂惱勿取布施波羅蜜多勿取淨戒安忍精進靜慮般若波羅蜜多勿取四靜慮勿取四無量四無色定勿取四念住勿取四正斷四神足五根五力七等覺支八聖道支勿取空解脫門勿取無相無願解脫門勿取內空勿取外空內外空空空大空勝義空有爲空無爲空畢竟空無際空散空無變異空本性空自相空共相空一切法空不可得空無性空自性空無性自性空勿取真如勿取法界法性不虛妄性不變異性平等性離生性法定法住實際虛空界不思議界勿取苦聖諦勿取集滅道聖諦勿取八解脫勿取八勝處九次第定十徧處勿取一切陀羅尼門勿取一切三摩地門勿取極喜地勿取離垢地發光地焰慧地極難勝地現前地遠行地不動地善慧地法雲地勿取五眼勿取六神通勿取佛十力勿取四無所畏四無礙解大慈大悲大喜大捨十八佛不共法勿取三十二大士相勿取八十隨好勿取無忘失法勿取恒住捨性勿取一切智勿取道相智一切相智勿取預流果勿取一來不還阿羅漢果獨覺菩提勿取一切菩薩摩訶薩行

勿取諸佛無上正等菩提勿取世間法勿取出世法勿取有漏法勿取無漏法勿取有為法勿取無為法何以故一切布施布施性空一切施者施者性空一切受者受者性空一切施果施果性空空中布施不可得施者不可得受者不可得施果不可得何以故如是諸法及餘諸法所有自性畢竟空故畢竟空中如是諸法不可得故復次善現諸菩薩摩訶薩修行般若波羅蜜多時從初發心成就如是方便善巧由此方便善巧力故安立有情於淨戒中既安立已作是言善男子汝等今者於諸有情應深慈愍離斷生命離不與取離欲邪行離虛誑語離離間語離麤惡語離雜穢語離貪欲離瞋恚離邪見何以故善男子如是諸法都無自性汝等不應分別執著汝等復應審諦觀察何法名生欲斷其命復何緣故而斷彼命何法名為所不與物欲取其物復何緣故而取彼物何法名為所行邪境欲行邪行復何緣故而行邪行何法名為應虛誑境欲行虛誑復何緣故說虛誑語何法名為應離間境欲行離間復何緣故說離間語何法名為應毀辱境欲行毀辱復何緣故說麤惡語何法名為諸雜穢事欲雜穢說復何緣故說雜穢語何法名為所應貪物欲起貪欲復何緣故而起貪欲何法名為所應瞋境欲起瞋恚復何緣故而起瞋恚何法名為所邪見境欲起邪見復何緣故而起邪見如是一切自性皆空善現是菩薩摩訶薩修行般若波羅蜜多時成就如是方便善巧能善成熟諸有情類為說布施及淨戒果俱

不可得令知布施及淨戒果自性俱空彼既了知所修布施及淨戒果自性空已能於其中不生執著由不執著心無散亂無散亂故能發妙慧由此妙慧永斷隨眠及諸纏已入無餘依般涅槃界善現如是依世俗說不依勝義所以者何空中無有少法可得若已涅槃若當涅槃若今涅槃若涅槃者若由此故得般涅槃如是一切都無所有皆畢竟空畢竟空性即是涅槃離此涅槃無别有法復次善現諸菩薩摩訶薩修行般若波羅蜜多時從初發心成就如是方便善巧由此方便善巧力故見諸有情心多瞋忿深生慈愍方便教誡作是言善男子應脩安忍樂安忍法調伏其心受安忍行汝所瞋法自性皆空云何於中而起瞋忿汝等復應審諦觀察我由何法而起瞋忿誰能瞋忿瞋忿於誰如是諸法本性皆空本性空法未嘗不空如是空性非如來作非獨覺作非聲聞作非菩薩作亦非天龍諸神藥叉揵達縛阿素洛揭路荼緊捺洛莫呼洛伽人非人作亦非四大王衆天三十三天夜摩天覩史多天樂變化天他化自在天作亦非梵衆天梵輔天梵會天大梵天作亦非光天少光天無量光天極光淨天作亦非淨天少淨天無量淨天徧淨天作亦非廣天少廣天無量廣天廣果天作亦非無想天作亦非無煩天無熱天善現天善見天色究竟天作亦非空無邊處天識無邊處天無所有處天非想非非想處天作汝等復應如實觀察如是瞋忿由何而生爲屬於誰復於誰起當獲何果現得何利是一切法本性皆

空非空性中可有瞋忿故應安忍以自饒益如是善現菩薩摩訶薩修行般若波羅蜜多時方便善巧安立有情於性空理性空因果漸以無上正等菩提示現勸導讚勵慶喜令善安住速能證得善現如是依世俗說不依勝義所以者何本性空中能得所得得處得時一切非有善現是名實際本性空理諸菩薩摩訶薩爲欲饒益諸有情故依此實際本性空理修行般若波羅蜜多時不得有情亦復不得有情施設何以故善現以一切法離有情故復次善現諸菩薩摩訶薩修行般若波羅蜜多時從初發心成就如是方便善巧由此方便善巧力故見諸有情身心懈怠退失精進方便勸導令其發起身心精進修諸善法作是言善男子本性空中無懈怠法無懈怠者無懈怠處無懈怠時無由此事發生懈怠是一切法皆本性空不越空理汝等應發身心精進捨諸懈怠勤修善法謂修布施波羅蜜多若修淨戒波羅蜜多若修安忍波羅蜜多若修精進波羅蜜多若修靜慮波羅蜜多若修般若波羅蜜多若修四靜慮四無量四無色定若修四念住四正斷四神足五根五力七等覺支八聖道支若修空無相無願解脫門若住內空外空內外空空空大空勝義空有爲空無爲空畢竟空無際空散空無變異空本性空自相空共相空一切法空不可得空無性空自性空無性自性空若住眞如法界法性不虛妄性不變異性平等性離生性法定法住實際虛空界不思議界若住苦集滅道聖諦若修八解脫八勝處九次

第定十徧處若修一切陀羅尼門三摩地門若修極喜地離垢地發光地焰慧地極難勝地現前地遠行地不動地善慧地法雲地若修五眼六神通若修佛十力四無所畏四無礙解十八佛不共法若修大慈大悲大喜大捨若修三十二大士相八十隨好若修無忘失法恒住捨性若修一切智道相智一切相智若修諸餘一切佛法勿生懈怠若生懈怠受苦無窮諸善男子是一切法本性皆空無諸障礙汝等應觀本性空理無障礙中無懈怠法無懈怠者此處時緣亦不可得如是善現諸菩薩摩訶薩修行般若波羅蜜多時方便善巧安立有情令住諸法本性空理雖令安住而無二想所以者何本性空理無二無二分非無二法可於其中而作二想

大般若波羅蜜多經卷第三百八十六

音釋

駞驢 駞唐何切橐駞也 俳優 俳音排優音憂雜戲人也 娛 音虞樂也

迷謬 謬苗幼切迷謂謂迷惑謬誤也 揵達縛 梵語也亦云乾闥婆此云香陰帝釋樂神也揵鉅言切 揭路荼 梵語也亦云迦樓羅此云金翅鳥揭居謁切荼同都切 緊捺洛 梵語也亦云緊那羅此云疑神又云人非人捺乃八切 讚勵 讚則旰切稱美也勵力制切勉勵也

大般若波羅蜜多經卷第三百八十七

唐三藏法師玄奘奉詔譯

初分不可動品第七十之二

復次善現是菩薩摩訶薩修行般若波羅蜜多依本性空教授教誡諸有情類令勤精進作是言善男子汝於善法當勤精進若修布施淨戒安忍精進靜慮般若波羅蜜多時於此諸法勿思惟二及不二相若修四靜慮四無量四無色定時於此諸法勿思惟二及不二相若修四念住四正斷四神足五根五力七等覺支八聖道支時於此諸法勿思惟二及不二相若修空無相無願解脱門時於此諸法勿思惟二及不二相若住內空外空內外空空空大空勝義空有為空無為空畢竟空無際空散空無變異空本性空自相空共相空一切法空不可得空無性空自性空無性自性空時於此諸法勿思惟二及不二相若住眞如法界法性不虛妄性不變異性平等性離生性法定法住實際虛空界不思議界時於此諸法勿思惟二及不二相若住苦集滅道聖諦時於此諸法勿思惟二及不二相若修八解脱八勝處九次第定十徧處時於此諸法勿思惟二及不二相若修一切陀羅尼門三摩地門時於此諸法勿思惟二及不二相若修極喜地離垢地發光地焰慧地極難勝地現前地遠行地不動地善慧地法雲地時於此諸法勿思惟二及不二相若修五眼六神通時於此諸法勿思惟二及不二相若修佛十力四無所畏四無礙解十八佛不共法時於此諸法勿思惟二及不二相若

修大慈大悲大喜大捨時於此諸法勿思惟
二及不二相若修三十二大士相八十隨好
時於此諸法勿思惟二及不二相若修無忘
失法恒住捨性時於此諸法勿思惟二及不
二相若修一切智道相智一切相智時於此
諸法勿思惟二及不二相若修諸餘一切佛
法時於此諸法勿思惟二及不二相何以故
善男子如是諸法皆本性空本性空理不應
思惟二不二故如是善現諸菩薩摩訶薩修
行般若波羅蜜多方便善巧行菩薩行成熟
有情諸有情類既成熟已隨其所應漸次安
立或令住預流果或令住一來果或令住不
還果或令住阿羅漢果或令住獨覺菩提或
令住菩薩摩訶薩位或令住無上正等菩提
復次善現諸菩薩摩訶薩修行般若波羅蜜
多時從初發心成就如是方便善巧由此方
便善巧力故見諸有情心多散動於諸欲境
不能寂靜方便令入勝三摩地謂作是言來
善男子汝應修習勝三摩地勿起散亂及等
持想何以故善男子是一切法皆本性空本
性空中無法可得可名散亂或名一心汝等
若能住此勝定所作善事皆速成滿亦隨所
欲住本性空云何名爲所作善事謂起勝淨
身語意業若修布施淨戒安忍精進靜慮般
若波羅蜜多若修四念住四正斷四神足五
根五力七等覺支八聖道支若修空無相無
願解脫門若住內空外空內外空空空大空
勝義空有爲空無爲空畢竟空無際空散空
無變異空本性空自相空共相空一切法空
不可得空無性空自性空無性自性空若住

真如法界法性不虛妄性不變異性平等性離生性法定法住實際虛空界不思議界若住若集滅道聖諦若修四靜慮四無量四無色定若修八解脫八勝處九次第定十徧處若修一切陀羅尼門三摩地門若趣菩薩正性離生若修菩薩摩訶薩地若修五眼六神通若修佛十力四無所畏四無礙解十八佛不共法若修大慈大悲大喜大捨若修三十二大士相八十隨好若修無忘失法恒住捨性若修一切智道相智一切相智若修聲聞道獨覺道菩薩道如來道若修預流果一來果不還果阿羅漢果獨覺菩提及佛無上正等菩提若成熟有情若嚴淨佛土如是一切勝淨善法由勝定力皆速成辦及隨所願住本性空如是善現諸菩薩摩訶薩修行般若波羅蜜多方便善巧爲欲饒益諸有情故從初發心乃至究竟求作善利常無間斷爲欲饒益諸有情故從一佛土至一佛土供養恭敬尊重讚歎諸佛世尊於諸佛所聽受正法捨身受身經無數劫乃至無上正等菩提於其中間終不忘失善現是諸菩薩得陀羅尼身語意根常無退減何以故是菩薩摩訶薩恒具善修一切智智諸有所作能善思惟由具善修一切智智諸有所作能善思惟於一切道悉能修習謂聲聞道若獨覺道若菩薩道若如來道若勝天道若勝人道若諸菩薩勝神通道諸菩薩摩訶薩由此殊勝神通道故常作饒益曾無退失是菩薩摩訶薩住此殊勝異熟神通恒作有情勝利樂事雖經諸趣生死輪迴而勝神通常無退減如是善現

諸菩薩摩訶薩修行般若波羅蜜多住本性空方便善巧能善利樂諸有情類復次善現諸菩薩摩訶薩修行般若波羅蜜多時從初發心成就如是方便善巧由此方便善巧力故住本性空見有情類智慧薄少愚癡顛倒造諸惡業方便引入勝智慧門作是言善男子應修般若波羅蜜多觀一切法本性空寂汝等若能修此般若觀一切法本性皆空諸所修行身語意業皆趣甘露得甘露果必以甘露而作後邊諸善男子是一切法皆本性空本性空中有情及法雖不可得而所修行亦無退失何以故善男子本性空中無增減法無增減者所以者何本性空理非有自性非無自性離諸分別絕諸戲論故於此中無增無減由斯所作終無退失是故汝等應修般若波羅蜜多觀本性空作所應作如是善現諸菩薩摩訶薩修行般若波羅蜜多方便善巧教授教誡諸有情類令修般若波羅蜜多觀本性空修諸善業善現是菩薩摩訶薩如是教授教誡有情修諸善業常無懈廢所謂自常行十善業道亦勸他常行十善業道自常受持五戒亦勸他常受持五戒自常受持八戒亦勸他常受持八戒自常受持出家戒亦勸他常受持出家戒自常修四靜慮亦勸他常修四靜慮自常修四無量亦勸他常修四無量自常修四無色定亦勸他常修四無色定自常修四念住四正斷四神足五根五力七等覺支八聖道支亦勸他常修四念住四正斷四神足五根五力七等覺支八聖道支自常修空無相無願解脫門亦勸他常

修空無相無願解脱門自常修布施淨戒安忍精進靜慮般若方便善巧妙願力智波羅蜜多亦勸他常修布施淨戒安忍精進靜慮般若方便善巧妙願力智波羅蜜多自常住内空外空内外空空空大空勝義空有爲空無爲空畢竟空無際空散空無變異空本性空自相空共相空一切法空不可得空無性空自性空無性自性空亦勸他常住内空乃至無性自性空自常住真如法界法性不虚妄性不變異性平等性離生性法定法住實際虚空界不思議界亦勸他常住真如乃至不思議界自常住苦集滅道聖諦亦勸他常住苦集滅道聖諦自常修八解脱八勝處九次第定十徧處亦勸他常修八解脱八勝處九次第定十徧處自常修一切陀羅尼門三摩地門亦勸他常修一切陀羅尼門三摩地門自常修諸菩薩地亦勸他常修諸菩薩地自常學五眼六神通亦勸他常學五眼六神通自常學佛十力四無所畏四無礙解十八佛不共法亦勸他常學佛十力四無所畏四無礙解十八佛不共法自常學大慈大悲大喜大捨亦勸他常學大慈大悲大喜大捨自常學三十二大士相八十隨好亦勸他常學三十二大士相八十隨好自常學無忘失法恒住捨性亦勸他常學無忘失法恒住捨性自常學一切智道相智一切相智亦勸他常學一切智道相智一切相智自常起預流果智而不住其中亦常勸他起預流果智或令安住自常起一來不還阿羅漢果智而不住其中亦常勸他起一來不還阿羅漢果智或

令安住自常起獨覺菩提智而不住其中亦常勸他起獨覺菩提智或令安住自常起無上正等菩提行道亦勸他常起無上正等菩提行道如是善現諸菩薩摩訶薩修行般若波羅蜜多時方便善巧自修善業常無懈廢教授教誡諸有情類令修善業常無懈廢善現是名諸菩薩摩訶薩修行般若波羅蜜多時方便善巧諸菩薩摩訶薩由此方便善巧力故安立有情於實際中而能不壞實際之相爾時具壽善現白佛言世尊若一切法皆本性空本性空中有情及法俱不可得由此於中亦無非法云何菩薩摩訶薩爲諸有情求證無上正等菩提常作饒益佛告善現如是如是如汝所說諸所有法皆本性空本性空中有情及法俱不可得由此於中亦無非法善現若一切法本性不空諸菩薩摩訶薩修行般若波羅蜜多時不應安住本性空理修證無上正等菩提爲饒益有情說本性空法善現以一切法皆本性空是故菩薩摩訶薩修行般若波羅蜜多時住一切法本性空理修證無上正等菩提爲饒益有情說本性空法善現何等諸法本性皆空菩薩摩訶薩修行般若波羅蜜多時如實了知本性空已住本性空爲他說法善現色本性空受想行識本性空菩薩摩訶薩修行般若波羅蜜多時如實了知如是諸蘊本性空已住本性空爲諸有情宣說如是本性空法善現眼處本性空耳鼻舌身意處本性空色處本性空聲香味觸法處本性空菩薩摩訶薩修行般若波羅蜜多時如實了知如是諸處本性空已

住本性空爲諸有情宣說如是本性空法善現眼界本性空耳鼻舌身意界本性空色界本性空聲香味觸法界本性空眼識界本性空耳鼻舌身意識界本性空眼觸本性空耳鼻舌身意觸本性空眼觸爲緣所生諸受本性空耳鼻舌身意觸爲緣所生諸受本性空地界本性空水火風空識界本性空菩薩摩訶薩修行般若波羅蜜多時如實了知如是諸界本性空已住本性空爲諸有情宣說如是本性空法善現因緣本性空等無間緣所緣緣增上緣本性空從緣所生諸法本性空無明本性空行識名色六處觸受愛取有生老死愁歎苦憂惱本性空菩薩摩訶薩修行般若波羅蜜多時如實了知如是緣起本性空已住本性空爲諸有情宣說如是本性空法善現布施波羅蜜多本性空淨戒安忍精進靜慮般若方便善巧妙願力智波羅蜜多本性空菩薩摩訶薩修行般若波羅蜜多時如實了知諸到彼岸本性空已住本性空爲諸有情宣說如是本性空法善現四靜慮本性空四無量四無色定本性空菩薩摩訶薩修行般若波羅蜜多時如實了知如是靜慮無量無色本性空已住本性空爲諸有情宣說如是本性空法善現四念住本性空四正斷四神足五根五力七等覺支八聖道支本性空菩薩摩訶薩修行般若波羅蜜多時如實了知四念住等菩提分法本性空已住本性空爲諸有情宣說如是本性空法善現空解脫門本性空無相無願解脫門本性空菩薩摩訶薩修行般若波羅蜜多時如實了知

諸解脱門本性空已住本性空爲諸有情宣説如是本性空法善現内空本性空外空内外空空空大空勝義空有爲空無爲空畢竟空無際空散空無變異空本性空自相空共相空一切法空不可得空無性空自性空無性自性空本性空菩薩摩訶薩修行般若波羅蜜多時如實了知如是空性本性空已住本性空爲諸有情宣説如是本性空法善現苦聖諦本性空集滅道聖諦本性空菩薩摩訶薩修行般若波羅蜜多時如實了知如是聖諦本性空已住本性空爲諸有情宣説如是本性空法善現八解脱本性空八勝處九次第定十徧處本性空菩薩摩訶薩修行般若波羅蜜多時如實了知解脱勝處諸定徧處本性空已住本性空爲諸有情宣説如是本性空法善現一切陀羅尼門本性空一切三摩地門本性空菩薩摩訶薩修行般若波羅蜜多時如實了知陀羅尼門三摩地門本性空已住本性空爲諸有情宣説如是本性空法善現菩薩極喜地本性空菩薩離垢地發光地焰慧地極難勝地現前地遠行地不動地善慧地法雲地本性空菩薩摩訶薩修行般若波羅蜜多時如實了知菩薩諸地本性空已住本性空爲諸有情宣説如是本性空法善現五眼本性空六神通本性空菩薩摩訶薩修行般若波羅蜜多時如實了知諸眼神通本性空已住本性空爲諸有情宣説如是本性空法善現佛十力本性空四無所畏四無礙解十八佛不共法本性空菩薩摩訶薩修行般若波羅蜜多時如實了知諸力

無畏無礙解不共法本性空已住本性空為
諸有情宣說如是本性空法善現大慈本性
空大悲大喜大捨本性空菩薩摩訶薩修行
般若波羅蜜多時如實了知諸大無量本性
空已住本性空為諸有情宣說如是本性空
法善現三十二大士相本性空八十隨好本
性空菩薩摩訶薩修行般若波羅蜜多時如
實了知諸相隨好本性空已住本性空為諸
有情宣說如是本性空法善現無忘失法本
性空恒住捨性本性空菩薩摩訶薩修行般
若波羅蜜多時如實了知無忘失法恒住捨
性本性空已住本性空為諸有情宣說如是
本性空法善現一切智本性空道相智一切
相智本性空菩薩摩訶薩修行般若波羅蜜
多時如實了知如是諸智本性空已住本性
空為諸有情宣說如是本性空法善現預流
果本性空一來不還阿羅漢果獨覺菩提本
性空菩薩摩訶薩修行般若波羅蜜多時如
實了知聲聞乘果獨覺菩提本性空已住本
性空為諸有情宣說如是本性空法善現一
切菩薩摩訶薩行本性空諸佛無上正等菩
提本性空永斷一切煩惱習氣相續本性空
菩薩摩訶薩修行般若波羅蜜多時如實了
知諸菩薩行菩提涅槃本性空已住本性空
為諸有情宣說如是本性空法復次善現若
內空性本性不空若外空內外空空空大空
勝義空有為空無為空畢竟空無際空散空
無變異空本性空自相空共相空一切法空
不可得空無性空自性空無性自性空性亦
本性不空者則諸菩薩摩訶薩修行般若波

羅蜜多時不應爲諸有情說一切法皆本性空若作是說壞本性空然本性空理不可壞非常非斷所以者何本性空理無方無處無所從來亦無所去如是空理亦名法住是中無法無聚無散無滅無增無生無滅無染無淨是一切法本所住性諸菩薩摩訶薩安住其中求趣無上正等菩提不見諸法有所發趣無所發趣以一切法都無所住故名法住諸菩薩摩訶薩安住此中修行般若波羅蜜多見一切法本性空已定於無上正等菩提得不退轉所以者何是菩薩摩訶薩不見有法能爲障礙見一切法無障礙故便於無上正等菩提不生疑惑是故不退復次善現本性空中我不可得有情不可得有情施設不可得命者生者養者士夫補特伽羅意生儒童作者使作者起者使起者受者使受者知者見者亦不可得善現本性空中色不可得受想行識亦不可得善現本性空中眼處不可得耳鼻舌身意處亦不可得善現本性空中色處不可得聲香味觸法處亦不可得善現本性空中眼界不可得耳鼻舌身意界亦不可得善現本性空中色界不可得聲香味觸法界亦不可得善現本性空中眼識界不可得耳鼻舌身意識界亦不可得善現本性空中眼觸不可得耳鼻舌身意觸亦不可得善現本性空中眼觸爲緣所生諸受不可得耳鼻舌身意觸爲緣所生諸受亦不可得善現本性空中地界不可得水火風空識界亦不可得善現本性空中因緣不可得等無間緣所緣緣增上緣亦不可得善現本性空中

從緣所生諸法皆不可得善現本性空中無明不可得行識名色六處觸受愛取有生老死愁歎苦憂惱亦不可得善現本性空中布施波羅蜜多不可得淨戒安忍精進靜慮般若波羅蜜多亦不可得善現本性空中內空不可得外空內外空空空大空勝義空有為空無為空畢竟空無際空散空無變異空本性空自相空共相空一切法空不可得空無性空自性空無性自性空亦不可得善現本性空中四念住不可得四正斷四神足五根五力七等覺支八聖道支亦不可得善現本性空中苦聖諦不可得集滅道聖諦亦不可得善現本性空中四靜慮不可得四無量四無色定亦不可得善現本性空中八解脱不可得八勝處九次第定十徧處亦不可得善現本性空中一切陀羅尼門不可得一切三摩地門亦不可得善現本性空中空解脱門不可得無相無願解脱門亦不可得善現本性空中菩薩極喜地不可得離垢地發光地焰慧地極難勝地現前地遠行地不動地善慧地法雲地亦不可得善現本性空中五眼不可得六神通亦不可得善現本性空中佛十力不可得四無所畏四無礙解大慈大悲大喜大捨十八佛不共法亦不可得善現本性空中無忘失法不可得恒住捨性亦不可得善現本性空中一切智不可得道相智一切相智亦不可得善現本性空中預流果不可得一來不還阿羅漢果獨覺菩提亦不可得善現本性空中一切菩薩摩訶薩行不可得諸佛無上正等菩提亦不可得善現本性

空中色非色法不可得有見無見有對無對有漏無漏有爲無爲法亦不可得善現本性空中三十二大士相不可得八十隨好亦不可得善現如佛化作四衆所謂苾芻苾芻尼鄔波索迦鄔波斯迦假使化佛百千俱胝那庾多劫爲彼四衆宣説法要於意云何如是化衆頗有能得預流果或得一來果或得不還果或得阿羅漢果或得獨覺菩提或得無上正等菩提不善現荅言不也世尊不也善逝何以故是諸化衆都無實事非無實法可有得果佛言善現諸法亦爾皆本性空都無實事於中何等菩薩摩訶薩爲何等有情説何等法可令得預流果或一來果或不還果或阿羅漢果或獨覺菩提或復無上正等菩提善現諸菩薩摩訶薩雖爲有情宣説種種

本性空法而諸有情實不可得哀愍彼墮顛倒法故拔濟令住無顛倒法無顛倒者謂無分別無分別者無顛倒故若有分別則有顛倒彼等流故善現諸無分別無顛倒中無我無有情命者生者養者士夫補特伽羅意生儒童作者使作者起者使起者受者使受者知者見者亦無色無受想行識亦無眼處無耳鼻舌身意處亦無色處無聲香味觸法處亦無眼界無耳鼻舌身意界亦無色界無聲香味觸法界亦無眼識界無耳鼻舌身意識界亦無眼觸無耳鼻舌身意觸亦無眼觸爲緣所生諸受無耳鼻舌身意觸爲緣所生諸受亦無地界無水火風空識界亦無因緣無等無間緣所緣緣增上緣亦無從緣所生諸法亦無無明無行識名色六處觸受愛取有

生老死愁歎苦憂惱亦無布施波羅蜜多無淨戒安忍精進靜慮般若波羅蜜多亦無內空無外空內外空空空大空勝義空有爲空無爲空畢竟空無際空散空無變異空本性空自相空共相空一切法空不可得空無性空自性空無性自性空亦無四念住無四正斷四神足五根五力七等覺支八聖道支亦無苦聖諦無集滅道聖諦亦無四靜慮無四無量四無色定亦無八解脫無八勝處九次第定十徧處亦無一切陀羅尼門無一切三摩地門亦無空解脫門無無相無願解脫門亦無極喜地無離垢地發光地焰慧地極難勝地現前地遠行地不動地善慧地法雲地亦無五眼無六神通亦無佛十力無四無所畏四無礙解大慈大悲大喜大捨十八佛不共法亦無無忘失法無恒住捨性亦無一切智無道相智一切相智亦無預流果無一來不還阿羅漢果獨覺菩提亦無一切菩薩摩訶薩行無諸佛無上正等菩提亦無色非色法無有見無見有對無對有漏無漏有爲無爲法亦無三十二大士相無八十隨好善現此無所有即本性空諸菩薩摩訶薩修行般若波羅蜜多時安住此中見諸有情墮顛倒想方便善巧令得解脫謂令解脫無我我想無有情命者生者養者士夫補特伽羅意生儒童作者使作者起者使起者受者使受者知者見者有情乃至見者想亦令解脫無色色想無受想行識受想行識想亦令解脫無眼處眼處想無耳鼻舌身意處耳鼻舌身意處想亦令解脫無色處色處想無聲香味觸

法處聲香味觸法處想亦令解脫無眼界眼界想無耳鼻舌身意界耳鼻舌身意界想亦令解脫無色界色界想無聲香味觸法界聲香味觸法界想亦令解脫無眼識界眼識界想無耳鼻舌身意識界耳鼻舌身意識界想亦令解脫無眼觸眼觸想無耳鼻舌身意觸耳鼻舌身意觸想亦令解脫無眼觸爲緣所生諸受眼觸爲緣所生諸受想無耳鼻舌身意觸爲緣所生諸受耳鼻舌身意觸爲緣所生諸受想亦令解脫無地界地界想無水火風空識界水火風空識界想亦令解脫無因緣因緣想無等無間緣所緣緣增上緣等無間緣所緣緣增上緣想亦令解脫無從緣所生諸法從緣所生諸法想亦令解脫無無明無明想無行識名色六處觸受愛取有生老死愁歎苦憂惱行乃至老死愁歎苦憂惱想亦令解脫無布施波羅蜜多布施波羅蜜多想無淨戒安忍精進靜慮般若波羅蜜多淨戒乃至般若波羅蜜多想亦令解脫無內空內空想無外空內外空空空大空勝義空有爲空無爲空畢竟空無際空散空無變異空本性空自相空共相空一切法空不可得空無性空自性空無性自性空外空乃至無性自性空想亦令解脫無四念住四念住想無四正斷四神足五根五力七等覺支八聖道支四正斷乃至八聖道支想亦令解脫無苦聖諦苦聖諦想無集滅道聖諦集滅道聖諦想亦令解脫無四靜慮四靜慮想無四無量四無色定四無量四無色定想亦令解脫無八解脫八解脫想無八勝處九次第定十徧

處八勝處九次第定十徧處想亦令解脫無陀羅尼門陀羅尼門想無三摩地門三摩地門想亦令解脫無空解脫門空解脫門想無無相無願解脫門無相無願解脫門想亦令解脫無極喜地極喜地想無離垢地發光地焰慧地極難勝地現前地遠行地不動地善慧地法雲地離垢地乃至法雲地想亦令解脫無五眼五眼想無六神通六神通想亦令解脫無佛十力佛十力想無四無所畏四無礙解大慈大悲大喜大捨十八佛不共法四無所畏乃至十八佛不共法想亦令解脫無無忘失法無忘失法想無恒住捨性恒住捨性想亦令解脫無一切智一切智想無道相智一切相智道相智一切相智想亦令解脫無預流果預流果想無一來不還阿羅漢果獨覺菩提一來不還阿羅漢果獨覺菩提想亦令解脫無一切菩薩摩訶薩行一切菩薩摩訶薩行想無諸佛無上正等菩提諸佛無上正等菩提想亦令解脫無色非色法色非色法想無有見無見有對無對有漏無漏有爲無爲法有見無見乃至有爲無爲法想亦令解脫無三十二大士相三十二大士相想無八十隨好八十隨好想亦令解脫五取蘊等諸有漏法亦令解脫四念住等諸無漏法何以故善現四念住等諸無漏法亦非如勝義諦無生無滅無相無爲無戲論無分別亦應解脫勝義諦者即本性空此本性空即是諸佛所證無上正等菩提

大般若波羅蜜多經卷第三百八十七

大般若波羅蜜多經卷第三百八十八

唐三藏法師玄奘奉　詔譯

初分不可動品第七十之三

善現當知此中無我可得亦無有情命者生者養者士夫補特伽羅意生儒童作者使作者起者使起者受者使受者知者見者可得無色可得亦無受想行識可得無眼處可得亦無耳鼻舌身意處可得無色處可得亦無聲香味觸法處可得無眼界可得亦無耳鼻舌身意界可得無色界可得亦無聲香味觸法界可得無眼識界可得亦無耳鼻舌身意識界可得無眼觸可得亦無耳鼻舌身意觸可得無眼觸爲緣所生諸受可得亦無耳鼻舌身意觸爲緣所生諸受可得無地界可得亦無水火風空識界可得無因緣可得亦無等無間緣所緣緣增上緣可得無從緣所生諸法可得無無明可得亦無行識名色六處觸受愛取有生老死愁歎苦憂惱可得無布施波羅蜜多可得亦無淨戒安忍精進靜慮般若波羅蜜多可得無內空可得亦無外空內外空空空大空勝義空有爲空無爲空畢竟空無際空散空無變異空本性空自相空共相空一切法空不可得空無性空自性空無性自性空可得無四念住可得亦無四正斷四神足五根五力七等覺支八聖道支可得無苦聖諦可得亦無集滅道聖諦可得無四靜慮可得亦無四無量四無色定可得無八解脱可得亦無八勝處九次第定十徧處可得無一切陀羅尼門可得亦無一切三摩地門可得無空解脱門可得亦無無相無願

解脱門可得無極喜地可得亦無離垢地發光地焰慧地極難勝地現前地遠行地不動地善慧地法雲地可得無五眼可得亦無六神通可得無佛十力可得亦無四無所畏四無礙解大慈大悲大喜大捨十八佛不共法可得無無忘失法可得亦無恒住捨性可得無一切智可得亦無道相智一切相智可得無預流果可得亦無一來不還阿羅漢果獨覺菩提可得無一切菩薩摩訶薩行可得亦無諸佛無上正等菩提可得無色非色法可得亦無有見無見有對無對有漏無漏有爲無爲法可得無三十二大士相可得亦無八十隨好可得善現諸菩薩摩訶薩不爲無上正等菩提道故求趣無上正等菩提唯爲諸法本性空故求趣無上正等菩提善現是本性空前後中際常本性空未曾不空諸菩薩摩訶薩住本性空波羅蜜多爲欲解脱諸有情類執有情想及法想故行道相智是菩薩摩訶薩行道相智時即行一切道謂聲聞道若獨覺道若菩薩道若如來道善現是菩薩摩訶薩於一切道得圓滿已便能成熟所化有情亦能嚴淨所求佛土留諸壽行趣證無上正等菩提既證無上正等菩提能令佛眼常無斷壞何謂佛眼即本性空名爲佛眼善現過去如來應正等覺一切皆以本性空爲佛眼未來如來應正等覺一切皆以本性空爲佛眼現在十方無邊世界所有如來應正等覺一切皆以本性空爲佛眼善現定無如來應正等覺離本性空而出世者諸佛出世無不皆説本性空義所化有情要聞佛説本

性空理乃入聖道證聖道果離本性空無別方便是故善現諸菩薩摩訶薩欲證無上正等菩提應正安住本性空理修行般若波羅蜜多及餘菩薩摩訶薩行若正安住本性空理修行般若波羅蜜多及餘菩薩摩訶薩行終不退失一切智智爾時具壽善現白佛言世尊諸菩薩摩訶薩甚爲希有雖行一切法皆本性空而於本性空曾無失壞謂不執色異本性空亦不執受想行識異本性空不執眼處異本性空亦不執耳鼻舌身意處異本性空不執色處異本性空亦不執聲香味觸法處異本性空不執眼界異本性空亦不執耳鼻舌身意界異本性空不執色界異本性空亦不執聲香味觸法界異本性空不執眼識界異本性空亦不執耳鼻舌身意識界異本性空不執眼觸異本性空亦不執耳鼻舌身意觸異本性空不執眼觸爲緣所生諸受異本性空亦不執耳鼻舌身意觸爲緣所生諸受異本性空不執地界異本性空亦不執水火風空識界異本性空不執因緣異本性空亦不執等無間緣所緣緣增上緣異本性空不執從緣所生諸法異本性空不執無明異本性空亦不執行識名色六處觸受愛取有生老死愁歎苦憂惱異本性空不執布施波羅蜜多異本性空亦不執淨戒安忍精進靜慮般若波羅蜜多異本性空不執內空異本性空亦不執外空內外空空空大空勝義空有爲空無爲空畢竟空無際空散空無變異空自相空共相空一切法空不可得空無性空自性空無性自性空異本性空不執四

念住異本性空亦不執四正斷四神足五根五力七等覺支八聖道支異本性空不執苦聖諦異本性空亦不執集滅道聖諦異本性空不執四靜慮異本性空亦不執四無量四無色定異本性空不執八解脱異本性空亦不執八勝處九次第定十徧處異本性空不執一切陁羅尼門異本性空亦不執一切三摩地門異本性空不執空解脱門異本性空亦不執無相無願解脱門異本性空不執極喜地異本性空亦不執離垢地發光地焰慧地極難勝地現前地遠行地不動地善慧地法雲地異本性空不執五眼異本性空亦不執六神通異本性空不執佛十力異本性空亦不執四無所畏四無礙解大慈大悲大喜大捨十八佛不共法異本性空不執三十二大士相異本性空亦不執八十隨好異本性空不執無忘失法異本性空亦不執恒住捨性異本性空不執一切智異本性空亦不執道相智一切相智異本性空不執預流果異本性空亦不執一來不還阿羅漢果獨覺菩提異本性空不執一切菩薩摩訶薩行異本性空亦不執諸佛無上正等菩提異本性空世尊色即是本性空本性空即是色受想行識即是本性空本性空即是受想行識眼處即是本性空本性空即是眼處耳鼻舌身意處即是本性空本性空即是耳鼻舌身意處色處即是本性空本性空即是色處聲香味觸法處即是本性空本性空即是聲香味觸法處眼界即是本性空本性空即是眼界耳鼻舌身意界即是本性空本性空即是耳鼻

舌身意界色界即是本性空本性空即是色界聲香味觸法界即是本性空本性空即是聲香味觸法界眼識界即是本性空本性空即是眼識界耳鼻舌身意識界即是本性空本性空即是耳鼻舌身意識界眼觸即是本性空本性空即是眼觸耳鼻舌身意觸即是本性空本性空即是耳鼻舌身意觸眼觸為緣所生諸受即是本性空本性空即是眼觸為緣所生諸受耳鼻舌身意觸為緣所生諸受即是本性空本性空即是耳鼻舌身意觸為緣所生諸受地界即是本性空本性空即是地界水火風空識界即是本性空本性空即是水火風空識界因緣即是本性空本性空即是因緣等無間緣所緣緣增上緣即是本性空本性空即是等無間緣所緣緣增上緣從緣所生諸法即是本性空本性空即是從緣所生諸法無明即是本性空本性空即是無明行識名色六處觸受愛取有生老死愁歎苦憂惱即是本性空本性空即是行乃至老死愁歎苦憂惱布施波羅蜜多即是本性空本性空即是布施波羅蜜多淨戒安忍精進靜慮般若波羅蜜多即是本性空本性空即是淨戒安忍精進靜慮般若波羅蜜多內空即是本性空本性空即是內空外空內外空空空大空勝義空有為空無為空畢竟空無際空散空無變異空自相空共相空一切法空不可得空無性空自性空無性自性空即是本性空本性空即是外空乃至無性自性空四念住即是本性空本性空即是四念住四正斷四神足五根五力七等覺支八

聖道支即是本性空本性空即是四正斷乃至八聖道支苦聖諦即是本性空本性空即是苦聖諦集滅道聖諦即是本性空本性空即是集滅道聖諦四靜慮即是本性空本性空即是四靜慮四無量四無色定即是本性空本性空即是四無量四無色定八解脫即是本性空本性空即是八解脫八勝處九次第定十徧處即是本性空本性空即是八勝處九次第定十徧處一切陀羅尼門即是本性空本性空即是一切陀羅尼門一切三摩地門即是本性空本性空即是一切三摩地門空解脫門即是本性空本性空即是空解脫門無相無願解脫門即是本性空本性空即是無相無願解脫門極喜地即是本性空本性空即是極喜地離垢地發光地焰慧地極難勝地現前地遠行地不動地善慧地法雲地即是本性空本性空即是離垢地乃至法雲地五眼即是本性空本性空即是五眼六神通即是本性空本性空即是六神通佛十力即是本性空本性空即是佛十力四無所畏四無礙解大慈大悲大喜大捨十八佛不共法即是本性空本性空即是四無所畏乃至十八佛不共法三十二大士相即是本性空本性空即是三十二大士相八十隨好即是本性空本性空即是八十隨好無忘失法即是本性空本性空即是無忘失法恒住捨性即是本性空本性空即是恒住捨性一切智即是本性空本性空即是一切智道相智一切相智即是本性空本性空即是道相智一切相智預流果即是本性空本性空即

是預流果一來不還阿羅漢果獨覺菩提即是本性空本性空即是一來不還阿羅漢果獨覺菩提一切菩薩摩訶薩行即是本性空本性空即是一切菩薩摩訶薩行諸佛無上正等菩提即是本性空本性空即是諸佛無上正等菩提佛告善現如是如是如汝所説諸菩薩摩訶薩甚爲希有雖行一切法皆本性空而於本性空曾無失壞善現色不異本性空本性空不異色色即是本性空本性空即是色受想行識不異本性空本性空不異受想行識受想行識即是本性空本性空即是受想行識善現眼處不異本性空本性空不異眼處眼處即是本性空本性空即是眼處耳鼻舌身意處不異本性空本性空不異耳鼻舌身意處耳鼻舌身意處即是本性空本性空即是耳鼻舌身意處善現色處不異本性空本性空不異色處色處即是本性空本性空即是色處聲香味觸法處不異本性空本性空不異聲香味觸法處聲香味觸法處即是本性空本性空即是聲香味觸法處善現眼界不異本性空本性空不異眼界眼界即是本性空本性空即是眼界耳鼻舌身意界不異本性空本性空不異耳鼻舌身意界耳鼻舌身意界即是本性空本性空即是耳鼻舌身意界善現色界不異本性空本性空不異色界色界即是本性空本性空即是色界聲香味觸法界不異本性空本性空不異聲香味觸法界聲香味觸法界即是本性空本性空即是聲香味觸法界善現眼識界不異本性空本性空不異眼識界眼識界即

是本性空本性空即是眼識界耳鼻舌身意識界不異本性空本性空不異耳鼻舌身意識界耳鼻舌身意識界即是本性空本性空即是耳鼻舌身意識界善現眼觸不異本性空本性空不異眼觸眼觸即是本性空本性空即是眼觸耳鼻舌身意觸不異本性空本性空不異耳鼻舌身意觸耳鼻舌身意觸即是本性空本性空即是耳鼻舌身意觸善現眼觸爲緣所生諸受不異本性空本性空不異眼觸爲緣所生諸受眼觸爲緣所生諸受即是本性空本性空即是眼觸爲緣所生諸受耳鼻舌身意觸爲緣所生諸受不異本性空本性空不異耳鼻舌身意觸爲緣所生諸受耳鼻舌身意觸爲緣所生諸受即是本性空本性空即是耳鼻舌身意觸爲緣所生諸受善現地界不異本性空本性空不異地界地界即是本性空本性空即是地界水火風空識界不異本性空本性空不異水火風空識界水火風空識界即是本性空本性空即是水火風空識界善現因緣不異本性空本性空不異因緣因緣即是本性空本性空即是因緣等無間緣所緣緣增上緣不異本性空本性空不異等無間緣所緣緣增上緣等無間緣所緣緣增上緣即是本性空本性空即是等無間緣所緣緣增上緣善現從緣所生諸法不異本性空本性空不異從緣所生諸法從緣所生諸法即是本性空本性空即是從緣所生諸法善現無明不異本性空本性空不異無明無明即是本性空本性空即是無明行識名色六處觸受愛取有生老死

愁歎苦憂惱不異本性空本性空不異行乃至老死愁歎苦憂惱行識名色六處觸受愛取有生老死愁歎苦憂惱即是本性空本性空即是行乃至老死愁歎苦憂惱善現布施波羅蜜多不異本性空本性空不異布施波羅蜜多布施波羅蜜多即是本性空本性空即是布施波羅蜜多淨戒安忍精進靜慮般若波羅蜜多不異本性空本性空不異淨戒安忍精進靜慮般若波羅蜜多淨戒安忍精進靜慮般若波羅蜜多即是本性空本性空即是淨戒安忍精進靜慮般若波羅蜜多善現內空不異本性空本性空不異內空內空即是本性空本性空即是內空外空內外空空空大空勝義空有爲空無爲空畢竟空無際空散空無變異空自相空共相空一切法空不可得空無性空自性空無性自性空不異本性空本性空不異外空乃至無性自性空外空內外空空空大空勝義空有爲空無爲空畢竟空無際空散空無變異空自相空共相空一切法空不可得空無性空自性空無性自性空即是本性空本性空即是外空乃至無性自性空善現四念住不異本性空本性空不異四念住四念住即是本性空本性空即是四念住四正斷四神足五根五力七等覺支八聖道支不異本性空本性空不異四正斷乃至八聖道支四正斷四神足五根五力七等覺支八聖道支即是本性空本性空即是四正斷乃至八聖道支善現苦聖諦不異本性空本性空不異苦聖諦苦聖諦即是本性空本性空即是苦聖諦集滅道聖

諦不異本性空本性空不異集滅道聖諦集滅道聖諦即是本性空本性空即是集滅道聖諦善現四靜慮不異本性空本性空不異四靜慮四靜慮即是本性空本性空即是四靜慮四無量四無色定不異本性空本性空不異四無量四無色定四無量四無色定即是本性空本性空即是四無量四無色定善現八解脫不異本性空本性空不異八解脫八解脫即是本性空本性空即是八解脫八勝處九次第定十徧處不異本性空本性空不異八勝處九次第定十徧處八勝處九次第定十徧處即是本性空本性空即是八勝處九次第定十徧處善現陀羅尼門不異本性空本性空不異陀羅尼門陀羅尼門即是本性空本性空即是陀羅尼門三摩地門不異本性空本性空不異三摩地門三摩地門即是本性空本性空即是三摩地門善現空解脫門不異本性空本性空不異空解脫門空解脫門即是本性空本性空即是空解脫門無相無願解脫門不異本性空本性空不異無相無願解脫門無相無願解脫門即是本性空本性空即是無相無願解脫門善現極喜地不異本性空本性空不異極喜地極喜地即是本性空本性空即是極喜地離垢地發光地焰慧地極難勝地現前地遠行地不動地善慧地法雲地不異本性空本性空不異離垢地乃至法雲地離垢地發光地焰慧地極難勝地現前地遠行地不動地善慧地法雲地即是本性空本性空即是離垢地乃至法雲地善現五眼不異本性空本性空

不異五眼五眼即是本性空本性空即是五眼六神通不異本性空本性空不異六神通六神通即是本性空本性空即是六神通善現佛十力不異本性空本性空不異佛十力佛十力即是本性空本性空即是佛十力四無所畏四無礙解大慈大悲大喜大捨十八佛不共法不異本性空本性空不異四無所畏乃至十八佛不共法四無所畏四無礙解大慈大悲大喜大捨十八佛不共法即是本性空本性空即是四無所畏乃至十八佛不共法善現三十二大士相不異本性空本性空不異三十二大士相三十二大士相即是本性空本性空即是三十二大士相八十隨好不異本性空本性空不異八十隨好八十隨好即是本性空本性空即是八十隨好善

現無忘失法不異本性空本性空不異無忘失法無忘失法即是本性空本性空即是無忘失法恒住捨性不異本性空本性空不異恒住捨性恒住捨性即是本性空本性空即是恒住捨性善現一切智不異本性空本性空不異一切智一切智即是本性空本性空即是一切智道相智一切相智不異本性空本性空不異道相智一切相智道相智一切相智即是本性空本性空即是道相智一切相智善現預流果不異本性空本性空不異預流果預流果即是本性空本性空即是預流果一來不還阿羅漢果獨覺菩提不異本性空本性空不異一來不還阿羅漢果獨覺菩提一來不還阿羅漢果獨覺菩提即是本性空本性空即是一來不還阿羅漢果獨覺

菩提善現一切菩薩摩訶薩行不異本性空本性空不異一切菩薩摩訶薩行一切菩薩摩訶薩行即是本性空本性空即是一切菩薩摩訶薩行諸佛無上正等菩提不異本性空本性空不異諸佛無上正等菩提諸佛無上正等菩提即是本性空本性空即是諸佛無上正等菩提復次善現若色異本性空本性空異色色非本性空本性空非色受想行識異本性空本性空異受想行識受想行識非本性空本性空非受想行識善現若眼處異本性空本性空異眼處眼處非本性空本性空非眼處耳鼻舌身意處異本性空本性空異耳鼻舌身意處耳鼻舌身意處非本性空本性空非耳鼻舌身意處善現若色處異本性空本性空異色處色處非本性空本性空非色處聲香味觸法處異本性空本性空異聲香味觸法處聲香味觸法處非本性空本性空非聲香味觸法處善現若眼界異本性空本性空異眼界眼界非本性空本性空非眼界耳鼻舌身意界異本性空本性空異耳鼻舌身意界耳鼻舌身意界非本性空本性空非耳鼻舌身意界善現若色界異本性空本性空異色界色界非本性空本性空非色界聲香味觸法界異本性空本性空異聲香味觸法界聲香味觸法界非本性空本性空非聲香味觸法界善現若眼識界異本性空本性空異眼識界眼識界非本性空本性空非眼識界耳鼻舌身意識界異本性空本性空異耳鼻舌身意識界耳鼻舌身意識界非本性空本性空非耳鼻舌身意識界善現

若眼觸異本性空本性空異眼觸眼觸非本性空本性空非眼觸耳鼻舌身意觸異本性空本性空異耳鼻舌身意觸耳鼻舌身意觸非本性空本性空非耳鼻舌身意觸善現若眼觸爲緣所生諸受異本性空本性空異眼觸爲緣所生諸受眼觸爲緣所生諸受非本性空本性空非眼觸爲緣所生諸受耳鼻舌身意觸爲緣所生諸受異本性空本性空異耳鼻舌身意觸爲緣所生諸受耳鼻舌身意觸爲緣所生諸受非本性空本性空非耳鼻舌身意觸爲緣所生諸受善現若地界異本性空本性空異地界地界非本性空本性空非地界水火風空識界異本性空本性空異水火風空識界水火風空識界非本性空本性空非水火風空識界善現若因緣異本性空本性空異因緣因緣非本性空本性空非因緣等無間緣所緣緣增上緣異本性空本性空異等無間緣所緣緣增上緣等無間緣所緣緣增上緣非本性空本性空非等無間緣所緣緣增上緣善現若從緣所生諸法異本性空本性空異從緣所生諸法從緣所生諸法非本性空本性空非從緣所生諸法善現若無明異本性空本性空異無明無明非本性空本性空非無明行識名色六處觸受愛取有生老死愁歎苦憂惱異本性空本性空異行乃至老死愁歎苦憂惱行識名色六處觸受愛取有生老死愁歎苦憂惱非本性空本性空非行乃至老死愁歎苦憂惱善現若布施波羅蜜多異本性空本性空異布施波羅蜜多布施波羅蜜多非本性空本性空

非布施波羅蜜多淨戒安忍精進靜慮般若波羅蜜多異本性空本性空異淨戒乃至般若波羅蜜多淨戒安忍精進靜慮般若波羅蜜多非本性空本性空非淨戒乃至般若波羅蜜多善現若內空異本性空本性空異內空內空非本性空本性空非內空外空內外空空空大空勝義空有為空無為空畢竟空無際空散空無變異空自相空共相空一切法空不可得空無性空自性空無性自性空異本性空本性空異外空乃至無性自性空外空內外空空空大空勝義空有為空無為空畢竟空無際空散空無變異空自相空共相空一切法空不可得空無性空自性空無性自性空非本性空本性空非外空乃至無性自性空善現若四念住異本性空本性空

異四念住四念住非本性空本性空非四念住四正斷四神足五根五力七等覺支八聖道支異本性空本性空異四正斷乃至八聖道支四正斷四神足五根五力七等覺支八聖道支非本性空本性空非四正斷乃至八聖道支善現若苦聖諦異本性空本性空異苦聖諦苦聖諦非本性空本性空非苦聖諦集滅道聖諦異本性空本性空異集滅道聖諦集滅道聖諦非本性空本性空非集滅道聖諦善現若四靜慮異本性空本性空異四靜慮四靜慮非本性空本性空非四靜慮四無量四無色定異本性空本性空異四無量四無色定四無量四無色定非本性空本性空非四無量四無色定善現若八解脫異本性空本性空異八解脫八解脫非本性空本

性空非八解脱八勝處九次第定十徧處異本性空本性空異八勝處九次第定十徧處八勝處九次第定十徧處非本性空本性空非八勝處九次第定十徧處善現若陀羅尼門異本性空本性空異陀羅尼門陀羅尼門非本性空本性空非陀羅尼門三摩地門異本性空本性空異三摩地門三摩地門非本性空本性空非三摩地門善現若極喜地異本性空本性空異極喜地極喜地非本性空本性空非極喜地離垢地發光地焰慧地極難勝地現前地遠行地不動地善慧地法雲地異本性空本性空異離垢地乃至法雲地離垢地發光地焰慧地極難勝地現前地遠行地不動地善慧地法雲地非本性空本性空非離垢地乃至法雲地善現若五眼異本

性空本性空異五眼五眼非本性空本性空非五眼六神通異本性空本性空異六神通六神通非本性空本性空非六神通善現若佛十力異本性空本性空異佛十力佛十力非本性空本性空非佛十力四無所畏四無礙解大慈大悲大喜大捨十八佛不共法異本性空本性空異四無所畏乃至十八佛不共法四無所畏四無礙解大慈大悲大喜大捨十八佛不共法非本性空本性空非四無所畏乃至十八佛不共法善現若三十二大士相異本性空本性空異三十二大士相三十二大士相非本性空本性空非三十二大士相八十隨好異本性空本性空異八十隨好八十隨好非本性空本性空非八十隨好善現若無忘失法異本性空本性空異無忘

失法無忘失法非本性空本性空非無忘失法恒住捨性異本性空本性空異恒住捨性恒住捨性非本性空本性空非恒住捨性善現若一切智異本性空本性空異一切智一切智非本性空本性空非一切智道相智一切相智異本性空本性空異道相智一切相智道相智一切相智非本性空本性空非道相智一切相智善現若預流果異本性空本性空異預流果預流果非本性空本性空非預流果一來不還阿羅漢果獨覺菩提異本性空本性空異一來不還阿羅漢果獨覺菩提一來不還阿羅漢果獨覺菩提非本性空本性空非一來不還阿羅漢果獨覺菩提善現若一切菩薩摩訶薩行異本性空本性空異一切菩薩摩訶薩行一切菩薩摩訶薩行非本性空本性空非一切菩薩摩訶薩行諸佛無上正等菩提異本性空本性空異諸佛無上正等菩提諸佛無上正等菩提非本性空本性空非諸佛無上正等菩提者則諸菩薩摩訶薩修行般若波羅蜜多時不應觀一切法皆本性空證得無上正等菩提

大般若波羅蜜多經卷第三百八十八

大般若波羅蜜多經卷第三百八十九

唐三藏法師玄奘奉詔譯

初分不可動品第七十之四

善現以色不異本性空本性空不異色色即是本性空本性空即是色受想行識不異本性空本性空不異受想行識受想行識即是本性空本性空即是受想行識善現以眼處不異本性空本性空不異眼處眼處即是本性空本性空即是眼處耳鼻舌身意處不異本性空本性空不異耳鼻舌身意處耳鼻舌身意處即是本性空本性空即是耳鼻舌身意處善現以眼界不異本性空本性空不異眼界眼界即是本性空本性空即是眼界耳鼻舌身意界不異本性空本性空不異耳鼻舌身意界耳鼻舌身意界即是本性空本性空即是耳鼻舌身意界善現以色界不異本性空本性空不異色界色界即是本性空本性空即是色界聲香味觸法界不異本性空本性空不異聲香味觸法界聲香味觸法界即是本性空本性空即是聲香味觸法界善現以眼識界不異本性空本性空不異眼識界眼識界即是本性空本性空即是眼識界耳鼻舌身意識界不異本性空本性空不異耳鼻舌身意識界耳鼻舌身意識界即是本性空本性空即是耳鼻舌身意識界善現以眼觸不異本性空本性空不異眼觸眼觸即是本性空本性空即是眼觸耳鼻舌身意觸不異本性空本性空不異耳鼻舌身意觸耳鼻舌身意觸即是本性空本性空即是耳鼻舌身意觸善現以眼觸為緣所生諸受不異

本性空本性空不異眼觸爲緣所生諸受眼觸爲緣所生諸受即是本性空本性空即是眼觸爲緣所生諸受耳鼻舌身意觸爲緣所生諸受不異本性空本性空不異耳鼻舌身意觸爲緣所生諸受耳鼻舌身意觸爲緣所生諸受即是本性空本性空即是耳鼻舌身意觸爲緣所生諸受善現以地界不異本性空本性空不異地界地界即是本性空本性空即是地界水火風空識界不異本性空本性空不異水火風空識界水火風空識界即是本性空本性空即是水火風空識界善現以因緣不異本性空本性空不異因緣因緣即是本性空本性空即是因緣等無間緣所緣緣增上緣不異本性空本性空不異等無間緣所緣緣增上緣等無間緣所緣緣增上緣即是本性空本性空即是等無間緣所緣緣增上緣善現以從緣所生諸法不異本性空本性空不異從緣所生諸法從緣所生諸法即是本性空本性空即是從緣所生諸法善現以無明不異本性空本性空不異無明無明即是本性空本性空即是無明行識名色六處觸受愛取有生老死愁歎苦憂惱不異本性空本性空不異行乃至老死愁歎苦憂惱行識名色六處觸受愛取有生老死愁歎苦憂惱即是本性空本性空即是行乃至老死愁歎苦憂惱善現以布施波羅蜜多不異本性空本性空不異布施波羅蜜多布施波羅蜜多即是本性空本性空即是布施波羅蜜多淨戒安忍精進靜慮般若波羅蜜多不異本性空本性空不異淨戒安忍精進靜

慮般若波羅蜜多淨戒安忍精進靜慮般若波羅蜜多即是本性空本性空即是淨戒安忍精進靜慮般若波羅蜜多善現以內空不異本性空本性空不異內空內空即是本性空本性空即是內空外空內外空空空大空勝義空有為空無為空畢竟空無際空散空無變異空自相空共相空一切法空不可得空無性空自性空無性自性空不異本性空本性空不異外空乃至無性自性空外空內外空空空大空勝義空有為空無為空畢竟空無際空散空無變異空自相空共相空一切法空不可得空無性空自性空無性自性空即是本性空本性空即是外空乃至無性自性空善現以四念住不異本性空本性空不異四念住四念住即是本性空本性空即是四念住四正斷四神足五根五力七等覺支八聖道支不異本性空本性空不異四正斷乃至八聖道支四正斷四神足五根五力七等覺支八聖道支即是本性空本性空即是四正斷乃至八聖道支善現以苦聖諦不異本性空本性空不異苦聖諦苦聖諦即是本性空本性空即是苦聖諦集滅道聖諦不異本性空本性空不異集滅道聖諦集滅道聖諦即是本性空本性空即是集滅道聖諦善現以四靜慮不異本性空本性空不異四靜慮四靜慮即是本性空本性空即是四靜慮四無量四無色定不異本性空本性空不異四無量四無色定四無量四無色定即是本性空本性空即是四無量四無色定善現以八解脫不異本性空本性空不異八解脫

八解脫即是本性空本性空即是八解脫八勝處九次第定十徧處不異本性空本性空不異八勝處九次第定十徧處八勝處九次第定十徧處即是本性空本性空即是八勝處九次第定十徧處善現以陀羅尼門不異本性空本性空不異陀羅尼門陀羅尼門即是本性空本性空即是陀羅尼門三摩地門不異本性空本性空不異三摩地門三摩地門即是本性空本性空即是三摩地門善現以空解脫門不異本性空本性空不異空解脫門空解脫門即是本性空本性空即是空解脫門無相無願解脫門不異本性空本性空不異無相無願解脫門無相無願解脫門即是本性空本性空即是無相無願解脫門善現以極喜地不異本性空本性空不異極喜地極喜地即是本性空本性空即是極喜地離垢地發光地焰慧地極難勝地現前地遠行地不動地善慧地法雲地不異本性空本性空不異離垢地乃至法雲地離垢地發光地焰慧地極難勝地現前地遠行地不動地善慧地法雲地即是本性空本性空即是離垢地乃至法雲地善現以五眼不異本性空本性空不異五眼五眼即是本性空本性空即是五眼六神通不異本性空本性空不異六神通六神通即是本性空本性空即是六神通善現以佛十力不異本性空本性空不異佛十力佛十力即是本性空本性空即是佛十力四無所畏四無礙解大慈大悲大喜大捨十八佛不共法不異本性空本性空不異四無所畏乃至十八佛不共法四無所

畏四無礙解大慈大悲大喜大捨十八佛不共法即是本性空本性空即是四無所畏乃至十八佛不共法善現以三十二大士相不異本性空本性空不異三十二大士相三十二大士相即是本性空本性空即是三十二大士相八十隨好不異本性空本性空不異八十隨好八十隨好即是本性空本性空即是八十隨好善現以無忘失法不異本性空本性空不異無忘失法無忘失法即是本性空本性空即是無忘失法恒住捨性不異本性空本性空不異恒住捨性恒住捨性即是本性空本性空即是恒住捨性善現以一切智不異本性空本性空不異一切智一切智即是本性空本性空即是一切智道相智一切相智不異本性空本性空不異道相智一切相智道相智一切相智即是本性空本性空即是道相智一切相智善現以預流果不異本性空本性空不異預流果預流果即是本性空本性空即是預流果一來不還阿羅漢果獨覺菩提不異本性空本性空不異一來不還阿羅漢果獨覺菩提一來不還阿羅漢果獨覺菩提即是本性空本性空即是一來不還阿羅漢果獨覺菩提善現以一切菩薩摩訶薩行不異本性空本性空不異一切菩薩摩訶薩行一切菩薩摩訶薩行即是本性空本性空即是一切菩薩摩訶薩行諸佛無上正等菩提不異本性空本性空不異諸佛無上正等菩提諸佛無上正等菩提即是本性空本性空即是諸佛無上正等菩提故諸菩薩摩訶薩修行般若波羅蜜多時觀一

切法皆本性空證得無上正等菩提何以故
善現離本性空無有一法是實是常可壞可
斷本性空中亦無一法是實是常可壞可斷
唯諸愚夫迷謬顛倒起別異想謂執色異本
性空或執受想行識異本性空或執眼處異
本性空或執耳鼻舌身意處異本性空或執
色處異本性空或執聲香味觸法處異本性
空或執眼界異本性空或執耳鼻舌身意界
異本性空或執色界異本性空或執聲香味
觸法界異本性空或執眼識界異本性空或
執耳鼻舌身意識界異本性空或執眼觸異
本性空或執耳鼻舌身意觸異本性空或執
眼觸爲緣所生諸受異本性空或執耳鼻舌
身意觸爲緣所生諸受異本性空或執地界
異本性空或執水火風空識界異本性空或
執因緣異本性空或執等無間緣所緣緣增
上緣異本性空或執從緣所生諸法異本性
空或執無明異本性空或執行識名色六處
觸受愛取有生老死愁歎苦憂惱異本性空
或執布施波羅蜜多異本性空或執淨戒安
忍精進靜慮般若波羅蜜多異本性空或執
內空異本性空或執外空內外空空空大空
勝義空有爲空無爲空畢竟空無際空散空
無變異空自相空共相空一切法空不可得
空無性空自性空無性自性空異本性空或
執四念住異本性空或執四正斷四神足五
根五力七等覺支八聖道支異本性空或執
苦聖諦異本性空或執集滅道聖諦異本性
空或執四靜慮異本性空或執四無量四無
色定異本性空或執八解脫異本性空或執

八勝處九次第定十徧處異本性空或執陀羅尼門異本性空或執三摩地門異本性空或執空解脫門異本性空或執無相無願解脫門異本性空或執極喜地異本性空或執離垢地發光地焰慧地極難勝地現前地遠行地不動地善慧地法雲地異本性空或執五眼異本性空或執六神通異本性空或執佛十力異本性空或執四無所畏四無礙解大慈大悲大喜大捨十八佛不共法異本性空或執三十二大士相異本性空或執八十隨好異本性空或執無忘失法異本性空或執恒住捨性異本性空或執一切智異本性空或執道相智一切相智異本性空或執預流果異本性空或執一來不還阿羅漢果獨覺菩提異本性空或執一切菩薩摩訶薩行異本性空或執諸佛無上正等菩提異本性空善現是諸愚夫執諸法異本性空已不如實知色不如實知受想行識由不知故便執著色執著受想行識由執著故便於色計我我所於受想行識計我我所由妄計故著內外物受後身色受想行識由此不能解脫諸趣生老病死愁憂苦惱往來三有輪轉無窮由是因緣諸菩薩摩訶薩住本性空波羅蜜多修行般若波羅蜜多不執受色亦不壞色若空若不空不執受受想行識亦不壞受想行識若空若不空不執受眼處亦不壞眼處若空若不空不執受耳鼻舌身意處亦不壞耳鼻舌身意處若空若不空不執受色處亦不壞色處若空若不空不執受聲香味觸法處亦不壞聲香味觸法處若空若不空不執

受眼界亦不壞眼界若空若不空不執受耳鼻舌身意界亦不壞耳鼻舌身意界若空若不空不執受色界亦不壞色界若空若不空不執受聲香味觸法界亦不壞聲香味觸法界若空若不空不執受眼識界亦不壞眼識界若空若不空不執受耳鼻舌身意識界亦不壞耳鼻舌身意識界若空若不空不執受眼觸亦不壞眼觸若空若不空不執受耳鼻舌身意觸亦不壞耳鼻舌身意觸若空若不空不執受眼觸爲緣所生諸受亦不壞眼觸爲緣所生諸受若空若不空不執受耳鼻舌身意觸爲緣所生諸受亦不壞耳鼻舌身意觸爲緣所生諸受若空若不空不執受地界亦不壞地界若空若不空不執受水火風空識界亦不壞水火風空識界若空若不空不執受因緣亦不壞因緣若空若不空不執受等無間緣所緣緣增上緣亦不壞等無間緣所緣緣增上緣若空若不空不執受從緣所生諸法亦不壞從緣所生諸法若空若不空不執受無明亦不壞無明若空若不空不執受行識名色六處觸受愛取有生老死愁歎苦憂惱亦不壞行乃至老死愁歎苦憂惱若空若不空不執受布施波羅蜜多亦不壞布施波羅蜜多若空若不空不執受淨戒安忍精進靜慮般若波羅蜜多亦不壞淨戒安忍精進靜慮般若波羅蜜多若空若不空不執受內空亦不壞內空若空若不空不執受外空內外空空空大空勝義空有爲空無爲空畢竟空無際空散空無變異空本性空自相空共相空一切法空不可得空無性空自性

空無性自性空亦不壞外空乃至無性自性空若空若不空不執受四念住亦不壞四念住若空若不空不執受四正斷四神足五根五力七等覺支八聖道支亦不壞四正斷乃至八聖道支若空若不空不執受苦聖諦亦不壞苦聖諦若空若不空不執受集滅道聖諦亦不壞集滅道聖諦若空若不空不執受四靜慮亦不壞四靜慮若空若不空不執受四無量四無色定亦不壞四無量四無色定若空若不空不執受八解脫亦不壞八解脫若空若不空不執受八勝處九次第定十徧處亦不壞八勝處九次第定十徧處若空若不空不執受陀羅尼門亦不壞陀羅尼門若空若不空不執受三摩地門亦不壞三摩地門若空若不空不執受空解脫門亦不壞空

解脫門若空若不空不執受無相無願解脫門亦不壞無相無願解脫門若空若不空不執受極喜地亦不壞極喜地若空若不空不執受離垢地發光地焰慧地極難勝地現前地遠行地不動地善慧地法雲地亦不壞離垢地乃至法雲地若空若不空不執受五眼亦不壞五眼若空若不空不執受六神通亦不壞六神通若空若不空不執受佛十力亦不壞佛十力若空若不空不執受四無所畏四無礙解大慈大悲大喜大捨十八佛不共法亦不壞四無所畏乃至十八佛不共法若空若不空不執受三十二大士相亦不壞三十二大士相若空若不空不執受八十隨好亦不壞八十隨好若空若不空不執受無忘失法亦不壞無忘失法若空若不空不執受

恒住捨性亦不壞恒住捨性若空若不空不執受一切智亦不壞一切智若空若不空不執受道相智一切相智亦不壞道相智一切相智若空若不空不執受預流果亦不壞預流果若空若不空不執受一來不還阿羅漢果獨覺菩提亦不壞一來不還阿羅漢果獨覺菩提若空若不空不執受一切菩薩摩訶薩行亦不壞一切菩薩摩訶薩行若空若不空不執受諸佛無上正等菩提亦不壞諸佛無上正等菩提若空若不空所以者何善現色不壞空空不壞色謂此是色此是空受想行識不壞空空不壞受想行識謂此是受想行識此是空善現眼處不壞空空不壞眼處謂此是眼處此是空耳鼻舌身意處不壞空空不壞耳鼻舌身意處謂此是耳鼻舌身意處此是空善現色處不壞空空不壞色處謂此是色處此是空聲香味觸法處不壞空空不壞聲香味觸法處謂此是聲香味觸法處此是空善現眼界不壞空空不壞眼界謂此是眼界此是空耳鼻舌身意界不壞空空不壞耳鼻舌身意界謂此是耳鼻舌身意界此是空善現色界不壞空空不壞色界謂此是色界此是空聲香味觸法界不壞空空不壞聲香味觸法界謂此是聲香味觸法界此是空善現眼識界不壞空空不壞眼識界謂此是眼識界此是空耳鼻舌身意識界不壞空空不壞耳鼻舌身意識界謂此是耳鼻舌身意識界此是空善現眼觸不壞空空不壞眼觸謂此是眼觸此是空耳鼻舌身意觸不壞空空不壞耳鼻舌身意觸謂此是耳鼻舌身

意觸此是空善現眼觸爲緣所生諸受不壞空空不壞眼觸爲緣所生諸受謂此是眼觸爲緣所生諸受此是空耳鼻舌身意觸爲緣所生諸受不壞空空不壞耳鼻舌身意觸爲緣所生諸受謂此是耳鼻舌身意觸爲緣所生諸受此是空善現地界不壞空空不壞地界謂此是地界此是空水火風空識界不壞空空不壞水火風空識界謂此是水火風空識界此是空善現因緣不壞空空不壞因緣謂此是因緣此是空等無間緣所緣緣增上緣不壞空空不壞等無間緣所緣緣增上緣謂此是等無間緣所緣緣增上緣此是空善現從緣所生諸法不壞空空不壞從緣所生諸法謂此是從緣所生諸法此是空善現無明不壞空空不壞無明謂此是無明此是空行識名色六處觸受愛取有生老死愁歎苦憂惱不壞空空不壞行乃至老死愁歎苦憂惱謂此是行識名色六處觸受愛取有生老死愁歎苦憂惱此是空善現布施波羅蜜多不壞空空不壞布施波羅蜜多謂此是布施波羅蜜多此是空淨戒安忍精進靜慮般若波羅蜜多不壞空空不壞淨戒安忍精進靜慮般若波羅蜜多謂此是淨戒安忍精進靜慮般若波羅蜜多此是空善現内空不壞空空不壞内空謂此是内空此是空外空内外空空空大空勝義空有爲空無爲空畢竟空無際空散空無變異空本性空自相空共相空一切法空不可得空無性空自性空無性自性空不壞空空不壞外空乃至無性自性空謂此是外空内外空空空大空勝義空有

爲空無爲空畢竟空無際空散空無變異空本性空自相空共相空一切法空不可得空無性空自性空無性自性空此是空善現四念住不壞空空不壞四念住謂此是四念住此是空四正斷四神足五根五力七等覺支八聖道支不壞空空不壞四正斷乃至八聖道支謂此是四正斷四神足五根五力七等覺支八聖道支此是空善現苦聖諦不壞空空不壞苦聖諦謂此是苦聖諦此是空集滅道聖諦不壞空空不壞集滅道聖諦謂此是集滅道聖諦此是空善現四靜慮不壞空空不壞四靜慮謂此是四靜慮此是空四無量四無色定不壞空空不壞四無量四無色定謂此是四無量四無色定此是空善現八解脱不壞空空不壞八解脱謂此是八解脱此是空八勝處九次第定十徧處不壞空空不壞八勝處九次第定十徧處謂此是八勝處九次第定十徧處此是空善現陀羅尼門不壞空空不壞陀羅尼門謂此是陀羅尼門此是空三摩地門不壞空空不壞三摩地門謂此是三摩地門此是空善現空解脱門不壞空空不壞空解脱門謂此是空解脱門此是空善現無相無願解脱門不壞空空不壞無相無願解脱門謂此是無相無願解脱門此是空善現極喜地不壞空空不壞極喜地謂此是極喜地此是空離垢地發光地焰慧地極難勝地現前地遠行地不動地善慧地法雲地不壞空空不壞離垢地乃至法雲地謂此是離垢地發光地焰慧地極難勝地現前地遠行地不動地善慧地法雲地此是空善

現五眼不壞空空不壞五眼謂此是五眼此是空六神通不壞空空不壞六神通謂此是六神通此是空善現佛十力不壞空空不壞佛十力謂此是佛十力此是空四無所畏四無礙解大慈大悲大喜大捨十八佛不共法不壞空空不壞四無所畏乃至十八佛不共法謂此是四無所畏四無礙解大慈大悲大喜大捨十八佛不共法此是空善現三十二大士相不壞空空不壞三十二大士相謂此是三十二大士相此是空八十隨好不壞空空不壞八十隨好謂此是八十隨好此是空善現無忘失法不壞空空不壞無忘失法謂此是無忘失法此是空恒住捨性不壞空空不壞恒住捨性謂此是恒住捨性此是空善現一切智不壞空空不壞一切智謂此是一切智此是空道相智一切相智不壞空空不壞道相智一切相智謂此是道相智一切相智此是空善現預流果不壞空空不壞預流果謂此是預流果此是空一來不還阿羅漢果獨覺菩提不壞空空不壞一來不還阿羅漢果獨覺菩提謂此是一來不還阿羅漢果獨覺菩提此是空善現一切菩薩摩訶薩行不壞空空不壞一切菩薩摩訶薩行謂此是一切菩薩摩訶薩行此是空諸佛無上正等菩提不壞空空不壞諸佛無上正等菩提謂此是諸佛無上正等菩提此是空善現譬如虛空不壞虛空內虛空界不壞外虛空界外虛空界不壞內虛空界如是善現色不壞空空不壞色受想行識不壞空空不壞受想行識何以故如是諸法俱無自性不可相壞謂

此是空此是不空善現眼處不壞空空不壞眼處耳鼻舌身意處不壞空空不壞耳鼻舌身意處何以故如是諸法俱無自性不可相壞謂此是空此是不空善現色處不壞空空不壞色處聲香味觸法處不壞空空不壞聲香味觸法處何以故如是諸法俱無自性不可相壞謂此是空此是不空善現眼界不壞空空不壞眼界耳鼻舌身意界不壞空空不壞耳鼻舌身意界何以故如是諸法俱無自性不可相壞謂此是空此是不空善現色界不壞空空不壞色界聲香味觸法界不壞空空不壞聲香味觸法界何以故如是諸法俱無自性不可相壞謂此是空此是不空善現眼識界不壞空空不壞眼識界耳鼻舌身意識界不壞空空不壞耳鼻舌身意識界何以故如是諸法俱無自性不可相壞謂此是空此是不空善現眼觸不壞空空不壞眼觸耳鼻舌身意觸不壞空空不壞耳鼻舌身意觸何以故如是諸法俱無自性不可相壞謂此是空此是不空善現眼觸爲緣所生諸受不壞空空不壞眼觸爲緣所生諸受耳鼻舌身意觸爲緣所生諸受不壞空空不壞耳鼻舌身意觸爲緣所生諸受何以故如是諸法俱無自性不可相壞謂此是空此是不空善現地界不壞空空不壞地界水火風空識界不壞空空不壞水火風空識界何以故如是諸法俱無自性不可相壞謂此是空此是不空善現因緣不壞空空不壞因緣等無間緣所緣緣增上緣不壞空空不壞等無間緣所緣緣增上緣何以故如是諸法俱無自性不可

相壞謂此是空此是不空善現從緣所生諸法不壞空空不壞從緣所生諸法何以故如是諸法俱無自性不可相壞謂此是空此是不空善現無明不壞空空不壞無明行識名色六處觸受愛取有生老死愁歎苦憂惱不壞空空不壞行乃至老死愁歎苦憂惱何以故如是諸法俱無自性不可相壞謂此是空此是不空善現布施波羅蜜多不壞空空不壞布施波羅蜜多淨戒安忍精進靜慮般若波羅蜜多不壞空空不壞淨戒安忍精進靜慮般若波羅蜜多何以故如是諸法俱無自性不可相壞謂此是空此是不空善現內空不壞空空不壞內空外空內外空空空大空勝義空有為空無為空畢竟空無際空散空無變異空本性空自相空共相空一切法空不可得空無性空自性空無性自性空不壞空空不壞外空乃至無性自性空何以故如是諸法俱無自性不可相壞謂此是空此是不空善現四念住不壞空空不壞四念住四正斷四神足五根五力七等覺支八聖道支不壞空空不壞四正斷乃至八聖道支何以故如是諸法俱無自性不可相壞謂此是空此是不空善現苦聖諦不壞空空不壞苦聖諦集滅道聖諦不壞空空不壞集滅道聖諦何以故如是諸法俱無自性不可相壞謂此是空此是不空善現四靜慮不壞空空不壞四靜慮四無量四無色定不壞空空不壞四無量四無色定何以故如是諸法俱無自性不可相壞謂此是空此是不空善現八解脱不壞空空不壞八解脱八勝處九次第定十

徧處不壞空空不壞八勝處九次第定十徧處何以故如是諸法俱無自性不可相壞謂此是空此是不空善現陀羅尼門不壞空空不壞陀羅尼門三摩地門不壞空空不壞三摩地門何以故如是諸法俱無自性不可相壞謂此是空此是不空善現空解脫門不壞空空不壞空解脫門無相無願解脫門不壞空空不壞無相無願解脫門何以故如是諸法俱無自性不可相壞謂此是空此是不空善現極喜地不壞空空不壞極喜地離垢地發光地焰慧地極難勝地現前地遠行地不動地善慧地法雲地不壞空空不壞離垢地乃至法雲地何以故如是諸法俱無自性不可相壞謂此是空此是不空善現五眼不壞空空不壞五眼六神通不壞空空不壞六神通何以故如是諸法俱無自性不可相壞謂此是空此是不空善現佛十力不壞空空不壞佛十力四無所畏四無礙解大慈大悲大喜大捨十八佛不共法不壞空空不壞四無所畏乃至十八佛不共法何以故如是諸法俱無自性不可相壞謂此是空此是不空善現三十二大士相不壞空空不壞三十二大士相八十隨好不壞空空不壞八十隨好何以故如是諸法俱無自性不可相壞謂此是空此是不空善現無忘失法不壞空空不壞無忘失法恒住捨性不壞空空不壞恒住捨性何以故如是諸法俱無自性不可相壞謂此是空此是不空善現一切智不壞空空不壞一切智道相智一切相智不壞空空不壞道相智一切相智何以故如是諸法俱無自

性不可相壞謂此是空此是不空善現預流
果不壞空空不壞預流果一來不還阿羅漢
果獨覺菩提不壞空空不壞一來不還阿羅
漢果獨覺菩提何以故如是諸法俱無自性
不可相壞謂此是空此是不空善現一切菩
薩摩訶薩行不壞空空不壞一切菩薩摩訶
薩行諸佛無上正等菩提不壞空空不壞諸
佛無上正等菩提何以故如是諸法俱無自
性不可相壞謂此是空此是不空

大般若波羅蜜多經卷第三百八十九

大般若波羅蜜多經卷第三百九十

唐三藏法師玄奘奉詔譯

初分不可動品第七十之五

爾時具壽善現白佛言世尊若一切法皆本性空本性空中都無差別諸菩薩摩訶薩爲何所住發起無上正等覺心作是願言我當趣證廣大無上正等菩提世尊諸佛無上正等菩提無二行相非二行相能證無上正等菩提佛言善現如是如是如汝所說諸佛無上正等菩提無二行相非二行相能證無上正等菩提何以故善現菩提無二亦無分別若於菩提行於二相有分別者必不能證善現諸菩薩摩訶薩不於菩提行於二相亦不分別都無所住發起無上正等覺心諸菩薩摩訶薩於一切法不行二相亦不分別都無所行則能趣證廣大無上正等菩提善現諸菩薩摩訶薩所求無上正等菩提非行二相而能證得善現諸菩薩摩訶薩所有菩提都無所行謂不於色行亦不於受想行識行不於眼處行亦不於耳鼻舌身意處行不於色處行亦不於聲香味觸法處行不於眼界行亦不於耳鼻舌身意界行不於色界行亦不於聲香味觸法界行不於眼識界行亦不於耳鼻舌身意識界行不於眼觸行亦不於耳鼻舌身意觸行不於眼觸爲緣所生諸受行亦不於耳鼻舌身意觸爲緣所生諸受行不於地界行亦不於水火風空識界行不於因緣行亦不於等無間緣所緣緣增上緣行不於從緣所生諸法行不於無明行亦不於行識名色六處觸受愛取有生老死愁歎苦憂

惱行不於布施波羅蜜多行亦不於淨戒安
忍精進靜慮般若波羅蜜多行不於內空行
亦不於外空內外空空空大空勝義空有為
空無為空畢竟空無際空散空無變異空本
性空自相空共相空一切法空不可得空無
性空自性空無性自性空行不於四念住行
亦不於四正斷四神足五根五力七等覺支
八聖道支行不於苦聖諦行亦不於集滅道
聖諦行不於四靜慮行亦不於四無量四無
色定行不於八解脫行亦不於八勝處九次
第定十徧處行不於陀羅尼門行亦不於三
摩地門行不於空解脫門行亦不於無相無
願解脫門行不於極喜地行亦不於離垢地
發光地焰慧地極難勝地現前地遠行地不
動地善慧地法雲地行不於五眼行亦不於
六神通行不於佛十力行亦不於四無所畏
四無礙解大慈大悲大喜大捨十八佛不共
法行不於三十二大士相行亦不於八十隨
好行不於無忘失法行亦不於恒住捨性行
不於一切智行亦不於道相智一切相智行
不於預流果行亦不於一來不還阿羅漢果
獨覺菩提行不於一切菩薩摩訶薩行行亦
不於諸佛無上正等菩提行何以故善現諸
菩薩摩訶薩所有菩提不緣名聲執我我所
謂不作是念我行於色我行於受想行識亦
不作是念我行於眼處我行於耳鼻舌身意
處亦不作是念我行於色處我行於聲香味
觸法處亦不作是念我行於眼界我行於耳
鼻舌身意界亦不作是念我行於色界我行
於聲香味觸法界亦不作是念我行於眼識

界我行於耳鼻舌身意識界亦不作是念我行於眼觸我行於耳鼻舌身意觸亦不作是念我行於眼觸爲緣所生諸受我行於耳鼻舌身意觸爲緣所生諸受亦不作是念我行於地界我行於水火風空識界亦不作是念我行於因緣我行於等無間緣所緣緣增上緣亦不作是念我行於從緣所生諸法亦不作是念我行於無明我行於行識名色六處觸受愛取有生老死愁歎苦憂惱亦不作是念我行於布施波羅蜜多我行於淨戒安忍精進靜慮般若波羅蜜多亦不作是念我行於內空我行於外空內外空空空大空勝義空有爲空無爲空畢竟空無際空散空無變異空本性空自相空共相空一切法空不可得空無性空自性空無性自性空亦不作是念我行於四念住我行於四正斷四神足五根五力七等覺支八聖道支亦不作是念我行於苦聖諦我行於集滅道聖諦亦不作是念我行於四靜慮我行於四無量四無色定亦不作是念我行於八解脫我行於八勝處九次第定十徧處亦不作是念我行於陀羅尼門我行於三摩地門亦不作是念我行於空解脫門我行於無相無願解脫門亦不作是念我行於極喜地我行於離垢地發光地焰慧地極難勝地現前地遠行地不動地善慧地法雲地亦不作是念我行於五眼我行於六神通亦不作是念我行於佛十力我行於四無所畏四無礙解大慈大悲大喜大捨十八佛不共法亦不作是念我行於三十二大士相我行於八十隨好亦不作是念我行

於無忘失法我行於恒住捨性亦不作是念我行於一切智我行於道相智一切相智亦不作是念我行於預流果我行於一來不還阿羅漢果獨覺菩提亦不作是念我行於一切菩薩摩訶薩行我行於諸佛無上正等菩提復次善現諸菩薩摩訶薩所有菩提非取故行非捨故行具壽善現白佛言世尊若菩薩摩訶薩所有菩提非取故行非捨故行諸菩薩摩訶薩所有菩提當何處行佛告善現於意云何諸佛化身所有菩提當何處行為取故行為捨故行善現答言不也世尊不也善逝諸佛化身實無所有如何可說所有菩提有所行處若取若捨佛告善現於意云何諸阿羅漢夢中菩提當何處行為取故行為捨故行善現答言不也世尊不也善逝諸阿羅漢諸漏永盡惛沈睡眠蓋纏俱滅畢竟無夢云何當有夢中菩提有所行處若取若捨佛言善現諸菩薩摩訶薩修行般若波羅蜜多時所有菩提亦復如是非取故行非捨故行都無行處本性空故爾時具壽善現白佛言世尊若菩薩摩訶薩修行般若波羅蜜多時所有菩提非取故行非捨故行都無行處謂不行於色亦不行於受想行識不行於眼處亦不行於耳鼻舌身意處不行於色處亦不行於聲香味觸法處不行於眼界亦不行於耳鼻舌身意界不行於色界亦不行於聲香味觸法界不行於眼識界亦不行於耳鼻舌身意識界不行於眼觸亦不行於耳鼻舌身意觸不行於眼觸為緣所生諸受亦不行於耳鼻舌身意觸為緣所生諸受不行於因

緣亦不行於等無間緣所緣緣緣增上緣不行於從緣所生諸法不行於無明亦不行於行識名色六處觸受愛取有生老死愁歎苦憂惱不行於布施波羅蜜多亦不行於淨戒安忍精進靜慮般若波羅蜜多不行於內空亦不行於外空內外空空空大空勝義空有爲空無爲空畢竟空無際空散空無變異空本性空自相空共相空一切法空不可得空無性空自性空無性自性空不行於四念住亦不行於四正斷四神足五根五力七等覺支八聖道支不行於苦聖諦亦不行於集滅道聖諦不行於四靜慮亦不行於四無量四無色定不行於八解脫亦不行於八勝處九次第定十徧處不行於陀羅尼門亦不行於三摩地門不行於空解脫門亦不行於無相無願解脫門不行於極喜地亦不行於離垢地發光地焰慧地極難勝地現前地遠行地不動地善慧地法雲地不行於五眼亦不行於六神通不行於佛十力亦不行於四無所畏四無礙解大慈大悲大喜大捨十八佛不共法不行於三十二大士相亦不行於八十隨好不行於無忘失法亦不行於恒住捨性不行於一切智亦不行於道相智一切相智不行於預流果亦不行於一來不還阿羅漢果獨覺菩提不行於一切菩薩摩訶薩行亦不行於諸佛無上正等菩提者世尊豈諸菩薩摩訶薩不行布施波羅蜜多不行淨戒安忍精進靜慮般若波羅蜜多不行內空不行外空內外空空空大空勝義空有爲空無爲空畢竟空無際空散空無變異空本性空自相

空共相空一切法空不可得空無性空自性空無性自性空不行四念住不行四正斷四神足五根五力七等覺支八聖道支不行苦聖諦不行集滅道聖諦不行四靜慮不行四無量四無色定不行八解脱不行八勝處九次第定十徧處不行一切陀羅尼門不行一切三摩地門不行空解脱門不行無相無願解脱門不入菩薩正性離生不行極喜地不行離垢地發光地焰慧地極難勝地現前地遠行地不動地善慧地法雲地不行五眼不行六神通不行佛十力不行四無所畏四無礙解大慈大悲大喜大捨十八佛不共法不行三十二大士相不行八十隨好不行無忘失法不行恒住捨性不行一切智不行道相智一切相智不住菩薩殊勝神通成熟有情嚴淨佛土而得無上正等菩提佛言不也善現諸菩薩摩訶薩所有菩提雖無行處而諸菩薩摩訶薩要行布施淨戒安忍精進靜慮般若波羅蜜多要行内空外空内外空空空大空勝義空有爲空無爲空畢竟空無際空散空無變異空本性空自相空共相空一切法空不可得空無性空自性空無性自性空要行四念住四正斷四神足五根五力七等覺支八聖道支要行苦集滅道聖諦要行四靜慮四無量四無色定要行八解脱八勝處九次第定十徧處要行一切陀羅尼門一切三摩地門要行空解脱門無相無願解脱門要入菩薩正性離生要行極喜地離垢地發光地焰慧地極難勝地現前地遠行地不動地善慧地法雲地要行五眼六神通要行佛

十力四無所畏四無礙解大慈大悲大喜大捨十八佛不共法要行三十二大士相八十隨好要行無忘失法恒住捨性要行一切智道相智一切相智要住菩薩殊勝神通成熟有情嚴淨佛土乃得無上正等菩提時具壽善現復白佛言世尊諸菩薩摩訶薩所有菩提若無行處將無菩薩摩訶薩不住布施波羅蜜多不住淨戒安忍精進靜慮般若波羅蜜多久修令滿不住內空不住外空內外空空空大空勝義空有爲空無爲空畢竟空無際空散空無變異空本性空自相空共相空一切法空不可得空無性空自性空無性自性空久修令滿不住四念住不住四正斷四神足五根五力七等覺支八聖道支久修令滿不住苦聖諦不住集滅道聖諦久修令滿不住四靜慮不住四無量四無色定久修令滿不住八解脫不住八勝處九次第定十徧處久修令滿不住一切陀羅尼門不住一切三摩地門久修令滿不住空解脫門不住無相無願解脫門久修令滿不入菩薩正性離生不住極喜地不住離垢地發光地焰慧地極難勝地現前地遠行地不動地善慧地法雲地久修令滿不住五眼不住六神通久修令滿不住佛十力不住四無所畏四無礙解大慈大悲大喜大捨十八佛不共法久修令滿不住三十二大士相不住八十隨好久修令滿不住無忘失法不住恒住捨性久修令滿不住一切智不住道相智一切相智久修令滿不住菩薩殊勝神通成熟有情嚴淨佛土久修令滿而得無上正等菩提佛言不也

善現諸菩薩摩訶薩所有菩提離無行處而諸菩薩摩訶薩要住布施淨戒安忍精進靜慮般若波羅蜜多久修令滿要住內空外空內外空空空大空勝義空有爲空無爲空畢竟空無際空散空無變異空本性空自相空共相空一切法空不可得空無性空自性空無性自性空久修令滿要住四念住四正斷四神足五根五力七等覺支八聖道支久修令滿要住苦集滅道聖諦久修令滿要住四靜慮四無量四無色定久修令滿要住八解脫八勝處九次第定十徧處久修令滿要住一切陀羅尼門一切三摩地門久修令滿要住空解脫門無相無願解脫門久修令滿要入菩薩正性離生要住極喜地離垢地發光地焰慧地極難勝地現前地遠行地不動地善慧地法雲地久修令滿要住五眼六神通久修令滿要住佛十力四無所畏四無礙解大慈大悲大喜大捨十八佛不共法久修令滿要住三十二大士相八十隨好久修令滿要住無忘失法恒住捨性久修令滿要住一切智道相智一切相智久修令滿要住菩薩殊勝神通成熟有情嚴淨佛土久修令滿乃得無上正等菩提善現若菩薩摩訶薩修諸善根未極圓滿終不能得所求無上正等菩提復次善現若菩薩摩訶薩欲得無上正等菩提應住色本性空應住受想行識本性空應住眼處本性空應住耳鼻舌身意處本性空應住色處本性空應住聲香味觸法處本性空應住眼界本性空應住耳鼻舌身意界本性空應住色界本性空應住聲香味觸法

界本性空應住眼識界本性空應住耳鼻舌身意識界本性空應住眼觸本性空應住耳鼻舌身意觸本性空應住眼觸爲緣所生諸受本性空應住耳鼻舌身意觸爲緣所生諸受本性空應住地界本性空應住水火風空識界本性空應住因緣本性空應住等無間緣所緣緣增上緣本性空應住從緣所生諸法本性空應住無明本性空應住行識名色六處觸受愛取有生老死愁歎苦憂惱本性空應住布施波羅蜜多本性空應住淨戒安忍精進靜慮般若波羅蜜多本性空應住內空本性空應住外空內外空空空大空勝義空有爲空無爲空畢竟空無際空散空無變異空本性空自相空共相空一切法空不可得空無性空自性空無性自性空本性空應住四念住本性空應住四正斷四神足五根五力七等覺支八聖道支本性空應住苦聖諦本性空應住集滅道聖諦本性空應住四靜慮本性空應住四無量四無色定本性空應住八解脫本性空應住八勝處九次第定十徧處本性空應住陀羅尼門本性空應住三摩地門本性空應住空解脫門本性空應住無相無願解脫門本性空應住極喜地本性空應住離垢地發光地焰慧地極難勝地現前地遠行地不動地善慧地法雲地本性空應住五眼本性空應住六神通本性空應住佛十力本性空應住四無所畏四無礙解大慈大悲大喜大捨十八佛不共法本性空應住三十二大士相本性空應住八十隨好本性空應住無忘失法本性空應住恒住捨

性本性空應住一切智本性空應住道相智一切相智本性空應住預流果本性空應住一來不還阿羅漢果獨覺菩提本性空應住一切菩薩摩訶薩行本性空應住諸佛無上正等菩提本性空應住一切法本性空應住一切有情本性空修諸功德令圓滿已便證無上正等菩提善現是諸法本性空及有情本性空最極寂靜無有少法能增能減能生能滅能斷能常能染能淨能得果能現觀善現當知菩薩摩訶薩依世俗言說施設法故說修般若波羅蜜多如實了知本性空已證得無上正等菩提非眞勝義何以故眞勝義中無色可得亦無受想行識可得無眼處可得亦無耳鼻舌身意處可得無色處可得亦無聲香味觸法處可得無眼界可得亦無耳鼻舌身意界可得無色界可得亦無聲香味觸法界可得無眼識界可得亦無耳鼻舌身意識界可得無眼觸可得亦無耳鼻舌身意觸可得無眼觸爲緣所生諸受可得亦無耳鼻舌身意觸爲緣所生諸受可得無地界可得亦無水火風空識界可得無因緣可得亦無等無間緣所緣緣增上緣可得無從緣所生諸法可得無無明可得亦無行識名色六處觸受愛取有生老死愁歎苦憂惱可得無布施波羅蜜多可得亦無淨戒安忍精進靜慮般若波羅蜜多可得無內空可得亦無外空內外空空空大空勝義空有爲空無爲空畢竟空無際空散空無變異空本性空自相空共相空一切法空不可得空無性空自性空無性自性空可得無四念住可得亦無四

正斷四神足五根五力七等覺支八聖道支可得無苦聖諦可得亦無集滅道聖諦可得無四靜慮可得亦無四無量四無色定可得無八解脫可得亦無八勝處九次第定十徧處可得無陀羅尼門可得亦無三摩地門可得無空解脫門可得亦無無相無願解脫門可得無極喜地可得亦無離垢地發光地焰慧地極難勝地現前地遠行地不動地善慧地法雲地可得無五眼可得亦無六神通可得無佛十力可得亦無四無所畏四無礙解大慈大悲大喜大捨十八佛不共法可得無三十二大士相可得亦無八十隨好可得無無忘失法可得亦無恒住捨性可得無一切智可得亦無道相智一切相智可得無預流果可得亦無一來不還阿羅漢果獨覺菩提可得無一切菩薩摩訶薩行可得亦無諸佛無上正等菩提可得無行菩薩摩訶薩行者可得亦無行無上正等菩提者可得善現如是諸法皆依世俗言說施設不依勝義善現諸菩薩摩訶薩修行般若波羅蜜多從初發心雖極猛利爲諸有情行菩提行而於此心都無所得於諸有情亦無所得於大菩提亦無所得於佛菩薩亦無所得爾時具壽善現白佛言世尊若一切法都無所有皆不可得云何菩薩摩訶薩行菩提行云何能得無上菩提佛告善現於意云何汝於先時依止斷界斷諸煩惱得無漏根住無間定得預流果若一來果若不還果若阿羅漢果汝於彼時頗見有情若心若道若諸道果有可得不善現荅言不也世尊不也善逝佛言善現若汝

彼時都無所得云何言得阿羅漢果善現答言依世俗說不依勝義佛告善現如是如是如汝所說諸菩薩摩訶薩亦復如是依世俗說行菩提行及得無上正等菩提不依勝義善現依世俗故施設有色施設有受想行識依世俗故施設有眼處施設有耳鼻舌身意處依世俗故施設有色處施設有聲香味觸法處依世俗故施設有眼界施設有耳鼻舌身意界依世俗故施設有色界施設有聲香味觸法界依世俗故施設有眼識界施設有耳鼻舌身意識界依世俗故施設有眼觸施設有耳鼻舌身意觸依世俗故施設有眼觸爲緣所生諸受施設有耳鼻舌身意觸爲緣所生諸受依世俗故施設有地界施設有水火風空識界依世俗故施設有因緣施設有等無間緣所緣緣增上緣依世俗故施設有從緣所生諸法依世俗故施設有無明施設有行識名色六處觸受愛取有生老死愁歎苦憂惱依世俗故施設有布施波羅蜜多施設有淨戒安忍精進靜慮般若波羅蜜多依世俗故施設有內空施設有外空內外空空空大空勝義空有爲空無爲空畢竟空無際空散空無變異空本性空自相空共相空一切法空不可得空無性空自性空無性自性空依世俗故施設有四念住施設有四正斷四神足五根五力七等覺支八聖道支依世俗故施設有苦聖諦施設有集滅道聖諦依世俗故施設有四靜慮施設有四無量四無色定依世俗故施設有八解脫施設有八勝處九次第定十徧處依世俗故施設有陀羅

尼門施設有三摩地門依世俗故施設有空解脫門施設有無相無願解脫門依世俗故施設有極喜地施設有離垢地發光地焰慧地極難勝地現前地遠行地不動地善慧地法雲地依世俗故施設有五眼施設有六神通依世俗故施設有佛十力施設有四無所畏四無礙解大慈大悲大喜大捨十八佛不共法依世俗故施設有三十二大士相施設有八十隨好依世俗故施設有無忘失法施設有恒住捨性依世俗故施設有一切智施設有道相智一切相智依世俗故施設有預流果施設有一來不還阿羅漢果獨覺菩提依世俗故施設有一切菩薩摩訶薩行施設有諸佛無上正等菩提依世俗故施設有有情施設有菩薩諸佛世尊不依勝義善現諸菩薩摩訶薩不見有法能於無上正等菩提有增有減有益有損以一切法本性空故善現諸菩薩摩訶薩於一切法觀本性空尚不可得況初發心而有可得況修布施波羅蜜多而有可得況修淨戒安忍精進靜慮般若波羅蜜多而有可得況住內空而有可得況住外空內外空空空大空勝義空有為空無為空畢竟空無際空散空無變異空本性空自相空共相空一切法空不可得空無性空自性空無性自性空而有可得況修四念住而有可得況修四正斷四神足五根五力七等覺支八聖道支而有可得況住苦聖諦而有可得況住集滅道聖諦而有可得況修四靜慮而有可得況修四無量四無色定而有可得況修八解脫而有可得況修八勝處九

次第定十徧處而有可得況修陀羅尼門而有可得況修三摩地門而有可得況修空解脫門而有可得況修無相無願解脫門而有可得況修極喜地而有可得況修離垢地發光地焰慧地極難勝地現前地遠行地不動地善慧地法雲地而有可得況修五眼而有可得況修六神通而有可得況修佛十力而有可得況修四無所畏四無礙解大慈大悲大喜大捨十八佛不共法而有可得況修三十二大士相而有可得況修八十隨好而有可得況修無忘失法而有可得況修恒住捨性而有可得況修一切智而有可得況修道相智一切相智而有可得況修一切菩薩摩訶薩行而有可得況修諸佛無上正等菩提而有可得善現諸菩薩摩訶薩於所修住一切佛法若有所得無有是處如是善現諸菩薩摩訶薩修行無上正等菩提證得無上正等菩提饒益有情常無閒斷

初分成熟有情品第七十一之一

爾時具壽善現白佛言世尊若菩薩摩訶薩修行布施波羅蜜多修行淨戒安忍精進靜慮般若波羅蜜多安住內空安住外空內外空空空大空勝義空有爲空無爲空畢竟空無際空散空無變異空本性空自相空共相空一切法空不可得空無性空自性空無性自性空修行四念住修行四正斷四神足五根五力七等覺支八聖道支安住苦聖諦安住集滅道聖諦修行四靜慮修行四無量四無色定修行八解脫修行八勝處九次第定十徧處修行陀羅尼門修行三摩地門修行

空解脱門修行無相無願解脱門修行極喜
地修行離垢地發光地焰慧地極難勝地現
前地遠行地不動地善慧地法雲地修行五
眼修行六神通修行佛十力修行四無所畏
四無礙解大慈大悲大喜大捨十八佛不共
法修行三十二大士相八十隨好修行無忘
失法修行恒住捨性修行一切智修行道相
智一切相智修行一切菩薩摩訶薩行修行
諸佛無上正等菩提修行菩薩道若未圓滿
不能證得所求無上正等菩提世尊云何菩
薩摩訶薩修菩薩道令得圓滿能證無上正
等菩提佛告善現若菩薩摩訶薩修行般若
波羅蜜多方便善巧修行布施波羅蜜多時
不得布施不得能施不得所施不得所爲亦
不遠離如是諸法而行布施波羅蜜多是菩

薩摩訶薩則能圓滿修菩薩道善現若菩薩
摩訶薩修行般若波羅蜜多方便善巧修行
淨戒安忍精進靜慮般若波羅蜜多時不得
淨戒安忍精進靜慮般若不得能修不得所
修不得所爲亦不遠離如是諸法而行淨戒
安忍精進靜慮般若波羅蜜多是菩薩摩訶
薩則能圓滿修菩薩道如是善現諸菩薩摩
訶薩修行般若波羅蜜多方便善巧修菩薩
道令得圓滿能證無上正等菩提善現若菩
薩摩訶薩修行般若波羅蜜多方便善巧安
住内空時不得内空不得能住不得所住不
得所爲亦不遠離如是諸法而住内空是菩
薩摩訶薩則能圓滿修菩薩道善現若菩薩
摩訶薩修行般若波羅蜜多時方便善巧安
住外空内外空空空大空勝義空有爲空無

爲空畢竟空無際空散空無變異空本性空
自相空共相空一切法空不可得空無性空
自性空無性自性空時不得外空乃至無性
自性空不得能住不得所住不得所爲亦不
遠離如是諸法而住外空乃至無性自性空
是菩薩摩訶薩則能圓滿修菩薩道如是善
現諸菩薩摩訶薩修行般若波羅蜜多方便
善巧修菩薩道令得圓滿能證無上正等菩
提善現若菩薩摩訶薩修行般若波羅蜜多
方便善巧修行四念住時不得四念住不得
能修不得所修不得所爲亦不遠離如是諸
法而修四念住是菩薩摩訶薩則能圓滿修
菩薩道善現若菩薩摩訶薩修行般若波羅
蜜多方便善巧修行四正斷四神足五根五
力七等覺支八聖道支時不得四正斷乃至
八聖道支不得能修不得所修不得所爲亦
不遠離如是諸法而修四正斷乃至八聖道
支是菩薩摩訶薩則能圓滿修菩薩道如是
善現諸菩薩摩訶薩修行般若波羅蜜多方
便善巧修菩薩道令得圓滿能證無上正等
菩提

大般若波羅蜜多經卷第三百九十

大般若波羅蜜多經卷第三百九十一

唐三藏法師玄奘奉　詔譯

初分成熟有情品第七十一之二

善現若菩薩摩訶薩修行般若波羅蜜多方便善巧安住苦聖諦時不得苦聖諦不得能住不得所修不得所爲亦不遠離如是諸法而住苦聖諦是菩薩摩訶薩則能圓滿修菩薩道善現若菩薩摩訶薩修行般若波羅蜜多方便善巧安住集滅道聖諦時不得集滅道聖諦不得能住不得所住不得所爲亦不遠離如是諸法而住集滅道聖諦是菩薩摩訶薩則能圓滿修菩薩道如是善現諸菩薩摩訶薩修行般若波羅蜜多方便善巧修菩薩道令得圓滿能證無上正等菩提善現若菩薩摩訶薩修行般若波羅蜜多方便善巧修行四靜慮時不得四靜慮不得能修不得所修不得所爲亦不遠離如是諸法而修四靜慮是菩薩摩訶薩則能圓滿修菩薩道善現若菩薩摩訶薩修行般若波羅蜜多方便善巧修行四無量四無色定時不得四無量四無色定不得能修不得所修不得所爲亦不遠離如是諸法而修四無量四無色定是菩薩摩訶薩則能圓滿修菩薩道如是善現諸菩薩摩訶薩修行般若波羅蜜多方便善巧修菩薩道令得圓滿能證無上正等菩提善現若菩薩摩訶薩修行般若波羅蜜多方便善巧修行八解脫時不得八解脫不得能修不得所修不得所爲亦不遠離如是諸法而修八解脫是菩薩摩訶薩則能圓滿修菩薩道善現若菩薩摩訶薩修行般若波羅蜜

多方便善巧修行八勝處九次第定十遍處時不得八勝處九次第定十遍處不得能修不得所修不得所爲亦不遠離如是諸法而修八勝處九次第定十遍處是菩薩摩訶薩則能圓滿修菩薩道如是善現諸菩薩摩訶薩修行般若波羅蜜多方便善巧修菩薩道令得圓滿能證無上正等菩提善現若菩薩摩訶薩修行般若波羅蜜多方便善巧修行一切陀羅尼門時不得一切陀羅尼門不得能修不得所修不得所爲亦不遠離如是諸法而修一切陀羅尼門是菩薩摩訶薩則能圓滿修菩薩道善現若菩薩摩訶薩修行般若波羅蜜多方便善巧修行一切三摩地門時不得一切三摩地門不得能修不得所修不得所爲亦不遠離如是諸法而修一切三摩地門是菩薩摩訶薩則能圓滿修菩薩道如是善現諸菩薩摩訶薩修行般若波羅蜜多方便善巧修菩薩道令得圓滿能證無上正等菩提善現若菩薩摩訶薩修行般若波羅蜜多方便善巧修行空解脱門時不得空解脱門不得能修不得所修不得所爲亦不遠離如是諸法而修空解脱門是菩薩摩訶薩則能圓滿修菩薩道善現若菩薩摩訶薩修行般若波羅蜜多方便善巧修行無相無願解脱門時不得無相無願解脱門不得能修不得所修不得所爲亦不遠離如是諸法而修無相無願解脱門是菩薩摩訶薩則能圓滿修菩薩道如是善現諸菩薩摩訶薩修行般若波羅蜜多方便善巧修菩薩道令得圓滿能證無上正等菩提善現若菩薩摩訶

薩方便善巧修行極喜地時不得極喜地不得能修不得所修不得所爲亦不遠離如是諸法而修極喜地是菩薩摩訶薩則能圓滿修菩薩道善現若菩薩摩訶薩修行般若波羅蜜多方便善巧修行離垢地發光地焰慧地極難勝地現前地遠行地不動地善慧地法雲地時不得離垢地乃至法雲地不得能修不得所修不得所爲亦不遠離如是諸法而修離垢地乃至法雲地是菩薩摩訶薩則能圓滿修菩薩道如是善現諸菩薩摩訶薩修行般若波羅蜜多方便善巧修菩薩道令得圓滿能證無上正等菩提善現若菩薩摩訶薩修行般若波羅蜜多方便善巧修行五眼時不得五眼不得能修不得所修不得所爲亦不遠離如是諸法而修五眼是菩薩摩

訶薩則能圓滿修菩薩道善現若菩薩摩訶薩修行般若波羅蜜多方便善巧修行六神通時不得六神通不得能修不得所修不得所爲亦不遠離如是諸法而修六神通是菩薩摩訶薩則能圓滿修菩薩道如是善現諸菩薩摩訶薩修行般若波羅蜜多方便善巧修菩薩道令得圓滿能證無上正等菩提善現若菩薩摩訶薩修行般若波羅蜜多方便善巧修行佛十力時不得佛十力不得能修不得所修不得所爲亦不遠離如是諸法而修佛十力是菩薩摩訶薩則能圓滿修菩薩道善現若菩薩摩訶薩修行般若波羅蜜多方便善巧修行四無所畏四無礙解大慈大悲大喜大捨十八佛不共法時不得四無所畏乃至十八佛不共法不得能修不得所修

不得所爲亦不遠離如是諸法而修四無所畏乃至十八佛不共法是菩薩摩訶薩則能圓滿修菩薩道如是善現諸菩薩摩訶薩修行般若波羅蜜多方便善巧修菩薩道令得圓滿能證無上正等菩提善現若菩薩摩訶薩修行般若波羅蜜多方便善巧修行三十二大士相時不得三十二大士相不得能修不得所修不得所爲亦不遠離如是諸法而修三十二大士相是菩薩摩訶薩則能圓滿修菩薩道善現若菩薩摩訶薩修行般若波羅蜜多方便善巧修行八十隨好時不得八十隨好不得能修不得所修不得所爲亦不遠離如是諸法而修八十隨好是菩薩摩訶薩則能圓滿修菩薩道如是善現諸菩薩摩訶薩修行般若波羅蜜多方便善巧修菩薩

道令得圓滿能證無上正等菩提善現若菩薩摩訶薩修行般若波羅蜜多方便善巧修行無忘失法時不得無忘失法不得能修不得所修不得所爲亦不遠離如是諸法而修無忘失法是菩薩摩訶薩則能圓滿修菩薩道善現若菩薩摩訶薩修行般若波羅蜜多方便善巧修行恒住捨性時不得恒住捨性不得能修不得所修不得所爲亦不遠離如是諸法而修恒住捨性是菩薩摩訶薩則能圓滿修菩薩道如是善現諸菩薩摩訶薩修行般若波羅蜜多方便善巧修菩薩道令得圓滿能證無上正等菩提善現若菩薩摩訶薩修行般若波羅蜜多方便善巧修行一切智時不得一切智不得能修不得所修不得所爲亦不遠離如是諸法而修一切智是菩

薩摩訶薩則能圓滿修菩薩道善現若菩薩
摩訶薩修行般若波羅蜜多方便善巧修行
道相智一切相智時不得道相智一切相智
不得能修不得所修不得所為亦不不遠離
是諸法而修道相智一切相智是菩薩摩訶
薩則能圓滿修菩薩道如是善現諸菩薩摩
訶薩修行般若波羅蜜多方便善巧修菩薩
道令得圓滿能證無上正等菩提善現若菩
薩摩訶薩修行般若波羅蜜多方便善巧修
行一切菩薩摩訶薩行時不得一切菩薩摩
訶薩行不得能修不得所修不得所為亦不
遠離如是諸法而修一切菩薩摩訶薩行是
菩薩摩訶薩則能圓滿修菩薩道善現若菩
薩摩訶薩修行般若波羅蜜多方便善巧修
行諸佛無上正等菩提時不得無上正等菩

提不得能修不得所修不得所為亦不遠離
如是諸法而修諸佛無上正等菩提是菩薩
摩訶薩修行般若波羅蜜多方便善巧修菩
薩道令得圓滿能證無上正等菩提爾時
具壽舍利子白佛言世尊云何菩薩摩訶薩
修行般若波羅蜜多時勇猛正勤修菩提道
佛言舍利子若菩薩摩訶薩修行般若波羅
蜜多時方便善巧不和合色不和散色不離
合受想行識不離散受想行識何以故如是
諸法皆無自性可合可離故舍利子若菩薩摩
訶薩修行般若波羅蜜多時方便善巧不和
合眼處不離散眼處不和合耳鼻舌身意處
不離散耳鼻舌身意處何以故如是諸法皆
無自性可合離故舍利子若菩薩摩訶薩修

行般若波羅蜜多時方便善巧不和合色處不離散色處不和合聲香味觸法處不離散聲香味觸法處何以故如是諸法皆無自性可合離故舍利子若菩薩摩訶薩修行般若波羅蜜多時方便善巧不和合眼界不離散眼界不和合耳鼻舌身意界不離散耳鼻舌身意界何以故如是諸法皆無自性可合離故舍利子若菩薩摩訶薩修行般若波羅蜜多時方便善巧不和合色界不離散色界不和合聲香味觸法界不離散聲香味觸法界何以故如是諸法皆無自性可合離故舍利子若菩薩摩訶薩修行般若波羅蜜多時方便善巧不和合眼識界不離散眼識界不和合耳鼻舌身意識界不離散耳鼻舌身意識界何以故如是諸法皆無自性可合離故舍利子若菩薩摩訶薩修行般若波羅蜜多時方便善巧不和合眼觸不離散眼觸不和合耳鼻舌身意觸不離散耳鼻舌身意觸何以故如是諸法皆無自性可合離故舍利子若菩薩摩訶薩修行般若波羅蜜多時方便善巧不和合眼觸爲緣所生諸受不離散眼觸爲緣所生諸受不和合耳鼻舌身意觸爲緣所生諸受不離散耳鼻舌身意觸爲緣所生諸受何以故如是諸法皆無自性可合離故舍利子若菩薩摩訶薩修行般若波羅蜜多時方便善巧不和合地界不離散地界不和合水火風空識界不離散水火風空識界何以故如是諸法皆無自性可合離故舍利子若菩薩摩訶薩修行般若波羅蜜多時方便善巧不和合因緣不離散因緣不和合等無

間緣所緣緣增上緣不離散等無間緣所緣緣增上緣何以故如是諸法皆無自性可合離故舍利子若菩薩摩訶薩修行般若波羅蜜多時方便善巧不和合從緣所生諸法不離散從緣所生諸法何以故如是諸法皆無自性可合離故舍利子若菩薩摩訶薩修行般若波羅蜜多時方便善巧不和合無明不離散無明不和合行識名色六處觸受愛取有生老死愁歎苦憂惱不離散行乃至老死愁歎苦憂惱何以故如是諸法皆無自性可合離故舍利子若菩薩摩訶薩修行般若波羅蜜多時方便善巧不和合布施波羅蜜多不離散布施波羅蜜多不和合淨戒安忍精進靜慮般若波羅蜜多不離散淨戒安忍精進靜慮般若波羅蜜多何以故如是諸法皆無自性可合離故舍利子若菩薩摩訶薩修行般若波羅蜜多時方便善巧不和合內空不離散內空不和合外空內外空空空大空勝義空有爲空無爲空畢竟空無際空散空無變異空本性空自相空共相空一切法空不可得空無性空自性空無性自性空不離散外空乃至無性自性空何以故如是諸法皆無自性可合離故舍利子若菩薩摩訶薩修行般若波羅蜜多時方便善巧不和合四念住不離散四念住不和合四正斷四神足五根五力七等覺支八聖道支不離散四正斷乃至八聖道支何以故如是諸法皆無自性可合離故舍利子若菩薩摩訶薩修行般若波羅蜜多時方便善巧不和合苦聖諦不離散苦聖諦不和合集滅道聖諦不離散集

滅道聖諦何以故如是諸法皆無自性可合離故舍利子若菩薩摩訶薩修行般若波羅蜜多時方便善巧不和合四靜慮不離散四靜慮不和合四無量四無色定不離散四無量四無色定何以故如是諸法皆無自性可合離故舍利子若菩薩摩訶薩修行般若波羅蜜多時方便善巧不和合八解脫不離散八解脫不和合八勝處九次第定十遍處不離散八勝處九次第定十遍處何以故如是諸法皆無自性可合離故舍利子若菩薩摩訶薩修行般若波羅蜜多時方便善巧不和合三摩地門不離散三摩地門何以故如是諸法皆無自性可合離故舍利子若菩薩摩訶薩修行般若波羅蜜多時方便善巧不和合陀羅尼門不離散陀羅尼門不和合三摩地門不離散三摩地門何以故如是諸法皆無自性可合離故舍利子若菩薩摩訶薩修行般若波羅蜜多時方便善巧不和合空解脫門不離散空解脫門不和合無相無願解脫門不離散無相無願解脫門何以故如是諸法皆無自性可合離故舍利子若菩薩摩訶薩修行般若波羅蜜多時方便善巧不和合極喜地不離散極喜地不和合離垢地發光地焰慧地極難勝地現前地遠行地不動地善慧地法雲地不離散離垢地乃至法雲地何以故如是諸法皆無自性可合離故舍利子若菩薩摩訶薩修行般若波羅蜜多時方便善巧不和合五眼不離散五眼不和合六神通不離散六神通何以故如是諸法皆無自性可合離故舍利子若菩薩摩訶薩修行般若波羅蜜多時方便善巧不和合佛十力不離散佛十力不和合四無所畏四無礙解大慈大悲大喜大捨十八佛不共法不離

散四無所畏乃至十八佛不共法何以故如
是諸法皆無自性可合離故舍利子若菩薩
摩訶薩修行般若波羅蜜多時方便善巧不
和合三十二大士相不離散三十二大士相
不和合八十隨好不離散八十隨好何以故
如是諸法皆無自性可合離故舍利子若菩
薩摩訶薩修行般若波羅蜜多時方便善巧
不和合無忘失法不離散無忘失法不和合
恒住捨性不離散恒住捨性何以故如是諸
法皆無自性可合離故舍利子若菩薩摩訶
薩修行般若波羅蜜多時方便善巧不和合
一切智不離散一切智不和合道相智一切
相智不離散道相智一切相智何以故如是
諸法皆無自性可合離故舍利子若菩薩摩
訶薩修行般若波羅蜜多時方便善巧不和
合預流果不離散預流果不和合一來不還
阿羅漢果獨覺菩提不離散一來不還阿羅
漢果獨覺菩提何以故如是諸法皆無自性
可合離故舍利子若菩薩摩訶薩修行般若
波羅蜜多時方便善巧不和合一切菩薩摩
訶薩行不離散一切菩薩摩訶薩行不和合
諸佛無上正等菩提不離散諸佛無上正等
菩提何以故如是諸法皆無自性可合離故
如是舍利子菩薩摩訶薩修行般若波羅蜜
多勇猛正勤修菩提道爾時具壽舍利子復
白佛言世尊若一切法都無自性可合離者
云何菩薩摩訶薩引發般若波羅蜜多諸菩
薩摩訶薩於中修學世尊若菩薩摩訶薩不
學般若波羅蜜多終不能得所求無上正等
菩提佛告舍利子如是如是如汝所說若菩

薩摩訶薩不學般若波羅蜜多終不能得所求無上正等菩提舍利子諸菩薩摩訶薩要學般若波羅蜜多乃能證得所求無上正等菩提舍利子諸菩薩摩訶薩所求無上正等菩提要有方便善巧乃能證得非無方便善巧而可證得舍利子諸菩薩摩訶薩修行般若波羅蜜多時若見有法自性可得則應可取不見有法自性可得當何所取所謂不取此是般若波羅蜜多此是靜慮波羅蜜多此是精進波羅蜜多此是安忍波羅蜜多此是淨戒波羅蜜多此是布施波羅蜜多此是色此是受想行識此是眼處此是耳鼻舌身意處此是色處此是聲香味觸法處此是眼界此是耳鼻舌身意界此是色界此是聲香味觸法界此是眼識界此是耳鼻舌身意識界此是眼觸此是耳鼻舌身意觸此是眼觸為緣所生諸受此是耳鼻舌身意觸為緣所生諸受此是地界此是水火風空識界此是因緣此是等無間緣所緣緣增上緣此是從緣所生諸法此是無明此是行識名色六處觸受愛取有生老死愁歎苦憂惱此是內空此是外空內外空空空大空勝義空有為空無為空畢竟空無際空散空無變異空本性空自相空共相空一切法空不可得空無性空自性空無性自性空此是四念住此是四正斷四神足五根五力七等覺支八聖道支此是苦聖諦此是集滅道聖諦此是四靜慮此是四無量四無色定此是八解脫此是八勝處九次第定十遍處此是陀羅尼門此是三摩地門此是空解脫門此是無相無願解脫

門此是極喜地此是離垢地發光地焰慧地極難勝地現前地遠行地不動地善慧地法雲地此是五眼此是六神通此是佛十力此是四無所畏四無礙解大慈大悲大喜大捨十八佛不共法此是三十二大士相此是八十隨好此是無忘失法此是恒住捨性此是一切智此是道相智一切相智此是預流果此是一來不還阿羅漢果獨覺菩提此是一切菩薩摩訶薩行此是諸佛無上正等菩提此是異生此是聲聞此是獨覺此是菩薩此是如來舍利子菩薩摩訶薩修行般若波羅蜜多如實了知一切法性皆不可取所謂般若波羅蜜多不可取靜慮波羅蜜多不可取精進波羅蜜多不可取安忍波羅蜜多不可取淨戒波羅蜜多不可取布施波羅蜜多不可取色不可取受想行識不可取眼處不可取耳鼻舌身意處不可取色處不可取聲香味觸法處不可取眼界不可取耳鼻舌身意界不可取色界不可取聲香味觸法界不可取眼識界不可取耳鼻舌身意識界不可取眼觸不可取耳鼻舌身意觸不可取眼觸爲緣所生諸受不可取耳鼻舌身意觸爲緣所生諸受不可取地界不可取水火風空識界不可取因緣不可取等無間緣所緣緣增上緣不可取從緣所生諸法不可取無明不可取行識名色六處觸受愛取有生老死愁歎苦憂惱不可取内空不可取外空内外空空空大空勝義空有爲空無爲空畢竟空無際空散空無變異空本性空自相空共相空一切法空不可得空無性空自性空無性自性

空不可取四念住不可取四正斷四神足五根五力七等覺支八聖道支不可取苦聖諦不可取集滅道聖諦不可取四靜慮不可取四無量四無色定不可取八解脫不可取八勝處九次第定十遍處不可取陀羅尼門不可取三摩地門不可取空解脫門不可取無相無願解脫門不可取極喜地不可取離垢地發光地焰慧地極難勝地現前地遠行地不動地善慧地法雲地不可取五眼不可取六神通不可取佛十力不可取四無所畏四無礙解大慈大悲大喜大捨十八佛不共法不可取三十二大士相不可取八十隨好不可取無忘失法不可取恒住捨性不可取一切智不可取道相智一切相智不可取預流果不可取一來不還阿羅漢果獨覺菩提不可取一切菩薩摩訶薩行不可取諸佛無上正等菩提不可取一切異生不可取一切聲聞不可取一切獨覺不可取一切菩薩摩訶薩不可取一切如來不可取舍利子是不可取波羅蜜多即是無障波羅蜜多如是無障波羅蜜多即是般若波羅蜜多諸菩薩摩訶薩應於中學舍利子諸菩薩摩訶薩於中學時尚不得學況得無上正等菩提況得般若波羅蜜多況得菩薩法況得諸佛法況得獨覺法況得聲聞法況得異生法何以故舍利子無少法有自性於如是無性爲自性法中何等是異生法何等是預流法何等是一來法何等是不還法何等是阿羅漢法何等是獨覺法何等是菩薩法何等是如來法舍利子如是諸法既不可得依何等法可施設有

補特伽羅補特伽羅既不可得云何可說此是異生此是預流此是一來此是不還此是阿羅漢此是獨覺此是菩薩摩訶薩此是如來應正等覺時舍利子白佛言世尊若一切法皆無自性都非實有依何等事而可了知此是異生此是異生法此是預流此是預流法此是一來此是一來法此是不還此是不還法此是阿羅漢此是阿羅漢法此是獨覺此是獨覺法此是菩薩摩訶薩此是菩薩摩訶薩法此是如來應正等覺此是如來應正等覺法佛告舍利子於汝意云何爲實有色實有受想行識如諸愚夫異生執不舍利子言不也世尊不也善逝但由顛倒愚夫異生有如是執舍利子爲實有眼處實有耳鼻舌身意處如諸愚夫異生執不不也世尊不也善逝但由顛倒愚夫異生有如是執舍利子如實有色處實有聲香味觸法處如諸愚夫異生執不不也世尊不也善逝但由顛倒愚夫異生有如是執舍利子爲實有眼界實有耳鼻舌身意界如諸愚夫異生執不不也世尊不也善逝但由顛倒愚夫異生有如是執舍利子爲實有色界實有聲香味觸法界如諸愚夫異生執不不也世尊不也善逝但由顛倒愚夫異生有如是執舍利子爲實有眼識界實有耳鼻舌身意識界如諸愚夫異生執不不也世尊不也善逝但由顛倒愚夫異生有如是執舍利子爲實有眼觸實有耳鼻舌身意觸如諸愚夫異生執不不也世尊不也善逝但由顛倒愚夫異生有如是執舍利子爲實有眼觸爲緣所生諸受實有耳鼻舌

身意觸爲緣所生諸受如諸愚夫異生執不不也世尊不也善逝但由顚倒愚夫異生有如是執舍利子爲實有地界實有水火風空識界如諸愚夫異生執不不也世尊不也善逝但由顚倒愚夫異生有如是執舍利子爲實有因緣實有等無間緣所緣緣增上緣如諸愚夫異生執不不也世尊不也善逝但由顚倒愚夫異生有如是執舍利子爲實有從緣所生諸法如諸愚夫異生執不不也世尊不也善逝但由顚倒愚夫異生有如是執舍利子爲實有無明實有行識名色六處觸受愛取有生老死愁歎苦憂惱如諸愚夫異生執不不也世尊不也善逝但由顚倒愚夫異生有如是執舍利子爲實有布施波羅蜜多實有淨戒安忍精進靜慮般若波羅蜜多如諸愚夫異生執不不也世尊不也善逝但由顚倒愚夫異生有如是執舍利子爲實有內空實有外空內外空空空大空勝義空有爲空無爲空畢竟空無際空散空無變異空本性空自相空共相空一切法空不可得空無性空自性空無性自性空如諸愚夫異生執不不也世尊不也善逝但由顚倒愚夫異生有如是執舍利子爲實有四念住實有四正斷四神足五根五力七等覺支八聖道支如諸愚夫異生執不不也世尊不也善逝但由顚倒愚夫異生有如是執舍利子爲實有苦聖諦實有集滅道聖諦如諸愚夫異生執不不也世尊不也善逝但由顚倒愚夫異生有如是執舍利子爲實有四靜慮實有四無量四無色定如諸愚夫異生執不不也世尊不

也善逝但由顛倒愚夫異生有如是執舍利子爲實有八解脫實有八勝處九次第定十徧處如諸愚夫異生執不不也世尊不也善逝但由顛倒愚夫異生有如是執舍利子爲實有陀羅尼門實有三摩地門如諸愚夫異生執不不也世尊不也善逝但由顛倒愚夫異生有如是執舍利子爲實有空解脫門實有無相無願解脫門如諸愚夫異生執不不也世尊不也善逝但由顛倒愚夫異生有如是執舍利子爲實有極喜地實有離垢地發光地焰慧地極難勝地現前地遠行地不動地善慧地法雲地如諸愚夫異生執不不也世尊不也善逝但由顛倒愚夫異生有如是執舍利子爲實有五眼實有六神通如諸愚夫異生執不不也世尊不也善逝但由顛倒愚夫異生有如是執舍利子爲實有佛十力實有四無所畏四無礙解大慈大悲大喜大捨十八佛不共法如諸愚夫異生執不不也世尊不也善逝但由顛倒愚夫異生有如是執舍利子爲實有三十二大士相實有八十隨好如諸愚夫異生執不不也世尊不也善逝但由顛倒愚夫異生有如是執舍利子爲實有無忘失法實有恒住捨性如諸愚夫異生執不不也世尊不也善逝但由顛倒愚夫異生有如是執舍利子爲實有一切智實有道相智一切相智如諸愚夫異生執不不也世尊不也善逝但由顛倒愚夫異生有如是執舍利子爲實有預流果實有一來不還阿羅漢果獨覺菩提如諸愚夫異生執不不也世尊不也善逝但由顛倒愚夫異生有如是

執舍利子爲實有一切菩薩摩訶薩行實有諸佛無上正等菩提如諸愚夫異生執不不也世尊不也善逝但由顛倒愚夫異生有如是執舍利子爲實有異生實有預流一來不還阿羅漢獨覺菩薩摩訶薩如來應正等覺如諸愚夫異生執不不也世尊不也善逝但由顛倒愚夫異生有如是執佛言舍利子諸菩薩摩訶薩修行般若波羅蜜多方便善巧雖觀諸法皆無自性都非實有而依世俗發趣無上正等菩提爲諸有情種種宣說令得正解遠離顛倒

大般若波羅蜜多經卷第三百九十一

大般若波羅蜜多經卷第三百九十二

唐三藏法師玄奘奉　詔譯

初分成熟有情品第七十一之三

具壽舍利子白佛言世尊云何菩薩摩訶薩修行般若波羅蜜多時方便善巧由此方便善巧力故雖觀諸法皆無自性都非實有而依世俗發趣無上正等菩提爲諸有情種種宣說令得正解遠離顛倒佛告舍利子諸菩薩摩訶薩修行般若波羅蜜多時方便善巧者謂都不見有少實法可於中住由於中住而有罣礙由罣礙故而有退沒由退沒故心便劣弱心劣弱故便生懈怠舍利子以一切法都無實事無我我所皆以無性而爲自性本性空寂自相空寂唯有一切愚夫異生迷謬顛倒執著色蘊執著受想行識蘊執著眼處執著耳鼻舌身意處執著色處執著聲香味觸法處執著眼界執著耳鼻舌身意界執著色界執著聲香味觸法界執著眼識界執著耳鼻舌身意識界執著眼觸執著耳鼻舌身意觸執著眼觸爲緣所生諸受執著耳鼻舌身意觸爲緣所生諸受執著地界執著水火風空識界執著因緣執著等無間緣所緣緣增上緣執著從緣所生諸法執著無明執著行識名色六處觸受愛取有生老死愁歎苦憂惱執著布施波羅蜜多執著淨戒安忍精進靜慮般若波羅蜜多執著內空執著外空內外空空空大空勝義空有爲空無爲空畢竟空無際空散空無變異空本性空自相空共相空一切法空不可得空無性空自性空無性自性空執著四念住執著四正斷四

神足五根五力七等覺支八聖道支執著苦聖諦執著集滅道聖諦執著四靜慮執著四無量四無色定執著八解脱執著八勝處九次第定十遍處執著陀羅尼門執著三摩地門執著空解脱門執著無相無願解脱門執著極喜地執著離垢地發光地焰慧地極難勝地現前地遠行地不動地善慧地法雲地執著五眼執著六神通執著佛十力執著四無所畏四無礙解大慈大悲大喜大捨十八佛不共法執著三十二大士相執著八十隨好執著無忘失法執著恒住捨性執著一切智執著道相智一切相智執著預流果執著一來不還阿羅漢果獨覺菩提執著一切菩薩摩訶薩行執著諸佛無上正等菩提執著異生執著預流一來不還阿羅漢獨覺菩薩摩訶薩如來應正等覺舍利子由是因緣諸菩薩摩訶薩觀一切法都無實事無我我所皆以無性而爲自性本性空寂自相空寂修行般若波羅蜜多自性如幻師爲有情說法謂慳貪者爲說布施令修布施波羅蜜多若破戒者爲說淨戒令修淨戒波羅蜜多若瞋忿者爲說安忍令修安忍波羅蜜多若懈怠者爲說精進令修精進波羅蜜多若散亂者爲說靜慮令修靜慮波羅蜜多若愚癡者爲說般若令修般若波羅蜜多舍利子是菩薩摩訶薩安立有情令住布施淨戒安忍精進靜慮般若波羅蜜多已復爲宣說能出生死殊勝聖法諸有情類依之修學或得預流果或得一來果或得不還果或得阿羅漢果或得獨覺菩提或入菩薩摩訶薩位或得無上

正等菩提尒時舍利子白佛言世尊諸菩薩摩訶薩修行般若波羅蜜多時云何不名有所得者謂諸有情實無所有而令安住布施淨戒安忍精進靜慮般若波羅蜜多復爲宣說能出生死殊勝聖法或令得預流果或令得一來不還阿羅漢果獨覺菩提或令入菩薩摩訶薩位或令得無上正等菩提佛告舍利子諸菩薩摩訶薩修行般若波羅蜜多時於諸有情非有所得何以故舍利子是菩薩摩訶薩修行般若波羅蜜多時不見有情少實可得唯有世俗假說有情舍利子是菩薩摩訶薩修行般若波羅蜜多時安住二諦爲諸有情宣說正法何謂二諦謂世俗諦及勝義諦舍利子雖二諦中有情不可得有情施設亦不可得而諸菩薩摩訶薩修行般若波羅蜜多方便善巧爲諸有情宣說法要諸有情類聞是法已於現法中尚不得我何況當得所求果證如是舍利子菩薩摩訶薩修行般若波羅蜜多方便善巧雖爲有情宣說正法令修正行得所證果而心於彼都無所得具壽舍利子白佛言世尊此諸菩薩摩訶薩是真菩薩摩訶薩雖於諸法不得一性不得異性不得總性不得別性而擐如是大功德鎧由擐如是大功德鎧不現欲界不現色界不現無色界不現有爲界不現無爲界雖化有情令脫三界而於有情都無所得亦復不得有情施設有情施設不可得故無縛無解無縛解故無染無淨無染淨故諸趣差別不可了知諸趣差別不可了知故無業無煩惱無業煩惱故亦無異熟果既無異熟果如何

得有我及有情流轉諸趣現於三界種種差别佛告舍利子如是如是如汝所說舍利子若有情類先有後無菩薩如來應有過失若諸趣生死先有後無則菩薩如來亦有過失先無後有理亦不然是故舍利子如來出世若不出世法相常住終無改轉以一切法法性法界法住法定真如實際不虚妄性不變異性猶如虚空此中尚無我無有情無命者無生者無養者無士夫無補特伽羅無意生無儒童無作者無使作者無起者無使起者無受者無使受者無知者無使知者無見者無使見者況當有色有受想行識有眼處有耳鼻舌身意處有色處有聲香味觸法處有眼界有耳鼻舌身意界有色界有聲香味觸法界有眼識界有耳鼻舌身意識界有眼觸有耳鼻舌身意觸有眼觸爲緣所生諸受有耳鼻舌身意觸爲緣所生諸受有地界有水火風空識界有諸緣起有緣生法有緣起支旣無如是所說諸法云何當有諸趣生死諸趣生死旣不可得云何當有成熟有情令其解脫唯依世俗假說爲有舍利子以如是法自性皆空諸菩薩摩訶薩從過去佛如實聞已爲脫有情顛倒執著發趣無上正等菩提於發趣時不作是念我於此法已得當得令彼有情已度當度所執著處生死衆苦舍利子是菩薩摩訶薩爲脫有情顛倒執著擐功德鎧大誓莊嚴勇猛正勤無所顧慽不退無上正等菩提常於菩提不起猶豫謂我當證不當證耶恒作是思我必當證所求無上正等菩提作諸有情真實饒益謂令解脫迷謬

顛倒諸趣往來受生死苦舍利子是菩薩摩訶薩雖脫有情迷謬顛倒諸趣生死而無所得但依世俗說有是事舍利子如巧幻師或彼弟子用帝網術化作無量百千俱胝諸有情類復化種種上妙飲食與化有情皆令飽滿作是事已歡喜唱言我已獲得廣大福聚舍利子於汝意云何如是幻師或彼弟子實令有情得飽滿不舍利子言不也世尊不也善逝佛告舍利子菩薩摩訶薩亦復如是從初發心爲欲度脫諸有情故修行布施波羅蜜多修行淨戒安忍精進靜慮般若波羅蜜多安住內空安住外空內外空空空大空勝義空有爲空無爲空畢竟空無際空散空無變異空本性空自相空共相空一切法空不可得空無性空自性空無性自性空修行四念住修行四正斷四神足五根五力七等覺支八聖道支安住苦聖諦安住集滅道聖諦修行四靜慮修行四無量四無色定修行八解脫修行八勝處九次第定十遍處修行陀羅尼門修行三摩地門修行空解脫門修行無相無願解脫門修行極喜地修行離垢地發光地焰慧地極難勝地現前地遠行地不動地善慧地法雲地修行五眼修行六神通修行佛十力修行四無所畏四無礙解大慈大悲大喜大捨十八佛不共法修行三十二大士相修行八十隨好修行無忘失法修行恒住捨性修行一切智修行道相智一切相智圓滿菩薩摩訶薩大菩提道成熟有情嚴淨佛土舍利子諸菩薩摩訶薩雖作是事而於有情及一切法都無所得不作是念我以

此法調伏如是諸有情類尒時具壽善現白佛言世尊何謂菩薩摩訶薩大菩提道諸菩薩摩訶薩修行此道方便善巧成熟有情嚴淨佛土佛告善現諸菩薩摩訶薩從初發心所行布施波羅蜜多所行淨戒安忍精進靜慮般若波羅蜜多所行內空所行外空內外空空空大空勝義空有爲空無爲空畢竟空無際空散空無變異空本性空自相空共相空一切法空不可得空無性空自性空無性自性空所行四念住所行四正斷四神足五根五力七等覺支八聖道支所行苦聖諦所行集滅道聖諦所行四靜慮所行四無量四無色定所行八解脫所行八勝處九次第定十遍處所行陀羅尼門所行三摩地門所行空解脫門所行無相無願解脫門所行極喜地所行離垢地發光地焰慧地極難勝地現前地遠行地不動地善慧地法雲地所行五眼所行六神通所行佛十力所行四無所畏四無礙解大慈大悲大喜大捨十八佛不共法所行無忘失法所行恒住捨性所行一切智所行道相智一切相智及餘無量無邊佛法皆是菩薩摩訶薩大菩提道諸菩薩摩訶薩修行此道方便善巧成熟有情嚴淨佛土而無有情佛土等想具壽善現白佛言世尊云何菩薩摩訶薩修行布施波羅蜜多方便善巧成熟有情佛告善現有菩薩摩訶薩修行布施波羅蜜多時方便善巧自行布施亦勸他行布施殷勤教授教誡彼言諸善男子勿著布施若著布施當更受身若更受身由斯展轉當受無量猛利大苦諸善男子勝義

諦中都無布施亦無施者亦無受者亦無施物亦無施果如是諸法皆本性空本性空中無法可取諸法空性亦不可取如是善現諸菩薩摩訶薩修行布施波羅蜜多時雖於有情自行於施亦勸他施而於布施施者受者施物施果皆無所得如是布施波羅蜜多名無所得波羅蜜多是菩薩摩訶薩於此諸法無所得時方便善巧能化有情得預流果或一來果或不還果或阿羅漢果或獨覺菩提或趣無上正等菩提如是善現諸菩薩摩訶薩修行布施波羅蜜多時依布施法成熟有情令獲利樂善現是菩薩摩訶薩自行布施波羅蜜多亦勸他行布施波羅蜜多無倒稱揚行布施波羅蜜多法歡喜讚歎行布施波羅蜜多者善現是菩薩摩訶薩修行如是大布施已或生刹帝利大族衆同分中或生婆羅門大族衆同分中或生長者大族衆同分中或生居士大族衆同分中或作小王於小國土富貴自在或作大王於大國土富貴自在或作輪王於四洲界富貴自在善現是菩薩摩訶薩生如是等諸尊貴處以四攝事攝諸有情何等爲四一者布施二者愛語三者利行四者同事是菩薩摩訶薩以四攝事攝有情時先教有情安住布施由是漸次令住淨戒安忍精進靜慮般若復令安住四靜慮四無量四無色定復令安住四念住四正斷四神足五根五力七等覺支八聖道支復令安住空三摩地無相三摩地無願三摩地是菩薩摩訶薩令諸有情住如是等諸善法已或令趣入正性離生得預流果得一來果得

不還果得阿羅漢果或令趣入正性離生漸次證得獨覺菩提或令趣入正性離生漸次修學諸菩薩地速趣無上正等菩提復告彼言諸善男子當發大願速趣無上正等菩提作諸有情利益安樂諸有情類所著諸法都無自性但由顛倒虛妄分別謂之爲有是故汝等常當精勤自斷顛倒亦應教他令斷顛倒自脫生死亦應教他令脫生死自獲大利亦應教他令獲大利善現諸菩薩摩訶薩常應如是修行布施波羅蜜多由此布施波羅蜜多從初發心乃至究竟不墮惡趣爲欲饒益諸有情故多生人趣作轉輪王所以者何隨種勢力獲如是果謂彼菩薩作輪王時見乞者來便作是念我爲何事流轉生死作轉輪王豈我不爲利樂有情住生死中受斯勝果不由餘事作是念已告乞者言隨汝所須皆當施與汝取物時如取己物勿作他想所以者何我爲汝等得利樂故而受此身積集財物故此財物是汝等有隨汝自取若自受用若轉施他莫有疑難是菩薩摩訶薩如是憐愍諸有情時無緣大悲速得圓滿由此大悲速圓滿故雖常利樂無量有情而於有情都無所得亦復不得所獲勝果能如實知但由假想世俗言說施設利樂諸有情事又如實知所施設事皆如谷響雖現似有而無真實由此於法都無所取善現諸菩薩摩訶薩常應如是修行布施波羅蜜多謂於有情都無所悋乃至能施自身骨肉況不能捨諸外資具謂諸資具攝受有情令速解脫生老病死時具壽善現白佛言世尊何等資具攝諸

有情令速解脱生老病死佛告善現所謂布施波羅蜜多資具若淨戒安忍精進靜慮般若波羅蜜多資具若内空資具若外空内外空空空大空勝義空有為空無為空畢竟空無際空散空無變異空本性空自相空共相空一切法空不可得空無性空自性空無性自性空資具若四念住資具若四正斷四神足五根五力七等覺支八聖道支資具若苦聖諦資具若集滅道聖諦資具若四靜慮資具若四無量四無色定資具若八解脱資具若八勝處九次第定十遍處資具若陀羅尼門資具若三摩地門資具若空解脱門資具若無相無願解脱門資具若極喜地資具若離垢地發光地焰慧地極難勝地現前地遠行地不動地善慧地法雲地資具若五眼資具若六神通資具若佛十力資具若四無所畏四無礙解大慈大悲大喜大捨十八佛不共法資具若無忘失法資具若恒住捨性資具若一切智資具若道相智一切相智資具若預流果資具若一來不還阿羅漢果獨覺菩提資具若一切菩薩摩訶薩行資具若諸佛無上正等菩提資具善現如是資具攝諸有情令速解脱生老病死諸菩薩摩訶薩恒以如是種種資具攝諸有情令得解脱生老病死獲大義利復次善現諸菩薩摩訶薩安住布施波羅蜜多自行布施勸諸有情行布施已見諸有情毀犯淨戒深生憐愍而告彼言汝等皆應受持淨戒我當供汝所須飲食衣服卧具舍宅車乘末尼真珠吠瑠璃寶頗胝迦寶帝青大青金銀璧玉螺貝珊瑚及餘

種種多價珍寶香華旛蓋病緣醫藥乃至種種餘資生具皆相給施令無所乏汝等由乏諸資生具毀犯淨戒作諸惡業我當隨汝所乏資具飲食乃至病緣醫藥及餘所乏皆當供施汝等安住律儀戒已漸次當能作苦邊際或依聲聞乘而得出離或依獨覺乘而得出離或依無上乘而得出離善現是菩薩摩訶薩安住布施波羅蜜多自受持淨戒亦勸他受持淨戒無倒稱揚受持淨戒法歡喜讚歎受持淨戒者如是善現諸菩薩摩訶薩修行布施波羅蜜多勸諸有情安住淨戒解脫生死得勝利樂復次善現諸菩薩摩訶薩安住布施波羅蜜多見諸有情更相瞋忿深生憐愍而告之言汝等何緣互起憤恚汝等若爲有所匱乏展轉相緣起斯惡者應從我索我當濟汝隨汝所須飲食衣服臥具宅舍車乘僮僕珍寶華香病緣醫藥妓樂旛蓋瓔珞燈明及餘種種所須資具皆當施汝令無匱乏汝等不應互相瞋忿應修安忍共起慈心善現是菩薩摩訶薩安住布施波羅蜜多勸諸有情修安忍已欲令堅固復告之言瞋忿因緣都無定實皆從虛妄分別所生以一切法本性空故汝等何緣於無實事妄起憤恚互相罵辱執刀杖等而相加害汝等勿緣虛妄分別橫生瞋忿造諸惡業當墮地獄傍生鬼界及餘惡處受諸劇苦其苦楚毒剛強猛利逼切身心最極難忍汝等勿執非實有事妄起憤恚作斯罪業因此罪業下劣人身尚難可得況生佛世汝等應知人身難得佛世難值生信復難汝等今者既具斯事勿由憤

恚而失好時若失此時則難救療是故汝等於諸有情勿起忿恚當修安忍善現是菩薩摩訶薩安住布施波羅蜜多自行安忍亦勸他行安忍無倒稱揚行安忍法歡喜讚歎行安忍者如是善現諸菩薩摩訶薩安住布施波羅蜜多勸諸有情修行安忍諸有情類由斯展轉漸依三乘而得解脫謂或依聲聞乘而得解脫或依獨覺乘而得解脫或依大乘而得解脫復次善現諸菩薩摩訶薩安住布施波羅蜜多見諸有情身心懈怠深生憐愍而告之言汝等何緣不勤精進修諸善法而生懈怠彼作是言我乏資具故於善事不獲專修菩薩告言我能施汝所乏資具汝應專修布施淨戒安忍等法時諸有情得是菩薩所施資具無所乏少便能發起身心精進修諸善法速得圓滿由諸善法得圓滿故漸次引生諸無漏法由無漏法或得預流一來不還阿羅漢果或有獲得獨覺菩提或有趣入諸菩薩地漸得無上正等菩提善現是菩薩摩訶薩安住布施波羅蜜多自行精進亦勸他行精進無倒稱揚行精進法歡喜讚歎行精進者如是善現諸菩薩摩訶薩安住布施波羅蜜多令諸有情遠離懈怠勤修諸善速得解脫復次善現諸菩薩摩訶薩安住布施波羅蜜多見諸有情散亂失念深生憐愍而告之言汝等何緣不修靜慮散亂失念沉淪生死彼作是言我乏資具故於靜慮不能修習菩薩告言我能施汝所乏資具汝等從今不應復起虛妄尋伺攀緣內外擾亂自心時諸有情得是菩薩所施資具無所乏少便能

伏斷虚妄尋伺入初靜慮漸次復入第二第三第四靜慮依諸靜慮復能發起慈悲喜捨四種梵住靜慮無量爲所依止復能漸入四無色定靜慮無量無色調心令柔輭巳修四念住四正斷四神足五根五力七等覺支八聖道支空無相無願解脱門等種種善法隨其所應得三乘果謂或證得聲聞涅槃或有證得獨覺涅槃或證無上正等菩提善現是菩薩摩訶薩安住布施波羅蜜多自修靜慮亦勸他修靜慮無倒稱揚修靜慮法歡喜讚歎修靜慮者如是善現諸菩薩摩訶薩安住布施波羅蜜多勸諸有情遠離散亂修諸靜慮作大饒益復次善現諸菩薩摩訶薩安住布施波羅蜜多見諸有情愚癡顛倒深生憐愍而告之言汝等何緣不修般若愚癡顛倒生死輪迴彼作是言我乏資具於勝智慧不能修習菩薩告言我能施汝所乏資具汝可受之先修布施淨戒安忍精進靜慮得圓滿巳應審觀察諸法實相修行般若波羅蜜多謂於尒時應審觀察爲有少法而可得不謂若我若有情命者生者養者士夫補特伽羅意生儒童作者使作者起者使起者受者使受者知者使知者見者使見者爲可得不若色若受想行識爲可得不若眼處若耳鼻舌身意處爲可得不若色處若聲香味觸法處爲可得不若眼界若耳鼻舌身意界爲可得不若色界若聲香味觸法界爲可得不若眼識界若耳鼻舌身意識界爲可得不若眼觸若耳鼻舌身意觸爲可得不若眼觸爲緣所生諸受若耳鼻舌身意觸爲緣所生諸受爲

可得不若地界若水火風空識界爲可得不若因緣若等無間緣所緣緣增上緣爲可得不若從緣所生諸法爲可得不若無明若行識名色六處觸受愛取有生老死愁歎苦憂惱爲可得不若欲界若色無色界爲可得不若布施波羅蜜多若淨戒安忍精進靜慮般若波羅蜜多爲可得不若內空若外空內外空空空大空勝義空有爲空無爲空畢竟空無際空散空無變異空本性空自相空共相空一切法空不可得空無性空自性空無性自性空爲可得不若四念住若四正斷四神足五根五力七等覺支八聖道支爲可得不若苦聖諦若集滅道聖諦爲可得不若四靜慮若四無量四無色定爲可得不若八解脫若八勝處九次第定十遍處爲可得不若陀羅尼門若三摩地門爲可得不若空解脫門若無相無願解脫門爲可得不若極喜地若離垢地發光地焰慧地極難勝地現前地遠行地不動地善慧地法雲地爲可得不若五眼若六神通爲可得不若佛十力若四無所畏四無礙解大慈大悲大喜大捨十八佛不共法爲可得不若無忘失法若恒住捨性爲可得不若一切智若道相智一切相智爲可得不若預流果若一來不還阿羅漢果獨覺菩提爲可得不若一切菩薩摩訶薩行若諸佛無上正等菩提爲可得不彼諸有情既得資具無所乏少依菩薩語先修布施淨戒安忍精進靜慮得圓滿已復審觀察諸法實相修行般若波羅蜜多審觀察時如先所說諸法實性皆不可得不可得故無所執著不執

著故不見少法有生有滅有染有淨彼於諸法無所得時於一切處不起分别謂不分别此是地獄此是傍生此是鬼界此是阿素洛此是人此是天此是持戒此是犯戒此是異生此是聖者此是預流此是一來此是不還此是阿羅漢此是獨覺此是菩薩此是如來此是有爲法此是無爲法彼由如是無分别故隨其所應漸次證得三乘涅槃謂聲聞乘或獨覺乘或無上乘善現是菩薩摩訶薩安住布施波羅蜜多自修般若亦勸他修般若無倒稱揚修般若法歡喜讚歎修般若者如是善現諸菩薩摩訶薩安住布施波羅蜜多勸諸有情修行般若令獲殊勝利益安樂復次善現諸菩薩摩訶薩安住布施波羅蜜多自行布施淨戒安忍精進靜慮般若波羅蜜

多亦勸他行布施淨戒安忍精進靜慮般若波羅蜜多已復見有情輪迴諸趣受無量苦未得解脱欲令彼脱生死苦故先以種種資具饒益後以出世諸無漏法方便善巧而攝受之彼諸有情既得資具無所乏少身心勇決能住内空外空内外空空空大空勝義空有爲空無爲空畢竟空無際空散空無變異空本性空自相空共相空一切法空不可得空無性空自性空無性自性空亦能修四念住四正斷四神足五根五力七等覺支八聖道支亦能住苦聖諦集滅道聖諦亦能修四靜慮四無量四無色定亦能修八解脱八勝處九次第定十遍處亦能修陀羅尼門三摩地門亦能修空解脱門無相無願解脱門亦能修極喜地離垢地發光地焰慧地極難勝

地現前地遠行地不動地善慧地法雲地亦能修五眼六神通亦能修佛十力四無所畏四無礙解大慈大悲大喜大捨十八佛不共法亦能修無忘失法恒住捨性亦能修一切智道相智一切相智彼諸有情由無漏法所攝受故解脫生死善現是菩薩摩訶薩安住布施波羅蜜多自行種種勝無漏法亦勸他行種種勝無漏法無倒稱揚行種種勝無漏法歡喜讚歎行種種勝無漏法者如是善現諸菩薩摩訶薩安住布施波羅蜜多以無漏法攝受有情令脫生死獲勝利樂

大般若波羅蜜多經卷第三百九十二

音釋

罣礙罣音卦罥也礙牛蓋切阻也限也 擐音患貫也 鎧可亥切甲也

俱胝梵語也此云百億胝張尼切 憤恚憤房吻切懣也怒也恚於避切怒恨也

匱乏匱求位切竭也扶法切空乏也乏 劇苦劇竭戟切甚也

柔輭輭乳兖切亦柔也

大般若波羅蜜多經卷第三百九十三

唐三藏法師玄奘奉　詔譯

初分成熟有情品第七十一之四

復次善現諸菩薩摩訶薩安住布施波羅蜜多見諸有情無所依怙多諸苦惱衆具匱乏深生憐愍而安慰言我能爲汝作所依怙令汝解脱所受苦事汝等所須若食若飲若衣服若卧具若車乘若舍宅若香若華若僮僕若珍寳若妓樂若燈明若嚴具若醫藥若餘種種所須資具皆隨意索莫有疑難我當隨汝所索皆施令汝長夜利益安樂汝等受我所施物時如取已物莫作他想所以者何我於長夜積集財物但爲汝等得利樂故汝等令者以無難心於此財物隨意受取受已先應自正受用修諸善法後以此物施諸有情亦令修善謂令修行布施淨戒安忍精進靜慮般若波羅蜜多亦令安住内空外空内外空空空大空勝義空有爲空無爲空畢竟空無際空散空無變異空本性空自相空共相空一切法空不可得空無性空自性空無性自性空亦令修行四念住四正斷四神足五根五力七等覺支八聖道支亦令安住苦聖諦集滅道聖諦亦令修行四靜慮四無量四無色定亦令修行八解脱八勝處九次第定十遍處亦令修行陀羅尼門三摩地門亦令修行空解脱門無相無願解脱門亦令修行極喜地離垢地發光地焰慧地極難勝地現前地遠行地不動地善慧地法雲地亦令修行五眼六神通亦令修行佛十力四無所畏四無礙解大慈大悲大喜大捨十八佛不共

法亦令修行無忘失法恒住捨性亦令修行一切智道相智一切相智善現是菩薩摩訶薩如是教導諸有情已隨其所應復令修習諸無漏法或令證得預流一來不還阿羅漢果或令證得獨覺菩提或令證入諸菩薩地或令證得所求無上正等菩提善現是謂菩薩摩訶薩修行布施波羅蜜多方便善巧成熟有情令其解脫惡趣生死如應證得三乘涅槃具壽善現復白佛言世尊云何菩薩摩訶薩修行淨戒波羅蜜多及餘菩薩摩訶薩大菩提道方便善巧成熟有情佛告善現有菩薩摩訶薩修行淨戒波羅蜜多時方便善巧見諸有情資具匱乏煩惱熾盛不能修善憐愍告言汝等若爲資緣匱乏不能修善我當施汝飲食衣服及卧具等種種資緣汝等勿起煩惱惡業應正修習布施等善善現是菩薩摩訶薩安住淨戒波羅蜜多如應攝受諸有情類諸慳貪者令修布施於身命財無所顧惜諸破戒者令修淨戒能正受行十善業道住律儀戒不破不穿無穢無雜亦無執取諸瞋忿者令修安忍毁罵加害心無變易諸懈怠者令修精進修諸善法如救頭然諸散亂者令修静慮諸愚癡者令修智慧執諸法者令觀法空無三十七菩提分法者令其修行菩提分法於四聖諦未能觀者令修正觀無静慮無量無色定者令其修習無解脫勝處等至遍處者令其修行未得陀羅尼門三摩地門者令速證得未得空無相無願解脫門者令其修證未入菩薩地者令其趣入能速圓滿未得五眼六神通者令漸修證未

得佛十力四無所畏四無礙解大慈大悲大喜大捨十八佛不共法者令漸修證未得無忘失法恒住捨性者令漸修證未得一切智道相智一切相智者令漸修證善現是菩薩摩訶薩安住淨戒波羅蜜多成熟有情方便善巧或令解脫諸惡趣苦或令證得預流一來不還阿羅漢果或令證得獨覺菩提或令證得所求無上正等菩提善現是謂菩薩摩訶薩修行淨戒波羅蜜多方便善巧成熟有情令其解脫惡趣生死如應證得三乘涅槃善現當知有菩薩摩訶薩修行餘四波羅蜜多及餘菩薩摩訶薩大菩提道一一皆能方便善巧以一切善成熟有情令其解脫惡趣生死或令證得聲聞菩提寂滅安樂或令證得獨覺菩提寂滅安樂或令證得所求無上正等菩提能盡未來利益安樂諸有情類常無間斷

初分嚴淨佛土品第七十二之一

爾時具壽善現作是念言何法名為菩薩摩訶薩道諸菩薩摩訶薩安住此道能攝種種大功德鎧利益安樂一切有情佛知其念告善現言善現當知布施波羅蜜多是諸菩薩摩訶薩道淨戒安忍精進靜慮般若波羅蜜多是諸菩薩摩訶薩道四念住是諸菩薩摩訶薩道四正斷四神足五根五力七等覺支八聖道支是諸菩薩摩訶薩道內空是諸菩薩摩訶薩道外空內外空空空大空勝義空有為空無為空畢竟空無際空散空無變異空本性空自相空共相空一切法空不可得空無性空自性空無性自性空是諸菩薩摩

訶薩道苦聖諦是諸菩薩摩訶薩道集滅道聖諦是諸菩薩摩訶薩道四靜慮是諸菩薩摩訶薩道四無量四無色定是諸菩薩摩訶薩道八解脫是諸菩薩摩訶薩道八勝處九次第定十遍處是諸菩薩摩訶薩道一切陀羅尼門是諸菩薩摩訶薩道一切三摩地門是諸菩薩摩訶薩道空解脫門是諸菩薩摩訶薩道無相無願解脫門是諸菩薩摩訶薩道極喜地是諸菩薩摩訶薩道離垢地發光地焰慧地極難勝地現前地遠行地不動地善慧地法雲地是諸菩薩摩訶薩道五眼是諸菩薩摩訶薩道六神通是諸菩薩摩訶薩道佛十力是諸菩薩摩訶薩道四無所畏四無礙解大慈大悲大喜大捨十八佛不共法是諸菩薩摩訶薩道無忘失法是諸菩薩摩訶薩道恒住捨性是諸菩薩摩訶薩道一切智是諸菩薩摩訶薩道道相智一切相智是諸菩薩摩訶薩道復次善現總一切法皆是菩薩摩訶薩道善現於汝意云何頗有法諸菩薩摩訶薩所不應學諸菩薩摩訶薩不學此法能得無上正等菩提不善現荅言不也世尊不也善逝佛言善現如是如是如汝所說善現定無有法諸菩薩摩訶薩所不應學諸菩薩摩訶薩不學此法必不能得所求無上正等菩提何以故善現若菩薩摩訶薩不學一切法終不能得一切智智具壽善現復白佛言世尊若一切法自性皆空云何菩薩摩訶薩學一切法將無世尊於無戲論法而作戲論謂有諸法是此是彼由是爲是此是世間法此是出世間法此是有漏法此是無

漏法此是有爲法此是無爲法此是異生法此是預流法此是一來法此是不還法此是阿羅漢法此是獨覺法此是菩薩法此是如來法佛告善現如是如是如汝所說諸所有法皆自性空善現若一切法自性不空則應諸菩薩摩訶薩不得無上正等菩提善現以一切法自性皆空是故諸菩薩摩訶薩能得無上正等菩提善現如汝所言若一切法自性皆空云何菩薩摩訶薩學一切法將無世尊於無戲論法而作戲論謂有諸法是此是彼由是爲是此是世間法此是出世法乃至此是菩薩法此是如來法者善現若諸有情知一切法皆自性空則諸菩薩摩訶薩不應學一切法證得無上正等菩提爲諸有情安立宣說善現以諸有情不知諸法皆自性空

故諸菩薩摩訶薩學一切法證得無上正等菩提爲諸有情安立宣說善現諸菩薩摩訶薩於菩薩道初修學時應審觀察諸法自性都不可得唯有執著和合所作我當審察諸法自性皆畢竟空不應於中有所執著謂不應執著色不應執著受想行識不應執著眼處不應執著耳鼻舌身意處不應執著色處不應執著聲香味觸法處不應執著眼界不應執著耳鼻舌身意界不應執著色界不應執著聲香味觸法界不應執著眼識界不應執著耳鼻舌身意識界不應執著眼觸不應執著耳鼻舌身意觸不應執著眼觸爲緣所生諸受不應執著耳鼻舌身意觸爲緣所生諸受不應執著地界不應執著水火風空識界不應執著因緣不應執著等無間緣所緣

緣增上緣不應執著從緣所生諸法不應執著無明不應執著行識名色六處觸受愛取有生老死愁歎苦憂惱不應執著布施波羅蜜多不應執著淨戒安忍精進靜慮般若波羅蜜多不應執著內空不應執著外空內外空空空大空勝義空有為空無為空畢竟空無際空散空無變異空本性空自相空共相空一切法空不可得空無性空自性空無性自性空不應執著四念住不應執著四正斷四神足五根五力七等覺支八聖道支不應執著苦聖諦不應執著集滅道聖諦不應執著四靜慮不應執著四無量四無色定不應執著八解脫不應執著八勝處九次第定十遍處不應執著陀羅尼門不應執著三摩地門不應執著空解脫門不應執著無相無願解脫門不應執著極喜地不應執著離垢地發光地焰慧地極難勝地現前地遠行地不動地善慧地法雲地不應執著五眼不應執著六神通不應執著佛十力不應執著四無所畏四無礙解大慈大悲大喜大捨十八佛不共法不應執著無忘失法不應執著恒住捨性不應執著一切智不應執著道相智一切相智不應執著預流果不應執著一來不還阿羅漢果獨覺菩提不應執著一切菩薩摩訶薩行不應執著諸佛無上正等菩提何以故以一切法自性皆空空性不應執著空性空中空性尚不可得況有空性能執著空善現諸菩薩摩訶薩如是觀察一切法時於諸法性雖無執著而於諸法常學無倦善現是菩薩摩訶薩住此學中觀諸有情心行差

別謂審觀察是諸有情心行何處既審觀已如實了知彼心但行虚妄所執尒時菩薩便作是念彼心既行虚妄所執我今解脫必不為難善現是菩薩摩訶薩作是念已安住般若波羅蜜多方便善巧教授教誡諸有情言汝等今者皆應遠離虚妄所執趣入正法修諸善行復作是言汝等今者應行布施波羅蜜多當得資具無所乏少然勿恃此而生憍逸何以故此中都無堅實事故汝等今者應行淨戒安忍精進靜慮般若波羅蜜多然勿恃此而生憍逸何以故此中都無堅實事故汝等今者應行内空然勿恃此而生憍逸何以故此中都無堅實事故汝等今者應行外空内外空空空大空勝義空有為空無為空畢竟空無際空散空無變異空本性空自相空共相空一切法空不可得空無性空自性空無性自性空然勿恃此而生憍逸何以故此中都無堅實事故汝等今者應行四念住然勿恃此而生憍逸何以故此中都無堅實事故汝等今者應行四正斷四神足五根五力七等覺支八聖道支然勿恃此而生憍逸何以故此中都無堅實事故汝等今者應行苦聖諦然勿恃此而生憍逸何以故此中都無堅實事故汝等今者應行集滅道聖諦然勿恃此而生憍逸何以故此中都無堅實事故汝等今者應行四静慮然勿恃此而生憍逸何以故此中都無堅實事故汝等今者應行四無量四無色定然勿恃此而生憍逸何以故此中都無堅實事故汝等今者應行八解脫然勿恃此而生憍逸何以故此中都無

堅實事故汝等今者應行八勝處九次第定十遍處然勿恃此而生憍逸何以故此中都無堅實事故汝等今者應行陀羅尼門然勿恃此而生憍逸何以故此中都無堅實事故汝等今者應行三摩地門然勿恃此而生憍逸何以故此中都無堅實事故汝等今者應行空解脫門然勿恃此而生憍逸何以故此中都無堅實事故汝等今者應行無相無願解脫門然勿恃此而生憍逸何以故此中都無堅實事故汝等今者應行極喜地然勿恃此而生憍逸何以故此中都無堅實事故汝等今者應行離垢地發光地焰慧地極難勝地現前地遠行地不動地善慧地法雲地然勿恃此而生憍逸何以故此中都無堅實事故汝等今者應行五眼然勿恃此而生憍逸何以故此中都無堅實事故汝等今者應行六神通然勿恃此而生憍逸何以故此中都無堅實事故汝等今者應行佛十力然勿恃此而生憍逸何以故此中都無堅實事故汝等今者應行四無所畏四無礙解大慈大悲大喜大捨十八佛不共法然勿恃此而生憍逸何以故此中都無堅實事故汝等今者應行無忘失法然勿恃此而生憍逸何以故此中都無堅實事故汝等今者應行恒住捨性然勿恃此而生憍逸何以故此中都無堅實事故汝等今者應行一切智然勿恃此而生憍逸何以故此中都無堅實事故汝等今者應行道相智一切相智然勿恃此而生憍逸何以故此中都無堅實事故汝等今者應行預流果然勿恃此而生憍逸何以故此中都

無堅實事故汝等今者應行一來不還阿羅漢果獨覺菩提然勿恃此而生憍逸何以故此中都無堅實事故汝等今者應行一切菩薩摩訶薩行然勿恃此而生憍逸何以故此中都無堅實事故汝等今者應行無上正等菩提然勿恃此而生憍逸何以故此中都無堅實事故善現是菩薩摩訶薩安住般若波羅蜜多方便善巧教授教誡諸有情時行菩提道無所執著何以故一切法性不應執著若能執著若所執著俱無自性以一切法自性空故善現是菩薩摩訶薩如是修行菩提道時於一切法都無所住以無所住而爲方便雖行布施波羅蜜多而於其中都無所住雖行淨戒安忍精進靜慮般若波羅蜜多而於其中都無所住何以故如是自性行者行相一切空故雖行内空而於其中都無所住雖行外空内外空空空大空勝義空有爲空無爲空畢竟空無際空散空無變異空本性空自相空共相空一切法空不可得空無性空自性空無性自性空而於其中都無所住何以故如是自性行者行相一切空故雖行四念住而於其中都無所住雖行四正斷四神足五根五力七等覺支八聖道支而於其中都無所住何以故如是自性行者行相一切空故雖行苦聖諦而於其中都無所住雖行集滅道聖諦而於其中都無所住何以故如是自性行者行相一切空故雖行四靜慮而於其中都無所住雖行四無量四無色定而於其中都無所住何以故如是自性行者行相一切空故雖行八解脱而於其中都無

所住雖行八勝處九次第定十遍處而於其中都無所住何以故如是自性行者行相一切空故雖行陀羅尼門而於其中都無所住雖行三摩地門而於其中都無所住何以故如是自性行者行相一切空故雖行空解脱門而於其中都無所住雖行無相無願解脱門而於其中都無所住何以故如是自性行者行相一切空故雖行極喜地而於其中都無所住雖行離垢地發光地焰慧地極難勝地現前地遠行地不動地善慧地法雲地而於其中都無所住何以故如是自性行者行相一切空故雖行五眼而於其中都無所住雖行六神通而於其中都無所住何以故如是自性行者行相一切空故雖行佛十力而於其中都無所住雖行四無所畏四無礙解大慈大悲大喜大捨十八佛不共法而於其中都無所住何以故如是自性行者行相一切空故雖行無忘失法而於其中都無所住雖行恒住捨性而於其中都無所住何以故如是自性行者行相一切空故雖行一切智而於其中都無所住雖行道相智一切相智而於其中都無所住何以故如是自性行者行相一切空故雖行預流果而於其中都無所住雖行一來不還阿羅漢果獨覺菩提而於其中都無所住何以故如是自性行者行相一切空故雖行一切菩薩摩訶薩行而於其中都無所住雖行諸佛無上正等菩提而於其中都無所住何以故如是自性行者行相一切空故善現是菩薩摩訶薩雖能得預流果而於中不住雖能得一來不還阿羅漢

果獨覺菩提而於中不住時具壽善現白佛言世尊何因緣故是菩薩摩訶薩雖能得預流果而於中不住雖能得一來不還阿羅漢果獨覺菩提而於中不住佛告善現是菩薩摩訶薩有二因緣雖能得預流果而於中不住雖能得一來乃至獨覺菩提而於中不住何等爲二一者彼果都無自性能住所住俱不可得二者於彼不生喜足是故不住謂彼菩薩恒作是念我定應得預流果不應不得然不應於中住我定應得一來不還阿羅漢果獨覺菩提不應不得然不應於中住所以者何我自初發無上正等菩提心來於一切時更無餘想唯求無上正等菩提然我定當證得無上正等菩提豈於中間應住餘果善現是菩薩摩訶薩從初發心乃至趣入菩薩正性離生曾無異想但求無上正等菩提善現是菩薩摩訶薩從得初地乃至得第十地曾無異想但求無上正等菩提善現是菩薩摩訶薩專求無上正等菩提於一切時心無散亂諸有所起身語意業無不皆與菩提心俱善現是菩薩摩訶薩住菩提心起菩提道不爲餘境擾亂其心爾時具壽善現白佛言世尊若一切法皆不生者云何菩薩摩訶薩起菩提道佛告善現如是如是一切法皆不生此復云何諸無所作無所趣者知一切法皆不生故具壽善現復白佛言世尊豈不如來出世若不出世諸法法界法爾常住佛言善現如是如是如來出世若不出世諸法法界法爾常住然諸有情不能解了諸法法界法爾常住諸菩薩摩訶薩爲饒益故起菩提

道由菩提道拔濟有情令永解脫生死衆苦時具壽善現白佛言世尊諸菩薩摩訶薩爲用生道得菩提耶佛言不也世尊爲用不生道得菩提耶佛言不也世尊爲用生不生道得菩提耶佛言不也世尊爲用非生非不生道得菩提耶佛言不也具壽善現復白佛言世尊云何菩薩摩訶薩當得菩提佛告善現不用道得菩提亦不用非道得菩提何以故善現菩提即是道道即是菩提故具壽善現白佛言世尊若菩提即是道道即是菩提者豈不諸菩薩摩訶薩已得菩提道應已得菩提若爾云何如來應正等覺復爲彼說三十二大士相八十隨好及佛十力四無所畏四無礙解大慈大悲大喜大捨十八佛不共法等無量佛法令其修證佛告善現於意云何汝豈謂佛得菩提耶善現答言不也世尊不也善逝何以故世尊佛即是菩提菩提即是佛故不應謂佛得菩提佛言善現如是如是然汝所問豈不菩薩摩訶薩已得菩提道應已得菩提者善現諸菩薩摩訶薩修菩提道未得圓滿云何可說已得菩提善現諸菩薩摩訶薩若已圓滿布施淨戒安忍精進靜慮般若波羅蜜多若已圓滿內空外空內外空空空大空勝義空有爲空無爲空畢竟空無際空散空無變異空本性空自相空共相空一切法空不可得空無性空自性空無性自性空若以圓滿四念住四正斷四神足五根五力七等覺支八聖道支若已圓滿苦聖諦集滅道聖諦若已圓滿四靜慮四無量四無色定若已圓滿八解脫八勝處九次第定十

徧處若已圓滿陀羅尼門三摩地門若已圓滿空解脫門無相無願解脫門若已圓滿極喜地離垢地發光地焰慧地極難勝地現前地遠行地不動地善慧地法雲地若已圓滿五眼六神通若已圓滿佛十力四無所畏四無礙解大慈大悲大喜大捨十八佛不共法若已圓滿三十二大士相八十隨好若已圓滿無忘失法恒住捨性若已圓滿一切智道相智一切相智若已圓滿一切菩薩摩訶薩行若已圓滿順逆觀察十二支緣起若已圓滿一切菩薩自在神通若已圓滿勝奢摩他毗鉢舍那若已圓滿一切福德智慧資糧若已圓滿成熟有情嚴淨佛土若已圓滿無量無邊不可思議諸佛妙法從此無間以一刹那金剛喻定相應妙慧永斷一切煩惱所知

二障麤重習氣相續證得無上正等菩提乃名如來應正等覺於一切法得大自在盡未來際利益安樂一切有情爾時具壽善現白佛言世尊云何菩薩摩訶薩嚴淨佛土佛告善現若菩薩摩訶薩從初發心乃至究竟常自清淨身麤重語麤重意麤重亦清淨他身麤重語麤重意麤重是菩薩摩訶薩清淨自他三麤重故則能嚴淨所求佛土具壽善現復白佛言世尊何謂菩薩摩訶薩身語意麤重佛告善現若害生命若不與取若欲邪行如是不善諸身惡行是名菩薩摩訶薩身麤重若虛誑語若離間語若麤惡語若雜穢語如是不善諸語惡行是名菩薩摩訶薩語麤重若貪欲若瞋恚若邪見如是不善諸意惡行是名菩薩摩訶薩意麤重復次善現若菩

薩摩訶薩戒蘊定蘊慧蘊解脫蘊解脫知見蘊皆不清淨亦名麤重復次善現若菩薩摩訶薩慳貪心犯戒心忿恚心懈怠心散亂心惡慧心亦名麄重復次善現若菩薩摩訶薩遠離四念住四正斷四神足五根五力七等覺支八聖道支亦名麄重復次善現若菩薩摩訶薩遠離內空外空內外空空空大空勝義空有爲空無爲空畢竟空無際空散空無變異空本性空自相空共相空一切法空不可得空無性空自性空無性自性空亦名麄重復次善現若菩薩摩訶薩遠離若集滅道聖諦亦名麤重復次善現若菩薩摩訶薩遠離四靜慮四無量四無色定亦名麤重復次善現若菩薩摩訶薩遠離八解脫八勝處九次第定十遍處亦名麤重復次善現若菩薩摩訶薩遠離陀羅尼門三摩地門亦名麤重復次善現若菩薩摩訶薩遠離空無相無願解脫門亦名麤重復次善現若菩薩摩訶薩遠離菩薩摩訶薩地亦名麤重復次善現若菩薩摩訶薩遠離五眼六神通亦名麤重復次善現若菩薩摩訶薩遠離佛十力四無所畏四無礙解大慈大悲大喜大捨十八佛不共法亦名麤重復次善現若菩薩摩訶薩遠離無忘失法恒住捨性亦名麤重復次善現若菩薩摩訶薩遠離一切智道相智一切相智亦名麤重復次善現若菩薩摩訶薩遠離菩薩摩訶薩行諸佛無上正等菩提亦名麤重復次善現若菩薩摩訶薩貪預流果證或一來果證或不還果證或阿羅漢果證或獨覺菩提證亦名麤重復次善現若菩薩摩訶

薩起色想起受想行識想亦名麤重起眼處想起耳鼻舌身意處想亦名麤重起色處想起聲香味觸法處想亦名麤重起眼界想起耳鼻舌身意界想亦名麤重起色界想起聲香味觸法界想亦名麤重起眼識界想起耳鼻舌身意識界想亦名麤重起眼觸想起耳鼻舌身意觸想亦名麤重起眼觸爲緣所生諸受想起耳鼻舌身意觸爲緣所生諸受想亦名麤重起地界想起水火風空識界想亦名麤重起因緣想起等無間緣所緣緣增上緣想亦名麤重起從緣所生諸法想亦名麤重起無明想起行識名色六處觸受愛取有生老死愁歎苦憂惱想亦名麤重起布施波羅蜜多想起淨戒安忍精進靜慮般若波羅蜜多想亦名麤重起內空想起外空內外空空空大空勝義空有爲空無爲空畢竟空無際空散空無變異空本性空自相空共相空一切法空不可得空無性空自性空無性自性空想亦名麤重起四念住想起四正斷四神足五根五力七等覺支八聖道支想亦名麤重起苦聖諦想起集滅道聖諦想亦名麤重起四靜慮想起四無量四無色定想亦名麤重起八解脫想起八勝處九次第定十遍處想亦名麤重起陀羅尼門想起三摩地門想亦名麤重起空解脫門想起無相無願解脫門想亦名麤重起極喜地想起離垢地發光地焰慧地極難勝地現前地遠行地不動地善慧地法雲地想亦名麤重起五眼想起六神通想亦名麤重起佛十力想起四無所畏四無礙解大慈大悲大喜大捨十八佛不

共法想亦名麤重起三十二大士相想起八十隨好想亦名麤重起無忘失法想起恒住捨性想亦名麤重起一切智想起道相智一切相智想亦名麤重起預流果想起一來不還阿羅漢果獨覺菩提想亦名麤重起一切菩薩摩訶薩行想起諸佛無上正等菩提想亦名麤重起異生想起聲聞想獨覺想菩薩想如來想亦名麤重起地獄想起傍生想鬼界想天想人想男想女想亦名麤重起欲界想色界想無色界想起善想不善想無記想起世間想出世間想起有漏想無漏想起有爲想無爲想亦名麤重善現諸如是等無量無邊執著諸法補特伽羅虛妄分別及所等起身語意業幷彼種類無堪任性皆名麤重善現是菩薩摩訶薩遠離如是所說麤重自行布施波羅蜜多亦教他行布施波羅蜜多若諸有情須食與食須飲與飲須衣服與衣服須車乘與車乘須舍宅與舍宅須僮僕與僮僕須侍衛與侍衛須華香與華香須嚴具與嚴具須幢蓋與幢蓋須伎樂與伎樂須卧具與卧具須燈明與燈明須牀座與牀座隨諸所須種種資具隨時隨處皆悉施與如自所行教他亦爾如是施已持此善根與諸有情平等共有迴向所求嚴淨佛土令速圓滿利樂有情善現是菩薩摩訶薩自行淨戒波羅蜜多亦教他行淨戒波羅蜜多自行安忍波羅蜜多亦教他行安忍波羅蜜多自行精進波羅蜜多亦教他行精進波羅蜜多自行靜慮波羅蜜多亦教他行靜慮波羅蜜多自行般若波羅蜜多亦教他行般若波羅蜜多

是菩薩摩訶薩作此事已持是善根與諸有情平等共有迴向所求嚴淨佛土令速圓滿利樂有情

大般若波羅蜜多經卷第三百九十三

大般若波羅蜜多經卷第三百九十四

唐三藏法師玄奘奉　詔譯

初分嚴淨佛土品第七十二之二

復次善現有菩薩摩訶薩以通願力盛滿三千大千世界上妙七寶施佛法僧施已歡喜發弘誓願我持如是所種善根與諸有情平等共有迴向所求嚴淨佛土當令我土七寶莊嚴一切有情隨意受用種種珍寶而無染著復次善現有菩薩摩訶薩以通願力擊奏無量天上人中諸妙音樂供養三寶及佛制多供已歡喜發弘誓願我持如是所種善根與諸有情平等共有迴向所求嚴淨佛土當令我土常奏如是上妙樂音有情聞之身心悅豫而無染著復次善現有菩薩摩訶薩以通願力盛滿三千大千世界人中天上諸妙香華供養三寶及佛制多供已歡喜發弘誓願我持如是所種善根與諸有情平等共有迴向所求嚴淨佛土當令我土常有如是諸妙香華有情受用身心悅豫而無染著復次善現有菩薩摩訶薩以通願力營辦百味上妙飲食供養諸佛獨覺聲聞及諸菩薩摩訶薩衆供已歡喜發弘誓願我持如是所種善根與諸有情平等共有迴向所求嚴淨佛土當得無上正等覺時令我土中諸有情類皆食如是百味飲食資悅身心而無染著復次善現有菩薩摩訶薩以通願力營辦種種天上人中上妙塗香細輭衣服奉施諸佛獨覺聲聞及諸菩薩摩訶薩衆或復施法并佛制多施已歡喜發弘誓願我持如是所種善根與諸有情平等共有迴向所求嚴淨佛土當

得無上正等覺時令我土中諸有情類常得如是衣服塗香隨意受用而無染著復次善現有菩薩摩訶薩以通願力嚴辦種種人中天上隨意所生上妙色聲香味觸境供養諸佛及佛制多獨覺聲聞幷諸菩薩施餘生類歡喜踊躍發弘誓願我持如是所種善根與諸有情平等共有迴向所求嚴淨佛土當得無上正等覺時令我土中諸有情類隨心所樂上妙色聲香味觸境應念而至歡喜受用而無染著復次善現有菩薩摩訶薩修行般若波羅蜜多發弘誓願精勤勇猛自住內空亦勸他住內空自住外空內外空空空大空勝義空有為空無為空畢竟空無際空散空無變異空本性空自相空共相空一切法空不可得空無性空自性空無性自性空亦勸他住外空乃至無性自性空作此事已復發願言當得無上正等覺時令我土中諸有情類皆不遠離內空乃至無性自性空復次善現有菩薩摩訶薩修行般若波羅蜜多發弘誓願精勤勇猛自修四念住亦勸他修四念住自修四正斷四神足五根五力七等覺支八聖道支亦勸他修四正斷乃至八聖道支作此事已復發願言當得無上正等覺時令我土中諸有情類皆不遠離四念住乃至八聖道支復次善現有菩薩摩訶薩修行般若波羅蜜多發弘誓願精勤勇猛自住苦聖諦亦勸他住苦聖諦自住集滅道聖諦亦勸他住集滅道聖諦作此事已復發願言當得無上正等覺時令我土中諸有情類皆不遠離苦聖諦集滅道聖諦復次善現有菩薩摩訶

薩修行般若波羅蜜多發弘誓願精勤勇猛
自修四靜慮亦勸他修四靜慮自修四無量
四無色定亦勸他修四無量四無色定作此
事已復發願言當得無上正等覺時令我土
中諸有情類皆不遠離四靜慮四無量四無
色定復次善現有菩薩摩訶薩修行般若波
羅蜜多發弘誓願精勤勇猛自修八解脫亦
勸他修八解脫自修八勝處九次第定十遍
處亦勸他修八勝處九次第定十遍處作此
事已復發願言當得無上正等覺時令我土
中諸有情類皆不遠離八解脫乃至十遍處
復次善現有菩薩摩訶薩修行般若波羅蜜
多發弘誓願精勤勇猛自修陀羅尼門亦勸
他修陀羅尼門自修三摩地門亦勸他修三
摩地門作此事已復發願言當得無上正等
覺時令我土中諸有情類皆不遠離陀羅尼
門三摩地門復次善現有菩薩摩訶薩修行
般若波羅蜜多發弘誓願精勤勇猛自修空
解脫門亦勸他修空解脫門自修無相無願
解脫門亦勸他修無相無願解脫門作此事
已復發願言當得無上正等覺時令我土中
諸有情類皆不遠離空解脫門無相無願解
脫門復次善現有菩薩摩訶薩修行般若波
羅蜜多發弘誓願精勤勇猛自修極喜地亦
勸他修極喜地自修離垢地發光地焰慧地
極難勝地現前地遠行地不動地善慧地法
雲地亦勸他修離垢地乃至法雲地作此事
已復發願言當得無上正等覺時令我土中
諸有情類皆不遠離極喜地乃至法雲地復
次善現有菩薩摩訶薩修行般若波羅蜜多

發弘誓願精勤勇猛自修五眼亦勸他修五眼自修六神通亦勸他修六神通作此事已復發願言當得無上正等覺時令我土中諸有情類皆不遠離五眼六神通復次善現有菩薩摩訶薩修行般若波羅蜜多發弘誓願精勤勇猛自修佛十力亦勸他修佛十力自修四無所畏四無礙解大慈大悲大喜大捨十八佛不共法亦勸他修四無所畏乃至十八佛不共法作此事已復發願言當得無上正等覺時令我土中諸有情類皆不遠離佛十力乃至十八佛不共法復次善現有菩薩摩訶薩修行般若波羅蜜多發弘誓願精勤勇猛自修三十二大士相亦勸他修三十二大士相自修八十隨好亦勸他修八十隨好作是事已復發願言當得無上正等覺時令我土中諸有情類皆不遠離三十二大士相八十隨好復次善現有菩薩摩訶薩修行般若波羅蜜多發弘誓願精勤勇猛自修無忘失法亦勸他修無忘失法自修恒住捨性亦勸他修恒住捨性作是事已復發願言當得無上正等覺時令我土中諸有情類皆不遠離無忘失法恒住捨性復次善現有菩薩摩訶薩修行般若波羅蜜多發弘誓願精勤勇猛自修一切智亦勸他修一切智自修道相智一切相智亦勸他修道相智一切相智作此事已復發願言當得無上正等覺時令我土中諸有情類皆不遠離一切智道相智一切相智復次善現有菩薩摩訶薩修行般若波羅蜜多發弘誓願精勤勇猛自修一切菩薩摩訶薩行亦勸他修一切菩薩摩訶薩行

自修諸佛無上正等菩提亦勸他修諸佛無上正等菩提作是事已復發願言當得無上正等覺時令我土中諸有情類皆不遠離一切菩薩摩訶薩行諸佛無上正等菩提善現是諸菩薩摩訶薩修行般若波羅蜜多由此行願便能嚴淨所求佛土善現是諸菩薩摩訶薩隨爾所時行菩提道應得圓滿所起行願即爾所時精勤修學由此因緣自能成就一切善法亦能令他漸次成就一切善法自能修得殊勝相好所莊嚴身亦能令他漸次修得殊勝相好所莊嚴身由廣大福所攝受故善現是諸菩薩摩訶薩谷於所求嚴淨佛土證得無上正等覺時所化有情亦生彼土共受淨土大乘法樂善現是諸菩薩摩訶薩應修如是嚴淨佛土謂彼土中常不聞有三

種惡趣亦不聞有諸惡見趣亦不聞有貪瞋癡毒亦不聞有男女形相亦不聞有聲聞獨覺亦不聞有苦無常等亦不聞有攝受資具亦不聞有我我所執亦不聞有隨眠纏結亦不聞有顛倒執著亦不聞有安立諸果分位差別但聞說空無相無願無生無滅無性等聲謂隨有情所樂差別於樹林等内外物中常有微風互相衝擊發起種種微妙音聲彼音聲中說一切法皆無自性無性故空空故無相無相故無願無願故無生無生故無滅是故諸法本來寂靜自性涅槃若佛出世若不出世法相常爾彼佛土中諸有情類若晝若夜若行若立若坐若卧常聞如是說法之聲善現是諸菩薩摩訶薩各於所住嚴淨佛土證得無上正等覺時十方如來應正等覺

皆共稱讚彼彼佛名若諸有情得聞如是所讚佛名定於無上正等菩提得不退轉善現是諸菩薩摩訶薩各於所住嚴淨佛土證得無上正等覺時爲諸有情宣說正法有情聞已必不生疑謂爲是法爲是非法所以者何彼有情類了達諸法皆即真如法界法性不虛妄性不變異性一切是法無非法者善現是諸菩薩摩訶薩皆能嚴淨如是佛土復次善現是諸菩薩摩訶薩有所化生具不善根未於諸佛菩薩獨覺及聲聞所種諸善根爲諸惡友所攝受故離善友故不聞正法常爲種種我有情見及諸見趣之所執藏墮在斷常二邊偏執是諸有情自起邪執亦常教他令起邪執於佛起非佛想於非佛起佛想於法起非法想於非法起法想於僧起非僧想於非僧起僧想由是因緣誹毀正法謗正法故身壞命終墮諸惡趣生地獄中受諸劇苦是諸菩薩摩訶薩各於自土證得無上正等覺已見彼有情沉淪生死受無量苦以神通力方便教化令捨惡見住正見中從地獄出生於人趣生人趣已復以種種神通方便教化令住正定聚中由是畢竟不墮惡趣復令修習殊勝行願命終得生嚴淨佛土受用淨土大乘法樂善現是諸菩薩摩訶薩皆能如是嚴淨佛土由所居土極清淨故生彼有情於一切法不起虛妄猶豫分別謂此是世間法此是出世間法此是有漏法此是無漏法此是有爲法此是無爲法如是種種猶豫分別畢竟不起由此因緣彼有情類定得無上正等菩提善現如是菩薩摩訶薩嚴淨佛土

初分淨土方便品第七十三之一

爾時具壽善現白佛言世尊是諸菩薩摩訶薩爲住正性定聚爲住不定聚耶佛言善現是諸菩薩摩訶薩皆住正性定聚非不定聚具壽善現復白佛言世尊是諸菩薩摩訶薩爲住何等正性定聚爲聲聞乘爲獨覺乘爲佛乘耶佛言善現是諸菩薩摩訶薩皆住佛乘正性定聚非住二乘正性定聚具壽善現復白佛言世尊是諸菩薩摩訶薩爲何時住正性定聚初發心耶不退位耶最後身耶佛言善現是諸菩薩摩訶薩若初發心若不退位若最後身皆住菩薩正性定聚具壽善現復白佛言世尊住正性定聚諸菩薩摩訶薩爲復墮於諸惡趣不佛言善現住正性定聚諸菩薩摩訶薩決定不復墮諸惡趣復告善現於汝意云何諸第八者若預流若一來若不還若阿羅漢若獨覺爲有復墮惡趣者不善現答言不也世尊不也善逝佛言善現住正性定聚諸菩薩摩訶薩亦復如是決定不復墮諸惡趣何以故善現是諸菩薩摩訶薩從初發心修行布施波羅蜜多修行淨戒安忍精進靜慮般若波羅蜜多安住內空安住外空內外空空空大空勝義空有爲空無爲空畢竟空無際空散空無變異空本性空自相空共相空一切法空不可得空無性空自性空無性自性空修行四念住修行四正斷四神足五根五力七等覺支八聖道支安住苦聖諦安住集滅道聖諦修行四靜慮修行四無量四無色定修行八解脫修行八勝處九次第定十遍處修行陀羅尼門修行三摩

地門修行空解脫門修行無相無願解脫門修行極喜地修行離垢地發光地焰慧地極難勝地現前地遠行地不動地善慧地法雲地修行五眼修行六神通修行佛十力修行四無所畏四無礙解大慈大悲大喜大捨十八佛不共法修行無忘失法修行恒住捨性修行一切智修行道相智一切相智修行一切菩薩摩訶薩行修行諸佛無上正等菩提伏斷一切惡不善法善現由此因緣是諸菩薩摩訶薩復墮惡趣無有是處是諸菩薩摩訶薩若生長壽天亦無是處謂於彼處諸勝善法不得現行是諸菩薩摩訶薩若生邊鄙或生達絮篾戾車中無有是處謂於彼處不能修行殊勝善法多起惡見不信因果常樂習行諸穢惡業不聞佛名法名僧名亦無四衆謂苾芻衆苾芻尼衆近事男衆近事女衆是諸菩薩摩訶薩若生邪見家無有是處謂生彼家執著種種諸惡見趣撥無妙行惡行及果不修諸善樂作諸惡善現初發無上正等覺心諸菩薩摩訶薩求趣無上正等菩提以勝意樂受行十種不善業道無有是處是

爾時具壽善現白佛言世尊若菩薩摩訶薩從初發心成就如是善根功德於諸惡處不後受生何故世尊每爲衆說自本生事若百若千於中亦有生諸惡處爾時善根爲何所在佛告善現非菩薩摩訶薩由不淨業受惡趣身但爲利樂諸有情類由故思願而受彼身善現諸阿羅漢獨覺豈有方便善巧如菩薩摩訶薩成就如是方便善巧受傍生身有獵者來欲爲損害便起無上安忍慈悲欲令

彼人得利樂故自捨身命而不害彼善現由是因緣當知菩薩摩訶薩爲欲饒益諸有情故爲大慈悲速圓滿故雖現受種種傍生之身而不爲傍生過失所染具壽善現復白佛言世尊諸菩薩摩訶薩住何善法爲欲利樂諸有情故受如是身佛告善現諸菩薩摩訶薩有何善法不應圓滿善現諸菩薩摩訶薩爲得無上正等菩提一切善法皆應圓滿善現諸菩薩摩訶薩從初發心乃至安坐妙菩提座於其中間無有善法不應圓滿要具圓滿一切善法方得無上正等菩提若一善法未能圓滿而得無上正等菩提無有是處是故善現諸菩薩摩訶薩從初發心乃至安坐妙菩提座於其中間常學圓滿一切善法學已當得一切相智永斷一切習氣相續證得

無上正等菩提時具壽善現白佛言世尊云何菩薩摩訶薩成就如是一切白淨聖無漏法而生惡趣受傍生身佛言善現於意云何如來成就一切白淨無漏法不善現荅言如是世尊如是善逝如來成就一切白淨無漏之法佛言善現於意云何如來化作傍生趣身饒益有情作佛事不善現荅言如是世尊如是善逝如來化作傍生趣身饒益有情作諸佛事佛言善現於意云何如來化作傍生身時是實傍生受彼苦不善現荅言不也世尊不也善逝如來化作傍生身時非實傍生不受彼苦佛告善現諸菩薩摩訶薩亦復如是雖成就一切白淨無漏法而爲成熟諸有情故方便善巧受傍生身由受彼身如應成熟諸有情類復次善現於意云何有阿羅漢

諸漏永盡能化作身起諸事業由彼事業生他喜不善現荅言如是世尊如是善逝有阿羅漢諸漏永盡能化作身起諸事業由彼事業令他生喜佛言善現諸菩薩摩訶薩亦復如是雖成就一切白淨無漏法而爲利樂諸有情故方便善巧受惡趣身如應成熟諸有情類雖受彼身而不同彼受諸苦惱亦復不爲彼趣過失之所雜染復次善現於意云何有巧幻師或彼弟子幻作種種象馬等事令諸人見歡喜踊躍於彼有實象馬等不善現荅言不也世尊不也善逝於彼實無象馬等事佛告善現諸菩薩摩訶薩亦復如是雖成就一切白淨無漏法而爲饒益諸有情故現受種種傍生等身雖受彼身而實非彼亦不爲彼過所染汙時具壽善現白佛言世尊諸菩薩摩訶薩方便善巧如是廣大雖成就白淨無漏聖智而爲有情故受種種身隨其所宜現作饒益世尊諸菩薩摩訶薩安住何等白淨勝法能作如是方便善巧雖受種種傍生等身而不爲彼過失所染佛告善現諸菩薩摩訶薩安住般若波羅蜜多能作如是方便善巧雖往十方無量殑伽沙等世界現種種身利益安樂彼有情類而於其中不生染著何以故善現是菩薩摩訶薩於一切法都無所得謂都不得能染所染及染因緣何以故以一切法自性空故善現空不能染著空空亦不能染著餘法亦無餘法能染著空所以者何空中空性尚不可得況有餘法而可得者善現如是名爲不可得空諸菩薩摩訶薩安住此中能證無上正等菩提爾時具壽

善現白佛言世尊諸菩薩摩訶薩爲但安住如是般若波羅蜜多能作如是方便善巧爲亦住餘法耶佛告善現豈有餘法不入般若波羅蜜多云何復疑爲住餘法世尊如是般若波羅蜜多若自性空云何般若波羅蜜多攝一切法世尊非於空中可說有法攝與不攝善現豈不諸法自性皆空如是世尊如是善逝善現若一切法自性皆空豈不空中攝一切法爾時具壽善現白佛言世尊云何菩薩摩訶薩修行般若波羅蜜多時住一切法自性空中引發神通波羅蜜多諸菩薩摩訶薩住是神通波羅蜜多能往十方無量殑伽沙等世界供養諸佛聽受正法於諸佛所種諸善根佛告善現若菩薩摩訶薩修行般若波羅蜜多時遍觀十方無量殑伽沙等世界及諸佛衆并所說法自性皆空唯有世俗假說名字如是世俗假說名字亦自性空善現若十方界及諸佛衆并所說法假說名字自性不空則所說空應不周遍以所說空非不周遍故一切法自性皆空善現是菩薩摩訶薩修行般若波羅蜜多時由遍觀空方便善巧便能引發殊勝神通波羅蜜多住此神通波羅蜜多復能引發天眼天耳神境他心宿住隨念及知漏盡殊勝通慧善現諸菩薩摩訶薩非離神通波羅蜜多有能自在成熟有情嚴淨佛土證得無上正等菩提善現是故神通波羅蜜多是菩提道諸菩薩摩訶薩皆依此道求趣無上正等菩提於求趣時能自圓滿一切善法亦能令他修諸善法雖作是事而於善法不生執著所以者何是菩薩摩

訶薩知諸善法自性皆空非自性空有所執著若有執著則有愛味由無執著亦無愛味自性空中無愛味故善現是菩薩摩訶薩修行般若波羅蜜多時住勝神通波羅蜜多引發天眼清淨過人用是天眼觀一切法皆自性空善現是菩薩摩訶薩見一切法自性空故不依法相造作諸業雖爲有情說如是法而亦不得諸有情相及彼施設善現是菩薩摩訶薩以無所得而爲方便引發神通波羅蜜多用是神通波羅蜜多能作悲願神通作事善現是菩薩摩訶薩用極清淨過人天眼能見十方無量殑伽沙等世界見已引發神境智通往彼饒益諸有情類或以布施波羅蜜多而爲饒益或以淨戒安忍精進靜慮般若波羅蜜多而爲饒益或以四念住而爲饒益或以四正斷四神足五根五力七等覺支八聖道支而爲饒益或以四靜慮而爲饒益或以四無量四無色定而爲饒益或以八解脫而爲饒益或以八勝處九次第定十遍處而爲饒益或以聲聞法而爲饒益或以獨覺法而爲饒益或以菩薩法而爲饒益或以諸佛法而爲饒益善現是菩薩摩訶薩於十方界若見有情多慳貪者深生憐愍說如是法汝等有情當行布施諸慳貪者受貧窮苦由貧窮故無有威德尚不自益況能益他是故汝等當勤布施既自安樂亦安樂他勿以貧窮互相食噉俱不解脫諸惡趣苦善現是菩薩摩訶薩於十方界若見有情毀淨戒者深生憐愍說如是法汝等有情當持淨戒諸破戒者受惡趣苦破戒之人無有威德尚不自

益況能益他破戒因緣或生地獄受苦異熟或生傍生受苦異熟或生鬼界受苦異熟汝等若墮諸惡趣中受苦異熟尚不自救況能救他是故汝等當持淨戒不應容納破戒之心經剎那頃況經多時勿縱自心後生憂悔善現是菩薩摩訶薩於十方界若見有情更相瞋忿展轉結恨互相損惱深生憐愍說如是法汝等有情當修安忍勿相瞋忿結恨相害諸瞋恨心不順善法增長惡法招現衰損汝等由此瞋恨心故身壞命終當墮地獄傍生鬼界受諸劇苦是故汝等不應容納瞋恨之心經剎那頃何況令其多時相續汝等今者應起慈心展轉相緣作饒益事善現是菩薩摩訶薩於十方界若見有情懶惰懈怠深生憐愍說如是法汝等有情當勤精進勿於善法懶惰懈怠諸懈怠者於諸善法及諸勝事皆不能成汝等由斯當墮地獄傍生鬼界受無量苦是故汝等不應容納此懈怠心經剎那頃何況令其長時相續善現是菩薩摩訶薩於十方界若見有情失念散亂心不寂靜深生憐愍說如是法汝等有情當修靜慮勿生失念散亂之心如是之心不順善法增長惡法招現衰損汝等由此身壞命終當墮地獄傍生鬼界受無量苦是故汝等不應容納失念散亂相應之心經剎那頃何況令其長時相續善現是菩薩摩訶薩於十方界若見有情愚癡惡慧深生憐愍說如是法汝等有情當修勝慧勿起惡慧起惡慧者於諸善趣尚不能往況得解脫汝等由此惡慧因緣當墮地獄傍生鬼界受無量苦是故汝等不

應容納愚癡惡慧相應之心經剎那頃何況令其長時相續善現是菩薩摩訶薩於十方界若見有情多貪欲者深生憐愍方便教導令修不淨觀若見有情多瞋恚者深生憐愍方便教導令修慈悲觀若見有情愚癡多者深生憐愍方便教導令修緣起觀若見有情我慢多者深生憐愍方便教導令修界分別觀若見有情尋伺多者深生憐愍方便教導令修持息念觀若見有情行邪道者深生憐愍方便教導令入正道謂聲聞道或獨覺道或如來道方便爲彼說如是法汝等所執自性皆空非空法中可有所執以無所執爲空相故如是善現諸菩薩摩訶薩修行般若波羅蜜多時要住神通波羅蜜多方能自在宣說正法利益安樂諸有情類善現若菩薩摩訶薩遠離神通波羅蜜多不能自在宣說正法與諸有情作饒益事善現如鳥無翅不能自在飛翔虛空遠有所至諸菩薩摩訶薩亦復如是若無神通波羅蜜多不能自在宣說正法與諸有情作饒益事是故善現諸菩薩摩訶薩修行般若波羅蜜多時應引發神通波羅蜜多若引發神通波羅蜜多則能隨意宣說正法利益安樂諸有情類善現是菩薩摩訶薩以寂清淨過人天眼遍觀十方無量殑伽沙等世界及觀生彼諸有情類見已引發神境智通經須臾頃往到彼界以他心智如實了知彼諸有情心心所法隨其所宜爲說法要謂說布施或說淨戒或說安忍或說精進或說靜慮或說般若或說四念住或說四正斷四神足五根五力七等覺支八聖道

支或說四靜慮或說四無量四無色定或說八解脫或說八勝處九次第定十遍處或說陀羅尼門或說三摩地門或說空解脫門或說無相無願解脫門或說內空或說外空內外空空空大空勝義空有爲空無爲空畢竟空無際空散空無變異空本性空自相空共相空一切法空不可得空無性空自性空無性自性空或說苦聖諦或說集滅道聖諦或說因緣或說等無間緣所緣緣增上緣或說從緣所生諸法或說無明或說行識名色六處觸受愛取有生老死愁歎苦憂惱或說蘊處界或說聲聞道或說獨覺道或說菩薩道或說菩提或說涅槃令彼有情聞是法已皆得殊勝利益安樂善現是菩薩摩訶薩以最清淨過人天耳能聞一切人非人聲由此天

耳能聞十方無量殑伽沙等世界諸佛說法聞已無倒皆能受持爲諸有情如實宣說或說布施或說淨戒或說安忍或說精進或說靜慮或說般若如是乃至或說涅槃令彼有情聞是法已皆得殊勝利益安樂善現是菩薩摩訶薩以最清淨他心智通如實了知諸有情類心心所法隨其所宜爲說法要謂說布施或說淨戒或說安忍或說精進或說靜慮或說般若如是乃至或說涅槃令彼有情聞是法已皆得殊勝利益安樂善現是菩薩摩訶薩以淨宿住隨念智通能憶自他諸本生事由此宿住隨念智通如實念知過去諸佛及弟子衆名等差別若諸有情樂聞過去諸宿住事而得益者便爲宣說諸宿住事因此方便爲說正法謂說布施或說淨戒或說

安忍或說精進或說靜慮或說般若如是乃至或說涅槃令彼有情聞是法已皆得殊勝利益安樂善現是菩薩摩訶薩以極迅速神境智通往到十方無量殑伽沙等世界親近供養諸佛世尊於諸佛所植衆德本還歸本土爲諸有情宣說他方種種勝事因斯方便爲說正法謂說布施或說淨戒或說安忍或說精進或說靜慮或說般若如是乃至或說涅槃令彼有情聞是法已皆得殊勝利益安樂善現是菩薩摩訶薩以隨所得漏盡智通如實了知諸有情類漏盡未盡亦如實知漏盡方便爲未盡者宣說法要謂說布施或說淨戒或說安忍或說精進或說靜慮或說般若如是乃至或說涅槃令彼有情聞是法已皆得殊勝利益安樂如是善現諸菩薩摩訶薩修行般若波羅蜜多時應引發神通波羅蜜多是菩薩摩訶薩修習神通波羅蜜多得圓滿故隨意所樂受種種身不爲苦樂過失所染如佛化身雖能施作種種事業而不爲彼苦樂過失之所雜染善現諸菩薩摩訶薩修行般若波羅蜜多時應遊戲神通波羅蜜多若遊戲神通波羅蜜多則能成熟有情嚴淨佛土速證無上正等菩提善現若菩薩摩訶薩不成熟有情嚴淨佛土終不能得所求無上正等菩提何以故善現諸菩薩摩訶薩菩提資糧若未具者必不能得所求無上正等菩提

大般若波羅蜜多經卷第三百九十四

大般若波羅蜜多經卷第三百九十五

唐三藏法師玄奘奉　詔譯

初分淨土方便品第七十三之二

爾時具壽善現白佛言世尊何等名爲菩薩摩訶薩菩提資糧諸菩薩摩訶薩要具如是菩提資糧乃能證得所求無上正等菩提佛告善現一切善法皆是菩薩摩訶薩菩提資糧諸菩薩摩訶薩要具如是菩提資糧乃能證得所求無上正等菩提具壽善現復白佛言世尊何等名爲一切善法諸菩薩摩訶薩成就如是諸善法故證得無上正等菩提佛告善現諸菩薩摩訶薩從初發心修行布施波羅蜜多修行淨戒安忍精進靜慮般若波羅蜜多於中都無分別執著謂作是念此是施等由此爲此而修施等是三分別執著皆無知一切法自性空故由是所修波羅蜜多能自饒益亦能饒益一切有情令出生死得涅槃故說爲善法亦名菩薩菩提資糧亦名菩薩摩訶薩道過去未來現在菩薩摩訶薩衆行此道故已得當得今得無上正等菩提亦令有情已當今度生死大海證涅槃樂善現諸菩薩摩訶薩從初發心修行四念住修行四正斷四神足五根五力七等覺支八聖道支於中都無分別執著謂作是念此是四念住等由此爲此而修四念住等是三分別執著皆無知一切法自性空故由是所修四念住等能自饒益亦能饒益一切有情令出生死得涅槃故說爲善法亦名菩薩菩提資糧亦名菩薩摩訶薩道過去未來現在菩薩摩訶薩衆行此道故已得當得今得無上正

等菩提亦令有情已當今度生死大海證涅槃樂善現諸菩薩摩訶薩從初發心安住内空安住外空内外空空空大空勝義空有爲空無爲空畢竟空無際空散空無變異空本性空自相空共相空一切法空不可得空無性空自性空無性自性空於中都無分別執著謂作是念此是内空等由此爲此而住内空等是三分別執著皆無知一切法自性空故由是所住内空等能自饒益亦能饒益一切有情令出生死得涅槃故説爲善法亦名菩薩菩提資糧亦名菩薩摩訶薩道過去未來現在菩薩摩訶薩衆行此道故已得當得今得無上正等菩提亦令有情已當今度生死大海證涅槃樂善現諸菩薩摩訶薩從初發心安住苦聖諦安住集滅道聖諦於中都無分別執著謂作是念此是苦聖諦等由此爲此而住苦聖諦等是三分別執著皆無知一切法自性空故由是所住苦聖諦等能自饒益亦能饒益一切有情令出生死得涅槃故説爲善法亦名菩薩菩提資糧亦名菩薩摩訶薩道過去未來現在菩薩摩訶薩衆行此道故已得當得今得無上正等菩提亦令有情已當今度生死大海證涅槃樂善現諸菩薩摩訶薩從初發心修行四靜慮修行四無量四無色定於中都無分別執著謂作是念此是四靜慮等由此爲此而修四靜慮等是三分別執著皆無知一切法自性空故由是所修四靜慮等能自饒益亦能饒益一切有情令出生死得涅槃故説爲善法亦名菩薩菩提資糧亦名菩薩摩訶薩道過去未來

現在菩薩摩訶薩衆行此道故已得當得令得無上正等菩提亦令有情已當令度生死大海證涅槃樂善現諸菩薩摩訶薩從初發心修行八解脫修行八勝處九次第定十遍處於中都無分別執著謂作是念此是八解脫等由此爲此而修八解脫等是三分別執著皆無知一切法自性空故由是所修八解脫等能自饒益亦能饒益一切有情令出生死得涅槃故說爲善法亦名菩薩菩提資糧亦名菩薩摩訶薩道過去未來現在菩薩摩訶薩衆行此道故已得當得令得無上正等菩提亦令有情已當令度生死大海證涅槃樂善現諸菩薩摩訶薩從初發心修行陀羅尼門修行三摩地門於中都無分別執著謂作是念此是陀羅尼門等由此爲此而修陀羅尼門等是三分別執著皆無知一切法自性空故由是所修陀羅尼門等能自饒益亦能饒益一切有情令出生死得涅槃故說爲善法亦名菩薩菩提資糧亦名菩薩摩訶薩道過去未來現在菩薩摩訶薩衆行此道故已得當得令得無上正等菩提亦令有情已當令度生死大海證涅槃樂善現諸菩薩摩訶薩從初發心修行空解脫門修行無相無願解脫門於中都無分別執著謂作是念此是空解脫門等由此爲此而修空解脫門等是三分別執著皆無知一切法自性空故由是所修空解脫門等能自饒益亦能饒益一切有情令出生死得涅槃故說爲善法亦名菩薩菩提資糧亦名菩薩摩訶薩道過去未來現在菩薩摩訶薩衆行此道故已得當得

令得無上正等菩提亦令有情已當今度生死大海證涅槃樂善現諸菩薩摩訶薩從初發心修行極喜地修行離垢地發光地燄慧地極難勝地現前地遠行地不動地善慧地法雲地於中都無分別執著謂作是念此是極喜地等由此爲此而修極喜地等是三分別執著皆無知一切法自性空故由是所修極喜地等能自饒益亦能饒益一切有情令出生死得涅槃故說爲善法亦名菩薩菩提資糧亦名菩薩摩訶薩道過去未來現在菩薩摩訶薩衆行此道故已得當得今得無上正等菩提亦令有情已當今度生死大海證涅槃樂善現諸菩薩摩訶薩從初發心修行五眼修行六神通於中都無分別執著謂作是念此是五眼等由此爲此而修五眼等是三分別執著皆無知一切法自性空故由是所修五眼等能自饒益亦能饒益一切有情令出生死得涅槃故說爲善法亦名菩薩菩提資糧亦名菩薩摩訶薩道過去未來現在菩薩摩訶薩衆行此道故已得當得今得無上正等菩提亦令有情已當今度生死大海證涅槃樂善現諸菩薩摩訶薩從初發心修行佛十力修行四無所畏四無礙解大慈大悲大喜大捨十八佛不共法於中都無分別執著謂作是念此是佛十力等由此爲此而修佛十力等是三分別執著皆無知一切法自性空故由是所修佛十力等能自饒益亦能饒益一切有情令出生死得涅槃故說爲善法亦名菩薩菩提資糧亦名菩薩摩訶薩道過去未來現在菩薩摩訶薩衆行此道故

已得當得今得無上正等菩提亦令有情已當今度生死大海證涅槃樂善現諸菩薩摩訶薩從初發心修行無忘失法修行恒住捨性於中都無分別執著謂作是念此是無忘失法等由此爲此而修無忘失法等是三分別執著皆無知一切法自性空故由是所修無忘失法等能自饒益亦能饒益一切有情令出生死得涅槃故說爲善法亦名菩薩菩提資糧亦名菩薩摩訶薩道過去未來現在菩薩摩訶薩衆行此道故已得當得今得無上正等菩提亦令有情已當今度生死大海證涅槃樂善現諸菩薩摩訶薩從初發心修行一切智修行道相智一切相智於中都無分別執著謂作是念此是一切智等由此爲此而修一切智等是三分別執著皆無知一切法自性空故由是所修一切智等能自饒益亦能饒益一切有情令出生死得涅槃故說爲善法亦名菩薩菩提資糧亦名菩薩摩訶薩道過去未來現在菩薩摩訶薩衆行此道故已得當得今得無上正等菩提亦令有情已當今度生死大海證涅槃樂善現當知復有無量諸菩薩衆所修功德皆名善法亦名菩薩菩提資糧亦名菩薩摩訶薩道諸菩薩摩訶薩要修如是殊勝善法令極圓滿乃能證得一切智智要已證得一切智智乃能無倒轉正法輪令諸有情解脫生死證得畢竟常樂涅槃

初分無性自性品第七十四之一

爾時具壽善現白佛言世尊若如是法是菩薩法復何等法是佛法耶佛告善現汝所問

言若如是法是菩薩法復何等法是佛法者善現即菩薩法亦是佛法謂諸菩薩摩訶薩於一切法覺一切相由此當得一切相智永斷一切習氣相續若諸如來應正等覺於一切法以一刹那相應妙慧現等覺已證得無上正等菩提善現如是菩薩與佛有異如二聖者雖俱是聖而有行向住果差別如是善現若無間道中行於一切法未離闇障未到彼岸未得自在未得果時名爲菩薩摩訶薩若解脱道中行於一切法已離闇障已到彼岸已得自在已得果時名爲如來應正等覺善現是爲菩薩與佛有異雖位有異而法無别時具壽善現白佛言世尊若一切法自相皆空自相空中云何得有種種差别謂此是地獄此是傍生此是鬼界此是天此是人此是種性地此是第八地此是預流此是一來此是不還此是阿羅漢此是獨覺此是菩薩摩訶薩此是如來應正等覺世尊如此所説補特伽羅既不可得彼所造業亦不可得如所造業既不可得彼異熟果亦不可得佛告善現如是如是如汝所説一切法自相空自相空中無數取趣無所造業無異熟果差别可得然諸有情於一切法自相空理不能盡知由此因緣造作諸業謂造罪業或造福業或造不動業或造無漏業造罪業故或墮地獄或墮傍生或墮鬼界造福業故或生人趣或生欲天造不動業故或生色界或生無色界造無漏業故或得聲聞果或得獨覺果若知諸法自相皆空或入菩薩摩訶薩地或證無上正等菩提由此因緣諸菩薩摩訶薩修

行布施波羅蜜多修行淨戒安忍精進靜慮般若方便善巧妙願力智波羅蜜多安住內空安住外空內外空空空大空勝義空有爲空無爲空畢竟空無際空散空無變異空本性空自相空共相空一切法空不可得空無性空自性空無性自性空修行四念住修行四正斷四神足五根五力七等覺支八聖道支安住苦聖諦安住集滅道聖諦修行四靜慮修行四無量四無色定修行八解脫修行八勝處九次第定十遍處修行陁羅尼門修行三摩地門修行空解脫門修行無相無願解脫門修行極喜地修行離垢地發光地焰慧地極難勝地現前地遠行地不動地善慧地法雲地修行五眼修行六神通修行佛十力修行四無所畏四無礙解大慈大悲大喜大捨十八佛不共法修行無忘失法修行恒住捨性修行一切智修行道相智一切相智善現是菩薩摩訶薩於如是等菩提分法無間無缺修令圓滿既圓滿已便能引發親助菩提金剛喻定證得無上正等菩提說名如來應正等覺利益安樂無量有情諸有所爲常無失壞無失壞故不墮生死諸趣輪迴具壽善現白佛言世尊佛證無上正等覺已爲得諸趣生死法不不也善現世尊佛證無上正等覺已爲得黑業白業黑白業非黑白業不不也善現時具壽善現復白佛言世尊若佛不得諸趣生死及業差別云何施設此是地獄此是傍生此是鬼界此是天此是人此是種性此是第八此是預流此是一來此是不還此是阿羅漢此是獨覺此是菩薩摩訶

薩此是如來應正等覺佛告善現諸有情類自知諸法自相空不善現荅言不也世尊不也善逝佛言善現若諸有情自知諸法自相空者則不應説菩薩摩訶薩求證無上正等菩提方便善巧施設至教拔諸有情惡趣生死善現以諸有情不知諸法自相空故流轉諸趣受無量苦是故諸菩薩摩訶薩從諸佛所聞一切法自相空已求證無上正等菩提方便善巧施設至教拔諸有情惡趣生死善現諸菩薩摩訶薩常作是念非一切法實有自相如諸愚夫異生所執然彼分別顛倒力故非實有中起實有想謂無我中而起我想於無有情命者生者養者士夫補特伽羅意生儒童作者受者知者見者中而起有情乃至見者想於無色中而起色想於無受想行識中而起受想行識想於無眼處中而起眼處想於無耳鼻舌身意處中而起耳鼻舌身意處想於無色處中而起色處想於無聲香味觸法處中而起聲香味觸法處想於無眼界中而起眼界想於無耳鼻舌身意界中而起耳鼻舌身意界想於無色界中而起色界想於無聲香味觸法界中而起聲香味觸法界想於無眼識界中而起眼識界想於無耳鼻舌身意識界中而起耳鼻舌身意識界想於無眼觸中而起眼觸想於無耳鼻舌身意觸中而起耳鼻舌身意觸想於無眼觸爲緣所生諸受中而起眼觸爲緣所生諸受想於無耳鼻舌身意觸爲緣所生諸受中而起耳鼻舌身意觸爲緣所生諸受想於無地界中而起地界想於無水火風空識界中而起水

火風空識界想於無因緣中而起因緣想於無等無間緣所緣緣增上緣中而起等無間緣所緣緣增上緣想於無從緣所生諸法中而起從緣所生諸法想於無無明中而起無明想於無行識名色六處觸受愛取有生老死愁歎苦憂惱中而起行乃至老死愁歎苦憂惱想於無世間法中而起世間法想於無出世間法中而起出世間法想於無有漏法中而起有漏法想於無無漏法中而起無漏法想於無有爲法中而起有爲法想於無無爲法中而起無爲法想如是分別顛倒力故非實有中起實有想虛妄執著倒亂其心造身語意諸善惡業不能解脫惡趣生死我當拔濟令得解脫善現諸菩薩摩訶薩作是念已修行般若波羅蜜多以諸善法攝在般若波羅蜜多無倒修行諸菩薩行漸次圓滿菩提資糧菩提資糧得圓滿已證得無上正等菩提得菩提已爲諸有情宣說開示分別建立四聖諦義謂是苦聖諦是苦集聖諦是苦滅聖諦是趣苦滅道聖諦復以一切菩提分法攝在如是四聖諦中復依一切菩提分法施設安立佛法僧寶由此三寶出現世間諸有情類解脫生死若諸有情不能歸信佛法僧寶而造諸業輪迴諸趣受苦無窮爾時具壽善現白佛言世尊爲由苦諦得般涅槃爲由苦智得般涅槃爲由集諦得般涅槃爲由集智得般涅槃爲由滅諦得般涅槃爲由滅智得般涅槃爲由道諦得般涅槃爲由道智得般涅槃佛告善現非由苦諦得般涅槃非由苦智得般涅槃非由集諦得般涅槃非由

集智得般涅槃非由滅諦得般涅槃非由滅智得般涅槃非由道諦得般涅槃非由道智得般涅槃善現我說四聖諦平等性即是涅槃如是涅槃不由苦集滅道諦得亦不由苦集滅道智得但由般若波羅審多證平等性名得涅槃具壽善現復白佛言世尊何等名爲四聖諦平等性佛告善現若於是處無苦無苦智無集無集智無滅無滅智無道無道智此即名爲四聖諦平等性此平等性即四聖諦所有眞如法界法性不虛妄性不變異性法定法住平等性離生性實際虛空界不思議界如來出世若不出世性相常住無失壞無變易如是名爲四聖諦平等性諸菩薩摩訶薩修行般若波羅審多時爲欲隨覺此四聖諦平等性故修行般若波羅審多若能隨覺此四聖諦平等性時名眞隨覺一切聖諦時具壽善現白佛言世尊云何菩薩摩訶薩爲欲隨覺此四聖諦平等性故修行般若波羅審多若能隨覺此四聖諦平等性時即能隨覺一切聖諦既能隨覺一切聖諦即能如實修菩薩行既能如實修菩薩行不墮聲聞及獨覺地趣入菩薩正性離生佛告善現諸菩薩摩訶薩修行般若波羅審多時無有少法不如實見於一切法如實見時於一切法都無所得於一切法無所得時則如實見一切法空謂如實見四諦所攝及所不攝諸法皆空如是見時能入菩薩正性離生由能入菩薩正性離生故即住菩薩種性地中既住菩薩種性地中即能決定不從頂墮若從頂墮應墮聲聞或獨覺地善現是菩薩摩訶

薩安住菩薩種性地中能起四靜慮及起四無量四無色定是菩薩摩訶薩安住如是奢摩他地能決擇一切法及隨覺四聖諦是菩薩摩訶薩雖遍知苦而能不起緣執苦心雖永斷集而能不起緣執集心雖證於滅而能不起緣執滅心雖修於道而能不起緣執道心但起隨順趣向臨入無上正等菩提之心於一切法觀察實相具壽善現白佛言世尊云何是菩薩摩訶薩於一切法觀察實相佛言善現是菩薩摩訶薩於一切法皆觀爲空世尊是菩薩摩訶薩於一切法觀何等空善現是菩薩摩訶薩於一切法觀自相空善現是菩薩摩訶薩用如是相毗鉢舍那如實觀見諸法皆空都不見有諸法自性可住彼性證得無上正等菩提何以故善現諸佛無上正等菩提及一切法皆以無性而爲自性如是無性非諸佛所作非獨覺所作非菩薩所作非諸聲聞向果所作但爲有情於一切法不知不見如實皆空由此因緣諸菩薩摩訶薩修行般若波羅蜜多方便善巧爲諸有情如實宣說令離執著脫生死苦爾時具壽善現白佛言世尊若一切法皆以無性而爲自性如是無性非諸佛所作非獨覺所作非菩薩所作非阿羅漢所作非不還所作非一來所作非預流所作亦非如是諸向所作者云何施設有諸法異謂此是地獄此是傍生此是鬼界此是人此是四大王衆天此是三十三天此是夜摩天此是覩史多天此是樂變化天此是他化自在天此是梵衆天此是梵輔天此是梵會天此是大梵天此是光天此

是少光天此是無量光天此是極光淨天此是淨天此是少淨天此是無量淨天此是遍淨天此是廣天此是少廣天此是無量廣天此是廣果天此是無想天此是無煩天此是無熱天此是善現天此是善見天此是色究竟天此是空無邊處天此是識無邊處天此是無所有處天此是非想非非想處天此是預流此是一來此是不還此是阿羅漢此是獨覺此是菩薩摩訶薩此是如來應正等覺由此業故施設地獄由此業故施設傍生由此業故施設鬼界由此業故施設人由此業故施設四大王衆天由此業故施設三十三天由此業故施設夜摩天由此業故施設覩史多天由此業故施設樂變化天由此業故施設他化自在天由此業故施設梵衆天由此業故施設梵輔天由此業故施設梵會天由此業故施設大梵天由此業故施設光天由此業故施設少光天由此業故施設無量光天由此業故施設極光淨天由此業故施設淨天由此業故施設少淨天由此業故施設無量淨天由此業故施設遍淨天由此業故施設廣天由此業故施設少廣天由此業故施設無量廣天由此業故施設廣果天由此業故施設無想天由此業故施設無煩天由此業故施設無熱天由此業故施設善現天由此業故施設善見天由此業故施設色究竟天由此業故施設空無邊處天由此業故施設識無邊處天由此業故施設無所有處天由此業故施設非想非非想處天由此業故施設預流由此業故施設一來由此業

故施設不還由此業故施設阿羅漢由此業故施設獨覺由此業故施設菩薩摩訶薩由此業故施設如來應正等覺世尊無性之法必無作用云何可說由如是法生於地獄由如是法生於傍生由如是法生於鬼界由如是法生於人中由如是法生四大王衆天由如是法生三十三天由如是法生夜摩天由如是法生覩史多天由如是法生樂變化天由如是法生他化自在天由如是法生梵衆天由如是法生梵輔天由如是法生梵會天由如是法生大梵天由如是法生光天由如是法生少光天由如是法生無量光天由如是法生極光淨天由如是法生淨天由如是法生少淨天由如是法生無量淨天由如是法生遍淨天由如是法生廣天由如是法生少廣天由如是法生無量廣天由如是法生廣果天由如是法生無想天由如是法生無煩天由如是法生無熱天由如是法生善現天由如是法生善見天由如是法生色究竟天由如是法生空無邊處天由如是法生識無邊處天由如是法生無所有處天由如是法生非想非非想處天由如是法得預流果由如是法得一來果由如是法得不還果由如是法得阿羅漢果由如是法得獨覺菩提由如是法得入菩薩摩訶薩位行菩薩道由如是法得成如來應正等覺令諸有情解脫生死佛告善現如是如是如汝所說無性法中不可施設有諸法異無業無果亦無作用善現愚夫異生不知聖法毗奈耶故不了諸法皆以無性而爲自性愚癡顛倒發起種種

身語意業隨業差別受種種身依如是身品類差別假施設有地獄傍生鬼界及人假施設有四大王衆天三十三天夜摩天覩史多天樂變化天他化自在天假施設有梵衆天梵輔天梵會天大梵天假施設有光天少光天無量光天極光淨天假施設有淨天少淨天無量淨天遍淨天假施設有廣天少廣天無量廣天廣果天及無想天假施設有無煩天無熱天善現天善見天色究竟天假施設有空無邊處天識無邊處天無所有處天非想非非想處天善現爲欲拔濟愚夫異生愚癡顛倒受生死苦施設聖法及毗奈耶分位差別依此分位施設預流一來不還阿羅漢獨覺菩薩摩訶薩及諸如來應正等覺然一切法皆以無性而爲自性無性法中實無異法無業無果亦無作用無性之法常無性故

復次善現如汝所言無性之法必無作用云何可說由如是法得預流一來不還阿羅漢果獨覺菩提得入菩薩摩訶薩位行菩薩道得成如來應正等覺令諸有情解脫生死者善現於汝意云何諸所修道是無性不預流一來不還阿羅漢果是無性不獨覺菩提是無性不一切菩薩摩訶薩道是無性不諸佛無上正等菩提是無性不善現荅言世尊諸所修道皆是無性預流一來不還阿羅漢果亦是無性獨覺菩提亦是無性一切菩薩摩訶薩道亦是無性諸佛無上正等菩提亦是無性佛言善現於汝意云何無性之法能得無性法不善現荅言不也世尊不也善逝佛言善現無性及道是一切法皆非相應非不

相應無色無見無對一相所謂無相愚夫異生愚癡顛倒於無相法虛妄分別起有法想執著五蘊於無常中起於常想於諸苦中起於樂想於無我中起於我想於不淨中起於淨想於無性中執著有性由此因緣諸菩薩摩訶薩修行般若波羅蜜多成就殊勝方便善巧拔濟如是諸有情類令離顛倒虛妄執著方便安置無相法中令勤修學解脫生死證得畢竟常樂涅槃具壽善現白佛言世尊頗有事是眞實非虛妄愚夫異生於中執著造作諸業由此因緣輪迴諸趣不能解脫生死苦不佛告善現無事下至如毛端量是眞實非虛妄愚夫異生於中執著造作諸業由此因緣輪迴諸趣不能解脫生死衆苦唯有顛倒虛妄執著善現吾今爲汝廣說譬喻重顯斯義令其易了諸有智者由譬喻故於所說義而生正解善現於汝意云何夢中見人受五欲樂夢中頗有少分實事可令彼人受欲樂不善現答言不也世尊不也善逝夢所見人尚非實有況有實事可令彼人受五欲樂佛告善現於汝意云何頗有諸法若世間若出世間若有漏若無漏若有爲若無爲非如夢中所見事不善現答言不也世尊不也善逝定無有法若世間若出世間若有漏若無漏若有爲若無爲非如夢中所見事者佛告善現於汝意云何夢中頗有眞實諸趣於中往來生死事不善現答言不也世尊不也善逝佛告善現於汝意云何夢中頗有眞實修道依彼修道有離雜染得清淨不善現答言不也世尊不也善逝何以故世尊夢中所

見法都無實事非能施設非所施設修道尚無況依修道有離雜染及得清淨

大般若波羅蜜多經卷第三百九十五

大般若波羅蜜多經卷第三百九十六

唐三藏法師玄奘奉　詔譯

初分無性自性品第七十四之二

佛告善現於汝意云何明鏡等中所現諸像為有實事可依造業由所造業或墮地獄或墮傍生或墮鬼界或生人中或生欲界四大王衆天乃至他化自在天或生色界梵衆天乃至色究竟天或生無色界空無邊處天乃至非想非非想處天不善現答言不也世尊不也善逝明鏡等中所現諸像都無實事但惑愚童云何可依造作諸業由所造業或墮惡趣或生人天佛告善現於汝意云何諸像頗有真實修道依彼修道有離雜染得清淨不善現答言不也世尊不也善逝何以故世尊明鏡等像都無實事非能施設非所施設修道尚無況依修道有離雜染及得清淨佛告善現於汝意云何頗有諸法若世間若出世間若有漏若無漏若有為若無為非如鏡等所現像不善現答言不也世尊不也善逝定無有法若世間若出世間若有漏若無漏若有為若無為非如鏡等所現像者佛告善現於汝意云何深谷等中所發諸響為有實事可依造業由所造業或墮地獄或墮傍生或墮鬼界或生人中或生欲界四大王衆天乃至他化自在天或生色界梵衆天乃至色究竟天或生無色界空無邊處天乃至非想非非想處天不善現答言不也世尊不也善逝深谷等中所發諸響都無實事但惑愚耳云何可依造作諸業由所造業或墮惡趣或生人天佛告善現於汝意云何諸響頗有真

實修道依彼修道有離雜染得清淨不善現荅言不也世尊不也善逝何以故世尊深谷等響都無實事非能施設非所施設修道尚無況依修道有離雜染及得清淨佛告善現於汝意云何頗有諸法若世間若出世間若有漏若無漏若有爲若無爲非如谷等所發響不善現荅言不也世尊不也善逝定無有法若世間若出世間若有漏若無漏若有爲若無爲非如谷等所發響者佛告善現於汝意云何諸陽焰中現似水等爲有實事可依造業由所造業或墮地獄或墮傍生或墮鬼界或生人中或生欲界四大王衆天乃至他化自在天或生色界梵衆天乃至色究竟天或生無色界空無邊處天乃至非想非非想處天不善現荅言不也世尊不也善逝諸陽焰中所現水等都無實事但惑愚眼云何可依造作諸業由所造業或墮惡趣或生人天佛告善現於汝意云何諸陽焰中水等頗有眞實修道依彼修道有離雜染得清淨不善現荅言不也世尊不也善逝何以故世尊陽焰水等都無實事非能施設非所施設修道尚無況依修道有離雜染及得清淨佛告善現於汝意云何頗有諸法若世間若出世間若有漏若無漏若有爲若無爲非如陽焰現水等不善現荅言不也世尊不也善逝定無有法若世間若出世間若有漏若無漏若有爲若無爲非如陽焰現水等者佛告善現於汝意云何諸光影中所現色相爲有實事可依造業由所造業或墮地獄或墮傍生或墮鬼界或生人中或生欲界四大王衆天乃至

他化自在天或生色界梵衆天乃至色究竟天或生無色界空無邊處天乃至非想非非想處天不善現荅言不也世尊不也善逝諸光影中所現色相都無實事但惑愚眼云何可依造作諸業由所造業或墮惡趣或生人天佛告善現於汝意云何諸光影中色相頗有眞實修道依彼修道有離雜染得清淨不善現荅言不也世尊不也善逝何以故世尊光影色相都無實事非能施設非所施設修道尚無況依修道有離雜染及得清淨佛告善現於汝意云何頗有諸法若世間若出世間若有漏若無漏若有爲若無爲非如光影現色相不善現荅言不也世尊不也善逝定無有法若世間若出世間若有漏若無漏若有爲若無爲非如光影現色相者佛告善現於汝意云何幻師幻作象馬車步四軍衆等種種幻事此幻象等爲有實事可依造業由所造業或墮地獄或墮傍生或墮鬼界或生人中或生欲界四大王衆天乃至他化自在天或生色界梵衆天乃至色究竟天或生無色界空無邊處天乃至非想非非想處天不善現荅言不也世尊不也善逝幻象馬等都無實事但惑愚童云何可依造作諸業由所造業或墮惡趣或生人天佛告善現於汝意云何幻事頗有眞實修道依彼修道有離雜染得清淨不善現荅言不也世尊不也善逝何以故世尊幻象馬等都無實事非能施設非所施設修道尚無況依修道有離雜染及得清淨佛告善現於汝意云何頗有諸法若世間若出世間若有漏若無漏若有爲若無

爲非如象等諸幻事不善現荅言不也世尊不也善逝定無有法若世間若出世間若有漏若無漏若有爲若無爲非如象等諸幻事者佛告善現於汝意云何佛所化作諸變化身此變化身爲有實事可依造業由所造業或墮地獄或墮傍生或墮鬼界或生人中或生欲界四大王衆天乃至他化自在天或生色界梵衆天乃至色究竟天或生無色界空無邊處天乃至非想非非想處天不善現答言不也世尊不也善逝諸變化身都無實事云何可依造作諸業由所造業或墮惡趣或生人天佛告善現於汝意云何化身頗有眞實修道依彼修道有離雜染得清淨不善現荅言不也世尊不也善逝何以故世尊諸變化身都無實事非能施設非所施設修道尚無況依修道有離雜染及得清淨佛告善現於汝意云何頗有諸法若世間若出世間若有漏若無漏若有爲若無爲非如所作變化身不善現荅言不也世尊不也善逝定無有法若世間若出世間若有漏若無漏若有爲若無爲非如所作變化身者佛告善現於汝意云何尋香城中所現物類爲有實事可依造業由所造業或墮地獄或墮傍生或墮鬼界或生人中或生欲界四大王衆天乃至他化自在天或生色界梵衆天乃至色究竟天或生無色界空無邊處天乃至非想非非想處天不善現荅言不也世尊不也善逝尋香城中所現物類都無實事云何可依造作諸業由所造業或墮惡趣或生人天佛告善現於汝意云何尋香城中物類頗有眞實修道

依彼修道有離雜染得清淨不善現荅言不也世尊不也善逝何以故世尊尋香城中所現物類都無實事非能施設非所施設修道尚無況依修道有離雜染及得清淨佛告善現於汝意云何頗有諸法若世間若出世間若有漏若無漏若有爲若無爲非如尋香城中所現物類不善現荅言不也世尊不也善逝定無有法若世間若出世間若有漏若無漏若有爲若無爲非如尋香城中所現物類者佛告善現於汝意云何此中頗有實雜染者清淨者不善現荅言不也世尊不也善逝此中都無實雜染者及清淨者佛言善現如雜染者及清淨者實無所有由此因緣雜染清淨亦非實有何以故善現住我我所諸有情類虛妄分别謂有雜染及清淨者非見實者謂有雜染及清淨者如見實者知無雜染及清淨者如是亦無雜染清淨

初分勝義瑜伽品第七十五之一

爾時具壽善現白佛言世尊諸見實者無染無淨不見實者亦無染無淨何以故以一切法皆用無性爲自性故世尊諸無性法無染無淨諸有性法亦無染無淨諸無性有性法亦無染無淨世尊無自性法無染無淨有自性法亦無染無淨無自性有自性法亦無染無淨何以故以一切法皆用無性爲自性故世尊若爾何故有時佛說有清淨法耶佛告善現我說一切法平等性爲清淨法世尊何等一切法平等性善現諸法眞如法界法性不虛妄性不變異性平等性離生性法定法住實際虛空界不思議界如來出世若不出

世性相常住是名一切法平等性此平等性名清淨法此依世俗說爲清淨不依勝義所以者何勝義諦中無分別無戲論一切音聲名字路絶具壽善現白佛言世尊若一切法如夢所見如像如響如陽焰如光影如幻事如變化身如尋香城雖現似有而無實事云何菩薩摩訶薩依止如是非真實法發阿耨多羅三藐三菩提心作是願言我當圓滿布施波羅蜜多我當圓滿淨戒安忍精進靜慮般若方便善巧妙願力智波羅蜜多我當圓滿四靜慮我當圓滿四無量四無色定我當圓滿四念住我當圓滿四正斷四神足五根五力七等覺支八聖道支我當圓滿空解脱門我當圓滿無相無願解脱門我當圓滿八解脱我當圓滿八勝處九次第定十遍處我當圓滿内空我當圓滿外空内外空空空大空勝義空有爲空無爲空畢竟空無際空散空無變異空本性空自相空共相空一切法空不可得空無性空自性空無性自性空我當圓滿真如我當圓滿法界法性不虚妄性不變異性平等性離生性法定法住實際虚空界不思議界我當圓滿苦聖諦我當圓滿集滅道聖諦我當圓滿一切陀羅尼門我當圓滿一切三摩地門我當圓滿極喜地我當圓滿離垢地發光地焰慧地極難勝地現前地遠行地不動地善慧地法雲地我當圓滿五眼我當圓滿六神通我當圓滿佛十力我當圓滿四無所畏四無礙解大慈大悲大喜大捨十八佛不共法我當圓滿辯陀羅尼我當圓滿無忘失法我當圓滿恒住捨性我當

圓滿一切智我當圓滿道相智一切相智我當圓滿三十二大士相我當圓滿八十隨好我當發起無量光明遍照十方無邊世界我當發起一妙音聲遍滿十方無邊世界隨諸有情心心所法意樂差別爲說種種微妙法門令勤修學證得殊勝利益安樂佛告善現於汝意云何汝所說法豈不亦如夢之所見如像如響如陽焰如光影如幻事如變化身如尋香城耶善現荅言如是世尊如是善逝世尊若一切法如夢所見廣說乃至如尋香城皆無實事云何菩薩摩訶薩修行般若波羅蜜多時發誠諦言我當圓滿一切功德利益安樂無量有情世尊非夢所見廣說乃至尋香城中所現物類能行布施淨戒安忍精進靜慮般若方便善巧妙願力智波羅蜜多

況能圓滿餘一切法亦應如是俱非實故世尊非夢所見廣說乃至尋香城中所現物類能行四靜慮四無量四無色定況能圓滿餘一切法亦應如是俱非實故世尊非夢所見廣說乃至尋香城中所現物類能行四念住四正斷四神足五根五力七等覺支八聖道支況能圓滿餘一切法亦應如是俱非實故世尊非夢所見廣說乃至尋香城中所現物類能行空無相無願解脫門況能圓滿餘一切法亦應如是俱非實故世尊非夢所見廣說乃至尋香城中所現物類能行八解脫八勝處九次第定十遍處況能圓滿餘一切法亦應如是俱非實故世尊非夢所見廣說乃至尋香城中所現物類能行內空外空內外空空空大空勝義空有爲空無爲空畢竟空

無際空散空無變異空本性空自相空共相空一切法空不可得空無性空自性空無性自性空況能圓滿餘一切法亦應如是俱非實故世尊非夢所見廣説乃至尋香城中所現物類能行眞如法界法性不虛妄性不變異性平等性離生性法定法住實際虛空界不思議界況能圓滿餘一切法亦應如是俱非實故世尊非夢所見廣説乃至尋香城中所現物類能行苦集滅道聖諦況能圓滿餘一切法亦應如是俱非實故世尊非夢所見廣説乃至尋香城中所現物類能行一切陀羅尼門一切三摩地門況能圓滿餘一切法亦應如是俱非實故世尊非夢所見廣説乃至尋香城中所現物類能行極喜地離垢地發光地焰慧地極難勝地現前地遠行地不動地善慧地法雲地況能圓滿餘一切法亦應如是俱非實故世尊非夢所見廣説乃至尋香城中所現物類能行五眼六神通況能圓滿餘一切法亦應如是俱非實故世尊非夢所見廣説乃至尋香城中所現物類能行佛十力四無所畏四無礙解大慈大悲大喜大捨十八佛不共法況能圓滿餘一切法亦應如是俱非實故世尊非夢所見廣説乃至尋香城中所現物類能行辯陀羅尼況能圓滿餘一切法亦應如是俱非實故世尊非夢所見廣説乃至尋香城中所現物類能行無忘失法恒住捨性況能圓滿餘一切法亦應如是俱非實故世尊非夢所見廣説乃至尋香城中所現物類能行一切智道相智一切相智況能圓滿餘一切法亦應如是俱非實

故世尊非夢所見廣說乃至尋香城中所現物類能行三十二大士相八十隨好況能圓滿餘一切法亦應如是俱非實故世尊非夢所見廣說乃至尋香城中所現物類能成一切所願事業餘一切法亦應如是俱非實故佛告善現如是如是如汝所說非實有法尚不能行布施淨戒安忍精進靜慮般若方便善巧妙願力智波羅蜜多況能圓滿非實有法尚不能行四靜慮四無量四無色定況能圓滿非實有法尚不能行四念住四正斷四神足五根五力七等覺支八聖道支況能圓滿非實有法尚不能行空無相無願解脫門況能圓滿非實有法尚不能行八解脫八勝處九次第定十遍處況能圓滿非實有法尚不能行內空外空內外空空空大空勝義空有爲空無爲空畢竟空無際空散空無變異空本性空自相空共相空一切法空不可得空無性空自性空無性自性空況能圓滿非實有法尚不能行真如法界法性不虛妄性不變異性平等性離生性法定法住實際虛空界不思議界況能圓滿非實有法尚不能行苦集滅道聖諦況能圓滿非實有法尚不能行一切陀羅尼門一切三摩地門況能圓滿非實有法尚不能行極喜地離垢地發光地焰慧地極難勝地現前地遠行地不動地善慧地法雲地況能圓滿非實有法尚不能行五眼六神通況能圓滿非實有法尚不能行佛十力四無所畏四無礙解大慈大悲大喜大捨十八佛不共法況能圓滿非實有法尚不能行辯陀羅尼況能圓滿非實有法尚

不能行無忘失法恒住捨性況能圓滿非實有法尚不能行一切智道相智一切相智況能圓滿非實有法尚不能行三十二大士相八十隨好況能圓滿非實有法不能成辦所願事業非實有法不能證得所求無上正等菩提復次善現布施淨戒安忍精進靜慮般若方便善巧妙願力智波羅蜜多非實有故不能證得所求無上正等菩提四念住四正斷四神足五根五力七等覺支八聖道支非實有故不能證得所求無上正等菩提內空外空內外空空空大空勝義空有爲空無爲空畢竟空無際空散空無變異空本性空自相空共相空一切法空不可得空無性空自性空無性自性空非實有故不能證得所求無上正等菩提苦集滅道聖諦非實有故不能證得所求無上正等菩提四靜慮四無量四無色定非實有故不能證得所求無上正等菩提八解脫八勝處九次第定十遍處非實有故不能證得所求無上正等菩提一切陀羅尼門一切三摩地門非實有故不能證得所求無上正等菩提空無相無願解脫門非實有故不能證得所求無上正等菩提極喜地離垢地發光地焰慧地極難勝地現前地遠行地不動地善慧地法雲地非實有故不能證得所求無上正等菩提五眼六神通非實有故不能證得所求無上正等菩提佛十力四無所畏四無礙解大慈大悲大喜大捨十八佛不共法非實有故不能證得所求無上正等菩提無忘失法恒住捨性非實有故不能證得所求無上正等菩提一切智道

相智一切相智非實有故不能證得所求無上正等菩提善現如是諸法一切皆是思惟造作諸有思惟所造作法皆不能得一切智智復次善現如是諸法於菩提道雖能引發而於其果無資助能由此諸法無生無起無實相故諸菩薩摩訶薩從初發心雖起種種身語意善謂若修行布施淨戒安忍精進靜慮般若波羅蜜多若修行四念住四正斷四神足五根五力七等覺支八聖道支若安住内空外空内外空空空大空勝義空有爲空無爲空畢竟空無際空散空無變異空本性空自相空共相空一切法空不可得空無性空自性空無性自性空若安住苦集滅道聖諦若修行四靜慮四無量四無色定若修行八解脱八勝處九次第定十遍處若修行一切陀羅尼門一切三摩地門若修行空無相無願解脱門若修行極喜地離垢地發光地焰慧地極難勝地現前地遠行地不動地善慧地法雲地若修行五眼六神通若修行佛十力四無所畏四無礙解大慈大悲大喜大捨十八佛不共法若修行無忘失法恒住捨性若修行一切智道相智一切相智而知一切如夢所見如像如響如陽焰如光影如幻事如變化身如尋香城皆非實有復次善現如是諸法雖非實有若不圓滿決定不能成熟有情嚴淨佛土證得無上正等菩提諸菩薩摩訶薩若不圓滿布施淨戒安忍精進靜慮般若波羅蜜多決定不能成熟有情嚴淨佛土證得無上正等菩提若不圓滿四念住四正斷四神足五根五力七等覺支八聖道

支決定不能成熟有情嚴淨佛土證得無上正等菩提若不圓滿内空外空内外空空空大空勝義空有爲空無爲空畢竟空無際空散空無變異空本性空自相空共相空一切法空不可得空無性空自性空無性自性空決定不能成熟有情嚴淨佛土證得無上正等菩提若不圓滿苦集滅道聖諦決定不能成熟有情嚴淨佛土證得無上正等菩提若不圓滿四靜慮四無量四無色定決定不能成熟有情嚴淨佛土證得無上正等菩提若不圓滿八解脫八勝處九次第定十遍處決定不能成熟有情嚴淨佛土證得無上正等菩提若不圓滿一切陀羅尼門一切三摩地門決定不能成熟有情嚴淨佛土證得無上正等菩提若不圓滿空無相無願解脫門決定不能成熟有情嚴淨佛土證得無上正等菩提若不圓滿極喜地離垢地發光地焰慧地極難勝地現前地遠行地不動地善慧地法雲地決定不能成熟有情嚴淨佛土證得無上正等菩提若不圓滿五眼六神通決定不能成熟有情嚴淨佛土證得無上正等菩提若不圓滿佛十力四無所畏四無礙解大慈大悲大喜大捨十八佛不共法決定不能成熟有情嚴淨佛土證得無上正等菩提若不圓滿三十二大士相八十隨好決定不能成熟有情嚴淨佛土證得無上正等菩提若不圓滿無忘失法恒住捨性決定不能成熟有情嚴淨佛土證得無上正等菩提若不圓滿一切智道相智一切相智決定不能成熟有情嚴淨佛土證得無上正等菩提復次善

現是諸菩薩摩訶薩修行般若波羅蜜多時隨所修行一切善法皆如實知如夢所見如像如響如陽焰如光影如幻事如變化身如尋香城謂若修行布施淨戒安忍精進靜慮般若波羅蜜多能如實知如夢所見廣說乃至如尋香城若修行四念住四正斷四神足五根五力七等覺支八聖道支能如實知如夢所見廣說乃至如尋香城若安住內空外空內外空空空大空勝義空有爲空無爲空畢竟空無際空散空無變異空本性空自相空共相空一切法空不可得空無性空自性空無性自性空能如實知如夢所見廣說乃至如尋香城若安住苦集滅道聖諦能如實知如夢所見廣說乃至如尋香城若修行四靜慮四無量四無色定能如實知如夢所見廣說乃至如尋香城若能修行八解脫八勝處九次第定十遍處能如實知如夢所見廣說乃至如尋香城若修行一切陀羅尼門一切三摩地門能如實知如夢所見廣說乃至如尋香城若修行空無相無願解脫門能如實知如夢所見廣說乃至如尋香城若修行極喜地離垢地發光地焰慧地極難勝地現前地遠行地不動地善慧地法雲地能如實知如夢所見廣說乃至如尋香城若修行五眼六神通能如實知如夢所見廣說乃至如尋香城若修行佛十力四無所畏四無礙解大慈大悲大喜大捨十八佛不共法能如實知如夢所見廣說乃至如尋香城若修行三十二大士相八十隨好能如實知如夢所見廣說乃至如尋香城若修行無忘失法恒住

捨性能如實知如夢所見廣說乃至如尋香城若修行一切智道相智一切相智能如實知如夢所見廣說乃至如尋香城若成熟有情嚴淨佛土求趣無上正等菩提能如實知如夢所見廣說乃至如尋香城亦如實知諸有情類心行差別如夢所見廣說乃至如尋香城復次善現是諸菩薩摩訶薩修行般若波羅蜜多時於一切法不取爲有不取爲無若由如是取故證得一切智智亦知彼法如夢所見如像如響如陽焰如光影如幻事如變化身如尋香城不取爲有不取爲無何以故布施波羅蜜多不可取故淨戒安忍精進靜慮般若波羅蜜多亦不可取故四念住不可取故四正斷四神足五根五力七等覺支八聖道支亦不可取故內空不可取故外空內外空空空大空勝義空有爲空無爲空畢竟空無際空散空無變異空本性空自相空共相空一切法空不可得空無性空自性空無性自性空亦不可取故苦聖諦不可取故集滅道聖諦亦不可取故四靜慮不可取故四無量四無色定亦不可取故八解脫不可取故八勝處九次第定十遍處亦不可取故一切陀羅尼門不可取故一切三摩地門亦不可取故空解脫門不可取故無相無願解脫門亦不可取故極喜地不可取故離垢地發光地焰慧地極難勝地現前地遠行地不動地善慧地法雲地亦不可取故五眼不可取故六神通亦不可取故佛十力不可取故四無所畏四無礙解大慈大悲大喜大捨十八佛不共法亦不可取故無忘失法不可取

故恒住捨性亦不可取故一切智不可取故道相智一切相智亦不可取故世間法不可取故出世間法亦不可取故有漏法不可取故無漏法亦不可取故有爲法不可取故無爲法亦不可取故是諸菩薩摩訶薩知一切法不可取已求趣無上正等菩提所以者何以一切法皆不可取都無實事如夢所見如像如響如陽焰如光影如幻事如變化身如尋香城不可取法不能證得不可取法然諸有情於如是法不知不見是諸菩薩摩訶薩爲度脫彼諸有情故求趣無上正等菩提復次善現是菩薩摩訶薩從初發心爲欲利樂諸有情故修行布施波羅蜜多不爲已身非爲餘事爲欲利樂諸有情故修行淨戒波羅蜜多不爲已身非爲餘事爲欲利樂諸有情故修行安忍波羅蜜多不爲已身非爲餘事爲欲利樂諸有情故修行精進波羅蜜多不爲已身非爲餘事爲欲利樂諸有情故修行靜慮波羅蜜多不爲已身非爲餘事爲欲利樂諸有情故修行般若波羅蜜多不爲已身非爲餘事爲欲利樂諸有情故求趣無上正等菩提不爲已身非爲餘事復次善現是菩薩摩訶薩修行般若波羅蜜多時見諸愚夫於非我中而住我想於非有情命者生者養者士夫補特伽羅意生儒童作者使作者起者使起者受者使受者知者使知者見者使見者中而住有情廣說乃至使見者想是菩薩摩訶薩見是事已深生憐愍方便教化令離顛倒妄想執著安置無相甘露界中住是界中不復現起我想乃至使見者想是時一

切掉動散亂戲論分別不復現行心多安住寂靜憺怕無戲論界善現是菩薩摩訶薩由此方便修行般若波羅蜜多自於諸法無所執著亦能教他於一切法無所執著此依世俗不依勝義爾時具壽善現白佛言世尊佛證無上正等覺時所得佛法爲依世俗爲依勝義說名得耶佛告善現佛證無上正等覺時所得佛法依世俗故說名爲得不依勝義若依勝義能得所得俱不可得何以故善現若謂此人得如是法便有所得有所得者便執有二執有二者不能得果亦無現觀具壽善現復白佛言世尊若執有二不能得果亦無現觀執無二者爲能得果有現觀耶佛言善現執有二者不能得果亦無現觀執無二者亦復如是若無二無不二即名得果亦名現觀所以者何善現若執由此便能得果亦有現觀及執由彼不能得果亦無現觀俱是戲論非一切法平等性中有諸戲論若離戲論乃可名爲法平等性具壽善現復白佛言世尊若一切法皆以無性而爲自性此中何謂法平等性佛言善現若於是處都無有性亦無無性亦不可說爲平等性如是乃名法平等性善現當知法平等性既不可說亦不可知除平等性無法可得離一切法無平等性善現當知法平等性異生聖者俱不能行非彼境故具壽善現復白佛言世尊法平等性豈亦非佛所行境耶佛言善現法平等性非諸賢聖所行之境謂隨信行若隨法行若第八若預流若一來若不還若阿羅漢若獨覺若菩薩摩訶薩若諸如來應正等覺皆不

能以法平等性爲所行境具壽善現復白佛言世尊一切如來應正等覺於一切法皆得自在云何可言法平等性亦非諸佛所行境耶佛言善現一切如來應正等覺於一切法雖得自在若平等性與佛有異可言是佛所行之境然平等性與佛無異云何可說佛行彼境善現當知若諸異生法平等性若隨信行法平等性若隨法行法平等性若諸第八法平等性若諸預流法平等性若諸一來法平等性若諸不還法平等性若諸阿羅漢法平等性若諸獨覺法平等性若諸菩薩摩訶薩衆法平等性若諸如來應正等覺法平等性如是一切法平等性皆同一相所謂無相是一平等無二無別故不可說此是異生法平等性廣說乃至此是如來應正等覺法平等性於此一法平等性中諸平等性既不可得於中異生及諸聖者差別之相亦不可得

大般若波羅蜜多經卷第三百九十六

音釋

瑜伽梵語也此云相應　掉動掉杜弔切搖也　憺怕憺音淡怕白各切憺怕恬靜無爲貌

大般若波羅蜜多經卷第三百九十七

唐三藏法師玄奘奉　詔譯

初分勝義瑜伽品第七十五之二

爾時具壽善現白佛言世尊若一切法平等性中諸差別相皆不可得則諸異生若隨信行若隨法行若諸第八若諸預流若諸一來若諸不還若阿羅漢若諸獨覺若諸菩薩摩訶薩衆若諸如來應正等覺如是一切法及有情應無差別佛言善現如是如是如汝所說於一切法平等性中若諸異生若諸聖者乃至如來應正等覺法及有情皆無差別具壽善現復白佛言世尊若一切法平等性中異生聖者法及有情俱無差別云何三寶出現世間所謂佛寶法寶僧寶佛言善現於意云何佛法僧寶與平等性各有異耶善現答言如我解佛所說義者佛法僧寶與平等性皆無有異世尊若佛寶若法寶若僧寶若平等性如是一切皆非相應非不相應無色無見無對一相所謂無相然佛世尊於無相中方便善巧建立種種法等有異謂此是異生此是隨信行此是隨法行此是第八此是預流此是一來此是不還此是阿羅漢此是獨覺此是菩薩摩訶薩此是如來應正等覺佛言善現如是如是如汝所說如來於法方便善巧能於無相建立種種法等差別復次善現於意云何若諸如來應正等覺不證無上正等菩提設證無上正等菩提不爲有情施設諸法差別之相諸有情類爲能自知此是地獄此是傍生此是鬼界此是人此是四大王衆天此是三十三天此是夜摩天此是覩

史多天此是樂變化天此是他化自在天此是梵衆天此是梵輔天此是梵會天此是大梵天此是光天此是少光天此是無量光天此是極光淨天此是淨天此是少淨天此是無量淨天此是遍淨天此是廣天此是少廣天此是無量廣天此是廣果天此是無想天此是無煩天此是無熱天此是善現天此是善見天此是色究竟天此是空無邊處天此是識無邊處天此是無所有處天此是非想非非想處天此是色此是受想行識此是眼處此是耳鼻舌身意處此是色處此是聲香味觸法處此是眼界此是耳鼻舌身意界此是色界此是聲香味觸法界此是眼識界此是耳鼻舌身意識界此是眼觸此是耳鼻舌身意觸此是眼觸爲緣所生諸受此是耳鼻舌身意觸爲緣所生諸受此是地界此是水火風空識界此是因緣此是等無間緣此是所緣緣此是增上緣此是從緣所生諸法此是無明此是行識名色六處觸受愛取有生老死愁歎苦憂惱此是世間法此是出世間法此是有漏法此是無漏法此是有爲法此是無爲法此是布施波羅蜜多此是淨戒安忍精進靜慮般若方便善巧妙願力智波羅蜜多此是四念住此是四正斷四神足五根五力七等覺支八聖道支此是內空此是外空內外空空空大空勝義空有爲空無爲空畢竟空無際空散空無變異空本性空自相空共相空一切法空不可得空無性空自性空無性自性空此是眞如此是法界法性不虛妄性不變異性平等性離生性法定法住

實際虛空界不思議界此是苦聖諦此是集滅道聖諦此是四靜慮此是四無量四無色定此是八解脱此是八勝處九次第定十遍處此是陀羅尼門此是三摩地門此是空解脱門此是無相無願解脱門此是極喜地此是離垢地發光地焰慧地極難勝地現前地遠行地不動地善慧地法雲地此是五眼此是六神通此是佛十力此是四無所畏四無礙解大慈大悲大喜大捨十八佛不共法此是三十二大士相此是八十隨好此是無忘失法此是恒住捨性此是一切智此是道相智一切相智此是一切相妙願智此是一切智智此是佛寶此是法寶此是僧寶此是聲聞乘此是獨覺乘此是無上乘此是隨信行此是隨法行此是第八此是預流此是一來此是不還此是阿羅漢此是獨覺此是菩薩摩訶薩此是如來應正等覺諸有情類於如是等差別之相能自知不善現荅言不也世尊不也善逝若佛不爲有情施設諸如是等差別之相諸有情類不能自知諸如是等差別之相佛言善現是故如來應正等覺於無相法方便善巧雖爲有情施設種種差別之相而於諸法平等法性都無所動爾時具壽善現白佛言世尊爲如來應正等覺於一切法平等法性都無所動如是一切愚夫異生亦於諸法平等法性無所動不如是隨信行若隨法行若第八若預流若一來若不還若阿羅漢若獨覺若菩薩摩訶薩亦於諸法平等法性無所動不佛言善現如是如是以一切法及諸有情皆不出過平等法性皆於諸

法平等法性都無所動善現當知一切如來應正等覺所有眞如法界法性不虛妄性不變異性平等性離生性法定法住實際虛空界不思議界即是愚夫異生眞如法界法性不虛妄性不變異性平等性離生性法定法住實際虛空界不思議界亦是隨信行隨法行第八預流一來不還阿羅漢獨覺菩薩摩訶薩眞如法界法性不虛妄性不變異性平等性離生性法定法住實際虛空界不思議界何以故善現以一切法及諸有情皆不出過眞如法界法性不虛妄性不變異性平等性離生性法定法住實際虛空界不思議界善現當知眞如乃至不思議界性無差別具壽善現白佛言世尊若一切法平等法性即是異生平等法性亦是隨信行隨法行第八預流一來不還阿羅漢獨覺菩薩摩訶薩如來應正等覺平等法性令一切法及諸有情相各異故性亦應異是則法性亦應各異謂色相異故性亦應異受想行識相異故性亦應異是則法性亦應各異眼處相異故性亦應異耳鼻舌身意處相異故性亦應異是則法性亦應各異色處相異故性亦應異聲香味觸法處相異故性亦應異是則法性亦應各異眼界相異故性亦應異耳鼻舌身意界相異故性亦應異是則法性亦應各異色界相異故性亦應異聲香味觸法界相異故性亦應異是則法性亦應各異眼識界相異故性亦應異耳鼻舌身意識界相異故性亦應異是則法性亦應各異眼觸相異故性亦應異耳鼻舌身意觸相異故性亦應異是則法

性亦應各異眼觸爲緣所生諸受相異故性亦應異耳鼻舌身意觸爲緣所生諸受相異故性亦應異是則法性亦應各異地界相異故性亦應異水火風空識界相異故性亦應異是則法性亦應各異因緣相異故性亦應異等無間緣所緣緣增上緣相異故性亦應異是則法性亦應各異從緣所生諸法相異故性亦應異是則法性亦應各異無明相異故性亦應異行識名色六處觸受愛取有生老死愁歎苦憂惱相異故性亦應異是則法性亦應各異貪相異故性亦應異瞋癡相異故性亦應異是則法性亦應各異異生見趣相各異故性亦應異是則法性亦應各異四靜慮相異故性亦應異四無量四無色定相異故性亦應異是則法性亦應各異四念住相異故性亦應異四正斷四神足五根五力七等覺支八聖道支相異故性亦應異是則法性亦應各異空解脫門相異故性亦應異無相無願解脫門相異故性亦應異是則法性亦應各異內空相異故性亦應異外空內外空空空大空勝義空有爲空無爲空畢竟空無際空散空無變異空本性空自相空共相空一切法空不可得空無性空自性空無性自性空相異故性亦應異是則法性亦應各異苦聖諦相異故性亦應異集滅道聖諦相異故性亦應異是則法性亦應各異布施波羅蜜多相異故性亦應異淨戒安忍精進靜慮般若方便善巧妙願力智波羅蜜多相異故性亦應異是則法性亦應各異八解脫相異故性亦應異八勝處九次第定十遍處

相異故性亦應異是則法性亦應各異一切陀羅尼門相異故性亦應異一切三摩地門相異故性亦應異是則法性亦應各異極喜地相異故性亦應異離垢地發光地焰慧地極難勝地現前地遠行地不動地善慧地法雲地相異故性亦應異是則法性亦應各異五眼相異故性亦應異六神通相異故性亦應異是則法性亦應各異如來十力相異故性亦應異四無所畏四無礙解大慈大悲大喜大捨十八佛不共法相異故性亦應異是則法性亦應各異三十二大士相相異故性亦應異八十隨好相異故性亦應異是則法性亦應各異無忘失法相異故性亦應異恒住捨性相異故性亦應異是則法性亦應各異一切智相異故性亦應異道相智一切相智相異故性亦應異是則法性亦應各異愚夫異生相異故性亦應異隨信行隨法行第八預流一來不還阿羅漢獨覺菩薩摩訶薩如來應正等覺相異故性亦應異是則法性亦應各異諸世間出世間法相異故性亦應異諸有漏無漏法有爲無爲法相異故性亦應異是則法性亦應各異世尊云何於諸異相法平等可得安立法性一相云何菩薩摩訶薩修行般若波羅蜜多時不分別法及諸有情有種種性若菩薩摩訶薩不分別法及諸有情有種種性則應不能修行般若波羅蜜多若不能修行般若波羅蜜多則應不能從一地至一地若不能從一地至一地則應不能趣入菩薩正性離生超諸聲聞及獨覺地若不能趣入菩薩正性離生超諸聲聞及

獨覺地則應不能圓滿神通波羅蜜多若不能圓滿神通波羅蜜多則應不能圓滿布施淨戒安忍精進靜慮般若方便善巧妙願力智波羅蜜多若不能圓滿布施乃至智波羅蜜多則應不能遊戲神通從一佛土至一佛土供養恭敬尊重讚歎諸佛世尊亦應不能於諸佛所種諸善根若不能於諸佛所種諸善根則應不能成熟有情嚴淨佛土若不能成熟有情嚴淨佛土則應不能證得無上正等菩提佛告善現如汝所言若一切法平等法性即是異生平等法性亦是隨信行隨法行第八預流一來不還阿羅漢獨覺菩薩摩訶薩如來應正等覺平等法性令一切法及諸有情相各異故性亦應異是則法性亦應各異云何於諸異相法等可得安立法性一相云何菩薩摩訶薩修行般若波羅蜜多時不分別法及諸有情有種種性等者善現於意云何諸色法性是空性不諸受想行識法性是空性不諸眼處法性是空性不諸耳鼻舌身意處法性是空性不諸色處法性是空性不諸聲香味觸法處法性是空性不諸眼處法性是空性不諸耳鼻舌身意界法性是空性不諸色界法性是空性不諸聲香味觸法界法性是空性不諸眼識界法性是空性不諸耳鼻舌身意識界法性是空性不諸眼觸法性是空性不諸耳鼻舌身意觸法性是空性不諸眼觸為緣所生諸受法性是空性不諸耳鼻舌身意觸為緣所生諸受法性是空性不諸地界法性是空性不諸水火風空識界法性是空性不諸因緣法性是空性不

諸等無間縁所縁縁增上縁法性是空性不
諸從縁所生法法性是空性不諸無明法性
是空性不諸行識名色六處觸受愛取有生
老死愁歎苦憂惱法性是空性不諸貪法性
是空性不諸瞋癡法性是空性不諸異生見
趣法性是空性不諸四靜慮法性是空性不
諸四無量四無色定法性是空性不諸四念
住法性是空性不諸四正斷四神足五根五
力七等覺支八聖道支法性是空性不諸空
解脱門法性是空性不諸無相無願解脱門
法性是空性不諸內空法性是空性不諸外
空內外空空空大空勝義空有爲空無爲空
畢竟空無際空散空無變異空本性空自相
空共相空一切法空不可得空無性空自性
空無性自性空法性是空性不諸苦聖諦法

性是空性不諸集滅道聖諦法性是空性不
諸布施波羅蜜多法性是空性不諸淨戒安
忍精進靜慮般若方便善巧妙願力智波羅
蜜多法性是空性不八解脱法性是空性不
八勝處九次第定十遍處法性是空性不一
切陀羅尼門法性是空性不一切三摩地門
法性是空性不諸極喜地法性是空性不諸
離垢地發光地焰慧地極難勝地現前地遠
行地不動地善慧地法雲地法性是空性不
五眼法性是空性不六神通法性是空性不
如來十力法性是空性不四無所畏四無礙
解大慈大悲大喜大捨十八佛不共法法性
是空性不三十二大士相法性是空性不八
十隨好法性是空性不諸無忘失法法性是
空性不諸恒住捨性法性是空性不諸一切

智法性是空性不諸道相智一切相智法性是空性不諸愚夫異生法性是空性不諸隨信行隨法行第八預流一來不還阿羅漢獨覺菩薩摩訶薩如來應正等覺法性是空性不世間出世間法法性是空性不有漏無漏法有爲無爲法法性是空性不善現荅言如是世尊如是善逝一切法性皆是空性佛告善現於意云何於空性中法等異相爲可得不謂色異相爲可得不受想行識異相爲可得不眼處異相爲可得不耳鼻舌身意處異相爲可得不色處異相爲可得不聲香味觸法處異相爲可得不眼界異相爲可得不耳鼻舌身意界異相爲可得不色界異相爲可得不聲香味觸法界異相爲可得不眼識界異相爲可得不耳鼻舌身意識界異相爲可得不眼觸異相爲可得不耳鼻舌身意觸異相爲可得不眼觸爲緣所生諸受異相爲可得不耳鼻舌身意觸爲緣所生諸受異相爲可得不地界異相爲可得不水火風空識界異相爲可得不因緣異相爲可得不等無間緣所緣緣增上緣異相爲可得不從緣所生諸法異相爲可得不無明異相爲可得不行識名色六處觸受愛取有生老死愁歎苦憂惱異相爲可得不貪異相爲可得不瞋癡異相爲可得不愚夫異生見趣異相爲可得不四靜慮異相爲可得不四無量四無色定異相爲可得不四念住異相爲可得不四正斷四神足五根五力七等覺支八聖道支異相爲可得不空解脫門異相爲可得不無相無願解脫門異相爲可得不內空異相爲可得

不外空內外空空空大空勝義空有爲空無爲空畢竟空無際空散空無變異空本性空自相空共相空一切法空不可得空無性空自性空無性自性空異相爲可得不苦聖諦異相爲可得不集滅道聖諦異相爲可得不布施波羅蜜多異相爲可得不淨戒安忍精進靜慮般若方便善巧妙願力智波羅蜜多異相爲可得不八解脫異相爲可得不八勝處九次第定十遍處異相爲可得不一切陀羅尼門異相爲可得不一切三摩地門異相爲可得不極喜地異相爲可得不離垢地發光地焰慧地極難勝地現前地遠行地不動地善慧地法雲地異相爲可得不五眼異相爲可得不六神通異相爲可得不如來十力異相爲可得不四無所畏四無礙解大慈大悲大喜大捨十八佛不共法異相爲可得不三十二大士相異相爲可得不八十隨好異相爲可得不無忘失法異相爲可得不恒住捨性異相爲可得不一切智異相爲可得不道相智一切相智異相爲可得不愚夫異生異相爲可得不隨信行隨法行第八預流一來不還阿羅漢獨覺菩薩摩訶薩如來應正等覺異相爲可得不世間出世間法異相爲可得不有漏無漏法有爲無爲法異相爲可得不善現荅言不也世尊不也善逝於空性中一切異相皆不可得佛告善現由此當知平等法性非色不離色非受想行識不離受想行識非眼處不離眼處非耳鼻舌身意處不離耳鼻舌身意處非色處不離色處非聲香味觸法處不離聲香味觸法處非眼界不

離眼界非耳鼻舌身意界不離耳鼻舌身意界非色界不離色界非聲香味觸法界不離聲香味觸法界非眼識界不離眼識界非耳鼻舌身意識界不離耳鼻舌身意識界非眼觸不離眼觸非耳鼻舌身意觸不離耳鼻舌身意觸非眼觸爲緣所生諸受不離眼觸爲緣所生諸受非耳鼻舌身意觸爲緣所生諸受不離耳鼻舌身意觸爲緣所生諸受非地界不離地界非水火風空識界不離水火風空識界非因緣不離因緣非等無間緣所緣緣增上緣不離等無間緣所緣緣增上緣非從緣所生諸法不離從緣所生諸法非無明不離無明非行識名色六處觸受愛取有生老死愁歎苦憂惱不離行乃至老死愁歎苦憂惱非貪不離貪非瞋癡不離瞋癡非諸見趣不離諸見趣非四靜慮不離四靜慮非四無量四無色定不離四無量四無色定非四念住不離四念住非四正斷四神足五根五力七等覺支八聖道支不離四正斷乃至八聖道支非空解脫門不離空解脫門非無相無願解脫門不離無相無願解脫門非內空不離內空非外空內外空空空大空勝義空有爲空無爲空畢竟空無際空散空無變異空本性空自相空共相空一切法空不可得空無性空自性空無性自性空不離外空乃至無性自性空非苦聖諦不離苦聖諦非集滅道聖諦不離集滅道聖諦非布施波羅蜜多不離布施波羅蜜多非淨戒安忍精進靜慮般若方便善巧妙願力智波羅蜜多不離淨戒乃至智波羅蜜多非八解脫不離八解

脫非八勝處九次第定十遍處不離八勝處九次第定十遍處非一切陀羅尼門不離一切陀羅尼門非一切三摩地門不離一切三摩地門非極喜地不離極喜地非離垢地發光地焰慧地極難勝地現前地遠行地不動地善慧地法雲地不離離垢地乃至法雲地非五眼不離五眼非六神通不離六神通非佛十力不離佛十力非四無所畏四無礙解大慈大悲大喜大捨十八佛不共法不離四無所畏乃至十八佛不共法非三十二大士相不離三十二大士相非八十隨好不離八十隨好非無忘失法不離無忘失法非恒住捨性不離恒住捨性非一切智不離一切智非道相智一切相智不離道相智一切相智非愚夫異生不離愚夫異生非隨信行隨法行第八預流一來不還阿羅漢獨覺菩薩摩訶薩如來應正等覺不離隨信行乃至如來應正等覺非世間出世間法不離世間出世間法非有漏無漏法有爲無爲法不離有漏無漏法有爲無爲法具壽善現白佛言世尊平等法性爲是有爲爲是無爲佛告善現平等法性非是有爲非是無爲然離有爲法無爲法不可得離無爲法有爲法亦不可得善現若有爲界若無爲界如是二界非相應非不相應無色無見無對一相所謂無相一切如來應正等覺依世俗說不依勝義何以故非勝義中可有身行語行意行非離身行語行意行勝義可得善現當知即有爲無爲平等法性說名勝義是故菩薩摩訶薩修行般若波羅蜜多時不動勝義而行菩薩摩訶薩

行成熟有情嚴淨佛土能證無上正等菩提

初分無動法性品第七十六

爾時具壽善現白佛言世尊若諸法等平等法性皆本性空此本性空於有無法非能所作云何菩薩摩訶薩修行般若波羅蜜多時不動勝義而作菩薩所應作事以布施愛語利行同事饒益有情佛告善現如是如是如汝所說一切法等平等法性皆本性空此本性空於有無法非能所作善現若諸有情自知諸法皆本性空則諸如來應正等覺及諸菩薩摩訶薩衆不現神通作希有事謂於諸法本性空中雖無所動而令有情遠離種種妄想顛倒安住諸法空解脱生死苦謂令有情遠離我想有情想命者想生者想養者想士夫想補特伽羅想意生想儒童想作者想使作者想起者想使起者想受者想使受者想知者想使知者想見者想使見者想亦令遠離色想受想行識想亦令遠離眼處想耳鼻舌身意處想亦令遠離色處想聲香味觸法處想亦令遠離眼界想耳鼻舌身意界想亦令遠離色界想聲香味觸法界想亦令遠離眼識界想耳鼻舌身意識界想亦令遠離眼觸想耳鼻舌身意觸想亦令遠離眼觸爲緣所生諸受想耳鼻舌身意觸爲緣所生諸受想亦令遠離地界想水火風空識界想亦令遠離因緣想等無間緣所緣緣增上緣想亦令遠離從緣所生諸法想亦令遠離無明想行識名色六處觸受愛取有生老死愁歎苦憂惱想亦令遠離世間出世間法想有漏無漏法有爲無爲法想安住無爲界解脱生

死苦無爲界者即諸法空依世俗說名無爲界具壽善現白佛言世尊由何空故說諸法空佛告善現由想空故說諸法空復次善現於意云何若變化身復作化事此有實事而不空耶善現荅言不也世尊不也善逝諸所變化都無實事一切皆空佛告善現變化與空如是二法非合非散此二俱以空空故空不應分別是空是化何以故善現非空性中有空有化二事可得以一切法畢竟空故復次善現無色非化無受想行識非化諸是化者無不皆空善現無眼處非化無耳鼻舌身意處非化諸是化者無不皆空善現無色處非化無聲香味觸法處非化諸是化者無不皆空善現無眼界非化無耳鼻舌身意界非化諸是化者無不皆空善現無色界非化無聲香味觸法界非化諸是化者無不皆空善現無眼識界非化無耳鼻舌身意識界非化諸是化者無不皆空善現無眼觸非化無耳鼻舌身意觸非化諸是化者無不皆空善現無眼觸爲緣所生諸受非化無耳鼻舌身意觸爲緣所生諸受非化諸是化者無不皆空善現無地界非化無水火風空識界非化諸是化者無不皆空善現無因緣非化無等無間緣所緣緣增上緣非化諸是化者無不皆空善現無從緣所生諸法非化諸是化者無不皆空善現無無明非化無行識名色六處觸受愛取有生老死愁歎苦憂惱非化諸是化者無不皆空善現無布施波羅蜜多非化無淨戒安忍精進靜慮般若方便善巧妙願力智波羅蜜多非化諸是化者無不皆空善

現無四念住非化無四正斷四神足五根五力七等覺支八聖道支非化諸是化者無不皆空善現無空解脫門非化無無相無願解脫門非化諸是化者無不皆空善現無內空非化無外空內外空空空大空勝義空有爲空無爲空畢竟空無際空散空無變異空本性空自相空共相空一切法空不可得空無性空自性空無性自性空非化諸是化者無不皆空善現無苦聖諦非化無集滅道聖諦非化諸是化者無不皆空善現無四靜慮非化無四無量四無色定非化諸是化者無不皆空善現無八解脫非化無八勝處九次第定十遍處非化諸是化者無不皆空善現無陀羅尼門非化無三摩地門非化諸是化者無不皆空善現無極喜地非化無離垢地發光地焰慧地極難勝地現前地遠行地不動地善慧地法雲地非化諸是化者無不皆空善現無五眼非化無六神通非化諸是化者無不皆空善現無佛十力非化無四無所畏四無礙解大慈大悲大喜大捨十八佛不共法非化諸是化者無不皆空善現無三十二大士相非化無八十隨好非化諸是化者無不皆空善現無無忘失法非化無恒住捨性非化諸是化者無不皆空善現無一切智非化無道相智一切相智非化諸是化者無不皆空善現無預流果非化無一來不還阿羅漢果獨覺菩提非化諸是化者無不皆空善現無菩薩摩訶薩行非化無諸佛無上正等菩提非化諸是化者無不皆空善現依如是法施設種種補特伽羅所謂異生若隨信行

若隨法行若第八若預流若一來若不還若阿羅漢若獨覺若菩薩摩訶薩若諸如來應正等覺如是一切無非是化諸是化者無不皆空時具壽善現白佛言世尊世間諸蘊諸處諸界緣起緣生緣起支等可皆是化諸出世間波羅蜜多若三十七菩提分法若三解脫門若一切空若諸聖諦若四靜慮四無量四無色定若八解脫八勝處九次第定十遍處若陀羅尼門三摩地門若菩薩十地若五眼六神通若佛十力四無所畏四無礙解大慈大悲大喜大捨十八佛不共法若三十二大士相八十隨好若無忘失法恒住捨性若一切智道相智一切相智若由彼法所得諸果若依彼法施設種種補特伽羅豈亦是化佛告善現一切世間出世間法無非是化然於其中有是聲聞所化有是獨覺所化有是菩薩所化有是如來所化有是煩惱所化有是善法所化善現由此因緣說一切法皆如變化等無差別具壽善現復白佛言世尊所有斷果謂預流果或一來果或不還果或阿羅漢果或獨覺地或如來地永斷煩惱習氣相續豈亦是化佛告善現如是諸法若與生滅二相合者亦皆是化世尊何法非化善現若法不與生滅相合是法非化世尊何法不與生滅相合善現不虛誑法即是涅槃此法不與生滅相合是故非化具壽善現復白佛言如世尊說平等法性一切皆空無能動者無二可得無有少法非自性空云何涅槃可言非化佛告善現如是如是如汝所說無有少法非自性空此自性空非聲聞作非獨覺

作非菩薩作非如來作亦非餘作有佛無佛其性常空此即涅槃是故我說涅槃非化非實有法名爲涅槃可說無生無滅非化

大般若波羅蜜多經卷第三百九十七

大般若波羅蜜多經卷第三百九十八

唐三藏法師玄奘奉　詔譯

初分常啼菩薩品第七十七之一

爾時具壽善現復白佛言世尊云何教授教誡初業菩薩令其信解諸法自性畢竟皆空佛告善現豈一切法先有後無然一切法非有非無無自性無他性先既非有後亦非無自性常空無所怖畏應當如是教授教誡初業菩薩令其信解諸法自性畢竟皆空復次善現若菩薩摩訶薩欲求般若波羅蜜多應如常啼菩薩摩訶薩求是菩薩摩訶薩今在大雲雷音佛所修行梵行具壽善現白佛言世尊常啼菩薩摩訶薩云何求般若波羅蜜多佛告善現常啼菩薩摩訶薩本求般若波羅蜜多時不惜身命不顧珍財不徇名譽不希恭敬而求般若波羅蜜多彼常樂居阿練若處欻然聞有空中聲曰咄善男子汝可東行決定得聞甚深般若波羅蜜多汝當行時莫辭疲倦莫念睡眠莫思飲食莫想晝夜莫怖寒熱於內外法心莫散亂行時不得左右顧視勿觀前後上下四維勿破威儀勿壞身相勿動於色勿動受想行識勿動眼處勿動耳鼻舌身意處勿動色處勿動聲香味觸法處勿動眼界勿動耳鼻舌身意界勿動色界勿動聲香味觸法界勿動眼識界勿動耳鼻舌身意識界勿動眼觸勿動耳鼻舌身意觸勿動眼觸爲緣所生諸受勿動耳鼻舌身意觸爲緣所生諸受勿動地界勿動水火風空識界勿動因緣勿動等無間緣所緣緣增上緣勿動從緣所生諸法勿動無明勿動行識

名色六處觸受愛取有生老死愁歎苦憂惱勿動布施波羅蜜多勿動淨戒安忍精進靜慮般若波羅蜜多勿動四念住勿動四正斷四神足五根五力七等覺支八聖道支勿動内空勿動外空内外空空空大空勝義空有爲空無爲空畢竟空無際空散空無變異空本性空自相空共相空一切法空不可得空無性空自性空無性自性空勿動眞如勿動法界法性不虛妄性不變異性平等性離生性法定法住實際虛空界不思議界勿動苦聖諦勿動集滅道聖諦勿動四靜慮勿動四無量四無色定勿動八解脱勿動八勝處九次第定十遍處勿動一切陁羅尼門勿動一切三摩地門勿動空解脱門勿動無相無願解脱門勿動極喜地勿動離垢地發光地焰慧地極難勝地現前地遠行地不動地善慧地法雲地勿動五眼勿動六神通勿動佛十力勿動四無所畏四無礙解大慈大悲大喜大捨十八佛不共法勿動無忘失法勿動恒住捨性勿動一切智勿動道相智一切相智勿動預流果勿動一來不還阿羅漢果獨覺菩提勿動菩薩摩訶薩行勿動無上正等菩提勿動世間法勿動出世間法勿動有漏法勿動無漏法勿動有爲法勿動無爲法何以故善男子若於諸法有所動者則於佛法不能安住若於佛法不能安住則於生死諸趣輪迴若於生死諸趣輪迴則不能得甚深般若波羅蜜多爾時常啼菩薩摩訶薩聞空中聲殷勤教誨歡喜踊躍歎未曾有合掌恭敬報空聲曰如向所言我當從教所以者何我

當欲爲一切有情作大明故我當欲集一切如來應正等覺殊勝法故我當欲證無上正等大菩提故時空中聲復語常啼菩薩摩訶薩言善哉善哉善男子汝當於空無相無願甚深之法應生信解汝應以離一切相心求深般若波羅蜜多汝應以離我及有情命者生者養者士夫補特伽羅意生儒童作者受者知者見者相心求深般若波羅蜜多汝善男子於諸惡友應方便遠離於諸善友應親近供養若能爲汝善巧說空無相無願無生無滅無染無淨本寂之法及能爲汝示現教導讚勵慶喜一切智智是爲善友汝善男子若如是行不久得聞甚深般若波羅蜜多或從經典中聞或從菩薩所聞汝所從聞甚深般若波羅蜜多當於是處起大師想汝應知恩念當重報汝善男子應作是念我所從聞甚深般若波羅蜜多是我最勝眞實善友我從彼聞是妙法故速於無上正等菩提得不退轉我由彼故得近如來應正等覺常生諸佛嚴淨國土恭敬供養諸佛世尊聽聞正法殖衆德本遠離無暇具足有暇念念增長殊勝善根汝應思惟籌量觀察諸如是等功德勝利能爲汝說甚深般若波羅蜜多菩薩法師常應敬事如諸佛想汝善男子莫以世利名譽心故隨逐法師但爲愛重恭敬供養無上法故隨逐法師汝善男子應覺魔事謂有惡魔爲壞正法及法師故以妙色聲香味觸境殷勤奉施時說法師方便善巧爲欲調伏彼惡魔故令諸有情種善根故現與世間同其事故雖受彼施而無染著汝於此中莫生

穢想應作是念我未能知說法菩薩方便善巧此說法師善知方便爲欲調伏剛強有情欲令有情植衆德本俯同世事現受諸欲然此菩薩不取法相無著無礙曾無毀犯汝善男子當於爾時應觀諸法眞實理趣云何諸法眞實理趣謂一切法無染無淨何以故善男子以一切法自性皆空無我有情命者生者養者士夫補特伽羅意生儒童作者受者知者見者如幻如夢如響如像如陽焰如光影如變化事如尋香城汝善男子若能如是觀察諸法眞實理趣隨逐法師不久成辦甚深般若波羅蜜多又善男子於餘魔事汝應覺知謂說法師見汝求請甚深般若波羅蜜多都不眷念反加凌辱汝於此中不應瞋恨轉增愛重恭敬法心常逐法師勿生猒倦爾時常啼菩薩摩訶薩受空中聲重教誡已轉增歡喜從是東行未久之間復作是念我寧不問彼空中聲遣我東行去當遠近至何城邑復從誰聞甚深般若波羅蜜多作是念已即住其處槌胷悲歎憂愁啼泣經須臾頃作是思惟我住此中過一晝夜乃至或過七晝七夜不辭疲倦不念睡眠不思飲食不想晝夜不怖寒熱於內外法心不散亂若未審知去之遠近所至城邑及所從聞甚深般若波羅蜜多終不起心捨於此處善現當知譬如父母唯有一子端正黠慧多諸伎能愛之甚重其子盛壯卒便命終父母爾時悲號苦毒唯憶其子更無餘念常啼菩薩亦復如是當於爾時更無餘念唯作是念我於何時當聞般若波羅蜜多我先何故不問空聲勸我東

行去當遠近至何處所復從誰聞甚深般若波羅蜜多善現當知常啼菩薩摩訶薩如是悲泣自歎恨時欻於其前有佛像現讃常啼菩薩摩訶薩言善哉善哉善男子過去如來應正等覺爲菩薩時以勤苦行求深般若波羅蜜多亦如汝今求之加行又善男子汝以如是勇猛精進愛樂恭敬求法之心從此東行過於五百踰繕那量有大王城名具妙香其城高廣七寶成就於其城外周帀皆有七寶所成七重垣墻七重樓觀七重欄楯七重寶塹七重行列寶多羅樹是垣墻等互相間飾發種種光甚可愛樂此大寶城面各十二踰繕那量清淨寬廣人物熾盛安隱豐樂中有五百街巷市鄽度量相當端嚴如畫於諸衢陌各有清流亘以寶舫往來無擁一一街巷清淨嚴飾灑以香水布以名華城及垣墻皆有却敵雉堞樓閣紫金所成鎣以衆珍光明輝焕於雉堞間厠以寶樹是一一樹根莖枝葉及以華果皆别寶成城垣樓閣及諸寶樹覆以金網連以寶繩懸以金鈴綴以寶鐸微風吹動發和雅音譬如善奏五支諸樂是寶城内無量有情晝夜恒聞歡娛快樂城外周帀七重寶塹八功德水彌滿其中冷暖調和清澄皎鏡水中處處有七寶船間飾莊嚴衆所喜見彼有情類宿業所招時共乘之泛漾遊戲諸塹水内具衆妙華嗢鉢羅華鉢特摩華拘母陀華奔荼利華及餘種種雜類寶華色香鮮郁遍覆水上以要言之三千界内所有名華無不備足有五百苑周環大城種種莊嚴甚可喜樂一一苑内有五百池其地

縱廣一俱盧舍七寶莊飾悅可衆心於諸池中有四妙華嗢鉢羅華鉢特摩華拘母陀華奔荼利華量如車輪映蔽于水其華皆以衆寶所成青色青顯青影青光黃色黃顯黃影黃光赤色赤顯赤影赤光白色白顯白影白光諸苑池中多有衆鳥孔雀鸚鵡鳧鷖鴻鴈黃鸎鶬鶊青鷟白鵠春鸎鶖鷺鴛鴦鵁鶄翡翠精衛鵾鷄鸀鳿鶢鶋鵾鳳妙翅鶵鶘羯羅頻迦命命鳥等音聲相和遊戲其中是諸苑池的無所屬彼有情類長夜修行甚深般若波羅蜜多於深法門皆生信樂宿世共造如是勝業故於今時同受斯果又善男子妙香城中有高勝處是法湧菩薩摩訶薩所住之宮其宮縱廣一踰繕那衆寶莊嚴奇妙可愛宮外周帀七重垣墻七重樓閣七重欄楯七重寶塹七重行列寶多羅樹是垣墻等綺飾莊嚴甚可愛樂有四妙苑周環此宮一名常喜二名離憂三名華嚴四名香飾一一苑內各有八池一名賢善二名賢上三名歡喜四名喜上五名安隱六名具安七名離怖八名不退諸池四面各一寶成一金二銀三吠瑠璃四頗胝迦羯雞都寶以爲池底金沙布上妙水湛然一一池濱有八階陛種種妙寶以爲嚴飾用勝上金而爲其陛諸階兩間有芭蕉樹行列間飾紫金所成是諸池中具四妙華嗢鉢羅華鉢特摩華拘母陀華奔荼利華衆色間雜彌布水上周池四邊有香華樹清風時鼓散於水中諸池皆具八功德水香如栴檀色味具足有鳧鴈等遊戲其中法湧菩薩摩訶薩住此宮中常與六萬八千侍女遊

諸苑池以妙五欲共相娛樂妙香城中男女大小為欲瞻仰法湧菩薩及聽法故有時得入常喜等苑賢善等池亦以五欲共相娛樂又善男子法湧菩薩摩訶薩與諸侍女受妙樂已晝夜三時為說般若波羅蜜多妙香城內有諸士女於其城中七寶臺上為法湧菩薩摩訶薩敷師子座衆寶莊飾其座四足各一寶成一金二銀三吠琉璃四頗胝迦於其座上重敷茵褥次鋪綺帊覆以白氎絡以綩綖寶座兩邊雙設丹枕垂諸幃帶散妙香華其座高廣半俱盧舍於上空中張以綺幔內施珠帳稱座大小垂諸華纓懸以金鐸為敬法故於座四邊散五色華燒無價香復以種種澤香末香塗散其地羅列衆多寶幢旛蓋法湧菩薩於時時中昇此寶座為衆宣說甚深般若波羅蜜多每說法時皆有無量天龍藥叉健達縛阿素洛揭路荼緊捺洛莫呼洛伽人非人等俱來集會恭敬供養法湧菩薩聽受般若波羅蜜多時諸大衆既聞法已有誦持者有書寫者有轉讀者有思惟者有如說行者有開悟他者由是因緣彼有情類於諸惡趣得不墮法及於無上正等菩提永不退轉汝善男子應勤精進速疾往詣法湧菩薩摩訶薩所當令汝聞所求般若波羅蜜多又善男子法湧菩薩是汝長夜真淨善友示現教導讚勵慶喜令汝速證所求無上正等菩提法湧菩薩於過去世以勤苦行求深般若波羅蜜多亦如汝今求之方便汝宜速往法湧菩薩摩訶薩所勿生疑難莫計晝夜不久當聞甚深般若波羅蜜多爾時常啼菩薩

摩訶薩聞是語已心生適悅踊躍歡喜作是思惟何時當見法湧菩薩從彼得聞甚深般若波羅蜜多善現當知譬如有人遇中毒箭爲苦所切更無餘想但作是念我於何時得遇良醫爲拔此箭得免斯苦常啼菩薩亦復如是當於爾時更無餘想但作是念我於何時當見法湧菩薩摩訶薩親近供養得聞般若波羅蜜多聞已便能永斷種種虛妄分别有所得見疾證無上正等菩提善現當知常啼菩薩即住此處作是念時於一切法中起無障智見由斯智見即能現入無量殊勝三摩地門所謂觀一切法自性三摩地於一切法自性無所得三摩地破一切法無智三摩地得一切法無差别三摩地見一切法無變異三摩地能照一切法三摩地於一切法離闇三摩地得一切法無別意趣三摩地知一切法都無所得三摩地散一切華三摩地引發一切法無我三摩地離幻三摩地引發鏡像照明三摩地引發一切有情語言三摩地令一切有情歡喜三摩地善隨順一切有情語言三摩地引發種種語言文句三摩地無怖無斷三摩地能說一切法本性不可說三摩地得無礙解脱三摩地遠離一切塵三摩地名句文辭善巧三摩地於一切法起勝觀三摩地得一切法無礙際三摩地如虚空三摩地金剛喻三摩地雖現行色而無所犯三摩地得勝三摩地得無退眼三摩地出法界三摩地安慰調伏三摩地師子奮迅欠呿哮吼三摩地映奪一切有情三摩地遠離一切垢三摩地於一切法得無染三摩地蓮華莊

嚴三摩地斷一切疑三摩地隨順一切堅固三摩地出一切法三摩地得神通力無畏三摩地現前通達一切法三摩地壞一切法印三摩地現一切法無差别三摩地離一切見稠林三摩地離一切闇三摩地離一切相三摩地脫一切著三摩地離一切懈怠三摩地得深法明三摩地如妙高山三摩地不可引奪三摩地摧伏一切魔軍三摩地不著三界三摩地引發一切殊勝光明三摩地如是乃至現見諸佛三摩地常啼菩薩安住如是三摩地中現見十方無量無數無邊世界諸佛如來爲諸菩薩摩訶薩衆宣說般若波羅蜜多時諸如來應正等覺咸共讚慰教誡教授常啼菩薩摩訶薩言善哉善哉善男子我等本行菩薩道時亦如汝今以勤苦行求深般若波羅蜜多於勤求時亦如汝今現得如是諸三摩地我等爾時得是無量勝三摩地究竟修已則能成辦甚深般若波羅蜜多方便善巧由斯能辦一切佛法便得住於不退轉地我等觀此諸三摩地所禀自性無入無出亦不見法能入出者亦不見此能修菩薩摩訶薩行亦不見此能證無上正等菩提我等爾時以於諸法無所執故即名般若波羅蜜多我等住此無所執故便能獲得真金色身常光一尋具三十二大丈夫相八十隨好圓滿莊嚴又能證得不可思議無上佛智無上佛戒無上佛定無上佛慧一切功德波羅蜜多無不圓滿以能圓滿一切功德波羅蜜多佛尚不能取量盡說況諸聲聞及獨覺等以是故善男子汝於此法倍應恭敬愛樂勤求

無得暫捨若於此法倍生恭敬愛樂勤求能不暫捨便於無上正等菩提易可證得又善男子汝於善友應常恭敬愛樂勤求如諸佛想何以故善男子若菩薩摩訶薩常爲善友之所攝護疾得無上正等菩提是時常啼菩薩摩訶薩即白十方諸佛言何等名爲我之善友我當親近恭敬供養十方諸佛告常啼言有法湧菩薩摩訶薩是汝長夜眞淨善友能攝護汝令汝成熟所求無上正等菩提亦令汝學甚深般若波羅蜜多方便善巧彼能長夜攝益汝故是汝善友汝應親近恭敬供養又善男子汝若一劫若二若三如是乃至若百千劫或復過是恭敬頂戴法湧菩薩復以一切上妙樂具乃至三千大千世界所有妙色聲香味觸盡以供養未能報彼須臾之恩何以故善男子汝因法湧菩薩威力現得如是無量勝妙三摩地門又當因彼令汝獲得甚深般若波羅蜜多方便善巧疾證無上正等菩提時十方佛方便讚慰教誡教授常啼菩薩令歡喜已忽然不現爾時常啼菩薩摩訶薩從現所證三摩地起不見諸佛心懷惆悵作是思惟我向所見十方諸佛先從何來今往何所誰能爲我斷如是疑復作是念法湧菩薩久已修學甚深般若波羅蜜多方便善巧已得無量陀羅尼門及三摩地於諸菩薩自在神通已到究竟已曾供養無量如來應正等覺於諸佛所發弘誓願種諸善根於長夜中爲我善友常攝受我令獲利樂我當疾詣法湧菩薩摩訶薩所問向所見十方諸佛先從何來今往何所彼能爲我斷如是

疑善現當知是時常啼菩薩摩訶薩作此念已便於法湧菩薩摩訶薩所轉增愛敬清淨之心復作是念我今欲詣法湧菩薩摩訶薩所當以何物而爲供養然我貧匱無有華香澤香散香衣服瓔珞寶幢旛蓋妓樂燈明末尼真珠吠琉璃寶頗胝迦寶金銀珊瑚螺貝璧玉及餘種種上妙供具可以供養甚深般若波羅蜜多及說法師法湧菩薩我定不應空爾而詣法湧菩薩摩訶薩所我若空往自喜不生何以表知至誠求法我於今者應自賣身以求價直持用供養甚深般若波羅蜜多及說法師法湧菩薩何以故我於長夜諸界趣生虛喪壞滅無邊身命無始生死爲欲因緣墮諸地獄受無量苦未爲供養如是妙法及說法師自捨身命故我今者定應賣身以求財物持用供養甚深般若波羅蜜多及說法師法湧菩薩爾時常啼菩薩摩訶薩作是念已漸次東行至一大城寬廣嚴淨多諸人衆安隱豐樂常啼菩薩入市肆中處處巡環高聲唱曰我今自賣誰欲買人我今自賣誰欲買人是時惡魔見此事已便作是念常啼菩薩愛重法故欲自賣身謂爲供養甚深般若波羅蜜多及說法師法湧菩薩摩訶薩故因斯當得如理請問甚深般若波羅蜜多方便善巧謂作是問云何菩薩方便修行甚深般若波羅蜜多速證無上正等菩提作是問已法湧菩薩當爲宣說甚深法要令得多聞猶如大海魔及眷屬所不能壞漸能圓滿一切功德因斯饒益諸有情類令得無上正等菩提彼復能令諸有情類證得無上正等

菩提展轉相承空我境界我當方便隱蔽其聲令此城中長者居士婆羅門等咸不能聞唯除城中一長者女宿善根力魔不能蔽常啼菩薩由是因緣經於久時賣身不售愁憂苦惱在一處立涕淚而言我有何罪爲欲供養甚深般若波羅蜜多及說法師法涌菩薩摩訶薩故雖自賣身而無買者時天帝釋見已念言此善男子似爲供養甚深般若波羅蜜多及說法師法涌菩薩愛重法故自賣其身我當試之爲實慕法爲懷諂詐誑惑世間如是念已即自化作少婆羅門詣常啼所問言男子汝今何緣佇立悲涕愁憂不樂常啼菩薩荅言儒童我爲供養甚深般若波羅蜜多及說法師法涌菩薩然我貧乏無諸財寶愛重法故欲自賣身遍此城中無相問者自

惟薄福住此憂悲時婆羅門語常啼曰我於今者正欲祠天不用人身但須人血人髓人心頗能賣不常啼菩薩聞已念言我於今者定獲勝利所以者何彼欲買者我皆具有由斯價直當得供養甚深般若波羅蜜多及說法師法涌菩薩令我具足甚深般若波羅蜜多方便善巧疾證無上正等菩提作是念時歡喜踊躍以柔輭語報婆羅門仁所買者我悉能賣婆羅門言須幾價直常啼報曰隨意相酬爾時常啼作是語已即申右手執取利刀刺已左臂令出其血復割右髀皮肉置地破骨出髓與婆羅門復趣墻邊欲剖心出有長者女處於高閣先見常啼揚聲自責後時復見自害其身作是念言此善男子何因緣故困苦其身我當問之念已下閣到常啼所

作是問言汝何因緣先唱自賣今出血髓復欲割心常啼報曰姊不知耶我爲供養甚深般若波羅蜜多及說法師法涌菩薩然我貧之無諸財寶愛重法故先自賣身無相買者今賣三事與婆羅門長者女言汝今自賣身血心髓欲持價直供養般若波羅蜜多及說法師法涌菩薩當獲何等功德勝利常啼荅言法涌菩薩於甚深法已得自在當爲我說甚深般若波羅蜜多方便善巧菩薩所學菩薩所乘菩薩所行菩薩所作我得聞已如說修行成熟有情嚴淨佛土速證無上正等菩提得金色身具三十二大丈夫相八十隨好圓滿莊嚴常光一尋餘光無量具佛十力四無所畏四無礙解大慈大悲大喜大捨十八佛不共法無忘失法恒住捨性五淨眼六神通不可思議清淨戒蘊定蘊慧蘊解脫蘊解脫智見蘊無障智見無上智見得一切智道相智一切相智具足一切無上法寶分布施與一切有情與諸有情作所依止我捨身命爲供養彼當獲此等功德勝利時長者女聞說殊勝不可思議微妙佛法歡喜踊躍身毛皆竪恭敬合掌白常啼言大士所說第一廣大最勝微妙甚爲希有爲獲如是一一佛法尚應棄捨如殑伽沙所重身命況唯捨一所以者何若得如是微妙功德則能利樂一切有情大士家貧尚爲如是微妙功德不惜身命況我家富多有珍財爲是功德而不棄捨大士今應勿復自害所須供具盡當相與所謂金銀吠瑠璃寶頗胝迦寶末尼眞珠杵藏石藏螺貝璧玉帝青大青珊瑚琥珀及餘無

量異類珍財華香瓔珞寶幢旛蓋妓樂燈明車乘衣服幷餘種種上妙供具可持供養甚深般若波羅蜜多及說法師法湧菩薩唯願大士勿復自害我身亦願隨大士往法湧菩薩摩訶薩所俱時瞻仰共植善根爲得所說諸佛法故

大般若波羅蜜多經卷第三百九十八

音釋

徇松閏切求也又自衒也　阿練若梵語也此云寂靜處若爾者切　欻然欻許勿切欻然猶卒然也　咄當沒切相謂也又嗟咨語也　暇亥駕切閑暇也　槌直追切擊也　黠慧黠胡戛切亦慧也　踰繕那梵語也此云限量如此方一驛地或四十里六十里八十里踰音俞繕時戰切　垣墻垣音園卑曰垣高曰墉　樓觀觀古玩切登之可以遠觀故謂之觀　欄楯楯竪尹切闌檻也縱曰檻橫曰楯　塹七豔切坑也　雉堞雉丈几切五版爲雉堞丁協切城上女墻也　鎣縈定切飾也　綴株衛切連綴也　鐸徒各切鈴屬　嗢鉢羅梵語也此云青蓮花嗢烏沒切　鳧鷖鳧音扶野鶩也鷖煙奚切鷗也鳧好沒鷗好浮　鶻古閱切博勞也　鶩莫卜切舒鳧也又野鴨曰鳧家鴨曰鶩　鶖音秋禿鶖也　鵁鶄鵁音交鶄音精鵁鶄似鳧　翡翠翡扶沸切翠七醉切赤羽曰翡青羽曰翠　鸀鳿鸀音屬鳿音玉鸀鳿鳥名似鴨長頸　鶢鶋鶢音爰鶋音居海鳥也　翅音試翼也　鵜鶘鵜音提鶘音胡水鳥也　隥丁鄧切登陟之道也　帊音怕襆也　綩綖綩於阮切綖延線切　欠呿欠去劒切呿丘加切欠呿謂氣擁滯欠呿而解也

大般若波羅蜜多經卷第三百九十九

唐三藏法師玄奘奉詔譯

初分常啼菩薩品第七十七之二

時天帝釋即復本形在常啼前曲躬而立讚言大士善哉善哉爲法至誠堅固乃爾過去諸佛爲菩薩時亦如大士以堅固願求深般若波羅蜜多方便善巧請問菩薩所學所乘所行所作心無猒倦成熟有情嚴淨佛土已證無上正等菩提大士當知我實不用人血心髓但來相試今何所願我當相與以酬輕觸損惱之愆常啼報言我本所願唯有無上正等菩提天主頗能與斯願不時天帝釋赧然有愧白常啼言此非我力唯有諸佛大聖法王於法自在能與斯願大士今應除無上覺更求餘願我當與之常啼報曰甚深般若波羅蜜多亦我所願頗能惠不時天帝釋倍復生慙白常啼言我於此願亦不能與然我有力令大士身平復如故用斯願不常啼報言如是所願自能滿足無勞天主所以者何我若啓告十方諸佛發誠諦言今自責身實爲慕法不懷諂詐誑惑世間由此因緣定於無上正等菩提不退轉者令我身形平復如故此言未訖自能令我平復如故豈假天威天帝釋言如是如是佛之神力不可思議菩薩至誠何事不辦然由我故損大士身唯願慈悲許辦斯事常啼菩薩便告彼言旣爾殷勤當隨汝意時天帝釋即現天威令常啼身平復如故乃至不見少分瘡痕形貌端嚴過於往日愧謝右繞忽然不現爾時長者女見常啼菩薩希有之事轉增愛重恭敬合掌白

常啼言願降慈悲暫臨我宅所須供養甚深般若波羅蜜多及說法師法湧菩薩上妙供具爲白父母一切當得我及侍從亦辭父母隨大士往具妙香城爲欲供養甚深般若波羅蜜多及說法師法湧菩薩摩訶薩故是時常啼隨彼所願俱到其舍在門外止時長者女即入其舍白父母言願多與我家中所有上妙華鬘塗散等香衣服瓔珞寶幢旛蓋妓樂蘇油末尼真珠吠琉璃寶頗胝迦寶珊瑚琥珀螺貝璧玉杵藏石藏帝青大青幷金銀等種種供具亦聽我身及先事我五百侍女持諸供具皆當隨從常啼菩薩往妙香城爲欲供養甚深般若波羅蜜多及說法師法湧菩薩彼當爲我宣說法要我得聞已如說修行定獲無邊微妙佛法時彼父母聞已驚駭即問女言常啼菩薩今在何處是何等人女即白言今在門外彼是大士爲欲度脫一切有情生死苦故勤求無上正等菩提又彼大士愛重正法不惜身命爲欲供養菩薩所學甚深般若波羅蜜多及說法師法湧菩薩摩訶薩故入此城中處處巡環高聲唱曰我今自賣誰欲買人我今自賣誰欲買人經於久時賣身不售愁憂苦惱在一處立涕淚而言我有何罪爲欲供養甚深般若波羅蜜多及說法師法湧菩薩摩訶薩故雖自賣身而無買者時天帝釋爲欲試驗即自化作少婆羅門來至其前問言男子汝何住此憂悲不樂時彼大士荅言儒童我爲供養甚深般若波羅蜜多及說法師法湧菩薩然我貧乏無諸財寶愛重法故欲自賣身遍此城中無相問

者自惟薄福住此憂悲時婆羅門語大士曰我於今者正欲祠天不用人身但須人血人髓人心頗能賣不大士聞已歡喜踊躍以柔輭語報婆羅門仁所買者我悉能賣婆羅門言須幾價直大士報曰隨意相酬大士爾時作是語已即申右手執取利刀刺己左臂令出其血復割右髀皮肉置地破骨出髓與婆羅門復趣墻邊欲剖心出我在高閣遥見是事作是念言此善男子何因緣故困苦其身我當問之念已下閣到大士所作是問言汝何因緣先唱自賣今出血髓復欲剖心彼荅我曰姊不知耶我爲供養甚深般若波羅蜜多及說法師法湧菩薩然我貧乏無諸財寶愛重法故先自賣身無相買者今賣三事與婆羅門我時問言汝今自賣身血心髓欲持價直供養般若波羅蜜多及說法師法湧菩薩當獲何等功德勝利彼荅我言法湧菩薩於甚深法已得自在當爲我說甚深般若波羅蜜多方便善巧菩薩所學菩薩所乘菩薩所行菩薩所作我得聞已如說修行成熟有情嚴淨佛土速證無上正等菩提得金色身具三十二大丈夫相八十隨好圓滿莊嚴常光一尋餘光無量具佛十力四無所畏四無礙解大慈大悲大喜大捨十八佛不共法無忘失法恒住捨性五淨眼六神通不可思議清淨戒蘊定蘊慧蘊解脫蘊解脫智見蘊無障智見無上智見得一切智道相智一切相智具足一切無上法寶分布施與一切有情與諸有情作所依止我捨身命爲供養彼當獲此等功德勝利我時聞說如是殊勝不可

思議微妙佛法歡喜踊躍身毛皆竪恭敬合
掌而白彼言大士所説第一廣大最勝微妙
甚爲希有爲獲如是一一佛法尚應棄捨如
殑伽沙所重身命況唯捨一所以者何若得
如是微妙功德則能利樂一切有情大士家
貧尚爲如是微妙功德不惜身命況我家富
多有珍財爲是功德而不棄捨大士今應勿
復自害所須供具盡當相與所謂金銀吠琉
璃寶頗胝迦寶末尼真珠杵藏石藏螺貝璧
玉帝青大青珊瑚琥珀及餘無量異類珍財
華香瓔珞寶幢旛蓋妓樂燈明車乘衣服并
餘種種上妙供具可持供養甚深般若波羅
蜜多及説法師法湧菩薩唯願大士勿復自
害我身亦願隨大士往法湧菩薩摩訶薩所
俱時瞻仰共植善根爲得所説諸佛法故時

天帝釋即復本形在彼前住曲躬合掌讚言
大士善哉善哉爲法至誠堅固乃爾過去諸
佛爲菩薩時亦如大士以堅固願求深般若
波羅蜜多方便善巧請問菩薩所學所乘所
行所作心無猒倦成熟有情嚴淨佛土已證
無上正等菩提大士當知我實不用人血心
髓但來相試今何所願我當相與以酬輕觸
損惱之愆彼即報言我本所願唯有無上正
等菩提天主頗能與斯願不時天帝釋赧然
有愧而白彼言此非我力唯有諸佛大聖法
王於法自在能與斯願大士今應除無上覺
更求餘願我當與之彼便報曰甚深般若波
羅蜜多亦我所願頗能惠不時天帝釋倍復
生慙而白彼言我於此願亦不能與然我有
力令大士身平復如故用斯願不彼復報言

如是所願自能滿足無勞天主所以者何我若啓告十方諸佛發誠諦言今自賣身實爲慕法不懷諂詐誑惑世間由此因緣定於無上正等菩提不退轉者令我身形平復如故此言未訖自能令我平復如故豈假天威天帝釋言如是如是佛之神力不可思議菩薩至誠何事不辦然由我故損大士身唯願慈悲許辦斯事時彼大士告帝釋言旣爾殷勤當隨汝意時天帝釋即現天威令彼身形平復如故乃至不見少分瘡痕形貌端嚴過於往日愧謝右繞忽然不現我旣見彼希有之事轉增愛敬合掌白言願降慈悲暫臨我宅所須供養甚深般若波羅蜜多及說法師法湧菩薩供養之具爲白父母一切當得我及侍從亦辭父母隨大士往具妙香城爲欲供養甚深般若波羅蜜多及說法師法湧菩薩摩訶薩故令彼大士以我至誠不遺所願來至門首唯願父母多與珍財及許我身幷先事我五百侍女持諸供具咸當隨從常啼菩薩往妙香城禮敬供養甚深般若波羅蜜多及說法師法湧菩薩爲得所說諸佛法故爾時父母聞女所說歡喜踊躍歎未曾有便告女言如汝所說常啼菩薩甚爲希有能擐如是大功德鎧勇猛精進求諸佛法所求佛法微妙最勝廣大清淨不可思議能引世間諸有情類令獲殊勝利益安樂汝於是法旣深愛重欲隨善友持諸供具往妙香城供養般若波羅蜜多及說法師法湧菩薩爲欲證得諸佛法故我等云何不生隨喜令聽汝去我等亦欲與汝相隨汝歡喜不女即白言甚大

歡喜我尚不礙餘人善法況父母耶父母報言汝應嚴辦供具侍從速當共往時長者女即便營辦五百乘車七寶嚴飾亦令五百常隨侍女恣意各取衆寶嚴身復取金銀吠琉璃寶頗胝迦寶末尼眞珠帝青大青螺貝璧玉珊瑚琥珀杵藏石藏及餘無量異類珍財種種華香衣服瓔珞寶幢旛蓋妓樂蘇油上妙珍財各無量種并餘種種上妙供具其女旣辦如是事已恭敬啓請常啼菩薩前乘一車身及父母侍女五百各乘一車圍繞侍從常啼菩薩漸漸東去至妙香城見城高廣七寶成就於其城外周帀皆有七寶所成七重垣墻七重樓觀七重欄楯七重寶塹七重行列寶多羅樹是垣墻等互相間飾發種種光甚可愛樂此大寶城面各十二踰繕那量清

淨寬廣人物熾盛安隱豐樂中有五百街巷市鄽度量相當端嚴如畫於諸衢陌各有清流亘以寶舫往來無擁一一街巷清淨嚴飾灑以香水布以名華城及垣墻皆有却敵雉堞樓閣紫金所成鎣以衆珍光明輝煥於雉堞間廁以寶樹是一一樹根莖枝葉及以華果皆別寶成城垣樓閣及諸寶樹覆以金網連以寶繩懸以金鈴綴以寶鐸微風吹動發和雅音譬如善奏五支諸樂城外周帀七重寶塹八功德水彌滿其中冷煖調和清澄皎鏡水中處處有七寶船間飾莊嚴衆所樂見諸塹水內具衆妙華色香鮮郁遍覆水上有五百苑周帀大城種種莊嚴甚可喜樂一一苑內有五百池其池縱廣一俱盧舍七寶莊飾悅可衆心於諸池內有四色華量如車輪

映蔽于水其華皆以七寶所成諸池苑中多有衆鳥音聲相和聚散遨遊漸復前行即便遥見法湧菩薩摩訶薩正處七寶臺坐師子座無量無數百千俱胝那庾多衆前後圍繞而爲說法爾時常啼菩薩摩訶薩最初遥見法湧菩薩摩訶薩故身心悦樂譬如苾芻繫念一境忽然得入第三靜慮既遥見已作是念言我等不應乘車而趣法湧菩薩摩訶薩所作是念已即便下車整理衣服時長者女及彼父母侍女五百亦皆下車各以上妙衆寶衣服嚴飾其身持諸供具恭敬圍繞常啼菩薩徐行而趣法湧菩薩摩訶薩所其路邊有法湧菩薩所營七寶大般若臺以赤栴檀而爲塗飾懸寶鈴鐸出微妙音周帀皆垂眞珠羅網於臺四角懸四寶珠以爲燈明晝夜常照寶臺四面有四香爐白銀所成衆寶嚴飾恒時燒以黑沉水香散衆妙華而爲供養臺中有座七寶所成其上重敷茵褥綺帊於斯座上復有一函四寶合成莊嚴綺麗一金二銀三吠琉璃四帝青寶眞金葉上銷琉璃汁書以般若波羅蜜多置此函中恒時封印臺中處處懸寶旛華間飾莊嚴甚可愛樂常啼菩薩長者女等見此寶臺莊嚴殊妙合掌恭敬歎未曾有復見帝釋與其無量百千天衆在寶臺邊持天種種上妙香末及衆寶屑微妙香華金銀華等散寶臺上於虛空中奏天妓樂常啼菩薩見是事已問帝釋言何緣天主與諸天衆供養此臺天帝釋曰大士今者豈不知耶於此臺中有無上法名深般若波羅蜜多是諸如來應正等覺及諸菩薩摩

訶薩毋能生能攝一切如來應正等覺及諸菩薩摩訶薩衆若菩薩摩訶薩能於此中精勤修學速到一切功德彼岸速能成辦一切佛法速能證得一切智智由是因緣我等於此與諸眷屬恭敬供養常啼菩薩聞已歡喜尋聲復問天帝釋言如是所說甚深般若波羅蜜多今在何處我欲供養唯願示之天帝釋言大士知不甚深般若波羅蜜多在此臺中七寶座上四寶函内真金爲葉吠琉璃寶以爲其字法涌菩薩以七寶印自封印之我等不能輙開相示爾時常啼菩薩摩訶薩及長者女并其父母侍女五百聞是語已即取所持華香珍寶衣服瓔珞寶幢旛蓋妓樂燈明及餘種種供養之具分作二分先持一分俱詣寶臺所供養般若波羅蜜多復持一分俱共往詣法涌菩薩摩訶薩所到已皆見法涌菩薩坐師子座大衆圍繞即以華香寶幢旛蓋衣服瓔珞妓樂燈明諸珍寶等散列供養此說法師及所說法法涌菩薩威神力故即令所散種種妙華於虚空中當其頂上欻然合作一妙華臺衆寶莊嚴甚可愛樂復令所散種種妙香於虚空中當華臺上欻然合成一妙香蓋種種珍寶而爲嚴飾復令所散諸妙寶衣於虚空中當香蓋上欻然合成一妙寶帳亦以衆寶間飾莊嚴餘所散列寶幢旛蓋妓樂燈明諸瓔珞等自然涌在臺帳蓋邊周帀莊嚴妙巧安布常啼菩薩長者女等見是事已歡喜踊躍異口同音皆共稱歎法涌菩薩摩訶薩言今我大師甚爲希有能現如是大威神力爲菩薩時尚能如是況得無上

正等菩提是時常啼及長者女幷諸眷屬深心愛重法湧菩薩摩訶薩故皆發無上正等覺心作是願言我等由此殊勝善根願當來世必成如來應正等覺我等由此殊勝善根願當來世精勤修學菩薩道時於深法門通達無礙如今大師法湧菩薩我等由此殊勝善根願當來世精勤修學菩薩道時能以上妙七寶臺閣及餘供具供養般若波羅蜜多如今大師法湧菩薩我等由此殊勝善根願當來世精勤修學菩薩道時處大衆中坐師子座宣說般若波羅蜜多甚深義理都無所畏如今大師法湧菩薩我等由此殊勝善根願當來世精勤修學菩薩道時成就般若波羅蜜多巧方便力速能成辦所求無上正等菩提如今大師法湧菩薩我等由此殊勝善根願當來世精勤修學菩薩道時得勝神通變化自在利益安樂無量有情如今大師法湧菩薩常啼菩薩及長者女幷諸眷屬持諸供具供養般若波羅蜜多及說法師法湧菩薩摩訶薩已頂禮雙足合掌恭敬右繞三帀却住一面爾時常啼菩薩摩訶薩曲躬合掌白法湧菩薩摩訶薩言我常樂居阿練若處求深般若波羅蜜多曾於一時欻然聞有空中聲曰咄善男子汝可東行決定得聞甚深般若波羅蜜多我聞空中如是教已歡喜踊躍即便東行未久之間作如是念我寧不問彼空中聲遣我東行去當遠近至何城邑復從誰聞甚深般若波羅蜜多作是念已即住其處搥胷悲歎愁憂啼泣經七晝夜不辭疲倦不念睡眠不思飲食不想晝夜不怖寒熱

於内外法心不散亂唯作是念我於何時當聞般若波羅蜜多我先何故不問空聲勸我東行去當遠近至何處所復從誰聞甚深般若波羅蜜多我於如是愁憂啼泣自歎恨時欻於我前有佛像現告我言善男子汝以如是勇猛精進愛樂恭敬求法之心從此東行過於五百踰繕那量有大王城名具妙香中有菩薩名爲法涌常爲無量百千有情宣說般若波羅蜜多汝當從彼得聞般若波羅蜜多又善男子法湧菩薩是汝長夜清淨善友示現教導讃勵慶喜令汝速證所求無上正等菩提法湧菩薩於過去世以勤苦行求深般若波羅蜜多亦如法今求之方便汝宜速往法湧菩薩摩訶薩所勿生疑難莫計晝夜不久當聞甚深般若波羅蜜多我時得聞如是語已心生適悅踊躍歡喜作是思惟何時當見法湧菩薩從彼得聞甚深般若波羅蜜多聞已便能永斷種種虛妄分别有所得見疾證無上正等菩提作是念時於一切法即能現起無障智見由斯智見即得現入無量殊勝三摩地門我住如是三摩地中現見十方無量無數無邊世界諸佛如來爲諸菩薩摩訶薩衆宣說般若波羅蜜多時諸如來應正等覺咸共讃慰殷勤教誡教授我言善哉善哉善男子我等本行菩薩道時亦如汝今以勤苦行求深般若波羅蜜多於勤苦時亦如汝今現得如是諸三摩地我等爾時得是無量勝三摩地究竟修已則能成辦甚深般若波羅蜜多方便善巧由斯能辦一切佛法便得住於不退轉地時十方佛廣教慰我令

歡喜已忽然不現我從所證三摩地起不見諸佛心懷惆悵作是思惟我向所見十方諸佛先從何來今往何所誰能爲我斷如是疑復作是念法湧菩薩久已修學甚深般若波羅蜜多方便善巧已得無量陀羅尼門及三摩地於諸菩薩自在神通已到究竟已曾供養無量如來應正等覺於諸佛所發弘誓願種諸善根於長夜中爲我善友常攝受我令獲利樂我當疾詣法湧菩薩摩訶薩所問向所見十方諸佛先從何來今往何所彼能爲我斷如是疑我於爾時作是念已勇猛精進漸復東行荏苒多時入此城邑漸復前進遥見大師處七寶臺坐師子座大衆圍繞而爲說法我於是處初見大師身心悅樂譬如苾芻忽然得入第三靜慮故我今者請問大師我先所見十方諸佛先從何來今住何所唯願爲我說彼諸佛所從至處令我了知知已生生常見諸佛

初分法湧菩薩品第七十八之一

爾時法湧菩薩摩訶薩告常啼菩薩摩訶薩言善男子一切如來應正等覺明行圓滿善逝世間解無上丈夫調御士天人師佛薄伽梵所有法身無所從來亦無所去何以故善男子諸法實性皆不動故善男子諸法眞如無來無去不可施設如是眞如即是如來應正等覺廣說乃至佛薄伽梵善男子諸法法界無來無去不可施設如是法界即是如來應正等覺廣說乃至佛薄伽梵善男子諸法法性無來無去不可施設如是法性即是如來應正等覺廣說乃至佛薄伽梵善男子不

虚妄性無來無去不可施設不虚妄性即是如來應正等覺廣說乃至佛薄伽梵善男子不變異性無來無去不可施設不變異性即是如來應正等覺廣說乃至佛薄伽梵善男子法平等性無來無去不可施設法平等性即是如來應正等覺廣說乃至佛薄伽梵善男子法離生性無來無去不可施設法離生性即是如來應正等覺廣說乃至佛薄伽梵善男子諸法定性無來無去不可施設諸法定性即是如來應正等覺廣說乃至佛薄伽梵善男子諸法住性無來無去不可施設諸法住性即是如來應正等覺廣說乃至佛薄伽梵善男子諸法實際無來無去不可施設諸法實際即是如來應正等覺廣說乃至佛薄伽梵善男子法虚空界無來無去不可施設法虚空界即是如來應正等覺廣說乃至佛薄伽梵善男子不思議界無來無去不可施設不思議界即是如來應正等覺廣說乃至佛薄伽梵善男子法無生性無來無去不可施設法無生性即是如來應正等覺廣說乃至佛薄伽梵善男子法無滅性無來無去不可施設法無滅性即是如來應正等覺廣說乃至佛薄伽梵善男子法如實性無來無去不可施設法如實性即是如來應正等覺廣說乃至佛薄伽梵善男子法遠離性無來無去不可施設法遠離性即是如來應正等覺廣說乃至佛薄伽梵善男子法寂靜性無來無去不可施設法寂靜性即是如來應正等覺廣說乃至佛薄伽梵善男子無染淨界無來無去不可施設無染淨界即是如來應

正等覺廣說乃至佛薄伽梵善男子諸法空性無來無去不可施設諸法空性即是如來應正等覺廣說乃至佛薄伽梵善男子一切如來應正等覺廣說乃至佛薄伽梵非即諸法非離諸法善男子諸法眞如如來眞如一而非二善男子諸法眞如非合非散唯有一相所謂無相善男子諸法眞如非一非二非三非四廣說乃至非百千等何以故善男子諸法眞如離數量故非有性故復次善男子譬如有人熱際後分遊於曠野日中渴乏見陽焰動作是念言我於今時定當得水作是念已遂便往趣所見陽焰漸去甚遠即奔逐之轉復見遠種種方便求水不得善男子於意云何是焰中水從何山谷泉池中來今何所去爲入東海爲入西海南北海耶常啼答

言陽焰中水尚不可得況當可說有所從來及有所至法湧菩薩語常啼言如是如是如汝所說如彼渴人愚癡無智爲熱所逼見動陽焰於無水中妄生水想若謂如來應正等覺有來有去亦復如是當知是人愚癡無智何以故善男子一切如來應正等覺不可以色身見夫如來者即是法身善男子如來法身即是諸法眞如法界眞如法界既不可說有來有去如來法身亦復如是無來無去復次善男子譬如幻師或彼弟子幻作種種象軍馬軍車軍步軍及牛羊等經須臾頃忽然不現善男子於意云何是幻所作從何而來去何所至常啼答言幻事非實如何可說有來去處法湧菩薩語常啼言如是如是如汝所說若執幻事有來去者當知彼人愚癡無

智若謂如來應正等覺有來有去亦復如是當知是人愚癡無智何以故善男子一切如來應正等覺不可以色身見夫如來者即是法身善男子如來法身即是諸法真如法界真如法界既不可說有來有去如來法身亦復如是無來無去復次善男子如鏡等中有諸像現如是諸像暫有還無善男子於意云何是鏡等像爲從何來去何所至常啼答言諸像非實如何可說有來有去法湧菩薩語常啼言如是如是如汝所說若執諸像有來去者當知彼人愚癡無智若謂如來應正等覺有來有去亦復如是當知是人愚癡無智何以故善男子一切如來應正等覺不可以色身見夫如來者即是法身善男子如來法身即是諸法真如法界真如法界既不可說有來有去如來法身亦復如是無來無去復次善男子如谷等中有諸響現如是諸響暫有還無善男子於意云何是谷等響爲從何來去何所至常啼答言諸響非實如何可說有來去處法湧菩薩語常啼言如是如是如汝所說若執諸響有來去者當知彼人愚癡無智若謂如來應正等覺有來有去亦復如是當知是人愚癡無智何以故善男子一切如來應正等覺不可以色身見夫如來者即是法身善男子如來法身即是諸法真如法界真如法界既不可說有來有去如來法身亦復如是無來無去

大般若波羅蜜多經卷第三百九十九

音釋

赧乃板切面慚而赤也驚駭駭下買切亦驚也髀卑履切股骨也剖普厚切剖折也亘居鄧切橫亘也齏屑屑先結切碎也

大般若波羅蜜多經卷第四百

唐三藏法師玄奘奉　詔譯

初分法湧菩薩品第七十八之二

復次善男子譬如光影種種形相現有動搖轉變差别善男子於意云何如是光影爲從何來去何所至常啼荅言光影非實如何可說有來去處法湧菩薩語常啼言如是如是如汝所說若執光影有來去者當知彼人愚癡無智若謂如來應正等覺有來有去亦復如是當知是人愚癡無智何以故善男子一切如來應正等覺不可以色身見夫如來者即是法身善男子如來法身即是諸法眞如法界眞如法界既不可說有來有去如來法身亦復如是無來無去復次善男子如尋香城現有物類如是物類暫有還無善男子於意云何是尋香城所有物類爲從何來去何所至常啼荅言是尋香城所有物類皆非實有如何可說有所從來去有所至法湧菩薩語常啼言如是如是如汝所說執尋香城所有物類有來去者當知彼人愚癡無智若謂如來應正等覺有來有去亦復如是當知是人愚癡無智何以故善男子一切如來應正等覺不可以色身見夫如來者即是法身善男子如來法身即是諸法眞如法界眞如法界既不可說有來有去如來法身亦復如是無來無去復次善男子如諸如來應正等覺所變化事暫有還無善男子於意云何諸變化事爲從何來去何所至常啼荅言諸變化事皆非實有如何可說有所從來去有所至法湧菩薩語常啼言如是如是如汝所說執

變化事有來去者當知彼人愚癡無智若謂如來應正等覺有來有去亦復如是當知是人愚癡無智何以故善男子一切如來應正等覺不可以色身見夫如來者即是法身善男子如來法身即是諸法眞如法界眞如法界既不可說有來有去如來法身亦復如是無來無去復次善男子如人夢中見有諸佛若一若十若百若千乃至無數彼夢覺已所見皆無善男子於意云何夢所見佛爲從何來去何所至常啼荅言夢中所見皆是虛妄都非實有如何可說有來去處法湧菩薩語常啼言如是如是如汝所說執夢所見有來去者當知彼人愚癡無智若謂如來應正等覺有來有去亦復如是當知是人愚癡無智何以故善男子一切如來應正等覺不可以色身見夫如來者即是法身善男子如來法身即是諸法眞如法界眞如法界既不可說有來有去如來法身亦復如是無來無去又善男子一切如來應正等覺說一切法如夢所見如變化事如尋香城光影響像幻事陽焰皆非實有若於如是諸佛所說甚深法義不如實知執如來身是名是色有來有去當知彼人迷法性故愚癡無智流轉諸趣受生死苦遠離般若波羅蜜多亦復遠離一切佛法若於如是諸佛所說甚深法義能如實知不執佛身是名是色亦不謂佛有來有去當知彼人於佛所說甚深法義如實解了不執諸法有來有去有生有滅有染有淨由不執故能行般若波羅蜜多亦能勤修一切佛法則爲隣近所求無上正等菩提亦名如來眞

淨弟子終不虚受國人信施能與一切作良福田應受世間人天供養復次善男子如大海中有諸珍寶如是珍寶非十方來亦非有情於中造作亦非此實無因緣生然諸有情善根力故令大海内有諸寶生是寶生時依因緣力和合故有無所從來是寶滅時於十方面亦無所去但由有情善根力盡令彼滅没所以者何諸有爲法緣合故生緣離故滅於中都無生者滅者是故諸法無來無去諸如來身亦復如是於十方面無所從來亦非於中有造作者亦不可説無因緣生然依本修淨行圓滿爲因緣故及依有情先修見佛業成熟故有如來身出現於世佛身滅時於十方面亦無所去但由因緣和合力盡即便滅没是故諸佛無來無去復次善男子譬如箜篌依止種種因緣和合而有聲生是聲因緣所謂槽頸繩棍絃等人功作意如是一一不能生聲要和合時其聲方起是聲生位無所從來於息滅時無所至去善男子諸如來身亦復如是依止種種因緣而生是身因緣所謂無量福德智慧及諸有情所修見佛善根成熟如是一一不能生身要和合時其身方起是身生位無所從來於滅没時無所至去善男子汝於如來應正等覺無來去相應如是知隨此道理於一切法無來去相亦如是知善男子若於如來應正等覺及一切法能如實知無來無去無生無滅無染無淨定能修行甚深般若波羅蜜多善巧方便必得無上正等菩提法湧菩薩摩訶薩爲常啼菩薩摩訶薩説諸如來應正等覺廣説乃至佛

薄伽梵無來無去相時令彼三千大千世界一切大地諸山大海及諸天宮六種變動諸魔宮殿皆失威光魔及魔軍皆悉驚怖時彼三千大千世界一切所有草木叢林生非時華悉皆傾向法涌菩薩摩訶薩所空中亦雨種種香華時天帝釋四大天王及諸天衆於虛空中即以種種天妙香華奉散供養法涌菩薩摩訶薩已復持種種天妙香華奉散供養常啼菩薩而作是言我因大士得聞如是勝義之教一切世間住身見者聞是法已能捨執著皆悉住於難伏之地爾時常啼菩薩摩訶薩白法涌菩薩摩訶薩言何因何緣令此世界一切大地諸山大海六種變動及現種種希有之相法涌菩薩告常啼言由我荅汝所問如來應正等覺無來去相於此會中八千衆生皆悉證得無生法忍復有八十那庾多衆生皆發無上正等覺心復有八萬四千衆生遠塵離垢於諸法中生淨法眼由是因緣令此世界一切大地諸山大海六種變動及現種種希有之相常啼菩薩聞是語已踊躍歡喜作是念言我今已爲獲大善利謂因我問法涌菩薩令諸有情得聞如是甚深般若波羅蜜多說諸如來應正等覺無來去相令爾所衆獲大饒益我由如是殊勝善根定能成辦所求無上正等菩提我於無上正等菩提無復疑慮我於來世定成如來應正等覺利益安樂無量有情作是念已歡喜踊躍上昇虛空七多羅樹復作是念當以何等供養大師法涌菩薩用酬爲我說法之恩時天帝釋知其所念化作無量微妙香華欲持

施與常啼菩薩而作是言大士今者哀愍我故可受此華持以供養法湧菩薩大士應受我等供養我今助成大士功德所以者何因大士故我等無量百千有情獲大饒益謂必當證所求無上正等菩提大士當知諸有能爲一切有情經於無量無數大劫受諸勤苦如大士者甚爲難得是故今應受我所施爾時常啼菩薩摩訶薩受天帝釋微妙香華奉散供養法湧菩薩摩訶薩已從虚空下頂禮雙足合掌恭敬白言大師我從今日願以身命奉屬大師以充給使作是語已法湧菩薩摩訶薩前合掌而住時長者女及諸眷屬合掌恭敬白常啼言我等從今亦以身命奉屬供侍願垂納受以此善根願當獲得如是勝法同尊所證願當來世恒親近尊常隨從尊供養諸佛及諸菩薩同修梵行常啼菩薩即報彼言汝等至誠隨屬我者當從我教我當受汝長者女等白常啼言誠心屬尊當隨尊教時常啼菩薩即令長者女及諸眷屬各以種種妙莊嚴具而自嚴飾及持五百七寶妙車并諸供具俱時奉上法湧菩薩白言大師我以如是長者女等奉施大師惟願慈悲爲我納受時天帝釋讚常啼言善哉善哉大士乃能如是捨施諸菩薩摩訶薩法應捨施一切所有若菩薩摩訶薩能學如是捨施一切疾證無上正等菩提若於法師能作如是恭敬供養無所悋者決定得聞甚深般若波羅蜜多方便善巧過去如來應正等覺精勤修學菩薩道時亦爲請問甚深般若波羅蜜多方便善巧捨諸所有由斯已證所求無上正

等菩提是時法湧菩薩欲令常啼菩薩所種善根得圓滿故受長者女及諸眷屬五百寳車幷諸供具受已還施常啼菩薩法湧菩薩說法既乆日將欲没知衆疲倦下師子座還入宫中爾時常啼菩薩摩訶薩既見法湧菩薩摩訶薩還入宫中便作是念我爲法故而來至此未聞正法不應坐卧我應唯住行立威儀以待大師法湧菩薩當從宫出宣說法要法湧菩薩既入宫已時經七年一心不亂遊戲菩薩無量無數三摩地門安住菩薩無量無數甚深般若波羅蜜多方便善巧常啼菩薩於七歲中不坐不卧唯行唯立不念睡眠不想晝夜不辭疲倦不思飲食不怖寒熱不縁内外曾不發起欲恚害等及餘一切煩惱纏垢但作是念法湧菩薩何時當從三摩地起我等眷屬應敷法座掃灑其地散諸香華法湧菩薩當昇此座宣說般若波羅蜜多方便善巧及餘法要時長者女及諸眷屬亦七歲中唯行唯立不捨所念皆學常啼進止相隨曾無暫捨爾時常啼菩薩摩訶薩如是精勤過七歲已欻然聞有空中聲言咄善男子却後七日法湧菩薩當從定起於此城中宣說正法常啼菩薩聞空聲已踊躍歡喜作是念言我今當爲法湧菩薩敷設嚴飾師子之座掃灑其地散妙香華令我大師當昇此座爲衆宣說甚深般若波羅蜜多方便善巧及餘法要常啼菩薩作是念已與長者女及諸眷屬敷設七寳師子之座時長者女及諸眷屬各脱身上一淨妙衣爲說法師重敷座上常啼菩薩既敷座已求水灑地竟不能得

所以者何惡魔隱蔽城内外水皆令不現魔作是念常啼菩薩求水不得愁憂苦惱疲倦羸劣心或變異便於無上正等菩提善根不增智慧不照於一切智而有稽留則不能空我之境界常啼菩薩種種方便求水不得作是念言我應刺身出血灑地勿令塵起坌我大師今我此身必當敗壞何用如是虚僞身爲我無始來流轉生死數爲五欲喪失身命而未曾爲正法捨身是故今應刺身出血作是念已即執利刀周遍刺身出血灑地時長者女及諸眷屬亦學常啼刺血灑地常啼菩薩長者女等各爲法故刺身出血乃至不起一念異心時諸惡魔不能得便亦不能礙所修善品以常啼等心勇决故時天帝釋見此事已作是念言常啼菩薩長者女等甚爲希有而由愛法重法因緣乃至遍體皆刺出血爲説法師周灑其地曾不發起一念異心令諸惡魔求不得便亦不能礙所修善品奇哉大士乃能擐被如是堅固弘誓鎧甲爲欲利樂一切有情以淳淨心不顧身命求於無上正等菩提恒發誓言我爲拔濟沉淪生死一切有情無量無邊身心大苦而求無上正等菩提事若未成終無懈廢時天帝釋作是念已變常啼等所出身血一切皆成栴檀香水令所灑地繞座四邊面各滿百踰繕那量皆有天上不可思議最勝甚奇栴檀香氣時天帝釋作是事已讚常啼曰善哉善哉大士志願堅固難動精進勇猛不可思議愛重求法最爲無上過去如來應正等覺亦由如是堅固志願勇猛精進愛重求法修行菩薩清淨

梵行已證無上正等菩提大士今者志願精進愛重求法亦定當證所求無上正等菩提爾時常啼復作是念我今已爲法湧菩薩敷設七寶師子之座掃灑其地令極香潔云何當得諸妙香華繞座四邊莊嚴其地大師昇座將說法時我等亦應持散供養時天帝釋知其所念即便化作微妙香華如摩揭陀千斛之量恭敬奉施常啼菩薩令共眷屬持以供養於是常啼受天帝釋所施華已分作二分先持一分共諸眷屬繞座四邊嚴布其地留餘一分以擬大師昇法座時當持奉散爾時法湧菩薩摩訶薩過七日已從所遊戲三摩地門安庠而起爲說般若波羅蜜多無量百千眷屬圍繞從內宮出昇師子座處大衆中儼然而坐常啼菩薩重得瞻仰法湧菩薩摩訶薩時踊躍歡喜身心悅樂譬如苾芻繫念一境忽然得入第三靜慮便與眷屬持先所留微妙香華奉散供養旣供養已頂禮雙足右繞三帀退坐一面爾時法湧菩薩摩訶薩告常啼菩薩摩訶薩言善男子諦聽諦聽善思念之吾當爲汝宣說般若波羅蜜多常啼白言唯然願說我等樂聞法湧菩薩告常啼言善男子一切法平等故當知般若波羅蜜多亦平等一切法遠離故當知般若波羅蜜多亦遠離一切法不動故當知般若波羅蜜多亦不動一切法無念故當知般若波羅蜜多亦無念一切法無畏故當知般若波羅蜜多亦無畏一切法無懼故當知般若波羅蜜多亦無懼一切法一味故當知般若波羅蜜多亦一味一切法無際故當知般若波羅

蜜多亦無際一切法無生故當知般若波羅蜜多亦無生一切法無滅故當知般若波羅蜜多亦無滅太虛空無邊故當知般若波羅蜜多亦無邊大海水無邊故當知般若波羅蜜多亦無邊妙高山無邊故當知般若波羅蜜多亦無邊妙高山嚴好故當知般若波羅蜜多亦嚴好如太虛空無分別故當知般若波羅蜜多亦無分別善男子色無邊故當知般若波羅蜜多亦無邊受想行識無邊故當知般若波羅蜜多亦無邊眼處無邊故當知般若波羅蜜多亦無邊耳鼻舌身意處無邊故當知般若波羅蜜多亦無邊色處無邊故當知般若波羅蜜多亦無邊聲香味觸法處無邊故當知般若波羅蜜多亦無邊眼界無邊故當知般若波羅蜜多亦無邊耳鼻舌身意界無邊故當知般若波羅蜜多亦無邊色界無邊故當知般若波羅蜜多亦無邊聲香味觸法界無邊故當知般若波羅蜜多亦無邊眼識界無邊故當知般若波羅蜜多亦無邊耳鼻舌身意識界無邊故當知般若波羅蜜多亦無邊眼觸無邊故當知般若波羅蜜多亦無邊耳鼻舌身意觸無邊故當知般若波羅蜜多亦無邊眼觸爲緣所生諸受無邊故當知般若波羅蜜多亦無邊耳鼻舌身意觸爲緣所生諸受無邊故當知般若波羅蜜多亦無邊地界無邊故當知般若波羅蜜多亦無邊水火風空識界無邊故當知般若波羅蜜多亦無邊因緣無邊故當知般若波羅蜜多亦無邊等無間緣所緣緣增上緣無邊故當知般若波羅蜜多亦無邊從緣所生諸

法無邊故當知般若波羅蜜多亦無邊無明無邊故當知般若波羅蜜多亦無邊行識名色六處觸受愛取有生老死愁歎苦憂惱無邊故當知般若波羅蜜多亦無邊善男子布施波羅蜜多無邊故當知般若波羅蜜多亦無邊淨戒安忍精進靜慮方便善巧妙願力智波羅蜜多無邊故當知般若波羅蜜多亦無邊內空無邊故當知般若波羅蜜多亦無邊外空內外空空空大空勝義空有爲空無爲空畢竟空無際空散空無變異空本性空自相空共相空一切法空不可得空無性空自性空無性自性空無邊故當知般若波羅蜜多亦無邊眞如無邊故當知般若波羅蜜多亦無邊法界法性不虛妄性不變異性平等性離生性法定法住實際虛空界不思議界無邊故當知般若波羅蜜多亦無邊四念住無邊故當知般若波羅蜜多亦無邊四正斷四神足五根五力七等覺支八聖道支無邊故當知般若波羅蜜多亦無邊苦聖諦無邊故當知般若波羅蜜多亦無邊集滅道聖諦無邊故當知般若波羅蜜多亦無邊十善業道無邊故當知般若波羅蜜多亦無邊施戒修無邊故當知般若波羅蜜多亦無邊四靜慮無邊故當知般若波羅蜜多亦無邊四無量四無色定無邊故當知般若波羅蜜多亦無邊八解脫無邊故當知般若波羅蜜多亦無邊八勝處九次第定十遍處無邊故當知般若波羅蜜多亦無邊空解脫門無邊故當知般若波羅蜜多亦無邊無相無願解脫門無邊故當知般若波羅蜜多亦無邊陀羅

尼門無邊故當知般若波羅蜜多亦無邊三摩地門無邊故當知般若波羅蜜多亦無邊菩薩十地無邊故當知般若波羅蜜多亦無邊善男子五眼無邊故當知般若波羅蜜多亦無邊六神通無邊故當知般若波羅蜜多亦無邊佛十力無邊故當知般若波羅蜜多亦無邊四無所畏四無礙解大慈大悲大喜大捨十八佛不共法無邊故當知般若波羅蜜多亦無邊無忘失法無邊故當知般若波羅蜜多亦無邊恒住捨性無邊故當知般若波羅蜜多亦無邊一切智無邊故當知般若波羅蜜多亦無邊道相智一切相智無邊故當知般若波羅蜜多亦無邊三十二大士相無邊故當知般若波羅蜜多亦無邊八十隨好無邊故當知般若波羅蜜多亦無邊預流果無邊故當知般若波羅蜜多亦無邊一來不還阿羅漢果獨覺菩提無邊故當知般若波羅蜜多亦無邊一切菩薩摩訶薩行無邊故當知般若波羅蜜多亦無邊諸佛無上正等菩提無邊故當知般若波羅蜜多亦無邊一切有漏法無邊故當知般若波羅蜜多亦無邊一切無漏法無邊故當知般若波羅蜜多亦無邊一切有爲法無邊故當知般若波羅蜜多亦無邊一切無爲法無邊故當知般若波羅蜜多亦無邊金剛喻平等故當知般若波羅蜜多亦平等一切法無壞故當知般若波羅蜜多亦無壞一切法無雜故當知般若波羅蜜多亦無雜一切法無差別故當知般若波羅蜜多亦無差別諸法自性不可得故當知般若波羅蜜多自性亦不可得諸法

無所有平等故當知般若波羅蜜多無所有亦平等諸法無所作故當知般若波羅蜜多亦無所作諸法不可思議故當知般若波羅蜜多亦不可思議爾時常啼菩薩摩訶薩聞說般若波羅蜜多差別句義即於座前得六十億三摩地門所謂諸法平等三摩地諸法遠離三摩地諸法不動三摩地諸法無念三摩地諸法無畏三摩地諸法無懼三摩地諸法一味三摩地諸法無際三摩地諸法無生三摩地諸法無滅三摩地虛空無邊三摩地大海無邊三摩地妙高山無邊三摩地妙高山嚴好三摩地如虛空無分別三摩地色等諸蘊無邊三摩地眼等諸處無邊三摩地色等諸處無邊三摩地眼等諸界無邊三摩地色等諸界無邊三摩地眼識等諸界無邊三摩地眼觸等無邊三摩地眼觸爲緣所生諸受等無邊三摩地地界等無邊三摩地因緣等無邊三摩地從緣所生諸法無邊三摩地諸緣起支無邊三摩地諸波羅蜜多無邊三摩地一切空無邊三摩地諸法眞如等無邊三摩地菩提分法無邊三摩地諸聖諦無邊三摩地諸善業道無邊三摩地施戒修無邊三摩地靜慮無量無色無邊三摩地解脫勝處等至遍處無邊三摩地空無相無願解脫門無邊三摩地總持等持門無邊三摩地菩薩諸地無邊三摩地五眼六神通無邊三摩地諸力無畏無礙解大慈悲喜捨佛不共法無邊三摩地無忘失法恒住捨性無邊三摩地一切智道相智一切相智無邊三摩地諸相隨好無邊三摩地聲聞乘無邊三摩地獨

覺乘無邊三摩地無上乘無邊三摩地有漏無漏法無邊三摩地有爲無爲法無邊三摩地金剛喻平等三摩地諸法無壞三摩地諸法無雜三摩地諸法無差別三摩地諸法自性不可得三摩地諸法無所有平等三摩地諸法無所作三摩地諸法不可思議三摩地得如是等六十百千三摩地門常啼菩薩既得如是六十百千三摩地門即時現見東西南北四維上下各如殑伽沙數三千大千世界現在如來應正等覺聲聞菩薩大衆圍繞以如是名如是句如是字如是理趣爲諸菩薩摩訶薩衆宣說般若波羅蜜多如我今者於此三千大千世界聲聞菩薩大衆圍繞以如是名如是句如是字如是理趣爲諸菩薩摩訶薩衆宣說般若波羅蜜多等無差別常啼菩薩從是已後多聞智慧不可思議猶如大海隨所生處恒見諸佛常生諸佛淨妙國土乃至夢中亦常見佛爲說般若波羅蜜多親近供養曾無暫捨離無暇法具足有暇

初分結勸品第七十九

善現當知由是理趣甚深般若波羅蜜多威德殊勝令諸菩薩速能引得一切智智是故善現若菩薩摩訶薩欲學六種波羅蜜多令速圓滿欲具通達諸佛境界欲得諸佛自在神通欲疾證得一切智智欲能畢竟利益安樂一切有情應學如是甚深般若波羅蜜多應於如是甚深般若波羅蜜多恭敬聽聞受持讀誦究竟通利如說修行如理思惟甚深義趣書寫流布爲他解說應以種種上妙華鬘塗散等香衣服瓔珞寶幢旛蓋妓樂燈明

及餘種種珍奇雜物供養恭敬尊重讚歎所以者何由此所說甚深般若波羅蜜多是諸如來應正等覺眞生養母是諸菩薩摩訶薩衆眞軌範師一切如來應正等覺咸共尊重恭敬讚歎一切菩薩摩訶薩衆無不供養精勤修學是爲如來眞實教誡爾時佛告阿難陀言汝於如來有愛敬不阿難陀曰如是世尊如是善逝我於佛所實有愛敬如來自知佛告慶喜如是如是汝於我所實有愛敬汝從昔來常以慈善身語意業恭敬供養隨侍於我未曾違失慶喜汝應如我現在以實愛敬供養我身我涅槃後汝亦當用如是愛敬供養尊重甚深般若波羅蜜多第二第三佛以如是甚深般若波羅蜜多教誡慶喜令深愛敬供養尊重過如來身復告慶喜我以如是甚深般若波羅蜜多對今大衆付囑於汝汝應受持我涅槃後乃至一字勿令忘失如是般若波羅蜜多隨爾所時流布於世當知即有諸佛世尊現住世間爲衆說法慶喜當知若有於此甚深般若波羅蜜多恭敬聽聞受持讀誦究竟通利如說修行如理思惟甚深義趣書寫流布爲他解說復以種種上妙華鬘塗散等香衣服瓔珞寶幢旛蓋妓樂燈明及餘種種珍奇雜物供養恭敬尊重讚歎當知是人常見諸佛恒聞正法修諸梵行時薄伽梵說是經已無量菩薩摩訶薩衆慈氏菩薩而爲上首大迦葉波及舍利子阿難陀等諸大聲聞及餘天龍人非人等一切大衆聞佛所說皆大歡喜信受奉行

大般若波羅蜜多經卷第四百

音釋

繩棍 繩神陵切棍湖本切轉弦棙子也 **掃灑** 掃先到切掃除也灑所蟹切灑水也 **羸劣** 羸力追切瘦也劣力輟切弱也 **殑伽** 梵語也此云天堂來河名也以從高處來故殑其陵其掾二切伽求迦切

大般若經第二會序

唐西明寺沙門　玄則　製

觀夫委契中道攄妙軌於無垠流賞一歸漾玄津於有截何嘗不首情而汲悟即事以排疑疑繁而誨自廣悟初而訪逾篤所以重指鷲阿再扣龍衆慧命相聚則善現居宗法忍爲群則妙祥端首既而摇區示警闢寓開嚴舌掩大千身分巨億光汎慈影而六趣霑和聲颺法言而十方動訊既駭殊觀方希秘猷或謂迹高類誕情昏佇析故嘗言曰殉蠡管之察是病高深執蟪菌之辰終欺嵗祀夫以淺定微術猶擅五通小善片言實應千里况埏孕群品彈厭衆靈萬期一會窮冥極遠是使微塵剎土不動而遊恒沙諸佛不謀而證非般若至賾其孰能致此是用十空瑩矖七如朗聽雖惱趣森横寂岸層迥莫不同幻蘂之開落不滅不生比夢象之妍蚩無染無淨猋谷投響則譽毁共銷月池寢色則物我俱謝文優理詣感通悟求凡有八十五品七十八卷即舊大品光讚放光然大品之於光讚詞倍豐而加美即明此分之於大品文益具而彌正攢輝校實豈不盛歟

大般若波羅蜜多經卷第四百一

唐三藏法師玄奘奉　詔譯

第二分縁起品第一

如是我聞一時薄伽梵住王舍城鷲峯山中與大苾芻衆五千人俱皆阿羅漢諸漏已盡

無復煩惱得眞自在心善解脱慧善解脱如調慧馬亦如大龍已作所作已辦所辦棄諸重檐逮得已利盡諸有結正知解脱至心自在第一究竟除阿難陀獨居學地得預流果具壽善現而爲上首復有五百苾芻尼衆皆阿羅漢尊者持譽而爲上首復有無量鄔波索迦鄔波斯迦皆已見諦復有無量無數菩薩摩訶薩衆一切皆得諸陀羅尼及三摩地常居空住行無相境無分别願恒現在前於諸法性具平等忍得無礙辯不退神通言行清高翹勤匪懈演暢正法無所希求應理稱機離諸矯誑於深法忍到究竟趣斷諸怖畏降伏衆魔滅一切惑摧諸業障智慧辯才善巧具足已無數劫大誓莊嚴含笑先言舒顔和視讃頌美妙辯説無窮威德尊嚴處衆無畏氣調閑雅進趣合儀巧演如流多劫無盡善觀諸法皆同幻事陽焰夢境水月響聲亦如空花鏡像光影又等變化及尋香城知皆無實唯現似有心不下劣無畏泰然一切法門皆能悟入有情勝解心行所趣通達無礙而拔濟之成最上忍善知實性攝受大願無邊佛土普於十方無數諸佛等持正念常能現前爲度有情歷事諸佛勸請久住轉正法輪滅諸隨眠見趣纏垢遊戲無量百千等持引發無邊殊勝善法是諸菩薩摩訶薩衆具如是等無量功德其名曰賢護菩薩寶性菩薩導師菩薩仁授菩薩星授菩薩常授菩薩德藏菩薩上慧菩薩寶藏菩薩勝慧菩薩增長慧菩薩不虚見菩薩善發趣菩薩善勇猛菩薩常精進菩薩常加行菩薩不捨軛菩薩

日藏菩薩無比慧菩薩觀自在菩薩得大勢菩薩妙吉祥菩薩金剛慧菩薩寶印手菩薩常舉手菩薩慈氏菩薩如是等無量百千俱胝那庾多菩薩摩訶薩皆法王子堪紹尊位而爲上首爾時世尊於師子座上自敷尼師壇結跏趺坐端身正願住對面念入等持王妙三摩地諸三摩地皆攝入此三摩地中是所流故爾時世尊正知正念從等持王安庠而起以淨天眼觀察十方殑伽沙等諸佛世界舉身怡悅從兩足下千輻輪相各放六十百千俱胝那庾多光從足十指兩趺兩跟四踝兩脛兩腨兩膝兩髀兩股腰脇腹背臍中心上胷臆德字兩乳兩腋兩肩兩膊兩肘兩臂兩腕兩手兩掌十指項咽頤頷頰額頭頂兩眉兩眼兩耳兩鼻口四牙四十齒眉間毫相一一身分各放六十百千俱胝那庾多光此一一光各照三千大千世界從此展轉遍照十方殑伽沙等諸佛世界其中有情遇斯光者必得無上正等菩提爾時世尊舉身毛孔皆悉熈怡各出六十百千俱胝那庾多光是一一光各照三千大千世界從此展轉遍照十方殑伽沙等諸佛世界其中有情遇斯光者必得無上正等菩提爾時世尊演身常光照此三千大千世界從此展轉遍照十方殑伽沙等諸佛世界其中有情遇斯光者必得無上正等菩提爾時世尊從其面門出廣長舌相遍覆三千大千世界熈怡微笑復從舌相流出無量百千俱胝那庾多光其光雜色從此雜色一一光中現寶蓮華其華千葉皆眞金色衆寶莊嚴如是光華遍三千界從

此展轉周流十方殑伽沙等諸佛世界諸華臺中皆有化佛結跏趺坐演妙法音一一法音皆說六種波羅蜜多相應之法有情聞者必得無上正等菩提爾時世尊不起于座復入師子遊戲等持現神通力令此三千大千世界六種變動謂動極動等極動踊極踊等極踊震極震等極震擊極擊等極擊吼極吼等極吼爆極爆等極爆又令此界東涌西没西涌東没南涌北没北涌南没中涌邊没邊涌中没其地清淨光澤細輭生諸有情利益安樂時此三千大千世界所有地獄傍生鬼界及餘無暇險惡趣坑一切有情皆離苦難從此捨命得生人中及六欲天皆憶宿住歡喜踊躍同詣佛所以殷淨心頂禮佛足從此展轉周遍十方殑伽沙等諸佛世界以佛神力六種變動時彼世界諸惡趣等一切有情皆離苦難從彼捨命得生人中及六欲天皆憶宿住歡喜踊躍各於本界同詣佛所頂禮佛足時此三千大千世界及餘十方殑伽沙等世界有情盲者能視聾者能聽瘂者能言狂者得念亂者得定貧者得富露者得衣飢者得食渴者得飲病者得除愈醜者得端嚴形殘者得具足根缺者得圓滿迷悶者得醒悟疲頓者得安適時諸有情等心相向如父如母如兄如弟如姊如妹如友如親離邪語業命修正語業命離十惡業道修十善業道離惡尋思修善尋思離非梵行修正梵行好淨棄穢樂靜捨諠身意泰然忽生妙樂如修行者入第三定復有勝慧欻爾現前咸作是思布施調伏安忍勇進寂靜諦觀遠離放逸

修行梵行於諸有情慈悲喜捨不相擾惱豈不善哉爾時世尊在師子座光明殊特威德巍巍映蔽三千大千世界并餘十方殑伽沙等諸佛國土蘇迷盧山輪圍山等及餘一切龍神天宫乃至淨居皆悉不現如秋滿月暉映衆星如夏日輪光奪諸色如四大寶妙高山王掩蔽諸山喪其光彩佛以神力現本色身令此三千大千世界一切有情皆悉覩見時此三千大千世界無量無數淨居諸天下至欲界四大王衆天及餘一切人非人等皆見如來處師子座威光顯曜如大金山歡喜踊躍歎未曾有各持種種上妙華鬘塗散等香衣服瓔珞寶幢旛蓋伎樂諸珍及無量種天青蓮華天赤蓮華天白蓮華天香蓮華天黄蓮華天紅蓮華天金錢樹華及香葉華并餘無量水陸生華持詣佛所奉散佛上以佛神力諸華鬘等旋轉上踊合成華臺量等三千大千世界垂天華蓋寳鐸珠旛綺飾紛綸甚可愛樂時此佛土微妙莊嚴猶如西方極樂世界佛光暉映三千大千物類虛空皆同金色十方各等殑伽河沙諸佛世界亦復如是時此三千大千佛土以佛神力一切天人各各見佛正坐其前咸謂如來獨爲說法爾時世尊不起于座熈怡微笑從其面門放大光明遍照三千大千佛土并餘十方殑伽沙等諸佛世界時此三千大千佛土一切有情尋佛光明普見十方殑伽沙等諸佛世界一切如來應正等覺聲聞菩薩衆會圍繞及餘一切有情無情品類差别時彼十方殑伽沙等諸佛世界一切有情尋佛光明亦見此土

釋迦牟尼如來應正等覺聲聞菩薩衆會圍繞及餘一切有情無情品類差别爾時東方盡殑伽沙等世界最後世界名曰多寶佛號寶性現爲菩薩說大般若波羅蜜多彼有菩薩名曰普光見此大光大地變動及佛身相心懷猶豫前詣佛所白言世尊何因何緣而有此瑞時寶性佛告普光言從此西方盡殑伽沙等世界最後世界名曰堪忍佛號釋迦牟尼將爲菩薩說大般若波羅蜜多彼佛神力故現斯瑞普光聞已歡喜踊躍白言世尊我今請往堪忍世界觀禮供養釋迦牟尼佛及菩薩衆唯願聽許時寶性佛告普光言善哉善哉隨汝意往即以千莖金色蓮華其華千葉衆寶莊嚴授與普光而誨之曰汝持此華至釋迦牟尼佛所如我詞曰寶性如來致問無量少病少惱起居輕利氣力調和安樂住不世事可忍不衆生易度不持此蓮華以寄世尊而爲佛事汝至彼界應住正知勿以慢心觀彼佛土及諸大衆而自毀傷所以者何彼諸菩薩威德難及悲願熏心以大因緣而生彼土普光菩薩受華奉勑與無量百千俱胝那庾多菩薩及無數百千童男童女頂禮佛足右繞奉辭各持無量上妙供具發引而來所經東方諸佛世界一一佛所供養恭敬尊重讚歎無空過者到此佛所頂禮雙足繞百千帀却住一面普光菩薩前白佛言世尊從此東方盡殑伽沙等世界最後世界名曰多寶佛號寶性致問世尊無量少病少惱起居輕利氣力調和安樂住不世事可忍不衆生易度不持此千莖金色蓮華以寄世尊

而為佛事時釋迦牟尼佛受此蓮華還散東方諸佛世界佛神力故令此蓮華遍諸佛土諸華臺中各有化佛結跏趺坐為諸菩薩說大般若波羅蜜多有情聞者必得無上正等菩提是時普光及諸眷屬見此事已歡喜踊躍歎未曾有各隨善根供具多少供養恭敬尊重讚歎佛菩薩已退坐一面餘東方界皆亦如是爾時南方盡殑伽沙等世界最後世界名離一切憂佛號無憂德現為菩薩說大般若波羅蜜多彼有菩薩名曰離憂見此大光大地變動及佛身相心懷猶豫前詣佛所白言世尊何因何緣而有此瑞時無憂德佛告離憂言從此北方盡殑伽沙等世界最後世界名曰堪忍佛號釋迦牟尼將為菩薩說大般若波羅蜜多彼佛神力故現斯瑞離憂聞已歡喜踊躍白言世尊我今請往堪忍世界觀禮供養釋迦牟尼佛及菩薩眾唯願聽許時無憂德佛告離憂言善哉善哉隨汝意往即以千莖金色蓮華其華千葉眾寶莊嚴授與離憂而誨之曰汝持此華至釋迦牟尼佛所如我詞曰無憂德佛致問無量少病少惱起居輕利氣力調和安樂住不世事可忍不眾生易度不持此蓮華以寄世尊而為佛事汝至彼界應住正知勿以慢心觀彼佛土及諸大眾而自毀傷所以者何彼諸菩薩威德難及悲願熏心以大因緣而生彼土離憂菩薩受華奉勑與無量百千俱胝那庾多菩薩及無數百千童男童女頂禮佛足右繞奉辭各持無量上妙供具發引而來所經南方諸佛世界一一佛所供養恭敬尊重讚歎無

空過者到此佛所頂禮雙足繞百千帀却住一面離憂菩薩前白佛言世尊從此南方盡殑伽沙等世界最後世界名離一切憂佛號無憂德致問世尊無量少病少惱起居輕利氣力調和安樂住不世事可忍不衆生易度不持此千莖金色蓮華以寄世尊而爲佛事時釋迦牟尼佛受此蓮華還散南方諸佛世界佛神力故令此蓮華遍諸佛土諸華臺中各有化佛結跏趺坐爲諸菩薩說大般若波羅蜜多有情聞者必得無上正等菩提是時離憂及諸眷屬見此事已歡喜踊躍歎未曾有各隨善根供具多少供養恭敬尊重讚歎佛菩薩已退坐一面餘南方界皆亦如是爾時西方盡殑伽沙等世界最後世界名近寂靜佛號寶焰現爲菩薩說大般若波羅蜜多彼有菩薩名曰行慧見此大光大地變動及佛身相心懷猶豫前詣佛所白言世尊何因何緣而有此瑞時寶焰佛告行慧言從此東方盡殑伽沙等世界最後世界名曰堪忍佛號釋迦牟尼將爲菩薩說大般若波羅蜜多彼佛神力故現斯瑞行慧聞已歡喜踊躍白言世尊我今請往堪忍世界觀禮供養釋迦牟尼佛及菩薩衆唯願聽許時寶焰佛告行慧言善哉善哉隨汝意往即以千莖金色蓮華其華千葉衆寶莊嚴授與行慧而誨之曰汝持此華至釋迦牟尼佛所如我詞曰寶焰如來致問無量少病少惱起居輕利氣力調和安樂住不世事可忍不衆生易度不持此蓮華以寄世尊而爲佛事汝至彼界應住正知勿以慢心觀彼佛土及諸大衆而自毁傷

所以者何彼諸菩薩威德難及悲願熏心以大因緣而生彼土行慧菩薩受華奉勑與無量百千俱胝那庾多菩薩及無數百千童男童女頂禮佛足右繞奉辭各持無量上妙供具發引而來所經西方諸佛世界一一佛所供養恭敬尊重讚歎無空過者到此佛所頂禮雙足遶百千帀却住一面行慧菩薩前白佛言世尊從此西方盡殑伽沙等世界最後世界名近寂靜佛號寶焰致問世尊無量少病少惱起居輕利氣力調和安樂住不世事可忍不衆生易度不持此千莖金色蓮華以寄世尊而爲佛事時釋迦牟尼佛受此蓮華還散西方諸佛世界佛神力故令此蓮華遍諸佛土諸華臺中各有化佛結跏趺坐爲諸菩薩說大般若波羅蜜多有情聞者必得無上正等菩提是時行慧及諸眷屬見此事已歡喜踊躍歎未曾有各隨善根供具多少供養恭敬尊重讚歎佛菩薩已退坐一面餘西方界皆亦如是爾時北方盡殑伽沙等世界最後世界名曰最勝佛號勝帝現爲菩薩說大般若波羅蜜多彼有菩薩名曰勝授見此大光大地變動及佛身相心懷猶豫前詣佛所白言世尊何因何緣而有此瑞時勝帝佛告勝授言從此南方盡殑伽沙等世界最後世界名曰堪忍佛號釋迦牟尼將爲菩薩說大般若波羅蜜多彼佛神力故現斯瑞勝授聞已歡喜踊躍白言世尊我今請往堪忍世界觀禮供養釋迦牟尼佛及菩薩衆唯願聽許時勝帝佛告勝授言善哉善哉隨汝意往即以千莖金色蓮華其華千葉衆寶莊嚴授

與勝授而誨之曰汝持此華至釋迦牟尼佛所如我詞曰勝帝如來致問無量少病少惱起居輕利氣力調和安樂住不世事可忍不衆生易度不持此蓮華以寄世尊而爲佛事汝至彼界應住正知勿以慢心觀彼佛土及諸大衆而自毀傷所以者何彼諸菩薩威德難及悲願熏心以大因緣而生彼土勝授菩薩受華奉勑與無量百千俱胝那庾多菩薩及無數百千童男童女頂禮佛足右繞奉辭各持無量上妙供具發引而來所經北方諸佛世界一一佛所供養恭敬尊重讚歎無空過者到此佛所頂禮雙足繞百千帀却住一面勝授菩薩前白佛言世尊從此北方盡殑伽沙等世界最後世界名曰最勝佛號勝帝致問世尊無量少病少惱起居輕利氣力調和安樂住不世事可忍不衆生易度不持此千莖金色蓮華以寄世尊而爲佛事時釋迦牟尼佛受此蓮華還散北方諸佛世界佛神力故令此蓮華遍諸佛土諸華臺中各有化佛結跏趺坐爲諸菩薩說大般若波羅蜜多有情聞者必得無上正等菩提是時勝授及諸眷屬見此事已歡喜踊躍歎未曾有各隨善根供具多少供養恭敬尊重讚歎佛菩薩已退坐一面餘北方界皆亦如是爾時東北方盡殑伽沙等世界最後世界名定莊嚴佛號定象勝德現爲菩薩說大般若波羅蜜多彼有菩薩名離塵勇猛見此大光大地變動及佛身相心懷猶豫前詣佛所白言世尊何因何緣而有此瑞時定象勝德佛告離塵勇猛言從此西南方盡殑伽沙等世界最後世

界名曰堪忍佛號釋迦牟尼將爲菩薩說大般若波羅蜜多彼佛神力故現斯瑞離塵勇猛聞已歡喜踴躍白言世尊我今請往堪忍世界觀禮供養釋迦牟尼佛及菩薩衆唯願聽許時定象勝德佛告離塵勇猛言善哉善哉隨汝意往即以千莖金色蓮華其華千葉衆寶莊嚴授離塵勇猛而誨之曰汝持此華至釋迦牟尼佛所如我詞曰定象勝德如來致問無量少病少惱起居輕利氣力調和安樂住不世事可忍不衆生易度不持此蓮華以寄世尊而爲佛事汝至彼界應住正知勿以慢心觀彼佛土及諸大衆而自毀傷所以者何彼諸菩薩威德難及悲願熏心以大因緣而生彼界離塵勇猛菩薩受華奉勑與無量百千俱胝那庾多菩薩及無數百千童男童女頂禮佛足右繞奉辭各持無量上妙供具發引而來所經東北方諸佛世界一一佛所供養恭敬尊重讚歎無空過者到此佛所頂禮雙足繞百千帀却住一面離塵勇猛菩薩前白佛言世尊從此東北方盡殑伽沙等世界最後世界名定莊嚴佛號定象勝德致問世尊無量少病少惱起居輕利氣力調和安樂住不世事可忍不衆生易度不持此千莖金色蓮華以寄世尊而爲佛事時釋迦牟尼佛受此蓮華還散東北方諸佛世界佛神力故令此蓮華遍諸佛土諸華臺中各有化佛結跏趺坐爲諸菩薩說大般若波羅蜜多有情聞者必得無上正等菩提時離塵勇猛及諸眷屬見此事已歡喜踴躍歎未曾有各隨善根供具多少供養恭敬尊重讚歎佛菩

薩已退坐一面餘東北方皆亦如是爾時東南方盡殑伽沙等世界最後世界名妙覺莊嚴甚可愛樂佛號蓮華勝德現爲菩薩說大般若波羅蜜多彼有菩薩名蓮華手見此大光大地變動及佛身相心懷猶豫前詣佛所白言世尊何因何緣而有此瑞時蓮華勝德佛告蓮華手言從此西北方盡殑伽沙等世界最後世界名曰堪忍佛號釋迦牟尼將爲菩薩說大般若波羅蜜多彼佛神力故現斯瑞蓮華手聞已歡喜踴躍白言世尊我今請往堪忍世界觀禮供養釋迦牟尼佛及菩薩衆唯願聽許時蓮華勝德佛告蓮華手言善哉善哉隨汝意往即以千莖金色蓮華其華千葉衆寶莊嚴授蓮華手而誨之曰汝持此華至釋迦牟尼佛所如我詞曰蓮華勝德如來致問無量少病少惱起居輕利氣力調和安樂住不世事可忍不衆生易度不持此蓮華以寄世尊而爲佛事汝至彼界應住正知勿以慢心觀彼佛土及諸大衆而自毀傷所以者何彼諸菩薩威德難及悲願熏心以大因緣而生彼土蓮華手菩薩受華奉勑與無量百千俱胝那庾多菩薩及無數百千童男童女頂禮佛足右繞奉辭各持無量上妙供具發引而來所經東南方諸佛世界一一佛所供養恭敬尊重讚歎無空過者到此佛所頂禮雙足繞百千帀却住一面蓮華手菩薩前白佛言世尊從此東南方盡殑伽沙等世界最後世界名妙覺莊嚴甚可愛樂佛號蓮華勝德致問世尊無量少病少惱起居輕利氣力調和安樂住不世事可忍不衆生易度

不持此千莖金色蓮華以寄世尊而爲佛事時釋迦牟尼佛受此蓮華還散東南方諸佛世界佛神力故令此蓮華遍諸佛土諸華臺中各有化佛結跏趺坐爲諸菩薩說大般若波羅蜜多有情聞者必得無上正等菩提時蓮華手及諸眷屬見此事已歡喜踊躍歎未曾有各隨善根供具多少供養恭敬尊重讚歎佛菩薩已退坐一面餘東南方皆亦如是爾時西南方盡殑伽沙等世界最後世界名離塵聚佛號日輪遍照勝德現爲菩薩說大般若波羅蜜多彼有菩薩名日光明見此大光大地變動及佛身相心懷猶豫前詣佛所白言世尊何因何緣而有此瑞時日輪遍照勝德佛告日光明菩薩言從此東北方盡殑伽沙等世界最後世界名曰堪忍佛號釋迦牟尼將爲菩薩說大般若波羅蜜多彼佛神力故現斯瑞日光明聞已歡喜踊躍白言世尊我今請往堪忍世界觀禮供養釋迦牟尼佛及菩薩衆唯願聽許時日輪遍照勝德佛告日光明言善哉善哉隨汝意往即以千莖金色蓮華其華千葉衆寶莊嚴授日光明而誨之曰汝持此華至釋迦牟尼佛所如我詞曰日輪遍照勝德如來致問無量少病少惱起居輕利氣力調和安樂住不世事可忍不衆生易度不持此蓮華以寄世尊而爲佛事汝至彼界應住正知勿以慢心觀彼佛土及諸大衆而自毀傷所以者何彼諸菩薩威德難及悲願熏心以大因緣而生彼土日光明菩薩受華奉勑與無量百千俱胝那庾多菩薩及無數百千童男童女頂禮佛足右繞奉

辤各持無量上妙供具發引而來所經西南方諸佛世界一一佛所供養恭敬尊重讃歎無空過者到此佛所頂禮雙足繞百千帀却住一面日光明菩薩前白佛言世尊從此西南方盡殑伽沙等世界最後世界名離塵聚佛號日輪遍照勝德致問世尊無量少病少惱起居輕利氣力調和安樂住不世事可忍不衆生易度不持此千莖金色蓮華以寄世尊而爲佛事時釋迦牟尼佛受此蓮華還散西南方諸佛世界佛神力故令此蓮華遍諸佛土諸華臺中各有化佛結跏趺坐爲諸菩薩說大般若波羅蜜多有情聞者必得無上正等菩提時日光明及諸眷屬見此事已歡喜踊躍歎未曾有各隨善根供具多少供養恭敬尊重讃歎佛菩薩已退坐一面餘西南方皆亦如是爾時西北方盡殑伽沙等世界最後世界名眞自在佛號一寶蓋勝現爲菩薩說大般若波羅蜜多彼有菩薩名曰寶勝見此大光大地變動及佛身相心懷猶豫前詣佛所白言世尊何因何緣而有此瑞時一寶蓋勝佛告寶勝言從此東南方盡殑伽沙等世界最後世界名曰堪忍佛號釋迦牟尼將爲菩薩說大般若波羅蜜多彼佛神力故現斯瑞寶勝聞已歡喜踊躍白言世尊我今請往堪忍世界觀禮供養釋迦牟尼佛及菩薩衆唯願聽許時一寶蓋勝佛告寶勝言善哉善哉隨汝意往即以千莖金色蓮華其華千葉衆寶莊嚴授與寶勝而誨之曰汝持此華至釋迦牟尼佛所如我詞曰一寶蓋勝如來致問無量少病少惱起居輕利氣力調和

安樂住不世事可忍不衆生易度不持此蓮華以寄世尊而爲佛事汝至彼界應住正知勿以慢心觀彼佛土及諸大衆而自毀傷所以者何彼諸菩薩威德難及悲願熏心以大因緣而生彼土寶勝菩薩受華奉勅與無量百千俱胝那庾多菩薩及無數百千童男童女頂禮佛足右繞奉辭各持無量上妙供具發引而來所經西北方諸佛世界一一佛所供養恭敬尊重讚歎無空過者到此佛所頂禮雙足繞百千帀却住一面寶勝菩薩前白佛言世尊從此西北方盡殑伽沙等世界最後世界名眞自在佛號一寶蓋勝致問世尊無量少病少惱起居輕利氣力調和安樂住不世事可忍不衆生易度不持此千莖金色蓮華以寄世尊而爲佛事時釋迦牟尼佛受

北蓮華還散西北方諸佛世界佛神力故令北蓮華遍諸佛土諸華臺中各有化佛結跏趺坐爲諸菩薩說大般若波羅蜜多有情聞者必得無上正等菩提是時寶勝及諸眷屬見此事已歡喜踊躍歎未曾有各隨善根供具多少供養恭敬尊重讚歎佛菩薩已退坐一面餘西北方皆亦如是爾時下方盡殑伽沙等世界最後世界名曰蓮華佛號蓮華德現爲菩薩說大般若波羅蜜多彼有菩薩名蓮華勝見此大光大地變動及佛身相心懷猶豫前詣佛所白言世尊何因何緣而有此瑞時蓮華德佛告蓮華勝言從此上方盡殑伽沙等世界最後世界名曰堪忍佛號釋迦牟尼將爲菩薩說大般若波羅蜜多彼佛神力故現斯瑞蓮華勝聞已歡喜踊躍白言世

尊我今請往堪忍世界觀禮供養釋迦牟尼佛及菩薩衆唯願聽許時蓮華德佛告蓮華勝言善哉善哉隨汝意往即以千莖金色蓮華其華千葉衆寶莊嚴授蓮華勝而誨之曰汝持此華至釋迦牟尼佛所如我詞曰蓮華德如來致問無量少病少惱起居輕利氣力調和安樂住不世事可忍不衆生易度不持此蓮華以寄世尊而爲佛事汝至彼界應住正知勿以慢心觀彼佛土及諸大衆而自毀傷所以者何彼諸菩薩威德難及悲願熏心以大因緣而生彼土蓮華勝菩薩受華奉勅與無量百千俱胝那庾多菩薩及無數百千童男童女頂禮佛足右繞奉辭各持無量上妙供具發引而來所經下方諸佛世界一一佛所供養恭敬尊重讚歎無空過者到此佛所頂禮雙足繞百千帀却住一面蓮華勝菩薩前白佛言世尊從此下方盡殑伽沙等世界最後世界名曰蓮華佛號蓮華德致問世尊無量少病少惱起居輕利氣力調和安樂住不世事可忍不衆生易度不持此千莖金色蓮華以寄世尊而爲佛事時釋迦牟尼佛受此蓮華還散下方諸佛世界佛神力故令此蓮華遍諸佛土諸華臺中各有化佛結跏趺坐爲諸菩薩說大般若波羅蜜多有情聞者必得無上正等菩提時蓮華勝及諸眷屬見此事已歡喜踊躍歎未曾有各隨善根供具多少供養恭敬尊重讚歎佛菩薩已退坐一面餘下方界皆亦如是爾時上方盡殑伽沙等世界最後世界名曰歡喜佛號喜德現爲菩薩說大般若波羅蜜多彼有菩薩名曰

喜授見此大光大地變動及佛身相心懷猶豫前詣佛所白言世尊何因何緣而有此瑞時喜德佛告喜授言從此下方盡殑伽沙等世界最後世界名曰堪忍佛號釋迦牟尼將爲菩薩說大般若波羅蜜多彼佛神力故現斯瑞喜授聞已歡喜踊躍白言世尊我今請往堪忍世界觀禮供養釋迦牟尼佛及菩薩衆唯願聽許時喜德佛告喜授言善哉善哉隨汝意往即以千莖金色蓮華其華千葉衆寶莊嚴授與喜授而誨之曰汝持此華至釋迦牟尼佛所如我詞曰喜德如來致問無量少病少惱起居輕利氣力調和安樂住不世事可忍不衆生易度不持此蓮華以寄世尊而爲佛事汝至彼界應住正知勿以慢心觀彼佛土及諸大衆而自毀傷所以者何彼諸菩薩威德難及悲願熏心以大因緣而生彼土喜授菩薩受華奉勅與無量百千俱胝那庾多菩薩及無量百千童男童女頂禮佛足右繞奉辭各持無量上妙供具發引而來所經上方諸佛世界一一佛所供養恭敬尊重讃歎無空過者到此佛所頂禮雙足繞百千帀却住一面喜授菩薩前白佛言世尊從此上方盡殑伽沙等世界最後世界名曰歡喜佛號喜德致問世尊無量少病少惱起居輕利氣力調和安樂住不世事可忍不衆生易度不持此千莖金色蓮華以寄世尊而爲佛事時釋迦牟尼佛受此蓮華還散上方諸佛世界佛神力故令此蓮華遍諸佛土諸華臺中皆有化佛結跏趺坐爲諸菩薩說大般若波羅蜜多有情聞者必得無上正等菩提是

時喜授及諸眷屬見此事已歡喜踊躍歎未曾有各隨善根供具多少供養恭敬尊重讚歎佛菩薩已退坐一面餘上方界皆亦如是

爾時於此三千大千堪忍世界衆寶充滿諸妙香華遍布其地寶幢旛蓋處處行列華樹果樹香樹鬘樹衣樹寶樹諸雜飾樹周遍莊嚴甚可愛樂如衆蓮華世界普華如來淨土曼殊室利童子善住慧菩薩及餘無量大威德菩薩摩訶薩本所居土

大般若波羅蜜多經卷第四百一

音釋

二會序

攄抽居切舒也擒也　無垠垠魚巾切崖也　寓王矩切宇同宇宙也天地四方曰宇往古來今曰宙　誕徒案切放也　佇析佇直呂切久立也析先的切分析也　殉松閏切從也　蠡管蠡盧戈切蚌屬大如斗管古緩切象簫如笛而小蠡管謂以蠡測海以管窺天所量所見者狹小也　蟪菌蟪音惠蟪蛄也菌巨隕切地蕈似釘蓋者曰菌　擅時戰切專也据也　埏孕埏夷然切黏土也又埏埴也孕以證切懷孕也　彈厭彈唐干切紏也劾也厭乙甲切鎮也笮也　賾士華切幽深難見也　妍嵔妍倪堅切美好也嵔充之切醜也　猋卑遥切旋風也又從下而上曰猋

經

苾芻苾薄宓切芻楚俱切草名含五義一體性柔軟二引蔓旁布三馨香遠聞四能療疼痛五不背日光以比丘之德似之故名比丘爲苾芻　鄔波索迦梵語也此云近事男鄔安古切　鄔波斯迦梵語也此云近事女　翹勤翹祈堯切舉也企也勤渠斤切孜孜也又勤勞也　匪懈匪數尾切非也懈居隘切怠也　矯誑矯舉夭切矯揉也又妄也詐也誑古況切欺也　軛音厄　俱胝梵語也此云百億胝張尼切　那庾多梵語也此云萬億庾弋渚切　殑伽梵語也此云天堂來河名也以從高處來故殑其陵其拯二切伽求迦切　輻輪輻音福輪轑也謂輪中木之直指者輪龍春切車輪也　趺音夫足也　跟音根踵也　踝胡尫切足骨也又腿之兩旁曰踝　脛形定切脚脛也　腨

市充切腓腸也**䏶**部比切股也**股**音古髀也**脇**虛業切腋下也**臍**前西切肚臍也**胷臆**乙力切胷肉也**腋**音亦左右肘脇之間曰腋**膊**音博肩膊也**肘**陟酉切臂節也**腕**烏貫切手腕也**項咽**戶講切頸後也咽音烟嗌也喉也**頤頷**頤延知切顄也頷戶感切口下曰頷**頰額**頰吉協切面旁也額鄂格切顙也**爆**巴校切火裂也**細輭**輭乳兗切柔也**姊**蔣兕切女兄也**歘**許勿切卒起貌**擾**爾沼切煩也亂也**鬘**莫班切**鐸**達各切大鈴也**紛綸**紛敷文切綸龍春切紛綸雜揉貌**猶豫**猶音由豫羊茹切猶豫獸名性多疑故以事不決者為猶豫**莖**戶耕切小枝也

大般若波羅蜜多經卷第四百二

唐三藏法師玄奘奉詔譯

第二分歡喜品第二

爾時世尊知諸世界諸有緣衆一切來集謂天魔梵若諸沙門若婆羅門若健達縛若阿素洛若諸龍神人非人等若諸菩薩摩訶薩衆住最後身紹尊位者皆來集會便告具壽舍利子言若菩薩摩訶薩欲於一切法等覺一切相當學般若波羅蜜多時舍利子歡喜踊躍即從座起頂禮雙足偏覆左肩右膝著地合掌恭敬而白佛言世尊云何菩薩摩訶薩欲於一切法等覺一切相當學般若波羅蜜多佛告具壽舍利子言諸菩薩摩訶薩應以無住而爲方便安住般若波羅蜜多所住能住不可得故應以無捨而爲方便圓滿布施波羅蜜多施者受者及所施物不可得故應以無護而爲方便圓滿淨戒波羅蜜多犯無犯相不可得故應以無取而爲方便圓滿安忍波羅蜜多動不動相不可得故應以無勤而爲方便圓滿精進波羅蜜多身心勤怠不可得故應以無思而爲方便圓滿靜慮波羅蜜多有味無味不可得故應以無著而爲方便圓滿般若波羅蜜多諸法性相不可得故復次舍利子諸菩薩摩訶薩安住般若波羅蜜多以無所得而爲方便應修習四念住四正斷四神足五根五力七等覺支八聖道支是三十七菩提分法不可得故以無所得而爲方便應修習空三摩地無相三摩地無願三摩地是三等持不可得故以無所得而爲方便應修習四靜慮四無量四無色定靜

慮無量及無色定不可得故以無所得而爲方便應修習八解脫八勝處九次第定十遍處解脫勝處等至遍處不可得故以無所得而爲方便應修習九想謂膖脹想膿爛想異赤想青瘀想啄噉想離散想骸骨想焚燒想滅壞想如是諸想不可得故以無所得而爲方便應修習十隨念謂佛隨念法隨念僧隨念戒隨念捨隨念天隨念入出息隨念猒隨念死隨念身隨念是諸隨念不可得故以無所得而爲方便應修習十想謂無常想苦想無我想不淨想死想一切世間不可樂想猒食想斷想離想滅想如是諸想不可得故以無所得而爲方便應修習十一智謂苦智集智滅智道智盡智無生智法智類智世俗智他心智如說智如是諸智不可得故以無所得而爲方便應修習有尋有伺三摩地無尋唯伺三摩地無尋無伺三摩地三三摩地不可得故以無所得而爲方便應修習未知當知根已知根具知根三無漏根不可得故以無所得而爲方便應修習不淨處觀遍滿處觀一切智智奢摩他毗鉢舍那四攝事四勝住三明五眼六神通六波羅蜜多七聖財八大士覺九有情居智陀羅尼門三摩地門十地十行十忍二十增上意樂如來十力四無所畏四無礙解十八佛不共法三十二大士相八十隨好無忘失法恒住捨性一切智道相智一切相智一切相微妙智大慈大悲大喜大捨及餘無量無邊佛法如是諸法不可得故復次舍利子若菩薩摩訶薩欲疾證得一切智智當學般若波羅蜜多欲疾圓滿一

切智道相智一切相智當學般若波羅蜜多欲疾圓滿一切有情心行相智一切相微妙智當學般若波羅蜜多欲拔一切煩惱習氣當學般若波羅蜜多欲入菩薩正性離生當學般若波羅蜜多欲超聲聞及獨覺地當學般若波羅蜜多欲住菩薩不退轉地當學般若波羅蜜多欲得六種殊勝神通當學般若波羅蜜多欲知一切有情心行所趣差別當學般若波羅蜜多欲勝一切聲聞獨覺智慧作用當學般若波羅蜜多欲得一切陀羅尼門三摩地門當學般若波羅蜜多欲以一念隨喜之心超過一切聲聞獨覺所有布施當學般若波羅蜜多欲以一念隨喜之心超過一切聲聞獨覺所有淨戒當學般若波羅蜜多欲以一念隨喜之心超過一切聲聞獨覺定慧解脫解脫知見當學般若波羅蜜多欲以一念隨喜之心超過一切聲聞獨覺靜慮解脫等持等至及餘善法當學般若波羅蜜多欲以一念所修善法超過一切異生聲聞獨覺善法當學般若波羅蜜多欲行少分布施淨戒安忍精進靜慮般若為諸有情方便善巧迴向無上正等菩提便得無量無邊功德當學般若波羅蜜多復次舍利子若菩薩摩訶薩欲令所行布施淨戒安忍精進靜慮般若波羅蜜多離諸障礙速得圓滿當學般若波羅蜜多欲得生生常見諸佛恒聞正法得佛覺悟蒙佛憶念教誡教授當學般若波羅蜜多欲得佛身具三十二大丈夫相八十隨好圓滿莊嚴當學般若波羅蜜多欲得生生常憶宿住終不忘失大菩提心遠離惡友

親近善友恒修菩薩摩訶薩行當學般若波羅蜜多欲得生生具大威力摧衆魔怨伏諸外道當學般若波羅蜜多欲得生生遠離一切煩惱業障通達諸法心無罣礙當學般若波羅蜜多欲得生生善心善願善行相續常無懈廢當學般若波羅蜜多欲生佛家入童眞地常不遠離諸佛菩薩當學般若波羅蜜多欲得生生具諸相好端嚴如佛一切有情見者歡喜發起無上正等覺心速能成辦佛地功德當學般若波羅蜜多欲以種種勝善根力隨意能引上妙供具供養恭敬尊重讚歎一切如來應正等覺令諸善根速得圓滿當學般若波羅蜜多欲滿一切有情所求飲食衣服牀榻卧具病緣醫藥種種華香燈明車乘園林舍宅財穀珍寶嚴具妓樂及餘種種上妙樂具當學般若波羅蜜多復次舍利子若菩薩摩訶薩欲善安立盡虛空界法界世界一切有情皆令安住布施淨戒安忍精進靜慮般若波羅蜜多當學般若波羅蜜多欲得發起一念善心所獲功德乃至無上正等菩提亦不窮盡當學般若波羅蜜多欲得十方諸佛世界一切如來應正等覺及諸菩薩共所稱讚當學般若波羅蜜多欲一發心即能遍至十方各如殑伽沙界供養諸佛利樂有情當學般若波羅蜜多欲一發聲即能遍滿十方各如殑伽沙界讚歎諸佛教誨有情當學般若波羅蜜多欲一念頃安立十方殑伽沙等諸佛世界一切有情皆令習學十善業道受三歸依護持禁戒修四靜慮及四無量四無色定獲五神通當學般若波羅蜜

多欲一念頃安立十方殑伽沙等諸佛世界一切有情令住大乘修菩薩行不毀餘乘當學般若波羅蜜多欲紹佛種令不斷絕護菩薩家令不退轉嚴淨佛土令速成辦當學般若波羅蜜多復次舍利子若菩薩摩訶薩欲安住內空外空內外空空空大空勝義空有爲空無爲空畢竟空無際空散空無變異空本性空自相空共相空一切法空不可得空無性空自性空無性自性空當學般若波羅蜜多若菩薩摩訶薩欲安住一切法眞如法界法性不虛妄性不變異性平等性離生性法定法住實際虛空界不思議界當學般若波羅蜜多若菩薩摩訶薩欲覺知一切法盡所有性如所有性無顛倒無分別當學般若波羅蜜多若菩薩摩訶薩欲覺知一切法因緣等無間緣所緣緣增上緣性無所有不可得當學般若波羅蜜多若菩薩摩訶薩欲覺知一切法如幻如夢如響如像如光影如陽焰如空華如尋香城如變化事唯心所現性相皆空當學般若波羅蜜多若菩薩摩訶薩欲知十方殑伽沙等三千大千世界大地虛空諸山大海江河池沼澗谷陂湖地水火風諸極微量當學般若波羅蜜多若菩薩摩訶薩欲析一毛以爲百分取一分毛盡舉三千大千世界大海江河池沼澗谷陂湖中水棄置他方無邊世界而不損害其中有情當學般若波羅蜜多若菩薩摩訶薩見火劫起遍燒三千大千世界天地洞然欲以一氣吹令頓滅當學般若波羅蜜多若菩薩摩訶薩見風劫起三千世界所依風輪飄擊上涌將吹

三千大千世界蘇迷盧山輪圍山等諸所有物碎如糠稽欲以一指障彼風力令息不起當學般若波羅蜜多菩薩摩訶薩欲於三千大千世界一結跏坐充滿虚空當學般若波羅蜜多菩薩摩訶薩欲以一毛羂取三千大千世界妙高山王輪圍山等諸所有物擲過他方無量無數無邊世界而不損害其中有情當學般若波羅蜜多菩薩摩訶薩欲以一食一花一香一幢蓋等供養恭敬尊重讚歎十方各如殑伽沙界一切如來應正等覺及弟子衆無不充足當學般若波羅蜜多菩薩摩訶薩欲等安立十方各如殑伽沙界諸有情類令住戒蘊定蘊慧蘊解脱蘊解脱知見蘊或住預流一來不還阿羅漢果獨覺菩提乃至或令入無餘依般涅槃界當學般若波羅蜜多復次舍利子若菩薩摩訶薩修行般若波羅蜜多能如實知如是布施得大果報謂如實知如是布施得生剎帝利大族或生婆羅門大族或生長者大族或生居士大族如是布施得生四大王衆天或生三十三天或生夜摩天或生覩史多天或生樂變化天或生他化自在天依此布施得初靜慮或第二靜慮或第三靜慮或第四靜慮依此布施得空無邊處定或識無邊處定或無所有處定或非想非非想處定依此布施起四念住乃至八聖道支得預流果或一來果或不還果或阿羅漢果或獨覺菩提或得無上正等菩提能如實知如是淨戒安忍精進靜慮般若得大果報亦復如是若菩薩摩訶薩修行般若波羅蜜多能如實知如是布

施方便善巧能滿布施波羅蜜多如是布施方便善巧能滿淨戒波羅蜜多如是布施方便善巧能滿安忍波羅蜜多如是布施方便善巧能滿精進波羅蜜多如是布施方便善巧能滿靜慮波羅蜜多如是布施方便善巧能滿般若波羅蜜多如是淨戒安忍精進靜慮般若方便善巧皆能圓滿六波羅蜜多時舍利子白佛言世尊云何菩薩摩訶薩修行般若波羅蜜多能如實知如是布施方便善巧能滿布施乃至般若波羅蜜多如是淨戒乃至般若方便善巧能滿淨戒乃至靜慮波羅蜜多佛言舍利子以無所得爲方便故謂菩薩摩訶薩行布施時了達一切施者受者所施物相不可得故能滿布施波羅蜜多犯無犯相不可得故能滿淨戒波羅蜜多動不動相不可得故能滿安忍波羅蜜多身心懃怠不可得故能滿精進波羅蜜多有亂無亂不可得故能滿靜慮波羅蜜多諸法性相不可得故能滿般若波羅蜜多是爲菩薩摩訶薩行布施時方便善巧能滿六種波羅蜜多如是菩薩摩訶薩行淨戒時方便善巧能滿六種波羅蜜多乃至行般若時方便善巧能滿六種波羅蜜多復次舍利子若菩薩摩訶薩欲得過去未來現在諸佛功德當學般若波羅蜜多若菩薩摩訶薩欲到一切有爲無爲法之彼岸當學般若波羅蜜多若菩薩摩訶薩欲達過去未來現在諸法眞如法界法性無生實際當學般若波羅蜜多若菩薩摩訶薩欲窮過去未來現在生不生際當學般若波羅蜜多若菩薩摩訶薩欲與一切聲聞

獨覺而爲導首當學般若波羅蜜多菩薩摩訶薩欲與一切如來爲親侍者當學般若波羅蜜多若菩薩摩訶薩欲與一切如來爲内眷屬當學般若波羅蜜多若菩薩摩訶薩欲得大眷屬當學般若波羅蜜多若菩薩摩訶薩欲得菩薩常爲眷屬當學般若波羅蜜多若菩薩摩訶薩欲消一切施主供養當學般若波羅蜜多若菩薩摩訶薩欲摧伏慳貪心不起犯戒心除去恚怒心棄捨懈怠心靜息散亂心遠離惡慧心當學般若波羅蜜多若菩薩摩訶薩欲安立一切有情於施性福業事戒性福業事修性福業事供侍福業事有依福業事當學般若波羅蜜多若菩薩摩訶薩欲得五眼所謂肉眼天眼慧眼法眼佛眼當學般若波羅蜜多若菩薩摩訶薩欲以

天眼盡見十方殑伽沙等世界諸佛當學般若波羅蜜多若菩薩摩訶薩欲以天耳盡聞十方殑伽沙等世界諸佛所說法要當學般若波羅蜜多若菩薩摩訶薩欲如實知十方各如殑伽沙界一切諸佛心心所法當學般若波羅蜜多若菩薩摩訶薩欲得普聞十方世界諸佛說法乃至無上正等菩提而不斷絶當學般若波羅蜜多若菩薩摩訶薩欲見過去未來現在十方一切諸佛國土當學般若波羅蜜多若菩薩摩訶薩欲於過去未來現在十方諸佛所說契經應頌授記諷頌自說因緣本事本生方廣希法譬喻論議諸聲聞等所未曾聞皆能受持究竟通利當學般若波羅蜜多若菩薩摩訶薩欲於過去未來現在十方諸佛所說法門既自受持究竟通

利復能爲他如實廣説當學般若波羅蜜多若菩薩摩訶薩欲於過去未來現在十方諸佛所説法門自如實行復能勸他如實修行當學般若波羅蜜多若菩薩摩訶薩欲於十方殑伽沙等幽闇世界或世界中間日月所不照處爲作光明當學般若波羅蜜多若菩薩摩訶薩欲於十方殑伽沙等無量世界其中有情成就邪見不聞佛名法名僧名而能開化令起正見聞三寶名當學般若波羅蜜多若菩薩摩訶薩欲令十方殑伽沙等世界有情以己威力盲者能視聾者能聽瘂者能言狂者得念亂者得定貧者得富露者得衣飢者得食渴者得飲病者得除愈醜者得端嚴形殘者得具足根缺者得圓滿迷悶者得醒悟疲頓者得安泰一切有情等心相向如父如母如兄如弟如姊如妹如友如親當學般若波羅蜜多若菩薩摩訶薩欲令十方殑伽沙等世界有情以己威力在惡趣者皆生善趣當學般若波羅蜜多若菩薩摩訶薩欲令十方殑伽沙等世界有情以己威力習惡業者皆修善業當學般若波羅蜜多若菩薩摩訶薩欲令十方殑伽沙等世界有情以己威力諸犯戒者皆住戒蘊未得定者皆住定蘊有惡慧者皆住慧蘊無解脱者皆住解脱蘊無解脱知見者皆住解脱知見蘊未見諦者得預流果若一來果若不還果若阿羅漢果若獨覺菩提若得無上正等菩提當學般若波羅蜜多若菩薩摩訶薩欲學諸佛殊勝威儀令諸有情觀之無猒息一切惡生一切善當學般若波羅蜜多復次舍利子菩薩摩

訶薩修行般若波羅蜜多時作是思惟我何時得如象王視容止肅然爲衆說法欲成斯事當學般若波羅蜜多菩薩摩訶薩修行般若波羅蜜多時作是思惟我何時得身語意業隨智慧行皆悉清淨欲成斯事當學般若波羅蜜多菩薩摩訶薩修行般若波羅蜜多時作是思惟我何時得足不履地如四指量自在而行欲成斯事當學般若波羅蜜多菩薩摩訶薩修行般若波羅蜜多時作是思惟我何時得無量百千俱胝那庾多四大王衆天乃至色究竟天供養恭敬尊重讃歎導從圍繞詣菩提樹欲成斯事當學般若波羅蜜多菩薩摩訶薩修行般若波羅蜜多時作是思惟我何時得無量百千俱胝那庾多四大王衆天乃至色究竟天於菩提樹下以天衣爲座欲成斯事當學般若波羅蜜多菩薩摩訶薩修行般若波羅蜜多時作是思惟我何時得菩提樹下結跏趺坐以衆妙相所莊嚴手而撫大地使于地神并諸眷屬俱時涌現欲成斯事當學般若波羅蜜多菩薩摩訶薩修行般若波羅蜜多時作是思惟我何時得坐菩提樹降伏衆魔證得無上正等菩提欲成斯事當學般若波羅蜜多菩薩摩訶薩修行般若波羅蜜多時作是思惟我何時得成正覺已行住坐卧隨地方所悉爲金剛欲成斯事當學般若波羅蜜多菩薩摩訶薩修行般若波羅蜜多時作是思惟我何時得捨國出家是日即成無上正覺還於是日轉妙法輪即令無量無數有情遠塵離垢生淨法眼復令無量無數有情永盡諸漏心慧解脫亦

令無量無數有情於無上菩提得不退轉欲成斯事當學般若波羅蜜多菩薩摩訶薩修行般若波羅蜜多時作是思惟我何時得無上菩提無量無數聲聞菩薩爲弟子衆一說法時令無量無數有情不起于座得阿羅漢果復令無量無數有情亦不起于座於無上菩提得不退轉欲成斯事當學般若波羅蜜多菩薩摩訶薩修行般若波羅蜜多時作是思惟我何時得壽量無盡無邊光明相好莊嚴觀者無猒雖復行時千葉蓮華每承其足而令地上現千輻輪舉步經行大地震動而不擾惱地居有情欲迴顧時舉身皆轉足之所履盡金剛際如車輪量地亦隨轉欲成斯事當學般若波羅蜜多菩薩摩訶薩修行般若波羅蜜多時作是思惟我何時得舉身支節皆放光明遍照十方無邊世界隨所照處爲諸有情作大饒益欲成斯事當學般若波羅蜜多菩薩摩訶薩修行般若波羅蜜多時作是思惟我得無上正等覺時願所居土無有一切貪欲瞋恚愚癡等名其中有情成就妙慧由斯慧力亟作是思布施調伏安忍勇進寂靜諦觀離諸放逸修行梵行慈悲喜捨不惱有情如餘佛土豈不善哉欲滿斯願當學般若波羅蜜多菩薩摩訶薩修行般若波羅蜜多時作是思惟我得無上正等覺時化事既周般涅槃後正法無有滅盡之期常爲有情作大利樂欲滿斯願當學般若波羅蜜多菩薩摩訶薩修行般若波羅蜜多時作是思惟我得無上正等覺時願令十方殑伽沙等世界有情聞我名者必得無上正等菩提

欲滿斯願當學般若波羅蜜多舍利子諸菩薩摩訶薩若欲成就此等無量無邊功德當學般若波羅蜜多復次舍利子若菩薩摩訶薩修行般若波羅蜜多既能成辦如是功德爾時三千大千世界四大天王皆大歡喜咸作是念我等今者當以四鉢奉此菩薩如昔天王奉先佛鉢是時三千大千世界三十三天夜摩天覩史多天樂變化天他化自在天皆大歡喜咸作是念我等皆當給侍供養如是菩薩令阿素洛黨損減使諸天人衆眷屬增益是時三千大千世界梵衆天梵輔天梵會天大梵天光天少光天無量光天極光淨天淨天少淨天無量淨天遍淨天廣天少廣天無量廣天廣果天無煩天無熱天善現天善見天色究竟天歡喜欣慶咸作是念我等當請如是菩薩速證無上正等菩提轉妙法輪利樂一切舍利子若菩薩摩訶薩修行般若波羅蜜多增益六種波羅蜜多時彼世界諸善男子善女人等皆大歡喜咸作是念我等當爲如是菩薩作父母兄弟妻子眷屬知識朋友時彼世界四大王衆天乃至色究竟天歡喜慶幸咸作是念我等當設種種方便令是菩薩離非梵行從初發心乃至成佛常修梵行所以者何若染色欲於生梵天尚能爲障況得無上正等菩提是故菩薩斷欲出家修梵行者能得無上正等菩提非不斷者時舍利子白佛言世尊諸菩薩摩訶薩爲決定有父母妻子諸親友耶佛言舍利子或有菩薩具有父母妻子眷屬而修菩薩摩訶薩行或有菩薩摩訶薩無有妻子從初發心

乃至成佛常修梵行不壞童真或有菩薩摩訶薩方便善巧示受五欲猒捨出家方得無上正等菩提舍利子譬如幻師若彼弟子善於幻術幻作五欲於中自恣共相娛樂於意云何是幻所作爲有實不舍利子言不也世尊佛言舍利子菩薩摩訶薩亦復如是方便善巧爲欲成熟諸有情故化受五欲然此菩薩摩訶薩於五欲中深生猒患不爲五欲之所染汙以無量門訶毀諸欲欲爲熾然燒身心故欲爲穢惡染自他故欲爲魁膾於去來今常爲害故欲爲怨敵長夜伺求作衰損故欲如草炬欲如苦果欲如劍刃欲如火聚欲如毒器欲如幻惑欲如暗井菩薩摩訶薩以如是等無量過門訶毀諸欲既善了知諸欲過失寧有真實受諸欲事但爲饒益所化有情方便善巧示受諸欲

第二分觀照品第三之一

爾時舍利子白佛言世尊諸菩薩摩訶薩應云何修行般若波羅蜜多佛言舍利子菩薩摩訶薩修行般若波羅蜜多時應如是觀實有菩薩不見有菩薩不見菩薩名不見般若波羅蜜多不見般若波羅蜜多名不見行不見不行何以故舍利子菩薩自性空菩薩名空所以者何色自性空不由空故色空非色色不離空空不離色色即是空空即是色受想行識自性空不由空故受想行識空非受想行識受想行識不離空空不離受想行識受想行識即是空空即是受想行識何以故舍利子此但有名謂爲菩提此但有名謂爲薩埵此但有名謂爲菩薩此但有名謂之爲

空此但有名謂之爲色受想行識如是自性無生無滅無染無淨菩薩摩訶薩如是修行般若波羅蜜多不見生不見滅不見染不見淨何以故但假立客名分別於法而起分別假立客名隨起言說如如言說如是如是生起執著菩薩摩訶薩修行般若波羅蜜多時於如是等一切不見由不見故不生執著

復次舍利子菩薩摩訶薩修行般若波羅蜜多時應如是觀菩薩但有名佛但有名般若波羅蜜多但有名色但有名受想行識但有名餘一切法但有名舍利子如我但有名謂之爲我實不可得如是有情命者生者養者士夫補特伽羅意生儒童作者使作者起者使起者受者使受者知者見者亦但有名謂爲有情乃至見者實不可得以不可得空故但隨世俗假立客名諸法亦爾不應執著是故菩薩摩訶薩修行般若波羅蜜多時不見有我乃至見者亦不見有一切法性舍利子菩薩摩訶薩如是修行般若波羅蜜多除諸佛慧一切聲聞獨覺等慧所不能及以不可得空故所以者何是菩薩摩訶薩於名所名俱無所得以不觀見無執著故舍利子菩薩摩訶薩若能如是行般若波羅蜜多名爲善行般若波羅蜜多舍利子假使汝及大目乾連滿贍部洲如稻麻竹葦甘蔗林等所有般若比行般若波羅蜜多菩薩摩訶薩般若百分不及一千分不及一百千分不及一俱胝分不及一百俱胝分不及一千俱胝分不及一百千俱胝分不及一數分筭分計分喻分乃至鄔波尼殺曇分亦不及一何以故是菩

薩摩訶薩般若能使一切有情趣般涅槃一切聲聞獨覺般若不如是故又舍利子修行般若波羅蜜多菩薩摩訶薩於一日中所修般若一切聲聞獨覺般若所不及故舍利子置贍部洲假使汝及大目乾連滿四大洲如稻麻竹葦甘蔗林等所有般若比行般若波羅蜜多菩薩摩訶薩般若百分不及一千分不及一百千分不及一乃至鄔波尼煞曇分亦不及一何以故是菩薩摩訶薩般若能使一切有情趣般涅槃一切聲聞獨覺般若不如是故又舍利子修行般若波羅蜜多菩薩摩訶薩於一日中所修般若一切聲聞獨覺般若所不及故舍利子置四大洲假使汝及大目乾連滿一三千大千世界如稻麻竹葦甘蔗林等所有般若比行般若波羅蜜多菩

薩摩訶薩般若百分不及一千分不及一百千分不及一乃至鄔波尼煞曇分亦不及一何以故是菩薩摩訶薩般若能使一切有情趣般涅槃一切聲聞獨覺般若不如是故又舍利子修行般若波羅蜜多菩薩摩訶薩於一日中所修般若一切聲聞獨覺般若所不及故舍利子置一三千大千世界假使汝及大目乾連充滿十方殑伽沙等諸佛世界如稻麻竹葦甘蔗林等所有般若比行般若波羅蜜多菩薩摩訶薩般若百分不及一千分不及一百千分不及一乃至鄔波尼煞曇分亦不及一何以故是菩薩摩訶薩般若能使一切有情趣般涅槃一切聲聞獨覺般若不如是故又舍利子修行般若波羅蜜多菩薩摩訶薩於一日中所修般若一切聲聞獨覺

般若所不及故

大般若波羅蜜多經卷第四百二

音釋

胮脹 胮疋降疋江二切脹知向切胮脹謂胮臭脹滿也 **膿爛** 膿奴冬切腫血也爛郎旰切糜爛也 **青瘀** 瘀於去切青瘀謂血瘀積而色青也 **啄㗖** 啄音卓鳥食也㗖徒濫切獸㗖也 **罣礙** 罣古賣切罥也礙牛代切妨也阻也 **糠檜** 糠音康檜古外切糠檜穀皮也 **縎** 古泫切綰也網也 **恚** 於避切恨怒也 **娛樂** 娛元俱切驪虞也 **魁膾** 魁枯回切帥也凡為首者曰魁膾古外切切肉也魁膾謂屠宰之為首者

大般若波羅蜜多經卷第四百三

唐三藏法師玄奘奉　詔譯

第二分觀照品第三之二

爾時舍利子白佛言世尊若預流一來不還阿羅漢聲聞般若若獨覺般若若菩薩摩訶薩般若若如來應正等覺般若是諸般若皆無差別不相違背無生無滅自性皆空若法無差別不相違無生滅自性空是法差別既不可得云何世尊說行般若波羅蜜多菩薩摩訶薩於一日中所修般若一切聲聞獨覺般若所不能及佛告舍利子於汝意云何修行般若波羅蜜多菩薩摩訶薩一日所修般若勝事一切聲聞獨覺般若有是事不舍利子言不也世尊復次舍利子於汝意云何修行般若波羅蜜多菩薩摩訶薩於一日中所修般若作是念言我當修行一切相微妙智一切智道相智一切相智利益安樂一切有情彼於一切法覺一切相已方便安立一切有情於無餘依般涅槃界一切聲聞獨覺般若有是事不舍利子言不也世尊復次舍利子於汝意云何一切聲聞獨覺頗能作是念我當證阿耨多羅三藐三菩提方便安立一切有情於無餘依涅槃界不舍利子言不也世尊復次舍利子於汝意云何一切聲聞獨覺頗能作是念我當修行六波羅蜜多成熟有情嚴淨佛土滿佛十力四無所畏四無礙解大慈大悲大喜大捨十八佛不共法當證無上正等菩提方便安立無量無數無邊有情於無餘依涅槃界不舍利子言不也世尊佛言舍利子諸菩薩摩訶薩皆作是念我當

修行六波羅蜜多成熟有情嚴淨佛土滿佛十力四無所畏四無礙解大慈大悲大喜大捨十八佛不共法當證無上正等菩提方便安立無量無數無邊有情於無餘依般涅槃界舍利子譬如螢火無如是念我光能照遍贍部洲普令大明如是一切聲聞獨覺無如是念我當修行六波羅蜜多成熟有情嚴淨佛土滿佛十力四無所畏四無礙解大慈大悲大喜大捨十八佛不共法當證無上正等菩提方便安立無量無數無邊有情於無餘依般涅槃界舍利子譬如日輪光明熾盛照贍部洲無不周遍如是菩薩摩訶薩皆作是念我當修行六波羅蜜多成熟有情嚴淨佛土滿佛十力四無所畏四無礙解大慈大悲大喜大捨十八佛不共法證得無上正等菩提方便安立無量無數無邊有情於無餘依般涅槃界舍利子以是當知一切聲聞獨覺般若比行般若波羅蜜多菩薩摩訶薩於一日中所修般若百分不及一千分不及一百千分不及一乃至鄔波尼煞曇分亦不及一爾時舍利子白佛言世尊諸菩薩摩訶薩云何能超一切聲聞獨覺等地能得菩薩不退轉地能淨佛道佛言舍利子諸菩薩摩訶薩從初發心修行六種波羅蜜多住空無相無願之法即能超過一切聲聞獨覺等地能得菩薩不退轉地能淨佛道時舍利子復白佛言世尊諸菩薩摩訶薩住何等地能與一切聲聞獨覺作眞福田佛言舍利子諸菩薩摩訶薩從初發心修行六種波羅蜜多住空無相無願之法乃至坐于妙菩提座常與一切

聲聞獨覺作眞福田何以故以依菩薩摩訶薩故一切善法出現世間所謂一切十善業道五近事戒八近住戒四靜慮四無量四無色定四聖諦智四念住四正斷四神足五根五力七等覺支八聖道支六波羅蜜多十八空等及佛十力四無所畏四無礙解大慈大悲大喜大捨十八佛不共法一切智道相智一切相智諸如是等無量無數無邊善法出現世間由此菩薩諸善法故世間便有剎帝利大族婆羅門大族長者大族居士大族四大王衆天三十三天夜摩天覩史多天樂變化天他化自在天梵衆天梵輔天梵會天大梵天光天少光天無量光天極光淨天淨天少淨天無量淨天遍淨天廣天少廣天無量廣天廣果天無想有情天無煩天無熱天善現天善見天色究竟天空無邊處天識無邊處天無所有處天非想非非想處天復由菩薩諸善法故便有預流一來不還阿羅漢獨覺菩薩摩訶薩及諸如來應正等覺出現世間時舍利子復白佛言世尊菩薩摩訶薩爲復須報施主恩不佛言舍利子菩薩摩訶薩不復須報諸施主恩所以者何已具報故何以故舍利子菩薩摩訶薩爲大施主施諸有情多善法故謂施有情十善業道五近事戒八近住戒四靜慮四無量四無色定四聖諦智四念住四正斷四神足五根五力七等覺支八聖道支六波羅蜜多十八空等及佛十力四無所畏四無礙解大慈大悲大喜大捨十八佛不共法一切智道相智一切相智施諸有情如是等類無量無數無邊善法故說

菩薩爲大施主由斯已報諸施主恩眞淨福田生無量福爾時舍利子白佛言世尊修行般若波羅蜜多菩薩摩訶薩與何法相應故應言與般若波羅蜜多相應佛言舍利子修行般若波羅蜜多菩薩摩訶薩與色空相應故應言與般若波羅蜜多相應與受想行識空相應故應言與般若波羅蜜多相應舍利子修行般若波羅蜜多菩薩摩訶薩與眼處空相應故應言與般若波羅蜜多相應與耳鼻舌身意處空相應故應言與般若波羅蜜多相應與色處空相應故應言與般若波羅蜜多相應與聲香味觸法處空相應故應言與般若波羅蜜多相應舍利子修行般若波羅蜜多菩薩摩訶薩與眼界色界眼識界空相應故應言與般若波羅蜜多相應與耳界聲界耳識界空相應故應言與般若波羅蜜多相應與鼻界香界鼻識界空相應故應言與般若波羅蜜多相應與舌界味界舌識界空相應故應言與般若波羅蜜多相應與身界觸界身識界空相應故應言與般若波羅蜜多相應與意界法界意識界空相應故應言與般若波羅蜜多相應舍利子修行般若波羅蜜多菩薩摩訶薩與苦聖諦空相應故應言與般若波羅蜜多相應與集滅道聖諦空相應故應言與般若波羅蜜多相應舍利子修行般若波羅蜜多菩薩摩訶薩與無明空相應故應言與般若波羅蜜多相應與行識名色六處觸受愛取有生老死愁歎苦憂惱空相應故應言與般若波羅蜜多相應舍利子修行般若波羅蜜多菩薩摩訶薩與一

切法空相應故應言與般若波羅蜜多相應與有爲無爲法空相應故應言與般若波羅蜜多相應舍利子修行般若波羅蜜多菩薩摩訶薩與本性空相應故應言與般若波羅蜜多相應舍利子修行般若波羅蜜多菩薩摩訶薩與如是七空相應故應言與般若波羅蜜多相應舍利子修行般若波羅蜜多菩薩摩訶薩與如是七空相應時不見色若相應若不相應不見受想行識若相應若不相應不見色若生法若滅法不見受想行識若生法若滅法不見色若染法若淨法不見受想行識若染法若淨法不見色與受合不見受與想合不見想與行合不見行與識合何以故無有少法與法合者以本性空故舍利子諸色空彼非色諸受想行識空彼非受想

行識何以故舍利子諸色空彼非變礙相諸受空彼非領納相諸想空彼非取像相諸行空彼非造作相諸識空彼非了别相何以故舍利子色不異空空不異色色即是空空即是色受想行識不異空空不異受想行識受想行識即是空空即是受想行識舍利子是諸法空相不生不滅不染不淨不增不減非過去非未來非現在如是空中無色無受想行識無眼處無耳鼻舌身意處無色處無聲香味觸法處無眼界色界眼識界無耳界聲界耳識界無鼻界香界鼻識界無舌界味界舌識界無身界觸界身識界無意界法界意識界無無明亦無無明滅乃至無老死愁歎苦憂惱亦無老死愁歎苦憂惱滅無苦聖諦無集滅道聖諦無得無現觀無預流無預流

果無一來無一來果無不還無不還果無阿羅漢無阿羅漢果無獨覺無獨覺菩提無菩薩無菩薩行無正等覺無正等覺菩提舍利子修行般若波羅蜜多菩薩摩訶薩與如是法相應故應言與般若波羅蜜多相應復次舍利子修行般若波羅蜜多菩薩摩訶薩不見布施波羅蜜多若相應若不相應不見淨戒安忍精進靜慮般若波羅蜜多若相應若不相應不見色若相應若不相應不見受想行識若相應若不相應不見眼處若相應若不相應不見耳鼻舌身意處若相應若不相應不見色處若相應若不相應不見聲香味觸法處若相應若不相應不見眼界色界眼識界若相應若不相應不見耳界聲界耳識界若相應若不相應不見鼻界香界鼻識界若相應若不相應不見舌界味界舌識界若相應若不相應不見身界觸界身識界若相應若不相應不見意界法界意識界若相應若不相應不見四念住若相應若不相應不見四正斷四神足五根五力七等覺支八聖道支若相應若不相應不見佛十力若相應若不相應不見四無所畏四無礙解大慈大悲大喜大捨十八佛不共法一切智道相智一切相智若相應若不相應舍利子修行般若波羅蜜多菩薩摩訶薩與如是法相應故應言與般若波羅蜜多相應復次舍利子修行般若波羅蜜多菩薩摩訶薩不觀空與空相應不觀無相與無相相應不觀無願與無願相應何以故空無相無願皆無相應不相應故舍利子修行般若波羅蜜多菩薩摩訶

薩與如是法相應故應言與般若波羅蜜多相應復次舍利子修行般若波羅蜜多菩薩摩訶薩入一切法自相空已不觀色若合若散不觀受想行識若合若散不觀色與前際若合若散何以故不見前際故不觀受想行識與前際若合若散何以故不見前際故不觀色與後際若合若散何以故不見後際故不觀受想行識與後際若合若散何以故不見後際故不觀色與現在若合若散何以故不見現在故不觀受想行識與現在若合若散何以故不見現在故不觀前際與後際若合若散不觀前際與現在若合若散不觀後際與現在若合若散不觀前際與後際現在若合若散不觀現在與前際若合若散不觀現在與後際若合若散不觀後際與前際現在若合若散不觀現在與前際後際若合若散不觀前際後際現在若合若散何以故三世空故舍利子修行般若波羅蜜多菩薩摩訶薩與如是法相應故應言與般若波羅蜜多相應復次舍利子修行般若波羅蜜多菩薩摩訶薩不觀一切智與過去若合若散何以故尚不見過去況觀一切智與過去若合若散不觀一切智與未來若合若散何以故尚不見未來況觀一切智與未來若合若散不觀一切智與現在若合若散何以故尚不見現在況觀一切智與現在若合若散不觀一切智與色若合若散何以故尚不見色況觀一切智與色若合若散不觀一切智與受想行識若合若散何以故尚不見受想行識況觀一切智與

受想行識若合若散不觀一切智與眼處若合若散何以故尚不見眼處況觀一切智與眼處若合若散不觀一切智與耳鼻舌身意處若合若散何以故尚不見耳鼻舌身意處況觀一切智與耳鼻舌身意處若合若散不觀一切智與色處若合若散何以故尚不見色處況觀一切智與色處若合若散不觀一切智與聲香味觸法處若合若散何以故尚不見聲香味觸法處況觀一切智與聲香味觸法處若合若散不觀一切智與眼界色界眼識界若合若散何以故尚不見眼界色界眼識界況觀一切智與眼界色界眼識界若合若散不觀一切智與耳界聲界耳識界若合若散何以故尚不見耳界聲界耳識界況觀一切智與耳界聲界耳識界若合若散不觀一切智與鼻界香界鼻識界若合若散何以故尚不見鼻界香界鼻識界況觀一切智與鼻界香界鼻識界若合若散不觀一切智與舌界味界舌識界若合若散何以故尚不見舌界味界舌識界況觀一切智與舌界味界舌識界若合若散不觀一切智與身界觸界身識界若合若散何以故尚不見身界觸界身識界況觀一切智與身界觸界身識界若合若散不觀一切智與意界法界意識界若合若散何以故尚不見意界法界意識界況觀一切智與意界法界意識界若合若散舍利子修行般若波羅蜜多菩薩摩訶薩與如是法相應故應言與般若波羅蜜多相應舍利子修行般若波羅蜜多菩薩摩訶薩不觀一切智與布施波羅蜜多若合若散何以

故尚不見布施波羅蜜多況觀一切智與布施波羅蜜多若合若散不觀一切智與淨戒波羅蜜多若合若散何以故尚不見淨戒波羅蜜多況觀一切智與淨戒波羅蜜多若合若散不觀一切智與安忍波羅蜜多若合若散何以故尚不見安忍波羅蜜多況觀一切智與安忍波羅蜜多若合若散不觀一切智與精進波羅蜜多若合若散何以故尚不見精進波羅蜜多況觀一切智與精進波羅蜜多若合若散不觀一切智與靜慮波羅蜜多若合若散何以故尚不見靜慮波羅蜜多況觀一切智與靜慮波羅蜜多若合若散不觀一切智與般若波羅蜜多若合若散何以故尚不見般若波羅蜜多況觀一切智與般若波羅蜜多若合若散不觀一切智與四念住若合若散何以故尚不見四念住況觀一切智與四念住若合若散不觀一切智與四正斷四神足五根五力七等覺支八聖道支若合若散何以故尚不見四正斷乃至八聖道支況觀一切智與四正斷乃至八聖道支若合若散不觀一切智與佛十力若合若散何以故尚不見佛十力況觀一切智與佛十力若合若散不觀一切智與四無所畏四無礙解大慈大悲大喜大捨十八佛不共法一切智道相智一切相智若合若散何以故尚不見四無所畏乃至一切相智況觀一切智與四無所畏乃至一切相智若合若散舍利子修行般若波羅蜜多菩薩摩訶薩與如是法相應故應言與般若波羅蜜多相應舍利子修行般若波羅蜜多菩薩摩訶薩不觀一切

智與佛若合若散亦不觀佛與一切智若合若散何以故一切智即佛佛即一切智故不觀一切智與菩提若合若散亦不觀菩提與一切智若合若散何以故一切智即菩提菩提即一切智故舍利子修行般若波羅蜜多菩薩摩訶薩與如是法相應故應言與般若波羅蜜多相應復次舍利子修行般若波羅蜜多菩薩摩訶薩不著色有性不著色無性不著受想行識有性不著受想行識無性不著色常不著色無常不著受想行識常不著受想行識無常不著色樂不著色苦不著受想行識樂不著受想行識苦不著色我不著色無我不著受想行識我不著受想行識無我不著色寂靜不著色不寂靜不著受想行識寂靜不著受想行識不寂靜不著色空不著色不空不著受想行識空不著受想行識不空不著色無相不著色有相不著受想行識無相不著受想行識有相不著色無願不著色有願不著受想行識無願不著受想行識有願舍利子修行般若波羅蜜多菩薩摩訶薩與如是法相應故應言與般若波羅蜜多相應舍利子修行般若波羅蜜多菩薩摩訶薩不作是念我行般若波羅蜜多不作是念我不行般若波羅蜜多不作是念我亦行亦不行般若波羅蜜多不作是念我非行非不行般若波羅蜜多舍利子修行般若波羅蜜多菩薩摩訶薩與如是法相應故應言與般若波羅蜜多相應復次舍利子修行般若波羅蜜多菩薩摩訶薩不爲布施波羅蜜多故修行般若波羅蜜多不爲淨戒安忍精進

靜慮般若波羅蜜多故修行般若波羅蜜多不爲入正性離生故修行般若波羅蜜多不爲得不退轉地故修行般若波羅蜜多不爲成熟有情故修行般若波羅蜜多不爲嚴淨佛土故修行般若波羅蜜多不爲四念住故修行般若波羅蜜多不爲四正斷四神足五根五力七等覺支八聖道支故修行般若波羅蜜多不爲佛十力故修行般若波羅蜜多不爲四無所畏四無礙解大慈大悲大喜大捨十八佛不共法一切智道相智一切相智故修行般若波羅蜜多不爲内空故修行般若波羅蜜多不爲外空内外空空空大空勝義空有爲空無爲空畢竟空無際空散空無變異空本性空自相空共相空一切法空不可得空無性空自性空無性自性空故修行般若波羅蜜多不爲眞如故修行般若波羅蜜多不爲法界故修行般若波羅蜜多不爲實際故修行般若波羅蜜多不爲平等性故修行般若波羅蜜多何以故修行般若波羅蜜多菩薩摩訶薩不見諸法性差別故舍利子修行般若波羅蜜多菩薩摩訶薩與如是法相應故應言與般若波羅蜜多相應復次舍利子修行般若波羅蜜多菩薩摩訶薩不爲神境智證通故修行般若波羅蜜多不爲天耳他心宿住隨念天眼漏盡智證通故修行般若波羅蜜多何以故修行般若波羅蜜多菩薩摩訶薩尚不見般若波羅蜜多況見菩薩及諸如來六神通事舍利子修行般若波羅蜜多菩薩摩訶薩與如是法相應故應言與般若

波羅蜜多相應舍利子修行般若波羅蜜多菩薩摩訶薩不作是念我以神境智證通遍到十方殑伽沙等諸佛世界供養恭敬尊重讚歎爾所世界諸佛如來不作是念我以天耳智證通遍聞十方殑伽沙等諸佛世界諸佛菩薩所説法音不作是念我以他心智證通遍知十方殑伽沙等諸佛世界一切有情心心所法不作是念我以宿住隨念智證通遍憶十方殑伽沙等諸佛世界一切有情諸宿住事不作是念我以天眼智證通遍見十方殑伽沙等諸佛世界一切有情死此生彼不作是念我以漏盡智證通遍觀十方殑伽沙等諸佛世界一切有情漏盡不盡舍利子修行般若波羅蜜多菩薩摩訶薩與如是法相應故應言與般若波羅蜜多相應舍利子修行般若波羅蜜多菩薩摩訶薩如是與般若波羅蜜多相應時則能安立無量無數無邊有情於無餘依般涅槃界一切惡魔不得其便世間衆事所欲隨意十方各如殑伽沙界一切諸佛及諸菩薩摩訶薩衆皆共護念如是菩薩不令退墮一切聲聞獨覺等地十方各如殑伽沙界四大王衆天乃至色究竟天皆共擁衛如是菩薩諸有所爲令無障礙身心病惱咸得痊除設有罪業於當來世應招苦報轉現輕受何以故以是菩薩於一切有情慈悲普遍故舍利子當知如是菩薩摩訶薩少用加行便能引發一切陁羅尼門一切三摩地門皆現在前隨所生處常得奉事諸佛世尊乃至證得無上菩提於其中間常不離佛舍利子當知修行般若波羅蜜多菩

薩摩訶薩與如是般若波羅蜜多相應時得如是等無量無數不可思議殊勝功德復次舍利子修行般若波羅蜜多菩薩摩訶薩不作是念有法與法若相應若不相應若等若不等何以故是菩薩摩訶薩不見有法與法若相應若不相應若等若不等舍利子修行般若波羅蜜多菩薩摩訶薩與如是法相應故應言與般若波羅蜜多相應舍利子修行般若波羅蜜多菩薩摩訶薩不作是念我於法界若速現等覺若不速現等覺何以故無有少法能於法界現等覺故舍利子修行般若波羅蜜多菩薩摩訶薩與如是法相應故應言與般若波羅蜜多相應舍利子修行般若波羅蜜多菩薩摩訶薩不見少法離法界者舍利子修行般若波羅蜜多菩薩摩訶薩與如是法相應故應言與般若波羅蜜多菩薩摩訶薩應舍利子修行般若波羅蜜多菩薩摩訶薩不作是念法界能爲諸法因緣舍利子修行般若波羅蜜多菩薩摩訶薩與如是法相應故應言與般若波羅蜜多相應舍利子修行般若波羅蜜多菩薩摩訶薩不作是念此法能證法界若不能證何以故是菩薩摩訶薩尚不見少法何況有法能證法界及以不證舍利子修行般若波羅蜜多菩薩摩訶薩與如是法相應故應言與般若波羅蜜多相應復次舍利子修行般若波羅蜜多菩薩摩訶薩不見法界與空相應亦不見空與法界相應舍利子修行般若波羅蜜多菩薩摩訶薩與如是法相應故應言與般若波羅蜜多相應舍利子修行般若波羅蜜多菩薩摩訶薩

不見色與空相應亦不見空與色相應不見受想行識與空相應亦不見空與受想行識相應不見眼處與空相應亦不見空與眼處相應不見耳鼻舌身意處與空相應亦不見空與耳鼻舌身意處相應不見色處與空相應亦不見空與色處相應不見聲香味觸法處與空相應亦不見空與聲香味觸法處相應不見眼界色界眼識界與空相應亦不見空與眼界色界眼識界相應不見耳界聲界耳識界與空相應亦不見空與耳界聲界耳識界相應不見鼻界香界鼻識界與空相應亦不見空與鼻界香界鼻識界相應不見舌界味界舌識界與空相應亦不見空與舌界味界舌識界相應不見身界觸界身識界與空相應亦不見空與身界觸界身識界相應

不見意界法界意識界與空相應亦不見空與意界法界意識界相應不見苦聖諦與空相應亦不見空與苦聖諦相應不見集滅道聖諦與空相應亦不見空與集滅道聖諦相應不見無明與空相應亦不見空與無明相應不見行識名色六處觸受愛取有生老死愁歎苦憂惱與空相應亦不見空與行乃至老死愁歎苦憂惱相應不見四念住與空相應亦不見空與四念住相應不見四正斷四神足五根五力七等覺支八聖道支與空相應亦不見空與四正斷乃至八聖道支相應不見佛十力與空相應亦不見空與佛十力相應不見四無所畏四無礙解大慈大悲大喜大捨十八佛不共法一切智道相智一切相智與空相應亦不見空與四無所畏乃至

一切相智相應舍利子修行般若波羅蜜多菩薩摩訶薩若能如是相應是爲第一與空相應諸菩薩摩訶薩由與如是空相應故不墮聲聞獨覺等地嚴淨佛土成熟有情速證無上正等菩提舍利子修行般若波羅蜜多菩薩摩訶薩諸相應中與般若波羅蜜多相應爲最第一最尊最勝最上最妙最高最極無上無上上無等無等等何以故舍利子此般若波羅蜜多相應即是空相應無相相應無願相應故舍利子修行般若波羅蜜多菩薩摩訶薩與如是般若波羅蜜多相應時當知即爲受記作佛若近授記舍利子是菩薩摩訶薩能爲無量無數無邊有情作大饒益舍利子是菩薩摩訶薩不作是念我與般若波羅蜜多相應不作是念我得授記定當作佛若近授記不作是念我能嚴淨佛土成熟有情亦不作是念我當得阿耨多羅三藐三菩提轉妙法輪饒益一切何以故是菩薩摩訶薩不見有法離於法界不見有法修行般若波羅蜜多不見有法得佛授記不見有法當得無上正等菩提不見有法嚴淨佛土不見有法成熟有情何以故修行般若波羅蜜多菩薩摩訶薩不起我想有情命者生者養者士夫補特伽羅意生儒童作者使作者起者使起者受者使受者知者見者想故所以者何我有情等畢竟不生亦復不滅彼既畢竟不生不滅云何當能修行般若波羅蜜多舍利子是菩薩摩訶薩不見有情生故修行般若波羅蜜多不見有情滅故修行般若波羅蜜多達有情空故修行般若波羅蜜多達

有情非我故修行般若波羅蜜多達有情不可得故修行般若波羅蜜多達有情遠離故修行般若波羅蜜多達有情本性非有情性故修行般若波羅蜜多舍利子修行般若波羅蜜多菩薩摩訶薩諸相應中與空相應最爲第一與般若波羅蜜多相應最尊最勝舍利子諸菩薩摩訶薩如是相應普能引發如來十力四無所畏四無礙解大慈大悲大喜大捨十八佛不共法一切智道相智一切相智舍利子修行般若波羅蜜多菩薩摩訶薩與如是般若波羅蜜多相應故畢竟不起慳貪心不起犯戒心不起忿恚心不起懈怠心不起散亂心不起惡慧心

大般若波羅蜜多經卷第四百三

大般若波羅蜜多經卷第四百四

唐三藏法師玄奘奉　詔譯

第二分觀照品第三之三

爾時舍利子白佛言世尊與般若波羅蜜多相應菩薩摩訶薩從何處没來生此間從此間没當生何處佛告舍利子與般若波羅蜜多相應菩薩摩訶薩有從餘佛土没來生此間有從覩史多天没來生此間有從人中没還生此間舍利子若從餘佛土没來生此者是菩薩摩訶薩疾與般若波羅蜜多相應由與般若波羅蜜多相應故轉生便得深妙法門速現在前從此已後恒與般若波羅蜜多疾得相應在所生處常值諸佛供養恭敬尊重讚歎能令般若波羅蜜多漸得增長若從覩史多天没來生此者是菩薩摩訶薩即爲一生所繫於六波羅蜜多常不忘失一切陀羅尼門三摩地門皆得自在若從人中没還生此者是菩薩摩訶薩除不退轉其根昧鈍不能疾與般若波羅蜜多相應一切陀羅尼門三摩地門皆未自在舍利子汝所問與般若波羅蜜多相應菩薩摩訶薩從此間没當生何處者是菩薩摩訶薩從此没已生餘佛土從一佛國至一佛國在在生處常得值遇諸佛世尊供養恭敬尊重讚歎乃至無上正等菩提舍利子復有菩薩摩訶薩無方便善巧故入初靜慮入第二第三第四靜慮亦行六種波羅蜜多是菩薩摩訶薩得靜慮故生長壽天隨彼壽盡來生人中值遇諸佛供養恭敬尊重讚歎雖行六種波羅蜜多而根昧鈍不甚明利舍利子復有菩薩摩訶薩入初

靜慮乃至第四靜慮亦行六種波羅蜜多是菩薩摩訶薩無方便善巧故捨諸靜慮而生欲界當知是菩薩摩訶薩亦根昧鈍不甚明利舍利子復有菩薩摩訶薩入初靜慮入第二第三第四靜慮入慈無量入悲喜捨無量入空無邊處定入識無邊處無所有處非想非非想處定修四念住四正斷四神足五根五力七等覺支八聖道支修佛十力四無所畏四無礙解大慈大悲大喜大捨十八佛不共法是菩薩摩訶薩有方便善巧故不隨靜慮無量無色勢力而生但生有佛世界值遇諸佛供養恭敬尊重讚歎常與般若波羅蜜多相應當知是菩薩摩訶薩此賢劫中定得無上正等菩提舍利子復有菩薩摩訶薩入初靜慮乃至第四靜慮入慈無量乃至捨無量入空無邊處定乃至非想非非想處定是菩薩摩訶薩有方便善巧故不隨靜慮無量無色勢力而生還生欲界若剎帝利大族若婆羅門大族若長者大族若居士大族爲欲成熟諸有情故不爲貪染後有故生舍利子復有菩薩摩訶薩入初靜慮乃至第四靜慮入慈無量乃至捨無量入空無邊處定乃至非想非非想處定是菩薩摩訶薩有方便善巧故不隨靜慮無量無色勢力而生或生四大王衆天或生三十三天或生夜摩天或生覩史多天或生樂變化天或生他化自在天爲欲成熟諸有情故及爲嚴淨諸佛土故常值諸佛供養恭敬尊重讚歎無空過者舍利子復有菩薩摩訶薩修行般若波羅蜜多有方便善巧故入初靜慮於此處沒生梵世中

作大梵王威德熾盛勝餘梵衆多百千倍從自天處遊諸佛土從一佛國至一佛國其中有菩薩摩訶薩未證無上正等菩提者勸證無上正等菩提已證無上正等菩提未轉法輪者請轉法輪爲欲利樂諸有情故舍利子復有菩薩摩訶薩修行般若波羅蜜多有方便善巧故入初靜慮乃至第四靜慮入慈無量乃至捨無量入空無邊處定乃至非想非非想處定修四念住乃至八聖道支於空解脫門無相解脫門無願解脫門自在現前不隨靜慮無量無色勢力而生是菩薩摩訶薩一生所繫現前承事親近供養現在如來應正等覺於是佛所勤修梵行從此間没生覩史多天盡彼壽量諸根無缺具念正知無量無數百千俱胝那庾多天衆圍遶導從遊戲神通來生人中證得無上正等菩提轉妙法輪度無量衆舍利子復有菩薩摩訶薩具六神通不生欲界不生色界不生無色界遊諸佛土從一佛國至一佛國供養恭敬尊重讃歎諸佛世尊修菩薩行至得無上正等菩提舍利子復有菩薩摩訶薩具六神通遊戲自在從一佛國至一佛國所經佛土無有聲聞獨覺之名唯有一乘眞淨行者是菩薩摩訶薩於諸佛土供養恭敬尊重讃歎諸佛世尊修行般若波羅蜜多漸次增長嚴淨佛土成熟有情舍利子復有菩薩摩訶薩具六神通遊戲自在從一佛國至一佛國所經佛土有情壽量不可數知是菩薩摩訶薩於諸佛土供養恭敬尊重讃歎諸佛世尊修行般若波羅蜜多漸次增長嚴淨佛土成熟有情舍利

子復有菩薩摩訶薩具六神通遊諸世界有諸世界無三寶名是菩薩摩訶薩往彼讚歎佛法僧寶令諸有情深生淨信由斯長夜利益安樂是菩薩摩訶薩於此命終生有佛界修菩薩行至得無上正等菩提舍利子復有菩薩摩訶薩從初發心勇猛精進得初靜慮乃至第四靜慮得慈無量乃至捨無量得空無邊處定乃至非想非非想處定修四念住乃至八聖道支修佛十力乃至一切相智是菩薩摩訶薩不生欲界不生色界不生無色界常生能益有情之處利益安樂一切有情舍利子復有菩薩摩訶薩先巳修習六波羅蜜多初發心巳便入菩薩正性離生乃至證得不退轉地舍利子復有菩薩摩訶薩先巳修習六波羅蜜多初發心巳便能展轉證得

無上正等菩提轉妙法輪度無量衆於無餘依大涅槃界而般涅槃般涅槃後所說正法若住一劫若一劫餘利樂無邊諸有情類舍利子復有菩薩摩訶薩先巳修習六波羅蜜多初發心巳便能與般若波羅蜜多相應與無量無數百千俱胝那庾多菩薩摩訶薩前後圍繞遊諸佛土從一佛國至一佛國供養恭敬尊重讚歎諸佛世尊成熟有情嚴淨佛土舍利子復有菩薩摩訶薩修行般若波羅蜜多得四靜慮四無量四無色定於中遊戲先入初靜慮從初靜慮起入滅盡定從滅盡定起入第二靜慮從第二靜慮起入滅盡定從滅盡定起入第三靜慮從第三靜慮起入滅盡定從滅盡定起入第四靜慮從第四靜慮起入滅盡定從滅盡定起入空無邊處從

空無邊處起入滅盡定從滅盡定起入識無邊處從識無邊處起入滅盡定從滅盡定起入無所有處從無所有處起入滅盡定從滅盡定起入非想非非想處從非想非非想處起入滅盡定從滅盡定起入初靜慮舍利子是菩薩摩訶薩修行般若波羅蜜多方便善巧於諸勝定順逆往還次第超越遊戲自在舍利子復有菩薩摩訶薩雖已得四念住四正斷四神足五根五力七等覺支八聖道支已修佛十力四無所畏四無礙解大慈大悲大喜大捨十八佛不共法一切智道相智一切相智而不取預流果若一來果若不還果若阿羅漢果若獨覺菩提若無上正等菩提是菩薩摩訶薩修行般若波羅蜜多方便善巧故令諸有情起四念住乃至八聖道支使得預流果乃至阿羅漢果獨覺菩提或令有情修佛十力乃至一切相智使得無上正等菩提舍利子此諸聲聞獨覺果智即是菩薩摩訶薩忍舍利子當知是菩薩摩訶薩住不退轉地與般若波羅蜜多相應能爲斯事舍利子復有菩薩摩訶薩住六波羅蜜多生覩史多天宮當知是菩薩摩訶薩此賢劫中定當作佛舍利子復有菩薩摩訶薩修行般若波羅蜜多雖已得四靜慮四無量四無色定已得四念住四正斷四神足五根五力七等覺支八聖道支已修佛十力四無所畏四無礙解大慈大悲大喜大捨十八佛不共法一切智道相智一切相智心趣菩提常無懈廢而於聖諦現未通達舍利子當知是菩薩摩訶薩一生所繫舍利子復有菩薩摩訶薩修

行六種波羅蜜多遊諸世界從一佛國至一佛國嚴淨佛土安立有情於無上覺舍利子是菩薩摩訶薩要經無量無數大劫乃證無上正等菩提舍利子復有菩薩摩訶薩安住六種波羅蜜多常勤精進饒益有情口常不說引無義語身意不起引無義業舍利子復有菩薩摩訶薩修行六種波羅蜜多常勤精進饒益有情從一佛國至一佛國斷諸有情三惡趣道舍利子復有菩薩摩訶薩雖具住六波羅蜜多常以布施波羅蜜多而爲上首勇猛修習諸菩薩行惠諸有情一切樂具常無懈息須食與食須飲與飲須乘與乘須衣與衣華香瓔珞房舍卧具牀榻燈明財穀珍寶隨其所須資生之物皆悉給施舍利子復有菩薩摩訶薩雖具住六波羅蜜多常以淨戒波羅蜜多而爲上首勇猛修習諸菩薩行具身語意殊勝律儀勸諸有情亦令修習如是律儀令速圓滿舍利子復有菩薩摩訶薩雖具住六波羅蜜多常以安忍波羅蜜多而爲上首勇猛修習諸菩薩行遠離一切忿恚等心勸諸有情亦令修習如是安忍令速圓滿舍利子復有菩薩摩訶薩雖具住六波羅蜜多常以精進波羅蜜多而爲上首勇猛修習諸菩薩行具足修行一切善法勸諸有情亦令修習如是精進令速圓滿舍利子復有菩薩摩訶薩雖具住六波羅蜜多常以靜慮波羅蜜多而爲上首勇猛修習諸菩薩行具修一切勝奢摩他勸諸有情亦令修習如是勝定令速圓滿舍利子復有菩薩摩訶薩雖具住六波羅蜜多常以般若波羅蜜多而爲

上首勇猛修習諸菩薩行具修一切毗鉢舍那勸諸有情亦令修習如是勝慧令速圓滿舍利子復有菩薩摩訶薩修行般若波羅蜜多化身如佛遍入地獄傍生鬼界若人若天隨其類音爲説正法舍利子復有菩薩摩訶薩安住六種波羅蜜多化身如佛遍到十方殑伽沙等諸佛世界爲諸有情宣説正法嚴淨佛土於諸佛所聽聞正法供養恭敬尊重讃歎周覽十方最勝佛土微妙淨相而便自起最極莊嚴清淨佛土於中安處一生所繫諸大菩薩教令速證無上菩提舍利子復有菩薩摩訶薩修行六種波羅蜜多成就大士三十二相諸根猛利清淨端嚴衆生見者無不愛敬因斯勸導應其根欲令漸證得三乘涅槃如是舍利子菩薩摩訶薩修行般若波羅蜜多應學清淨身語意業舍利子復有菩薩摩訶薩修行六種波羅蜜多雖得諸根明利而不自重輕他舍利子復有菩薩摩訶薩從初發心恒住施戒波羅蜜多乃至未得不退轉地於一切時不墮惡趣舍利子復有菩薩摩訶薩從初發心乃至未得不退轉地常不捨離十善業道舍利子復有菩薩摩訶薩安住施戒波羅蜜多作轉輪王成就七寳以法教化不以非法安立有情於十善道亦以財寳濟諸貧乏舍利子復有菩薩摩訶薩安住施戒波羅蜜多無量百千世作轉輪聖王值遇無量百千諸佛供養恭敬尊重讃歎捨施内外不以爲難舍利子復有菩薩摩訶薩安住六種波羅蜜多常爲邪見盲冥有情作法照明亦持此明常以自照乃至無上正等

菩提此法照明曾不捨離是菩薩摩訶薩由是因緣於諸佛法常得現起是故舍利子諸菩薩摩訶薩修行般若波羅蜜多於身語意三有罪業無容暫起時舍利子白佛言世尊云何名爲菩薩摩訶薩有罪身語意業佛言舍利子若菩薩摩訶薩作是念此是身我由此故而起身業此是語我由此故而起語業此是意我由此故而起意業舍利子是名菩薩摩訶薩有罪身語意業舍利子諸菩薩摩訶薩修行般若波羅蜜多不得身及身業不得語及語業不得意及意業舍利子若菩薩摩訶薩修行般若波羅蜜多得身語意及身語意業者便起慳貪心犯戒心忿恚心懈怠心散亂心惡慧心若起此心不名菩薩摩訶薩是故修行般若波羅蜜多菩薩摩訶薩生此念者無有是處舍利子諸菩薩摩訶薩修行六種波羅蜜多能淨身語意三種麁重時舍利子白佛言世尊云何菩薩摩訶薩能淨身語意三種麁重佛言舍利子諸菩薩摩訶薩修行般若波羅蜜多不得身及身麁重不得語及語麁重不得意及意麁重舍利子如是菩薩摩訶薩修行般若波羅蜜多能淨身語意三種麁重又舍利子若菩薩摩訶薩從初發心恒具受持十善業道不起聲聞及獨覺心常於有情起大悲心舍利子我亦說是菩薩摩訶薩能淨身語意三種麁重舍利子復有菩薩摩訶薩修行六種波羅蜜多淨菩提道時舍利子白佛言世尊云何名爲菩薩摩訶薩菩提道佛言舍利子諸菩薩摩訶薩修行般若波羅蜜多時不得一切身語意業

及三麁重不得布施波羅蜜多不得淨戒波羅蜜多不得安忍波羅蜜多不得精進波羅蜜多不得靜慮波羅蜜多不得般若波羅蜜多不得聲聞乘不得獨覺乘不得菩薩正等覺乘舍利子是名菩薩摩訶薩菩提道何以故以菩提道於一切法皆不得故舍利子復有菩薩摩訶薩修行六種波羅蜜多趣菩提道無能制者時舍利子白佛言世尊何緣菩薩摩訶薩修行六種波羅蜜多趣菩提道無能制者佛言舍利子諸菩薩摩訶薩修行六種波羅蜜多時不著色蘊不著受想行識蘊不著眼處不著耳鼻舌身意處不著色處不著聲香味觸法處不著眼界色界眼識界不著耳界聲界耳識界不著鼻界香界鼻識界不著舌界味界舌識界不著身界觸界身識界不著意界法界意識界不著苦聖諦不著集滅道聖諦不著無明不著行識名色六處觸受愛取有生老死愁歎苦憂惱不著四念住不著四正斷四神足五根五力七等覺支八聖道支不著布施波羅蜜多不著淨戒安忍精進靜慮般若波羅蜜多不著佛十力不著四無所畏四無礙解大慈大悲大喜大捨十八佛不共法一切智道相智一切相智不著預流果不著一來不還阿羅漢果不著獨覺菩提不著一切菩薩摩訶薩行不著諸佛無上正等菩提舍利子由是因緣菩薩摩訶薩修行六種波羅蜜多增長熾盛趣菩提道無能制者舍利子復有菩薩摩訶薩安住般若波羅蜜多速能圓滿一切智智成勝智故常不墮墮諸險惡趣不受下賤人天之身永

不貧窮所受身形諸根具足容顏端正爲諸天人阿素洛等之所敬愛時舍利子白佛言世尊何等名爲菩薩摩訶薩所成勝智佛言舍利子諸菩薩摩訶薩由成此智盡見十方殑伽沙等諸佛世界一切如來應正等覺盡聞彼佛所說正法盡見彼會一切聲聞菩薩僧等亦見彼土莊嚴之相諸菩薩摩訶薩由成此智不起世界想不起佛想不起法想不起聲聞僧想不起菩薩僧想不起獨覺想不起我想不起非我想不起佛土莊嚴之想諸菩薩摩訶薩由成此智雖行布施波羅蜜多而不得布施波羅蜜多雖行淨戒波羅蜜多而不得淨戒波羅蜜多雖行安忍波羅蜜多而不得安忍波羅蜜多雖行精進波羅蜜多而不得精進波羅蜜多雖行靜慮波羅蜜多而不得靜慮波羅蜜多雖行般若波羅蜜多而不得般若波羅蜜多雖行四念住而不得四念住乃至雖行八聖道支而不得八聖道支雖行佛十力而不得佛十力乃至雖行一切相智而不得一切相智舍利子是名菩薩摩訶薩所成勝智諸菩薩摩訶薩由成此智速能圓滿一切佛法雖知一切法而不得一切法以自性空故舍利子復有菩薩摩訶薩修行般若波羅蜜多能淨五眼所謂肉眼天眼慧眼法眼佛眼時舍利子白佛言世尊云何菩薩摩訶薩清淨肉眼佛言舍利子有菩薩摩訶薩肉眼見百踰繕那有菩薩摩訶薩肉眼見二百踰繕那有菩薩摩訶薩肉眼見三百踰繕那有菩薩摩訶薩肉眼見四百五百六百乃至千踰繕那有菩薩摩訶薩肉眼

見一贍部洲有菩薩摩訶薩肉眼見二大洲有菩薩摩訶薩肉眼見三大洲有菩薩摩訶薩肉眼見四大洲有菩薩摩訶薩肉眼見小千世界有菩薩摩訶薩肉眼見中千世界有菩薩摩訶薩肉眼見三千大千世界舍利子是名菩薩摩訶薩清淨肉眼時舍利子復白佛言世尊云何菩薩摩訶薩清淨天眼佛言舍利子菩薩摩訶薩天眼見一切四大王衆天天眼所見見一切三十三天夜摩天覩史多天樂變化天他化自在天天眼所見見一切梵衆天天眼所見乃至見一切色究竟天天眼所見舍利子有菩薩摩訶薩天眼所見一切四大王衆天乃至色究竟天天眼所不能見舍利子諸菩薩摩訶薩天眼能見十方殑伽沙等世界有情死此生彼舍利子是名菩薩摩訶薩清淨天眼時舍利子復白佛言世尊云何菩薩摩訶薩清淨慧眼佛言舍利子菩薩摩訶薩慧眼不見有法若有爲若無爲若有漏若無漏若世間若出世間若有罪若無罪若雜染若清淨若有色若無色若有對若無對若過去若未來若現在若欲界繫若色界繫若無色界繫若善若不善若無記若見所斷若修所斷若非所斷若學若無學若非學非無學乃至一切法若自性若差别舍利子是菩薩摩訶薩慧眼不見有法是可見是可聞是可覺是可識舍利子是名菩薩摩訶薩清淨慧眼時舍利子復白佛言世尊云何菩薩摩訶薩清淨法眼佛言舍利子菩薩摩訶薩法眼能如實知補特伽羅種種差别此隨信行此隨法行此無相行此住空此

住無相此住無願此由空解脫門起五根由五根起無間定由無間定起解脫知見由解脫知見永斷三結所謂薩迦耶見戒禁取疑永斷此三結故得預流果此由修道薄欲貪瞋恚得一來果此復由上品修道永斷欲貪瞋恚得不還果此復由增上品修道永斷五順上分結所謂色貪無色貪無明慢掉舉永斷此五順上分結故得阿羅漢果此由無相解脫門起五根由五根起無間定乃至永斷五順上分結得阿羅漢果此由無願解脫門起五根由五根起無間定乃至永斷五順上分結得阿羅漢果由二由三亦復如是舍利子是名菩薩摩訶薩清淨法眼復次舍利子菩薩摩訶薩法眼能如實知所有集法皆是滅法由知此故便得五根舍利子是名菩薩摩訶薩清淨法眼復次舍利子菩薩摩訶薩法眼能如實知此菩薩摩訶薩最初發心修行布施波羅蜜多乃至修行般若波羅蜜多成就信根精進根方便善巧故意受身增長善法是菩薩摩訶薩或生刹帝利大族或生婆羅門大族或生長者大族或生居士大族或生四大王衆天乃至或生他化自在天住於彼處成就有情隨諸有情心所愛樂給施種種上妙樂具嚴淨佛土供養恭敬尊重讃歎諸佛世尊不墮聲聞獨覺等地乃至無上正等菩提終不退轉舍利子是名菩薩摩訶薩清淨法眼復次舍利子菩薩摩訶薩法眼能如實知此菩薩摩訶薩於無上正等菩提已得授記此菩薩摩訶薩於無上正等菩提未得授記此菩薩摩訶薩於無上正等菩提

已得不退此菩薩摩訶薩於無上正等菩提未得不退此菩薩摩訶薩已到不退轉地此菩薩摩訶薩未到不退轉地此菩薩摩訶薩已圓滿神通此菩薩摩訶薩未圓滿神通此菩薩摩訶薩神通已圓滿故能往十方殑伽沙等諸佛世界供養恭敬尊重讚歎諸佛世尊此菩薩摩訶薩神通未圓滿故不能往十方殑伽沙等諸佛世界供養恭敬尊重讚歎諸佛世尊此菩薩摩訶薩已得神通此菩薩摩訶薩未得神通此菩薩摩訶薩已得無生法忍此菩薩摩訶薩未得無生法忍此菩薩摩訶薩已得勝根此菩薩摩訶薩未得勝根此菩薩摩訶薩已嚴淨佛土此菩薩摩訶薩未嚴淨佛土此菩薩摩訶薩已成熟有情此菩薩摩訶薩未成熟有情此菩薩摩訶薩已得大願此菩薩摩訶薩未得大願此菩薩摩訶薩已爲諸佛稱譽此菩薩摩訶薩未爲諸佛稱譽此菩薩摩訶薩已親近諸佛此菩薩摩訶薩未親近諸佛此菩薩摩訶薩壽命無量此菩薩摩訶薩壽命有量此菩薩摩訶薩得菩提時苾芻僧無量此菩薩摩訶薩得菩提時苾芻僧有量此菩薩摩訶薩得菩提時無菩薩僧此菩薩摩訶薩得菩提時有菩薩僧此菩薩摩訶薩專修利他行此菩薩摩訶薩兼修自利行此菩薩摩訶薩有難行苦行此菩薩摩訶薩無難行苦行此菩薩摩訶薩爲一生所繫此菩薩摩訶薩爲多生所繫此菩薩摩訶薩已住最後有此菩薩摩訶薩未住最後有此菩薩摩訶薩已坐妙菩提座此菩薩摩訶薩未坐妙菩提座此菩薩摩訶薩

有魔來試此菩薩摩訶薩無魔來試舍利子是名菩薩摩訶薩清淨法眼時舍利子復白佛言世尊云何菩薩摩訶薩清淨佛眼佛言舍利子菩薩摩訶薩菩提心無間入金剛喻定得一切相智成就佛十力四無所畏四無礙解大慈大悲大喜大捨十八佛不共法無障無礙解脫佛眼菩薩摩訶薩由此佛眼超過一切聲聞獨覺智慧境界無所不見無所不聞無所不覺無所不識於一切法見一切相舍利子是名菩薩摩訶薩清淨佛眼舍利子菩薩摩訶薩證阿耨多羅三藐三菩提時乃得如是清淨佛眼舍利子若菩薩摩訶薩欲得如是清淨五眼當勤修習六到彼岸所以者何此六到彼岸總攝一切善法謂一切聲聞善法獨覺善法菩薩善法如來善法舍利子有問如來應正等覺以實而言何法能攝一切善法佛正答言所謂般若波羅蜜多何以故此般若波羅蜜多是一切善法之母能生五波羅蜜多及五眼等諸功德故舍利子若菩薩摩訶薩欲得清淨五眼當學般若波羅蜜多若菩薩摩訶薩欲得阿耨多羅三藐三菩提當學如是清淨五眼舍利子若菩薩摩訶薩能學如是清淨五眼定得阿耨多羅三藐三菩提舍利子復有菩薩摩訶薩修行般若波羅蜜多時能引發六神通波羅蜜多所謂神境智證通天耳智證通他心智證通宿住隨念智證通天眼智證通漏盡智證通波羅蜜多時舍利子白佛言世尊云何菩薩摩訶薩修行般若波羅蜜多時所引發神境智證通佛言舍利子有菩薩摩訶薩神境

智證通能起種種大神變事所謂震動十方各如殑伽沙界大地等物變一爲多變多爲一或隱或顯迅速無礙山崖墻壁直過如空陵虛往來猶如飛鳥地中出没如出没水水上經行如經行地身出煙焰如燎高原體注衆流如銷雪嶺日月神德威勢難當以手捫摩光明隱蔽乃至淨居轉身自在如斯神變其數無邊舍利子此菩薩摩訶薩雖有如是神境智用而於其中不自高舉不著神境智證通性不著神境智證通事不著能得如是神境智證通者於著不著俱無所著何以故自性空故自性離故自性本來不可得故舍利子是菩薩摩訶薩不作是念我今引發神境智通爲自娛樂唯除爲得一切智智舍利子是名菩薩摩訶薩修行般若波羅蜜多時所引發神境智證通時舍利子復白佛言世尊云何菩薩摩訶薩修行般若波羅蜜多時所引發天耳智證通佛言舍利子有菩薩摩訶薩天耳智證通最勝清淨過人天耳能如實聞十方各如殑伽沙界情非情類種種音聲所謂徧聞一切地獄聲傍生聲鬼界聲人聲天聲聲聞聲獨覺聲菩薩聲諸佛聲訶毁生死聲讚歎涅槃聲棄背有爲聲趣向菩提聲猒惡有漏聲欣樂無漏聲稱揚三寶聲制伏邪道聲論議決擇聲諷誦經典聲勸斷惡法聲令修善法聲拔濟苦難聲慶慰歡樂聲如是等聲若大若小悉能徧聞無障無礙舍利子是菩薩摩訶薩雖有如是天耳作用而於其中不自高舉不著天耳智證通性不著天耳智證通事不著能得如是天耳智證通

者於著不著俱無所著何以故自性空故自性離故自性本來不可得故舍利子是菩薩摩訶薩不作是念我今引發天耳智通爲自娱樂唯除爲得一切智智舍利子是名菩薩摩訶薩修行般若波羅蜜多時所引發天耳智證通時舍利子復白佛言世尊云何菩薩摩訶薩修行般若波羅蜜多時所引發他心智證通佛言舍利子有菩薩摩訶薩他心智證通能如實知十方各如殑伽沙界他有情類心心所法所謂遍知他有情類若有貪心如實知有貪心若離貪心如實知離貪心若有瞋心如實知有瞋心若離瞋心如實知離瞋心若有癡心如實知有癡心若離癡心如實知離癡心若有愛心如實知有愛心若離愛心如實知離愛心若有取心如實知有取心若離取心如實知離取心若聚心如實知聚心若散心如實知散心若小心如實知小心若大心如實知大心若舉心如實知舉心若下心如實知下心若寂靜心如實知寂靜心若不寂靜心如實知不寂靜心若掉心如實知掉心若不掉心如實知不掉心若定心如實知定心若不定心如實知不定心若解脫心如實知解脫心若不解脫心如實知不解脫心若有漏心如實知有漏心若無漏心如實知無漏心若有疊心如實知有疊心若無疊心如實知無疊心若有上心如實知有上心若無上心如實知無上心舍利子是菩薩摩訶薩雖有如是他心智用而於其中不自高舉不著他心智證通性不著他心智證通事不著能得如是他心智證通者於著不

著俱無所著何以故自性空故自性離故自性本來不可得故舍利子是菩薩摩訶薩不作是念我今引發他心智通爲自娛樂唯除爲得一切智智舍利子是名菩薩摩訶薩修行般若波羅蜜多時所引發他心智證通

大般若波羅蜜多經卷第四百四

音釋

昧鈍鈍徒困切昧鈍謂闇昧頑鈍也　踰繕那梵語也亦名由旬此云限量如此方一驛地或四十里六十里八十里也踰音俞繕時戰切　掉舉掉徒吊切搖也舉居許切動也掉舉謂身心妄搖動也　燎零照切從火也　抆摩抆亡粉切抆拭也摩眉波切揩摩也　釁許刃切隙罅也

大般若波羅蜜多經卷第四百五

唐三藏法師玄奘奉　詔譯

第二分觀照品第三之四

時舍利子復白佛言世尊云何菩薩摩訶薩修行般若波羅蜜多時所引發宿住隨念智證通佛言舍利子有菩薩摩訶薩宿住隨念智證通能如實念十方各如殑伽沙界一切有情諸宿住事所謂隨念若自若他一心十心百心千心多百千心頃諸宿住事或復隨念一日十日百日千日多百千日諸宿住事或復隨念一月十月百月千月多百千月諸宿住事或復隨念一年十年百年千年多百千年諸宿住事或復隨念一劫十劫百劫千劫多百千劫乃至無量無數百千俱胝那庾多劫諸宿住事或復隨念前際所有諸宿住事謂如是時如是處如是名如是姓如是類如是食如是久住如是壽限如是長壽如是受樂如是受苦從彼處沒來生此間從此間沒往生彼處如是狀貌如是言說若畧若廣若自若他諸宿住事皆能隨念舍利子是菩薩摩訶薩雖有如是宿住智用而於其中不自高舉不著宿住隨念智證通性不著宿住隨念智證通事不著能得宿住隨念智證通者於著不著俱無所著何以故自性空故自性離故自性本來不可得故舍利子是菩薩摩訶薩不作是念我今引發宿住智通爲自娛樂唯除爲得一切智智舍利子是名菩薩摩訶薩修行般若波羅蜜多時所引發宿住隨念智證通時舍利子復白佛言世尊云何菩薩摩訶薩修行般若波羅蜜多時所引發

天眼智證通佛言舍利子有菩薩摩訶薩天眼智證通最勝清淨過人天眼能如實見十方各如殑伽沙界情非情類種種色像所謂普見諸有情類死時生時妙色麤色善趣惡趣若勝若劣諸如是等種種色像因此復知諸有情類隨業力用受生差別如是有情成就身惡行成就語惡行成就意惡行誹毀賢聖邪見因緣身壞命終當墮惡趣或生地獄或生傍生或生鬼界或生邊地下賤悖惡有情類中受諸苦惱如是有情成就身妙行成就語妙行成就意妙行讚美賢聖正見因緣身壞命終當升善趣或生天上或生人中受諸快樂如是有情種種業類受果差別皆如實知舍利子是菩薩摩訶薩雖有如是天眼作用而於其中不自高舉不著天眼智證通性不著天眼智證通事不著能得如是天眼智證通者於著不著俱無所著何以故自性空故自性離故自性本來不可得故舍利子是菩薩摩訶薩不作是念我今引發天眼智通爲自娛樂唯除爲得一切智智舍利子是名菩薩摩訶薩修行般若波羅蜜多時所引發天眼智證通時舍利子復白佛言世尊云何菩薩摩訶薩修行般若波羅蜜多時所引發漏盡智證通佛言舍利子有菩薩摩訶薩漏盡智證通能如實知十方各如殑伽沙界一切有情若自若他漏盡不盡此通依止金剛喻定斷諸障習方得圓滿得不退轉菩薩地時於一切漏亦名爲盡畢竟不起現在前故菩薩雖得此漏盡通不墮聲聞獨覺之地唯趣無上正等菩提不復希求餘義利故舍

利子是菩薩摩訶薩雖有如是漏盡智用而於其中不自高舉不著漏盡智證通性不著漏盡智證通事不著能得如是漏盡智證通者於著不著俱無所著何以故自性空故自性離故自性本來不可得故舍利子是菩薩摩訶薩不作是念我今引發漏盡智通爲自娛樂唯除爲得一切智智舍利子是名菩薩摩訶薩修行般若波羅蜜多時所引發漏盡智證通舍利子菩薩摩訶薩修行般若波羅蜜多時能圓滿清淨六神通波羅蜜多由此六神通波羅蜜多圓滿清淨故便證無上正等菩提舍利子復有菩薩摩訶薩修行般若波羅蜜多時安住布施波羅蜜多嚴淨一切智一切相智道以畢竟空不起惠捨慳悋心故舍利子復有菩薩摩訶薩修行般若波羅蜜多時安住淨戒波羅蜜多嚴淨一切智一切相智道以畢竟空不起持戒犯戒心故舍利子復有菩薩摩訶薩修行般若波羅蜜多時安住安忍波羅蜜多嚴淨一切智一切相智道以畢竟空不起慈悲忿恚心故舍利子復有菩薩摩訶薩修行般若波羅蜜多時安住精進波羅蜜多嚴淨一切智一切相智道以畢竟空不起勤勇懈怠心故舍利子復有菩薩摩訶薩修行般若波羅蜜多時安住靜慮波羅蜜多嚴淨一切智一切相智道以畢竟空不起寂靜散亂心故舍利子復有菩薩摩訶薩修行般若波羅蜜多時還住般若波羅蜜多嚴淨一切智一切相智道以畢竟空不起智慧愚癡心故舍利子復有菩薩摩訶薩修行般若波羅蜜多時安住布施淨戒波

羅蜜多嚴淨一切智一切相智道以畢竟空不起恵捨慳悋持戒犯戒心故舍利子復有菩薩摩訶薩修行般若波羅蜜多時安住布施安忍波羅蜜多嚴淨一切智一切相智道以畢竟空不起恵捨慳悋慈悲忿恚心故舍利子復有菩薩摩訶薩修行般若波羅蜜多時安住布施精進波羅蜜多嚴淨一切智一切相智道以畢竟空不起恵捨慳悋勤勇懈怠心故舍利子復有菩薩摩訶薩修行般若波羅蜜多時安住布施靜慮波羅蜜多嚴淨一切智一切相智道以畢竟空不起恵捨慳悋寂靜散亂心故舍利子復有菩薩摩訶薩修行般若波羅蜜多時安住布施般若波羅蜜多嚴淨一切智一切相智道以畢竟空不起恵捨慳悋智慧愚癡心故舍利子復有菩

薩摩訶薩修行般若波羅蜜多時安住淨戒安忍波羅蜜多嚴淨一切智一切相智道以畢竟空不起持戒犯戒慈悲忿恚心故舍利子復有菩薩摩訶薩修行般若波羅蜜多時安住淨戒精進波羅蜜多嚴淨一切智一切相智道以畢竟空不起持戒犯戒勤勇懈怠心故舍利子復有菩薩摩訶薩修行般若波羅蜜多時安住淨戒靜慮波羅蜜多嚴淨一切智一切相智道以畢竟空不起持戒犯戒寂靜散亂心故舍利子復有菩薩摩訶薩修行般若波羅蜜多時安住淨戒般若波羅蜜多嚴淨一切智一切相智道以畢竟空不起持戒犯戒智慧愚癡心故舍利子復有菩薩摩訶薩修行般若波羅蜜多時安住安忍精進波羅蜜多嚴淨一切智一切相智道以畢

竟空不起慈悲忿恚勤勇懈怠心故舍利子復有菩薩摩訶薩修行般若波羅蜜多時安住安忍靜慮波羅蜜多嚴淨一切智一切相智道以畢竟空不起慈悲忿恚寂靜散亂心故舍利子復有菩薩摩訶薩修行般若波羅蜜多時安住安忍般若波羅蜜多嚴淨一切智一切相智道以畢竟空不起慈悲忿恚智慧愚癡心故舍利子復有菩薩摩訶薩修行般若波羅蜜多時安住精進靜慮波羅蜜多嚴淨一切智一切相智道以畢竟空不起勤勇懈怠寂靜散亂心故舍利子復有菩薩摩訶薩修行般若波羅蜜多時安住精進般若波羅蜜多嚴淨一切智一切相智道以畢竟空不起勤勇懈怠智慧愚癡心故舍利子復有菩薩摩訶薩修行般若波羅蜜多時安住靜慮般若波羅蜜多嚴淨一切智一切相智道以畢竟空不起寂靜散亂智慧愚癡心故舍利子復有菩薩摩訶薩修行般若波羅蜜多時安住布施淨戒安忍波羅蜜多嚴淨一切智一切相智道以畢竟空不起惠捨慳悋持戒犯戒慈悲忿恚心故舍利子復有菩薩摩訶薩修行般若波羅蜜多時安住布施安忍精進波羅蜜多嚴淨一切智一切相智道以畢竟空不起惠捨慳悋慈悲忿恚勤勇懈怠心故舍利子復有菩薩摩訶薩修行般若波羅蜜多時安住布施精進靜慮波羅蜜多嚴淨一切智一切相智道以畢竟空不起惠捨慳悋勤勇懈怠寂靜散亂心故舍利子復有菩薩摩訶薩修行般若波羅蜜多時安住布施靜慮般若波羅蜜多嚴淨一切智一切

相智道以畢竟空不起恵捨慳悋寂靜散亂智慧愚癡心故舍利子復有菩薩摩訶薩修行般若波羅蜜多時安住淨戒安忍精進波羅蜜多嚴淨一切智一切相智道以畢竟空不起持戒犯戒慈悲忿恚勤勇懈怠心故舍利子復有菩薩摩訶薩修行般若波羅蜜多時安住淨戒精進靜慮波羅蜜多嚴淨一切智一切相智道以畢竟空不起持戒犯戒勤勇懈怠寂靜散亂心故舍利子復有菩薩摩訶薩修行般若波羅蜜多時安住淨戒靜慮般若波羅蜜多嚴淨一切智一切相智道以畢竟空不起持戒犯戒寂靜散亂智慧愚癡心故舍利子復有菩薩摩訶薩修行般若波羅蜜多時安住安忍精進靜慮波羅蜜多嚴淨一切智一切相智道以畢竟空不起慈悲忿恚勤勇懈怠寂靜散亂心故舍利子復有菩薩摩訶薩修行般若波羅蜜多時安住安忍靜慮般若波羅蜜多嚴淨一切智一切相智道以畢竟空不起慈悲忿恚寂靜散亂智慧愚癡心故舍利子復有菩薩摩訶薩修行般若波羅蜜多時安住精進靜慮般若波羅蜜多嚴淨一切智一切相智道以畢竟空不起勤勇懈怠寂靜散亂智慧愚癡心故舍利子復有菩薩摩訶薩修行般若波羅蜜多時安住布施淨戒安忍精進波羅蜜多嚴淨一切智一切相智道以畢竟空不起恵捨慳悋持戒犯戒慈悲忿恚勤勇懈怠心故舍利子復有菩薩摩訶薩修行般若波羅蜜多時安住布施安忍精進靜慮波羅蜜多嚴淨一切智一切相智道以畢竟空不起恵捨慳悋慈

悲忿恚精進懈怠寂靜散亂心故舍利子復
有菩薩摩訶薩修行般若波羅蜜多時安住
布施精進靜慮般若波羅蜜多嚴淨一切智
一切相智道以畢竟空不起惠捨慳悋勤勇
懈怠寂靜散亂智慧愚癡心故舍利子復有
菩薩摩訶薩修行般若波羅蜜多時安住淨
戒安忍精進靜慮般若波羅蜜多嚴淨一切
智一切相智道以畢竟空不起持戒犯戒慈
悲忿恚勤勇懈怠寂靜散亂心故舍利子復
有菩薩摩訶薩修行般若波羅蜜多時安住
淨戒精進靜慮般若波羅蜜多嚴淨一切智
一切相智道以畢竟空不起持戒犯戒勤勇
懈怠寂靜散亂智慧愚癡心故舍利子復有
菩薩摩訶薩修行般若波羅蜜多時安住安
忍精進靜慮般若波羅蜜多嚴淨一切智一
切相智道以畢竟空不起慈悲忿恚勤勇懈
怠寂靜散亂智慧愚癡心故舍利子復有菩
薩摩訶薩修行般若波羅蜜多時安住布施
淨戒安忍精進靜慮波羅蜜多嚴淨一切智
一切相智道以畢竟空不起惠捨慳悋持戒
犯戒慈悲忿恚勤勇懈怠寂靜散亂心故舍
利子復有菩薩摩訶薩修行般若波羅蜜多
時安住布施安忍精進靜慮般若波羅蜜多
嚴淨一切智一切相智道以畢竟空不起惠
捨慳悋慈悲忿恚勤勇懈怠寂靜散亂智慧
愚癡心故舍利子復有菩薩摩訶薩修行般
若波羅蜜多時安住淨戒安忍精進靜慮般
若波羅蜜多嚴淨一切智一切相智道以畢
竟空不起持戒犯戒慈悲忿恚勤勇懈怠寂
靜散亂智慧愚癡心故舍利子復有菩薩摩

訶薩修行般若波羅蜜多時安住布施淨戒安忍精進靜慮般若波羅蜜多嚴淨一切智一切相智道以畢竟空不起惠捨慳恡持戒犯戒慈悲忿恚精進懈怠寂靜散亂智慧愚癡心故如是舍利子諸菩薩摩訶薩修行般若波羅蜜多時安住六種波羅蜜多嚴淨一切智一切相智道以畢竟空無惠捨慳恡故無持戒犯戒故無慈悲忿恚故無勤勇懈怠故無寂靜散亂故無智慧愚癡故不著惠捨不著慳恡不著持戒不著犯戒不著慈悲不著忿恚不著勤勇不著懈怠不著寂靜不著散亂不著智慧不著愚癡舍利子是菩薩摩訶薩當於爾時不著惠捨慳恡者不著持戒犯戒者不著慈悲忿恚者不著勤勇懈怠者不著寂靜散亂者不著智慧愚癡者舍利子是菩薩摩訶薩當於爾時於著不著皆無所著何以故以一切法畢竟空故舍利子是菩薩摩訶薩當於爾時不著毀罵不著讚歎不著損害不著饒益不著輕慢不著恭敬何以故畢竟空中無有毀罵讚歎法故無有損害饒益法故無有輕慢恭敬法故舍利子是菩薩摩訶薩當於爾時不著毀罵讚歎者不著損害饒益者不著輕慢恭敬者何以故畢竟空中無有毀罵讚歎者故無有損害饒益者故無有輕慢恭敬者故舍利子是菩薩摩訶薩當於爾時於著不著皆無所著何以故甚深般若波羅蜜多永絶一切著不著故舍利子是菩薩摩訶薩修行般若波羅蜜多時所獲功德最上最妙一切聲聞及諸獨覺皆無所有舍利子此菩薩摩訶薩如是功德既圓

滿已復能以四攝事成熟一切有情嚴淨佛土便得嚴淨一切智一切相智道速能證得一切智智復次舍利子修行般若波羅蜜多菩薩摩訶薩修行般若波羅蜜多時於一切有情起平等心起平等心已於一切有情起利益安樂心起利益安樂心已於一切法性皆得平等得法性平等已安立一切有情於一切法平等性中舍利子是菩薩摩訶薩於現法中得十方諸佛之所護念亦得一切菩薩摩訶薩聲聞獨覺之所敬愛舍利子是菩薩摩訶薩隨所生處眼終不見不可意色耳終不聞不可意聲鼻終不齅不可意香舌終不嘗不可意味身終不覺不可意觸意終不取不可意法舍利子是菩薩摩訶薩於阿耨多羅三藐三菩提求不退轉當佛說此修行般若波羅蜜多諸菩薩摩訶薩獲勝利時衆中有三百苾芻即從座起以所著衣持用奉佛皆發無上正等覺心爾時世尊即便微笑從面門出種種色光尊者阿難從座而起偏覆左肩右膝著地合掌恭敬而白佛言世尊何因何緣現此微笑大聖現笑必有因緣請垂矜愍唯願爲說佛告阿難是從座起三百苾芻從此已後六十一劫星喻劫中當得作佛皆同一號謂大幢相如來應正等覺明行圓滿善逝世間解無上丈夫調御士天人師佛薄伽梵是諸苾芻捨此身已當生東方不動佛國於彼佛所修菩薩行復有六萬天子聞佛所說皆發無上正等覺心世尊記彼當於彌勒如來法中淨信出家專修梵行彌勒如來爲其授記當得無上正等菩提爾時此

間一切衆會以佛神力得見十方各千佛土及諸世尊并彼衆會彼諸佛土清淨莊嚴微妙殊特當於爾時此堪忍界嚴淨之相所不能及時此衆會一萬有情各發願言以我所修諸純淨業願當往生彼諸佛土爾時世尊知其心願即復微笑面門又出種種色光尊者阿難復從座起恭敬問佛微笑因緣佛告阿難汝今見此萬有情不阿難白言唯然已見佛言阿難此萬有情從此壽盡隨彼願力於萬佛土各得往生乃至無上正等菩提在所生處常不離佛供養恭敬尊重讚歎修習六種波羅蜜多得圓滿已俱時成佛皆同一號謂莊嚴王如來應正等覺明行圓滿善逝世間解無上丈夫調御士天人師佛薄伽梵

第二分無等等品第四

爾時尊者舍利子尊者大目連尊者善現尊者大飲光尊者滿慈子如是等衆望所識諸大苾芻苾芻尼菩薩摩訶薩鄔波索迦鄔波斯迦皆從座起恭敬合掌俱白佛言世尊大波羅蜜多是菩薩摩訶薩般若波羅蜜多廣波羅蜜多是菩薩摩訶薩般若波羅蜜多第一波羅蜜多是菩薩摩訶薩般若波羅蜜多尊波羅蜜多是菩薩摩訶薩般若波羅蜜多勝波羅蜜多是菩薩摩訶薩般若波羅蜜多上波羅蜜多是菩薩摩訶薩般若波羅蜜多妙波羅蜜多是菩薩摩訶薩般若波羅蜜多高波羅蜜多是菩薩摩訶薩般若波羅蜜多極波羅蜜多是菩薩摩訶薩般若波羅蜜多無上波羅蜜多是菩薩摩訶薩般若波羅蜜多無上上波羅蜜多是菩薩摩訶薩般若波

羅蜜多無等波羅蜜多是菩薩摩訶薩般若波羅蜜多無等等波羅蜜多是菩薩摩訶薩般若波羅蜜多如虚空波羅蜜多是菩薩摩訶薩般若波羅蜜多無待對波羅蜜多是菩薩摩訶薩般若波羅蜜多自相空波羅蜜多是菩薩摩訶薩般若波羅蜜多共相空波羅蜜多是菩薩摩訶薩般若波羅蜜多一切法空波羅蜜多是菩薩摩訶薩般若波羅蜜多不可得空波羅蜜多是菩薩摩訶薩般若波羅蜜多無生空波羅蜜多是菩薩摩訶薩般若波羅蜜多無滅空波羅蜜多是菩薩摩訶薩般若波羅蜜多無性空波羅蜜多是菩薩摩訶薩般若波羅蜜多有性空波羅蜜多是菩薩摩訶薩般若波羅蜜多無性有性空波羅蜜多是菩薩摩訶薩般若波羅蜜多奢摩他波羅蜜多是菩薩摩訶薩般若波羅蜜多曇摩他波羅蜜多是菩薩摩訶薩般若波羅蜜多開發一切功德波羅蜜多是菩薩摩訶薩般若波羅蜜多成就一切功德波羅蜜多是菩薩摩訶薩般若波羅蜜多不可屈伏波羅蜜多是菩薩摩訶薩般若波羅蜜多能破一切波羅蜜多是菩薩摩訶薩般若波羅蜜多世尊修行般若波羅蜜多諸菩薩摩訶薩最尊最勝具大勢力能行無等等施能滿無等等施能具無等等布施波羅蜜多能得無等等自體所謂無邊相好妙莊嚴身能證無等等法所謂無上正等菩提世尊修行般若波羅蜜多諸菩薩摩訶薩最尊最勝具大勢力能持無等等戒能滿無等等戒能具無等等淨戒波羅蜜多能得無等等自體所謂無

邊相好妙莊嚴身能證無等等法所謂無上正等菩提世尊修行般若波羅蜜多諸菩薩摩訶薩最尊最勝具大勢力能修無等等忍能滿無等等忍能具無等等安忍波羅蜜多能得無等等自體所謂無邊相好妙莊嚴身能證無等等法所謂無上正等菩提世尊修行般若波羅蜜多諸菩薩摩訶薩最尊最勝具大勢力能發無等等勤能滿無等等勤能具無等等精進波羅蜜多能得無等等自體所謂無邊相好妙莊嚴身能證無等等法所謂無上正等菩提世尊修行般若波羅蜜多諸菩薩摩訶薩最尊最勝具大勢力能起無等等定能滿無等等定能具無等等靜慮波羅蜜多能得無等等自體所謂無邊相好妙莊嚴身能證無等等法所謂無上正等菩提世尊修行般若波羅蜜多諸菩薩摩訶薩最尊最勝具大勢力能習無等等慧能滿無等等慧能具無等等般若波羅蜜多能得無等等自體所謂無邊相好妙莊嚴身能證無等等法所謂無上正等菩提於餘種種殊勝功德隨其所應亦復如是世尊世尊亦由修行般若波羅蜜多能修能住能滿能具勝功德故得無等等色得無等等受想行識證無等等菩提轉無等等法輪過去未來現在諸佛亦復如是是故世尊若菩薩摩訶薩欲到一切法究竟彼岸者當習般若波羅蜜多世尊修行般若波羅蜜多諸菩薩摩訶薩一切世間天人阿素洛等皆應供養恭敬尊重讚歎

爾時佛告諸大弟子及菩薩摩訶薩等言如是如是如汝所說修行般若波羅蜜多諸菩

薩摩訶薩一切世間天人阿素洛等皆應供養恭敬尊重讚歎何以故由此菩薩摩訶薩故世間便有人天出現所謂刹帝利大族婆羅門大族長者大族居士大族轉輪聖王四大王衆天乃至他化自在天梵衆天乃至色究竟天空無邊處天乃至非想非非想處天出現世間由此菩薩摩訶薩故世間便有預流一來不還阿羅漢獨覺菩薩諸佛出現由此菩薩摩訶薩故世間便有種種資生樂具出現所謂飲食衣服卧具房舍燈明末尼真珠瑠璃螺貝璧玉珊瑚金銀等寶出現世間以要言之一切世間人樂天樂及出世樂無不皆由如是菩薩摩訶薩有所以者何此菩薩摩訶薩自布施已教他布施自持戒已教他持戒自安忍已教他安忍自精進已教他精進自修定已教他修定自習慧已教他習慧是故由此修行般若波羅蜜多諸菩薩摩訶薩一切有情皆獲如是利益安樂

第二分舌根相品第五

爾時世尊現舌根相量等三千大千世界從此舌相復出無數種種色光遍照十方殑伽沙等諸佛世界爾時東方殑伽沙等諸佛土中一一各有無量無數菩薩摩訶薩見此大光心懷猶豫各各往詣自界佛所稽首恭敬白言世尊是誰威力復以何緣有此大光照諸佛土時彼彼佛各各報言於此西方有佛世界名曰堪忍佛號釋迦牟尼如來應正等覺明行圓滿善逝世間解無上丈夫調御士天人師佛薄伽梵今爲菩薩摩訶薩衆宣說般若波羅蜜多現舌根相量等三千大千世

界從彼舌相復出無數種種色光遍照十方殑伽沙等諸佛世界今所見光即是彼佛舌相所現時彼彼界無量無數菩薩摩訶薩聞是事已歡喜踊躍歎未曾有各白佛言我等欲往堪忍世界觀禮供養釋迦牟尼如來應正等覺及諸菩薩摩訶薩衆并聽般若波羅蜜多唯願世尊哀愍聽許時彼彼佛各各報言今正是時隨汝意往時諸菩薩摩訶薩衆既蒙聽許各禮佛足右繞七帀嚴持無量寶幢旛蓋衣服瓔珞香鬘珍寶金銀等花奏擊種種上妙音樂經須臾間至此佛所供養恭敬尊重讚歎佛菩薩已遶百千帀頂禮雙足退坐一面南西北方四維上下殑伽沙等諸佛土中一一各有無量無數菩薩摩訶薩亦復如是爾時四大王衆天三十三天夜摩天

覩史多天樂變化天他化自在天梵衆天梵輔天梵會天大梵天光天少光天無量光天極光淨天淨天少淨天無量淨天遍淨天廣天少廣天無量廣天廣果天無煩天無熱天善現天善見天色究竟天各持無量種種香鬘所謂塗香末香燒香樹香葉香諸雜和香悅意花鬘生類花鬘龍錢花鬘并無量種雜類花鬘及持無量上妙天花嗢鉢羅花鉢特摩花俱某陀花奔荼利花微妙音花大微妙音花及餘無量天妙香花來詣佛所供養恭敬尊重讚歎佛菩薩已遶百千帀頂禮雙足却住一面爾時十方諸來菩薩摩訶薩衆及餘無量欲色界天所獻種種寶幢旛蓋衣服瓔珞珍寶香花及諸音樂以佛神力上踊空中合成臺蓋量等三千大千世界臺頂四角

各有寶幢臺蓋寶幢皆垂瓔珞勝旛妙綵珍異花鬘種種莊嚴甚可愛樂爾時會中有百千俱胝那庾多衆皆從座起合掌恭敬而白佛言世尊我等未來願當作佛相好威德如今世尊國土莊嚴聲聞菩薩人天衆會所轉法輪皆如今佛爾時世尊知其心願已於諸法悟無生忍了達一切不生不滅無作無爲即便微笑面門復出種種色光時阿難陀即從座起合掌恭敬白言世尊何因何緣現此微笑諸佛現笑非無因緣佛告阿難陀是從座起百千俱胝那庾多衆已於諸法悟無生忍了達一切不生不滅無作無爲彼於當來經六十八俱胝大劫勤修菩薩行妙法花劫中當得作佛皆同一號謂覺分花如來應正等覺明行圓滿善逝世間解無上丈夫調御士天人師佛薄伽梵

大般若波羅蜜多經卷第四百五

音釋

誹毀　誹數尾切非議也　悖惡　悖蒲妹切　慳悋　慳丘閑切固也亦悋也悋良刃切慳鄙也靳惜也　嗢鉢羅　梵語也亦云優鉢羅此云青蓮花嗢烏骨切

大般若波羅蜜多經卷第四百六

唐三藏法師玄奘奉　詔譯

第二分善現品第六之一

爾時佛告尊者善現汝以辯才應為菩薩摩訶薩衆宣說般若波羅蜜多相應之法教誡教授諸菩薩摩訶薩令於般若波羅蜜多皆得成辦時諸菩薩摩訶薩衆及大聲聞諸天人等咸作是念尊者善現為自辯才當為菩薩摩訶薩衆宣說般若波羅蜜多相應之法教誡教授諸菩薩摩訶薩令於般若波羅蜜多皆得成辦為當承佛威神力耶尊者善現知諸菩薩摩訶薩衆及大聲聞諸天人等心之所念便告尊者舍利子言諸佛弟子凡有所說一切皆承佛威神力何以故舍利子如來為他宣說法要與諸法性常不相違諸佛弟子依所說法精勤修學證法實性由是為他有所宣說皆與法性能不相違故佛所言如燈傳照舍利子我當承佛威神加被為諸菩薩摩訶薩衆宣說般若波羅蜜多相應之法教誡教授諸菩薩摩訶薩令於般若波羅蜜多皆得成辦非自辯才能為斯事何以故舍利子甚深般若波羅蜜多非諸聲聞獨覺境故爾時尊者善現白佛言世尊如佛所說諸菩薩摩訶薩此中何法名為菩薩摩訶薩世尊我都不見有一法可名菩薩摩訶薩亦都不見有一法可名般若波羅蜜多如是二名我亦不見云何令我為諸菩薩摩訶薩衆宣說般若波羅蜜多相應之法教誡教授諸菩薩摩訶薩令於般若波羅蜜多皆得成辦佛告善現菩薩摩訶薩唯有名般若波羅蜜

多唯有名如是二名亦唯有名善現此之二名不生不滅唯假施設不在內不在外不在兩間不可得故善現當知如世間我唯有假名如是名假不生不滅唯假施設謂之爲我如是有情命者生者養者士夫補特伽羅意生儒童作者受者知者見者亦唯有假名如是名假不生不滅唯假施設謂爲有情乃至見者如是一切唯有假名此諸假名不在內不在外不在兩間不可得故如是善現若菩薩摩訶薩若般若波羅蜜多若此二名皆是假法如是假法不生不滅唯假施設不在內不在外不在兩間不可得故復次善現如內諸色唯是假法如是法假不生不滅唯假施設謂之爲色如是受想行識亦唯是假法如是法假不生不滅唯假施設謂爲受想行識如是一切唯有假名此諸假名不在內不在外不在兩間不可得故如是善現若菩薩摩訶薩若般若波羅蜜多若此二名皆是假法如是假法不生不滅唯假施設不在內不在外不在兩間不可得故復次善現譬如眼處唯是假法如是法假不生不滅唯假施設謂爲眼處如是耳鼻舌身意處亦唯是假法如是法假不生不滅唯假施設謂爲耳鼻舌身意處如是一切唯有假名此諸假名不在內不在外不在兩間不可得故如是善現若菩薩摩訶薩若般若波羅蜜多若此二名皆是假法如是假法不生不滅唯假施設不在內不在外不在兩間不可得故復次善現譬如色處唯是假法如是法假不生不滅唯假施設謂爲色處如是聲香味觸法處亦唯是假

法如是法假不生不滅唯假施設謂爲聲香味觸法處如是一切唯有假名此諸假名不在内不在外不在兩間不可得故如是善現若菩薩摩訶薩若般若波羅蜜多若此二名皆是假法如是假法不生不滅唯假施設不在内不在外不在兩間不可得故復次善現譬如眼界色界眼識界唯是假法如是假法不生不滅唯假施設謂爲眼界色界眼識界如是耳界聲界耳識界鼻界香界鼻識界舌界味界舌識界身界觸界身識界意界法界意識界亦唯是假法如是法假不生不滅唯假施設謂爲耳界聲界耳識界乃至意界法界意識界如是一切唯有假名此諸假名不在内不在外不在兩間不可得故如是善現若菩薩摩訶薩若般若波羅蜜多若此二名皆是假法如是假法不生不滅唯假施設不在内不在外不在兩間不可得故復次善現譬如内身所有頭頸肩膊手臂腹背胷脇腰脊髀膝腨脛足等皮肉骨髓唯有假名如是名假不生不滅唯假施設謂爲内身頭頸等物如是一切唯有假名此諸假名不在内不在外不在兩間不可得故如是善現若菩薩摩訶薩若般若波羅蜜多若此二名皆是假法如是假法不生不滅唯假施設不在内不在外不在兩間不可得故復次善現譬如外事所有草木根莖枝葉及花果等唯有假名如是名假不生不滅唯假施設謂爲外事草木根等如是一切唯有假名此諸假名不在内不在外不在兩間不可得故如是善現若菩薩摩訶薩若般若波羅蜜多若此二名皆

是假法如是假法不生不滅唯假施設不在內不在外不在兩間不可得故復次善善現如過去未來諸佛唯有假名如是名假不生不滅唯假施設謂爲過去未來諸佛如是一切唯有假名此諸假名不在內不在外不在兩間不可得故如是善現若菩薩摩訶薩若般若波羅蜜多若此二名皆是假法如是假法不生不滅唯假施設不在內不在外不在兩間不可得故復次善現譬如夢境谷響光影幻事陽焰水月變化唯有假名如是名假不生不滅唯假施設謂爲夢境乃至變化如是一切唯有假名此諸假名不在內不在外不在兩間不可得故如是善現若菩薩摩訶薩若般若波羅蜜多若此二名皆是假法如是假法不生不滅唯假施設不在內不在外不在兩間不可得故如是善現諸菩薩摩訶薩修行般若波羅蜜多時於一切法名假法假及方便假應正修學所以者何善現修行般若波羅蜜多諸菩薩摩訶薩不應觀色名若常若無常不應觀受想行識名若常若無常不應觀色名若樂若苦不應觀受想行識名若樂若苦不應觀色名若我若無我不應觀受想行識名若我若無我不應觀色名若淨若不淨不應觀受想行識名若淨若不淨不應觀色名若空若不空不應觀受想行識名若空若不空不應觀色名若有相若無相不應觀受想行識名若有相若無相不應觀色名若有願若無願不應觀受想行識名若有願若無願不應觀色名若寂靜若不寂靜不應觀受想行識名若寂靜若不寂靜不應

觀色名若遠離若不遠離不應觀受想行識名若遠離若不遠離不應觀色名若雜染若清淨不應觀受想行識名若雜染若清淨不應觀色名若生若滅不應觀受想行識名若生若滅復次善現修行般若波羅蜜多諸菩薩摩訶薩不應觀眼處名若常若無常不應觀耳鼻舌身意處名若常若無常不應觀眼處名若樂若苦不應觀耳鼻舌身意處名若樂若苦不應觀眼處名若我若無我不應觀耳鼻舌身意處名若我若無我不應觀眼處名若淨若不淨不應觀耳鼻舌身意處名若淨若不淨不應觀眼處名若空若不空不應觀耳鼻舌身意處名若空若不空不應觀眼處名若有相若無相不應觀耳鼻舌身意處名若有相若無相不應觀眼處名若有願若無願不應觀耳鼻舌身意處名若有願若無願不應觀眼處名若寂靜若不寂靜不應觀耳鼻舌身意處名若寂靜若不寂靜不應觀眼處名若遠離若不遠離不應觀耳鼻舌身意處名若遠離若不遠離不應觀眼處名若雜染若清淨不應觀耳鼻舌身意處名若雜染若清淨不應觀眼處名若生若滅不應觀耳鼻舌身意處名若生若滅復次善現修行般若波羅蜜多諸菩薩摩訶薩不應觀色處名若常若無常不應觀聲香味觸法處名若常若無常不應觀色處名若樂若苦不應觀聲香味觸法處名若樂若苦不應觀色處名若我若無我不應觀聲香味觸法處名若我若無我不應觀色處名若淨若不淨不應觀聲香味觸法處名若淨若不淨不應觀色處

名若空若不空不應觀聲香味觸法處名若空若不空不應觀色處名若有相若無相不應觀聲香味觸法處名若有相若無相不應觀色處名若有願若無願不應觀聲香味觸法處名若有願若無願不應觀色處名若寂靜若不寂靜不應觀聲香味觸法處名若寂靜若不寂靜不應觀色處名若遠離若不遠離不應觀聲香味觸法處名若遠離若不遠離不應觀色處名若雜染若清淨不應觀聲香味觸法處名若雜染若清淨不應觀色處名若生若滅不應觀聲香味觸法處名若生若滅復次善現修行般若波羅蜜多諸菩薩摩訶薩不應觀眼界名若常若無常不應觀色界眼識界及眼觸眼觸爲緣所生諸受名若常若無常不應觀眼界名若樂若苦不應觀色界乃至眼觸爲緣所生諸受名若樂若苦不應觀眼界名若我若無我不應觀色界乃至眼觸爲緣所生諸受名若我若無我不應觀眼界名若淨若不淨不應觀色界乃至眼觸爲緣所生諸受名若淨若不淨不應觀眼界名若空若不空不應觀色界乃至眼觸爲緣所生諸受名若空若不空不應觀眼界名若有相若無相不應觀色界乃至眼觸爲緣所生諸受名若有相若無相不應觀眼界名若有願若無願不應觀色界乃至眼觸爲緣所生諸受名若有願若無願不應觀眼界名若寂靜若不寂靜不應觀色界乃至眼觸爲緣所生諸受名若寂靜若不寂靜不應觀眼界名若遠離若不遠離不應觀色界乃至眼觸爲緣所生諸受名若遠離若不遠離不

應觀眼界名若雜染若清淨不應觀色界乃至眼觸爲緣所生諸受名若雜染若清淨不應觀眼界名若生若滅不應觀色界乃至眼觸爲緣所生諸受名若生若滅不應觀耳界名若常若無常不應觀聲界耳識界及耳觸耳觸爲緣所生諸受名若常若無常不應觀耳界名若樂若苦不應觀聲界乃至耳觸爲緣所生諸受名若樂若苦不應觀耳界名若我若無我不應觀聲界乃至耳觸爲緣所生諸受名若我若無我不應觀耳界名若淨若不淨不應觀聲界乃至耳觸爲緣所生諸受名若淨若不淨不應觀耳界名若空若不空不應觀聲界乃至耳觸爲緣所生諸受名若空若不空不應觀耳界名若有相若無相不應觀聲界乃至耳觸爲緣所生諸受名若有

相若無相不應觀耳界名若有願若無願不應觀聲界乃至耳觸爲緣所生諸受名若有願若無願不應觀耳界名若寂靜若不寂靜不應觀聲界乃至耳觸爲緣所生諸受名若寂靜若不寂靜不應觀耳界名若遠離若不遠離不應觀聲界乃至耳觸爲緣所生諸受名若遠離若不遠離不應觀耳界名若雜染若清淨不應觀聲界乃至耳觸爲緣所生諸受名若雜染若清淨不應觀耳界名若生若滅不應觀聲界乃至耳觸爲緣所生諸受名若生若滅不應觀鼻界名若常若無常不應觀香界鼻識界及鼻觸鼻觸爲緣所生諸受名若常若無常不應觀鼻界名若樂若苦不應觀香界乃至鼻觸爲緣所生諸受名若樂若苦不應觀鼻界名若我若無我不應觀香

界乃至鼻觸爲緣所生諸受名若我若無我不應觀鼻界名若淨若不淨不應觀香界乃至鼻觸爲緣所生諸受名若淨若不淨不應觀鼻界名若空若不空不應觀香界乃至鼻觸爲緣所生諸受名若空若不空不應觀鼻界名若有相若無相不應觀香界乃至鼻觸爲緣所生諸受名若有相若無相不應觀鼻界名若有願若無願不應觀香界乃至鼻觸爲緣所生諸受名若有願若無願不應觀鼻界名若寂靜若不寂靜不應觀香界乃至鼻觸爲緣所生諸受名若寂靜若不寂靜不應觀鼻界名若遠離若不遠離不應觀香界乃至鼻觸爲緣所生諸受名若遠離若不遠離不應觀鼻界名若雜染若清淨不應觀香界乃至鼻觸爲緣所生諸受名若雜染若清淨

不應觀鼻界名若生若滅不應觀香界乃至鼻觸爲緣所生諸受名若生若滅不應觀舌界名若常若無常不應觀味界舌識界及舌觸舌觸爲緣所生諸受名若常若無常不應觀舌界名若樂若苦不應觀味界乃至舌觸爲緣所生諸受名若樂若苦不應觀舌界名若我若無我不應觀味界乃至舌觸爲緣所生諸受名若我若無我不應觀舌界名若淨若不淨不應觀味界乃至舌觸爲緣所生諸受名若淨若不淨不應觀舌界名若空若不空不應觀味界乃至舌觸爲緣所生諸受名若空若不空不應觀舌界名若有相若無相不應觀味界乃至舌觸爲緣所生諸受名若有相若無相不應觀舌界名若有願若無願不應觀味界乃至舌觸爲緣所生諸受名若

有願若無願不應觀舌界名若寂靜若不寂靜不應觀味界乃至舌觸爲緣所生諸受名若寂靜若不寂靜不應觀舌界名若遠離若不遠離不應觀味界乃至舌觸爲緣所生諸受名若遠離若不遠離不應觀舌界名若雜染若清淨不應觀味界乃至舌觸爲緣所生諸受名若雜染若清淨不應觀舌界名若生若滅不應觀味界乃至舌觸爲緣所生諸受名若生若滅不應觀身界名若常若無常不應觀觸界身識界及身觸身觸爲緣所生諸受名若常若無常不應觀身界名若樂若苦不應觀觸界乃至身觸爲緣所生諸受名若樂若苦不應觀身界名若我若無我不應觀觸界乃至身觸爲緣所生諸受名若我若無我不應觀身界名若淨若不淨不應觀觸界乃至身觸爲緣所生諸受名若淨若不淨不應觀身界名若空若不空不應觀觸界乃至身觸爲緣所生諸受名若空若不空不應觀身界名若有相若無相不應觀觸界乃至身觸爲緣所生諸受名若有相若無相不應觀身界名若有願若無願不應觀觸界乃至身觸爲緣所生諸受名若有願若無願不應觀身界名若寂靜若不寂靜不應觀觸界乃至身觸爲緣所生諸受名若寂靜若不寂靜不應觀身界名若遠離若不遠離不應觀觸界乃至身觸爲緣所生諸受名若遠離若不遠離不應觀身界名若雜染若清淨不應觀觸界乃至身觸爲緣所生諸受名若雜染若清淨不應觀身界名若生若滅不應觀觸界乃至身觸爲緣所生諸受名若生若滅不應觀

意界名若常若無常不應觀法界意識界及意觸意觸爲縁所生諸受名若常若無常不應觀意界名若樂若苦不應觀法界乃至意觸爲縁所生諸受名若樂若苦不應觀意界名若我若無我不應觀法界乃至意觸爲縁所生諸受名若我若無我不應觀意界名若淨若不淨不應觀法界乃至意觸爲縁所生諸受名若淨若不淨不應觀意界名若空若不空不應觀法界乃至意觸爲縁所生諸受名若空若不空不應觀意界名若有相若無相不應觀法界乃至意觸爲縁所生諸受名若有相若無相不應觀意界名若有願若無願不應觀法界乃至意觸爲縁所生諸受名若有願若無願不應觀意界名若寂靜若不寂靜不應觀法界乃至意觸爲縁所生諸受名若寂靜若不寂靜不應觀意界名若遠離若不遠離不應觀法界乃至意觸爲縁所生諸受名若遠離若不遠離不應觀意界名若雜染若清淨不應觀法界乃至意觸爲縁所生諸受名若雜染若清淨不應觀意界名若生若滅不應觀法界乃至意觸爲縁所生諸受名若生若滅所以者何善現是菩薩摩訶薩修行般若波羅蜜多時若菩薩摩訶薩若菩薩摩訶薩名若般若波羅蜜多若般若波羅蜜多名皆不見在有爲界中亦不見在無爲界中何以故善現是菩薩摩訶薩修行般若波羅蜜多時於一切法不作分別無異分別善現是菩薩摩訶薩修行般若波羅蜜多時住一切法無分別中不見菩薩摩訶薩不見菩薩摩訶薩名不見般若波羅蜜多不見

般若波羅蜜多名善現是菩薩摩訶薩修行般若波羅蜜多時能修布施波羅蜜多亦能修淨戒安忍精進靜慮般若波羅蜜多能住內空亦能住外空內外空空空大空勝義空有爲空無爲空畢竟空無際空散空無變異空本性空自相空共相空一切法空不可得空無性空自性空無性自性空能住眞如亦能住法界法性不虛妄性不變異性平等性離生性法定法住實際虛空界不思議界能修四念住亦能修四正斷四神足五根五力七等覺支八聖道支能住苦聖諦亦能住集滅道聖諦能修四靜慮亦能修四無量四無色定能修八解脫亦能修八勝處九次第定十遍處能修空解脫門亦能修無相無願解脫門能修一切陀羅尼門亦能修一切三摩地門能修五眼亦能修六神通能修佛十力亦能修四無所畏四無礙解大慈大悲大喜大捨十八佛不共法是菩薩摩訶薩於如是時不見菩薩摩訶薩不見菩薩摩訶薩名不見般若波羅蜜多不見般若波羅蜜多名何以故善現是菩薩摩訶薩修行般若波羅蜜多於一切法善達實相善達其中無雜染法清淨法故如是善現諸菩薩摩訶薩修行般若波羅蜜多覺一切法名假施設法假施設善現是菩薩摩訶薩於名法假如實覺已不執著色不執著受想行識不執著眼處不執著耳鼻舌身意處不執著色處不執著聲香味觸法處不執著眼界色界眼識界及眼觸眼觸爲緣所生諸受乃至不執著意界法界意識界及意觸意觸爲緣所生諸受不執著

有為界不執著無為界不執著布施波羅蜜多不執著淨戒安忍精進靜慮般若波羅蜜多不執著諸相好不執著菩薩身不執著肉眼乃至佛眼不執著智波羅蜜多及神通波羅蜜多不執著內空乃至無性自性空不執著成熟有情不執著嚴淨佛土不執著方便善巧何以故善現以一切法皆無所有能著所著著處著時不可得故如是善現諸菩薩摩訶薩於一切法無所執著修行般若波羅蜜多時增益布施波羅蜜多增益淨戒安忍精進靜慮般若波羅蜜多趣入菩薩正性離生趣入菩薩不退轉地圓滿菩薩殊勝神通如是菩薩殊勝神通得圓滿已從一佛土趣一佛土為欲成熟諸有情故為欲嚴淨自佛土故為見如來應正等覺及為見已供養恭敬尊重讚歎令諸善根皆得生長如是善根得生長已隨所樂聞諸佛正法皆得聽受既聽受已乃至無上正等菩提能不忘失普於一切陀羅尼門三摩地門皆得自在如是善現諸菩薩摩訶薩修行般若波羅蜜多如實覺知名假法假無所執著復次善現所言菩薩摩訶薩者於意云何即色是菩薩摩訶薩不不也世尊即受想行識是菩薩摩訶薩不不也世尊離色有菩薩摩訶薩不不也世尊離受想行識有菩薩摩訶薩不不也世尊即眼處是菩薩摩訶薩不不也世尊即耳鼻舌身意處是菩薩摩訶薩不不也世尊離眼處有菩薩摩訶薩不不也世尊離耳鼻舌身意處有菩薩摩訶薩不不也世尊即色處是菩薩摩訶薩不不也世尊即聲香味觸法處是

菩薩摩訶薩不不也世尊離色處有菩薩摩訶薩不不也世尊離聲香味觸法處有菩薩摩訶薩不不也世尊即眼界是菩薩摩訶薩不不也世尊即色界眼識界及眼觸眼觸爲緣所生諸受是菩薩摩訶薩不不也世尊離眼界有菩薩摩訶薩不不也世尊離色界眼識界及眼觸眼觸爲緣所生諸受有菩薩摩訶薩不不也世尊即耳界是菩薩摩訶薩不不也世尊即聲界耳識界及耳觸耳觸爲緣所生諸受是菩薩摩訶薩不不也世尊離耳界有菩薩摩訶薩不不也世尊離聲界耳識界及耳觸耳觸爲緣所生諸受有菩薩摩訶薩不不也世尊即鼻界是菩薩摩訶薩不不也世尊即香界鼻識界及鼻觸鼻觸爲緣所生諸受是菩薩摩訶薩不不也世尊離鼻界有菩薩摩訶薩不不也世尊離香界鼻識界及鼻觸鼻觸爲緣所生諸受有菩薩摩訶薩不不也世尊即舌界是菩薩摩訶薩不不也世尊即味界舌識界及舌觸舌觸爲緣所生諸受是菩薩摩訶薩不不也世尊離舌界有菩薩摩訶薩不不也世尊離味界舌識界及舌觸舌觸爲緣所生諸受有菩薩摩訶薩不不也世尊即身界是菩薩摩訶薩不不也世尊即觸界身識界及身觸身觸爲緣所生諸受是菩薩摩訶薩不不也世尊離身界有菩薩摩訶薩不不也世尊離觸界身識界及身觸身觸爲緣所生諸受有菩薩摩訶薩不不也世尊即意界是菩薩摩訶薩不不也世尊即法界意識界及意觸意觸爲緣所生諸受是菩薩摩訶薩不不也世尊離意界有菩薩

摩訶薩不不也世尊離法界意識界及意觸意觸爲縁所生諸受有菩薩摩訶薩不不也世尊即地界是菩薩摩訶薩不不也世尊即水火風空識界是菩薩摩訶薩不不也世尊離地界有菩薩摩訶薩不不也世尊離水火風空識界有菩薩摩訶薩不不也世尊即無明是菩薩摩訶薩不不也世尊即行識名色六處觸受愛取有生老死是菩薩摩訶薩不不也世尊離無明有菩薩摩訶薩不不也世尊離行乃至老死有菩薩摩訶薩不不也世尊爾時佛告尊者善現汝觀何義作如是言即色等法非菩薩摩訶薩離色等法無菩薩摩訶薩耶時尊者善現白佛言世尊若菩提若薩埵若色等法尚畢竟不可得性非有故況有菩薩摩訶薩此既非有如何可言即色等法是菩薩摩訶薩離色等法有菩薩摩訶薩佛告善現善哉善哉如是如是如汝所說善現若菩提若薩埵若色等法不可得故諸菩薩摩訶薩亦不可得諸菩薩摩訶薩不可得故所行般若波羅蜜多亦不可得善現諸菩薩摩訶薩修行般若波羅蜜多時應如是學復次善現所言菩薩摩訶薩者於意云何即色眞如是菩薩摩訶薩不不也世尊即受想行識眞如是菩薩摩訶薩不不也世尊離色眞如有菩薩摩訶薩不不也世尊離受想行識眞如有菩薩摩訶薩不不也世尊即眼處眞如是菩薩摩訶薩不不也世尊即耳鼻舌身意處眞如是菩薩摩訶薩不不也世尊離眼處眞如有菩薩摩訶薩不不也世尊離耳鼻舌身意處眞如有菩薩摩訶薩不不也

世尊即色處眞如是菩薩摩訶薩不不也世
尊即聲香味觸法處眞如是菩薩摩訶薩不
不也世尊離色處眞如有菩薩摩訶薩不不
也世尊離聲香味觸法處眞如有菩薩摩訶
薩不不也世尊即眼界眞如是菩薩摩訶薩
不不也世尊即色界眼識界及眼觸眼觸爲
緣所生諸受眞如是菩薩摩訶薩不不也世
尊離眼界眞如有菩薩摩訶薩不不也世尊
離色界眼識界及眼觸眼觸爲緣所生諸受
眞如有菩薩摩訶薩不不也世尊即耳界眞
如是菩薩摩訶薩不不也世尊即聲界耳識
界及耳觸耳觸爲緣所生諸受眞如是菩薩
摩訶薩不不也世尊離耳界眞如有菩薩摩
訶薩不不也世尊離聲界耳識界及耳觸耳
觸爲緣所生諸受眞如有菩薩摩訶薩不不
也世尊即鼻界眞如是菩薩摩訶薩不不也
世尊即香界鼻識界及鼻觸鼻觸爲緣所生
諸受眞如是菩薩摩訶薩不不也世尊離鼻
界眞如有菩薩摩訶薩不不也世尊離香界
鼻識界及鼻觸鼻觸爲緣所生諸受眞如有
菩薩摩訶薩不不也世尊即舌界眞如是菩
薩摩訶薩不不也世尊即味界舌識界及舌
觸舌觸爲緣所生諸受眞如是菩薩摩訶薩
不不也世尊離舌界眞如有菩薩摩訶薩不
不也世尊離味界舌識界及舌觸舌觸爲緣
所生諸受眞如有菩薩摩訶薩不不也世尊
即身界眞如是菩薩摩訶薩不不也世尊即
觸界身識界及身觸身觸爲緣所生諸受眞
如是菩薩摩訶薩不不也世尊離身界眞如
有菩薩摩訶薩不不也世尊離觸界身識界

及身觸身觸爲緣所生諸受眞如有菩薩摩訶薩不不也世尊即意界眞如是菩薩摩訶薩不不也世尊即法界意識界及意觸意觸爲緣所生諸受眞如是菩薩摩訶薩不不也世尊離意界眞如有菩薩摩訶薩不不也世尊離法界意識界及意觸意觸爲緣所生諸受眞如有菩薩摩訶薩不不也世尊即地界眞如是菩薩摩訶薩不不也世尊即水火風空識界眞如是菩薩摩訶薩不不也世尊離地界眞如有菩薩摩訶薩不不也世尊離水火風空識界眞如有菩薩摩訶薩不不也世尊即無明眞如是菩薩摩訶薩不不也世尊即行識名色六處觸受愛取有生老死眞如是菩薩摩訶薩不不也世尊離無明眞如有菩薩摩訶薩不不也世尊離行乃至老死眞如有菩薩摩訶薩不不也世尊爾時佛告尊者善現汝觀何義作如是言即色等法眞如非菩薩摩訶薩離色等法眞如無菩薩摩訶薩耶時尊者善現白佛言世尊色等法尚畢竟不可得性非有故況有色等法眞如此眞如既非有如何可言即色等法眞如是菩薩摩訶薩離色等法眞如有菩薩摩訶薩佛告善現善哉善哉如是如是如汝所說善現色等法不可得故色等法眞如亦不可得色等法及眞如不可得故諸菩薩摩訶薩亦不可得諸菩薩摩訶薩不可得故所行般若波羅蜜多亦不可得善現諸菩薩摩訶薩修行般若波羅蜜多時應如是學

大般若波羅蜜多經卷第四百六

音釋

頸居郢切頭莖也　脊資骨切背呂也　膝音悉脛頭節也　髓息委切骨中脂也

大般若波羅蜜多經卷第四百七

唐三藏法師玄奘奉　詔譯

第二分善現品第六之二

復次善現所言菩薩摩訶薩者於意云何色增語是菩薩摩訶薩不不也世尊受想行識增語是菩薩摩訶薩不不也世尊色常增語是菩薩摩訶薩不不也世尊受想行識常增語是菩薩摩訶薩不不也世尊色無常增語是菩薩摩訶薩不不也世尊受想行識無常增語是菩薩摩訶薩不不也世尊色樂增語是菩薩摩訶薩不不也世尊受想行識樂增語是菩薩摩訶薩不不也世尊色苦增語是菩薩摩訶薩不不也世尊受想行識苦增語是菩薩摩訶薩不不也世尊色我增語是菩薩摩訶薩不不也世尊受想行識我增語是菩薩摩訶薩不不也世尊色無我增語是菩薩摩訶薩不不也世尊受想行識無我增語是菩薩摩訶薩不不也世尊色淨增語是菩薩摩訶薩不不也世尊受想行識淨增語是菩薩摩訶薩不不也世尊色不淨增語是菩薩摩訶薩不不也世尊受想行識不淨增語是菩薩摩訶薩不不也世尊色空增語是菩薩摩訶薩不不也世尊受想行識空增語是菩薩摩訶薩不不也世尊色不空增語是菩薩摩訶薩不不也世尊受想行識不空增語是菩薩摩訶薩不不也世尊色有相增語是菩薩摩訶薩不不也世尊受想行識有相增語是菩薩摩訶薩不不也世尊色無相增語是菩薩摩訶薩不不也世尊受想行識無相增語是菩薩摩訶薩不不也世尊色有願增

語是菩薩摩訶薩不不也世尊受想行識有願增語是菩薩摩訶薩不不也世尊色無願增語是菩薩摩訶薩不不也世尊受想行識無願增語是菩薩摩訶薩不不也世尊色寂靜增語是菩薩摩訶薩不不也世尊受想行識寂靜增語是菩薩摩訶薩不不也世尊色不寂靜增語是菩薩摩訶薩不不也世尊受想行識不寂靜增語是菩薩摩訶薩不不也世尊色遠離增語是菩薩摩訶薩不不也世尊受想行識遠離增語是菩薩摩訶薩不不也世尊色不遠離增語是菩薩摩訶薩不不也世尊受想行識不遠離增語是菩薩摩訶薩不不也世尊色雜染增語是菩薩摩訶薩不不也世尊受想行識雜染增語是菩薩摩訶薩不不也世尊色清淨增語是菩薩摩訶薩不不也世尊受想行識清淨增語是菩薩摩訶薩不不也世尊色生增語是菩薩摩訶薩不不也世尊受想行識生增語是菩薩摩訶薩不不也世尊色滅增語是菩薩摩訶薩不不也世尊受想行識滅增語是菩薩摩訶薩不不也世尊復次善現所言菩薩摩訶薩者於意云何眼處增語是菩薩摩訶薩不不也世尊耳鼻舌身意處增語是菩薩摩訶薩不不也世尊眼處常增語是菩薩摩訶薩不不也世尊耳鼻舌身意處常增語是菩薩摩訶薩不不也世尊眼處無常增語是菩薩摩訶薩不不也世尊耳鼻舌身意處無常增語是菩薩摩訶薩不不也世尊眼處樂增語是菩薩摩訶薩不不也世尊耳鼻舌身意處樂增語是菩薩摩訶薩不不也世尊眼處苦增

語是菩薩摩訶薩不不也世尊耳鼻舌身意處苦增語是菩薩摩訶薩不不也世尊眼處我增語是菩薩摩訶薩不不也世尊耳鼻舌身意處我增語是菩薩摩訶薩不不也世尊眼處無我增語是菩薩摩訶薩不不也世尊耳鼻舌身意處無我增語是菩薩摩訶薩不不也世尊眼處淨增語是菩薩摩訶薩不不也世尊耳鼻舌身意處淨增語是菩薩摩訶薩不不也世尊眼處不淨增語是菩薩摩訶薩不不也世尊耳鼻舌身意處不淨增語是菩薩摩訶薩不不也世尊眼處空增語是菩薩摩訶薩不不也世尊耳鼻舌身意處空增語是菩薩摩訶薩不不也世尊眼處不空增語是菩薩摩訶薩不不也世尊耳鼻舌身意處不空增語是菩薩摩訶薩不不也世尊眼處有相增語是菩薩摩訶薩不不也世尊耳鼻舌身意處有相增語是菩薩摩訶薩不不也世尊眼處無相增語是菩薩摩訶薩不不也世尊耳鼻舌身意處無相增語是菩薩摩訶薩不不也世尊眼處有願增語是菩薩摩訶薩不不也世尊耳鼻舌身意處有願增語是菩薩摩訶薩不不也世尊眼處無願增語是菩薩摩訶薩不不也世尊耳鼻舌身意處無願增語是菩薩摩訶薩不不也世尊眼處寂靜增語是菩薩摩訶薩不不也世尊耳鼻舌身意處寂靜增語是菩薩摩訶薩不不也世尊眼處不寂靜增語是菩薩摩訶薩不不也世尊耳鼻舌身意處不寂靜增語是菩薩摩訶薩不不也世尊眼處遠離增語是菩薩摩訶薩不不也世尊耳鼻舌身意處遠離增

語是菩薩摩訶薩不不也世尊眼處不遠離增語是菩薩摩訶薩不不也世尊耳鼻舌身意處不遠離增語是菩薩摩訶薩不不也世尊眼處雜染增語是菩薩摩訶薩不不也世尊耳鼻舌身意處雜染增語是菩薩摩訶薩不不也世尊眼處清淨增語是菩薩摩訶薩不不也世尊耳鼻舌身意處清淨增語是菩薩摩訶薩不不也世尊眼處生增語是菩薩摩訶薩不不也世尊耳鼻舌身意處生增語是菩薩摩訶薩不不也世尊眼處滅增語是菩薩摩訶薩不不也世尊耳鼻舌身意處滅增語是菩薩摩訶薩不不也世尊復次善現所言菩薩摩訶薩者於意云何色處增語是菩薩摩訶薩不不也世尊聲香味觸法處增語是菩薩摩訶薩不不也世尊色處常增語是菩薩摩訶薩不不也世尊聲香味觸法處常增語是菩薩摩訶薩不不也世尊色處無常增語是菩薩摩訶薩不不也世尊聲香味觸法處無常增語是菩薩摩訶薩不不也世尊色處樂增語是菩薩摩訶薩不不也世尊聲香味觸法處樂增語是菩薩摩訶薩不不也世尊色處苦增語是菩薩摩訶薩不不也世尊聲香味觸法處苦增語是菩薩摩訶薩不不也世尊色處我增語是菩薩摩訶薩不不也世尊聲香味觸法處我增語是菩薩摩訶薩不不也世尊色處無我增語是菩薩摩訶薩不不也世尊聲香味觸法處無我增語是菩薩摩訶薩不不也世尊色處淨增語是菩薩摩訶薩不不也世尊聲香味觸法處淨增語是菩薩摩訶薩不不也世尊色處不淨

增語是菩薩摩訶薩不不也世尊聲香味觸法處不淨增語是菩薩摩訶薩不不也世尊色處空增語是菩薩摩訶薩不不也世尊聲香味觸法處空增語是菩薩摩訶薩不不也世尊色處不空增語是菩薩摩訶薩不不也世尊聲香味觸法處不空增語是菩薩摩訶薩不不也世尊色處有相增語是菩薩摩訶薩不不也世尊聲香味觸法處有相增語是菩薩摩訶薩不不也世尊色處無相增語是菩薩摩訶薩不不也世尊聲香味觸法處無相增語是菩薩摩訶薩不不也世尊色處有願增語是菩薩摩訶薩不不也世尊聲香味觸法處有願增語是菩薩摩訶薩不不也世尊色處無願增語是菩薩摩訶薩不不也世尊聲香味觸法處無願增語是菩薩摩訶薩不不也世尊色處寂靜增語是菩薩摩訶薩不不也世尊聲香味觸法處寂靜增語是菩薩摩訶薩不不也世尊色處不寂靜增語是菩薩摩訶薩不不也世尊聲香味觸法處不寂靜增語是菩薩摩訶薩不不也世尊色處遠離增語是菩薩摩訶薩不不也世尊聲香味觸法處遠離增語是菩薩摩訶薩不不也世尊色處不遠離增語是菩薩摩訶薩不不也世尊聲香味觸法處不遠離增語是菩薩摩訶薩不不也世尊色處雜染增語是菩薩摩訶薩不不也世尊聲香味觸法處雜染增語是菩薩摩訶薩不不也世尊色處清淨增語是菩薩摩訶薩不不也世尊聲香味觸法處清淨增語是菩薩摩訶薩不不也世尊色處生增語是菩薩摩訶薩不不也世尊聲香

味觸法處生增語是菩薩摩訶薩不不也世尊色處滅增語是菩薩摩訶薩不不也世尊聲香味觸法處滅增語是菩薩摩訶薩不不也世尊復次善現所言菩薩摩訶薩者於意云何眼界增語是菩薩摩訶薩不不也世尊色界眼識界及眼觸眼觸爲緣所生諸受增語是菩薩摩訶薩不不也世尊眼界常增語是菩薩摩訶薩不不也世尊色界乃至眼觸爲緣所生諸受常增語是菩薩摩訶薩不不也世尊眼界無常增語是菩薩摩訶薩不不也世尊眼界乃至眼觸爲緣所生諸受無常增語是菩薩摩訶薩不不也世尊眼界樂增語是菩薩摩訶薩不不也世尊色界乃至眼觸爲緣所生諸受樂增語是菩薩摩訶薩不不也世尊眼界苦增語是菩薩摩訶薩不不也世尊色界乃至眼觸爲緣所生諸受苦增語是菩薩摩訶薩不不也世尊眼界我增語是菩薩摩訶薩不不也世尊色界乃至眼觸爲緣所生諸受我增語是菩薩摩訶薩不不也世尊眼界無我增語是菩薩摩訶薩不不也世尊色界乃至眼觸爲緣所生諸受無我增語是菩薩摩訶薩不不也世尊眼界淨增語是菩薩摩訶薩不不也世尊色界乃至眼觸爲緣所生諸受淨增語是菩薩摩訶薩不不也世尊眼界不淨增語是菩薩摩訶薩不不也世尊色界乃至眼觸爲緣所生諸受不淨增語是菩薩摩訶薩不不也世尊眼界空增語是菩薩摩訶薩不不也世尊色界乃至眼觸爲緣所生諸受空增語是菩薩摩訶薩不不也世尊眼界不空增語是菩薩摩訶薩

不不也世尊色界乃至眼觸爲縁所生諸受不空增語是菩薩摩訶薩不不也世尊眼界有相增語是菩薩摩訶薩不不也世尊色界乃至眼觸爲縁所生諸受有相增語是菩薩摩訶薩不不也世尊眼界無相增語是菩薩摩訶薩不不也世尊色界乃至眼觸爲縁所生諸受無相增語是菩薩摩訶薩不不也世尊眼界有願增語是菩薩摩訶薩不不也世尊色界乃至眼觸爲縁所生諸受有願增語是菩薩摩訶薩不不也世尊眼界無願增語是菩薩摩訶薩不不也世尊色界乃至眼觸爲縁所生諸受無願增語是菩薩摩訶薩不不不也世尊眼界寂靜增語是菩薩摩訶薩不不也世尊色界乃至眼觸爲縁所生諸受寂靜增語是菩薩摩訶薩不不也世尊眼界不寂靜增語是菩薩摩訶薩不不也世尊色界乃至眼觸爲縁所生諸受不寂靜增語是菩薩摩訶薩不不也世尊眼界遠離增語是菩薩摩訶薩不不也世尊色界乃至眼觸爲縁所生諸受遠離增語是菩薩摩訶薩不不也世尊眼界不遠離增語是菩薩摩訶薩不不也世尊色界乃至眼觸爲縁所生諸受不遠離增語是菩薩摩訶薩不不也世尊眼界雜染增語是菩薩摩訶薩不不也世尊色界乃至眼觸爲縁所生諸受雜染增語是菩薩摩訶薩不不也世尊眼界清淨增語是菩薩摩訶薩不不也世尊色界乃至眼觸爲縁所生諸受清淨增語是菩薩摩訶薩不不也世尊眼界生增語是菩薩摩訶薩不不也世尊色界乃至眼觸爲縁所生諸受生增語是菩薩

摩訶薩不不也世尊眼界滅增語是菩薩摩訶薩不不也世尊色界乃至眼觸爲緣所生諸受滅增語是菩薩摩訶薩不不也世尊復次善現所言菩薩摩訶薩者於意云何耳界增語是菩薩摩訶薩不不也世尊聲界耳識界及耳觸耳觸爲緣所生諸受增語是菩薩摩訶薩不不也世尊耳界常增語是菩薩摩訶薩不不也世尊聲界乃至耳觸爲緣所生諸受常增語是菩薩摩訶薩不不也世尊耳界無常增語是菩薩摩訶薩不不也世尊聲界乃至耳觸爲緣所生諸受無常增語是菩薩摩訶薩不不也世尊耳界樂增語是菩薩摩訶薩不不也世尊聲界乃至耳觸爲緣所生諸受樂增語是菩薩摩訶薩不不也世尊耳界苦增語是菩薩摩訶薩不不也世尊聲界乃至耳觸爲緣所生諸受苦增語是菩薩摩訶薩不不也世尊耳界我增語是菩薩摩訶薩不不也世尊聲界乃至耳觸爲緣所生諸受我增語是菩薩摩訶薩不不也世尊耳界無我增語是菩薩摩訶薩不不也世尊聲界乃至耳觸爲緣所生諸受無我增語是菩薩摩訶薩不不也世尊耳界淨增語是菩薩摩訶薩不不也世尊聲界乃至耳觸爲緣所生諸受淨增語是菩薩摩訶薩不不也世尊耳界不淨增語是菩薩摩訶薩不不也世尊聲界乃至耳觸爲緣所生諸受不淨增語是菩薩摩訶薩不不也世尊耳界空增語是菩薩摩訶薩不不也世尊聲界乃至耳觸爲緣所生諸受空增語是菩薩摩訶薩不不也世尊耳界不空增語是菩薩摩訶薩不不也世

尊聲界乃至耳觸爲縁所生諸受不空增語是菩薩摩訶薩不不也世尊耳界有相增語是菩薩摩訶薩不不也世尊聲界乃至耳觸爲縁所生諸受有相增語是菩薩摩訶薩不不也世尊耳界無相增語是菩薩摩訶薩不不也世尊聲界乃至耳觸爲縁所生諸受無相增語是菩薩摩訶薩不不也世尊耳界有願增語是菩薩摩訶薩不不也世尊聲界乃至耳觸爲縁所生諸受有願增語是菩薩摩訶薩不不也世尊耳界無願增語是菩薩摩訶薩不不也世尊聲界乃至耳觸爲縁所生諸受無願增語是菩薩摩訶薩不不也世尊耳界寂靜增語是菩薩摩訶薩不不也世尊聲界乃至耳觸爲縁所生諸受寂靜增語是菩薩摩訶薩不不也世尊耳界不寂靜增語是菩薩摩訶薩不不也世尊聲界乃至耳觸爲縁所生諸受不寂靜增語是菩薩摩訶薩不不也世尊耳界遠離增語是菩薩摩訶薩不不也世尊聲界乃至耳觸爲縁所生諸受遠離增語是菩薩摩訶薩不不也世尊耳界不遠離增語是菩薩摩訶薩不不也世尊聲界乃至耳觸爲縁所生諸受不遠離增語是菩薩摩訶薩不不也世尊耳界雜染增語是菩薩摩訶薩不不也世尊聲界乃至耳觸爲縁所生諸受雜染增語是菩薩摩訶薩不不也世尊耳界清淨增語是菩薩摩訶薩不不也世尊聲界乃至耳觸爲縁所生諸受清淨增語是菩薩摩訶薩不不也世尊耳界生增語是菩薩摩訶薩不不也世尊聲界乃至耳觸爲縁所生諸受生增語是菩薩摩訶薩不

不也世尊耳界滅增語是菩薩摩訶薩不不也世尊聲界乃至耳觸爲緣所生諸受滅增語是菩薩摩訶薩不不也世尊復次善現所言菩薩摩訶薩者於意云何鼻界增語是菩薩摩訶薩不不也世尊香界鼻識界及鼻觸鼻觸爲緣所生諸受增語是菩薩摩訶薩不不也世尊鼻界常增語是菩薩摩訶薩不不也世尊香界乃至鼻觸爲緣所生諸受常增語是菩薩摩訶薩不不也世尊鼻界無常增語是菩薩摩訶薩不不也世尊香界乃至鼻觸爲緣所生諸受無常增語是菩薩摩訶薩不不也世尊鼻界樂增語是菩薩摩訶薩不不也世尊香界乃至鼻觸爲緣所生諸受樂增語是菩薩摩訶薩不不也世尊鼻界苦增語是菩薩摩訶薩不不也世尊香界乃至鼻觸爲緣所生諸受苦增語是菩薩摩訶薩不不也世尊鼻界我增語是菩薩摩訶薩不不也世尊香界乃至鼻觸爲緣所生諸受我增語是菩薩摩訶薩不不也世尊鼻界無我增語是菩薩摩訶薩不不也世尊香界乃至鼻觸爲緣所生諸受無我增語是菩薩摩訶薩不不也世尊鼻界淨增語是菩薩摩訶薩不不也世尊香界乃至鼻觸爲緣所生諸受淨增語是菩薩摩訶薩不不也世尊鼻界不淨增語是菩薩摩訶薩不不也世尊香界乃至鼻觸爲緣所生諸受不淨增語是菩薩摩訶薩不不也世尊鼻界空增語是菩薩摩訶薩不不也世尊香界乃至鼻觸爲緣所生諸受空增語是菩薩摩訶薩不不也世尊鼻界不空增語是菩薩摩訶薩不不也世尊香界乃

至鼻觸爲緣所生諸受不空增語是菩薩摩訶薩不不也世尊鼻界有相增語是菩薩摩訶薩不不也世尊香界乃至鼻觸爲緣所生諸受有相增語是菩薩摩訶薩不不也世尊鼻界無相增語是菩薩摩訶薩不不也世尊香界乃至鼻觸爲緣所生諸受無相增語是菩薩摩訶薩不不也世尊鼻界有願增語是菩薩摩訶薩不不也世尊香界乃至鼻觸爲緣所生諸受有願增語是菩薩摩訶薩不不也世尊鼻界無願增語是菩薩摩訶薩不不也世尊香界乃至鼻觸爲緣所生諸受無願增語是菩薩摩訶薩不不也世尊鼻界寂靜增語是菩薩摩訶薩不不也世尊香界乃至鼻觸爲緣所生諸受寂靜增語是菩薩摩訶薩不不也世尊鼻界不寂靜增語是菩薩摩訶薩不不也世尊香界乃至鼻觸爲緣所生諸受不寂靜增語是菩薩摩訶薩不不也世尊鼻界遠離增語是菩薩摩訶薩不不也世尊香界乃至鼻觸爲緣所生諸受遠離增語是菩薩摩訶薩不不也世尊鼻界不遠離增語是菩薩摩訶薩不不也世尊香界乃至鼻觸爲緣所生諸受不遠離增語是菩薩摩訶薩不不也世尊鼻界雜染增語是菩薩摩訶薩不不也世尊香界乃至鼻觸爲緣所生諸受雜染增語是菩薩摩訶薩不不也世尊鼻界清淨增語是菩薩摩訶薩不不也世尊香界乃至鼻觸爲緣所生諸受清淨增語是菩薩摩訶薩不不也世尊鼻界生增語是菩薩摩訶薩不不也世尊香界乃至鼻觸爲緣所生諸受生增語是菩薩摩訶薩不不也世尊

鼻界滅增語是菩薩摩訶薩不不也世尊香界乃至鼻觸爲緣所生諸受滅增語是菩薩摩訶薩不不也世尊復次善現所言菩薩摩訶薩者於意云何舌界增語是菩薩摩訶薩不不也世尊味界舌識界及舌觸舌觸爲緣所生諸受增語是菩薩摩訶薩不不也世尊舌界常增語是菩薩摩訶薩不不也世尊味界乃至舌觸爲緣所生諸受常增語是菩薩摩訶薩不不也世尊舌界無常增語是菩薩摩訶薩不不也世尊味界乃至舌觸爲緣所生諸受無常增語是菩薩摩訶薩不不也世尊舌界樂增語是菩薩摩訶薩不不也世尊味界乃至舌觸爲緣所生諸受樂增語是菩薩摩訶薩不不也世尊舌界苦增語是菩薩摩訶薩不不也世尊味界乃至舌觸爲緣所生諸受苦增語是菩薩摩訶薩不不也世尊舌界我增語是菩薩摩訶薩不不也世尊味界乃至舌觸爲緣所生諸受我增語是菩薩摩訶薩不不也世尊舌界無我增語是菩薩摩訶薩不不也世尊味界乃至舌觸爲緣所生諸受無我增語是菩薩摩訶薩不不也世尊舌界淨增語是菩薩摩訶薩不不也世尊味界乃至舌觸爲緣所生諸受淨增語是菩薩摩訶薩不不也世尊舌界不淨增語是菩薩摩訶薩不不也世尊味界乃至舌觸爲緣所生諸受不淨增語是菩薩摩訶薩不不也世尊舌界空增語是菩薩摩訶薩不不也世尊味界乃至舌觸爲緣所生諸受空增語是菩薩摩訶薩不不也世尊舌界不空增語是菩薩摩訶薩不不也世尊味界乃至舌觸爲

緣所生諸受不空增語是菩薩摩訶薩不不也世尊舌界有相增語是菩薩摩訶薩不不也世尊味界乃至舌觸爲緣所生諸受有相增語是菩薩摩訶薩不不也世尊舌界無相增語是菩薩摩訶薩不不也世尊味界乃至舌觸爲緣所生諸受無相增語是菩薩摩訶薩不不也世尊舌界有願增語是菩薩摩訶薩不不也世尊味界乃至舌觸爲緣所生諸受有願增語是菩薩摩訶薩不不也世尊舌界無願增語是菩薩摩訶薩不不也世尊味界乃至舌觸爲緣所生諸受無願增語是菩薩摩訶薩不不也世尊舌界寂靜增語是菩薩摩訶薩不不也世尊味界乃至舌觸爲緣所生諸受寂靜增語是菩薩摩訶薩不不也世尊舌界不寂靜增語是菩薩摩訶薩不不也世尊味界乃至舌觸爲緣所生諸受不寂靜增語是菩薩摩訶薩不不也世尊舌界遠離增語是菩薩摩訶薩不不也世尊味界乃至舌觸爲緣所生諸受遠離增語是菩薩摩訶薩不不也世尊舌界不遠離增語是菩薩摩訶薩不不也世尊味界乃至舌觸爲緣所生諸受不遠離增語是菩薩摩訶薩不不也世尊舌界雜染增語是菩薩摩訶薩不不也世尊味界乃至舌觸爲緣所生諸受雜染增語是菩薩摩訶薩不不也世尊舌界清淨增語是菩薩摩訶薩不不也世尊味界乃至舌觸爲緣所生諸受清淨增語是菩薩摩訶薩不不也世尊舌界生增語是菩薩摩訶薩不不也世尊味界乃至舌觸爲緣所生諸受生增語是菩薩摩訶薩不不也世尊舌界滅增

語是菩薩摩訶薩不不也世尊味界乃至舌
觸爲緣所生諸受滅增語是菩薩摩訶薩不
不也世尊復次善現所言菩薩摩訶薩者於
意云何身界增語是菩薩摩訶薩不不也世
尊觸界身識界及身觸身觸爲緣所生諸受
增語是菩薩摩訶薩不不也世尊身界常增
語是菩薩摩訶薩不不也世尊觸界乃至身
觸爲緣所生諸受常增語是菩薩摩訶薩不
不也世尊身界無常增語是菩薩摩訶薩不
不也世尊觸界乃至身觸爲緣所生諸受無
常增語是菩薩摩訶薩不不也世尊身界樂
增語是菩薩摩訶薩不不也世尊觸界乃至
身觸爲緣所生諸受樂增語是菩薩摩訶薩
不不也世尊身界苦增語是菩薩摩訶薩不
不也世尊觸界乃至身觸爲緣所生諸受苦
增語是菩薩摩訶薩不不也世尊身界我增
語是菩薩摩訶薩不不也世尊觸界乃至身
觸爲緣所生諸受我增語是菩薩摩訶薩不
不也世尊身界無我增語是菩薩摩訶薩不
不也世尊觸界乃至身觸爲緣所生諸受無
我增語是菩薩摩訶薩不不也世尊身界淨
增語是菩薩摩訶薩不不也世尊觸界乃至
身觸爲緣所生諸受淨增語是菩薩摩訶薩
不不也世尊身界不淨增語是菩薩摩訶薩
不不也世尊觸界乃至身觸爲緣所生諸受
不淨增語是菩薩摩訶薩不不也世尊身界
空增語是菩薩摩訶薩不不也世尊觸界乃
至身觸爲緣所生諸受空增語是菩薩摩訶
薩不不也世尊身界不空增語是菩薩摩訶
薩不不也世尊觸界乃至身觸爲緣所生諸

受不空增語是菩薩摩訶薩不不也世尊身界有相增語是菩薩摩訶薩不不也世尊觸界乃至身觸爲緣所生諸受有相增語是菩薩摩訶薩不不也世尊身界無相增語是菩薩摩訶薩不不也世尊觸界乃至身觸爲緣所生諸受無相增語是菩薩摩訶薩不不也世尊身界有願增語是菩薩摩訶薩不不也世尊觸界乃至身觸爲緣所生諸受有願增語是菩薩摩訶薩不不也世尊身界無願增語是菩薩摩訶薩不不也世尊觸界乃至身觸爲緣所生諸受無願增語是菩薩摩訶薩不不也世尊身界寂靜增語是菩薩摩訶薩不不也世尊觸界乃至身觸爲緣所生諸受寂靜增語是菩薩摩訶薩不不也世尊身界不寂靜增語是菩薩摩訶薩不不也世尊觸界乃至身觸爲緣所生諸受不寂靜增語是菩薩摩訶薩不不也世尊身界遠離增語是菩薩摩訶薩不不也世尊觸界乃至身觸爲緣所生諸受遠離增語是菩薩摩訶薩不不也世尊身界不遠離增語是菩薩摩訶薩不不也世尊觸界乃至身觸爲緣所生諸受不遠離增語是菩薩摩訶薩不不也世尊身界雜染增語是菩薩摩訶薩不不也世尊觸界乃至身觸爲緣所生諸受雜染增語是菩薩摩訶薩不不也世尊身界清淨增語是菩薩摩訶薩不不也世尊觸界乃至身觸爲緣所生諸受清淨增語是菩薩摩訶薩不不也世尊身界生增語是菩薩摩訶薩不不也世尊觸界乃至身觸爲緣所生諸受生增語是菩薩摩訶薩不不也世尊身界滅增語是菩薩

摩訶薩不不也世尊觸界乃至身觸爲緣所生諸受滅增語是菩薩摩訶薩不不也世尊

復次善現所言菩薩摩訶薩者於意云何意界增語是菩薩摩訶薩不不也世尊法界意識界及意觸意觸爲緣所生諸受增語是菩薩摩訶薩不不也世尊意界常增語是菩薩摩訶薩不不也世尊法界乃至意觸爲緣所生諸受常增語是菩薩摩訶薩不不也世尊意界無常增語是菩薩摩訶薩不不也世尊法界乃至意觸爲緣所生諸受無常增語是菩薩摩訶薩不不也世尊意界樂增語是菩薩摩訶薩不不也世尊法界乃至意觸爲緣所生諸受樂增語是菩薩摩訶薩不不也世尊意界苦增語是菩薩摩訶薩不不也世尊法界乃至意觸爲緣所生諸受苦增語是菩薩摩訶薩不不也世尊意界我增語是菩薩摩訶薩不不也世尊法界乃至意觸爲緣所生諸受我增語是菩薩摩訶薩不不也世尊意界無我增語是菩薩摩訶薩不不也世尊法界乃至意觸爲緣所生諸受無我增語是菩薩摩訶薩不不也世尊意界淨增語是菩薩摩訶薩不不也世尊法界乃至意觸爲緣所生諸受淨增語是菩薩摩訶薩不不也世尊意界不淨增語是菩薩摩訶薩不不也世尊法界乃至意觸爲緣所生諸受不淨增語是菩薩摩訶薩不不也世尊意界空增語是菩薩摩訶薩不不也世尊法界乃至意觸爲緣所生諸受空增語是菩薩摩訶薩不不也世尊意界不空增語是菩薩摩訶薩不不也世尊法界乃至意觸爲緣所生諸受不空增

語是菩薩摩訶薩不不也世尊意界有相增
語是菩薩摩訶薩不不也世尊法界乃至意
觸爲緣所生諸受有相增語是菩薩摩訶薩
不不也世尊意界無相增語是菩薩摩訶薩
不不也世尊法界乃至意觸爲緣所生諸受
無相增語是菩薩摩訶薩不不也世尊意界
有願增語是菩薩摩訶薩不不也世尊法界
乃至意觸爲緣所生諸受有願增語是菩薩
摩訶薩不不也世尊意界無願增語是菩薩
摩訶薩不不也世尊法界乃至意觸爲緣所
生諸受無願增語是菩薩摩訶薩不不也世
尊意界寂靜增語是菩薩摩訶薩不不也世
尊法界乃至意觸爲緣所生諸受寂靜增語
是菩薩摩訶薩不不也世尊意界不寂靜增
語是菩薩摩訶薩不不也世尊法界乃至意
觸爲緣所生諸受不寂靜增語是菩薩摩訶
薩不不也世尊意界遠離增語是菩薩摩訶
薩不不也世尊法界乃至意觸爲緣所生諸
受遠離增語是菩薩摩訶薩不不也世尊意
界不遠離增語是菩薩摩訶薩不不也世尊
法界乃至意觸爲緣所生諸受不遠離增語
是菩薩摩訶薩不不也世尊意界雜染增語
是菩薩摩訶薩不不也世尊法界乃至意觸
爲緣所生諸受雜染增語是菩薩摩訶薩不
不也世尊意界清淨增語是菩薩摩訶薩不
不也世尊法界乃至意觸爲緣所生諸受清
淨增語是菩薩摩訶薩不不也世尊意界生
增語是菩薩摩訶薩不不也世尊法界乃至
意觸爲緣所生諸受生增語是菩薩摩訶薩
不不也世尊意界滅增語是菩薩摩訶薩不

不也世尊法界乃至意觸爲縁所生諸受滅
增語是菩薩摩訶薩不不也世尊

大般若波羅蜜多經卷第四百七

大般若波羅蜜多經卷第四百八

唐三藏法師玄奘奉　詔譯

第二分善現品第六之三

復次善現所言菩薩摩訶薩者於意云何地界增語是菩薩摩訶薩不不也世尊水火風空識界增語是菩薩摩訶薩不不也世尊地界常增語是菩薩摩訶薩不不也世尊水火風空識界常增語是菩薩摩訶薩不不也世尊地界無常增語是菩薩摩訶薩不不也世尊水火風空識界無常增語是菩薩摩訶薩不不也世尊地界樂增語是菩薩摩訶薩不不也世尊水火風空識界樂增語是菩薩摩訶薩不不也世尊地界苦增語是菩薩摩訶薩不不也世尊水火風空識界苦增語是菩薩摩訶薩不不也世尊地界我增語是菩薩摩訶薩不不也世尊水火風空識界我增語是菩薩摩訶薩不不也世尊地界無我增語是菩薩摩訶薩不不也世尊水火風空識界無我增語是菩薩摩訶薩不不也世尊地界淨增語是菩薩摩訶薩不不也世尊水火風空識界淨增語是菩薩摩訶薩不不也世尊地界不淨增語是菩薩摩訶薩不不也世尊水火風空識界不淨增語是菩薩摩訶薩不不也世尊地界空增語是菩薩摩訶薩不不也世尊水火風空識界空增語是菩薩摩訶薩不不也世尊地界不空增語是菩薩摩訶薩不不也世尊水火風空識界不空增語是菩薩摩訶薩不不也世尊地界有相增語是菩薩摩訶薩不不也世尊水火風空識界有相增語是菩薩摩訶薩不不也世尊地界無

相增語是菩薩摩訶薩不不也世尊水火風空識界無相增語是菩薩摩訶薩不不也世尊地界有願增語是菩薩摩訶薩不不也世尊水火風空識界有願增語是菩薩摩訶薩不不也世尊地界無願增語是菩薩摩訶薩不不也世尊水火風空識界無願增語是菩薩摩訶薩不不也世尊地界寂靜增語是菩薩摩訶薩不不也世尊水火風空識界寂靜增語是菩薩摩訶薩不不也世尊地界不寂靜增語是菩薩摩訶薩不不也世尊水火風空識界不寂靜增語是菩薩摩訶薩不不也世尊地界遠離增語是菩薩摩訶薩不不也世尊水火風空識界遠離增語是菩薩摩訶薩不不也世尊地界不遠離增語是菩薩摩訶薩不不也世尊水火風空識界不遠離增

語是菩薩摩訶薩不不也世尊地界雜染增語是菩薩摩訶薩不不也世尊水火風空識界雜染增語是菩薩摩訶薩不不也世尊地界清淨增語是菩薩摩訶薩不不也世尊水火風空識界清淨增語是菩薩摩訶薩不不也世尊地界生增語是菩薩摩訶薩不不也世尊水火風空識界生增語是菩薩摩訶薩不不也世尊地界滅增語是菩薩摩訶薩不不也世尊水火風空識界滅增語是菩薩摩訶薩不不也世尊復次善現所言菩薩摩訶薩者於意云何無明增語是菩薩摩訶薩不不也世尊行識名色六處觸受愛取有生老死增語是菩薩摩訶薩不不也世尊無明常增語是菩薩摩訶薩不不也世尊行乃至老死常增語是菩薩摩訶薩不不也世尊無明

無常增語是菩薩摩訶薩不不也世尊行乃至老死無常增語是菩薩摩訶薩不不也世尊無明樂增語是菩薩摩訶薩不不也世尊行乃至老死樂增語是菩薩摩訶薩不不也世尊無明苦增語是菩薩摩訶薩不不也世尊行乃至老死苦增語是菩薩摩訶薩不不也世尊無明我增語是菩薩摩訶薩不不也世尊行乃至老死我增語是菩薩摩訶薩不不也世尊無明無我增語是菩薩摩訶薩不不也世尊行乃至老死無我增語是菩薩摩訶薩不不也世尊無明淨增語是菩薩摩訶薩不不也世尊行乃至老死淨增語是菩薩摩訶薩不不也世尊無明不淨增語是菩薩摩訶薩不不也世尊行乃至老死不淨增語是菩薩摩訶薩不不也世尊無明空增語是菩薩摩訶薩不不也世尊行乃至老死空增語是菩薩摩訶薩不不也世尊無明不空增語是菩薩摩訶薩不不也世尊行乃至老死不空增語是菩薩摩訶薩不不也世尊無明有相增語是菩薩摩訶薩不不也世尊行乃至老死有相增語是菩薩摩訶薩不不也世尊無明無相增語是菩薩摩訶薩不不也世尊行乃至老死無相增語是菩薩摩訶薩不不也世尊無明有願增語是菩薩摩訶薩不不也世尊行乃至老死有願增語是菩薩摩訶薩不不也世尊無明無願增語是菩薩摩訶薩不不也世尊行乃至老死無願增語是菩薩摩訶薩不不也世尊無明寂靜增語是菩薩摩訶薩不不也世尊行乃至老死寂靜增語是菩薩摩訶薩不不也世尊無明不寂

靜增語是菩薩摩訶薩不不也世尊行乃至老死不寂靜增語是菩薩摩訶薩不不也世尊無明遠離增語是菩薩摩訶薩不不也世尊行乃至老死遠離增語是菩薩摩訶薩不不也世尊無明不遠離增語是菩薩摩訶薩不不也世尊行乃至老死不遠離增語是菩薩摩訶薩不不也世尊無明雜染增語是菩薩摩訶薩不不也世尊行乃至老死雜染增語是菩薩摩訶薩不不也世尊無明清淨增語是菩薩摩訶薩不不也世尊行乃至老死清淨增語是菩薩摩訶薩不不也世尊無明生增語是菩薩摩訶薩不不也世尊行乃至老死生增語是菩薩摩訶薩不不也世尊無明滅增語是菩薩摩訶薩不不也世尊行乃至老死滅增語是菩薩摩訶薩不不也世尊

爾時佛告具壽善現汝觀何義作如是言色等法增語非菩薩摩訶薩復觀何義作如是言色等法若常若無常增語若樂若苦增語若我若無我增語若淨若不淨增語若空若不空增語若有相若無相增語若有願若無願增語若寂靜若不寂靜增語若遠離若不遠離增語若雜染若清淨增語若生若滅增語亦非菩薩摩訶薩耶時具壽善現白佛言世尊色等法尚畢竟不可得性非有故況有色等法增語此增語既非有如何可言色等法增語是菩薩摩訶薩世尊色等法常尚畢竟不可得性非有故況有色等法無常色等法常無常尚畢竟不可得況有色等法常無常增語此增語既非有如何可言色等法常無常增語是菩薩摩訶薩世尊色等法樂尚

畢竟不可得性非有故況有色等法苦色等法樂苦尚畢竟不可得況有色等法樂苦增語此增語既非有如何可言色等法樂苦增語是菩薩摩訶薩世尊色等法我尚畢竟不可得性非有故況有色等法無我色等法我無我尚畢竟不可得況有色等法我無我增語此增語既非有如何可言色等法我無我增語是菩薩摩訶薩世尊色等法淨尚畢竟不可得性非有故況有色等法不淨色等法淨不淨尚畢竟不可得況有色等法淨不淨增語此增語既非有如何可言色等法淨不淨增語是菩薩摩訶薩世尊色等法不空尚畢竟不可得性非有故況有色等法空色等法空不空尚畢竟不可得況有色等法空不空增語此增語既非有如何可言色等法空不空增語是菩薩摩訶薩世尊色等法有相尚畢竟不可得性非有故況有色等法無相色等法有相無相尚畢竟不可得況有色等法有相無相增語此增語既非有如何可言色等法有相無相增語是菩薩摩訶薩世尊色等法有願尚畢竟不可得性非有故況有色等法無願色等法有願無願尚畢竟不可得況有色等法有願無願增語此增語既非有如何可言色等法有願無願增語是菩薩摩訶薩世尊色等法寂靜尚畢竟不可得性非有故況有色等法不寂靜色等法寂靜不寂靜尚畢竟不可得況有色等法寂靜不寂靜增語此增語既非有如何可言色等法寂靜不寂靜增語是菩薩摩訶薩世尊色等法遠離尚畢竟不可得性非有故況有色等法

不遠離色等法遠離不遠離尚畢竟不可得況有色等法遠離不遠離增語此增語既非有如何可言色等法遠離不遠離增語是菩薩摩訶薩世尊色等法雜染尚畢竟不可得性非有故況有色等法清淨色等法雜染清淨尚畢竟不可得況有色等法雜染清淨增語此增語既非有如何可言色等法雜染清淨增語是菩薩摩訶薩世尊色等法生尚畢竟不可得性非有故況有色等法滅色等法生滅尚畢竟不可得況有色等法生滅增語此增語既非有如何可言色等法生滅增語是菩薩摩訶薩佛言善現善哉善哉如是如是如汝所說善現色等法及常無常等不可得故色等法增語及常無常等增語亦不可得法及增語不可得故諸菩薩摩訶薩亦不可得諸菩薩摩訶薩不可得故所行般若波羅蜜多亦不可得善現諸菩薩摩訶薩修行般若波羅蜜多時應如是學復次善現汝先所言我都不見有一法可名菩薩摩訶薩者如是如是如汝所說善現諸法不見諸法諸法不見法界法界不見諸法法界不見法界善現法界不見色界色界不見法界法界不見受想行識界受想行識界不見法界善現法界不見眼處眼處不見法界法界不見耳鼻舌身意處耳鼻舌身意處不見法界善現法界不見色處色處不見法界法界不見聲香味觸法處聲香味觸法處不見法界善現法界不見眼界眼界不見法界法界不見耳鼻舌身意界耳鼻舌身意界不見法界善現法界不見色界色界不見法界法界不見聲

香味觸法界聲香味觸法界不見法界善現法界不見眼識界眼識界不見法界法界不見耳鼻舌身意識界耳鼻舌身意識界不見法界善現法界不見地界地界不見法界法界不見水火風空識界水火風空識界不見法界善現法界不見無明無明不見法界法界不見行識名色六處觸受愛取有生老死行乃至老死不見法界善現有爲界不見無爲界無爲界不見有爲界善現非離有爲施設無爲非離無爲施設有爲如是善現諸菩薩摩訶薩修行般若波羅蜜多時於一切法都無所見無所見故其心不驚不恐不怖於一切法心不沉没亦不憂悔何以故善現是菩薩摩訶薩如是修行甚深般若波羅蜜多時不見色不見受想行識不見眼處不見耳鼻舌身意處不見色處不見聲香味觸法處不見眼界不見耳鼻舌身意界不見色界不見聲香味觸法界不見眼識界不見耳鼻舌身意識界不見地界不見水火風空識界不見無明不見行識名色六處觸受愛取有生老死不見貪欲不見瞋恚愚癡不見我不見有情命者生者養者士夫補特伽羅意生儒童作者受者知者見者不見欲界不見色無色界不見聲聞及聲聞法不見獨覺及獨覺法不見菩薩及菩薩法不見諸佛及諸佛法不見無上正等菩提如是善現諸菩薩摩訶薩於一切法都無所見無所見故其心不驚不恐不怖於一切法心不沉没亦不憂悔爾時具壽善現白佛言世尊復何因緣諸菩薩摩訶薩修行般若波羅蜜多時於一切法心

不沉没亦不憂悔佛告善現諸菩薩摩訶薩修行般若波羅蜜多時普於一切心心所法不得不見由是因縁於一切法心不沉没亦不憂悔具壽善現復白佛言世尊諸菩薩摩訶薩修行般若波羅蜜多時何因縁故於一切法其心不驚不恐不怖佛告善現諸菩薩摩訶薩修行般若波羅蜜多時普於一切意及意界不得不見如是善現諸菩薩摩訶薩修行般若波羅蜜多時於一切法其心不驚不恐不怖復次善現諸菩薩摩訶薩於一切法都無所得應行般若波羅蜜多復次善現諸菩薩摩訶薩修行般若波羅蜜多時於一切處及一切時不得般若波羅蜜多不得般若波羅蜜多名不得菩薩摩訶薩不得菩薩摩訶薩名亦不得菩薩摩訶薩心善現應如是教誡教授諸菩薩摩訶薩令於般若波羅蜜多皆得成辦

第二分入離生品第七

爾時具壽善現白佛言世尊若菩薩摩訶薩欲圓滿布施波羅蜜多當學般若波羅蜜多欲圓滿淨戒安忍精進靜慮般若波羅蜜多當學般若波羅蜜多若菩薩摩訶薩欲遍知色當學般若波羅蜜多欲遍知受想行識當學般若波羅蜜多若菩薩摩訶薩欲遍知眼處當學般若波羅蜜多欲遍知耳鼻舌身意處當學般若波羅蜜多若菩薩摩訶薩欲遍知色處當學般若波羅蜜多欲遍知聲香味觸法處當學般若波羅蜜多若菩薩摩訶薩欲遍知眼界當學般若波羅蜜多欲遍知耳鼻舌身意界當學般若波羅蜜多若菩薩摩

訶薩欲遍知色界當學般若波羅蜜多欲遍知聲香味觸法界當學般若波羅蜜多若菩薩摩訶薩欲遍知眼識界當學般若波羅蜜多欲遍知耳鼻舌身意識界當學般若波羅蜜多若菩薩摩訶薩欲遍知眼觸當學般若波羅蜜多欲遍知耳鼻舌身意觸當學般若波羅蜜多若菩薩摩訶薩欲遍知眼觸爲緣所生諸受當學般若波羅蜜多欲遍知耳鼻舌身意觸爲緣所生諸受當學般若波羅蜜多若菩薩摩訶薩欲遍知地界當學般若波羅蜜多欲遍知水火風空識界當學般若波羅蜜多若菩薩摩訶薩欲遍知無明當學般若波羅蜜多欲遍知行識名色六處觸受愛取有生老死當學般若波羅蜜多若菩薩摩訶薩欲求斷貪欲瞋恚愚癡當學般若波羅蜜多若菩薩摩訶薩欲求斷薩迦耶見戒禁取疑欲貪瞋恚當學般若波羅蜜多若菩薩摩訶薩欲求斷色貪無色貪無明慢掉舉當學般若波羅蜜多若菩薩摩訶薩欲求斷一切隨眠纏結當學般若波羅蜜多若菩薩摩訶薩欲求斷四食當學般若波羅蜜多若菩薩摩訶薩欲求斷四暴流軛取身繫顛倒當學般若波羅蜜多若菩薩摩訶薩欲遠離十不善業道當學般若波羅蜜多若菩薩摩訶薩欲受行十善業道當學般若波羅蜜多若菩薩摩訶薩欲修行四靜慮當學般若波羅蜜多欲修行四無量四無色定當學般若波羅蜜多若菩薩摩訶薩欲修行四念住當學般若波羅蜜多欲修行四正斷四神足五根五力七等覺支八聖道支當學般若波羅蜜

多若菩薩摩訶薩欲得佛十力當學般若波羅蜜多欲得四無所畏四無礙解大慈大悲大喜大捨十八佛不共法當學般若波羅蜜多若菩薩摩訶薩欲自在入覺支三摩地當學般若波羅蜜多若菩薩摩訶薩欲自在遊戲六種神通當學般若波羅蜜多若菩薩摩訶薩欲於四靜慮四無色滅盡定次第超越順逆自在當學般若波羅蜜多若菩薩摩訶薩欲於一切陀羅尼門三摩地門皆得自在當學般若波羅蜜多若菩薩摩訶薩欲於一切師子遊戲三摩地乃至師子奮迅三摩地入出自在當學般若波羅蜜多若菩薩摩訶薩欲於入出健行三摩地寶印三摩地妙月三摩地月幢相三摩地一切法印三摩地觀印三摩地法界決定三摩地決定幢相三摩地金剛喻三摩地入一切法門三摩地三摩地王三摩地王印三摩地力清淨三摩地寶篋三摩地入一切法言詞決定三摩地入一切法增語三摩地觀察十方三摩地一切法陀羅尼門印三摩地一切法無忘失三摩地一切法等趣行相印三摩地住虛空處三摩地三輪清淨三摩地不退神通三摩地器涌三摩地勝定幢相三摩地及餘無量勝三摩地皆得自在當學般若波羅蜜多若菩薩摩訶薩欲滿一切有情所願當學般若波羅蜜多若菩薩摩訶薩欲滿如是殊勝善根由此善根得圓滿故不墮諸惡趣不生貧賤家不墮聲聞及獨覺地於菩薩頂終不退墮當學般若波羅蜜多爾時舍利子問善現言云何名爲菩薩頂墮善現答言若諸菩薩無方便

善巧而行六波羅蜜多無方便善巧而住三解脫門退墮聲聞或獨覺地不入菩薩正性離生如是名爲菩薩頂墮時舍利子問善現言何者名生善現對曰生謂法愛舍利子言何謂法愛善現對曰若菩薩摩訶薩修行般若波羅蜜多安住色空而起想著安住受想行識空而起想著安住色無相而起想著安住受想行識無相而起想著安住色無願而起想著安住受想行識無願而起想著安住色寂靜而起想著安住受想行識寂靜而起想著安住色遠離而起想著安住受想行識遠離而起想著安住色無常而起想著安住受想行識無常而起想著安住色苦而起想著安住受想行識苦而起想著安住色無我而起想著安住受想行識無我而起想著安住色不淨而起想著安住受想行識不淨而起想著舍利子是爲菩薩摩訶薩隨順法愛即此法愛說名爲生復次舍利子若菩薩摩訶薩作如是念此色應斷此受想行識應斷由此故色應斷由此故受想行識應斷此苦應遍知由此故苦應遍知此集應永斷由此故集應永斷此滅應作證由此故滅應作證此道應修習由此故道應修習此是雜染此是清淨此應親近此不應親近此應行此不應行此是道此非道此是應學此不應學此是布施波羅蜜多此非布施波羅蜜多此是淨戒安忍精進靜慮般若波羅蜜多此非淨戒安忍精進靜慮般若波羅蜜多此是方便善巧此非方便善巧此是菩薩生此是菩薩離生舍利子若菩薩摩訶薩修行般若波羅

蜜多時安住此等種種法門而起想著是爲菩薩摩訶薩隨順法愛即此法愛說名爲生如宿食生能爲過患爾時具壽舍利子問具壽善現言云何菩薩摩訶薩入正性離生善現對曰舍利子若菩薩摩訶薩修行般若波羅蜜多時不見内空不依内空而觀外空不見外空不依外空而觀内空不依外空而觀内外空不見内外空不依内外空而觀外空不依内外空而觀空空不見空空不依空空而觀内外空不依空空而觀大空不見大空不依大空而觀空空不依大空而觀勝義空不見勝義空不依勝義空而觀大空不依勝義空而觀有爲空不見有爲空不依有爲空而觀勝義空不依有爲空而觀無爲空不見無爲空不依無爲空而觀有爲空不依無爲空而觀畢竟空不見畢竟空不依畢竟空而觀無爲空不依畢竟空而觀無際空不見無際空不依無際空而觀畢竟空不依無際空而觀散無散空不見散無散空不依散無散空而觀無際空不依散無散空而觀本性空不見本性空不依本性空而觀散無散空不依本性空而觀自共相空不見自共相空不依自共相空而觀本性空不依自共相空而觀一切法空不見一切法空不依一切法空而觀自共相空不依一切法空而觀不可得空不見不可得空不依不可得空而觀一切法空不依不可得空而觀無性空不見無性空不依無性空而觀不可得空不依無性空而觀自性空不見自性空不依自性空而觀無性空不依自性空而觀無性自性空不見

無性自性空不依無性自性空而觀自性空舍利子是菩薩摩訶薩修行般若波羅蜜多時作如是觀名入菩薩正性離生復次舍利子諸菩薩摩訶薩修行般若波羅蜜多時應如是學如實知色不應執如實知受想行識不應執如實知眼處不應執如實知耳鼻舌身意處不應執如實知色處不應執如實知聲香味觸法處不應執如實知眼界不應執如實知耳鼻舌身意界不應執如實知色界不應執如實知聲香味觸法界不應執如實知眼識界不應執如實知耳鼻舌身意識界不應執如實知布施波羅蜜多不應執如實知淨戒安忍精進靜慮般若波羅蜜多不應執如實知四靜慮不應執如實知四無量四無色定不應執如實知四念住不應執如實知四正斷四神足五根五力七等覺支八聖道支不應執如實知佛十力不應執如實知四無所畏四無礙解大慈大悲大喜大捨十八佛不共法不應執如是舍利子諸菩薩摩訶薩修行般若波羅蜜多時能如實知菩提心不應執無等等心不應執廣大心不應執何以故舍利子是心非心本性淨故時舍利子問善現言云何是心本性清淨善現對曰是心本性非貪相應非不相應非瞋相應非不相應非癡相應非不相應非諸纏結隨眠相應非不相應非諸見趣漏等相應非不相應與諸聲聞獨覺心等亦非相應非不相應舍利子諸菩薩摩訶薩知心如是本性清淨時舍利子問善現言是心爲有非心性不善現詰言非心性中有性無性爲可得不舍利

子言不也善現善現對曰非心性中有性無性若不可得云何可問是心爲有非心性不時舍利子問善現言何等名爲非心性耶善現對曰於一切法無變異無分別是名非心性舍利子言爲但心無變異無分別爲色受想行識等亦無變異無分別耶善現對曰如心無變異無分別色受想行識亦無變異無分別如是乃至諸佛無上正等菩提亦無變異無分別時舍利子讚善現言善哉善哉誠如所說汝眞佛子從佛心生從佛口生從佛法生從法化生受佛法分不受財分於諸法中身自作證慧眼現見而能起說佛常說汝聲聞衆中住無諍定最爲第一如佛所說眞實不虛善現諸菩薩摩訶薩於深般若波羅蜜多應如是學善現若菩薩摩訶薩於深般若波羅蜜多能如是學應知已住不退轉地不離般若波羅蜜多善現若善男子善女人等欲學聲聞地者當於如是甚深般若波羅蜜多應勤聽習讀誦受持如理思惟令至究竟欲學獨覺地者亦於如是甚深般若波羅蜜多應勤聽習讀誦受持如理思惟令至究竟欲學菩薩地者亦於如是甚深般若波羅蜜多應勤聽習讀誦受持如理思惟令至究竟何以故善現如是般若波羅蜜多甚深經中廣說開示三乘法故若菩薩摩訶薩能學般若波羅蜜多則爲遍學三乘諸法皆得善巧

第二分勝軍品第八之一

爾時具壽善現白佛言世尊我於菩薩摩訶薩及於般若波羅蜜多皆不知不得云何令

我以般若波羅蜜多相應之法教誡教授諸菩薩摩訶薩世尊我於諸法若增若減不知不得若以諸法教誡教授諸菩薩摩訶薩我當有悔世尊我於諸法若增若減不知不得云何可言此名菩薩摩訶薩此名般若波羅蜜多世尊諸菩薩摩訶薩名及般若波羅蜜多名皆無所住亦非不住何以故是二種義無所有故此二種名都無所住亦非不住世尊我於色乃至識若增若減不知不得如何可言此是色乃至識是色等名皆無所住亦非不住何以故是色等義無所有故此色等名都無所住亦非不住世尊我於眼處乃至意處若增若減不知不得如何可言此是眼處乃至意處眼處等名皆無所住亦非不住何以故眼處等義無所有故眼處等名都無所住亦非不住世尊我於色處乃至法處若增若減不知不得如何可言此是色處乃至法處色處等名皆無所住亦非不住何以故色處等義無所有故色處等名都無所住亦非不住世尊我於眼界乃至意界若增若減不知不得如何可言此是眼界乃至意界眼界等名皆無所住亦非不住何以故眼界等義無所有故眼界等名都無所住亦非不住世尊我於色界乃至法界若增若減不知不得如何可言此是色界乃至法界色界等名皆無所住亦非不住何以故色界等義無所有故色界等名都無所住亦非不住世尊我於眼識界乃至意識界若增若減不知不得如何可言此是眼識界乃至意識界眼識界等名皆無所住亦非不住何以故眼識界等

義無所有故眼識界等名都無所住亦非不住世尊我於眼觸乃至意觸若增若減不知不得如何可言此是眼觸乃至意觸眼觸等名皆無所住亦非不住何以故眼觸等義無所有故眼觸等名都無所住亦非不住世尊我於眼觸爲緣所生諸受乃至意觸爲緣所生諸受若增若減不知不得如何可言此是眼觸爲緣所生諸受乃至意觸爲緣所生諸受眼觸爲緣所生諸受等名皆無所住亦非不住何以故眼觸爲緣所生諸受等義無所有故眼觸爲緣所生諸受等名都無所住亦非不住世尊我於無明乃至老死若增若減不知不得如何可言此是無明乃至老死無明等名皆無所住亦非不住何以故無明等義無所有故無明等名都無所住亦非不住

世尊我於無明滅乃至老死滅若增若減不知不得如何可言此是無明滅乃至老死滅無明滅等名皆無所住亦非不住何以故無明滅等義無所有故無明滅等名都無所住亦非不住世尊我於貪瞋癡及諸纏結隨眠見趣若增若減不知不得如何可言此是貪等是貪等名皆無所住亦非不住何以故是貪等義無所有故此貪等名都無所住亦非不住世尊我於布施波羅蜜多乃至般若波羅蜜多若增若減不減不知不得如何可言此是布施波羅蜜多乃至般若波羅蜜多布施波羅蜜多等名皆無所住亦非不住何以故布施波羅蜜多等義無所有故布施波羅蜜多等名都無所住亦非不住世尊我於我乃至見者若增若減不知不得如何可言此是我

乃至見者我等名皆無所住亦非不住何以故我等義無所有故我等名都無所住亦非不住世尊我於四念住乃至八聖道支若增若減不知不得如何可言此是四念住乃至八聖道支四念住等名皆無所住亦非不住何以故四念住等義無所有故四念住等名都無所住亦非不住世尊我於空解脫門乃至無願解脫門若增若減不知不得如何可言此是空解脫門乃至無願解脫門空解脫門等名皆無所住亦非不住何以故空解脫門等義無所有故空解脫門等名都無所住亦非不住世尊我於四靜慮四無量四無色定若增若減不知不得如何可言此是四靜慮四無量四無色定四靜慮等名皆無所住亦非不住何以故四靜慮等義無所有故四靜慮等名都無所住亦非不住世尊我於佛隨念法隨念僧隨念戒隨念捨隨念天隨念入出息隨念死隨念若增若減不知不得如何可言此是佛隨念乃至死隨念佛隨念等名皆無所住亦非不住何以故佛隨念等義無所有故佛隨念等名都無所住亦非不住世尊我於佛十力乃至十八佛不共法若增若減不知不得如何可言此是佛十力乃至十八佛不共法佛十力等名皆無所住亦非不住何以故佛十力等義無所有故佛十力等名都無所住亦非不住

大般若波羅蜜多經卷第四百八

大般若波羅蜜多經卷第四百九

唐三藏法師玄奘奉　詔譯

第二分勝軍品第八之二

世尊我於如夢如響如光影如陽焰如像如幻如化五蘊若增若減不知不得如何可言此是如夢五蘊乃至如化五蘊如夢五蘊等名皆無所住亦非不住何以故如夢五蘊等義無所有故如夢五蘊等名都無所住亦非不住世尊我於遠離寂靜無生無滅無染無淨絕諸戲論眞如法界法性實際平等性離生性法定法住若增若減不知不得如何可言此是遠離乃至法住遠離等名皆無所住亦非不住何以故遠離等義無所有故遠離等名都無所住亦非不住世尊我於若善若非善若有爲若無爲若有漏若無漏若世間若出世間等法若增若減不知不得如何可言此是善非善等法善非善等法名皆無所住亦非不住何以故善非善等法義無所有故善非善等法名都無所住亦非不住世尊我於過去未來現在等法及於非過去非未來非現在等法若增若減不知不得如何可言此是過去等法此非過去等法過去等法名及非過去等法名皆無所住亦非不住何以故過去等法義及非過去等法義無所有故過去等法名及非過去等法名都無所住亦非不住世尊何等名爲非過去非未來非現在法世尊謂無爲法世尊無爲法者謂無生無住無滅法世尊我於十方殑伽沙等諸佛世界一切如來應正等覺及諸菩薩聲聞僧等若增若減不知不得如何可言此是十

方殑伽沙等諸佛世界一切如來應正等覺及諸菩薩聲聞僧等如是諸名皆無所住亦非不住何以故如是諸義無所有故如是諸名都無所住亦非不住世尊我於如上所說諸法若增若減不知不得如何可言此是菩薩摩訶薩此是般若波羅蜜多世尊我於菩薩摩訶薩及於般若波羅蜜多皆不知不得云何令我以般若波羅蜜多相應之法教誡教授諸菩薩摩訶薩世尊諸菩薩摩訶薩名及般若波羅蜜多名皆無所住亦非不住何以故是二種義無所有故此二種名都無所住亦非不住世尊如是諸法和合因緣假名菩薩摩訶薩假名般若波羅蜜多此二假名於蘊處界中不可說乃至於十八佛不共法中不可說於如夢五蘊中不可說乃至於如化五蘊中不可說於遠離寂靜等中不可說乃至於十方殑伽沙等諸佛世界一切如來應正等覺及諸菩薩聲聞僧等中不可說何以故如上所說諸法增減皆不可知不可得故世尊如上所說五蘊等名無處可說菩薩摩訶薩名及般若波羅蜜多名亦無處可說如是如夢等名無處可說如虛空名無處可說如地水火風名無處可說如戒定慧解脫解脫知見名無處可說如預流一來不還阿羅漢獨覺如來及彼諸法名無處可說如善非善常無常樂苦我無我遠離不遠離寂靜不寂靜等若有若無名皆無處可說菩薩摩訶薩名及般若波羅蜜多名亦無處可說所以者何如是諸名皆無所住亦非不住何以故如是諸義無所有故如是諸名都無所住

亦非不住世尊我依是義故說於法若增若減不知不得如何可言此名菩薩摩訶薩此名般若波羅蜜多世尊我於此二若義若名不知不得云何令我以般若波羅蜜多相應之法教誡教授諸菩薩摩訶薩由此因緣若以是法教誡教授諸菩薩摩訶薩我當有悔世尊若菩薩摩訶薩聞以如是相狀宣說般若波羅蜜多時心不沉没亦不憂悔其心不驚不恐不怖當知是菩薩摩訶薩決定已住不退轉地以無所住方便而住復次世尊諸菩薩摩訶薩修行般若波羅蜜多時不應住色乃至識不應住眼處乃至意處不應住色處乃至法處不應住眼界乃至意界不應住色界乃至法界不應住眼識界乃至意識界不應住眼觸乃至意觸不應住眼觸爲緣所生諸受乃至意觸爲緣所生諸受不應住地界乃至識界不應住無明乃至老死何以故世尊色色性空受想行識受想行識性空世尊是色非色空是色空非色色不離空空不離色色即是空空即是色受想行識亦復如是由此因緣諸菩薩摩訶薩修行般若波羅蜜多時不應住色乃至識乃至老死應知亦爾復次世尊諸菩薩摩訶薩修行般若波羅蜜多時不應住四念住乃至十八佛不共法何以故世尊四念住四念住性空世尊是四念住非四念住空是四念住空非四念住四念住不離空空不離四念住四念住即是空空即是四念住由此因緣諸菩薩摩訶薩修行般若波羅蜜多時不應住四念住乃至十八佛不共法應知亦爾復次世尊諸菩薩摩

訶薩修行般若波羅蜜多時不應住布施波羅蜜多乃至般若波羅蜜多何以故世尊布施波羅蜜多布施波羅蜜多性空世尊是布施波羅蜜多非布施波羅蜜多空是布施波羅蜜多空非布施波羅蜜多布施波羅蜜多不離空空不離布施波羅蜜多布施波羅蜜多即是空空即是布施波羅蜜多由此因緣諸菩薩摩訶薩修行般若波羅蜜多時不應住布施波羅蜜多乃至般若波羅蜜多應知亦爾復次世尊諸菩薩摩訶薩修行般若波羅蜜多時不應住諸字不應住諸字所引若一言所引若二言所引若多言所引不應住殊勝神通何以故世尊諸字諸字性空世尊是諸字非諸字空是諸字空非諸字諸字不離空空不離諸字諸字即是空空即是諸字

由此因緣諸菩薩摩訶薩修行般若波羅蜜多時不應住諸字所引殊勝神通應知亦爾復次世尊諸菩薩摩訶薩修行般若波羅蜜多時不應住諸法若常若無常若樂若苦若我若無我若空若不空若寂靜若不寂靜若遠離若不遠離何以故世尊諸法常無常諸法常無常性空世尊是諸法常無常非諸法常無常空是諸法常無常空非諸法常無常諸法常無常不離空空不離諸法常無常諸法常無常即是空空即是諸法常無常由此因緣諸菩薩摩訶薩修行般若波羅蜜多時不應住諸法若常若無常乃至諸法遠離不遠離應知亦爾復次世尊諸菩薩摩訶薩修行般若波羅蜜多時不應住諸法真如法界法性平等性離生性實際何以故世尊

諸法眞如眞如性空世尊是眞如非眞如空是眞如空非眞如眞如不離空空不離眞如眞如即是空空即是眞如由此因緣諸菩薩摩訶薩修行般若波羅蜜多時不應住諸法眞如乃至實際應知亦爾復次世尊諸菩薩摩訶薩修行般若波羅蜜多時不應住一切陀羅尼門三摩地門何以故世尊一切陀羅尼門陀羅尼門性空世尊是陀羅尼門非陀羅尼門空是陀羅尼門空非陀羅尼門陀羅尼門不離空空不離陀羅尼門陀羅尼門即是空空即是陀羅尼門由此因緣諸菩薩摩訶薩修行般若波羅蜜多時不應住一切陀羅尼門三摩地門應知亦爾世尊若菩薩摩訶薩無方便善巧修行般若波羅蜜多時我我所執所纒擾故心便住色住受想行識由此住故於色作加行於受想行識作加行由加行故不能攝受甚深般若波羅蜜多不能修學甚深般若波羅蜜多不能圓滿甚深般若波羅蜜多不能成辦一切智智世尊若菩薩摩訶薩無方便善巧修行般若波羅蜜多時我我所執所纒擾故乃至心便住一切陀羅尼門住一切三摩地門由此住故於一切陀羅尼門作加行於一切三摩地門作加行由加行故不能攝受甚深般若波羅蜜多不能修學甚深般若波羅蜜多不能圓滿甚深般若波羅蜜多不能成辦一切智智何以故世尊色不應攝受受想行識不應攝受色不應攝受故便非色受想行識不應攝受故便非受想行識所以者何色受想行識皆本性空故世尊乃至一切陀羅尼門不應攝受一

切三摩地門不應攝受一切陀羅尼門不應攝受故便非一切陀羅尼門一切三摩地門不應攝受故便非一切三摩地門所以者何一切陀羅尼門及三摩地門皆本性空故世尊其所攝受修學圓滿甚深般若波羅蜜多亦不應攝受甚深般若波羅蜜多不應攝受故便非甚深般若波羅蜜多所以者何本性空故如是菩薩摩訶薩修行般若波羅蜜多時應以本性空觀一切法作此觀時心無行處是名菩薩摩訶薩無所攝受三摩地此三摩地微妙殊勝廣大無量能集無邊無礙作用不共一切聲聞獨覺其所成辦一切智智亦不應攝受如是一切智智不應攝受故便非一切智智所以者何以內空故以外空內外空空空大空勝義空有爲空無爲空畢竟空無際空散空無變異空本性空自相空共相空一切法空不可得空無性空自性空無性自性空故何以故世尊是一切智智非取相修得所以者何諸取相者皆是煩惱何等爲相所謂色相受想行識相乃至一切陀羅尼門相一切三摩地門相於此諸相而取著者名爲煩惱是故不應取相修得一切智智若取相修得一切智智者勝軍梵志於一切智智不應信解何等名爲彼信解相謂於般若波羅蜜多深生淨信由勝解力思量觀察一切智智不以相爲方便亦不以非相爲方便以相與非相俱不可取故是勝軍梵志雖由信解力歸趣佛法名隨信行而能以本性空悟入一切智智既悟入已不取色相不取受想行識相乃至不取一切陀羅尼門相一

切三摩地門相何以故以一切法自相皆空能取所取俱不可得故所以者何如是梵志不以內得現觀而觀一切智智不以外得現觀而觀一切智智不以內外得現觀而觀一切智智不以無智得現觀而觀一切智智不以餘得現觀而觀一切智智亦不以不得現觀而觀一切智智所以者何是勝軍梵志不見所觀一切智智不見能觀般若不見觀者觀所依處及起觀時是勝軍梵志非於內色受想行識觀一切智智非於外色受想行識觀一切智智非於內外色受想行識觀一切智智亦非離色受想行識觀一切智智乃至非於內一切陀羅尼門三摩地門觀一切智智非於外一切陀羅尼門三摩地門觀一切智智非於內外一切陀羅尼門三摩地門觀一切智智亦非離一切陀羅尼門三摩地門觀一切智智何以故若內若外若內外若離內外一切皆空不可得故是勝軍梵志以如是等諸離相門於一切智智深生信解由此信解於一切法皆無取著以諸法實相不可得故如是梵志以離相門於一切智智得信解已於一切法皆不取相亦不思惟無相諸法以相無相法皆不可得故如是梵志由勝解力於一切法不取不捨以實相法中無取捨故時彼梵志於自信解乃至涅槃亦不取著所以者何以一切法本性皆空不可取故世尊諸菩薩摩訶薩所得般若波羅蜜多亦復如是於一切法無所取著能從此岸到彼岸故若於諸法少有取著則於彼岸非爲能到是故菩薩摩訶薩修行般若波羅蜜多時

不取一切色不取一切受想行識何以故以一切法不可取故乃至不取一切陀羅尼門不取一切三摩地門何以故以一切法不可取故是菩薩摩訶薩雖於一切色受想行識乃至一切陀羅尼門三摩地門若總若别皆無所取而以本願所行四念住乃至八聖道支未圓滿故及以本願所證佛十力乃至十八佛不共法未成辦故於其中間終不以不取一切相故而般涅槃是菩薩摩訶薩雖能圓滿四念住乃至八聖道支及能成辦佛十力乃至十八佛不共法而不見四念住乃至八聖道支及不見佛十力乃至十八佛不共法何以故是四念住即非四念住乃至八聖道支即非八聖道支及佛十力即非佛十力乃至十八佛不共法即非十八佛不共法以

一切法非法非非法故是菩薩摩訶薩修行般若波羅蜜多時雖不取著色不取著受想行識乃至不取著十八佛不共法而能成辦一切事業復次世尊諸菩薩摩訶薩修行般若波羅蜜多時應當如是審諦觀察何者是般若波羅蜜多何故名般若波羅蜜多誰之般若波羅蜜多如是般若波羅蜜多為何所用是菩薩摩訶薩修行般若波羅蜜多時審諦觀察若法無所有不可得是為般若波羅蜜多於無所有不可得中何所徵詰時舍利子問善現言此中何法名無所有不可得耶善現對曰所謂般若波羅蜜多法無所有不可得乃至布施波羅蜜多法無所有不可得由内空故乃至無性自性空故舍利子色法無所有不可得受想行識法無所有不可得

内空法無所有不可得乃至無性自性空法無所有不可得四念住法無所有不可得乃至八聖道支法無所有不可得佛十力法無所有不可得乃至十八佛不共法法無所有不可得六神通法無所有不可得眞如法無所有不可得乃至實際法無所有不可得預流法無所有不可得一來不還阿羅漢獨覺法無所有不可得菩薩法無所有不可得諸佛法無所有不可得一切智智法無所有不可得由内空故乃至無性自性空故舍利子若菩薩摩訶薩修行般若波羅蜜多能作如是審諦觀察諸所有法皆無所有不可得時心不沉没亦不憂悔其心不驚不恐不怖當知是菩薩摩訶薩能於般若波羅蜜多常不捨離時舍利子問善現言何緣故知是行般若波羅蜜多諸菩薩摩訶薩能於般若波羅蜜多常不捨離善現對曰是菩薩摩訶薩修行般若波羅蜜多時如實知色離色自性受想行識離受想行識自性如實知布施波羅蜜多離布施波羅蜜多自性乃至般若波羅蜜多離般若波羅蜜多自性乃至如實知十八佛不共法離十八佛不共法自性乃至如實知實際離實際自性舍利子由此故知是行般若波羅蜜多諸菩薩摩訶薩能於般若波羅蜜多常不捨離時舍利子問善現言何者是色自性何者是受想行識自性乃至何者是實際自性善現對曰無性是色自性無性是受想行識自性乃至無性是實際自性舍利子由是當知色離色自性受想行識離受想行識自性乃至實際離實際自性舍利

子色亦離色相受想行識亦離受想行識相乃至實際亦離實際相舍利子自性亦離自性相亦離相自性亦離相相亦離自性時舍利子謂善現言若菩薩摩訶薩於此中學速能成辦一切智智善現報言如是如是誠如所說若菩薩摩訶薩於此中學速能成辦一切智智何以故舍利子是菩薩摩訶薩知一切法無生成故舍利子言何緣諸法無生無成善現對曰色空故生及成辦俱不可得受想行識空故生及成辦俱不可得如是乃至實際空故生及成辦俱不可得舍利子若菩薩摩訶薩能於般若波羅蜜多作如是學則便漸近一切智智如如漸近一切智智如是如是得身清淨得語清淨得意清淨得相清淨如如獲得身語意相四種清淨如是如是不生貪瞋癡慢諂誑慳貪見趣俱行之心是菩薩摩訶薩由常不生貪等心故畢竟不墮女人胎中恒受化生離險惡趣除爲利樂有情因緣是菩薩摩訶薩從一佛土至一佛土供養恭敬尊重讚歎諸佛世尊成熟有清嚴淨佛土乃至證得所求無上正等菩提常不離佛舍利子若菩薩摩訶薩欲得如是功德勝利當學般若波羅蜜多無得暫捨

第二分行相品第九之一

爾時具壽善現白佛言世尊若菩薩摩訶薩無方便善巧修行般若波羅蜜多時若行色是行其相若行受想行識是行其相若行色常無常是行其相若行受想行識常無常是行其相若行色樂苦是行其相若行受想行識樂苦是行其相若行色我無我是行其相

若行受想行識我無我是行其相若行色淨不淨是行其相若行受想行識淨不淨是行其相若行色遠離不遠離是行其相若行受想行識遠離不遠離是行其相若行色寂靜不寂靜是行其相若行受想行識寂靜不寂靜是行其相若行四念住是行其相乃至若行十八佛不共法是行其相若作是念我行般若波羅蜜多有所得故是行其相若作是念我是菩薩有所得故是行其相若作是念有能如是修行般若波羅蜜多是爲菩薩修行般若波羅蜜多有所得故是行其相世尊若菩薩摩訶薩作如是等種種分别修行般若波羅蜜多無方便善巧故非行般若波羅蜜多時具壽善現謂舍利子言若菩薩摩訶薩無方便善巧修行般若波羅蜜多時若於

色住想勝解則於色作加行若於受想行識住想勝解則於受想行識作加行由加行故不能解脱生老病死愁歎憂惱及後世苦若菩薩摩訶薩無方便善巧修行般若波羅蜜多時若於眼處乃至意處住想勝解則於眼處乃至意處作加行若於色處乃至法處住想勝解則於色處乃至法處作加行由加行故不能解脱生老病死愁歎憂惱及後世苦若菩薩摩訶薩無方便善巧修行般若波羅蜜多時若於眼界乃至眼觸爲緣所生諸受住想勝解則於眼界乃至眼觸爲緣所生諸受作加行乃至若於意界乃至意觸爲緣所生諸受住想勝解則於意界乃至意觸爲緣所生諸受作加行由加行故不能解脱生老病死愁歎憂惱及後世苦若菩薩摩訶薩無

方便善巧修行般若波羅蜜多時若於四念住乃至八聖道支住想勝解則於四念住乃至八聖道支作加行乃至若於佛十力乃至十八佛不共法住想勝解則於佛十力乃至十八佛不共法作加行由加行故不能解脫生老病死愁歎憂惱及後世苦舍利子是菩薩摩訶薩修行般若波羅蜜多時無方便善巧故尚不能證聲聞獨覺所住之地況證無上正等菩提舍利子若菩薩摩訶薩作如是等修行般若波羅蜜多當知此名無方便善巧者成就種種無方便善巧故諸有所作皆不能成時舍利子問善現言云何當知諸菩薩摩訶薩有方便善巧修行般若波羅蜜多善現對曰若菩薩摩訶薩修行般若波羅蜜多時有方便善巧故不行色不行色相不行受想行識不行受想行識相不行色常無常不行色常無常相不行受想行識常無常不行受想行識常無常相不行色樂苦不行色樂苦相不行受想行識樂苦不行受想行識樂苦相不行色我無我不行色我無我相不行受想行識我無我不行受想行識我無我相不行色淨不淨不行色淨不淨相不行受想行識淨不淨不行受想行識淨不淨相不行色空不空不行色空不空相不行受想行識空不空不行受想行識空不空相不行色有相無相不行色有相無相相不行受想行識有相無相不行受想行識有相無相相不行色有願無願不行色有願無願相不行受想行識有願無願不行受想行識有願無願相不行色寂靜不寂靜不行色寂靜不寂靜

相不行受想行識寂靜不寂靜不行受想行識寂靜不寂靜相不行色遠離不遠離不行色遠離不遠離相不行受想行識遠離不遠離不行受想行識遠離不遠離相不行四念住不行四念住相乃至不行十八佛不共法不行十八佛不共法相舍利子當知如是菩薩摩訶薩有方便善巧修行般若波羅蜜多何以故舍利子是色非色空是色空非色色不離空空不離色色即是空空即是色受想行識亦復如是乃至是十八佛不共法非十八佛不共法空是十八佛不共法空非十八佛不共法十八佛不共法不離空空不離十八佛不共法十八佛不共法即是空空即是十八佛不共法舍利子如是菩薩摩訶薩修行般若波羅蜜多有方便善巧故能證無上正等菩提舍利子是菩薩摩訶薩修行般若波羅蜜多時於般若波羅蜜多不取行不取不行不取亦行亦不行不取非行非不行於不取亦不取時舍利子問善現言何因緣故是菩薩摩訶薩修行般若波羅蜜多時於般若波羅蜜多都無所取善現對曰由般若波羅蜜多自性不可得何以故舍利子般若波羅蜜多以無性爲自性故舍利子由此因緣若菩薩摩訶薩修行般若波羅蜜多時於般若波羅蜜多若取行若不取行若取亦行亦不行若取非行非不行若取不取如是一切非行般若波羅蜜多何以故舍利子以一切法皆用無性爲其自性都無所取無所執著是名菩薩摩訶薩於一切法無所取著三摩地此三摩地微妙殊勝廣大無量能集無邊

無礙作用不共一切聲聞獨覺舍利子若菩薩摩訶薩能於如是勝三摩地恒住不捨速證無上正等菩提時舍利子問善現言諸菩薩摩訶薩爲但於此一三摩地恒住不捨速證無上正等菩提爲更有餘諸三摩地善現對曰非但於此一三摩地恒住不捨令諸菩薩速證無上正等菩提復有所餘諸三摩地舍利子言何者是餘諸三摩地善現對曰諸菩薩摩訶薩有健行三摩地寶印三摩地師子遊戲三摩地妙月三摩地月幢相三摩地一切法海三摩地觀頂三摩地法界決定三摩地決定幢相三摩地金剛喻三摩地入諸法印三摩地三摩地王三摩地善安住三摩地王印三摩地精進力三摩地等涌三摩地入詞定三摩地入增語三摩地觀方三摩地陀羅尼印三摩地無忘失三摩地諸法等趣海印三摩地遍覆虛空三摩地金剛輪三摩地勝幢相三摩地帝幢相三摩地順明藏三摩地師子奮迅三摩地勝開顯三摩地寶性三摩地遍照三摩地不眴三摩地住無相三摩地決定三摩地無垢燈三摩地無邊光三摩地發光三摩地發明三摩地淨座三摩地無垢光三摩地發愛樂三摩地電燈三摩地無盡三摩地具威光三摩地離盡三摩地降伏三摩地除遣三摩地日燈三摩地月燈三摩地淨光三摩地明性三摩地妙性三摩地智相三摩地住心三摩地普明三摩地善住三摩地寶積三摩地妙法印三摩地諸法平等三摩地捨塵愛三摩地入法頂三摩地飄散三摩地分別法句三摩地字平等相三摩

地離文字相三摩地斷所緣三摩地無變異三摩地入名定相三摩地行無相三摩地離翳闇三摩地具行三摩地不動三摩地度境三摩地集諸功德三摩地決定住三摩地淨妙花三摩地具覺支三摩地無邊辯三摩地無等等三摩地超一切三摩地發妙觀三摩地散疑惑三摩地無所住三摩地捨一相三摩地引發行相三摩地一行相三摩地離諸相三摩地無餘依離一切有三摩地入一切施設語言三摩地解脱音聲文字三摩地炬熾然三摩地淨眼三摩地無形相三摩地入一切相三摩地不喜一切苦樂三摩地無盡行相三摩地具陀羅尼三摩地攝伏一切正邪性三摩地入一切言詞寂默三摩地離違順三摩地無垢明三摩地具堅固三摩地滿

月淨光三摩地大莊嚴三摩地發一切光明三摩地定平等三摩地無塵有塵平等理趣三摩地無諍有諍平等理趣三摩地無巢穴無標幟無愛樂三摩地決定住眞如三摩地壞身惡行三摩地壞語惡行三摩地壞意惡行三摩地如虚空三摩地無染著如虚空三摩地舍利子若菩薩摩訶薩於如是等諸三摩地恒住不捨速證無上正等菩提舍利子復有所餘無量無數三摩地門陀羅尼門若菩薩摩訶薩能於其中恒善修學亦令速證所求無上正等菩提爾時善現復語具壽舍利子言若菩薩摩訶薩安住如是諸三摩地當知已爲過去諸佛之所授記亦爲現在十方諸佛之所授記舍利子是菩薩摩訶薩雖住如是諸三摩地而不見此諸三摩地亦不

著此諸三摩地亦不念言我已入此諸三摩地我今入此諸三摩地我當入此諸三摩地唯我能入非餘所能彼如是等尋思分別一切不起時舍利子問善現言爲定別有諸菩薩摩訶薩安住如是諸三摩地已爲過去現在諸佛所授記耶善現對曰不也舍利子何以故舍利子般若波羅蜜多不異三摩地三摩地不異般若波羅蜜多菩薩摩訶薩不異般若波羅蜜多及三摩地般若波羅蜜多及三摩地不異菩薩摩訶薩般若波羅蜜多即是三摩地三摩地即是般若波羅蜜多菩薩摩訶薩即是般若波羅蜜多及三摩地般若波羅蜜多及三摩地即是菩薩摩訶薩所以者何以一切法性平等故

大般若波羅蜜多經卷第四百九

音釋

幟　昌志切旗幟也

大般若波羅蜜多經卷第四百十

唐三藏法師玄奘奉　詔譯

第二分行相品第九之二

時舍利子問善現言：若三摩地不異菩薩摩訶薩，菩薩摩訶薩不異三摩地，三摩地即是菩薩摩訶薩，菩薩摩訶薩即是三摩地，若三摩地若菩薩摩訶薩於般若波羅蜜多亦如是者，諸菩薩摩訶薩云何於一切法如實了知入三摩地？善現答言：若菩薩摩訶薩入諸定時，不作是念：我依一切法平等性證入如是如是等持。由此因緣，諸菩薩摩訶薩雖依一切法平等性證入如是如是等持，而於一切法平等性及諸等持不作想解。何以故？舍利子，以一切法及諸等持，若菩薩摩訶薩，若般若波羅蜜多，皆無所有，無所有中分別想解無容起故。時薄伽梵讚善現言：善哉善哉，如汝所說。故我說汝住無諍定聲聞衆中最爲第一。由斯我說與義相應，平等性中無違諍故。善現，諸菩薩摩訶薩欲學般若波羅蜜多應如是學，欲學靜慮、精進、安忍、淨戒、布施波羅蜜多應如是學，欲學四念住乃至八聖道支應如是學，如是乃至欲學佛十力乃至十八佛不共法應如是學。時舍利子即白佛言：若菩薩摩訶薩作如是學，爲正學般若波羅蜜多不？乃至爲正學十八佛不共法不？佛言：舍利子，若菩薩摩訶薩作如是學，爲正學般若波羅蜜多，以無所得爲方便故；乃至爲正學十八佛不共法，以無所得爲方便故。時舍利子復白佛言：若菩薩摩訶薩如是學時，皆以無所得爲方便學般若波羅蜜多不？乃

至皆以無所得爲方便學十八佛不共法不
佛言舍利子若菩薩摩訶薩如是學時皆以
無所得爲方便學般若波羅蜜多乃至皆以
無所得爲方便學十八佛不共法舍利子言
無所得者爲說何等不可得耶佛言舍利子
我不可得乃至見者不可得畢竟淨故蘊處
界不可得畢竟淨故無明不可得乃至老死
不可得畢竟淨故四聖諦不可得畢竟淨故
欲色無色界不可得畢竟淨故四念住不可
得乃至八聖道支不可得畢竟淨故佛十力
不可得乃至十八佛不共法不可得畢竟淨
故布施波羅蜜多不可得乃至般若波羅蜜
多不可得畢竟淨故預流不可得乃至阿羅
漢不可得畢竟淨故獨覺不可得畢竟淨故
菩薩不可得如來不可得畢竟淨故舍利子

言世尊所說畢竟淨者是何等義佛言舍利
子即一切法不生不滅無染無淨不出不沒
無得無爲如是名爲畢竟淨義時舍利子復
白佛言若菩薩摩訶薩如是學時爲學何法
佛言舍利子若菩薩摩訶薩如是學時於一
切法都無所學何以故舍利子非一切法如
是而有如諸愚夫異生所執可於中學舍利
子言若爾諸法如何而有佛言諸法如無所
有如是而有若於如是無所有法不能了達
說名無明舍利子言何等法無所有若不了
達說名無明佛言舍利子色無所有受想行
識無所有以内空故乃至無性自性空故如
是乃至四念住無所有乃至十八佛不共法
無所有以内空故乃至無性自性空故舍利
子愚夫異生若於如是無所有法不能了達

說名無明彼由無明及愛勢力分別執著斷常二邊由此不知不見諸法無所有性分別諸法由分別故便執著色受想行識乃至執著十八佛不共法由執著故分別諸法無所有性由此於法不知不見舍利子言於何等法不知不見佛言於色不知不見於受想行識不知不見乃至於十八佛不共法不知不見由於諸法不知不見墮在愚夫異生數中不能出離舍利子言彼於何處不能出離佛言彼於欲界色無色界不能出離由於三界不能出離於聲聞法不能成辦於獨覺法不能成辦於菩薩法不能成辦於諸佛法不能成辦由於三乘不能成辦便於諸法不能信受舍利子言彼於何法不能信受佛言彼於色空不能信受於受想行識空不能信受乃至於十八佛不共法空不能信受由不信受便不能住舍利子言於何等法彼不能住佛言舍利子於布施波羅蜜多乃至般若波羅蜜多彼不能住於不退轉地乃至十八佛不共法彼不能住由此故名愚夫異生以於諸法執著有性舍利子言彼於何法執著有性佛言彼於色執著有性於受想行識執著有性於眼處執著有性乃至於意處執著有性於色處執著有性乃至於法處執著有性於眼界執著有性乃至於意識界執著有性於貪瞋癡執著有性於諸見趣執著有性於四念住執著有性乃至於十八佛不共法執著有性時舍利子白佛言世尊頗有菩薩摩訶薩作如是學非學般若波羅蜜多不能成辦一切智智耶佛告舍利子有菩薩摩訶薩作

如是學非學般若波羅蜜多不能成辦一切智智舍利子言此如何等佛言舍利子若菩薩摩訶薩無方便善巧於般若波羅蜜多分別執著於靜慮精進安忍淨戒布施波羅蜜多分別執著於四念住分別執著乃至於十八佛不共法分別執著由此執著於一切智道相智一切相智亦起執著以是因緣有菩薩摩訶薩作如是學非學般若波羅蜜多不能成辦一切智智舍利子言是菩薩摩訶薩如是學時定非學般若波羅蜜多不能成辦一切智智耶佛言舍利子是菩薩摩訶薩如是學時定非學般若波羅蜜多不能成辦一切智智時舍利子復白佛言世尊云何菩薩摩訶薩修學般若波羅蜜多是學般若波羅蜜多如是學時便能成辦一切智智佛言舍利子若菩薩摩訶薩修學般若波羅蜜多不見般若波羅蜜多乃至不見一切相智如是菩薩摩訶薩修學般若波羅蜜多是學般若波羅蜜多如是學時則能成辦一切智智何以故舍利子以無所得爲方便故舍利子言是菩薩摩訶薩於何法無所得爲方便耶佛言舍利子是菩薩摩訶薩修行布施波羅蜜多時於布施波羅蜜多無所得爲方便乃至修行般若波羅蜜多時於般若波羅蜜多無所得爲方便乃至趣菩提時於菩提無所得爲方便乃至求一切相智時於一切相智無所得爲方便舍利子如是菩薩摩訶薩修學般若波羅蜜多是學般若波羅蜜多如是學時則能成辦一切智智舍利子言是菩薩摩訶薩修學般若波羅蜜多時以何等無所得

爲方便耶佛言舍利子是菩薩摩訶薩修學般若波羅蜜多時以内空無所得爲方便乃至以無性自性空無所得爲方便由是因緣速能成辦一切智智

第二分幻喻品第十

爾時具壽善現白佛言世尊設有問言若有幻士能學般若波羅蜜多乃至能學布施波羅蜜多彼能成辦一切智智不若有幻士能學四念住乃至能學十八佛不共法彼能成辦一切智智不我得此問當云何答佛告善現我還問汝隨汝意答善現於意云何色與幻有異不受想行識與幻有異不善現答言不也世尊善現於意云何眼處與幻有異不乃至意處與幻有異不色處與幻有異不乃至法處與幻有異不善現答言不也世尊善現於意云何眼界與幻有異不乃至意界與幻有異不色界與幻有異不乃至法界與幻有異不眼識界與幻有異不乃至意識界與幻有異不眼觸與幻有異不乃至意觸與幻有異不眼觸爲緣所生諸受與幻有異不乃至意觸爲緣所生諸受與幻有異不善現答言不也世尊善現於意云何四念住與幻有異不乃至八聖道支與幻有異不善現答言不也世尊善現於意云何空解脱門與幻有異不無相無願解脱門與幻有異不善現答言不也世尊善現於意云何布施波羅蜜多與幻有異不乃至十八佛不共法與幻有異不善現答言不也世尊善現於意云何諸佛無上正等菩提與幻有異不善現答言不也世尊何以故世尊色不異幻幻不異色色即

是幻幻即是色如是乃至諸佛無上正等菩提不異幻幻不異諸佛無上正等菩提諸佛無上正等菩提即是幻幻即是諸佛無上正等菩提佛言善現於意云何幻有雜染有清淨不善現答言不也世尊善現於意云何幻有生有滅不善現答言不也世尊善現於意云何若法無雜染無清淨無生無滅是法能學般若波羅蜜多成辦一切智智不善現答言不也世尊善現於意云何於五蘊中起想等想施設言說假名菩薩摩訶薩不善現答言如是世尊善現於意云何於五蘊中起想等想施設言說假建立者有生有滅有雜染有清淨不善現答言不也世尊善現於意云何若法無想無等想無施設無言說無假名無身無身業無語無語業無意無意業無雜染無清淨無生無滅是法能學般若波羅蜜多成辦一切智智不善現答言不也世尊佛言善現若菩薩摩訶薩以無所得而爲方便修學如是甚深般若波羅蜜多速能成辦一切智智爾時具壽善現白佛言世尊若菩薩摩訶薩欲證無上正等菩提當如幻士常學般若波羅蜜多何以故世尊當知幻士即是五蘊佛告善現於意云何如幻五蘊能學般若波羅蜜多當得成辦一切智智不善現答言不也世尊何以故世尊如幻五蘊以無性爲自性無性自性不可得故佛告善現於意云何如夢五蘊能學般若波羅蜜多當得成辦一切智智不善現答言不也世尊何以故世尊如夢五蘊以無性爲自性無性自性不可得故佛言善現於意云何如響如光影如

像如陽燄如空花如變化如尋香城五蘊能學般若波羅蜜多當得成辦一切智智不善現答言不也世尊何以故世尊如響乃至尋香城五蘊以無性爲自性無性自性不可得故佛言善現於意云何如幻等五蘊各有異性不善現答言不也世尊何以故世尊如幻等色受想行識即是如夢等色受想行識如幻等五蘊即是如幻等六根如幻等六根即是如幻等五蘊如是一切皆由内空故不可得乃至無性自性空故不可得爾時具壽善現復白佛言世尊新趣大乘諸菩薩摩訶薩聞説如是甚深般若波羅蜜多其心將無驚恐怖不佛告善現新趣大乘諸菩薩摩訶薩修行般若波羅蜜多時若無方便善巧及不爲善友所攝受者聞説如是甚深般若波羅

蜜多其心有驚有恐有怖尊者善現復白佛言何等菩薩摩訶薩修行般若波羅蜜多時有方便善巧故聞説如是甚深般若波羅蜜多其心不驚不恐不怖佛告善現若菩薩摩訶薩修行般若波羅蜜多時以應一切智智心觀色無常相亦不可得觀受想行識無常相亦不可得觀色苦相亦不可得觀受想行識苦相亦不可得觀色無我相亦不可得觀受想行識無我相亦不可得觀色不淨相亦不可得觀受想行識不淨相亦不可得觀色空相亦不可得觀受想行識空相亦不可得觀色無相相亦不可得觀受想行識無相相亦不可得觀色無願相亦不可得觀受想行識無願相亦不可得觀色寂靜相亦不可得觀受想行識寂靜相亦不可得觀色遠離相

亦不可得觀受想行識遠離相亦不可得善現是菩薩摩訶薩修行般若波羅蜜多時有方便善巧故聞說如是甚深般若波羅蜜多其心不驚不恐不怖復次善現若菩薩摩訶薩作此觀已復作是念我當以無所得爲方便爲一切有情說如是五蘊無常相亦不可得苦相無我相不淨相空相無相相無願相寂靜相遠離相亦不可得善現是爲菩薩摩訶薩修行般若波羅蜜多時無著布施波羅蜜多復次善現若菩薩摩訶薩修行般若波羅蜜多時遠離聲聞獨覺相應作意思惟五蘊無常相亦不可得苦相無我相不淨相空相無相相無願相寂靜相遠離相亦不可得以無所得爲方便故善現是爲菩薩摩訶薩修行般若波羅蜜多時無著淨戒波羅蜜多復次善現若菩薩摩訶薩修行般若波羅蜜多時以無所得而爲方便觀如是法無常相亦不可得苦相無我相不淨相空相無相相無願相寂靜相遠離相亦不可得能於其中安忍欲樂其心不驚不怖不畏善現是爲菩薩摩訶薩修行般若波羅蜜多時無著安忍波羅蜜多復次善現若菩薩摩訶薩修行般若波羅蜜多時以應一切智智心常觀五蘊無常相亦不可得苦相無我相不淨相空相無相相無願相寂靜相遠離相亦不可得雖以無所得爲方便而常不捨一切智智相應作意恒修般若波羅蜜多善現是爲菩薩摩訶薩修行般若波羅蜜多時無著精進波羅蜜多復次善現若菩薩摩訶薩修行般若波羅蜜多時不以聲聞獨覺相應作意思惟五

蘊無常相亦不可得苦相無我相不淨相空相無相相無願相寂靜相遠離相亦不可得以無所得爲方便故於中不起聲聞獨覺相應作意及餘非善散亂之心障礙無上正等菩提善現是爲菩薩摩訶薩修行般若波羅蜜多時無著靜慮波羅蜜多復次善現若菩薩摩訶薩修行般若波羅蜜多時如實觀察非空色故色空色即是空空即是色受想行識亦如是非空眼處故眼處空眼處即是空空即是眼處乃至意處亦如是非空色處故色處空色處即是空空即是色處乃至法處亦如是非空眼界故眼界空眼界即是空空即是眼界乃至意界亦如是非空色界故色界空色界即是空空即是色界乃至法界亦如是非空眼識界故眼識界空眼識界即是空空即是眼識界乃至意識界亦如是非空眼觸故眼觸空眼觸即是空空即是眼觸乃至意觸亦如是非空眼觸爲緣所生諸受故眼觸爲緣所生諸受空眼觸爲緣所生諸受即是空空即是眼觸爲緣所生諸受乃至意觸爲緣所生諸受亦如是非空四念住故四念住空四念住即是空空即是四念住如是乃至非空十八佛不共法故十八佛不共法空十八佛不共法即是空空即是十八佛不共法善現是爲菩薩摩訶薩無著般若波羅蜜多善現如是菩薩摩訶薩修行般若波羅蜜多時有方便善巧故聞說如是甚深般若波羅蜜多其心不驚不恐不怖爾時具壽善現白佛言世尊云何菩薩摩訶薩修行般若波羅蜜多時爲諸善友所攝受故聞說如是

甚深般若波羅蜜多其心不驚不恐不怖佛告善現諸菩薩摩訶薩善友者謂若能以無所得而爲方便說色無常相亦不可得說受想行識無常相亦不可得說色苦相亦不可得說受想行識苦相亦不可得說色無我相亦不可得說受想行識無我相亦不可得說色不淨相亦不可得說受想行識不淨相亦不可得說色空相亦不可得說受想行識空相亦不可得說色無相相亦不可得說受想行識無相相亦不可得說色無願相亦不可得說受想行識無願相亦不可得說色寂靜相亦不可得說受想行識寂靜相亦不可得說色遠離相亦不可得說受想行識遠離相亦不可得及勸依此勤修善根不令迴向聲聞獨覺唯令求得一切智智善現是爲菩薩摩訶薩善友復次善現諸菩薩摩訶薩善友者謂若能以無所得而爲方便說眼處乃至意處無常相亦不可得苦相無我相不淨相空相無相相無願相寂靜相遠離相亦不可得說色處乃至法處無常相亦不可得苦相無我相不淨相空相無相相無願相寂靜相遠離相亦不可得及勸依此勤修善根不令迴向聲聞獨覺唯令求得一切智智善現是爲菩薩摩訶薩善友復次善現諸菩薩摩訶薩善友者謂若能以無所得而爲方便說眼界乃至意界無常相亦不可得苦相無我相不淨相空相無相相無願相寂靜相遠離相亦不可得說色界乃至法界無常相亦不可得苦相無我相不淨相空相無相相無願相寂靜相遠離相亦不可得說眼識界乃至意

識界無常相亦不可得苦相無我相不淨相空相無相相無願相寂靜相遠離相亦不可得説眼觸乃至意觸無常相亦不可得苦相無我相不淨相空相無相相無願相寂靜相遠離相亦不可得説眼觸爲緣所生諸受乃至意觸爲緣所生諸受無常相亦不可得苦相無我相不淨相空相無相相無願相寂靜相遠離相亦不可得及勸依此勤修善根不令迴向聲聞獨覺唯令求得一切智智善現是爲菩薩摩訶薩善友復次善現諸菩薩摩訶薩善友者謂若能以無所得而爲方便雖説修四念住乃至八聖道支不可得雖説修空無相無願解脱門不可得雖説修佛十力乃至十八佛不共法不可得雖説修一切智乃至無上正等菩提不可得而勸依此勤修

善根不令迴向聲聞獨覺唯令求得一切智智善現是爲菩薩摩訶薩善友若菩薩摩訶薩修行般若波羅蜜多時爲此善友所攝受者聞説如是甚深般若波羅蜜多其心不驚不恐不怖爾時具壽善現白佛言世尊云何菩薩摩訶薩修行般若波羅蜜多時無方便善巧故聞説如是甚深般若波羅蜜多其心有驚有恐有怖佛告善現若菩薩摩訶薩修行般若波羅蜜多時以有所得爲方便故離應一切智智作意修行般若波羅蜜多於修般若波羅蜜多有得有恃以有所得爲方便故離應一切智智作意修行靜慮精進安忍淨戒布施波羅蜜多於修靜慮乃至布施波羅蜜多有得有恃以有所得爲方便故離應一切智智作意觀色受想行識内空外空内

外空空空大空勝義空有爲空無爲空畢竟空無際空散無散空本性空自共相空一切法空不可得空無性空自性空無性自性空於觀色受想行識空有得有恃以有所得爲方便故離應一切智智作意觀眼處乃至意處內空乃至無性自性空於觀眼處乃至意處空有得有恃以有所得爲方便故離應一切智智作意觀色處乃至法處內空乃至無性自性空於觀色處乃至法處空有得有恃以有所得爲方便故離應一切智智作意觀眼界乃至意界內空乃至無性自性空於觀眼界乃至意界空有得有恃以有所得爲方便故離應一切智智作意觀色界乃至法界內空乃至無性自性空於觀色界乃至法界空有得有恃以有所得爲方便故離應一切智智作意觀眼識界乃至意識界內空乃至無性自性空於觀眼識界乃至意識界空有得有恃以有所得爲方便故離應一切智智作意觀眼觸乃至意觸內空乃至無性自性空於觀眼觸乃至意觸空有得有恃以有所得爲方便故離應一切智智作意觀眼觸爲緣所生諸受乃至意觸爲緣所生諸受內空乃至無性自性空於觀眼觸爲緣所生諸受乃至意觸爲緣所生諸受空有得有恃以有所得爲方便故離應一切智智作意修行四念住乃至十八佛不共法於修四念住乃至十八佛不共法有得有恃善現如是菩薩摩訶薩修行般若波羅蜜多時無方便善巧故聞說如是甚深般若波羅蜜多其心有驚有恐有怖爾時具壽善現復白佛言世尊云何

菩薩摩訶薩修行般若波羅蜜多時爲諸惡友所攝受故聞說如是甚深般若波羅蜜多其心有驚有恐有怖佛告善現諸菩薩摩訶薩惡友者若教猒離般若波羅蜜多若教猒離靜慮精進安忍淨戒布施波羅蜜多謂作是言咄哉男子汝等於此不應修學所以者何如是六種波羅蜜多非佛所說是文頌者虛誑製造是故汝等不應聽習不應受持不應讀誦不應思惟不應推究不應爲他宣說開示善現是爲菩薩摩訶薩惡友復次善現諸菩薩摩訶薩惡友者若不爲說魔事魔過謂有惡魔作佛形像來教菩薩猒離六種波羅蜜多言善男子汝等何用修此六種波羅蜜多善現若不爲說如是等事令覺悟者當知是爲菩薩摩訶薩惡友復次善現菩薩摩

訶薩惡友者若不爲說魔事魔過謂有惡魔作佛形像來爲菩薩宣說開示聲聞獨覺相應之法所謂契經乃至論義分別顯了令專修學善現若不爲說如是等事令覺悟者當知是爲菩薩摩訶薩惡友復次善現菩薩摩訶薩惡友者若不爲說魔事魔過謂有惡魔作佛形像至菩薩所作如是言汝非菩薩無菩提心不能安住不退轉地不能證得所求無上正等菩提善現若不爲說如是等事令覺悟者當知是爲菩薩摩訶薩惡友復次善現菩薩摩訶薩惡友者若不爲說魔事魔過謂有惡魔作佛形像來語菩薩摩訶薩言汝等當知色空無我我所受想行識空無我我所眼處空無我我所乃至意處空無我我所色處空無我我所乃至法處空無我我所眼

界空無我我所乃至意界空無我我所色界空無我我所乃至法界空無我我所眼識界空無我我所乃至意識界空無我我所眼觸空無我我所乃至意觸空無我我所眼觸爲緣所生諸受空無我我所乃至意觸爲緣所生諸受空無我我所四念住空無我我所乃至八聖道支空無我我所布施波羅蜜多空無我我所乃至般若波羅蜜多空無我我所空解脫門空無我我所無相無願解脫門空無我我所佛十力空無我我所乃至十八佛不共法空無我我所何用無上正等菩提善現若不爲說如是等事令覺悟者當知是爲菩薩摩訶薩惡友復次善現菩薩摩訶薩惡友者若不爲說魔事魔過謂有惡魔作獨覺形像來至菩薩所作如是言咄善男子東西南北四維上下十方世界一切如來應正等覺聲聞菩薩都無所有汝於是事應深信受勿自勤苦欲求供養聽聞正法如說修行善現若不爲說如是等事令覺悟者當知是爲菩薩摩訶薩惡友復次善現菩薩摩訶薩惡友者若不爲說魔事魔過謂有惡魔作聲聞形像來至菩薩所令深猒離一切智智相應作意令極忻樂聲聞獨覺相應作意善現若不爲說如是等事令覺悟者當知是爲菩薩摩訶薩惡友復次善現菩薩摩訶薩惡友者若不爲說魔事魔過謂有惡魔化作親教軌範形像來至菩薩所令深猒離菩薩勝行所謂布施波羅蜜多乃至般若波羅蜜多及令猒離一切智智所謂無上正等菩提唯教修習三解脫門速證聲聞或獨覺地不趣無上

正等菩提善現若不爲說如是等事令覺悟者當知是爲菩薩摩訶薩惡友復次善現菩薩摩訶薩惡友者若不爲說魔事魔過謂有惡魔作父母形像來至菩薩所告言子汝當精勤求證預流一來不還阿羅漢果足得求離生死大苦速證涅槃究竟安樂何用遠趣諸佛無上正等菩提求菩提者要經無量無數大劫輪迴生死教化有情捨命捨身斷支斷節徒自勤苦誰荷汝恩所求菩提或證不證善現若不爲說如是等事令覺悟者當知是爲菩薩摩訶薩惡友復次善現菩薩摩訶薩惡友者若不爲說魔事魔過謂有惡魔作苾芻形像來至菩薩所以有所得而爲方便說色無常相實有可得說受想行識無常相實有可得說色苦相無我相不淨相空相

無相相無願相寂靜相遠離相實有可得說受想行識苦相無我相不淨相空相無相相無願相寂靜相遠離相實有可得以有所得而爲方便說眼處乃至意處無常相苦相無我相不淨相空相無相相無願相寂靜相遠離相實有可得以有所得而爲方便說色處乃至法處無常相苦相無我相不淨相空相無相相無願相寂靜相遠離相實有可得以有所得而爲方便說眼界乃至意界無常相苦相無我相不淨相空相無相相無願相寂靜相遠離相實有可得以有所得而爲方便說色界乃至法界無常相若相無我相不淨相空相無相相無願相寂靜相遠離相實有可得以有所得而爲方便說眼識界乃至意識界無常相苦相無我相不淨相空相無相

相無願相寂靜相遠離相實有可得以有所得而爲方便說眼觸乃至意觸無常相苦相無我相不淨相空相無相相無願相寂靜相遠離相實有可得以有所得而爲方便說眼觸爲緣所生諸受乃至意觸爲緣所生諸受無常相苦相無我相不淨相空相無相相無願相寂靜相遠離相實有可得以有所得而爲方便說四念住乃至八聖道支實有可得令其修學以有所得而爲方便說布施波羅蜜多乃至般若波羅蜜多實有可得令其修學以有所得而爲方便說空無相無願解脫門實有可得令其修學以有所得而爲方便說陀羅尼門三摩地門實有可得令其修學以有所得而爲方便說五眼六神通實有可得令其修學以有所得而爲方便說佛十力乃至十八佛不共法實有可得令其修學善現若不爲說如是等事令覺悟者當知是爲菩薩摩訶薩惡友若菩薩摩訶薩修行般若波羅蜜多時爲此惡友所攝受者聞說如是甚深般若波羅蜜多其心有驚有恐有怖是故菩薩摩訶薩修行般若波羅蜜多時於諸惡友應審觀察方便遠離

大般若波羅蜜多經卷第四百十

大般若波羅蜜多經卷第四百一十一

唐三藏法師玄奘奉詔譯

第二分譬喻品第十一

爾時具壽善現白佛言世尊菩薩者是何句義佛告善現無句義是菩薩句義何以故菩提薩埵二既不生句於其中理亦非有故無句義是菩薩句義善現當知譬如空中鳥跡句義實無所有菩薩句義亦復如是實無所有譬如夢境幻事陽焰光影水月響聲空花變化句義實無所有菩薩句義亦復如是實無所有善現當知如一切法眞如句義實無所有菩薩句義亦復如是實無所有如一切法法界法性不虛妄性不變異性法定法住實際句義實無所有菩薩句義亦復如是實無所有善現當知如幻士色句義實無所有菩薩句義亦復如是實無所有如幻士受想行識句義實無所有菩薩句義亦復如是實無所有善現當知如幻士眼處句義實無所有菩薩句義亦復如是實無所有如幻士耳鼻舌身意處句義實無所有菩薩句義亦復如是實無所有善現當知如幻士色處句義實無所有菩薩句義亦復如是實無所有如幻士聲香味觸法處句義實無所有菩薩句義亦復如是實無所有善現當知如幻士眼界句義實無所有菩薩句義亦復如是實無所有如幻士耳鼻舌身意界句義實無所有菩薩句義亦復如是實無所有善現當知如幻士色界句義實無所有菩薩句義亦復如是實無所有如幻士聲香味觸法界句義實無所有菩薩句義亦復如是實無所有

善現當知如幻士眼識界句義實無所有菩薩句義亦復如是實無所有如幻士耳鼻舌身意識界句義實無所有菩薩句義亦復如是實無所有善現當知如幻士眼觸句義實無所有菩薩句義亦復如是實無所有如幻士耳鼻舌身意觸句義實無所有菩薩句義亦復如是實無所有善現當知如幻士眼觸爲縁所生諸受句義實無所有菩薩句義亦復如是實無所有如幻士耳鼻舌身意觸爲縁所生諸受句義實無所有菩薩句義亦復如是實無所有善現當知如幻士無明句義實無所有菩薩句義亦復如是實無所有如幻士行識名色六處觸受愛取有生老死句義實無所有菩薩句義亦復如是實無所有善現當知如幻士行内空句義實無所有菩薩句義亦復如是實無所有如幻士行外空内外空空空大空勝義空有爲空無爲空畢竟空無際空散空無變異空本性空自共相空一切法空不可得空無性空自性空無性自性空句義實無所有菩薩句義亦復如是實無所有善現當知如幻士行四念住句義實無所有菩薩句義亦復如是實無所有如幻士行四正斷四神足五根五力七等覺支八聖道支句義實無所有菩薩句義亦復如是實無所有善現當知如幻士乃至行佛十力句義實無所有菩薩句義亦復如是實無所有如幻士行四無所畏四無礙解大慈大悲大喜大捨十八佛不共法句義實無所有菩薩句義亦復如是實無所有復次善現如佛色句義實無所有菩薩句義亦復如是實

無所有如佛受想行識句義實無所有菩薩句義亦復如是實無所有如佛眼處句義實無所有菩薩句義亦復如是實無所有如佛耳鼻舌身意處句義實無所有菩薩句義亦復如是實無所有如佛色處句義實無所有菩薩句義亦復如是實無所有如佛聲香味觸法處句義實無所有菩薩句義亦復如是實無所有如佛眼界句義實無所有菩薩句義亦復如是實無所有如佛耳鼻舌身意界句義實無所有菩薩句義亦復如是實無所有如佛色界句義實無所有菩薩句義亦復如是實無所有如佛聲香味觸法界句義實無所有菩薩句義亦復如是實無所有如佛眼識界句義實無所有菩薩句義亦復如是實無所有如佛耳鼻舌身意識界句義實無

所有菩薩句義亦復如是實無所有如佛眼觸句義實無所有菩薩句義亦復如是實無所有如佛耳鼻舌身意觸句義實無所有菩薩句義亦復如是實無所有如佛眼觸爲緣所生諸受句義實無所有菩薩句義亦復如是實無所有如佛耳鼻舌身意觸爲緣所生諸受句義實無所有菩薩句義亦復如是實無所有如佛無明句義實無所有菩薩句義亦復如是實無所有如佛行識名色六處觸受愛取有生老死句義實無所有菩薩句義亦復如是實無所有如佛行內空句義實無所有菩薩句義亦復如是實無所有如佛行外空內外空空空大空勝義空有爲空無爲空畢竟空無際空散無散空本性空自共相空一切法空不可得空無性空自性空無性

自性空句義實無所有菩薩句義亦復如是實無所有如佛行四念住句義實無所有菩薩句義亦復如是實無所有如佛行四正斷四神足五根五力七等覺支八聖道支句義實無所有菩薩句義亦復如是實無所有乃至如佛行佛十力句義實無所有菩薩句義亦復如是實無所有如佛行四無所畏四無礙解大慈大悲大喜大捨十八佛不共法句義實無所有菩薩句義亦復如是實無所有

復次善現如有爲界中無爲界句義實無所有無爲界中有爲界句義亦實無所有菩薩句義亦復如是實無所有如無生無滅無作無爲無成無壞無得無捨無染無淨句義實無所有菩薩句義亦復如是實無所有時具壽善現白佛言世尊如何法無生無滅無作無爲無成無壞無得無捨無染無淨句義實無所有菩薩句義亦復如是實無所有耶佛告善現如色乃至識無生無滅無作無爲無成無壞無得無捨無染無淨句義實無所有菩薩句義亦復如是實無所有如眼處乃至意處無生無滅無作無爲無成無壞無得無捨無染無淨句義實無所有菩薩句義亦復如是實無所有如色處乃至法處無生無滅無作無爲無成無壞無得無捨無染無淨句義實無所有菩薩句義亦復如是實無所有如眼界乃至意界無生無滅無作無爲無成無壞無得無捨無染無淨句義實無所有菩薩句義亦復如是實無所有如色界乃至法界無生無滅無作無爲無成無壞無得無捨無染無淨句義實無所有菩薩句義亦復如

是實無所有如眼識界乃至意識界無生無滅無作無爲無成無壞無得無捨無染無淨句義實無所有菩薩句義亦復如是實無所有如眼觸乃至意觸無生無滅無作無爲無成無壞無得無捨無染無淨句義實無所有菩薩句義亦復如是實無所有如眼觸爲緣所生諸受乃至意觸爲緣所生諸受無生無滅無作無爲無成無壞無得無捨無染無淨句義實無所有菩薩句義亦復如是實無所有如無明乃至老死無生無滅無作無爲無成無壞無得無捨無染無淨句義實無所有菩薩句義亦復如是實無所有如四念住乃至八聖道支無生無滅無作無爲無成無壞無得無捨無染無淨句義實無所有菩薩句義亦復如是實無所有如是乃至如佛十力

乃至十八佛不共法無生無滅無作無爲無成無壞無得無捨無染無淨句義實無所有菩薩句義亦復如是實無所有復次善現如四念住乃至八聖道支畢竟淨句義實無所有菩薩句義亦復如是實無所有如是乃至如佛十力乃至十八佛不共法畢竟淨句義實無所有菩薩句義亦復如是實無所有如我乃至見者句義實無所有無所有故菩薩句義亦復如是實無所有如日出時闇冥句義實無所有菩薩句義亦復如是實無所有如劫盡時諸行句義實無所有菩薩句義亦復如是實無所有如諸如來應正等覺淨戒蘊中惡戒句義實無所有菩薩句義亦復如是實無所有如諸如來應正等覺靜定蘊中亂心句義實無所有菩薩句義亦復如是實

無所有如諸如來應正等覺明慧藴中惡慧句義實無所有菩薩句義亦復如是實無所有如諸如來應正等覺解脱藴中繫縛句義實無所有菩薩句義亦復如是實無所有如諸如來應正等覺解脱知見藴中非解脱智見句義實無所有菩薩句義亦復如是實無所有如日月等大光明中諸闇句義實無所有菩薩句義亦復如是實無所有如佛光中一切日月星寶火藥及諸天等光明句義實無所有菩薩句義亦復如是實無所有何以故善現若菩提若薩埵若菩薩句義如是一切皆非相應非不相應無色無見無對一相所謂無相善現諸菩薩摩訶薩於一切法皆非實有無著無礙當勤修學應正覺知具壽善現即白佛言諸菩薩摩訶薩於何等一切法皆非實有無著無礙當勤修學諸菩薩摩訶薩云何於一切法應正覺知佛告善現一切法者謂善法非善法有記法無記法世間法出世間法有漏法無漏法有爲法無爲法共法不共法善現諸菩薩摩訶薩於如是等一切法性無著無礙當勤修學諸菩薩摩訶薩於一切法實無所有應正覺知具壽善現復白佛言何等名爲世間善法佛告善現世間善法者謂孝順父母供養沙門婆羅門敬事師長施性福業事戒性福業事修性福業事供侍病者俱行福方便善巧俱行福世間十善業道若膖脹想膿爛想青瘀想異赤想變壞想啄噉想離散想骸骨想焚燒想若世間四靜慮四無量四無色定若佛隨念法隨念僧隨念戒隨念捨隨念天隨念寂靜隨念

入出息隨念身隨念死隨念善現此等名爲世間善法具壽善現復白佛言何等名爲不善法佛告善現不善法者謂害生命不與取欲邪行虚誑語離間語麤惡語雜穢語貪欲瞋恚邪見及忿恨覆惱諂誑憍害嫉慳慢等善現此等名爲不善法具壽善現復白佛言何等有記法佛告善現即諸善法及不善法名有記法具壽善現復白佛言何等名爲無記法佛告善現謂無記身業無記語業無記意業無記四大種無記五根無記五蘊無記十二處無記十八界無記異熟法善現此等名爲無記法具壽善現復白佛言何等名爲世間法佛告善現謂世間五蘊十二處十八界十業道四靜慮四無量四無色定十二支緣起法善現此等名爲世間法具壽善現復白佛言何等名爲出世間法佛告善現謂出世間四念住四正斷四神足五根五力七等覺支八聖道支空無相無願解脱門未知根當知根已知根具知根有尋有伺三摩地無尋唯伺三摩地無尋無伺三摩地若明若解脱若念若正知若如理作意若八解脱若九次第定若内空外空内外空空空大空勝義空有爲空無爲空畢竟空無際空散無散空本性空自共相空一切法空不可得空無性空自性空無性自性空若佛十力四無所畏四無礙解十八佛不共法善現此等名爲出世間法具壽善現復白佛言何等名爲有漏法佛告善現謂墮三界若五蘊十二處十八界若四靜慮四無量四無色定善現此等名爲有漏法具壽善現復白佛言何等名爲無

漏法佛告善現謂四念住乃至十八佛不共法善現此等名爲無漏法具壽善現復白佛言何等名爲有爲法佛告善現謂三界繫法若五蘊若四靜慮四無量四無色定若四念住乃至十八佛不共法善現此等名爲有爲法具壽善現復白佛言何等名爲無爲法佛告善現若法無生無滅無住無異若貪盡瞋盡癡盡若眞如法界法性不虛妄性不變異性平等性離生性法定法住實際善現此等名爲無爲法具壽善現復白佛言何等名爲共法佛告善現謂世間四靜慮四無量四無色定五神通善現此等名爲共法共異生故具壽善現復白佛言何等名爲不共法佛告善現謂四念住乃至十八佛不共法善現此等名爲不共法不共異生故善現諸菩薩摩訶薩修行般若波羅蜜多時於如是等自相空法不應執著以一切法無分別故善現諸菩薩摩訶薩修行般若波羅蜜多時於一切法以無二爲方便應正覺知以一切法皆無動故善現於一切法無二無動是菩薩句義無分別無執著是菩薩句義以是故無句義是菩薩句義爾時具壽善現白佛言世尊何緣菩薩復名摩訶薩佛告善現由是菩薩於大有情衆中當爲上首故復名摩訶薩善現白言何等名爲大有情衆菩薩於中當爲上首佛告善現謂住種性第八預流一來不還阿羅漢獨覺及從初發心乃至不退轉地菩薩摩訶薩如是皆名大有情衆菩薩於此大有情衆中當爲上首故復名摩訶薩具壽善現復白佛言如是菩薩何緣能於大有情衆

當爲上首佛告善現由是菩薩已發堅固金剛喻心定不退壞是故能於大有情衆當爲上首善現復言何謂菩薩金剛喻心佛告善現若菩薩摩訶薩發如是心我今當被大功德鎧無邊生死大曠野中爲諸有情破壞一切煩惱怨敵我當普爲一切有情枯竭無邊生死大海我當棄捨一切身財爲諸有情作大饒益我當等心利益安樂一切有情我當普令諸有情類遊三乘道趣般涅槃我當雖以三乘濟度一切有情而都不見有一有情得滅度者我當覺了一切法性無生無滅無淨無染我當純以一切智智相應作意修行六種波羅蜜多我當修學於一切法通達究竟徧入妙智我當通達一切法相一理趣門我當通達一切法相二理趣門我當通達一切法相多理趣門我當修學種種妙智達諸法性引勝功德善現是謂菩薩金剛喻心若菩薩摩訶薩以無所得而爲方便安住此心決定能於大有情衆當爲上首復次善現諸菩薩摩訶薩發如是心一切地獄傍生鬼界及人天中諸有情類所受苦惱我當代受令彼安樂諸菩薩摩訶薩發如是心我爲饒益一有情故經於無量百千俱胝那庾多劫受諸地獄種種重苦無數方便教化令得無餘涅槃如是次第普爲饒益一切有情爲彼一一各經無量百千俱胝那庾多劫受諸地獄種種重苦一一各以無數方便教化令得無餘涅槃作是事已自種善根復經無量百千俱胝那庾多劫圓滿修集菩提資糧然後方證所求無上正等菩提善現如是誓願亦名

菩薩金剛喻心若菩薩摩訶薩以無所得而爲方便安住此心決定能於大有情衆當爲上首復次善現諸菩薩摩訶薩恒常發起勝心大心由此心故決定能於大有情衆常爲上首具壽善現白言世尊何謂菩薩勝心大心佛告善現諸菩薩摩訶薩發如是心我應從初發心乃至證得一切智智定當不起貪欲瞋恚愚癡忿恨覆惱諂誑嫉慳憍害見慢等心亦定不起趣求聲聞獨覺地心是爲菩薩勝心大心若菩薩摩訶薩以無所得而爲方便安住此心決定能於大有情衆當爲上首復次善現諸菩薩摩訶薩發起決定不傾動心由此心故決定能於大有情衆當爲上首具壽善現白言世尊何謂菩薩不傾動心佛告善現諸菩薩摩訶薩發如是心我應當依一切智智相應作意修習發起一切所修所作事業而無憍逸善現是謂菩薩不傾動心若菩薩摩訶薩以無所得而爲方便安住此心決定能於大有情衆當爲上首復次善現諸菩薩摩訶薩普於一切諸有情類平等發起眞利樂心由此心故決定能於大有情衆當爲上首具壽善現白言世尊何謂菩薩眞利樂心佛告善現諸菩薩摩訶薩發如是心我當決定窮未來際利益安樂一切有情爲作歸依洲渚舍宅常不捨離善現是謂菩薩眞利樂心若菩薩摩訶薩以無所得而爲方便安住此心決定能於大有情衆當爲上首復次善現諸菩薩摩訶薩修行般若波羅蜜多常勤精進愛法樂法欣法喜法由此因緣決定能於大有情衆當爲上首具壽善現

白言世尊何等爲法云何菩薩摩訶薩修行般若波羅蜜多時常於此法愛樂欣喜佛告善現所言法者謂色非色皆無自性都不可得不可破壞不可分別是名爲法言愛法者謂於此法起欲希求言樂法者謂於此法稱讚功德言欣法者謂於此法歡喜信受言喜法者謂於此法慕多修習親近愛重善現若菩薩摩訶薩修行般若波羅蜜多時以無所得而爲方便常能如是愛法樂法欣法喜法而不憍舉決定能於大有情衆當爲上首復次善現若菩薩摩訶薩修行般若波羅蜜多以無所得而爲方便安住内空乃至無性自性空修四念住乃至十八佛不共法是菩薩摩訶薩決定能於大有情衆當爲上首復次善現若菩薩摩訶薩修行般若波羅蜜多以無所得而爲方便住金剛喻三摩地乃至住無著無爲無染解脱如虚空三摩地是菩薩摩訶薩由此因緣決定能於大有情衆當爲上首善現由如是等種種因緣諸菩薩摩訶薩決定能於大有情衆當爲上首是故菩薩復名摩訶薩

第二分斷諸見品第十二

爾時舍利子白佛言世尊我亦樂以智慧辯才説諸菩薩由此義故名摩訶薩佛告舍利子隨汝意説舍利子言世尊以諸菩薩方便善巧能爲有情宣説法要令斷我見有情見命者見生者見養者見士夫見補特伽羅見意生見儒童見作者見受者見知者見見者見由此義故名摩訶薩世尊以諸菩薩方便善巧能爲有情宣説法要令斷常見斷見有

見無見由此義故名摩訶薩世尊以諸菩薩方便善巧能爲有情宣說法要令斷蘊見處見界見諦見緣起見由此義故名摩訶薩世尊以諸菩薩方便善巧能爲有情宣說法要令斷四念住見乃至十八佛不共法見由此義故名摩訶薩以諸菩薩方便善巧能爲有情宣說法要令斷成熟有情見嚴淨佛土見菩薩見如來見菩提見涅槃見轉法輪見由此義故名摩訶薩世尊以諸菩薩方便善巧能爲有情以無所得而爲方便宣說永斷一切見法由此義故名摩訶薩時具壽善現問舍利子言若菩薩摩訶薩能爲有情以無所得而爲方便宣說永斷諸見法要何因何緣有諸菩薩自有所得而爲方便起蘊見處見界見諦見緣起見四念住見乃至十八佛不共法見及成熟有情見嚴淨佛土見菩薩見如來見菩提見涅槃見轉法輪見耶舍利子言菩薩摩訶薩修行般若波羅蜜多時無方便善巧故以有所得而爲方便發起蘊見乃至轉法輪見是菩薩摩訶薩無方便善巧故決定不能以無所得而爲方便爲諸有情宣說永斷諸見法要若菩薩摩訶薩修行般若波羅蜜多時有方便善巧者能爲有情以無所得而爲方便宣說永斷諸見法要是菩薩摩訶薩決定不起蘊等諸見爾時具壽善現白佛言世尊我亦樂以智慧辯才說諸菩薩由此義故名摩訶薩佛告善現隨汝意說善現白言世尊以諸菩薩爲欲證得一切智智發菩提心無等等心不共聲聞獨覺等心於如是心亦不取著由此義故名摩訶薩何以

故世尊以一切智智心是真無漏不墮三界求一切智智心亦是無漏不墮三界於如是心不應取著是故菩薩名摩訶薩時舍利子問善現言云何菩薩摩訶薩無等等心不共聲聞獨覺等心善現答言諸菩薩摩訶薩從初發心不見少法有生有滅有增有染有淨舍利子若不見少法有生有滅有減有增有染有淨亦不見有聲聞心獨覺心菩薩心如來心舍利子是名菩薩摩訶薩無等等心不共聲聞獨覺等心諸菩薩摩訶薩於如是心亦不取著時舍利子問善現言若菩薩摩訶薩於如是心不應取著則於一切聲聞獨覺異生等心亦不應取著及於色受想行識心乃至十八佛不共法心亦不應取著何以故如是諸心無心性故善現答言如是如是誠如所說時舍利子問善現言若一切心無心性故不應取著則色受想行識亦無色受想行識性不應取著乃至十八佛不共法亦無十八佛不共法性不應取著善現答言如是如是誠如所說舍利子言若一切智智心是真無漏不墮三界則一切愚夫異生聲聞獨覺等心亦應是真無漏不墮三界何以故如是諸心皆本性空故善現答言如是如是誠如所說舍利子言若如是心本性空故是真無漏不墮三界則色受想行識乃至十八佛不共法亦應是真無漏不墮三界何以故如是諸法皆本性空故善現答言如是如是誠如所說舍利子言若心色等法無心色等性故不應取著則一切法皆應平等都無差別善現答言如是如是誠如所說舍利子

言若一切法等無差別云何如來說心色等有種種異善現答言此是如來隨世俗說非隨勝義舍利子言若諸異生聲聞獨覺菩薩如來心色等法皆是無漏不墮三界則諸異生及諸聖者菩薩如來應無差別善現答言如是如是誠如所說舍利子言若諸凡聖菩薩如來無差別者云何佛說凡聖大小有種種異善現答言此亦如來依世俗說不依勝義舍利子諸菩薩摩訶薩修行般若波羅蜜多時以無所得爲方便故於所發起大菩提心無等等心不共聲聞獨覺等心不恃不執於色非色乃至十八佛不共法無取無著由此義故名摩訶薩

第二分六到彼岸品第十三之一

爾時滿慈子白佛言世尊我亦樂以智慧辯才說諸菩薩由此義故名摩訶薩佛告滿慈子隨汝意說滿慈子言世尊以諸菩薩普爲利樂一切有情被大功德鎧故發趣大乘故乘大乘故名摩訶薩時舍利子問滿慈子言云何菩薩摩訶薩普爲利樂一切有情被大功德鎧滿慈子言舍利子諸菩薩摩訶薩修行布施波羅蜜多時不爲利樂少分有情修行布施波羅蜜多普爲利樂一切有情修行布施波羅蜜多諸菩薩摩訶薩修行淨戒波羅蜜多時不爲利樂少分有情修行淨戒波羅蜜多普爲利樂一切有情修行淨戒波羅蜜多諸菩薩摩訶薩修行安忍波羅蜜多時不爲利樂少分有情修行安忍波羅蜜多普爲利樂一切有情修行安忍波羅蜜多諸菩薩摩訶薩修行精進波羅蜜多時不爲利樂

少分有情修行精進波羅蜜多普爲利樂一切有情修行精進波羅蜜多諸菩薩摩訶薩修行靜慮波羅蜜多時不爲利樂少分有情修行靜慮波羅蜜多普爲利樂一切有情修行靜慮波羅蜜多諸菩薩摩訶薩修行般若波羅蜜多時不爲利樂少分有情修行般若波羅蜜多普爲利樂一切有情修行般若波羅蜜多舍利子是爲菩薩摩訶薩普爲利樂一切有情被大功德鎧復次舍利子諸菩薩摩訶薩被大功德鎧利樂有情不爲分限不作是念我當拔濟爾所有情令入無餘般涅槃界爾所有情不令其入我當拔濟爾所有情令住無上正等菩提爾所有情不令其住然諸菩薩摩訶薩普爲拔濟一切有情令入無餘般涅槃界及住無上正等菩提舍利子是爲菩薩摩訶薩普爲利樂一切有情被大功德鎧復次舍利子諸菩薩摩訶薩作如是念我當自圓滿布施波羅蜜多亦令一切有情圓滿布施波羅蜜多我當自圓滿淨戒波羅蜜多亦令一切有情圓滿淨戒波羅蜜多我當自圓滿安忍波羅蜜多亦令一切有情圓滿安忍波羅蜜多我當自圓滿精進波羅蜜多亦令一切有情圓滿精進波羅蜜多我當自圓滿靜慮波羅蜜多亦令一切有情圓滿靜慮波羅蜜多我當自圓滿般若波羅蜜多亦令一切有情圓滿般若波羅蜜多諸菩薩摩訶薩作如是念我當自依如是六種波羅蜜多安住内空乃至無性自性空修行四念住乃至十八佛不共法亦令一切有情依此六種波羅蜜多安住内空乃至無性自性

空修行四念住乃至十八佛不共法諸菩薩摩訶薩作如是念我當自依如是六種波羅蜜多速證無上正等菩提入無餘依般涅槃界亦令一切有情依此六種波羅蜜多速證無上正等菩提入無餘依般涅槃界舍利子是爲菩薩摩訶薩普爲利樂一切有情被大功德鎧

大般若波羅蜜多經卷第四百一十一

音釋

薩埵 梵語也此云成衆生謂用佛道成就衆生也垂音朵 **膖脹** 膖匹絳切脹知亮切謂膖臭脹滿也 **青瘀** 瘀依據切青瘀謂血積瘀而色青也 **啄噉** 啄音卓噉徒濫切謂鳥啄而獸噉也 **瞋恚** 瞋稱人切怒而張目也恚於避切恨怒也 **忿恨** 忿房粉切怒也 **鎧** 可亥切甲也

大般若波羅蜜多經卷第四百一十二

唐三藏法師玄奘奉　詔譯

第二分六到彼岸品第十三之二

復次舍利子諸菩薩摩訶薩修行布施波羅蜜多時以一切智智相應作意而修布施波羅蜜多持此善根以無所得而爲方便與一切有情同共迴向一切智智於布施時都無所悋舍利子是爲菩薩摩訶薩修行布施波羅蜜多時所被布施波羅蜜多大功德鎧復次舍利子諸菩薩摩訶薩修行布施波羅蜜多時以一切智智相應作意而修布施波羅蜜多持此善根以無所得而爲方便與一切有情同共迴向一切智智於布施時不起聲聞獨覺作意舍利子是爲菩薩摩訶薩修行布施波羅蜜多時所被淨戒波羅蜜多大功德鎧復次舍利子諸菩薩摩訶薩修行布施波羅蜜多時以一切智智相應作意而修布施波羅蜜多持此善根以無所得而爲方便與一切有情同共迴向一切智智於布施時信忍欲樂修布施法舍利子是爲菩薩摩訶薩修行布施波羅蜜多時所被安忍波羅蜜多大功德鎧復次舍利子諸菩薩摩訶薩修行布施波羅蜜多時以一切智智相應作意而修布施波羅蜜多持此善根以無所得而爲方便與一切有情同共迴向一切智智於布施時精進勇猛不捨加行舍利子是爲菩薩摩訶薩修行布施波羅蜜多時所被精進波羅蜜多大功德鎧復次舍利子諸菩薩摩訶薩修行布施波羅蜜多時以一切智智相應作意而修布施波羅蜜多持此善根以無

所得而爲方便與一切有情同共迴向一切智智於布施時一心趣向一切智智究竟利樂一切有情不雜聲聞獨覺作意舍利子是爲菩薩摩訶薩修行布施波羅蜜多時所被靜慮波羅蜜多大功德鎧復次舍利子諸菩薩摩訶薩修行布施波羅蜜多時以一切智智相應作意而修布施波羅蜜多持此善根以無所得而爲方便與一切有情同共迴向一切智智於布施時住如幻想不得施者受者施物施所得果舍利子是爲菩薩摩訶薩修行布施波羅蜜多時所被般若波羅蜜多大功德鎧舍利子如是菩薩摩訶薩修行布施波羅蜜多時具被六種波羅蜜多大功德鎧舍利子若菩薩摩訶薩以一切智智相應作意修行布施波羅蜜多時於六波羅蜜多相不取不得當知是菩薩摩訶薩被大功德鎧復次舍利子諸菩薩摩訶薩修行淨戒波羅蜜多時以一切智智相應作意而修淨戒波羅蜜多持此善根以無所得而爲方便與一切有情同共迴向一切智智修淨戒時於諸所有都無慳悋舍利子是爲菩薩摩訶薩修行淨戒波羅蜜多時所被布施波羅蜜多大功德鎧復次舍利子諸菩薩摩訶薩修行淨戒波羅蜜多時以一切智智相應作意而修淨戒波羅蜜多持此善根以無所得而爲方便與一切有情同共迴向一切智智修淨戒時於諸聲聞及獨覺地尚不趣求況異生地舍利子是爲菩薩摩訶薩修行淨戒波羅蜜多時所被淨戒波羅蜜多大功德鎧復次舍利子諸菩薩摩訶薩修行淨戒波羅蜜多

時以一切智智相應作意而修淨戒波羅蜜多持此善根以無所得而爲方便與一切有情同共迴向一切智智修淨戒時於淨戒法信忍欲樂舍利子是爲菩薩摩訶薩修行淨戒波羅蜜多時所被安忍波羅蜜多大功德鎧復次舍利子諸菩薩摩訶薩修行淨戒波羅蜜多時以一切智智相應作意而修淨戒波羅蜜多持此善根以無所得而爲方便與一切有情同共迴向一切智智修淨戒時精進勇猛不捨加行舍利子是爲菩薩摩訶薩修行淨戒波羅蜜多時所被精進波羅蜜多大功德鎧復次舍利子諸菩薩摩訶薩修行淨戒波羅蜜多時以一切智智相應作意而修淨戒波羅蜜多持此善根以無所得而爲方便與一切有情同共迴向一切智智修淨

戒時純以大悲而爲上首尚不間雜二乘作意況異生心舍利子是爲菩薩摩訶薩修行淨戒波羅蜜多時所被靜慮波羅蜜多大功德鎧復次舍利子諸菩薩摩訶薩修行淨戒波羅蜜多時以一切智智相應作意而修淨戒波羅蜜多持此善根以無所得而爲方便與一切有情同共迴向一切智智修淨戒時於一切法住如幻想於淨戒行無恃無得本性空故舍利子是爲菩薩摩訶薩修行淨戒波羅蜜多時所被般若波羅蜜多大功德鎧舍利子如是菩薩摩訶薩修行淨戒波羅蜜多時具被六種波羅蜜多大功德鎧舍利子若菩薩摩訶薩以一切智智相應作意修行淨戒波羅蜜多時於六波羅蜜多相不取不得當知是菩薩摩訶薩被大功德鎧復次舍

利子諸菩薩摩訶薩修行安忍波羅蜜多時以一切智智相應作意而修安忍波羅蜜多持此善根以無所得而爲方便與一切有情同共迴向一切智智修安忍時爲成安忍於身命等無所戀著舍利子是爲菩薩摩訶薩修行安忍波羅蜜多時所被布施波羅蜜多大功德鎧復次舍利子諸菩薩摩訶薩修行安忍波羅蜜多時以一切智智相應作意而修安忍波羅蜜多持此善根以無所得而爲方便與一切有情同共迴向一切智智修安忍時不雜聲聞及獨覺等下劣作意舍利子是爲菩薩摩訶薩修行安忍波羅蜜多時所被淨戒波羅蜜多大功德鎧復次舍利子諸菩薩摩訶薩修行安忍波羅蜜多時以一切智智相應作意而修安忍波羅蜜多持此善根以無所得而爲方便與一切有情同共迴向一切智智修安忍時於安忍法信忍欲樂舍利子是爲菩薩摩訶薩修行安忍波羅蜜多時所被安忍波羅蜜多大功德鎧復次舍利子諸菩薩摩訶薩修行安忍波羅蜜多時以一切智智相應作意而修安忍波羅蜜多持此善根以無所得而爲方便與一切有情同共迴向一切智智修安忍時精進勇猛不捨加行舍利子是爲菩薩摩訶薩修行安忍波羅蜜多時所被精進波羅蜜多大功德鎧復次舍利子諸菩薩摩訶薩修行安忍波羅蜜多時以一切智智相應作意而修安忍波羅蜜多持此善根以無所得而爲方便與一切有情同共迴向一切智智修安忍時攝心一境雖遇衆苦而心無亂舍利子是爲菩薩

摩訶薩修行安忍波羅蜜多時所被靜慮波羅蜜多大功德鎧復次舍利子諸菩薩摩訶薩修行安忍波羅蜜多時以一切智智相應作意而修安忍波羅蜜多持此善根以無所得而爲方便與一切有情同共迴向一切智智修安忍時住如幻想爲集佛法成熟有情觀諸法空不執怨害舍利子是爲菩薩摩訶薩修行安忍波羅蜜多時所被般若波羅蜜多大功德鎧舍利子如是菩薩摩訶薩修行安忍波羅蜜多時具被六種波羅蜜多大功德鎧舍利子若菩薩摩訶薩以一切智智相應作意修行安忍波羅蜜多時於六波羅蜜多相不取不得當知是菩薩摩訶薩被大功德鎧復次舍利子諸菩薩摩訶薩修行精進波羅蜜多時以一切智智相應作意而修精進波羅蜜多持此善根以無所得而爲方便與一切有情同共迴向一切智智修精進時能勤修學難行施行舍利子是爲菩薩摩訶薩修行精進波羅蜜多時所被布施波羅蜜多大功德鎧復次舍利子諸菩薩摩訶薩修行精進波羅蜜多時以一切智智相應作意而修精進波羅蜜多持此善根以無所得而爲方便與一切有情同共迴向一切智智修精進時勤護淨戒終無毀犯舍利子是爲菩薩摩訶薩修行精進波羅蜜多時所被淨戒波羅蜜多大功德鎧復次舍利子諸菩薩摩訶薩修行精進波羅蜜多時以一切智智相應作意而修精進波羅蜜多持此善根以無所得而爲方便與一切有情同共迴向一切智智修精進時能勤修學難行忍行舍利子

是爲菩薩摩訶薩修行精進波羅蜜多時所被安忍波羅蜜多大功德鎧復次舍利子諸菩薩摩訶薩修行精進波羅蜜多時以一切智智相應作意而修精進波羅蜜多持此善根以無所得而爲方便與一切有情同共迴向一切智智修精進時能勤修學有益苦行舍利子是爲菩薩摩訶薩修行精進波羅蜜多時所被精進波羅蜜多大功德鎧復次舍利子諸菩薩摩訶薩修行精進波羅蜜多時以一切智智相應作意而修精進波羅蜜多持此善根以無所得而爲方便與一切有情同共迴向一切智智修精進時能勤修學靜慮等至舍利子是爲菩薩摩訶薩修行精進波羅蜜多時所被靜慮波羅蜜多大功德鎧復次舍利子諸菩薩摩訶薩修行精進波羅蜜多時以一切智智相應作意而修精進波羅蜜多持此善根以無所得而爲方便與一切有情同共迴向一切智智修精進時能勤修學無取著慧舍利子是爲菩薩摩訶薩修行精進波羅蜜多時所被般若波羅蜜多大功德鎧舍利子如是菩薩摩訶薩修行精進波羅蜜多時具被六種波羅蜜多大功德鎧舍利子若菩薩摩訶薩以一切智智相應作意修行精進波羅蜜多時於六波羅蜜多相不取不著當知是菩薩摩訶薩被大功德鎧復次舍利子諸菩薩摩訶薩修行靜慮波羅蜜多時以一切智智相應作意而修靜慮波羅蜜多持此善根以無所得而爲方便與一切有情同共迴向一切智智修靜慮時靜心行施亂心慳悋不復現前舍利子是爲菩薩

摩訶薩修行靜慮波羅蜜多時所被布施波羅蜜多大功德鎧復次舍利子諸菩薩摩訶薩修行靜慮波羅蜜多時以一切智智相應作意而修靜慮波羅蜜多持此善根以無所得而爲方便與一切有情同共迴向一切智智修靜慮時定心護戒令諸惡戒不復現前舍利子是爲菩薩摩訶薩修行靜慮波羅蜜多時所被淨戒波羅蜜多大功德鎧復次舍利子諸菩薩摩訶薩修行靜慮波羅蜜多時以一切智智相應作意而修靜慮波羅蜜多持此善根以無所得而爲方便與一切有情同共迴向一切智智修靜慮時住慈悲定而修安忍不惱有情舍利子是爲菩薩摩訶薩修行靜慮波羅蜜多時所被安忍波羅蜜多大功德鎧復次舍利子諸菩薩摩訶薩修行

靜慮波羅蜜多時以一切智智相應作意而修靜慮波羅蜜多持此善根以無所得而爲方便與一切有情同共迴向一切智智修靜慮時安住淨定勤修功德離諸懈怠舍利子是爲菩薩摩訶薩修行靜慮波羅蜜多時所被精進波羅蜜多大功德鎧復次舍利子諸菩薩摩訶薩修行靜慮波羅蜜多時以一切智智相應作意而修靜慮波羅蜜多持此善根以無所得而爲方便與一切有情同共迴向一切智智修靜慮時依靜慮等引發勝定離擾亂心舍利子是爲菩薩摩訶薩修行靜慮波羅蜜多時所被靜慮波羅蜜多大功德鎧復次舍利子諸菩薩摩訶薩修行靜慮波羅蜜多時以一切智智相應作意而修靜慮波羅蜜多持此善根以無所得而爲方便與

一切有情同共迴向一切智智修靜慮時依靜慮等引發勝慧離惡慧心舍利子是爲菩薩摩訶薩修行靜慮波羅蜜多時所被般若波羅蜜多大功德鎧舍利子如是菩薩摩訶薩修行靜慮波羅蜜多時具被六種波羅蜜多大功德鎧舍利子若菩薩摩訶薩以一切智智相應作意修行靜慮波羅蜜多時於六波羅蜜多相不取不得當知是菩薩摩訶薩被大功德鎧復次舍利子諸菩薩摩訶薩修行般若波羅蜜多時以一切智智相應作意而修般若波羅蜜多持此善根以無所得而爲方便與一切有情同共迴向一切智智修般若時雖施一切而能不見施受者物舍利子是爲菩薩摩訶薩修行般若波羅蜜多時所被布施波羅蜜多大功德鎧復次舍利子

諸菩薩摩訶薩修行般若波羅蜜多時以一切智智相應作意而修般若波羅蜜多持此善根以無所得而爲方便與一切有情同共迴向一切智智修般若時雖護淨戒而都不見持犯差別舍利子是爲菩薩摩訶薩修行般若波羅蜜多時所被淨戒波羅蜜多大功德鎧復次舍利子諸菩薩摩訶薩修行般若波羅蜜多時以一切智智相應作意而修般若波羅蜜多持此善根以無所得而爲方便與一切有情同共迴向一切智智修般若時依勝空慧而修安忍不見能忍所忍等事舍利子是爲菩薩摩訶薩修行般若波羅蜜多時所被安忍波羅蜜多大功德鎧復次舍利子諸菩薩摩訶薩修行般若波羅蜜多時以一切智智相應作意而修般若波羅蜜多持

此善根以無所得而爲方便與一切有情同共迴向一切智智修般若時雖觀諸法皆畢竟空而以大悲勤修善法舍利子是爲菩薩摩訶薩修行般若波羅蜜多時所被精進波羅蜜多大功德鎧復次舍利子諸菩薩摩訶薩修行般若波羅蜜多時以一切智智相應作意而修般若波羅蜜多持此善根以無所得而爲方便與一切有情同共迴向一切智智修般若時雖修勝定而觀定境皆畢竟空舍利子是爲菩薩摩訶薩修行般若波羅蜜多時所被靜慮波羅蜜多大功德鎧復次舍利子諸菩薩摩訶薩修行般若波羅蜜多時以一切智智相應作意而修般若波羅蜜多持此善根以無所得而爲方便與一切有情同共迴向一切智智修般若時觀一切法一切有情及一切行皆如幻等而修種種無取著慧舍利子是爲菩薩摩訶薩修行般若波羅蜜多時所被般若波羅蜜多大功德鎧舍利子如是菩薩摩訶薩修行般若波羅蜜多時具被六種波羅蜜多大功德鎧舍利子若菩薩摩訶薩以一切智智相應作意修行般若波羅蜜多時於六波羅蜜多相不取不得當知是菩薩摩訶薩被大功德鎧舍利子如是名爲諸菩薩摩訶薩普爲利樂一切有情被大功德鎧舍利子諸菩薩摩訶薩安住一一波羅蜜多皆修六種波羅蜜多令得圓滿是故名被大功德鎧復次舍利子諸菩薩摩訶薩雖得靜慮無量無色而不味著亦不隨彼勢力受生亦不爲彼勢力所引舍利子是爲菩薩摩訶薩修行靜慮波羅蜜多時所被

方便善巧般若波羅蜜多大功德鎧復次舍利子諸菩薩摩訶薩雖得靜慮無量無色住遠離見寂靜見空無相無願見而不證實際不入聲聞及獨覺地超勝一切聲聞獨覺舍利子是爲菩薩摩訶薩修行靜慮波羅蜜多時所被方便善巧般若波羅蜜多大功德鎧舍利子由諸菩薩普爲利樂一切有情被如是等大功德鎧故復名摩訶薩舍利子如是普爲利樂有情被大功德鎧菩薩摩訶薩普爲十方殑伽沙等諸佛世界一切如來應正等覺處大衆中歡喜讃歎作如是言某方某世界中有某名菩薩摩訶薩普爲利樂一切有情被大功德鎧嚴淨佛土成熟有情遊戲神通作所應作如是展轉聲徧十方人天等聞皆大歡喜咸作是言是菩薩摩訶薩不久當證所求無上正等菩提令諸有情皆獲利樂爾時舍利子問滿慈子言云何菩薩摩訶薩普爲利樂諸有情故發趣大乘滿慈子言舍利子諸菩薩摩訶薩普爲利樂一切有情被六波羅蜜多大功德鎧已復爲利樂諸有情故離欲惡不善法有尋有伺離生喜樂入初靜慮具足住廣說乃至斷樂斷苦無喜憂没不苦不樂捨念清淨入第四靜慮具足住復依靜慮起慈俱心行相廣大無二無量無怨無害無恨無惱徧滿善修勝解周普充溢十方盡虛空窮法界慈心勝解具足而住起悲喜捨俱心行相勝解亦復如是依此加行復超一切色想滅有對想不思惟種種想入無邊空空無邊處具足住廣說乃至超一切無所有處入非想非非想處具足住舍利子

是菩薩摩訶薩持此靜慮無量無色以無所得而爲方便與一切有情同共迴向一切智智舍利子是爲菩薩摩訶薩普爲利樂諸有情故發趣大乘復次舍利子諸菩薩摩訶薩普爲利樂諸有情故先自安住如是靜慮無量無色於入住出諸行相狀善分別知得自在已復作是念我今當以一切智智相應作意大悲爲首爲斷一切有情諸煩惱故説諸靜慮無量無色分別開示令善了知諸定愛味過患出離及入住出諸行相狀舍利子是爲菩薩摩訶薩依止靜慮波羅蜜多修行布施波羅蜜多普爲利樂諸有情故發趣大乘若菩薩摩訶薩以一切智智相應作意大悲爲首説諸靜慮無量無色時不爲聲聞獨覺等心之所間雜舍利子是爲菩薩摩訶薩依止靜慮波羅蜜多修行淨戒波羅蜜多普爲利樂諸有情故發趣大乘若菩薩摩訶薩以一切智智相應作意大悲爲首説諸靜慮無量無色時於如是法信忍欲樂舍利子是爲菩薩摩訶薩依止靜慮波羅蜜多修行安忍波羅蜜多普爲利樂諸有情故發趣大乘若菩薩摩訶薩以一切智智相應作意大悲爲首修諸靜慮無量無色時以自善根爲有情故迴求無上正等菩提於諸善根勤修不息舍利子是爲菩薩摩訶薩依止靜慮波羅蜜多修行精進波羅蜜多普爲利樂諸有情故發趣大乘若菩薩摩訶薩以一切智智相應作意大悲爲首依諸靜慮無量無色引發殊勝等至等持解脫勝處徧處等定於入住出皆得自在不墮聲聞獨覺等地舍利子是爲

菩薩摩訶薩依止靜慮波羅蜜多修行靜慮波羅蜜多普爲利樂諸有情故發趣大乘若菩薩摩訶薩以一切智智相應作意大悲爲首修諸靜慮無量無色時於諸靜慮無量無色及靜慮支以無常苦無我行相及空無相無願行相如實觀察不捨大悲不墮聲聞及獨覺地舍利子是爲菩薩摩訶薩依止靜慮波羅蜜多修行般若波羅蜜多普爲利樂諸有情故發趣大乘復次舍利子若菩薩摩訶薩以一切智智相應作意大悲爲首修慈定時作如是念我當賑濟一切有情皆令得樂修悲定時作如是念我當救拔一切有情皆令離苦修喜定時作如是念我當讚勵一切有情皆令解脱修捨定時作如是念我當等益一切有情皆令盡漏舍利子是爲菩薩摩訶薩依止無量修行布施波羅蜜多普爲利樂諸有情故發趣大乘若菩薩摩訶薩以一切智智相應作意大悲爲首於四無量入住出時終不趣求聲聞獨覺唯求無上正等菩提舍利子是爲菩薩摩訶薩依止無量修行淨戒波羅蜜多普爲利樂諸有情故發趣大乘若菩薩摩訶薩以一切智智相應作意大悲爲首於四無量入住出時不雜聲聞獨覺作意唯於無上正等菩提信忍欲樂舍利子是爲菩薩摩訶薩依止無量修行安忍波羅蜜多普爲利樂諸有情故發趣大乘若菩薩摩訶薩以一切智智相應作意大悲爲首於四無量入住出時勤斷諸惡勤修諸善求趣菩提曾無暫捨舍利子是爲菩薩摩訶薩依止無量修行精進波羅蜜多普爲利樂諸有

情故發趣大乘若菩薩摩訶薩以一切智智相應作意大悲爲首於四無量入住出時引發種種等持等至能於其中得大自在不爲彼定之所引奪亦不隨彼勢力受生舍利子是爲菩薩摩訶薩依止無量修行靜慮波羅蜜多普爲利樂諸有情故發趣大乘若菩薩摩訶薩以一切智智相應作意大悲爲首於四無量入住出時以無常苦無我行相及空無相無願行相如實觀察不捨大悲不墮聲聞及獨覺地舍利子是爲菩薩摩訶薩依止無量修行般若波羅蜜多普爲利樂諸有情故發趣大乘舍利子諸菩薩摩訶薩依如是等方便善巧修習六種波羅蜜多普爲利樂諸有情故發趣大乘復次舍利子若菩薩摩訶薩以一切智智相應作意大悲爲首修一切種四念住乃至八聖道支修一切種三解脫門乃至修一切種如來十力乃至十八佛不共法以無所得而爲方便與一切有情同共迴向一切智智舍利子是爲菩薩摩訶薩普爲利樂諸有情故發趣大乘復次舍利子若菩薩摩訶薩以一切智智相應作意大悲爲首無所得爲方便起内空智乃至起無性自性空智以無所得而爲方便與一切有情同共迴向一切智智舍利子是爲菩薩摩訶薩普爲利樂諸有情故發趣大乘若菩薩摩訶薩以一切智智相應作意大悲爲首無所得爲方便於一切法發起非亂非定妙智非常非無常妙智非樂非苦妙智非我非無我妙智非淨非不淨妙智非空非不空妙智非有相非無相妙智非有願非無願妙智非寂

靜非不寂靜妙智非遠離非不遠離妙智以無所得而爲方便與一切有情同共迴向一切智智舍利子是爲菩薩摩訶薩普爲利樂諸有情故發趣大乘若菩薩摩訶薩以一切智智相應作意大悲爲首無所得爲方便智不行過去未來現在非不知三世法智不行欲色無色界非不知三界法智不行善不善無記非不知三性法智不行世間出世間非不知世間出世間法智不行有爲無爲非不知有爲無爲法智不行有漏無漏非不知有漏無漏法智以無所得而爲方便與一切有情同共迴向一切智智舍利子是爲菩薩摩訶薩普爲利樂諸有情故發趣大乘舍利子以諸菩薩由如是等方便善巧普爲利樂諸有情故發趣大乘故復名摩訶薩舍利子如是普爲利樂有情發趣大乘菩薩摩訶薩普爲十方殑伽沙等諸佛世界一切如來應正等覺處大衆中歡喜讚歎作如是言某方某世界中有某名菩薩摩訶薩普爲利樂一切有情發趣大乘嚴淨佛土成熟有情遊戲神通作所應作如是展轉聲徧十方人天等聞皆大歡喜咸作是言是菩薩摩訶薩不久當證所求無上正等菩提令諸有情皆獲利樂

第二分乘大乘品第十四

爾時舍利子問滿慈子言云何菩薩摩訶薩普爲利樂諸有情故乘於大乘滿慈子言舍利子若菩薩摩訶薩修行般若波羅蜜多時以一切智智相應作意大悲爲首用無所得而爲方便雖乘布施波羅蜜多而不得布施波羅蜜多不得施者受者施物及所遮法雖

乘淨戒波羅蜜多而不得淨戒波羅蜜多不得持戒及犯戒者并所遮法雖乘安忍波羅蜜多而不得安忍波羅蜜多不得能忍及所忍境并所遮法雖乘精進波羅蜜多而不得精進波羅蜜多不得精進及懈怠者并所遮法雖乘靜慮波羅蜜多而不得靜慮波羅蜜多不得修定及散亂者不得定境及所遮法雖乘般若波羅蜜多而不得般若波羅蜜多不得修慧及愚癡者不得善不善無記法不得世間出世間法不得有爲無爲法不得有漏無漏法及所遮法舍利子是爲菩薩摩訶薩普爲利樂諸有情故乘於大乘復次舍利子若菩薩摩訶薩以一切智智相應作意大悲爲首用無所得而爲方便爲遣修故修四念住乃至八聖道支修三解脫門如是乃至修佛十力乃至十八佛不共法舍利子是爲菩薩摩訶薩普爲利樂諸有情故乘於大乘復次舍利子若菩薩摩訶薩以一切智智相應作意大悲爲首用無所得而爲方便如實觀察菩薩摩訶薩但有假名施設言說菩提及薩埵俱不可得故色乃至識但有假名施設言說不可得故眼乃至意但有假名施設言說不可得故色乃至法但有假名施設言說不可得故眼識界乃至意識界但有假名施設言說不可得故四念住乃至八聖道支但有假名施設言說不可得故內空乃至無性自性空但有假名施設言說不可得故廣說乃至如來十力乃至十八佛不共法但有假名施設言說不可得故眞如法界法性法定法住實際但有假名施設言說不可得故

能覺所覺但有假名施設言説不可得故諸佛無上正等菩提但有假名施設言説不可得故舍利子是爲菩薩摩訶薩普爲利樂諸有情故乘於大乘復次舍利子若菩薩摩訶薩以一切智智相應作意大悲爲首用無所得而爲方便從初發心乃至證得一切智智常修圓滿不退神通成熟有情嚴淨佛土從一佛國至一佛國供養恭敬尊重讃歎諸佛世尊於諸佛所聽受大乘相應妙法既聽受已如理思惟精勤修學舍利子是爲菩薩摩訶薩普爲利樂諸有情故乘於大乘舍利子是菩薩摩訶薩雖乘大乘從一佛國至一佛國供養恭敬尊重讃歎諸佛世尊於諸佛所聽受妙法成熟有情嚴淨佛土而心都無佛土等想舍利子是菩薩摩訶薩住不二地觀

諸有情應以何身而得度者即便現受如是之身舍利子是菩薩摩訶薩乃至證得一切智智隨所生處常不遠離大乘正法舍利子是菩薩摩訶薩不久當得一切智智爲天人等轉正法輪如是法輪聲聞獨覺天魔梵等所不能轉舍利子以諸菩薩普爲利樂諸有情故乘於大乘故復名摩訶薩舍利子如是普爲利樂有情乘於大乘菩薩摩訶薩普爲十方殑伽沙等諸佛世界一切如來應正等覺處大衆中歡喜讃歎作如是言某方某世界中某名菩薩摩訶薩普爲利樂一切有情乘於大乘不久當得一切智智爲天人等轉正法輪其輪世間諸聲聞等皆不能轉如是展轉聲徧十方人天等聞皆大歡喜咸作是言是菩薩摩訶薩不久當得一切智智轉妙

法輪度無量衆

大般若波羅蜜多經卷第四百一十二

音釋

慳悋慳丘閑切悋也悋良刃切鄙也又恨惜也賑濟賑止忍之刃二切賑濟謂賑贍賙濟也讚勵勵音例勉也殑伽梵語也此云天堂來河名也以從高處來故殑其淩其拯二切伽丘迦切

大般若波羅蜜多經卷第四百一十三

唐三藏法師玄奘奉　詔譯

第二分無縛解品第十五

爾時具壽善現白佛言世尊如說菩薩摩訶薩被大乘鎧者云何菩薩摩訶薩被大乘鎧佛告善現若菩薩摩訶薩能被布施乃至般若波羅蜜多鎧是為菩薩摩訶薩被大乘鎧若菩薩摩訶薩能被四念住乃至八聖道支鎧是為菩薩摩訶薩被大乘鎧若菩薩摩訶薩能被內空乃至無性自性空鎧是為菩薩摩訶薩被大乘鎧若菩薩摩訶薩乃至能被如來十力乃至十八佛不共法鎧是為菩薩摩訶薩被大乘鎧若菩薩摩訶薩能被一切智道相智一切相智鎧是為菩薩摩訶薩被大乘鎧若菩薩摩訶薩能自變身如佛形像放大光明照三千界乃至十方殑伽沙等諸佛世界與諸有情作饒益事是為菩薩摩訶薩被大乘鎧復次善現若菩薩摩訶薩被如是等諸功德鎧放大光明照三千界乃至十方殑伽沙等諸佛世界亦令諸界六三變動謂動極動等極動等為諸有情作大饒益善現是為菩薩摩訶薩被大乘鎧復次善現若菩薩摩訶薩能被布施波羅蜜多大功德鎧普化三千大千世界如吠瑠璃亦化自身為大輪王七寶眷屬無不圓滿諸有情類須食與食須飲與飲須衣與衣須乘與乘塗香末香燒香花鬘房舍卧具醫藥燈燭眞珠金銀及餘種種珍寶資具隨其所須悉皆施與作是施已復為宣說六到彼岸相應之法令彼聞已終不墜墮至得無上正等菩提常不捨

離六到彼岸相應之法善現是爲菩薩摩訶薩被大乘鎧善現如工幻師或彼弟子住四衢道對大衆前化作種種貧乏有情隨其所須皆化施與於意云何如是幻事爲有實不善現答言不也世尊佛告善現諸菩薩摩訶薩亦復如是能被布施波羅蜜多大功德鎧或化世界如吠瑠璃或化自身爲輪王等隨有情類所須施與及爲宣説六到彼岸相應之法如是菩薩雖有所爲而無其實何以故諸法性相皆如幻故復次善現若菩薩摩訶薩自被淨戒波羅蜜多大功德鎧爲有情故生輪王家紹輪王位富貴自在安立無量百千俱胝那庾多衆於十善業道或四靜慮四無量四無色定或四念住乃至八聖道支或空無相無願解脱門或佛十力乃至十八佛不共法亦爲宣説如是諸法令其安住至得無上正等菩提於如是法常不捨離善現是爲菩薩摩訶薩被大乘鎧善現如工幻師或彼弟子住四衢道對大衆前化作無量百千有情令其安住十善業道乃至十八佛不共法於意云何如是幻事爲有實不善現答言不也世尊佛告善現諸菩薩摩訶薩亦復如是爲有情故生輪王家紹輪王位富貴自在安立無量百千俱胝那庾多衆於十善業道乃至十八佛不共法如是菩薩雖有所爲而無其實何以故諸法性相皆如幻故復次善現若菩薩摩訶薩自被安忍波羅蜜多大功德鎧亦勸無量百千俱胝那庾多衆令被安忍波羅蜜多大功德鎧善現云何菩薩摩訶薩自被安忍波羅蜜多大功德鎧亦勸無量

百千俱胝那庾多衆令被安忍波羅蜜多大功德鎧善現若菩薩摩訶薩從初發心至得無上正等菩提被安忍鎧常作是念假使一切有情之類皆持刀杖來見加害我終不起一刹那頃忿恨瞋心勸諸有情亦修是忍善現是菩薩摩訶薩如心所念皆能成辦乃至證得一切智智常不捨離如是安忍亦令有情修如是忍善現是爲菩薩摩訶薩被大乘鎧善現如工幻師或彼弟子住四衢道對大衆前化作種種諸有情類或持刀杖更相加害或有相勸修安忍行於意云何如是幻事爲有實不善現答言不也世尊佛告善現諸菩薩摩訶薩亦復如是自被安忍波羅蜜多大功德鎧亦勸無量百千俱胝那庾多衆令被安忍波羅蜜多大功德鎧如是菩薩雖有所爲而無其實何以故諸法性相皆如幻故

復次善現若菩薩摩訶薩自被精進波羅蜜多大功德鎧亦勸無量百千俱胝那庾多衆令被精進波羅蜜多大功德鎧善現云何菩薩摩訶薩自被精進波羅蜜多大功德鎧亦勸無量百千俱胝那庾多衆令被精進波羅蜜多大功德鎧善現若菩薩摩訶薩以一切智智相應作意大悲爲首身心精進斷諸惡法修諸善法亦勸無量百千俱胝那庾多衆修習如是身心精進乃至證得一切智智常不捨離如是正勤善現是爲菩薩摩訶薩被大乘鎧善現如工幻師或彼弟子住四衢道對大衆前化作種種諸有情類自修精進亦勸他修於意云何如是幻事爲有實不善現答言不也世尊佛告善現諸菩薩摩訶薩亦

復如是以一切智智相應作意大悲爲首自修精進亦勸有情令修精進如是菩薩雖有所爲而無其實何以故諸法性相皆如幻故復次善現若菩薩摩訶薩自被靜慮波羅蜜多大功德鎧亦勸無量百千俱胝那庾多衆令被靜慮波羅蜜多大功德鎧善現云何菩薩摩訶薩自被靜慮波羅蜜多大功德鎧亦勸無量百千俱胝那庾多衆令被靜慮波羅蜜多大功德鎧善現若菩薩摩訶薩住一切法平等定中不見諸法有定有亂而常修習如是靜慮波羅蜜多亦勸有情修習如是平等靜慮乃至證得一切智智常不捨離如是靜慮善現是爲菩薩摩訶薩被大乘鎧善現如工幻師或彼弟子住四衢道對大衆前化作種種諸有情類令修諸法平等靜慮亦相勸修如是靜慮於意云何如是幻事爲有實不善現答言不也世尊佛告善現諸菩薩摩訶薩亦復如是住一切法平等定中亦勸有情修如是定如是菩薩雖有所爲而無其實何以故諸法性相皆如幻故復次善現若菩薩摩訶薩自被般若波羅蜜多大功德鎧亦勸無量百千俱胝那庾多衆令被般若波羅蜜多大功德鎧善現云何菩薩摩訶薩自被般若波羅蜜多大功德鎧亦勸無量百千俱胝那庾多衆令被般若波羅蜜多大功德鎧善現若菩薩摩訶薩住無戲論甚深般若波羅蜜多不得諸法若生若滅若染若淨此彼差别亦勸無量百千俱胝那庾多衆安住如是無戲論慧善現是爲菩薩摩訶薩被大乘鎧善現如工幻師或彼弟子住四衢道對大

衆前化作種種諸有情類令自安住無戲論慧亦令勸他住如是慧於意云何如是幻事爲有實不善現答言不也世尊佛告善現諸菩薩摩訶薩亦復如是自能安住無戲論慧亦勸有情住如是慧如是菩薩雖有所爲而無其實何以故諸法性相皆如幻故復次善現若菩薩摩訶薩被如上說諸功德鎧觀察十方殑伽沙等諸佛世界一切有情有諸有情攝受邪法行諸惡行是菩薩摩訶薩以神通力自變其身徧滿如是諸佛世界隨彼有情所樂示現自現修行布施淨戒安忍精進靜慮般若波羅蜜多亦勸他行布施淨戒安忍精進靜慮般若波羅蜜多勸諸有情行此行已復隨類音爲說六種波羅蜜多相應之法令彼聞已乃至證得一切智智常不捨離如是妙法善現是爲菩薩摩訶薩被大乘鎧善現如工幻師或彼弟子住四衢道對大衆前化作種種諸有情類令自安住六到彼岸亦令勸他安住此法於意云何如是幻事爲有實不善現答言不也世尊佛告善現諸菩薩摩訶薩亦復如是普於十方殑伽沙等諸佛世界自現其身隨宜安住六到彼岸亦勸有情令住此行常不捨離如是菩薩雖有所爲而無其實何以故諸法性相皆如幻故復次善現若菩薩摩訶薩被如上說諸功德鎧以一切智智相應作意大悲爲首用無所得而爲方便利益安樂一切有情不雜聲聞獨覺作意是菩薩摩訶薩不作是念我當安立爾所有情於布施等波羅蜜多爾所有情不當安立但作是念我當安立無量無數無邊

有情於布施等波羅蜜多不作是念我當安立爾所有情於內空等爾所有情不當安立但作是念我當安立無量無數無邊有情於內空等不作是念我當安立爾所有情於四念住等爾所有情不當安立但作是念我當安立無量無數無邊有情於四念住等不作是念我當安立爾所有情於空解脫門等爾所有情不當安立但作是念我當安立無量無數無邊有情於空解脫門等不作是念我當安立爾所有情於佛十力等爾所有情不當安立但作是念我當安立無量無數無邊有情於佛十力等不作是念我當安立爾所有情於預流果等爾所有情不當安立但作是念我當安立無量無數無邊有情於預流果等不作是念我當安立爾所有情於佛無上正等菩提爾所有情不當安立但作是念我當安立無量無數無邊有情於佛無上正等菩提善現是爲菩薩摩訶薩被大乘鎧善現如工幻師或彼弟子住四衢道對大衆前化作種種諸有情類其數無量隨其所應方便安立令住布施乃至令住諸佛無上正等菩提於意云何如是幻事爲有實不善現答言不也世尊佛告善現諸菩薩摩訶薩亦復如是以一切智智相應作意大悲爲首用無所得而爲方便安立無量無數無邊諸有情類令住布施乃至無上正等菩提如是菩薩雖有所爲而無其實何以故諸法性相皆如幻故爾時善現白佛言世尊如我解佛所說義者諸菩薩摩訶薩不被功德鎧當知是爲被大乘鎧何以故以一切法自相空故所以

者何世尊色乃至識色乃至識相空眼處乃至意處眼處乃至意處相空色處乃至法處色處乃至法處相空眼界乃至意界眼界乃至意界相空色界乃至法界色界乃至法界相空眼識界乃至意識界眼識界乃至意識界相空眼觸乃至意觸眼觸乃至意觸相空眼觸爲緣所生諸受乃至意觸爲緣所生諸受眼觸爲緣所生諸受乃至意觸爲緣所生諸受相空布施波羅蜜多乃至般若波羅蜜多布施波羅蜜多乃至般若波羅蜜多相空四念住乃至八聖道支四念住乃至八聖道支相空内空乃至無性自性空内空乃至無性自性空相空如是乃至佛十力乃至十八佛不共法佛十力乃至十八佛不共法相空菩薩摩訶薩菩薩摩訶薩相空被大功德鎧被大功德鎧相空世尊由是因緣諸菩薩摩訶薩不被功德鎧當知是爲被大乘鎧佛告善現如是如是如汝所説善現當知一切智智無造無作一切有情亦無造無作諸菩薩摩訶薩爲此事故被大乘鎧具壽善現白言世尊何因緣故一切智智無造無作一切有情亦無造無作諸菩薩摩訶薩爲此事故被大乘鎧佛告善現由諸作者不可得故一切智智無造無作一切有情亦無造無作所以者何善現色非造非不造非作非不作受想行識非造非不造非作非不作何以故色乃至識畢竟不可得故善現眼處非造非不造非作非不作耳鼻舌身意處非造非不造非作非不作何以故眼處乃至意處畢竟不可得故善現色處非造非不造非作非不作聲

香味觸法處非造非不造非作非不作何以故色處乃至法處畢竟不可得故善現眼界非造非不造非作非不作耳鼻舌身意界非造非不造非作非不作何以故眼界乃至意界畢竟不可得故善現色界非造非不造非作非不作聲香味觸法界非造非不造非作非不作何以故色界乃至法界畢竟不可得故善現眼識界非造非不造非作非不作耳鼻舌身意識界非造非不造非作非不作何以故眼識界乃至意識界畢竟不可得故善現眼觸非造非不造非作非不作耳鼻舌身意觸非造非不造非作非不作何以故眼觸乃至意觸畢竟不可得故善現眼觸爲緣所生諸受非造非不造非作非不作耳鼻舌身意觸爲緣所生諸受非造非不造非作非不作何以故眼觸爲緣所生諸受乃至意觸爲緣所生諸受畢竟不可得故善現我非造非不造非作非不作有情命者生者養者士夫補特伽羅意生儒童作者受者知者見者非造非不造非作非不作何以故我乃至見者畢竟不可得故善現夢境非造非不造非作非不作響像幻事光影陽焰空花尋香城變化事非造非不造非作非不作何以故夢境乃至變化事畢竟不可得故善現內空非造非不造非作非不作外空內外空空空大空勝義空有爲空無爲空畢竟空無際空散無散空本性空自共相空一切法空不可得空無性空自性空無性自性空非造非不造非作非不作何以故內空乃至無性自性空畢竟不可得故善現四念住非造非不造非作

非不作四正斷四神足五根五力七等覺支八聖道支非造非不造非作非不作何以故四念住乃至八聖道支畢竟不可得故善現如是乃至如來十力非造非不造非作非不作四無所畏四無礙解大慈大悲大喜大捨十八佛不共法非造非不造非作非不作何以故如來十力乃至十八佛不共法畢竟不可得故善現眞如非造非不造非作非不作法界法性法定法住實際非造非不造非作非不作何以故眞如乃至實際畢竟不可得故善現菩薩摩訶薩非造非不造非作非不作如來應正等覺非造非不造非作非不作何以故菩薩摩訶薩如來應正等覺畢竟不可得故善現一切智非造非不造非作非不作道相智一切相智非造非不造非作非不作何以故一切智道相智一切相智畢竟不可得故善現由此因緣一切智智無造無作一切有情亦無造無作諸菩薩摩訶薩爲此事故被大乘鎧善現由此義故諸菩薩摩訶薩不被功德鎧當知是爲被大乘鎧爾時具壽善現白佛言世尊如我解佛所說義者色無縛無解受想行識無縛無解時滿慈子問善現言尊者說色無縛無解說受想行識無縛無解耶善現答言如是如是我說色無縛無解說受想行識無縛無解滿慈子言何等色無縛無解何等受想行識無縛無解善現答言如夢色無縛無解如夢受想行識無縛無解如響如像如光影如陽焰如幻事如空花如尋香城如變化事色無縛無解如響乃至如變化事受想行識無縛無解何以故如

是一切色乃至識無所有故無縛無解遠離故無縛無解寂靜故無縛無解無生故無縛無解無滅故無縛無解無染故無縛無解無淨故無縛無解復次滿慈子過去色無縛無解過去受想行識無縛無解未來現在色無縛無解未來現在受想行識無縛無解何以故如是一切色乃至識無所有故無縛無解遠離故無縛無解寂靜故無縛無解無生故無縛無解無滅故無縛無解無染故無縛無解無淨故無縛無解復次滿慈子善色無縛無解善受想行識無縛無解不善無記色無縛無解不善無記受想行識無縛無解何以故如是一切色乃至識無所有故無縛無解遠離故無縛無解寂靜故無縛無解無生故無縛無解無滅故無縛無解無染故無縛無解無淨故無縛無解復次滿慈子世間色無縛無解世間受想行識無縛無解出世間色無縛無解出世間受想行識無縛無解何以故如是一切色乃至識無所有故無縛無解遠離故無縛無解寂靜故無縛無解無生故無縛無解無滅故無縛無解無染故無縛無解無淨故無縛無解復次滿慈子有漏色無縛無解有漏受想行識無縛無解無漏色無縛無解無漏受想行識無縛無解何以故如是一切色乃至識無所有故無縛無解遠離故無縛無解寂靜故無縛無解無生故無縛無解無滅故無縛無解無染故無縛無解無淨故無縛無解復次滿慈子一切法無縛無解何以故以一切法無所有故遠離故寂靜故無生故無滅故無染故無淨故無縛無解

復次滿慈子布施波羅蜜多無縛無解淨戒安忍精進靜慮般若波羅蜜多無縛無解何以故以布施等波羅蜜多無所有故遠離故寂靜故無生故無滅故無染故無淨故無縛無解復次滿慈子內空無縛無解外空內外空空空大空勝義空有爲空無爲空畢竟空無際空散無散空本性空自共相空一切法空不可得空無性空自性空無性自性空無縛無解何以故以內空等無所有故遠離故寂靜故無生故無滅故無染故無淨故無縛無解復次滿慈子四念住無縛無解四正斷四神足五根五力七等覺支八聖道支無縛無解何以故以四念住等無所有故遠離故寂靜故無生故無滅故無染故無淨故無縛無解復次滿慈子如是乃至如來十力無縛無解四無所畏四無礙解大慈大悲大喜大捨十八佛不共法無縛無解何以故以十力等無所有故遠離故寂靜故無生故無滅故無染故無淨故無縛無解復次滿慈子一切菩薩摩訶薩行無縛無解諸佛無上正等菩提無縛無解何以故以菩薩行等無所有故遠離故寂靜故無生故無滅故無染故無淨故無縛無解復次滿慈子一切智無縛無解道相智一切相智無縛無解何以故以一切智等無所有故遠離故寂靜故無生故無滅故無染故無淨故無縛無解復次滿慈子眞如無縛無解法界法性不虛妄性不變異性平等性離生性法定法住實際無縛無解何以故以眞如等無所有故遠離故寂靜故無生故無滅故無染故無淨故無縛無解復次

滿慈子菩薩摩訶薩無縛無解如來應正等覺無縛無解何以故以菩薩摩訶薩如來應正等覺無所有故遠離故寂靜故無生故無滅故無染故無淨故無縛無解復次滿慈子一切有爲無縛無解一切無爲無縛無解何以故以有爲等無所有故遠離故寂靜故無生故無滅故無染故無淨故無縛無解滿慈子諸菩薩摩訶薩於如是無縛無解微妙法門以無所得而爲方便應如實知滿慈子諸菩薩摩訶薩於如是無縛無解布施波羅蜜多乃至般若波羅蜜多四念住乃至一切相智以無所得而爲方便應勤修學滿慈子諸菩薩摩訶薩以無所得而爲方便應住如是無縛無解布施波羅蜜多乃至般若波羅蜜多四念住乃至一切相智滿慈子諸菩薩摩訶薩以無所得而爲方便應成熟無縛無解有情應嚴淨無縛無解佛土應親近供養無縛無解諸佛應聽受無縛無解法門滿慈子是菩薩摩訶薩常不遠離無縛無解諸佛常不遠離無縛無解神通常不遠離無縛無解五眼常不遠離無縛無解諸陀羅尼常不遠離無縛無解諸三摩地滿慈子是菩薩摩訶薩當起無縛無解道相智當證無縛無解一切智一切相智當轉無縛無解法輪當以無縛無解三乘法要安立無縛無解諸有情類滿慈子若菩薩摩訶薩修行無縛無解六波羅蜜多能證無縛無解一切法性無所有故遠離故寂靜故無生故無滅故無染故無淨故無縛無解滿慈子當知是菩薩摩訶薩名被無縛無解大乘鎧者

第二分三摩地品第十六之一

爾時具壽善現白佛言世尊何等是菩薩摩訶薩大乘相齊何當知菩薩摩訶薩發趣大乘如是大乘從何處出至何處住如是大乘爲何所住誰復乘是大乘而出佛告善現汝初所問何等是菩薩摩訶薩大乘相者善現六波羅蜜多是菩薩摩訶薩大乘相云何爲六謂布施波羅蜜多淨戒波羅蜜多安忍波羅蜜多精進波羅蜜多靜慮波羅蜜多般若波羅蜜多善現云何布施波羅蜜多若菩薩摩訶薩以一切智智相應作意大悲爲首用無所得而爲方便自捨一切內外所有亦勸他捨內外所有持此善根與一切有情同共迴向一切智智善現是爲菩薩摩訶薩布施波羅蜜多善現云何淨戒波羅蜜多若菩薩摩訶薩以一切智智相應作意大悲爲首用無所得而爲方便自受持十善業道亦勸他受持十善業道持此善根與一切有情同共迴向一切智智善現是爲菩薩摩訶薩淨戒波羅蜜多善現云何安忍波羅蜜多若菩薩摩訶薩以一切智智相應作意大悲爲首用無所得而爲方便自具增上安忍亦勸他具增上安忍持此善根與一切有情同共迴向一切智智善現是爲菩薩摩訶薩安忍波羅蜜多善現云何精進波羅蜜多若菩薩摩訶薩以一切智智相應作意大悲爲首用無所得而爲方便自於五波羅蜜多勤修不捨亦勸他於五波羅蜜多勤修不捨持此善根與一切有情同共迴向一切智智善現是爲菩薩摩訶薩精進波羅蜜多善現云何靜慮波

羅蜜多若菩薩摩訶薩以一切智智相應作意大悲爲首用無所得而爲方便自方便善巧入諸靜慮無量無色終不隨彼勢力受生亦能勸他方便善巧入諸靜慮無量無色不隨彼定勢力受生持此善根與一切有情同共迴向一切智智善現是爲菩薩摩訶薩靜慮波羅蜜多善現云何般若波羅蜜多若菩薩摩訶薩以一切智智相應作意大悲爲首用無所得而爲方便自如實觀察一切法性於諸法性無取無著亦勸他如實觀察一切法性於諸法性無取無著持此善根與一切有情同共迴向一切智智善現是爲菩薩摩訶薩般若波羅蜜多善現當知是爲菩薩摩訶薩大乘相復次善現菩薩摩訶薩大乘相者謂内空外空内外空空空大空勝義空有爲空無爲空畢竟空無際空散無散空本性空自共相空一切法空不可得空無性空自性空無性自性空云何内空内謂内法即是眼耳鼻舌身意當知此中眼由眼空非常非壞乃至意由意空非常非壞何以故本性爾故善現是爲内空云何外空外謂外法即是色聲香味觸法當知此中色由色空非常非壞乃至法由法空非常非壞何以故本性爾故善現是爲外空云何内外空内外謂内外法即内六處及外六處當知此中内法由外法空外法由内法空非常非壞何以故本性爾故善現是爲内外空云何空空空謂一切法空此空復由空空非常非壞何以故本性爾故善現是爲空空云何大空大謂十方即東西南北四維上下當知此中東

方由東方空非常非壞乃至下方由下方空非常非壞何以故本性爾故善現是爲大空云何勝義空勝義謂涅槃當知此中涅槃由涅槃空非常非壞何以故本性爾故善現是爲勝義空云何有爲空有爲謂欲界色界無色界當知此中欲界由欲界空非常非壞色界由色界無色界由色無色界空非常非壞何以故本性爾故善現是爲有爲空云何無爲空無爲謂無生無滅無住無異當知此中無爲由無爲空非常非壞何以故本性爾故善現是爲無爲空云何畢竟空畢竟謂若法究竟不可得當知此中畢竟由畢竟空非常非壞何以故本性爾故善現是爲畢竟空云何無際空無際謂無初後際可得當知此中無際由無際空非常非壞何以故本性爾故善現是爲無際空云何散無散空散謂有放有棄有捨可得無散謂無放無棄無捨可得當知此中散無散由散無散空非常非壞何以故本性爾故善現是爲散無散空云何本性空本性謂若有爲法性若無爲法性如是一切皆非聲聞獨覺菩薩如來所作亦非餘所作故名本性當知此中本性由本性空非常非壞何以故本性爾故善現是爲本性空云何自共相空自相謂一切法自相如變礙是色自相領納是受自相取像是想自相造作是行自相了別是識自相如是等若有爲法自相若無爲法自相是爲自相共相謂一切法共相如苦是有漏法共相無常是有爲法共相空無我是一切法共相如是等有無量共相當知此中自共相由自共相空非常非壞何以

故本性爾故善現是爲自共相空云何一切法空一切法謂五蘊十二處十八界有色無色有見無見有對無對有漏無漏有爲無爲是爲一切法當知此中一切法由一切法空非常非壞何以故本性爾故善現是爲一切法空云何不可得空不可得謂此中求諸法不可得當知此中不可得由不可得空非常非壞何以故本性爾故善現是爲不可得空云何無性空無性謂此中無少性可得當知此中無性由無性空非常非壞何以故本性爾故善現是爲無性空云何自性空自性謂諸法能和合自性當知此中自性由自性空非常非壞何以故本性爾故善現是爲自性空云何無性自性空無性自性謂諸法無能和合者性有所和合自性當知此中無性自性由無性自性空非常非壞何以故本性爾故善現是爲無性自性空復次善現有性由有性空無性由無性空自性由自性空他性由他性空云何有性由有性空有性謂有爲法此有性由有性空云何無性由無性空無性謂無爲法此無性由無性空云何自性由自性空謂一切法皆自性空此空非智所作非見所作亦非餘所作是謂自性由自性空云何他性由他性空謂一切法若佛出世若不出世法住法定法性法界法平等性法離生性眞如不虛妄性不變異性實際皆由他性故空是爲他性由他性故空善現當知是爲菩薩摩訶薩大乘相

大般若波羅蜜多經卷第四百一十三

音釋

花鬘鬘莫班切 補特伽羅梵語也或云福伽羅或富特伽羅此云數取趣謂數數往來諸趣也

大般若波羅蜜多經卷第四百一十四

唐三藏法師玄奘奉詔譯

第二分三摩地品第十六之二

復次善現菩薩摩訶薩大乘相者謂無量百千無上微妙諸三摩地即健行三摩地寶印三摩地師子遊戲三摩地妙月三摩地月幢相三摩地一切法涌三摩地觀頂三摩地法界決定三摩地決定幢相三摩地金剛喻三摩地入法印三摩地放光無忘失三摩地善立定王三摩地放光三摩地精進力三摩地等涌三摩地入一切言詞決定三摩地等入增語三摩地觀方三摩地總持印三摩地無忘失三摩地諸法等趣海印三摩地徧覆虛空三摩地金剛輪三摩地離塵三摩地徧照三摩地不眴三摩地無相住三摩地不思惟三摩地無垢燈三摩地無邊光三摩地發光三摩地普照三摩地淨堅定三摩地無垢光三摩地發妙樂三摩地電燈三摩地無盡三摩地具威光三摩地離盡三摩地無動三摩地無瑕隙三摩地日燈三摩地淨月三摩地淨光三摩地發明三摩地作所應作三摩地智幢相三摩地金剛鬘三摩地住心三摩地普明三摩地善住三摩地寶積三摩地妙法印三摩地一切法平等性三摩地捨愛樂三摩地入法頂三摩地飄散三摩地分別法句三摩地平等字相三摩地離文字相三摩地斷所緣三摩地無變異三摩地無品類三摩地無相行三摩地離翳闇三摩地具行三摩地不變動三摩地度境界三摩地集一切功德三摩地決定住三摩地無心住三摩地淨

妙花三摩地具覺支三摩地無邊燈三摩地無邊辯三摩地無等等三摩地超一切法三摩地決判諸法三摩地散疑網三摩地無所住三摩地一相莊嚴三摩地引發行相三摩地一行相三摩地離行相三摩地妙行相三摩地達諸有底散壞三摩地入施設語言三摩地解脫音聲文字三摩地炬熾然三摩地嚴淨相三摩地無標幟三摩地具一切妙相三摩地不喜一切苦樂三摩地無盡行相三摩地具陁羅尼三摩地攝伏一切正性邪性三摩地靜息一切違順三摩地離憎愛三摩地無垢明三摩地具堅固三摩地滿月淨光三摩地大莊嚴三摩地照一切世間三摩地定平等性三摩地有諍無諍平等理趣三摩地無巢穴無標幟無愛樂三摩地決定安住眞如三摩地離身穢惡三摩地離語穢惡三摩地離意穢惡三摩地如虛空三摩地無染著如虛空三摩地如是等三摩地有無量百千是爲菩薩摩訶薩大乘相善現云何名爲健行三摩地謂若住此三摩地時能受一切三摩地境能辦無邊殊勝健行能爲一切等持導首是故名爲健行三摩地云何名爲寳印三摩地爲此三摩地能印一切定是故名爲寳印三摩地云何名爲師子遊戲三摩地謂若住此三摩地時於諸勝定遊戲自在是故名爲師子遊戲三摩地云何名爲妙月三摩地謂若住此三摩地時如淨滿月普照諸定是故名爲妙月三摩地云何名爲月幢相三摩地謂若住此三摩地時普能任持諸定勝相是故名爲月幢相三摩地云何名爲一

切法湧三摩地謂若住此三摩地時普能湧出一切勝定是故名爲一切法湧三摩地云何名爲觀頂三摩地謂若住此三摩地時普能觀察一切定頂是故名爲觀頂三摩地云何名爲法界決定三摩地謂若住此三摩地時能於法界決定照了是故名爲法界決定三摩地云何名爲決定幢相三摩地謂若住此三摩地時能決定持諸定幢相是故名爲決定幢相三摩地云何名爲金剛喻三摩地謂若住此三摩地時能摧諸定非彼所伏是故名爲金剛喻三摩地云何名爲入法印三摩地謂若住此三摩地時普能證入一切法印是故名爲入法印三摩地云何名爲放光無忘失三摩地謂若住此三摩地時放勝定光照有情類令彼憶念曾所受法是故名爲放光無忘失三摩地云何名爲善立定王三摩地謂若住此三摩地時於諸定王善能建立是故名爲善立定王三摩地云何名爲放光三摩地謂若住此三摩地時於諸定光普能開發是故名爲放光三摩地云何名爲精進力三摩地謂若住此三摩地時能發諸定精進勢力是故名爲精進力三摩地云何名爲等涌三摩地謂若住此三摩地時令諸等持平等涌現是故名爲等涌三摩地云何名爲入一切言詞決定三摩地謂若住此三摩地時於諸言詞決定悟入是故名爲入一切言詞決定三摩地云何名爲等入增語三摩地謂若住此三摩地時於諸定名普能悟入訓釋理趣是故名爲等入增語三摩地云何名爲觀方三摩地謂若住此三摩地時於諸

定方普能觀照是故名爲觀方三摩地云何名爲總持印三摩地謂若住此三摩地時能總任持諸定妙印是故名爲總持印三摩地云何名爲無忘失三摩地謂若住此三摩地時於諸定相皆無忘失是故名爲無忘失三摩地云何名爲諸法等趣海印三摩地謂若住此三摩地時令諸勝定等皆趣入如大海印攝受衆流是故名爲諸法等趣海印三摩地云何名爲徧覆虛空三摩地謂若住此三摩地時於諸等持徧能覆護無所簡別如太虛空是故名爲徧覆虛空三摩地云何名爲金剛輪三摩地謂若住此三摩地時普能任持一切勝定令不散壞如金剛輪是故名爲金剛輪三摩地云何名爲離塵三摩地謂若住此三摩地時能滅一切煩惱纏垢是故名爲離塵三摩地云何名爲徧照三摩地謂若住此三摩地時徧照諸定令甚光顯是故名爲徧照三摩地云何名爲不眴三摩地謂若住此三摩地時更不希求餘定餘法是故名爲不眴三摩地云何名爲無相住三摩地謂若住此三摩地時不見諸定中有少法可住是故名爲無相住三摩地云何名爲不思惟三摩地謂若住此三摩地時所有下劣心心所法悉皆不轉是故名爲不思惟三摩地云何名爲無垢燈三摩地謂若住此三摩地時如持淨燈照了諸定是故名爲無垢燈三摩地云何名爲無邊光三摩地謂若住此三摩地時能發大光照無邊際是故名爲無邊光三摩地云何名爲發光三摩地謂若住此等持無間能發一切勝定光明是故名爲發光

三摩地云何名爲普照三摩地謂若住此等持無間即能普照諸勝定門是故名爲普照三摩地云何名爲淨堅定三摩地謂若住此三摩地時得諸等持淨平等性是故名爲淨堅定三摩地云何名爲無垢光三摩地謂若住此三摩地時能普蠲除一切定垢是故名爲無垢光三摩地云何名爲發妙樂三摩地謂若住此三摩地時領受一切等持妙樂是故名爲發妙樂三摩地云何名爲電燈三摩地謂若住此三摩地時照諸等持如電光焰是故名爲電燈三摩地云何名爲無盡三摩地謂若住此三摩地時引諸等持功德無盡而不見彼盡不盡相是故名爲無盡三摩地云何名爲具威光三摩地謂若住此三摩地時於諸等持威光獨盛是故名爲具威光三摩地云何名爲離盡三摩地謂若住此三摩地時見諸等持一切無盡而不見有盡不盡相是故名爲離盡三摩地云何名爲無動三摩地謂若住此三摩地時令諸等持無動無掉亦無戲論是故名爲無動三摩地云何名爲無瑕隙三摩地謂若住此三摩地時令諸等持見無瑕隙是故名爲無瑕隙三摩地云何名爲日燈三摩地謂若住此三摩地時令諸定門發光普照是故名爲日燈三摩地云何名爲淨月三摩地謂若住此三摩地時令諸等持除闇如月是故名爲淨月三摩地云何名爲淨光三摩地謂若住此三摩地時於一切等持得四無礙解是故名爲淨光三摩地云何名爲發明三摩地謂若住此三摩地時令諸定門發明普照是故名爲發明三摩

地云何名爲作所應作三摩地謂若住此三摩地時辦諸等持所應作事又令諸定所作事成是故名爲作所應作三摩地云何名爲智幢相三摩地謂若住此三摩地時見諸等持妙智幢相是故名爲智幢相三摩地云何名爲金剛鬘三摩地謂若住此三摩地時雖能通達一切法而不見有通達相是故名爲金剛鬘三摩地云何名爲住心三摩地謂若住此三摩地時心不動揺不轉不照亦不損減不念有心是故名爲住心三摩地云何名爲普明三摩地謂若住此三摩地時於諸定明普能觀照是故名爲普明三摩地云何名爲善住三摩地謂若住此三摩地時於諸等持善能安住是故名爲善住三摩地云何名爲寶積三摩地謂若住此三摩地時觀諸等持皆如寶聚是故名爲寶積三摩地云何名爲妙法印三摩地謂若住此三摩地時能印諸等持以無印印故是故名爲妙法印三摩地云何名爲一切法平等性三摩地謂若住此三摩地時不見有法離平等性是故名爲一切法平等性三摩地云何名爲捨愛樂三摩地謂若住此三摩地時於一切法捨諸愛樂是故名爲捨愛樂三摩地云何名爲入法頂三摩地謂若住此三摩地時於一切法能除開障亦於諸定能爲上首是故名爲入法頂三摩地云何名爲飄散三摩地謂若住此三摩地時飄散一切定執法執是故名爲飄散三摩地云何名爲分別法句三摩地謂若住此三摩地時善能分別諸定法句是故名爲分別法句三摩地云何名爲平等字相三

摩地謂若住此三摩地時得諸等持平等字相是故名爲平等字相三摩地云何名爲離文字相三摩地謂若住此三摩地時於諸等持不得一字是故名爲離文字相三摩地云何名爲斷所緣三摩地謂若住此三摩地時絶諸等持所緣境相是故名爲斷所緣三摩地云何名爲無變異三摩地謂若住此三摩地時不得諸法變異之相是故名爲無變異三摩地云何名爲無品類三摩地謂若住此三摩地時不見諸法品類别相是故名爲無品類三摩地云何名爲無相行三摩地謂若住此三摩地時於諸定相都無所得是故名爲無相行三摩地云何名爲離翳闇三摩地謂若住此三摩地時諸定翳闇無不除遣是故名爲離翳闇三摩地云何名爲具行三摩地謂若住此三摩地時於諸定行都無見執是故名爲具行三摩地云何名爲不變動三摩地謂若住此三摩地時於諸等持不見變動是故名爲不變動三摩地云何名爲度境界三摩地謂若住此三摩地時超諸等持所緣境界是故名爲度境界三摩地云何名爲集一切功德三摩地謂若住此三摩地時能集諸定所有功德於一切法而無集想是故名爲集一切功德三摩地云何名爲決定住三摩地謂若住此三摩地時於諸定心雖決定住而知其相了不可得是故名爲決定住三摩地云何名爲無心住三摩地謂若住此三摩地時心於諸定無轉無墮是故名爲無心住三摩地云何名爲淨妙花三摩地謂若住此三摩地時令諸等持皆得清淨嚴飾光

顯猶如妙花是故名爲淨妙花三摩地云何名爲具覺支三摩地謂若住此三摩地時令一切定修七覺支速得圓滿是故名爲具覺支三摩地云何名爲無邊燈三摩地謂若住此三摩地時於一切法皆能照了譬如明燈是故名爲無邊燈三摩地云何名爲無邊辯三摩地謂若住此三摩地時於一切法得無邊辯是故名爲無邊辯三摩地云何名爲無等等三摩地謂若住此三摩地時於諸等持得平等性亦令諸定成無等等是故名爲無等等三摩地云何名爲超一切法三摩地謂若住此三摩地時普能超度三界諸法是故名爲超一切法三摩地云何名爲決判諸法三摩地謂若住此三摩地時於諸勝定及一切法能爲有情如實決判是故名爲決判諸法三摩地云何名爲散疑網三摩地謂若住此三摩地時於諸等持及一切法所有疑網皆能除散是故名爲散疑網三摩地云何名爲無所住三摩地謂若住此三摩地時不見諸法有所住處是故名爲無所住三摩地云何名爲一相莊嚴三摩地謂若住此三摩地時不見諸法二相可取是故名爲一相莊嚴三摩地云何名爲引發行相三摩地謂若住此三摩地時於諸等持及一切法雖能引發種種行相而都不見能引發者是故名爲引發行相三摩地云何名爲一行相三摩地謂若住此三摩地時見諸等持無二行相是故名爲一行相三摩地云何名爲離行相三摩地謂若住此三摩地時見諸等持都無行相是故名爲離行相三摩地云何名爲妙行相

三摩地謂若住此三摩地時令諸等持起妙行相是故名爲妙行相三摩地云何名爲達諸有底散壞三摩地謂若住此三摩地時於諸等持及一切法得通達智如實悟入既得入已於諸有法通達散壞令無所遺是故名爲達諸有底散壞三摩地云何名爲入施設語言三摩地謂若住此三摩地時悟入一切語言三摩地法施設語言無著無礙是故名爲入施設語言三摩地云何名爲解脫音聲文字三摩地謂若住此三摩地時見諸等持解脫一切音聲文字衆相寂滅是故名爲解脫音聲文字三摩地云何名爲炬熾然三摩地謂若住此三摩地時於諸等持威光照曜是故名爲炬熾然三摩地云何名爲嚴淨相三摩地謂若住此三摩地時於諸等持能嚴淨相謂於諸相皆能除滅是故名爲嚴淨相三摩地云何名爲無標幟三摩地謂若住此三摩地時於諸等持不見標幟是故名爲無標幟三摩地云何名爲具一切妙相三摩地謂若住此三摩地時諸定妙相無不具足是故名爲具一切妙相三摩地云何名爲不喜一切苦樂三摩地謂若住此三摩地時於諸等持苦樂之相不樂觀察是故名爲不喜一切苦樂三摩地云何名爲無盡行相三摩地謂若住此三摩地時不見諸定行相有盡是故名爲無盡行相三摩地云何名爲具陀羅尼三摩地謂若住此三摩地時能總任持諸定勝事是故名爲具陀羅尼三摩地云何名爲攝伏一切正性邪性三摩地謂若住此三摩地時於諸等持正性邪性攝伏諸見皆令不起

是故名爲攝伏一切正性邪性三摩地云何名爲靜息一切違順三摩地謂若住此三摩地時於諸等持及一切法都不見有違順之相是故名爲靜息一切違順三摩地云何名爲離憎愛三摩地謂若住此三摩地時於諸等持及一切法都不見有憎愛之相是故名爲離憎愛三摩地云何名爲無垢明三摩地謂若住此三摩地時於諸等持都不見有明相垢相是故名爲無垢明三摩地云何名爲具堅固三摩地謂若住此三摩地時令諸等持皆得堅固是故名爲具堅固三摩地云何名爲滿月淨光三摩地謂若住此三摩地時令諸等持功德增益如淨滿月光增海水是故名爲滿月淨光三摩地云何名爲大莊嚴三摩地謂若住此三摩地時令諸等持成就種種微妙希有大莊嚴事是故名爲大莊嚴三摩地云何名爲照一切世間三摩地謂若住此三摩地時照諸等持及一切法令有情類皆得開曉是故名爲照一切世間三摩地云何名爲定平等性三摩地謂若住此三摩地時不見等持定散差別是故名爲定平等性三摩地云何名爲有諍無諍平等理趣三摩地謂若住此三摩地時不見諸法及一切定有諍無諍性相差別是故名爲有諍無諍平等理趣三摩地云何名爲無巢穴無標幟無愛樂三摩地謂若住此三摩地時破諸巢穴捨諸標幟斷諸愛樂而無所執是故名爲無巢穴無標幟無愛樂三摩地云何名爲決定安住眞如三摩地謂若住此三摩地時於諸等持及一切法常不棄捨眞如實相是故

名爲決定安住眞如三摩地云何名爲離身穢惡三摩地謂若住此三摩地時令諸等持破壞身見是故名爲離身穢惡三摩地云何名爲離語穢惡三摩地謂若住此三摩地時令諸等持壞語惡業是故名爲離語穢惡三摩地云何名爲離意穢惡三摩地謂若住此三摩地時令諸等持壞意惡業是故名爲離意穢惡三摩地云何名爲如虛空三摩地謂若住此三摩地時於諸有情普能饒益其心平等如太虛空是故名爲如虛空三摩地云何名爲無染著如虛空三摩地謂若住此三摩地時觀一切法都無所有如淨虛空無染無著是故名爲無染著如虛空三摩地善現如是等有無量百千微妙希有勝三摩地當知是爲菩薩摩訶薩大乘相

第二分念住等品第十七之一

復次善現菩薩摩訶薩大乘相者謂四念住云何爲四一身念住二受念住三心念住四法念住身念住者謂菩薩摩訶薩修行般若波羅蜜多時以無所得而爲方便雖於內身住循身觀或於外身住循身觀或於內外身住循身觀而永不起身俱尋思熾然精進正知具念調伏貪憂受念住者謂菩薩摩訶薩修行般若波羅蜜多時以無所得而爲方便雖於內受住循受觀或於外受住循受觀或於內外受住循受觀而永不起受俱尋思熾然精進正知具念調伏貪憂心念住者謂菩薩摩訶薩修行般若波羅蜜多時以無所得而爲方便雖於內心住循心觀或於外心住循心觀或於內外心住循心觀而永不起心

俱尋思熾然精進正知具念調伏貪憂法念住者謂菩薩摩訶薩修行般若波羅蜜多時以無所得而爲方便雖於內法住循法觀或於外法住循法觀或於內外法住循法觀而永不起法俱尋思熾然精進正知具念調伏貪憂云何菩薩摩訶薩修行般若波羅蜜多時以無所得而爲方便於內身住循身觀熾然精進正知具念調伏貪憂善現若菩薩摩訶薩修行般若波羅蜜多時以無所得而爲方便審觀自身行時知行住時知住坐時知坐卧時知卧如如自身威儀差別如是如是熾然精進正知具念調伏貪憂是爲菩薩摩訶薩修行般若波羅蜜多時以無所得而爲方便於內身住循身觀熾然精進正知具念調伏貪憂復次善現若菩薩摩訶薩修行般若波羅蜜多時以無所得而爲方便審觀自身正知往來正知瞻顧正知俯仰正知屈伸服僧伽胝執持衣鉢若食若飲偃息經行坐起承迎寤寐語默入出諸定皆念正知是爲菩薩摩訶薩修行般若波羅蜜多時以無所得而爲方便於內身住循身觀熾然精進正知具念調伏貪憂復次善現若菩薩摩訶薩修行般若波羅蜜多時以無所得而爲方便審觀自身於息入時念知息入於息出時念知息出於息長時念知息長於息短時念知息短如轉輪師或彼弟子輪勢長時知輪勢長輪勢短時知輪勢短是菩薩摩訶薩亦復如是念知諸息若入若出長短差別是爲菩薩摩訶薩修行般若波羅蜜多時以無所得而爲方便於內身住循身觀熾然精進正知

具念調伏貪憂復次善現若菩薩摩訶薩修行般若波羅蜜多時以無所得而爲方便審觀自身諸界差別所謂地界水火風界如巧屠師或彼弟子斷牛命已復用利刀分析其身割爲四分若坐若立如實觀知是菩薩摩訶薩亦復如是觀察自身地水火風四界差別是爲菩薩摩訶薩修行般若波羅蜜多時以無所得而爲方便於内身住循身觀熾然精進正知具念調伏貪憂復次善現若菩薩摩訶薩修行般若波羅蜜多時以無所得而爲方便審觀自身從足至頂種種不淨充滿其中外爲薄皮之所纏裹所謂此身唯有種種髮毛爪齒皮革血肉筋脉骨髓心肝肺腎脾膽胞胃大腸小腸屎尿涕唾涎淚垢汗痰膿肪䏲腦膜腨聹如是不淨充滿身中如有農夫或諸長者倉中盛滿種種雜穀所謂稻麻粟豆麥等有明目者開倉觀之能如實知其中唯有稻麻粟等種種雜穀是菩薩摩訶薩亦復如是審觀自身從足至頂不淨充滿不可貪樂是爲菩薩摩訶薩修行般若波羅蜜多時以無所得而爲方便於内身住循身觀熾然精進正知具念調伏貪憂復次善現若菩薩摩訶薩修行般若波羅蜜多時以無所得而爲方便往澹泊路觀所棄屍死經一日或經二日乃至七日其身膖脹色變青瘀臭爛皮穿膿血流出見是事已自念我身有如是性具如是法未得解脱終歸如是是爲菩薩摩訶薩修行般若波羅蜜多時以無所得而爲方便於内身住循身觀熾然精進正知具念調伏貪憂復次善現若菩薩摩訶薩

修行般若波羅蜜多時以無所得而爲方便往澹泊路觀所棄屍死經一日或經二日乃至七日爲諸鵰鷲烏鵲鵄梟虎豹狐狼野干狗等種種禽獸或啄或摣骨肉狼籍齰掣食噉見是事已自念我身有如是性具如是法未得解脫終歸如是爲菩薩摩訶薩修行般若波羅蜜多時以無所得而爲方便於內身住循身觀熾然精進正知具念調伏貪憂復次善現若菩薩摩訶薩修行般若波羅蜜多時以無所得而爲方便往澹泊路觀所棄屍禽獸食已不淨潰爛膿血流離有無量種蟲蛆雜出臭穢可汙過於死狗見是事已自念我身有如是性具如是法未得解脫終歸如是是爲菩薩摩訶薩修行般若波羅蜜多時以無所得而爲方便於內身住循身觀熾然精進正知具念調伏貪憂復次善現若菩薩摩訶薩修行般若波羅蜜多時以無所得而爲方便往澹泊路觀所棄屍蟲蛆食已肉離骨現肢節相連筋纏血塗尚餘腐肉見是事已自念我身有如是性具如是法未得解脫終歸如是是爲菩薩摩訶薩修行般若波羅蜜多時以無所得而爲方便於內身住循身觀熾然精進正知具念調伏貪憂復次善現若菩薩摩訶薩修行般若波羅蜜多時以無所得而爲方便往澹泊路觀所棄屍已成骨鎖血肉都盡餘筋相連見是事已自念我身有如是性具如是法未得解脫終歸如是是爲菩薩摩訶薩修行般若波羅蜜多時以無所得而爲方便於內身住循身觀熾然精進正知具念調伏貪憂復次善現若菩薩摩

訶薩修行般若波羅蜜多時以無所得而爲方便往澹泊路觀所棄屍但餘衆骨其骨皓白色如珂雪諸筋糜爛肢節分離見是事已自念我身有如是性具如是法未得解脱終歸如是是爲菩薩摩訶薩修行般若波羅蜜多時以無所得而爲方便於内身住循身觀熾然精進正知具念調伏貪憂復次善現若菩薩摩訶薩修行般若波羅蜜多時以無所得而爲方便往澹泊路觀所棄屍成白骨已肢節分散零落異方見是事已自念我身有如是性具如是法未得解脱終歸如是是爲菩薩摩訶薩修行般若波羅蜜多時以無所得而爲方便於内身住循身觀熾然精進正知具念調伏貪憂復次善現若菩薩摩訶薩修行般若波羅蜜多時以無所得而爲方便往澹泊路觀所棄屍諸骨分離各在異處足骨異處腨骨異處膝骨異處髀骨異處髖骨異處脊骨異處脇骨異處胸骨異處膊骨異處臂骨異處手骨異處項骨異處頷骨異處頰骨異處其髑髏骨亦在異處見是事已自念我身有如是性具如是法未得解脱終歸如是是爲菩薩摩訶薩修行般若波羅蜜多時以無所得而爲方便於内身住循身觀熾然精進正知具念調伏貪憂復次善現若菩薩摩訶薩修行般若波羅蜜多時以無所得而爲方便往澹泊路觀所棄屍骸骨狼籍風吹日曝雨灌霜封積有歲年色如珂雪見是事已自念我身有如是性具如是法未得解脱終歸如是是爲菩薩摩訶薩修行般若波羅蜜多時以無所得而爲方便於内身住循

身觀熾然精進正知具念調伏貪憂復次善現若菩薩摩訶薩修行般若波羅蜜多時以無所得而爲方便往澹泊路觀所棄屍餘骨散地經多百歲或多千年其相變青狀如鴿色或有腐朽碎末如塵與土相和難可分別見是事已自念我身有如是性具如是法未得解脫終歸如是是爲菩薩摩訶薩修行般若波羅蜜多時以無所得而爲方便於內身住循身觀熾然精進正知具念調伏貪憂善現諸菩薩摩訶薩修行般若波羅蜜多時以無所得而爲方便如於內身如是差別住循身觀熾然精進正知具念調伏貪憂於外身住循身觀於內外身住循身觀熾然精進正知具念調伏貪憂隨其所應亦復如是善現諸菩薩摩訶薩修行般若波羅蜜多時以無所得而爲方便於內外俱受心法住循受心法觀熾然精進正知具念調伏貪憂隨其所應皆應廣說善現如是菩薩摩訶薩修行般若波羅蜜多以無所得而爲方便於內外俱身受心法住循身受心法觀時雖作是觀而無所得善現當知是爲菩薩摩訶薩大乘相

復次善現菩薩摩訶薩大乘相者謂四正斷云何爲四善現若菩薩摩訶薩修行般若波羅蜜多時以無所得而爲方便於諸未生惡不善法爲不生故生欲策勵發起正勤策心持心是爲第一若菩薩摩訶薩修行般若波羅蜜多時以無所得而爲方便於諸已生惡不善法爲求斷故生欲策勵發起正勤策心持心是爲第二若菩薩摩訶薩修行般若波羅蜜多時以無所得而爲方便未生善法爲

令生故生欲策勵發起正勤策心持心是爲第三若菩薩摩訶薩修行般若波羅蜜多時以無所得而爲方便巳生善法爲令安住不忘增廣倍修滿故生欲策勵發起正勤策心持心是爲第四善現當知是爲菩薩摩訶薩大乘相

大般若波羅蜜多經卷第四百一十四

音釋

瞤音舜目動也 瑕隙瑕音遐過也隙乞逆切釁也 幟昌志切旗也 爪側絞切 筋音斤 脉音陌 肺芳吠切金藏也 腎時軫切水藏也 脾音毗土藏也 膽覩敢切肝之府也 胞音包 涎徐延切口液也 痰音談病液也 膿奴冬切腫血也 肪音方脂也 膻先安切脂也 䐢抽知切目汁凝也 聹乃頂切耳垢也 鵰鷲鵰音周鷲鳥也鷲音就大鵰也 鵄梟鵄抽知切鵂鶹也梟堅堯切土梟也 狐狼狐音胡妖獸也狼音郎似犬而頭銳 摑古伯切爪持也 齇挈齇莊加切正作齇齒不正也挈尺列切挽曳也 潰爛潰胡對切自壞也爛郎肝切糜爛也 蛆子余切 腨市兗切腓腸也 髖音寬兩髖間也 脊資昔切背呂也 膊音博肩也 頷戶感切口下曰頷 骸音諧骨也 鴿音閤鳩屬

大般若波羅蜜多經卷第四百一十五

唐三藏法師玄奘奉　詔譯

第二分念住等品第十七之二

復次善現菩薩摩訶薩大乘相者謂四神足云何爲四善現若菩薩摩訶薩修行般若波羅蜜多時以無所得而爲方便修欲三摩地斷行成就神足依離依無染依滅迴向捨是爲第一若菩薩摩訶薩修行般若波羅蜜多時以無所得而爲方便修勤三摩地斷行成就神足依離依無染依滅迴向捨是爲第二若菩薩摩訶薩修行般若波羅蜜多時以無所得而爲方便修心三摩地斷行成就神足依離依無染依滅迴向捨是爲第三若菩薩摩訶薩修行般若波羅蜜多時以無所得而爲方便修觀三摩地斷行成就神足依離依無染依滅迴向捨是爲第四善現當知是爲菩薩摩訶薩大乘相復次善現菩薩摩訶薩大乘相者謂五根云何爲五善現若菩薩摩訶薩修行般若波羅蜜多時以無所得而爲方便所修信根精進根念根定根慧根善現當知是爲菩薩摩訶薩大乘相復次善現菩薩摩訶薩大乘相者謂五力云何爲五善現若菩薩摩訶薩修行般若波羅蜜多時以無所得而爲方便所修信力精進力念力定力慧力善現當知是爲菩薩摩訶薩大乘相復次善現菩薩摩訶薩大乘相者謂七等覺支云何爲七善現若菩薩摩訶薩修行般若波羅蜜多時以無所得而爲方便所修念等覺支擇法等覺支精進等覺支喜等覺支輕安等覺支定等覺支捨等覺支依離依無染依

滅迴向捨善現當知是爲菩薩摩訶薩大乘相復次善現菩薩摩訶薩大乘相者謂八聖道支云何爲八善現若菩薩摩訶薩修行般若波羅蜜多時以無所得而爲方便所修正見正思惟正語正業正命正精進正念正定依離依無染依滅迴向捨善現當知是爲菩薩摩訶薩大乘相復次善現菩薩摩訶薩大乘相者謂三三摩地云何爲三善現若菩薩摩訶薩修行般若波羅蜜多時以無所得而爲方便觀一切法自相皆空其心安住名空解脱門亦名空三摩地是爲第一若菩薩摩訶薩修行般若波羅蜜多時以無所得而爲方便觀一切法自相空故皆無有相其心安住名無相解脱門亦名無相三摩地是爲第二若菩薩摩訶薩修行般若波羅蜜多時以無所得而爲方便觀一切法自相空故皆無所願其心安住名無願解脱門亦名無願三摩地是爲第三善現當知是爲菩薩摩訶薩大乘相復次善現菩薩摩訶薩大乘相者謂十一智云何十一謂法智類智他心智世俗智苦智集智滅智道智盡智無生智如説智云何法智善現若智以無所得而爲方便知五蘊差別相是爲法智云何類智善現若智以無所得而爲方便知眼乃至意色乃至法皆是無常是爲類智云何他心智善現若智以無所得而爲方便知他有情心心所法無所疑滯是爲他心智云何世俗智善現若智以無所得而爲方便知諸有情修行差別是爲世俗智云何苦智善現若智以無所得而爲方便知苦應不生是爲苦智云何集智善

現若智以無所得而爲方便知集應永斷是爲集智云何滅智善現若智以無所得而爲方便知滅應作證是爲法智云何道智善現若智以無所得而爲方便知道應修習是爲道智云何盡智善現若智以無所得而爲方便知貪瞋癡盡是爲盡智云何無生智善現若智以無所得而爲方便知諸有趣永不復生是爲無生智云何如說智善現如來所有一切相智是爲如說智善現當知是爲菩薩摩訶薩大乘相復次善現菩薩摩訶薩大乘相者謂三根一未知當知根二已知根三具知根云何未知當知根善現若諸有學補特伽羅於諸聖諦未已現觀所有信根精進根念根定根慧根是爲未知當知根云何已知根善現若諸有學補特伽羅於諸聖諦已得現觀所有信根精進根念根定根慧根是爲已知根云何具知根善現謂諸無學補特伽羅若阿羅漢若獨覺若已住十地菩薩摩訶薩若諸如來應正等覺所有信根精進根念根定根慧根是爲具知根善現若此三根以無所得爲方便者當知是爲菩薩摩訶薩大乘相復次善現菩薩摩訶薩大乘相者謂三三摩地云何爲三一有尋有伺三摩地二無尋唯伺三摩地三無尋無伺三摩地云何有尋有伺三摩地善現若離欲惡不善法有尋有伺離生喜樂入初靜慮具足住是爲有尋有伺三摩地云何無尋唯伺三摩地善現若初靜慮第二靜慮中間定是爲無尋唯伺三摩地云何無尋無伺三摩地善現若第三靜慮乃至非想非非想處定是爲無尋無伺三

摩地善現若此三種以無所得爲方便者當知是爲菩薩摩訶薩大乘相復次善現菩薩摩訶薩大乘相者謂十隨念云何爲十謂佛隨念法隨念僧隨念戒隨念捨隨念天隨念寂靜隨念入出息隨念身隨念死隨念善現若此十種以無所得爲方便者當知是爲菩薩摩訶薩大乘相復次善現菩薩摩訶薩大乘相者謂四靜慮四無量四無色定八解脱九次第定等所有善法以無所得爲方便者當知是爲菩薩摩訶薩大乘相復次善現菩薩摩訶薩大乘相者謂如來十力云何爲十善現若無所得而爲方便如實了知因果等法處非處相是爲第一善現若無所得而爲方便如實了知諸有情類過去未來現在種種諸業法受因果别相是爲第二若無所得

而爲方便如實了知世間非一種種界相是爲第三若無所得而爲方便如實了知諸有情類非一勝解種種勝解是爲第四若無所得而爲方便如實了知諸有情類諸根勝劣是爲第五若無所得而爲方便如實了知遍行行相是爲第六若無所得而爲方便如實了知諸有情類根力覺支解脱靜慮等持等至染淨差别是爲第七若無所得而爲方便如實了知諸有情類有無量種宿住差别是爲第八若無所得而爲方便如實了知諸有情類有無量種死生差别是爲第九若無所得而爲方便如實了知諸漏永盡得無漏心解脱得無漏慧解脱於現法中自作證具足住能正了知我生已盡梵行已立所作已辦不受後有是爲第十善現當知是爲菩薩摩

訶薩大乘相復次善現菩薩摩訶薩大乘相者謂四無所畏云何爲四善現若無所得而爲方便自稱我是正等覺者設有沙門若婆羅門若天魔梵或餘世間依法立難及令憶念言於是法非正等覺我於彼難正見無因以於彼難見無因故得安隱住無怖無畏自稱我處大仙尊位於大衆中正師子吼轉妙梵輪其輪清淨正眞無上一切沙門若婆羅門若天魔梵或餘世間皆無有能如法轉者是爲第一善現若無所得而爲方便自稱我已永盡諸漏設有沙門若婆羅門若天魔梵或餘世間依法立難及令憶念言如是漏未得永盡我於彼難正見無因以於彼難見無因故得安隱住無怖無畏自稱我處大仙尊位於大衆中正師子吼轉妙梵輪其輪清淨正眞無上一切沙門若婆羅門若天魔梵或餘世間皆無有能如法轉者是爲第二善現若無所得而爲方便爲諸弟子說障道法設有沙門若婆羅門若天魔梵或餘世間依法立難及令憶念言習此法不能障道我於彼難正見無因以於彼難見無因故得安隱住無怖無畏自稱我處大仙尊位於大衆中正師子吼轉妙梵輪其輪清淨正眞無上一切沙門若婆羅門若天魔梵或餘世間皆無有能如法轉者是爲第三善現若無所得而爲方便爲諸弟子說盡苦道設有沙門若婆羅門若天魔梵或餘世間依法立難及令憶念言修此道不能盡苦我於彼難正見無因以於彼難見無因故得安隱住無怖無畏自稱我處大仙尊位於大衆中正師子吼轉妙梵

輪其輪清淨正眞無上一切沙門若婆羅門若天魔梵或餘世間皆無有能如法轉者是爲第四善現當知是爲菩薩摩訶薩大乘相復次善現菩薩摩訶薩大乘相者謂四無礙解云何爲四一義無礙解二法無礙解三詞無礙解四辯無礙解善現如是四無礙解若無所得而爲方便當知是爲菩薩摩訶薩大乘相復次善現菩薩摩訶薩大乘相者謂十八佛不共法云何十八善現謂諸如來應正等覺常無誤失無卒暴音無忘失念無種種想無不定心無不擇捨志欲無退精進無退念無退慧無退解脫無退解脫智見無退一切身業智爲前導隨智而轉一切語業智爲前導隨智而轉一切意業智爲前導隨智而轉於過去世所起智見無著無礙於未來世所起智見無著無礙於現在世所起智見無著無礙善現如是十八佛不共法無不皆以無所得爲方便當知是菩薩摩訶薩大乘相復次善現菩薩摩訶薩大乘相者謂陀羅尼門何等陀羅尼門謂字平等性語平等性入諸字門云何字平等性語平等性入諸字門善現若菩薩摩訶薩修行般若波羅蜜多時以無所得而爲方便入哀字門悟一切法本不生故入洛字門悟一切法離塵垢故入跛字門悟一切法勝義教故入者字門悟一切法無死生故入娜字門悟一切法遠離多相無得失故入砢字門悟一切法出世間故愛支條縁永被害故入柂字門悟一切法調伏寂靜眞如平等無分別故入婆字門悟一切法離縛解故入荼字門悟一切法離熱矯穢

得清淨故入沙字門悟一切法無罣礙故入縛字門悟一切法語音道斷故入頞字門悟一切法眞如不動故入也字門悟一切法如實不生故入瑟吒字門悟一切法制伏任持相不可得故入迦字門悟一切法作者不可得故入娑字門悟一切法時平等性不可得故入磨字門悟一切法我所執性不可得故入伽字門悟一切法行動取性不可得故入他字門悟一切法所依處性不可得故入闍字門悟一切法能所生起不可得故入濕縛字門悟一切法安隱之性不可得故入達字門悟一切法能持界性不可得故入捨字門悟一切法寂靜性不可得故入佉字門悟一切法如虛空性不可得故入羼字門悟一切法窮盡性不可得故入薩頞字門悟一切法住持處非處令不動轉性不可得故入若字門悟一切法所了知性不可得故入剌他字門悟一切法執著義性不可得故入呵字門悟一切法能爲因性不可得故入薄字門悟一切法可破壞性不可得故入綽字門悟一切法欲樂覆性不可得故入颯磨字門悟一切法可憶念性不可得故入嗑縛字門悟一切法可呼召性不可得故入蹉字門悟一切法勇健性不可得故入鍵字門悟一切法厚平等性不可得故入搋字門悟一切法積集性不可得故入拏字門悟一切法離諸諠諍無往無來行住坐卧不可得故入頗字門悟一切法徧滿果報不可得故入塞迦字門悟一切法聚積蘊性不可得故入逸娑字門悟一切法衰老性相不可得故入酌字門悟一

切法聚集足迹不可得故入吒字門悟一切法相驅迫性不可得故入擇字門悟一切法究竟處所不可得故善現此擇字門是能悟入法空邊際除此諸字表諸法空更不可得何以故此諸字義不可宣說不可顯示不可書持不可執取不可觀察離諸相故善現譬如虛空是一切物所歸趣處此諸字門亦復如是諸法空義皆入此門方得顯了善現入此衆字等名入諸字門善現諸菩薩摩訶薩若於如是入諸字門得善巧智於諸言音所詮所表皆無罣礙於一切法平等空性盡能證持於衆言音咸得善巧善現若菩薩摩訶薩能聽如是入諸字門印相印句聞已受持讀誦通利爲他解說不徇名譽利養恭敬由此因緣得二十種功德勝利云何二十謂得强憶念得勝慚愧得堅固力得法旨趣得增上覺得殊勝慧得無礙辯得總持門得無疑惑得違順語不生恚愛得無高下平等而住得於有情言音善巧得蘊善巧界善巧處善巧諦善巧得緣起善巧因善巧緣善巧法善巧得根勝劣智善巧他心智善巧得觀星曆善巧得天耳智善巧宿住隨念智善巧神境智善巧死生智善巧得漏盡智善巧得說處非處智善巧得往來智善巧威儀路善巧善現是爲得二十種功德勝利善現若菩薩摩訶薩修行般若波羅蜜多時以無所得而爲方便所得如是陀羅尼門當知是爲菩薩摩訶薩大乘相

第二分修治地品第十八之一

復次善現汝問齊何當知菩薩摩訶薩發趣

大乘者若菩薩摩訶薩修行六種波羅蜜多時從一地趣一地齊此當知菩薩摩訶薩發趣大乘云何菩薩摩訶薩修行六種波羅蜜多時從一地趣一地善現若菩薩摩訶薩知一切法無所從來亦無所趣何以故善現以一切法無去無來無從無趣由彼諸法無變壞故善現是菩薩摩訶薩於所從趣地不恃不思惟雖修治地業而不見彼地是爲菩薩摩訶薩修行六種波羅蜜多時從一地趣一地云何菩薩摩訶薩修治地業善現諸菩薩摩訶薩住初地時應善修治十種勝業云何爲十一者以無所得而爲方便修治增上意樂業利益事相不可得故二者以無所得而爲方便修治一切有情平等心業一切有情不可得故三者以無所得而爲方便修治布施業施者受者及所施物不可得故四者以無所得而爲方便修治親近善友業於諸善友無執著故五者以無所得而爲方便修治求法業諸所求法不可得故六者以無所得而爲方便修治常樂出家業所棄捨家不可得故七者以無所得而爲方便修治愛樂佛身業相隨好因不可得故八者以無所得而爲方便修治開闡法教業所分別法不可得故九者以無所得而爲方便修治破憍慢業諸興盛法不可得故十者以無所得而爲方便修治諦語業一切語言不可得故善現諸菩薩摩訶薩住初地時應善修治此十勝業

復次善現諸菩薩摩訶薩住第二地時應於八法思惟修習令速圓滿云何爲八一者清淨尸羅二者知恩報恩三者住安忍力四者

受勝歡喜五者不捨有情六者常起大悲七者於諸師長以敬信心諮承供養如事諸佛八者勤求修習波羅蜜多善現諸菩薩摩訶薩住第二地時於此八法應思應學令速圓滿復次善現諸菩薩摩訶薩住第三地時應住五法云何爲五一者勤求多聞常無猒足於所聞法不著文字二者以無染心常行法施雖廣開化而不自高三者爲嚴淨土植諸善根雖用迴向而不自舉四者爲化有情雖不猒倦無邊生死而不憍逸五者雖住慙愧而無所著善現諸菩薩摩訶薩住第三地時應常安住如是五法復次善現諸菩薩摩訶薩住第四地時應於十法受持不捨云何爲十一者住阿練若常不捨離二者常好少欲三者常好喜足四者常不捨離杜多功德五者於諸學處常不棄捨六者於諸欲樂深生猒離七者常樂發起寂滅俱心八者捨一切物九者心不滯没十者於一切物常無顧戀善現諸菩薩摩訶薩住第四地時於如是十法應受持不捨復次善現諸菩薩摩訶薩住第五地時應遠離十法云何爲十一者應遠離居家二者應遠離苾芻尼三者應遠離家慳四者應遠離衆會忿諍五者應遠離自讃毁他六者應遠離十不善業道七者應遠離增上傲慢八者應遠離顛倒九者應遠離猶豫十者應遠離貪瞋癡善現諸菩薩摩訶薩住第五地時應常遠離如是十法復次善現諸菩薩摩訶薩住第六地時應圓滿六法云何爲六所謂六種波羅蜜多即是布施乃至般若復應遠離六法云何爲六一者聲聞心

二者獨覺心三者熱惱心四者見乞者來不喜愁慼心五者捨所有物追戀憂悔心六者於來求者方便矯誑心善現諸菩薩摩訶薩住第六地時常應圓滿前說六法及應遠離後說六法復次善現諸菩薩摩訶薩住第七地時應遠離二十法云何二十一者應遠離我執乃至見者執二者應遠離斷執三者應遠離常執四者應遠離相執五者應遠離見執六者應遠離名色執七者應遠離蘊執八者應遠離處執九者應遠離界執十者應遠離諦執十一者應遠離緣起執十二者應遠離住著三界執十三者應遠離一切法執十四者應遠離於一切法如理不如理執十五者應遠離依佛見執十六者應遠離依法見執十七者應遠離依僧見執十八者應遠離依戒見執十九者應遠離依空見執二十者應遠離猒怖空性復應圓滿二十法云何二十一者應圓滿通達空二者應圓滿證無相三者應圓滿知無願四者應圓滿三輪清淨五者應圓滿悲愍有情及於有情無所執著六者應圓滿一切法平等見及於此中無所執著七者應圓滿一切有情平等見及於此中無所執著八者應圓滿通達眞實理趣及於此中無所執著九者應圓滿無生忍智十者應圓滿說一切法一相理趣十一者應圓滿滅除分別十二者應圓滿遠離諸想十三者應圓滿遠離諸見十四者應圓滿遠離煩惱十五者應圓滿止觀地十六者應圓滿調伏心性十七者應圓滿寂靜心性十八者應圓滿無礙智性十九者應圓滿無所愛染二

十者應圓滿隨心所欲往諸佛土於佛衆會自現其身善現諸菩薩摩訶薩住第七地時常應遠離如前所說二十種法及應圓滿如後所說二十種法復次善現諸菩薩摩訶薩住第八地時應圓滿四法云何爲四一者應圓滿悟入一切有情心行二者應圓滿遊戲諸神通三者應圓滿見諸佛土如其所見而自嚴淨種種佛土四者應圓滿承事供養諸佛世尊於如來身如實觀察善現諸菩薩摩訶薩住第八地時於此四法應勤圓滿復次善現諸菩薩摩訶薩住第九地時應圓滿四法云何爲四一者應圓滿根勝劣智二者應圓滿嚴淨佛土三者應圓滿如幻等持數入諸定四者應圓滿隨諸有情善根應熟故入諸有自現化生善現諸菩薩摩訶薩住第九地時於此四法應勤圓滿復次善現諸菩薩摩訶薩住第十地時應圓滿十二法云何十二一者應圓滿攝受無邊處所大願隨有所願皆令證得二者應圓滿隨諸天龍及藥叉等異類音智三者應圓滿無礙辯說四者應圓滿入胎具足五者應圓滿出生具足六者應圓滿家族具足七者應圓滿種性具足八者應圓滿眷屬具足九者應圓滿生身具足十者應圓滿出家具足十一者應圓滿莊嚴菩提樹具足十二者應圓滿一切功德成辦具足善現諸菩薩摩訶薩住第十地時應勤圓滿此十二法善現當知若菩薩摩訶薩住第十地已與諸如來應言無別云何菩薩摩訶薩以無所得而爲方便修治增上意樂業善現若菩薩摩訶薩以一切智智相應作意

修集一切殊勝善根是爲菩薩摩訶薩以無所得而爲方便修治增上意樂業云何菩薩摩訶薩以無所得而爲方便修治一切有情平等心業善現若菩薩摩訶薩以一切智智相應作意引發慈悲喜捨四無量心是爲菩薩摩訶薩以無所得而爲方便修治一切有情平等心業云何菩薩摩訶薩以無所得而爲方便修治布施業善現若菩薩摩訶薩於一切有情無所分別而行布施是爲菩薩摩訶薩以無所得而爲方便修治布施業云何菩薩摩訶薩以無所得而爲方便修治親近善友業善現若菩薩摩訶薩見諸善友勸化有情令其修習一切智智即便親近恭敬供養尊重讚歎諮受正法晝夜承奉無懈倦心是爲菩薩摩訶薩以無所得而爲方便修治親近善友業云何菩薩摩訶薩以無所得而爲方便修治求法業善現若菩薩摩訶薩以一切智智相應作意勤求如來無上正法不墮聲聞獨覺等地是爲菩薩摩訶薩以無所得而爲方便修治求法業云何菩薩摩訶薩以無所得而爲方便修治常樂出家業善現若菩薩摩訶薩一切生處恒猒居家諠雜迫迮猶如牢獄常欣佛法清淨出家寂靜無爲如空無礙是爲菩薩摩訶薩以無所得而爲方便修治常樂出家業云何菩薩摩訶薩以無所得而爲方便修治愛樂佛身業善現若菩薩摩訶薩纔一覩見佛形相已乃至證得一切智智終不捨於念佛作意是爲菩薩摩訶薩以無所得而爲方便修治愛樂佛身業云何菩薩摩訶薩以無所得而爲方便修治

開闡法教業善現若菩薩摩訶薩於佛在世及涅槃後爲諸有情開闡法教初中後善文義巧妙純一圓滿清白梵行所謂契經乃至論議是爲菩薩摩訶薩以無所得而爲方便修治開闡法教業云何菩薩摩訶薩以無所得而爲方便修治破憍慢業善現若菩薩摩訶薩常懷謙敬伏憍慢心由此不生下姓卑族是爲菩薩摩訶薩以無所得而爲方便修治破憍慢業云何菩薩摩訶薩以無所得而爲方便修治諦語業善現若菩薩摩訶薩稱知而說言行相符是爲菩薩摩訶薩以無所得而爲方便修治諦語業善現諸菩薩摩訶薩住初地時應善修治此十勝業云何菩薩摩訶薩清淨尸羅善現若菩薩摩訶薩不起聲聞獨覺作意及餘破戒障菩提法是爲菩薩摩訶薩清淨尸羅云何菩薩摩訶薩知恩報恩善現若菩薩摩訶薩行諸菩薩殊勝行時得他小恩尚能重報況大恩惠而當不酬是爲菩薩摩訶薩知恩報恩云何菩薩摩訶薩住安忍力善現若菩薩摩訶薩一切有情設皆侵害而能於彼無恚害心是爲菩薩摩訶薩住安忍力云何菩薩摩訶薩受勝歡喜善現若菩薩摩訶薩見諸有情於三乘行已得成熟深心歡喜是爲菩薩摩訶薩受勝歡喜云何菩薩摩訶薩不捨有情善現若菩薩摩訶薩欲普拔濟一切有情是爲菩薩摩訶薩不捨有情云何菩薩摩訶薩常起大悲善現若菩薩摩訶薩行諸菩薩殊勝行時恒作是念我爲饒益一一有情假使各如無量無數殑伽沙劫在大地獄受諸重苦或燒或煮

或斫或截若刺若懸若磨若擣受如是等無量苦事乃至令彼諸有情類乘於佛乘而入圓寂如是一切有情界盡我大悲心曾無懈廢是爲菩薩摩訶薩常起大悲云何菩薩摩訶薩於諸師長以敬信心諮承供養如事諸佛善現若菩薩摩訶薩爲求無上正等菩提恭順師長無所顧戀是爲菩薩摩訶薩於諸師長以敬信心諮承供養如事諸佛云何菩薩摩訶薩勤求修習波羅蜜多善現若菩薩摩訶薩普於一切波羅蜜多專心求學不顧餘事是爲菩薩摩訶薩勤求修習波羅蜜多善現諸菩薩摩訶薩住第二地時於此八法應思應學令速圓滿云何菩薩摩訶薩勤求多聞常無猒足於所聞法不著文字善現若菩薩摩訶薩發勤精進作是念言若此佛土若十方界一切如來應正等覺所說正法我當聽聞受持讀誦修學究竟令無所遺而於其中不著文字是爲菩薩摩訶薩勤求多聞常無猒足於所聞法不著文字云何菩薩摩訶薩以無染心常行法施雖廣開化而不自高善現若菩薩摩訶薩爲諸有情宣說正法尚不自爲持此善根迴向菩提況求餘事雖多化導而不自恃是爲菩薩摩訶薩以無染心常行法施雖廣開化而不自高云何菩薩摩訶薩爲嚴淨土植諸善根雖用迴向而不自舉善現若菩薩摩訶薩勇猛精進修諸善根爲欲莊嚴諸佛淨國及爲清淨自他心土雖爲是事而不自高是爲菩薩摩訶薩爲嚴淨土植諸善根雖用迴向而不自舉云何菩薩摩訶薩爲化有情雖不猒倦無邊生死而

不憍逸善現若菩薩摩訶薩爲欲成就一切有情植諸善根嚴淨佛土乃至未滿一切智智雖受無邊生死勤苦而無猒倦亦不自高是爲菩薩摩訶薩爲化有情雖不猒倦無邊生死而不憍逸云何菩薩摩訶薩雖住慚愧而無所著善現若菩薩摩訶薩專求無上正等菩提於諸聲聞獨覺作意具慚愧故終不暫起而於其中亦無所著是爲菩薩摩訶薩雖住慚愧而無所著善現諸菩薩摩訶薩住第三地時應常安住如是五法

大般若波羅蜜多經卷第四百一十五

音釋

裒一可切 跛補火切 娜奴可切 砢朗可切 柁徒可切 荼徒解切與荼同 縛符卧切 頞丁可切 瑟吒瑟色櫛切吒丑亞切 佉丘迦切 羼初莧切 剌他剌郎達切 綽尺約切 颰磨颰悉合切磨莫卧切 嗑胡閤切 蹉倉何切 鍵音件 搋丑皆切已上從衰字起皆四十二字母中字也 徇松閏切從也 闡齒善切顯也 植承職切種植也 阿練若梵語也此云寂靜處若爾者切 杜多梵語也亦云頭陀此云修治謂修治淨行 迫迮迫音百逼也迮音責狹也